화이트
노이즈

WHITE
NOISE

화이트
노이즈

강미숙 **옮김**　　**Don DeLillo**　　**돈 드릴로** 장편소설

창비

수 벅과 로이스 월리스에게

차례

일러두기

1. 이 책은 Don DeLillo, *White Noise*(Penguin Books 1998)를 번역 저본으로 삼았다.
2. 본문 중의 각주는 옮긴이의 것이다.
3. 본문 중의 고딕체는 원서에서 이탤릭체로 강조한 부분이다.

제1부

파동과
방사

1

서쪽 캠퍼스를 가로지르는 스테이션왜건의 길고 빛나는 행렬이 도착한 때는 정오였다. 차들은 줄을 지어 오렌지색 아이빔 조형물 둘레를 천천히 돌아 기숙사 쪽으로 나아갔다. 스테이션왜건의 지붕에는 얇거나 두꺼운 옷으로 가득한 대형가방들이 꼼꼼하게 묶여 있었고, 담요, 부츠와 구두, 문구와 책, 시트, 베개, 누비이불 따위를 담은 상자들, 둥글게 만 러그와 슬리핑백, 그리고 자전거, 스키, 배낭, 영국식 안장과 서부식 안장, 바람을 넣은 고무보트 등속이 가득 실려 있었다. 차들이 점점 속도를 늦추다 마침내 멈춰서자 학생들이 튀어나와 뒷문으로 달려가서 차 안의 물건들을 꺼내기 시작했다. 스테레오 세트, 라디오, 개인용컴퓨터, 소형 냉장고와 전자레인지, 음반과 카세트 상자, 드라이어와 헤어 스타일러, 테니스 라켓, 축구공, 하키용과 라크로스용 스틱, 활과 화살, 규제 약물, 피임약과 피임기구, 그리고 아직 쇼핑백에 담겨 있는 주전부리 ─ 양파와 마늘 맛 감자칩, 나초, 땅콩크림 과자, 와플로와 커붐, 과일 맛 캔디와 캐러멜 팝콘, 덤덤 막대사탕과 미스틱 민트 따위 ─ 들이었다.

나는 21년 동안 해마다 9월이면 이런 장관을 목격해왔다. 언제 봐도 멋진 사건이다. 학생들은 우스꽝스러운 소리를 내지르거나 술 때문에 망했다는 제스처를 취하며 서로 인사한다. 언제나 그렇듯이 그들은 여름방학 동안 불온한 쾌락을 한껏 즐긴 것이다. 부모들은 눈부신 햇살을 받으며 자동차 곁에 선 채 사방에서 자신들의 이미지를 본다. 충실하게 선탠을 한 몸들. 균형 잡힌 얼굴에 찡그린 표정들. 부모들은 재생의 기분을, 서로가 서로를 인정하는 기분을 느낀다. 활기차고 기민한 여자들은 날씬한 몸매를 유지하고 있으며 사람들의 이름을 알고 있다. 기꺼이 시간을 낸 남편들은 서먹한 듯하지만 관대하고 부모 노릇에 노련하며, 그들의 태도에는 뭔가 보상 범위가 폭넓은 보험을 연상시키는 면이 있다. 이 스테이션왜건 모임은 부모들의 연례행사 가운데 어느 것 못지않게, 공식적인 예배나 법규 이상으로, 그들이 비슷한 생각을 지닌 정신적 동류이며, 하나의 민족, 하나의 국민임을 일러주는 행사이다.

나는 연구실에서 나와 언덕길을 걸어내려가 시내로 갔

다. 시내에는 작은 탑과 이층 베란다가 딸린 집들이 있는데, 그곳에서 사람들은 고풍스러운 단풍나무 그늘 아래 앉아 있다. 그리스풍 건물과 고딕 양식의 교회들도 있다. 기다란 주랑현관과 장식 지붕창 그리고 파인애플 모양의 꼭대기 장식을 인 뾰족지붕의 정신병원도 있다. 버벳과 나 그리고 이전의 여러번의 결혼에서 생긴 우리 아이들은 한때는 깊은 골짜기에 나무가 우거진 지역이었던 한적한 거리의 끄트머리에 살고 있다. 지금은 뒷마당 너머, 우리집에서 한참 아래쪽에 고속도로가 나 있는데, 밤중에 우리가 놋쇠침대 안으로 기어들 때 이따금 차량들이 지나가면 마치 꿈자락에서 와글대는 죽은 영혼들의 소리 같은 아득하고 한결같은 중얼거림이 잠결에 들려오는 듯하다.

　나는 칼리지온더힐 대학 히틀러학과의 학과장이다. 내가 1968년 3월에 북아메리카에서 히틀러학을 창안했다. 동풍이 간헐적으로 불어오던 춥고 맑은 날이었다. 히틀러의 생애와 활동을 중심으로 학과 하나를 만들 수 있을 거라고 학장에게 제안하자, 그는 대번에 그 가능성을 간파했다. 나의 제안은 즉각 짜릿한 성공을 거두었다. 학장은 후에 닉슨과 포드 그리고 카터의 보좌관을 지내다가 오스트리아에서 스키 리프트 사고로 죽었다.

　4번가와 엘름가 교차로에서 차들이 슈퍼마켓 방향으로 좌회전을 한다. 상자 모양의 차 안에 웅크리고 앉은 경찰이 불법주차나 주차미터기 시간 초과, 검사시효 만료 스티커 부착 차량을 찾아 이 구역을 순찰한다. 시내 곳곳의 전신주에는 잃어버린 개와 고양이를 찾는 손수 만든 전단들이 붙어 있는데, 가끔 아이의 필체로 쓰인 것도 있다.

2

버벳은 키가 크고 상당히 풍만하다. 몸집이 크고 몸무게가 제법 나간다는 뜻이다. 머리카락은 열정적인 금발의 더벅머리인데, 예전에 '야한 금발'이라 불리던 그런 특이한 황갈색 색조를 띤다. 버벳이 자그마한 여자라면 이런 머리카락은 지나치게 귀엽고 장난스러우며 인위적으로 보일 것이다. 그러나 몸집이 있다보니 헝클어진 외관에도 어떤 진지함이 풍긴다. 그렇다고 풍만한 여자들이 그런 것을 계획하는 것은 아니다. 그들에게 교묘히 몸치장을 하는 계략 따위는 없다.

"당신 오늘 거기 와봤어야 하는데." 내가 그녀에게 말했다.

"어디?"

"스테이션왜건 오는 날이잖아."

"내가 또 놓쳤단 말이야? 미리 알려줬어야지."

"음악 도서관을 지나 고속도로까지 줄지어 늘어서 있었어. 파란색, 초록색, 자주색, 갈색 차들이. 햇빛을 받아 사막의 대상隊商처럼 번쩍였어."

"나한테 미리 알려줬어야지, 잭."

부스스한 머리를 한 버벳에게는 심각한 문제들에 너무 집중하느라 자신의 외모가 어떤지 모르거나 신경 쓰지 않는 사람 특유의 무심한 품위가 있다. 그렇다고 그녀가 세상 사람들이 일반적으로 생각하듯 대단한 것들을 베푸는 자선가는 아니다. 그녀는 아이들을 거두고 돌보며, 성인교육 프로그램에서 한 강좌를 가르치고, 시각장애인들에게 책을 읽어주는 자원봉사단에 속해 있다. 일주일에 한번 마을 변두리에 사는 트레드웰이라는 노인에게 책을 읽어준다. 마치 암반층이나 으슥한 늪지 같은 지표地標라도 되는 양 '트레드웰Treadwell 노인'이라고 알려진 사람이다.* 버벳은 『내셔널 인콰이어러』 『내셔널 이그재미너』 『내셔널 익스프레스』 『글로브』 『월드』 『스타』 같은 잡지에서 글을 골라 읽어준다. 그 늙은이는 일주일 치 컬트 추리소설을 요구한다. 그의 요청을 거절할 이유가 있겠는가? 중요한 점은 버벳이 무슨 일을 하든 그녀로 말미암아 내가 푸근한 보람을 느끼며, 충만한 영혼을 소유한 여자, 이를테면 햇빛과 충

* 'tread'는 지표면, 'well'은 우물, 샘 등을 가리킨다.

일한 삶과 잡다하게 복작대는 가족의 분위기를 사랑하는 존재와 인연을 맺었다고 느낀다는 것이다. 나는 그녀가 계산된 순서대로 솜씨 있게 일을 척척 처리하는 모습을 계속 주시한다. 그 모습은 객관세계에서 소외되었다고 느끼는 경향이 있던 내 전처들 — 정보기관과 관련이 있고 자기도취적이며 신경이 곤두선 여자들 — 과는 다르다.

"내가 보고 싶었던 건 스테이션왜건이 아니야. 그 사람들은 어떤 사람들일까? 여자들은 체크무늬 스커트에 케이블 니트 스웨터를 입고 있을까? 남자들은 승마용 재킷을 입었을까? 승마용 재킷이란 게 어떤 걸까? 대충 그런 거지."

"돈이 있어서 느긋해진 사람들이지. 그들은 자기들이 부를 누릴 자격이 있다고 진심으로 믿고 있어. 그렇게 확신하니까 그들의 몸도 일종의 강건함을 누리지. 윤기도 나고." 내가 말했다.

"그 수준의 소득 계층에서 죽음이란 어떤 것일지 상상하기가 어려워." 그녀가 말했다.

"아마 우리가 아는 그런 죽음은 없을 거야. 그냥 서류의 주인이 바뀌는 거겠지."

"우리한테 스테이션왜건이 없다는 말은 아니야."

"우리 차는 작고 번들대는 잿빛이잖아, 문 한짝엔 온통 녹이 슬었고."

"와일더가 어디 있지?" 버벳은 으레 그러듯이 겁에 질려 자기 아이인 와일더를 소리쳐 불렀다. 아이는 뒤뜰에서 세발자전거에 꼼짝 않고 앉아 있었다.

버벳과 나는 부엌에서 이야기를 나눈다. 우리집에서는 부엌과 침실이 주된 생활공간이고 권력의 거점이자 원천이다. 집의 나머지 부분을 가구, 장난감, 이전의 결혼생활들과 그때 얻은 아이들에게서 나온 모든 사용하지 않는 물건, 옛 인척들의 선물, 물려받은 헌 옷과 잡동사니 따위를 재놓는 공간으로 여긴다는 점에서 그녀와 나는 일치한다. 물건들, 상자들. 이런 소유물들이 왜 이렇게 슬픈 무게를 지니고 있을까? 그것들엔 어떤 어둠이, 일종의 불길한 예감이 달라붙어 있다. 그것들을 보면 개인적인 좌절과 패배가 아니라 범위와 내용에서 뭔가 좀더 일반적인 것, 뭔가 좀더 거대한 것을 경계하게 된다.

버벳은 와일더를 데리고 들어와 부엌 조리대 위에 앉혔다. 드니스와 스테피가 아래층으로 내려와 우리는 아이들에게 필요한 학용품에 관해 이야기를 나누었다. 금방 점심때가 되었다. 정신 산란하고 시끌벅적한 시간이 된 것이다. 우리는 이리저리 다니며 가벼운 말다툼도 하고 식기를 떨어뜨리기도 했다. 마침내 찬장과 냉장고에서 끄집어낸 것과 서로에게서 빼앗은 것에 흡족해하며 산뜻한 색깔의 음식에 겨자소스나 마요네즈를 조용히 바르기 시작했다. 분위기는 사뭇 진지하고 기대에 차 있어 마치 어렵사리 차지한 전리품을 대하는 것 같았다. 식탁이 비좁아서 버벳과 드니스는 둘 다 말은 하지 않았지만 서로를 팔꿈치로 밀어댔다. 와일더는 열어놓은 상자와 구겨진 호일, 번들거리는 감자칩 봉지, 반죽 같은 걸 담아 랩으로 씌워놓은 사발, 고리 달린 뚜껑과 철사 끈, 낱개로 포장된 오렌지 맛 치즈 조각 들로 뒤덮인 조리대 한가운데에 아직도 앉아 있었다. 내 외아들 하인리히가 들어와 이 광경을 유심히 뜯어보더니 뒷문으로 걸어나가 사라져버렸다.

"이건 내가 계획했던 점심은 아냐." 버벳이 말했다. "요거트에 맥아를 먹을까 진지하게 생각했단 말이야."

"전에 어디서 이런 말을 들었는데?" 드니스가 말했다.

"아마 바로 여기서일걸." 스테피가 말했다.

"엄만 계속 그런 걸 사들이잖아."

"하지만 절대 먹지는 않지." 스테피가 말했다.

"그런 걸 계속 사들이면 처치하기 위해서라도 먹게 될 거라고 생각하는 거지. 자기를 속이려는 꼴이야."

"그런 음식이 부엌의 반을 차지하고 있어."

"하지만 음식이 상해서 결국 못 먹고 버리게 되잖아." 드니스가 말했다. "그러고 나서 엄마는 이 과정을 전부 다시 시작해."

"어디를 둘러봐도 그런 음식투성이야." 스테피가 말했다.

"엄만 그걸 안 사면 죄책감을 느끼고, 사놓고 안 먹으면 죄책감을 느끼고, 냉장고에서 볼 때마다 죄책감을 느끼고, 버릴 때 죄책감을 느껴."

"꼭 피우지도 않는 담배를 피우는 것처럼." 스테피가 덧붙였다.

드니스는 열한살로 콧대가 센 아이다. 이 아이는 낭비가 되거나 위험하다고 생각되는 제 엄마의 버릇에 대해 거의 날마다 항의했다. 나는 버벳을 옹호했다. 다이어트와 관련해서 절제가 필요한 사람은 바로 나라고 말했다. 그녀의 외모를 내가 얼마나 좋아하는지도 상기시켰다. 적당하기만 하다면 큰 몸집에는 정직함이 깃들어 있다고도 암시했다. 사람들은 어느정도 몸집이 있는 사람을 신뢰하는 법이라고.

하지만 버벳은 자기 엉덩이와 허벅지가 마음에 들지 않는다며 빠른 걸음으로 걷거나 신고전주의풍으로 지어진 고등학교 운동장 계단을 뛰어올라가곤 했다. 그녀는 사랑하는 사람들이 진실을 보지 못하게 보호하려는 내 천성 때문에 내가 자기의 결점을 장점으로 만든다고 말했다. 진실 속에는 뭔가가 도사리고 있는 법이라고.

위층 복도에서 연기 경보가 울렸다. 배터리가 다 되었음을 알려주는 것이거나 아니면 집에 불이 났기 때문에 울린 것이다. 우리는 말없이 점심식사를 마쳤다.

3

칼리지온더힐 대학에서 학과장들은 교수복을 입는다. 거창하게 치렁거리는 긴 옷은 아니고 어깨에 주름이 잡힌 소매 없는 상의다. 나는 그 발상이 좋다. 시계를 보기 위해 옷의 접힌 부분에서 팔을 꺼내는 동작이 마음에 든다. 시간을 보는 단순한 행동이 이런 화려한 동작 때문에 변모하는 것이다. 장식적인 제스처는 삶에 낭만을 더해준다. 학과장이 교정을 가로질러 걸어오면서 중세풍 옷에서 구부정한 팔을 쑥 내밀면 디지털 시계가 늦여름 어스름 속에서 깜박거린다. 빈둥거리던 학생들이 그 광경을 목격하는 순간, 시간 자체를 하나의 복잡한 장식으로, 인간 의식이 빚어낸 로맨스로 볼지도 모른다. 이 복장은 물론 검은색이고 대부분의 옷과 잘 어울린다.

히틀러학과는 제 이름을 건 건물이 따로 없다. 우리는 백주년 기념관에 배정되었는데, 이 짙은 색 벽돌 건물을 공식적으로 '미국적 환경학과'라고 알려진 대중문화학과와 함께 사용하고 있다. 대중문화학과는 희한한 집단이다. 교수진은 영리하고 음흉하고 영화광에다 시시콜콜한 정보에 열광하는 이들로, 거의 뉴욕 출신 이주자들로 구성되어 있다. 그들은 문화의 자연발생 언어를 해독하기 위해, 그리고 유럽의 그늘 아래서 지낸 유년기 때 알게 된 빛나는 기쁨들을 하나의 공식적인 체계로 만들기 위해 이곳에 온 것이다. 풍선껌 포장지와 세제 광고 노래로 아리스토텔레스 철학을 하겠다는 식이다. 학과장은 알폰스 (패스트푸드) 스톰퍼나토인데 가슴이 벌어지고 인상이 사나운 사람으로, 그가 수집한 2차대전 이전의 탄산음료 병들이 연구실 한 귀퉁이에 상설 전시되어 있다. 학과의 다른 교수들도 모두 남자인데 구겨진 옷에 머리는 구질구질하며 자기 겨드랑이에 대고 기침을 한다. 함께 있으면 마치 수족이 절단된 동료의 시신을 확인하러 모인 트럭운전사노조 간부들처럼 보인다. 쓰라림과 의심, 음모가 속속들이 배어 있는 인상을 준다.

앞서 말한 몇몇 사항에 예외적인 인물은 전직 스포츠 기자인 머리 제이 시스킨드인데, 그가 내게 교내식당에서 점심을 같이 먹자고 청했다. 뭔지 알 수 없는 음식에서 풍기는 공공기관 특유의 냄새가 모호하고도 음울한 기억을 불러일으켰다. 힐 대학에 온 지 얼마 되지 않은 머리는 알이 작고 둥근 안경을 쓰고 턱선 전체를 따라 수염을 기른, 어깨가 구부정한 사내였다. 그는 살아 있는 우상을 가르치는 방문교수인데 대중문화학과의 동료들에게서 그때까지 알아낸 것들 때문에 당혹스러워하는 것 같았다.

"전 음악도 이해하고 영화도 이해해요. 심지어 만화책이 뭔가 말해줄 수 있다는 것도 알겠어요. 하지만 이곳엔 시리얼 박스만 읽는 정교수들이 있더군요."

"그게 우리가 가진 유일한 아방가르드지요."

"불평하는 것은 아닙니다. 저는 여기가 좋아요. 이곳에 온통 빠져 있답니다. 소도시 환경에요. 대도시와 복잡한 성적 관계에서 벗어나고 싶어요. 열기 말이죠. 제게 대도시란 바로 그걸 뜻합니다. 기차에서 내려 역 바깥으로 걸어나오면 후끈 몰아치는 열풍을 맞죠. 대기와 차들과 사람들의 열기. 음식과 섹스의 열기. 거대한 빌딩들의 열기. 지하철과 터널에서 흘러나오는 열기 말이에요. 대도시에서는 기온이 항상 8도쯤 더 높아요. 열기가 인도에서 올라오고 오염된 하늘에서 떨어지죠. 버스들은 열기를 내뱉고. 열기는 쇼핑객들과 사무원들에게서도 발산되고요. 기반 시설 전체가 열에 바탕을 두고 필사적으로 열을 소모하고 더 많은 열을 발생시키죠. 과학자들이 즐겨 이야기하는 열에 의한 우주의 궁극적 죽음이란 것이 이미 진행 중이어서, 대도시나 중간 크기의 도시에서는 우리 주변 어디서나 그게 일어나고 있음을 느낄 수 있어요. 열기와 습기 말입니다."

"어디서 지내고 있습니까, 머리?"

"잠만 자는 하숙집에서요. 거기 홀딱 반해서 푹 빠져 있답니다. 정신병원 옆의 낡아빠진 멋진 집이죠. 하숙생이 일고여덟 정도 되는데, 저 말곤 거의 붙박이들이에요. 끔찍한 비밀을 품고 사는 여자. 뭔가에 홀린 표정의 남자. 자기 방 밖으로 절대 나오지 않는 남자. 아무리 기다려도 오지 않을 뭔가를 기다리며 몇시간이고 우편함 곁에 서 있는 여자. 과거가 없는 남자. 과거가 있는 여자. 그곳에는 제가 진짜 감응을 느끼는 영화 속 불행한 인생들의 냄새가 납니다."

"당신은 그중 어떤 사람인데요?"

"유대인이죠. 뻔하잖아요?"

머리가 거의 코듀로이 일색의 옷을 입고 있다는 사실에는 뭔가 애처로운 면이 있었다. 나는 그가 비좁은 콘크리트 공간에서 살던 열한살 때부터 이 억센 천을 어떤 아득히 먼 나무 그늘진 곳에서의 고상한 학식과 관련지어왔다는 느낌을 받았다.

"블랙스미스*란 이름의 마을에서 어찌 행복하지 않을 수 있겠어요." 그가 말했다. "저는 난처한 상황을 피하려고 이곳에 왔어요. 도시는 그런 상황들로, 성적으로 약삭

* '대장장이'라는 뜻.

24

빠른 사람들로 넘쳐난답니다. 이젠 여자가 내 몸의 일부를 마음대로 주무르도록 부추기고 싶지 않은 거지요. 디트로 이트에서 한 여자와 골치 아픈 상황에 빠졌어요. 이혼소송에서 그 여자는 내 정액을 요구했어요. 아이러니한 건 제가 여자들을 사랑한다는 점이죠. 주중에 아침햇살이 아른대는 강물 위로 산들바람이 살짝 솟아오르듯 경쾌하게 내딛는 긴 다리를 보면 완전히 무너집니다. 두번째 아이러니는 말이죠, 제가 궁극적으로 갈구하는 것이 여자들의 육체가 아니라 그들의 정신이라는 점이에요. 그건 마치 물리 실험처럼 미묘하게 채워져서 단일한 방향으로 거대한 흐름이 일어나는 것과 같아요. 스타킹 신은 지적인 여자가 다리를 꼴 때 말을 거는 게 얼마나 신나는지 몰라요. 나일 론이 스치면서 살짝 정전기를 일으키는 그 소리는 여러 차원에서 절 행복하게 해줍니다. 이와 연관된 세번째 아이러니는, 제가 어김없이 끌리는 상대는 더없이 복잡하고 신경이 예민하고 까다로운 여자들이란 점입니다. 전 단순한 남자와 복잡한 여자가 좋아요."

머리의 머리카락은 숱이 많았다. 눈썹은 짙고 머리카락 다발이 목 양옆에서 둥글게 말려올라갔다. 콧수염 없이 턱에만 기른 짧고 뻣뻣한 수염은 상황에 따라 뗐다 붙였다 할 수 있는 선택사양처럼 보였다.

"어떤 강의를 할 계획이에요?"

"바로 그 점에 관해 선생님과 이야기하고 싶습니다." 그가 말했다. "선생님은 여기서 히틀러로 경이로운 일을 해 냈어요. 히틀러를 창안하고 육성해서 자신의 것으로 만들 었죠. 이 나라 이 지역에서 어느 대학 교수건 히틀러라는 말을 입 밖에 내려면, 말 그대로건 은유로건 선생님 쪽으로 고개를 숙이지 않을 수 없어요. 이곳이 중심이자 의문의 여지 없는 원천인 거죠. 그는 이제 선생님의 히틀러, 글래드니의 히틀러가 되었어요. 선생님은 필시 이런 상태가 아주 만족스러우실 테지요. 이 대학은 히틀러 연구의 결과로 국제적으로 알려졌어요. 정체성과 성취감을 얻은 것이죠. 선생님은 이 인물을 중심으로 하나의 체계 전체를, 수많은 하부구조와 관련 연구분야를 지닌 하나의 구조를, 역사 속의 역사를 발전시킨 겁니다. 그런 노력이 놀랍습니다. 노련하고 기민하며 기막힐 정도로 선견지명이 있었어요. 그리고 그것이야말로 제가 엘비스를 테마로 하고 싶은 일입니다."

며칠 뒤 머리는 내게 '미국에서 사진이 가장 많이 찍힌 헛간'으로 알려진 관광명소에 대해 물었다. 우리는 차를 타고 파밍턴 근처 시골로 35킬로미터를 달렸다. 그곳에는 목장과 사과 과수원이 있었다. 하얀 울타리가 굽이치는 들판을 가로질러 길게 뻗어 있었다. 얼마 안 가서 표지판이 나타나기 시작했다. 미국에서 사진이 가장 많이 찍힌 헛간. 우리는 현장에 도착하기 전에 다섯개의 표지판을 보았다. 임시주차장에는 승용차 마흔대와 관광버스 한대가 있었다. 우리는 관람과 촬영을 위해 마련된 둔덕으로 이어지는 샛길을 따라 걸어갔다. 모든 사람이 카메라를 갖고 있었다. 몇몇은 삼각대, 망원렌즈, 필터장비까지 들고 왔다. 노점에서 한 사내가 엽서와 슬라이드를 팔고 있었다. 이 둔덕에서 찍은 헛간 사진들이었다. 우리는 나무 몇그루가 있는 곳 주변에 서서, 사진 찍는 사람들을 지켜보았다. 머리는 오랫동안 침묵을 지키면서 이따금 작은 노트에 짧은 메모를 휘갈겼다.

"헛간을 보는 사람이 아무도 없어요." 마침내 머리가 입을 열었다.

다시 긴 침묵이 이어졌다.

"일단 이 헛간의 표지판을 보고 나면, 헛간을 본다는 것은 불가능해집니다."

그러고는 또다시 말이 없어졌다. 카메라를 든 사람들이 둔덕을 떠나자 다른 이들이 순식간에 그 자리를 메웠다.

"우린 이미지를 포착하러 여기 온 게 아니에요, 그걸 유지하러 온 거지요. 모든 사진이 사물의 아우라를 강화합니다. 느껴지시나요, 선생님? 이름 없는 에너지들의 축적이."

침묵이 이어졌다. 노점의 사내는 엽서와 슬라이드를 팔았다.

"여기 오는 것은 일종의 정신적 항복입니다. 우린 그저 다른 사람들이 보는 것만 보죠. 과거에 여기 온 수많은 사람들, 미래에 올 수많은 사람들이 보는 것 말입니다. 우린 집단적 지각의 일부분이 되는 데 동의한 거지요. 이것이 말 그대로 우리의 시각을 채색합니다. 관광이 모두 그렇듯이, 어떤 의미에서 이건 종교적인 경험이죠."

또다시 침묵이 뒤따랐다.

"저 사람들은 사진 찍는 모습을 사진 찍고 있어요." 머리가 말했다.

그러고는 한동안 아무 말도 하지 않았다. 우리는 끊임없이 찰칵대는 셔터 버튼 소리와 필름을 스르륵 감는 레버 소리에 귀기울였다.

"사진이 찍히기 전에 이 헛간은 어땠을까요?" 머리가 말했다. "어떻게 생겼었을까요? 다른 헛간과 어떻게 달랐고 어떤 점이 비슷했을까요? 우린 이런 물음에 답할 수가 없어요. 이미 표지판을 읽었고, 사진을 찍어대는 사람들을 봐버렸기 때문이죠. 우린 이 아우라 바깥으로 나갈 수 없어요. 이 아우라의 일부인 거죠. 우린 여기에 존재하고, 우린 지금 존재하고 있어요."

그는 이 사실이 무척 즐거운 것 같았다.

4

경기가 나쁠 때 사람들은 과식하고픈 충동을 느낀다. 블랙스미스는 자루 같은 바지를 입고 짧은 다리로 어기적거리는 비만 어른과 아이로 가득하다. 그들은 소형차에서 빠져나오려 낑낑댄다. 그들은 운동복을 입고 가족 단위로 이 지역을 달린다. 그들은 음식 생각으로 가득한 얼굴로 거리를 걸어온다. 그들은 가게에서, 차에서, 주차장에서, 버스 정거장이나 영화관 앞에 줄을 서서, 장엄한 나무 아래에서 먹어댄다.

노인들만이 이 먹기 열병에서 면제된 것 같다. 노인들이 이따금 그들 특유의 말과 행동을 하지 않을 때면, 단정하게 꾸민 여자 노인들과 단호하고 잘 차려입은 남자 노인들이 슈퍼마켓 바깥에 늘어선 쇼핑 카트를 골라잡는 모습은 날씬하고도 건강해 보인다.

나는 고등학교 잔디밭을 가로질러 건물 뒤쪽의 작은 운동장을 향해 걸어갔다. 버벳은 운동장 계단을 뛰어올라가고 있었다. 나는 맞은편 돌계단의 첫 줄에 앉았다. 하늘에는 줄무늬구름이 가득했다. 버벳은 계단 꼭대기까지 올라가자 멈춰서더니 높다란 난간에 손을 얹고 비스듬하게 기대어 휴식을 취했다. 잠시 그러고 있다가 돌아서서 가슴을 출렁거리며 다시 걸어내려왔다. 그녀가 입은 특대 사이즈의 운동복이 바람에 팔랑거렸다. 손을 쫙 펴서 골반에 얹고 걸었다. 고개를 젖히고 차가운 공기를 들이켰는데 나를 보지는 못했다. 맨 아래 계단에 이르자 좌석 방향으로 돌아서서 목 스트레칭 비슷한 동작을 했다. 그러고는 다시 계단을 뛰어오르기 시작했다.

버벳은 세차례 더 계단을 뛰어올라갔다가 천천히 걸어내려왔다. 주위에는 아무도 없었다. 그녀는 머리카락을 휘날리고 다리와 어깨를 움직이며 열심히 운동했다. 꼭대기에 도달할 때마다 머리를 숙이고 상체를 들썩이면서 벽에 기대었다. 마지막으로 내려온 버벳을 운동장 가에서 만나 포옹하면서 나는 그녀의 회색 면바지 허리밴드 안으로 손을 찔러넣었다. 조그마한 비행기 한대가 나무들 위로 모습을 드러냈다. 땀에 젖고 따뜻해진 버벳은 동물처럼 쌔근거렸다.

버벳은 달리기를 하고 눈을 치우고 욕조와 개수대의 틈

새를 틀어막는다. 와일더와 단어 맞히기 게임을 하고 밤에
는 잠자리에서 에로문학의 고전을 큰 소리로 읽는다. 나는
뭘 하느냐고? 난 쓰레기봉투를 빙빙 돌려 비틀어 묶고, 대
학 구내수영장에서 레인을 여러번 왕복한다. 내가 걸어가
고 있을 때면 조깅하는 사람들이 뒤에서 소리도 없이 다가
와 옆쪽에서 불쑥 나타나는 바람에 바보처럼 깜짝 놀란다.
버벳은 개와 고양이에게 말을 건다. 나는 오른쪽 눈으로
곁눈질할 때 울긋불긋한 점들이 보인다. 버벳은 신이 나
환해진 얼굴로 우리가 결코 떠나지 않을 스키여행을 계획
한다. 나는 언덕을 걸어올라 학교로 출근하면서 새로 지은
집들의 진입로에 깔린 회칠한 돌을 눈여겨본다.

누가 먼저 죽을까?

이 물음은 차 열쇠가 어디 있더라, 하는 물음처럼 수시
로 떠오른다. 그러면 우리는 하던 말을 멈추고 오래도록
서로를 바라본다. 나는 이 생각 자체가 육체적 사랑의 본
성 가운데 일부가 아닐까, 살아남은 자에게 슬픔과 두려움
을 새기는 일종의 전도된 진화론이 아닐까 궁금해진다. 아
니면 우리가 숨쉬는 공기 속의 어떤 불활성 요소이거나 융
해점을 지닌 네온 같은 희귀 물질이거나 원자의 질량 같은
것일까? 경주용 트랙 위에서 나는 버벳을 안았다. 아이들
이, 밝은색 반바지를 입은 서른명가량의 여자아이들이, 믿
기지 않을 정도로 가뿐하게 튀어오르는 무리가 우리 쪽으
로 뛰어왔다. 활기찬 숨소리, 아이들의 발이 땅에 닿을 때

중첩되는 리듬들. 가끔 나는 우리의 사랑이 미숙하다고 생각한다. 죽음의 문제가 현명하게도 그 점을 상기시킨다. 그로써 미래에 대한 우리의 순진함이 치유된다. 사소한 것들은 죽을 운명인가, 아니면 그런 생각이 미신인가? 우리는 여자아이들이 되돌아오는 모습을 지켜보았다. 얼굴과 걸음걸이가 제각각인 아이들이 기다란 행렬을 이루었는데, 열망에 들떠 무게가 거의 나가지 않는 것처럼 땅을 딛는 발걸음이 사뿐하다.

메리어트 공항호텔, 다운타운 트레블로지 호텔, 쉐라톤 인, 컨퍼런스 센터.

집으로 돌아오는 길에 나는 말을 꺼냈다. "크리스마스에 비가 집에 오고 싶대. 스테피랑 같이 재우면 될 거야."

"걔들 서로 아는 사이인가?"

"디즈니월드에서 만났어. 괜찮을 거야."

"로스앤젤레스엔 언제 갔었어?"

"애너하임이겠지."

"애너하임엔 언제 갔어?"

"정확히 말하면 올랜도겠지.* 이제 거의 3년이 다 됐어."

"그때 난 어디 있었지?" 그녀가 말했다.

트위디 브라우너와의 결혼에서 생긴 내 딸 비는 워싱턴 교외에서 중학교 1학년을 막 시작한 참인데 한국에서 2년

---

* 버벳은 로스앤젤레스 근처 애너하임의 디즈니랜드와 플로리다주 올랜도의 디즈니월드를 혼동하고 있다.

을 보낸 뒤 미국 생활에 다시 적응하느라 어려움을 겪고 있었다. 그애는 택시로 학교에 가고, 서울과 도쿄의 친구들에게 전화를 걸었다. 해외에 있을 때 비는 트릭스 시리얼 바가 든 케첩 샌드위치를 먹고 싶어했다. 지금은 파 덤불과 새끼 새우로 요란하게 지글거리는 요리를 만드느라 트위디의 전문가용 레인지를 독차지하고 있다.

금요일인 그날 밤, 우리 여섯 식구는 중국음식을 시켜 먹으면서 함께 텔레비전을 보았다. 버벳이 규칙으로 정한 일이다. 그녀는 아이들이 부모나 양부모와 함께 일주일에 한번 텔레비전을 보면, 그들의 눈에 이 매체가 매력을 상실하고 건전한 가족 오락으로 변모하는 효과를 거둘 것이라고 생각하는 듯했다. 텔레비전의 마취적인 영향력과 섬뜩하고 병적으로 두뇌를 마비시키는 힘이 점차 줄어들 것이라는 생각이었다. 나는 이런 논리 탓에 왠지 약간 무시당하는 느낌이 들었다. 사실 이런 저녁은 우리 모두에게 미묘한 형태의 처벌이었다. 하인리히는 춘권을 앞에 두고 말없이 앉아 있었다. 스테피는 화면에서 뭔가 망측하거나 수치스러운 일이 어떤 사람에게 곧 닥칠 듯한 순간마다 괴로워했다. 이 아이는 천성적으로 다른 사람들의 일로 인해 무척이나 곤혹스러워하는 경향이 있다. 그래서 문제의 장면이 끝났다고 드니스가 신호해줄 때까지 거실 밖으로 나가 있곤 했다. 드니스는 이런 상황을 활용해서 강인함에 대해, 이 세상에서 살아가기 위해 야박해지고 낯 두꺼워질 필요에 대해 동생에게 조언을 했다.

금요일마다 텔레비전 앞에서 저녁시간을 보낸 후, 밤늦도록 히틀러에 관한 책을 탐독하는 것이 나 자신의 공식적인 습관이었다.

그런 어느날 밤 나는 침대에 누워 있는 버벳 곁으로 들어가, 1968년 당시에 히틀러학의 창안자로 진지하게 받아들여지기를 바란다면 내 이름과 외모를 좀 손봐야 할 거라고 학장이 내게 충고했던 이야기를 들려주었다. 잭 글래드니론 안되겠어,라고 말하면서 다른 이름을 쓸 수 없겠느냐고 그는 내게 물었다. 우리는 마침내 이니셜을 하나 더 만들어서 내 이름을 J. A. K. 글래드니라고 하기로 동의했는데, 마치 빌려 입은 양복에 붙은 이름표 같았다.

학장은 자기표현이 미약한 내 성향을 지적하면서 그 점을 주의하라고 경고했다. 또 몸무게를 불려야 한다고 강력히 권고했다. 내가 히틀러로 "다시 자라기"를 바랐다. 학장 자신은 키가 크고 배가 나왔으며 불그스레한 혈색과 이중턱에 발도 크고 둔했다. 위협적인 요소들의 조합인 것이다. 나는 키가 크고 손발도 큰 이점은 있지만 덩치가 너무 없다고, 말하자면 내게 병적인 과잉, 부풀리기와 과장, 위압감을 주는 육중함 같은 분위기가 필요하다고, 적어도 그는 그렇게 믿고 있었다. 내가 조금 더 못생길 수만 있다면 내 경력에 엄청난 도움이 되리라고 암시하는 것 같았다.

이리하여 히틀러는 내게 성장과 발전의 모델이 되었다.

때때로 이런 노력을 기울이기가 마뜩잖기도 했지만. 검고 두껍고 묵직한 테에다 짙은 색 렌즈를 끼운 안경은 나 자신의 아이디어였고, 당시의 아내가 기르지 말라고 반대한 숱 많은 수염의 대안이었다. 버벳은 J. A. K.라는 이니셜 조합이 마음에 든다며 그것이 천박한 의미에서의 관심 끌기는 아니라고 생각한다고 말했다. 그녀에게 그 이름은 품위와 의미심장함과 위신을 암시했다.

　나는 그 이름을 따라다니는 위조된 인물이다.

5

뚜렷한 목표가 없는 이런 날들을 즐길 수 있을 때 즐기
자,라고 나는 뭔가 빠르게 가속되는 두려운 느낌이 들어
스스로에게 말했다.

아침식사 때 버벳은 이야기를 들려줄 때 내는 목소리로
우리 모두의 별자리 운세를 크게 읽어주었다. 내 별자리를
읽을 때는 듣지 않으려 애썼다. 사실은 듣고 싶었고 뭔가
단서를 찾고 있었다고 생각하지만 말이다.

저녁을 먹은 뒤 위층으로 올라가는데, 텔레비전에서
"가부좌로 앉아서 여러분의 척추를 떠올려보세요"라는
말이 흘러나왔다.

그날 밤 잠든 지 얼마 되지 않아 나는 내 속으로 추락하
는 듯한, 심장이 멎는 얕은 곤두박질을 경험했다. 깜짝 놀

라 깨어나 어둠속을 응시하면서, 이것이 근간대경련이라고 알려진 꽤 일반적인 근육수축임을 깨달았다. 그게 원래 이런 것인가, 이렇게 느닷없고 독단적인 것인가? 생각건대, 죽음이란 수면에 아무 흔적도 남기지 않으면서 우아하게 날갯짓하며 매끄럽게 잠겨드는 백조의 잠수가 되어야 하는 것 아닌가?

청바지가 건조기 속에서 소리를 내며 돌아갔다.

우리는 슈퍼마켓에서 머리 제이 시스킨드와 마주쳤다. 그의 바구니에는 상표명 없는 음식과 음료, 즉 흰색 무지 포장에 간단한 라벨만 붙은 브랜드 없는 제품들이 담겨 있었다. **복숭아 통조림**이라는 라벨이 붙은 하얀 캔 한통. 내용물 일부를 보여주는 투명 비닐창이 없는 하얀 포장용기에 담긴 베이컨. **고르지 않은 땅콩**이라고 적힌 흰색 포장지로 싸인 병에 든 볶은 땅콩. 내가 소개하자 머리는 고개를 계속 끄덕이며 버벳에게 인사했다.

"이게 바로 새로운 내 펍이지요." 머리가 말했다. "운치 없는 포장 말입니다. 저는 그게 좋더라고요. 돈을 아낄 뿐 아니라 모종의 정신적 합의에 기여하고 있다는 느낌이 들어서요. 꼭 3차대전 같아요. 모든 게 하얗죠. 그들은 우리의 화려한 색깔들을 앗아가서 전쟁 수행에 사용할 겁니다."

그러고는 우리 카트에서 물품들을 집어들고 냄새를 맡으면서 버벳의 눈을 깊숙이 들여다보았다.

"저도 이런 땅콩을 사본 적이 있어요. 둥글거나, 네모나

거나, 얽거나, 주름진 것들이에요. 깨진 땅콩이요. 병 밑바닥에 가루가 수북이 쌓여 있고요. 그래도 맛은 좋아요. 무엇보다 포장지가 마음에 들어요. 선생님 말씀이 맞았어요. 이게 바로 최후의 아방가르드죠. 대담하고 새로운 형식입니다. 충격을 주는 힘이 있어요."

어떤 여자가 가게 앞쪽에서 문고판 책들이 놓여 있는 선반 쪽으로 넘어졌다. 한 건장한 남자가 한쪽 구석의 높다란 칸막이 뒤에서 나와서는 좀더 선명한 시야를 확보하려고 고개를 기울이면서 그 쪽으로 조심스레 다가갔다. "리언, 파슬리 얼마?" 계산원 여자가 묻자 그는 넘어진 여자에게 다가가면서 대답했다. "79센트." 그의 가슴에 달린 주머니에는 매직펜이 가득 꽂혀 있었다.

"그러면 요리는 하숙집에서 직접 하시겠네요." 버벳이 말했다.

"방에 전기레인지가 있어요. 거기서 잘 지냅니다. 텔레비전 편성표를 읽고 『유폴로지스트* 투데이』에 실린 광고도 보면서요. 전 미국의 매력과 공포에 푹 빠져들고 싶습니다. 세미나 수업도 잘되고 있어요. 학생들은 똑똑하고 호응도 좋습니다. 걔들이 질문을 하면 제가 대답을 해주지요. 제가 말을 하면 노트에 받아적습니다. 제 생에 이런 일은 아주 뜻밖이에요."

* 'UFO 연구가'라는 뜻.

머리는 우리가 산 강력 진통제 병을 집어들고는 어린이 보호용 마개 가장자리를 따라 킁킁 냄새를 맡았다. 허니듀 멜론과 탄산수와 진저에일 병에도 코를 갖다댔다. 버벳은 의사가 내게 아예 가지도 말라고 충고했던 냉동식품 코너로 갔다.

"사모님의 머리카락이 경이롭네요." 머리는 새로운 발견으로 말미암아 나에 대한 존경심이 더욱 깊어졌다는 뜻을 전하려는 듯 내 얼굴을 자세히 들여다보며 말했다.

"예, 그렇지요." 내가 대답했다.

"대단한 머리카락이에요."

"무슨 말인지 알 것 같아요."

"저 여성분의 진가를 알아주시기를 바랍니다."

"물론이지요."

"저런 여성분은 정말 흔치 않으니까요."

"알고 있습니다."

"자녀들한테도 잘하시겠습니다. 그보다도 집안에 흉사가 있을 때 사모님께서 옆에 계시면 정말 든든하시겠어요. 상황을 장악하고 강단과 확신을 보여줄 타입이시네요."

"사실은 아내도 무너집니다. 장모님이 돌아가셨을 때 그랬어요."

"누구라도 그랬겠죠."

"스테피가 캠프에 가서 손뼈가 부러졌다고 전화했을 때도 그랬습니다. 우리는 밤새 차를 몰아야 했죠. 버벳은 계

속 울고, 나도 정신이 없어 화물차 전용도로로 들어서고
말았지요."

"자기 딸이 멀리서 낯모르는 이들 사이에서 아파하는데
누가 안 그렇겠습니까?"

"자기 딸이 아니에요. 제 딸입니다."

"자기 딸도 아닌데 그런단 말입니까?"

"예."

"정말 대단하시군요. 정말 마음에 듭니다."

우리 셋은 입구 주변에 온통 흩어져 있는 책들 사이로
조심스레 쇼핑카트를 밀고 나왔다. 머리가 우리 카트 중
하나를 주차장까지 밀어주고, 두겹 봉투에 든 온갖 상품을
스테이션왜건의 짐칸에 싣는 것을 도와주었다. 차들이 들
어오고 나갔다. 소형차를 탄 경찰이 주차 미터기의 빨간색
시간 초과 표시를 찾아다니며 구역을 순찰하고 있었다. 우
리는 머리의 하얀 물건들이 담긴 단 하나뿐인 가벼운 봉투
를 우리 짐에 추가하고 엘름가를 가로질러 그의 하숙집 쪽
으로 향했다. 버벳과 나는 우리가 구입한 상품들의 질량과
다양성에서, 저렇게 빽빽하게 들어찬 봉투들이 암시하는
저 순전한 충만함 — 무게와 크기와 수량, 친근한 포장 디
자인과 생생한 활자, 초대형 규격품, 형광색 세일 스티커
가 붙은 가족용 할인 꾸러미 — 속에서, 우리가 느낀 재충
전감, 이를테면 이런 상품들이 우리 영혼 속의 어떤 아늑
한 집에 가져다주는 행복감, 안전감, 만족감 속에서 존재

의 충만함을 성취한 것 같았다. 이런 감흥은 외로운 저녁 산책을 중심으로 삶을 꾸리면서 물질을 덜 필요로 하고 덜 기대하는 사람들은 알지 못하는 것이다.

헤어지면서 머리는 버벳의 손을 잡았다.

"제 방에 초대하고 싶지만, 친밀한 사이가 될 각오가 없으면 두 사람이 있기에는 너무 좁습니다."

머리는 은밀하면서 동시에 솔직한 표정을 지을 수 있다. 완전히 망할 수도 욕망을 자극하는 데 성공을 거둘 수도 있는 표정이다. 도시에서 이리저리 얽혀 살던 시절에 그는 여자를 유혹하는 방법은 투명하고 솔직한 욕망 오직 한가지밖에 없다고 믿었다고 한다. 자기비하, 자기조롱, 애매함, 아이러니, 미묘함, 쉽게 상처 받는 자질, 문명세계의 피로와 비극적 역사인식 ── 그의 말에 따르면, 자신에게는 가장 자연스러운 바로 그런 요소들 ── 은 피하려고 애썼다. 이 가운데 단 한가지 요소, 즉 쉽게 상처 받는 자질만은 그의 직설적인 욕망 프로그램 속에 차차 받아들였다. 그는 여자들이 매력을 느낄 만한 상처 받는 자질을 계발하려고 노력 중이다. 의식적으로 그 일에 노력을 기울이는데, 마치 헬스클럽에서 거울을 보며 바벨을 들어올리는 남자 같다. 하지만 지금까지 그의 노력은 수줍어하면서 환심을 사려는, 이렇게 반쯤 은밀한 표정밖에 일궈내지 못했다.

그는 태워줘서 고맙다고 인사했다. 우리는 그가 시멘트 벽돌로 받쳐놓은 비스듬한 현관 쪽으로 걸어가는 모습을 지켜보았다. 현관 베란다에는 흔들의자에 앉은 사내가 허공을 응시하고 있었다.

6

하인리히의 머리가 벗어지기 시작한다. 나는 그 이유가 궁금하다. 애 엄마가 임신했을 때 무슨 유전자 침투 약물이라도 먹었나? 내가 잘못한 것이라도 있나? 나도 모르는 사이에 화학물질 폐기장 근처에서, 두피의 퇴화나 찬란한 일몰을 유발하는 산업폐기물을 나르는 기류가 통과하는 곳에서 아이를 길렀나? (사람들은 이 근방의 일몰이 30~40년 전에는 이렇게 아찔할 정도로 멋지지 않았다고들 한다.) 역사에 내재한, 그리고 인간 자신의 피의 흐름에 내재한 인간의 죄책감은 테크놀로지라는, 일상적으로 스며들며 믿음을 저버리는 죽음 때문에 복잡해졌다.

아이는 열네살인데 종종 속내를 알 수 없거나 시무룩하며 어떤 때는 거슬릴 정도로 고분고분하다. 나는 이 아이

가 우리의 바람과 요구에 이렇게 기꺼이 양보하는 것이 우
리를 비난하는 은밀한 무기라는 느낌이 든다. 버넷은 아
이가 저러다가 텅 빈 쇼핑몰에 자동소총 수백발을 난사한
뒤, 바리케이드 친 방에서 방탄복에 중무장을 하고 휴대용
확성기를 든 특수기동대SWAT와 대치하는 지경에 이를까봐
걱정한다.

"오늘밤에 비가 올 거예요."

"지금 오고 있는데." 내가 말했다.

"라디오에서 오늘밤이라고 했어요."

목감기와 열로 며칠 쉬다가 처음 학교에 가는 날 나는
아이를 태워다주었다. 노란 비옷을 입은 여자가 아이들이
길을 건너게끔 차들을 정지시켰다. 나는 그 여자가 수프
광고에 등장하는 모습을 상상해보았다. 자기 남편―6주
밖에 살지 못할 자그마한 사내―이 김이 나는 바닷가재
수프 냄비를 내려다보고 서 있는 쾌적한 부엌으로 들어오
면서 방수모를 벗는 모습을.

"앞 유리를 봐." 내가 말했다. "저게 비야 아니야?"

"방송에서 들은 대로 말하는 것뿐이에요."

"라디오에서 그랬다고 해서 우리 감각에 대한 믿음을
중지해야 한다는 뜻은 아니야."

"우리 감각이요? 우리 감각은 맞을 때보다 틀릴 때가 훨
씬 많아요. 이건 실험실에서 입증되었어요. 보이는 대로인
것은 아무것도 없다는 그 모든 원리들을 모르세요? 우리

자신의 정신 바깥에는 과거도 현재도 미래도 없어요. 이른 바 운동법칙이란 거대한 사기예요. 소리도 정신을 속일 수 있어요. 소리를 못 듣는다고 해서 그것이 저 바깥에 없다는 뜻은 아니에요. 개는 들을 수 있거든요. 다른 동물들도요. 그리고 개도 못 듣는 소리가 있다는 걸 난 확실히 믿어요. 그래도 그 소리는 공기 중에 파동으로 존재하죠. 아마 그런 소리는 결코 그치지 않을 거예요. 높고, 높고, 높은 음의 소리가. 어딘가에서 나오고 있어요."

"비가 오고 있냐, 아니냐?" 내가 물었다.

"대답을 강요하지 마세요."

"누가 네 머리에 총을 갖다댄다면 뭐라고 할 건데?"

"누가요, 아빠가요?"

"누군가가 말이다. 트렌치코트에 김 서린 안경을 낀 사내가 말이야. 그가 네 머리에 총을 대고 이렇게 말하는 거야. '비가 오고 있냐, 아니냐? 진실만 말하면 총을 거두고 다음 비행기로 여길 빠져나갈 거다.'"

"그 사람이 어떤 진실을 원하는데요? 다른 은하계에서 광속으로 여행하는 어떤 사람의 진실을 원하나요? 중성 자별의 궤도를 도는 사람의 진실을 원하나요? 어쩌면 이 사람들이 망원경으로 우릴 본다면 우리 키는 65센티미터로 보일 거고 오늘이 아니라 어제 비가 오는 것인지도 몰라요."

"그가 네 머리에 총을 대고 있다고. 너의 진실을 원하고."

"내 진실이 무슨 소용이에요. 내 진실이란 아무 의미도 없어요. 총을 든 사내가 완전히 다른 태양계의 한 행성에서 왔다면 어떡하실 건데요? 우리가 비라고 부르는 것을 그는 비누라고 불러요. 우리가 사과라고 부르는 걸 비라고 부른다고요. 그러니 내가 그에게 무슨 말을 해야 하나요?"

"그의 이름은 프랭크 J. 스몰리이고 세인트루이스 출신이라고 쳐봐."

"그가 지금, 바로 이 순간에 비가 오고 있는지 알고 싶어 한다고요?"

"그래, 지금 여기. 맞아."

"'지금' 같은 것이 어디 있어요? '지금'은 아빠가 그 말을 하자마자 왔다가 사라져요. 아빠의 이른바 '지금'이란 게 내가 그 말을 하자마자 '그때'가 되어버린다면 지금 비가 오고 있다고 어떻게 말할 수 있어요?"

"넌 과거도 현재도 미래도 없다고 말했잖아."

"그건 우리가 쓰는 동사에만 존재하죠. 거기서만 발견될 뿐이에요."

"비는 명사야. 네가 내 질문에 대답할 다음 이분 안의 어떤 시간에건, 이 특정한 공간인 여기에, 비가 있니?"

"분명히 움직이고 있는 차 안에서 이 특정한 공간에 대해 논하고 싶으시다니, 바로 그게 이 토론의 문제점이라고 생각해요."

"그냥 좀 대답해봐, 알겠지, 하인리히?"

"제가 할 수 있는 최선은 추측하는 거예요."

"비가 오고 있거나 오지 않거나지." 내가 말했다.

"바로 그거예요. 제가 말하려는 요점이 바로 그거죠. 아빠도 결국 추측하실 거거든요. 오십보백보예요."

"하지만 비가 오는 것을 넌 **보고** 있잖니?"

"아빠는 태양이 하늘을 가로질러 움직이는 것도 봐요. 그렇지만 태양이 하늘을 가로질러 움직이는 건가요, 아니면 지구가 돌고 있는 건가요?"

"그 유추는 받아들이지 않겠어."

"아빠 이게 비라고 너무 확신하고 있어요. 이게 강 건너 공장에서 나오는 황산이 아닌지 어떻게 아시나요? 중국의 어떤 전쟁에서 유발된 방사능 낙진이 아닌지 어떻게 알아요? 아빤 지금 여기서 답을 원하시죠. 지금 여기서, 이 물질이 비라는 것을 입증할 수 있나요? 아빠가 비라고 하는 것이 진짜 비인지 어떻게 알 수 있난 말이에요. 도대체 비란 게 뭐예요?"

"하늘에서 떨어져서, 말하자면 너를 젖게 하는 물질이지."

"난 안 젖었어요. 아빠는 젖었어요?"

"그래, 너 잘났다." 내가 말했다.

"아니, 진지하게 묻는 건데요, 아빤 젖었어요?"

"수준급이구나." 내가 아이에게 말했다. "불확실성과 임의성과 혼돈의 승리로구나. 과학의 전성기야."

"신랄해지세요."

"궤변가와 시시콜콜 따지는 자들이 최상의 시간을 즐기고 있지."

"계속하세요, 신랄하게요. 난 개의치 않아요."

하인리히의 엄마는 지금 아슈람*에 살고 있다. 머더^{Mother} 데비라는 이름을 쓰면서 모종의 사업체를 운영 중이다. 아슈람은 지금은 다람샐레이퍼라 불리는, 몬태나주의 텁이라는 구리를 제련하던 마을의 교외에 있다. 흔히 떠도는 소문으로는 성적 방종, 성 노예, 마약, 누드, 세뇌, 열악한 위생, 탈세, 원숭이 숭배, 고문, 질질 끄는 끔찍한 죽음 등이 넘쳐난다고 한다.

나는 아이가 폭우을 뚫고 학교 입구로 걸어가는 모습을 지켜보았다. 아이는 현관까지 10미터쯤 남은 지점에서 위장 모자를 벗고는 일부러 천천히 걸어갔다. 이런 순간이면 나는 동물적인 절박함으로 내가 이 아이를 사랑한다는 것을 깨달으며, 아이를 코트 속에 품고 가슴에 꼭 껴안아 붙들어두고서 지켜주고픈 욕구를 느낀다. 이 아이는 위험을 자초하는 듯 보인다. 위험은 대기 중에서 응집되어 어디든지 아이를 따라다닌다. 버벳은 아이가 좋아하는 과자를 굽는다. 우리는 아이가 책과 잡지로 뒤덮인, 도료를 바르지 않은 자기 책상 앞에 앉은 모습을 지켜본다. 아이는 살인

* 힌두교 수행 공동체.

죄로 복역 중인 죄수와 우편으로 두는 체스 게임에서 어떤 행마를 할지 궁리하면서 곧잘 밤늦게까지 자지 않는다.

다음 날은 따뜻하고 화창하여 힐 대학의 학생들은 잔디밭과 기숙사 창가에 앉아 카세트테이프를 들으며 햇볕을 쬐고 있었다. 대기에 아련한 여름날의 몽상이 감돌면서 나른함을 즐길 수 있는 이런 날은 다시 한번 맨발로 나가 깎아놓은 클로버의 냄새를 맡을 마지막 기회다. 나는 우리의 최신 건물 아츠 듀플렉스로 들어갔다. 산화피막 처리를 한 알루미늄으로 된 바닷빛 녹색 표면에 구름이 걸려 있는 정면부를 중심으로 양쪽으로 뻗은 건물이다. 지하에는 영화관이 있는데, 플러시 천을 씌운 200석의 좌석에 경사진 바닥에는 짙은 색 카펫이 깔려 있다. 나는 첫줄 끄트머리 희미하게 빛이 비치는 곳에 앉아 4학년생들이 오기를 기다렸다.

그들은 모두 히틀러학 전공으로, 내가 지금껏 가르치는 유일한 과목인 '고급 나치즘' 수강생들이다. 이 과목은 주당 세시간으로 자격을 갖춘 4학년만 들을 수 있는데, 역사적 시각, 이론적 엄밀함, 그리고 퍼레이드와 집회와 제복 등에 대한 특별한 강조와 더불어 파시스트 독재의 지속적인 대중적 호소력에 대한 성숙한 통찰을 계발하는 것이 수업 목표다. 3학점으로, 리포트를 제출해야 한다.

학기마다 나는 배경 영상 상영을 준비했다. 영상은 선전영화, 전당대회 때 찍은 장면, 운동선수들과 등산가들의 행진을 담은 신비하고 장엄한 필름에서 잘라낸 부분들로 구성된 인상주의적인 팔십분짜리 다큐멘터리로 내가 편집한 것이었다. 군중 장면이 압도적이었다. 괴벨스의 연설이 끝난 후 스타디움 바깥의 수많은 군중을 클로즈업으로 찍은 장면에서, 사람들은 파도처럼 밀려와 집결하고 차량들 사이를 뚫고 터져나온다. 홀에는 나치 깃발과 장례 화환과 해골 휘장 들이 걸려 있다. 깃발을 든 수천명의 행렬이 얼어붙은 빛기둥들 앞에 정렬해 있고, 130개의 대공탐조등이 똑바로 공중을 비춘다. 기하학적 열망과 흡사한 이 장면은 대중들의 강력한 욕망을 나타내는 공식적 표현법이었다. 이야기를 하는 목소리는 전혀 없다. 단지 구호와 노래, 아리아, 연설, 고함, 갈채, 비난, 비명뿐이다.

나는 일어나 극장 앞쪽 가운데 통로에 자리를 잡고 입구를 바라보았다.

학생들은 포플린 반바지에 한정판 티셔츠나 세탁이 간편한 니트, 폴로셔츠나 줄무늬 럭비셔츠를 입고 햇빛이 비치는 밖에서 안으로 들어왔다. 나는 그들이 자리에 앉는 모습을 지켜보면서 숙연하고 경건한 분위기와 반신반의하는 기대감을 감지했다. 몇몇은 노트와 형광펜을 가져왔고, 몇몇은 화려한 색 바인더에 강의 자료를 넣어서 들고왔다. 학생들이 하나씩 자리를 잡을 때마다 서로 소곤거리고 종이가 부스럭거리고 의자들이 부딪는 소리가 났다. 나는 무대 정면에 기대서서 마지막 학생들이 들어오기를, 그리고 누가 우리의 저 관능적인 여름빛이 들어오지 못하게 문을 봉해주기를 기다렸다.

곧 침묵이 흘렀다. 내가 강의에 들어가는 서두를 꺼낼 시간이었다. 잠시 침묵이 깊어지도록 뜸을 들인 후, 편하게 움직일 수 있게 교수복 소매에서 팔을 꺼냈다.

관람이 끝나자 한 학생이 히틀러 암살 음모에 대해 질문했다. 토론은 음모 일반으로 이어졌다. 나는 어느덧 학생들에게 이렇게 말하고 있었다. "모든 음모는 죽음으로 향하는 경향이 있습니다. 이것이 음모의 본성이에요. 정치적 음모, 테러리스트의 음모, 연인들의 음모, 서사의 책략, 어린애들 놀이의 일부인 잔꾀까지도요. 음모를 짤 때마다 우리는 조금씩 더 죽음에 가까이 갑니다. 이는 모두가, 음모의 목표가 되는 사람들뿐 아니라 음모자들도 서명해야만 하는 계약과 같아요."

이게 사실인가? 내가 왜 이런 말을 했을까? 이 말이 무슨 뜻인가?

7

일주일에 이틀 밤 버벳은 마을 반대편에 있는 회중교회에 가서 그곳 지하실에 모인 성인들에게 바른 자세에 대해 강의한다. 기본적으로 서고 앉고 걷는 법을 가르치고 있다. 학생들 대다수는 노인이다. 그들이 왜 자세를 향상하고 싶어하는지 난 잘 모르겠다. 우리는 훌륭한 몸가짐에 관한 규칙을 따름으로써 죽음을 떨쳐버릴 수 있다고 믿는 모양이다. 가끔 나는 아내와 같이 교회 지하실에 가서 그녀가 서고 돌고 여러가지 멋진 자세를 취하거나 우아하게 몸짓하는 모습을 지켜본다. 그녀는 요가와 검도 그리고 최면 상태에서 걷는 법 등을 인용한다. 수피교* 수도승과 히말라야의 셰르파**도 언급한다. 노인들은 고개를 끄덕이며 경청한다. 그 어느 것도 낯설지 않으며 도저히 따라 하지 못할 만한 동작도 없다. 수업을 수용하고 신뢰하며 흔쾌하게 믿는 그들의 태도를 보면 나는 언제나 깜짝 놀란다. 자기 몸이 평생 지녀온 나쁜 자세를 없애려 하는 이때, 그들은 어떠한 미심쩍은 믿음이라도 죄다 동원할 수 있다. 그것은 회의주의의 종말이다.

우리는 금잔화 같은 달빛을 받으며 집을 향해 걸었다. 길 끄트머리에 있는 우리집은 오래되고 낡아 보였으며, 현관등이 플라스틱 세발자전거와 세시간 정도 태울 수 있는 분량의 색깔 불꽃 톱밥과 땔나무 더미 위를 비추었다. 드니스는 부엌에서 숙제를 하면서, 아래층에 내려와 마룻바닥에 앉은 채 오븐의 유리문을 응시하고 있던 와일더에게서 눈을 떼지 않고 있었다. 복도에는 고요가 깃들고 비스듬히 경사진 잔디밭에는 그늘이 드리워 있었다. 우리는 방문을 닫고 옷을 벗었다. 침대는 엉망이었다. 잡지 나부랭이, 커튼봉, 때 묻은 애들 양말 따위가 흩어져 있었다. 버벳은 브로드웨이 쇼에 나오는 노랫가락을 흥얼거리며 커튼봉을 구석으로 치웠다. 우리는 포옹하고 조심스레 침대로 가서 모로 누웠다. 그러다가 다시 자세를 고쳐 서로의 품 안으로 파고들면서 발목에 걸린 이불을 차냈다. 버벳의 몸에는 길쭉하니 오목한 곳이 무척이나 많다. 어둠속에서 손

* 이슬람교의 범신론적 신비주의를 따르는 종파.
** 티베트의 한 종족으로 흔히 히말라야 등산객의 안내인이자 짐꾼으로 일한다.

길을 멈춰 탐사해야 하는 곳들, 템포를 늦추게 만드는 곳들이.

우리는 지하실에 뭔가가 살고 있다고 생각했다.

"뭐 하고 싶어?" 버벳이 물었다.

"당신이 하고 싶은 건 뭐든 좋아."

"뭐든 당신이 제일 좋아하는 걸 하고 싶어."

"내가 제일 좋아하는 건 당신을 즐겁게 하는 거야." 내가 말했다.

"난 당신을 행복하게 해주고 싶어, 잭."

"난 당신을 즐겁게 해줄 때 행복해."

"난 그저 당신이 원하는 걸 하고 싶을 뿐이야."

"난 뭐든 당신이 제일 좋아하는 걸 하고 싶어."

"하지만 당신은 내가 당신을 즐겁게 해줄 수 있게 해주면서 날 즐겁게 하잖아." 그녀가 말했다.

"남성 파트너로서 상대에게 즐거움을 선사하는 건 내 임무라고 생각해."

"그게 섬세하고 배려 깊은 진술인지, 아니면 성차별적 발언인지 모르겠네."

"남자가 자기 파트너에게 사려 깊게 대하는 게 뭐가 잘못이야?"

"테니스 칠 때나 당신 파트너지, 하긴 테니스도 다시 시작하긴 해야겠지만. 그때 말곤 당신 아내라고. 내가 뭐 읽어줄까?"

"최고로 좋지."

"야한 거 읽어주면 좋아하는 거 다 알고 있어."

"당신도 좋아하는 것 같았는데."

"혜택과 만족을 얻는 쪽은 기본적으로 듣는 사람 아니야? 내가 트레드웰 씨한테 타블로이드 신문을 읽어주는 건, 그게 나한테 무슨 자극이 되어서는 아니라고."

"트레드웰은 시각장애인이지만 난 아니지. 난 당신이 야한 구절을 읽는 걸 좋아하는 줄 알았는데."

"내가 읽어서 당신이 즐거우면 나도 좋은 거지."

"하지만 바바*, 그렇게 해서 당신도 좋아야 돼. 그렇지 않으면 내 기분이 어떻겠어?"

"내가 읽어줘서 당신이 즐거우면 그건 내게도 즐거운 일이야."

"부담이 자꾸 왔다 갔다 하네. 즐거움을 얻는 쪽이 되는 부담 말이야."

"솔직히 말하자면, 잭, 난 읽어주고 싶어."

"당신 정말, 진짜로 그러고 싶어? 당신이 그럴 마음이 없으면 읽어주지 않아도 전혀 상관없어."

누군가가 복도 저 끝에 있는 텔레비전을 켜자 여자 목소리가 흘러나왔다. "쉽게 조각이 나면 그건 이판암이라는 것입니다. 젖었을 때 이판암은 진흙 냄새가 납니다."

* 버벳의 애칭.

우리는 야간 운행하는 차량들이 부드럽게 질주하는 흐름에 귀를 기울였다.

내가 말했다. "어느 시대를 읽을지 골라봐. 에트루리아 노예 소녀나 조지 왕조 시대 탕아에 대해 읽고 싶어? 매질하는 매음굴 이야기도 있는 것 같은데? 중세는 어때? 잠잘 때 덮치는 몽마도 있잖아. 수녀들도 많고."

"뭐든 자기가 제일 좋아하는 걸로."

"당신이 골라주면 좋겠어. 그게 더 섹시하잖아."

"한 사람은 고르고, 다른 한 사람은 읽는 거야. 우린 균형을, 말하자면 일종의 주고받기를 원하는 거 아닌가? 섹시하다는 건 바로 그런 거 아니겠어?"

"팽팽하게 결판이 나지 않네. 좋아. 그럼 내가 고를게."

"난 읽을게." 그녀가 말했다. "하지만 남자가 여자 안에 있다거나, 남자가 여자 안으로 들어간다거나 하는 그런 이야긴 고르지 않았으면 좋겠어. '나는 그녀에게 들어갔다.' '그는 내게 들어왔다.' 우리가 무슨 로빈나 엘리베이터냐고. '나는 그가 내 안에 들어오길 원했다'고 하면, 뭐 남자가 감쪽같이 기어들어와 장부에 이름을 적고 자고 먹고 다 한다는 거 같잖아. 여기에 동의할 수 있어? 들어가거나 들어오게 하거나 그런 것만 나오지 않으면 어떤 짓을 하건 상관없어."

"동의해."

"'난 그녀에게 들어가 찔러대기 시작했다.'"

"전적으로 동의한다니까." 내가 말했다.

"'내게 들어와, 들어와줘, 그래 좋아, 좋아.'"

"정말 바보 같은 표현이야."

"'렉스, 집어넣어줘. 내 속으로 들어와, 세게, 깊게 들어와줘, 지금, 그래, 오오.'"

나는 서서히 발기하는 것을 느꼈다. 어이없고 뚱딴지 같은 일이긴 했지만. 버벳은 자기가 지어낸 대사 때문에 웃음을 터뜨렸다. 텔레비전에서 이런 말이 들려왔다. "플로리다의 외과의사들이 인공 물갈퀴를 부착할 때까지는……"

버벳과 나는 서로에게 모든 것을 다 털어놓는다. 나는 내 아내들 각각에게, 비록 당시에는 대단찮은 일이었어도 모든 것을 다 말해왔다. 물론 결혼을 거듭할수록 말할 것도 더 많아진다. 하지만 내가 완전히 털어놓기의 소중함을 믿는다고 할 때는, 무슨 일화성 농담이라든가 얄팍한 폭로 같은 저급한 것을 의미하는 것은 아니다. 그것은 일종의 자기갱신이고 나 자신을 내맡기는 신뢰의 표현이다. 사랑은 우리로 하여금 상대의 돌봄과 보호에 자기 자신을 내맡길 만큼 확고한 정체성을 기르도록 도와준다. 버벳과 나는 서로에 대한 사려 깊은 관심 속에서 우리 삶을 이끌어왔고, 우리의 창백한 손 안 아련한 곳에 그것을 고이 간직해왔으며, 아버지와 어머니, 어린 시절, 우정, 각성, 옛사랑, 오래된 공포(죽음에 대한 공포는 제외하고)에 대해 밤이 기울도록 이야기를 나누었다. 아무리 사소한 일도 빼놓

아선 안된다. 진드기 옮은 개라든가 만용을 부리며 벌레를 삼킨 이웃집 사내아이의 이야기라도. 식품저장실 냄새, 텅 빈 오후가 주던 느낌, 우리 피부에 쏟아지던 사물들의 감각, 사실과 열정으로서의 사물들, 고통과 상실, 실망과 숨이 멈출 듯한 희열의 감각까지. 책을 읽어주는 이런 밤이면 우리는 그때 느꼈던 것과 지금 말하면서 느끼는 사물들 사이에 빈 공간을 새로 만들어낸다. 이것은 아이러니와 공감과 다정한 위안이 거할 수 있도록 할애된 공간이자, 과거로부터 우리 자신을 구해낼 수 있는 방도이기도 하다.

20세기에서 고르기로 마음을 정했다. 나는 가운을 입고 버벳이 골라 읽을 잡지 나부랭이를 찾으러 하인리히의 방으로 가기 위해 복도로 나섰다. 자신들의 성경험을 시시콜콜 적은 독자들의 편지를 싣는 그런 유형의 잡지였다. 이런 편지는 현대적 상상력이 성풍속사에 이바지한 몇 안되는 경우 중 하나라는 생각이 들었다. 이런 편지들에는 이중의 판타지가 존재한다. 사람들은 머릿속으로 상상한 일들을 적어 보내고, 나중에 전국적으로 출간된 잡지에서 그것을 다시 읽는다. 어느 편이 더 자극적일까?

하인리히의 방에서 와일더는, 하인리히가 쇠공과 샐러드 그릇으로 물리실험을 하는 모습을 지켜보고 있었다. 하인리히는 테리 천으로 된 실내복 차림에 목과 머리에 수건을 두르고 있었다. 아이는 내게 아래층에 가서 찾아보라고 했다.

자료 더미 속에서 가족 사진첩 몇개를 찾아냈는데, 그중 한둘은 적어도 50년쯤 된 것이었다. 사진첩을 가지고 침실로 올라왔다. 우리는 침대에 앉아 사진을 샅샅이 살펴보면서 몇시간을 보냈다. 거기에는 눈부신 햇살에 얼굴을 찡그린 아이들, 챙 모자를 쓴 여자들, 지나간 날들에 우리가 더이상 경험하지 못하는 어떤 환한 빛이 스며 있기라도 한 듯 빛을 피해 눈을 가린 남자들이 있었다. 예배용 정장을 입은 사람들은 일요일의 찬란한 햇살 때문에 딱딱하게 굳은 얼굴로 렌즈를 약간 외면하면서도 확고하고 그린 듯한 미소를 지으며 미래로 향하는 카메라 앵글 앞에 서 있다. 박스형 카메라란 못 믿을 물건이라고 미심쩍어하면서도.

　누가 먼저 죽을까?

8

내가 독일어를 붙잡고 씨름하기 시작한 것은 10월 중순이었는데 이번 학년도가 거의 끝날 때까지 씨름이 계속되었다. 북아메리카에서 가장 탁월한 히틀러학자로서 독일어를 모른다는 사실을 숨기려고 참 오랫동안 애써왔다. 나는 독일어를 말할 줄도 읽을 줄도 몰랐고, 구어를 알아듣지도 극히 단순한 문장조차 쓰지도 못했다. 히틀러를 전공하는 내 동료 가운데 어중이떠중이들도 독일어를 조금은 알았고, 그 언어에 능통하거나 그럴듯하게 의사소통할 수 있는 치들도 있었는데 말이다. 힐 대학에서는 독일어를 최소한 1년간 수강하지 않으면 히틀러학을 전공할 수 없도록 규정짓고 있었다. 요컨대 나는 만천하에 창피를 당할 지경에 놓여 있었던 것이다.

독일어. 살지고 비비 꼬이고 침 튀기고 선정적이고 무자비한 말. 결국 그 말과 대면해야만 했다. 독일어로 자신을 표현하려는 분투 자체가 바바리아 언덕 위의 요새감옥에서 히틀러가 구술한 그 호언장담하는 방대한 자서전의 은밀한 핵심 동기가 아니었을까? 문법과 구문. 그 사내는 하나 이상의 의미로 자신이 감금되어 있다고 느꼈을 것이다.

전에도 나는 독일어를 배우려고 여러차례 시도한 적이 있고 그 말의 어원과 구조와 어근을 진지하게 탐구해보기도 했다. 그러면서 이 언어가 가진 치명적인 힘을 느꼈다. 독일어를 잘해서 그것을 하나의 주문처럼, 보호장비처럼 쓰고 싶었다. 내가 실제 단어와 규칙과 발음을 배우는 일에 주눅이 들면 들수록, 그 일에 진전을 보이는 것이 더욱 중요하게 다가왔다. 우리가 건드리기를 꺼려하는 것이 흔히 우리를 구원해줄 토대가 되기도 하는 듯하다. 그렇지만 나는 기본적인 소리만 들어도 기가 꺾였다. 단어와 음절을 발음할 때 귀에 거슬리고 뿜어나오는 듯한 북구北歐적인 느낌에도 그랬고, 명령하는 듯한 어조에도 그랬다. 내 혀 안쪽과 입천장 사이에는 독일어 단어를 발음하려는 시도를 조롱하는 뭔가가 있는 것 같았다.

나는 다시 시도하기로 결심했다.

그러나 직업상 명망이 높기 때문에, 수업을 듣는 수강생도 많고 주요 학술지에 논문도 실리기 때문에, 학교에서는 밤낮을 가리지 않고 교수복과 색안경을 착용하고 다니기 때문에, 190센티미터의 키에 105킬로그램의 몸무게와 손발도 큰 체격을 가졌기 때문에 독일어 과외를 받는 것을 비밀에 부쳐야만 했다.

대학과는 관련이 없는 한 남자와 연결이 되었는데, 머리 제이 시스킨드가 전에 그에 대해 뭐라고 말한 적이 있었다. 그들은 미들브룩의 초록색 지붕 집에서 같이 하숙을 하는 사이였다. 걸을 때 발을 약간씩 끄는 오십대 남자였다. 머리가 조금 벗어지고 얼굴은 밋밋했으며 셔츠 소매를 팔뚝까지 걷고 있어서 그 아래로 내복이 드러나 보였다.

그의 안색은 살색이라고 부르고 싶은 그런 빛을 띠고 있었다. 하워드 던롭이 그의 이름이었다. 예전에 지압사 일을 했다고 하는데 왜 더이상 활동하지 않는지는 밝히지 않았으며, 독일어를 언제, 왜 배웠는지도 말하지 않았는데 그의 태도에서는 그 이유를 캐묻기 힘든 분위기가 풍겼다.

우리는 어둡고 너저분한 그의 하숙방에 자리를 잡고 앉았다. 다리미판이 창가에 펼쳐진 채 세워져 있었다. 서랍장 위에는 이 빠진 에나멜 냄비며 부엌살림들이 놓여 있었다. 가구는 낡고 어디선가 주워온 것들이었다. 방 가장자리에는 기본적인 물품들이 있었다. 노출형 라디에이터, 군용 담요가 깔린 간이침대 따위였다. 던롭은 수직 등받이의 딱딱한 의자에 걸터앉아서 일반적인 문법규칙을 구술했다. 그가 영어를 하다가 독일어로 바꿔 말할 때면 그의 후두에 있는 어떤 선이 엉키는 것 같았다. 목소리에는 급작스레 감정이 실리고 야수가 꿈틀대는 것처럼 쇳소리와 그르렁거리는 소리가 튀어나왔다. 그는 나를 향해 입을 크게 벌리며 제스처를 하고, 꺽꺽거리고, 급기야 목이 졸려 죽어가는 소리를 냈다. 소리는 그의 혀 밑바닥에서 뿜어져나왔다. 열정에 겨운 격한 소리였다. 기본적인 발음 유형의 몇가지 예를 설명하고 있을 뿐인데도 표정과 목소리가 변하는 것을 보고 듣고 있자면, 그가 존재의 여러 차원 사이를 이동하고 있다는 생각이 들었다.

나는 앉아서 받아적었다.

시간은 빨리 흘렀다. 아무한테도 이 수업에 대해 말하지 말아달라고 부탁하자 그는 보일 듯 말 듯 어깨를 으쓱했다. 머리가 전에 자기 집 하숙생들을 간단히 묘사하면서 자기 방 밖으로 절대 나오지 않는다고 한 사람이 바로 이 남자일 거라는 생각이 스쳤다.

나는 머리의 방에 들러 우리집에 저녁 먹으러 가자고 말했다. 그는 읽고 있던 『미국의 복장도착자』를 내려놓고는 코듀로이 재킷을 바로 걸쳤다. 머리가 베란다에 앉아 있던 하숙집 주인에게 이층 화장실의 수도꼭지가 샌다는 말을 할 동안 거기 한참 서 있었다. 하숙집 주인은 너무도 건장하고 터질 듯하게 튼튼한 인상의 키가 크고 혈색이 불그스레한 사내였는데, 우리가 지켜보고 있는 동안에도 심장발작을 일으킨 것처럼 씩씩거렸다.

"어쨌거나 수도꼭지는 고쳐줄 거예요." 엘름가를 향해

출발하자 머리가 말했다. "주인은 결국에는 뭐든 다 고치거든요. 도시에 사는 사람들은 이름도 모르는 온갖 자잘한 도구나 설비, 장치 들을 다 꿰고 있어요. 그런 물건 이름은 외딴 마을이나 시골에서만 알려져 있죠. 저렇게 고집불통인 건 참 안됐긴 하지만요."

"그 사람이 고집불통이라는 건 어떻게 압니까?"

"뭔가를 고치는 사람들은 대개 고집불통이잖아요."

"무슨 뜻인가요?"

"뭘 고치러 선생님 댁에 왔던 사람들을 생각해보세요. 그 사람들 전부 고집불통 아니던가요?"

"모르겠는데요."

"그 사람들 소형 밴을 몰고 왔죠? 지붕에 접는 사다리를 싣고 백미러에는 작은 플라스틱 장식 같은 걸 매달고요."

"난 모르겠네요, 머리."

"안 봐도 뻔하죠." 그가 말했다.

머리는 내게 그렇게 여러해 동안 잘 피해 다니다가 왜 하필 이번 학기에 독일어를 배우기로 작정했는지 물었다. 나는 내년 봄에 칼리지온더힐에서 히틀러학회가 열릴 예정이라고 대답했다. 사흘간의 강연과 워크숍과 토론이 계획되어 있다. 17개 주와 해외의 9개국에서 히틀러학자들이 참석한다. 진짜 독일 사람들도 올 것이다.

집에 도착하니 드니스가 압축기에 축축한 쓰레기봉투

를 넣고 있었다. 아이가 기계를 켰다. 오싹하고 무시무시하게 비틀리는 소리를 내며 피스톤이 쓰레기를 내리쳤다. 아이들은 부엌 안팎을 드나들고 개수대에서는 물이 뚝뚝 떨어지고 입구의 통로에 있는 세탁기는 덜덜거리며 돌아갔다. 머리는 우연히 맞닥뜨린 이런 소란에 푹 빠져든 것 같았다. 윙윙거리는 쇳소리, 병 깨지는 소리, 납작하게 눌리는 플라스틱 소리. 드니스는 압축기 소리가 정확한 음을 내는지, 곧 기계가 잘 작동하고 있는지 확인하느라 귀를 기울이고 있었다.

하인리히는 누군가와 전화 통화를 하고 있었다. "동물들은 아무 때나 근친상간을 해. 그러니까 그게 어떻게 부자연스러운 일일 수가 있어?"

달리기를 마치고 돌아온 버벳의 겉옷이 흠뻑 젖어 있었다. 머리는 부엌을 가로질러 다가가 버벳과 악수를 했다. 버벳은 의자에 풀썩 주저앉더니 와일더를 찾아 방을 두리번거렸다. 나는 드니스가 머릿속으로 제 엄마의 조깅복과 압축기 안에 던져넣은 젖은 비닐봉투를 비교하는 모습을 지켜보았다. 나는 아이의 눈에서 그걸, 어떤 냉소적인 연결을 읽어냈다. 우리가, 어른과 아이 모두가 불가해한 것들을 공유하는 마술단이라는 생각이 드는 것은 바로 이런 순간 — 삶의 이런 부차적인 차원들, 존재의 초감각적 번득임과 부유하는 뉘앙스, 예기치 않게 형성되는 관계의 망을 느끼는 순간이다.

"물은 끓여 먹어야 돼요." 스테피가 말했다.

"왜?"

"라디오에서 그랬어요."

"맨날 물을 끓여 먹으라고들 하지." 버벳이 말했다. "들을 때마다 새삼스러워. 미끄러지는 방향으로 핸들을 돌리라는 것처럼. 와일더 오네. 이제 우리 밥 먹어도 되겠다."

이 조그만 아이는 머리를 흔들고 발걸음을 들썩이며 들어왔다. 엄마는 아이가 다가오는 모습을 보며 기쁘고 행복하면서도 기이한 표정을 지었다.

"중성미자는 지구를 곧바로 통과해." 하인리히가 전화기에 대고 말했다.

"그래, 맞아, 맞고 말고." 버벳이 말했다.

9

화요일에 초등학교에 있던 사람들은 모두 대피해야만 했다. 아이들은 머리가 아프고 눈이 가렵고 입에서 쇠 냄새가 났다. 한 교사가 바닥에 나뒹굴면서 알아듣기 힘든 말을 내뱉었다. 무엇이 잘못되었는지 아무도 몰랐다. 조사원들의 말에 따르면 원인은 환기장치, 페인트나 니스, 스티로폼 단열재, 절연재, 구내식당 음식, 마이크로컴퓨터에서 방출된 광선, 석면 불연재, 화물 컨테이너에 붙은 접착제나 염소 처리된 풀장의 증기일 수도 있고, 어쩌면 뭔가 더 심각하고 더 미세한 입자를 지닌 어떤 물질이 기본적인 상태에 좀더 빼곡히 섞여든 것일 수도 있었다.

그주에 드니스와 스테피는 집에 있었다. 마일렉스* 방호복에 방독면을 쓴 남자들이 적외선 탐지 측정기를 이용해 체계적으로 학교 건물을 샅샅이 검사했기 때문이다. 그러나 마일렉스 자체가 의심 물질이기 때문에 검사 결과는 애매하게 나오기 십상이었고 좀더 엄밀한 2차 탐지 계획을 세워야만 했다.

두 딸아이와 버벳, 와일더와 나는 슈퍼마켓에 갔다. 들어선 지 몇분 후에 우리는 우연히 머리와 마주쳤다. 슈퍼마켓에서 그를 본 것은 이번이 네댓번째인데, 내가 학교에서 그를 본 것과 대략 같은 횟수다. 머리는 버벳의 왼팔 이두박근을 꼭 잡고 그녀의 머리카락 냄새를 맡으려는 듯 곁으로 슬그머니 다가섰다.

"멋진 저녁식사를 준비하시나봐요." 그는 버벳 바로 뒤에 서서 말했다. "전 직접 요리하길 좋아합니다. 그러다보니 요리 잘하는 사람에 대한 평가도 후해지더군요."

"언제라도 오세요." 그를 보려고 돌아서면서 버벳이 말했다.

우리는 함께 초강력으로 냉방된 안쪽으로 이동했다. 와일더는 쇼핑카트 안에 앉아서 지나치는 선반마다 물건을 잡아채려 했다. 이 아이는 슈퍼마켓 카트에 타기에는 나이도 너무 많고 덩치도 너무 크지 않나 하는 생각이 들었다. 또한 왜 이 아이의 어휘가 스물다섯개에서 정지된 것처럼 보이는지 궁금하기도 했다.

* 불연·절연 소재의 폴리에스테르 필름 상표명인 '마일라'(Mylar)를 의도적으로 변형한 듯하다.

"여기 있는 게 행복합니다." 머리가 말했다.

"블랙스미스에 있는 것 말입니까?"

"블랙스미스에, 슈퍼마켓에, 하숙집에, 힐 대학에 있는 것 말입니다. 매일 중요한 것들을 배우고 있는 것 같아요. 죽음, 질병, 내세, 외계 등등. 여기선 이 모든 것이 훨씬 더 선명해요. 생각하고 볼 수 있어요."

우리는 브랜드 없는 식품 코너로 이동했다. 머리는 플라스틱 바구니를 든 채 멈춰서 흰색 종이팩과 병 들을 자세히 살폈다. 나는 그가 무슨 이야기를 하는지 확실히 이해할 수 없었다. 훨씬 더 선명하다니, 그게 무슨 뜻이지? 무엇을 생각하고 볼 수 있단 거지?

스테피가 내 손을 잡았다. 우리는 한쪽 벽으로 40미터 정도 뻗어 있는 과일 코너를 따라 걸어갔다. 상자들이 비스듬히 진열되어 있고 뒷면에 거울이 붙어 있어서 사람들이 위쪽 열에 있는 과일을 집으려다 실수로 거울을 치기도 했다. 확성기에서 목소리가 들렸다. "크리넥스 소프티크, 귀사의 트럭이 입구를 막고 있습니다." 어떤 사람이 진열대에 쌓인 과일 하나를 빼내자 사과와 레몬이 두서너개씩 굴러떨어졌다. 그곳에는 여섯 종류의 사과와 다채로운 파스텔 색조의 외국산 멜론도 있었다. 물을 뿌리고 광을 내서 모든 과일이 제철을 만난 듯 환하게 빛났다. 사람들은 봉지걸이에서 비닐봉지를 뜯어내고는 어디가 뚫린 쪽인지 알아내려고 애썼다. 나는 이곳이 소음으로 꽉 차 있음을 깨달았다. 컴퓨터 시스템의 단조로운 소음, 쨍그랑거리고 끼익거리는 카트 소리, 확성기와 커피메이커 소리, 아이들 고함소리. 그리고 이 모든 소리의 이면 혹은 저변에는 인간의 지각 범위 바로 바깥에 있는 어떤 형태의 생명체 무리에게서 나오는 듯한, 어디서 나는지 알 수 없는 둔한 포효가 있었다.

"드니스에게 미안하다고 했니?"

"나중에 하든지 할게요." 스테피가 말했다. "다시 말해주세요."

"드니스는 착한 애고, 너만 괜찮다면 네 언니도 되고 친구도 되고 싶어하잖아."

"친구가 되고 싶어하는지는 모르겠어요. 아빤 걔가 좀 상관처럼 군다고 생각하지 않으세요?"

"사과도 사과지만,『의사들의 상용 참고서』는 꼭 돌려줘라."

"걘 맨날 그걸 읽어요. 이상하다고 생각지 않으세요?"

"그래도 걘 뭔가 읽기는 하잖니."

"그렇죠, 온갖 의약품 목록을 읽죠. 왜 그러는지 아빠는 궁금하지 않으세요?"

"왜 그러는데?"

"엄마가 먹는 게 어떤 부작용이 있는지 알아내기 위해서예요."

"엄마가 뭘 먹는데?"

"저한테 묻지 마세요. 드니스한테 물어보세요."

"엄마한테 물어보면 안되니?"

"그럼 엄마한테 물어보세요." 스테피가 말했다.

머리가 통로에서 나와 우리 바로 앞에 가고 있던 버벳과 나란히 걸었다. 그러더니 버벳의 카트에서 종이타월 두 개 들이 한묶음을 집어들고 냄새를 맡았다. 드니스는 친구들을 발견하고는 그들과 함께 계산대 쪽으로 가서 방추형 서가에 꽂힌 문고판 책들을 구경하고 있었다. 그 책들의 겉장에는 번쩍이는 금속 광택으로 양각된 글자가 인쇄돼 있고, 기괴한 폭력과 격정적인 로맨스를 담은 생생한 삽화가 실려 있었다. 드니스는 초록색 선캡을 쓰고 있었다. 버벳이 머리에게 그애가 하루에 열네시간씩 삼주 동안 선캡을 쓰고 있다고 말하는 소리가 들려왔다. 그애는 선캡 없이는 외출도 하려들지 않고 심지어 자기 방에서 나오려고도 하지 않았다. 수업이 있을 때는 학교에서도 그걸 쓰고, 화장실 갈 때나 치과 치료를 받을 때나 저녁 식탁에서도 그걸 썼다. 선캡의 무언가가 그애에게 말을 걸고, 온전함과 정체성을 제공하는 듯했다.

"그 모자는 저 아이한테 자신과 세상 사이를 이어주는 인터페이스인 거지요." 머리가 말했다.

그는 버벳이 짐으로 가득한 카트를 미는 것을 도와주었다. 그가 그녀에게 이렇게 말하는 소리가 들렸다. "티베트 사람들은 죽음과 환생 사이에 어떤 이행의 상태가 있다고 믿습니다. 죽음이란, 기본적으로 기다리는 기간이지요. 머지않아 새로운 자궁이 그 영혼을 받아들일 겁니다. 그동안 영혼은 출생 시에 잃었던 신성神性의 일부를 회복하고요." 그러고는 반응을 탐지하듯 버벳의 옆얼굴을 살폈다. "여기 들어올 때마다 그런 생각을 합니다. 이곳은 우리 영혼을 재충전해주고 우리를 준비시켜주는, 일종의 입구거나 통로라고요. 얼마나 환한지 보세요. 심리적인 정보로 충만하답니다."

아내는 그를 향해 미소지었다.

"모든 것이 신비스러운 베일과 켜켜이 쌓인 문화적 정보 속에 감춰진 채 상징체계 속에 은폐되어 있어요. 하지만 이건 심리적인 정보임에 틀림없어요. 이 커다란 문들이 스르르 열리고 저절로 닫히잖아요. 에너지의 파동과 그에 따른 방사예요. 온갖 문자와 숫자가 모두 여기 있고, 온갖 스펙트럼의 빛깔과 모든 음성과 소리, 모든 암호와 제의적 어구가 여기 있어요. 이건 그야말로 표현할 수 없는 여러 겹의 정보를 해독하고 재배열하여 한겹씩 벗겨내는 문제지요. 우리가 그러길 원해서도 아니고, 어떤 유용한 목적에 봉사하기 위해서도 아니에요. 여긴 티베트가 아니에요. 심지어 티베트조차 이제 더이상 티베트가 아니지요."

그는 버벳의 옆모습을 살폈다. 그녀는 요거트를 카트에 집어넣었다.

"티베트 사람들은 죽음을 있는 그대로 보려고 하지요.

그건 사물에 대한 집착이 끝나는 것이에요. 이 단순한 진실을 헤아리기란 쉽지 않아요. 하지만 우리가 더이상 죽음을 부인하지 않는다면, 우린 평화롭게 죽음으로 나아가서 자궁 속의 환생이건 유대교와 기독교의 내세건 유체이탈 경험이건 UFO 여행이건 우리가 뭐라고 부르건 그런 것을 경험할 수 있습니다. 두려움이나 공포를 느끼지 않고 명징한 비전을 가지고 그렇게 할 수 있어요. 우리는 삶에 인위적으로 집착할 필요도 없거니와, 죽음에 집착할 필요도 없습니다. 그냥 슬라이드 문을 향해 걸어가기만 하면 되지요. 파동과 방사입니다. 여기 구석구석에 조명이 얼마나 잘되어 있는지 한번 보세요. 이곳은 완전히 밀봉된 자족적인 공간입니다. 시간을 넘어선 곳이지요. 그게 바로 제가 티베트를 떠올리는 또하나의 이유입니다. 죽는다는 건 티베트에서는 하나의 예술입니다. 사제가 걸어들어와 자리에 앉고는 울고 있는 친지들에게 나가라고 한 뒤 그 방을 봉하게 합니다. 문과 창문을 모두 봉하게 하지요. 그가 처리해야 할 중대한 일이 있기 때문이에요. 독경, 수점數占, 점성술, 암송을 합니다. 이곳에서 우린 죽지 않아요, 쇼핑을 하지요. 하지만 그 차이는 당신이 생각하는 것만큼 두드러지지 않아요."

머리의 목소리는 이제 거의 속삭이는 듯해서, 나는 내 카트가 버벳의 카트를 들이받지 않게 조심하면서 더 가까이 다가갔다. 한마디도 빠뜨리지 않고 다 듣고 싶었다.

"이렇게 거대하고 청결하고 현대적인 슈퍼마켓은 제겐
하나의 계시입니다. 제가 자라난 곳에는 비스듬한 진열장
에 연한 색의 부드럽고 축축한 고깃덩어리가 놓여 있는 수
증기 자욱한 작은 정육점이 있었어요. 진열장이 너무 높아
서 주문을 하려면 발끝으로 서야 했지요. 고함과 사투리가
오갔고요. 도시에선 특정한 죽음을 아무도 눈여겨보지 않
습니다. 죽는다는 건 그저 대기의 한 성분입니다. 그건 어
디에나 있으면서도 아무 데도 없습니다. 사람들은 죽을 때
주목받으려고, 한순간이라도 기억되려고 소리치지요. 주
택이 아닌 아파트에서 죽는다면 그 영혼은 앞으로 다가올
몇 생애 동안 우울할 것 같아요. 작은 마을에는 주택이 있
고 내민창엔 식물들이 있지요. 사람들은 죽음을 훨씬 잘
알아채고요. 죽은 이들에겐 얼굴이, 자동차가 있습니다.
그 사람 이름은 모른다 해도 거리 이름과 개 이름은 아니
까요. '그 사람은 오렌지색 마즈다를 몰고 다녔지' 하면서
말이죠. 어떤 사람에 관해 한두가지 쓸데없는 것들을 알고
있지요. 그런데 그 사람이 어느 비 오는 수요일 오후에 두
툼한 이불과 베개들이 있는 자기 침대에서 잠시 앓다가 열
이 나고 부비강과 흉부에 울혈이 생겨, 드라이클리닝 맡긴
옷을 어떻게 할까 생각하며 갑자기 죽을 때, 그런 쓸데없
는 것들이 그의 정체성과 우주에서의 위치를 일러주는 중
요한 사실이 되는 겁니다."

 버벳은 "와일더가 어디 갔지?"라고 말하며 돌아서서,

그애를 마지막으로 본 지 십분쯤 지났다는 듯한 표정으로 나를 응시했다. 그녀의 다른 표정들은, 즉 좀 덜 수심 어리고 죄책감이 덜한 표정들은 더 큰 시간대와 더 깊고 막막한 무심의 세계를 나타냈다. "난 고래가 포유동물인 줄 몰랐어"라고 할 때처럼. 시간대가 크면 클수록 표정은 더 멍해지고 상황은 훨씬 더 위험하다. 마치 죄책감이란, 위험이 최소한일 때에만 그녀가 자신에게 허용하는 일종의 사치품인 듯했다.

"어떻게 나도 모르게 카트에서 빠져나갔을까?"

우리 어른 셋은 각각 통로 입구에 서서 카트들과 미끄러지듯 나아가는 몸들의 흐름을 주시했다. 그러고는 다른 통로를 세군데 더 살펴보았다. 머리를 앞으로 내밀고 보는 방향을 바꾸면서 조금씩 나아갔다. 내 시야 오른쪽으로 울긋불긋한 점들이 계속 나타났지만 돌아보면 거기엔 아무것도 없었다. 지난 수년 동안 줄곧 울긋불긋한 점들이 보였지만 지금처럼 이렇게 많이, 그리고 이렇게 경쾌하고 활기차게 나타난 적은 없었다. 머리가 어떤 여자의 카트에 탄 와일더를 발견했다. 그 여자는 버벳에게 손을 흔들면서 우리 쪽으로 다가왔다. 십대의 딸 하나와 천 덕이라는 아시아계 아기를 데리고 사는 우리 동네 사람이었다. 모두들 그 아기 이름을 부를 때면 자기가 아이의 보호자인 양 자랑스럽게 불렀지만 천이 누구 집 앤지, 남자애인지 여자애인지도 모르는 그애가 어디 출신인지 아는 사람은 없었다.

"크리넥스 소프티크, 크리넥스 소프티크."

스테피가 계속 내 손을 잡고 있었는데 왜 그러는지 한참 지나서야 이유를 깨달았다. 내가 처음 생각한 것처럼 아빠를 조용히 독차지하고 싶어서 그런 것이 아니라 나를 안심시키려는 뜻이었다. 나는 약간 놀랐다. 나 자신에 대한 자신감을 회복시켜주고, 내 몸 주위에 어른거린다고 아이가 느끼는 우울한 분위기를 내가 체념하여 받아들이지 못하게 하려고 내 손을 꽉 잡은 것이다.

머리는 빠른 계산대로 가기 전에 다음 주 토요일 저녁식사에 우리를 청했다.

"마지막 순간까지 알려주지 않으셔도 됩니다."

"가도록 할게요." 버벳이 말했다.

"뭐 대단한 걸 준비하지는 않을 테니까, 그 전에 전화해서 다른 일이 생겼는지 알려주세요. 전화까지 하지 않으셔도 상관없습니다. 오시지 않으면 무슨 일이 생겼는데 연락할 수 없었나보다, 그렇게 알고 있을게요."

"머리, 우린 갈 거예요."

"아이들도 데려오세요."

"아뇨."

"좋아요. 하지만 아이들을 데려오셔도 문제없어요. 제가 두분을 어딘가에 옭아매려 한다고 느끼게 하고 싶진 않아요. 철석같은 약속을 했다고 느끼진 마십시오. 오시거나 오시지 않거나 둘 중 하나겠죠. 어찌됐건 전 밥은 먹을 거고요, 그러니 무슨 일이 생겨서 약속을 취소하셔도 큰일 날 일은 없습니다. 아이들을 데려오든 데려오지 않든 간에, 들르기로 하시면 저는 집에 있을 거라는 걸 알려드리고 싶을 뿐이에요. 내년 5월이나 6월까지 할 수 있는 일이니까 다음주 토요일경에 특별히 신비한 의미가 있는 것은 아니에요."

"다음 학기에 돌아올 예정입니까?" 내가 물었다.

"학교 측에서 자동차 충돌을 다루는 영화 강좌를 맡아달라더군요."

"해보십시오."

"그럴 생각입니다."

계산대 앞에서 줄을 서서 기다리면서 나는 버벳에게 몸을 붙이고 문질렀다. 그녀는 몸을 뒤로 빼면서 내 쪽으로 밀착했고 나는 그녀를 감싸안고 가슴에 손을 얹었다. 그녀는 엉덩이를 둥글게 돌렸고 나는 그녀의 머리카락에 코를 갖다대고 이렇게 속삭였다. "야한 금발이야." 사람들은 수표를 쓰고 키 큰 소년들은 물건을 봉투에 담았다. 계산대와 과일 코너와 냉동식품 코너 주변에서, 혹은 바깥 주차장의 차들 틈바구니에서 사람들이 모두 영어로 말하는 것은 아니다. 알아듣기는커녕 어느 나라 말인지도 모를 말들이 점점 더 많이 들린다. 키 큰 소년들도 미국 태생이고, 푸른 상의와 스판덱스 바지에 조그만 흰색 샌들을 신은 작고 통통한 계산대의 여자들도 그러한데 말이다. 느리게 움직이는 줄이 민트와 코 흡입기를 파는 마지막 판매대를 향해 다가갈 때, 나는 버벳의 배 위 치마 속으로 손을 넣어보려 했다.

마일렉스 방호복에 마스크를 쓰고 두꺼운 장화를 신은 몸집이 큰 사내들 가운데 하나가 초등학교에서 점검을 하던 도중 죽었다는 소문을 처음 들은 것은 주차장으로 나왔을 때였다. 이층의 한 교실에서 푹 쓰러지더니 바로 죽었다는 것이 떠도는 소문의 내용이었다.

10

칼리지온더힐 대학의 등록금은 일요일의 아침 겸 점심을 포함해서 1만 4000달러다. 나는 이 엄청난 숫자와 학생들이 도서관의 열람구역에서 취하는 자세 사이에 어떤 연관이 있음을 감지한다. 그들은 갖가지 보기 흉한 자세로 쿠션 달린 널따란 좌석에 앉아 있는데, 일종의 친족집단이나 비밀단체의 일원임을 서로에게 나타내는 표시로 그렇게 하는 것이 분명했다. 그들은 웅크리거나 다리를 쫙 벌리기도 하고 안짱다리를 하거나 아치 모양으로 몸을 구부리기도 하며 사각으로 얽혀 있거나 가끔은 거의 거꾸로 처박혀 있다. 이런 자세들은 너무도 정교해서 고전적인 무언극으로 보일 지경이다. 거기에는 지나친 세련됨과 동종교배의 요소가 있다. 가끔은 너무나 요원해서 해석할 수도 없는 극동의 꿈속으로 들어온 듯한 느낌이 든다. 그러나 그들이 말하고 있는 것은 학년 초의 스테이션왜건 모임처럼 외적으로 허용된 형식 가운데 하나인 부유층의 언어일 뿐이다.

드니스는 제 엄마가 낱개 포장된 껌 열여섯개가 들어 있는 보너스 팩에서 셀로판 띠를 당겨 벗기는 것을 지켜보았다. 아이는 눈을 가늘게 뜨고 몸을 돌려 자기 앞에 놓인 식탁 위의 주소록을 향했다. 이 열한살짜리 아이의 얼굴은 억제된 분노를 가린 세련된 가면 같았다.

아이는 한참을 기다린 뒤 차분하게 말했다. "혹시 모르실까 해서 하는 말인데, 그 껌은 실험실 동물에게 암을 유발하는 거예요."

"무가당 껌을 씹으라고 한 건 너야, 드니스. 네 생각이었잖아."

"그땐 포장에 경고문이 없었어요. 지금은 경고문이 적혀 있는데 엄마가 그걸 못 봤다는 건 도저히 믿을 수가 없어."

아이는 이전 주소록에 적힌 이름과 전화번호를 새 주소록으로 옮겨 쓰고 있었다. 주소는 적혀 있지 않았다. 7비트 아날로그 의식을 지닌 족속이라는 그애의 친구들은 전화번호만 갖고 있었다.

"난 어느 쪽을 씹어도 좋아." 버벳이 말했다. "전적으로 너한테 맡길게. 내가 설탕과 인공착색료가 든 껌을 씹을지, 아니면 쥐한테 해로운 무가당 무색소 껌을 씹을지 말이야."

스테피가 전화를 끊고 끼어들었다. "껌을 아예 씹지 마세요, 그 생각은 안해봤어요?"

버벳은 나무로 된 샐러드 그릇에 계란을 깨뜨려 넣는 중이었다. 스테피가 어떻게 통화를 하면서 우리가 하는 말을 들었을까 의아하다는 표정으로 나를 쳐다보았다. 아이가 우리의 대화를 흥미롭다고 생각하기 때문이라고 나는 말하고 싶었다.

버벳이 두 딸아이에게 말했다. "이봐, 난 껌을 씹지 않으면 담배를 피워. 다시 담배 피우기를 바란다면 껌이랑 멘소립터스*를 다 치워버리렴."

"왜 이거 아니면 저걸 해야 해요?" 스테피가 말했다. "둘 다 하지 않으면 안되나요?"

"둘 다 하지 그래요?" 드니스가 말했다. 조심스레 표정을 비운 얼굴이었다. "엄만 그러고 싶은 거 아니에요? 우리 모두 하고 싶은 건 결국 하게 되잖아요. 우리가 내일 학교에 가고 싶어도 훈증소독인가 뭔가 때문에 못 가는 것만 빼고 말이에요."

전화벨이 울렸다. 스테피가 받았다.

"내가 무슨 죄인이니?" 버벳이 말했다. "내가 하고 싶은 건 어쩌다 별 볼일 없고 맛도 없는 껌 쪼가리 하나 씹는 게

---

* 일종의 목캔디.

고작인데."

"글쎄 그렇게 단순한 문제가 아니에요." 드니스가 대꾸했다.

"그렇다고 범죄도 아냐. 난 저 껌 쪼가리를 하루에 두개 정도밖에 안 씹어."

"글쎄 이젠 그것도 안된다니까요."

"그래도 난 씹을 거야, 드니스. 씹고 싶어. 껌을 씹으면 마음이 느긋해져. 넌 아무것도 아닌 걸 가지고 난리를 부리는구나."

스테피가 절절하게 애원하는 표정을 지어서 간신히 우리의 관심을 끌었다. 아이는 손으로 송화구를 덮고 있었다. 그러고는 소리는 내지 않고 입 모양으로 말했다.

스토버네가 놀러오고 싶대.

"부모가 온대, 애들이 온대?" 버벳이 물었다.

아이는 어깨를 으쓱했다.

"그 사람들 오는 거 싫어." 버벳이 말했다.

"못 오게 해." 드니스가 말했다.

뭐라고 말하지?

"아무 말이나 해."

"그냥 여기 못 오게 해."

"지겨운 사람들이야."

"자기 집에 있으라고 해."

스테피는 수화기를 제 몸으로 가리려는 듯 들고 물러났

다. 두 눈에는 두려워하면서도 흥분한 빛이 역력했다.

"껌 좀 씹는다고 큰일 나지는 않아." 버벳이 말했다.

"엄마 말이 맞는 것 같아요. 신경 *끄*세요. 포장에 적힌 경고문일 뿐이니까."

스테피가 전화를 끊고는 말했다. "엄마 건강에 해로울 뿐이야."

"그냥 쥐들인데 뭘." 드니스가 말했다. "엄마 말이 맞는 것 같아. 신경 *끄*세요."

"엄만 쥐들이 자다가 죽었다고 생각하나봐."

"쓸모없는 설치동물 따위가 어떻게 죽든 무슨 대수야?"

"정말 무슨 대수야, 무슨 난리야?" 스테피가 맞받았다.

"게다가 엄마가 항상 잊어먹는 걸 보면, 하루에 껌을 두 개만 씹는다는 걸 어떻게 믿어."

"내가 뭘 잊어먹는단 말이니?" 버벳이 말했다.

"됐어요, 신경 쓰지 마세요." 드니스가 대답했다.

"내가 뭘 잊어버린단 말이야?"

"그냥 계속 씹으세요. 경고문 따위는 신경 *끄*시고요. 나도 상관 안할게요."

나는 의자에 앉아 있는 와일더를 안아올려 귓불에다 소리나게 입을 맞추었다. 아이는 까르륵 좋아하며 고개를 돌렸다. 아이를 조리대에 앉혀놓고 위층으로 가서 하인리히를 찾아보았다. 하인리히는 제 방에서 플라스틱 체스말을 어디다 놓을까 궁리하는 중이었다.

"요새도 감옥에 있는 그 친구랑 체스 두니? 어떻게 돼가고 있어?"

"잘돼가고 있어요. 상대를 궁지에 몰아넣은 것 같아요."

"그 사람에 대해서 뭐 좀 아는 게 있니? 그동안 물어보려고 벼르고 있었다."

"누굴 죽였느냐, 뭐 그런 거요? 요즘은 그게 주 관심사죠. 희생자에 대한 관심."

"넌 지난 여러달 동안 그 사람과 체스를 두고 있잖아. 살인죄로 종신형을 받은 것 말고 그에 대해 뭔가 아는 게 있어? 젊은지 늙었는지, 흑인인지 백인인지? 체스 행마 말고 서로 의사소통은 전혀 안하니?"

"가끔 짧은 편지도 보내죠."

"누굴 죽였는데?"

"스트레스를 엄청 받았대요."

"그래서 어떻게 됐는데?"

"스트레스가 자꾸만 쌓여갔대요."

"그래서 밖으로 나가서 누군가에게 총질을 했구나. 누굴 쐈는데?"

"아이언시티에 사는 사람들이요."

"몇명이나?"

"다섯이요."

"다섯명이라."

"주州 경찰관은 치지 않은 숫자예요. 그건 나중 일이거든요."

"여섯명이네. 그 사람이 자기 무기를 애지중지했대? 육층짜리 콘크리트 주차장 근처에 있는 초라한 자기 방에 무기들을 숨겨두고 있었다던?"

"권총 몇자루하고 조준경 달린 수동식 노리쇠 소총 하나가 있었대요."

"망원렌즈를 보면서 쐈군. 고속도로 구름다리에서 쏜 거야, 셋방에서 쏜 거야? 아니면 자기가 전에 일하던 술집으로 걸어들어가 무차별 난사를 한 거야? 사람들이 여기저기 흩어지고 테이블 아래 숨고 그랬겠지. 바깥 길거리에 있던 사람들은 폭죽소리를 들은 것 같다고 생각했겠지. '버스를 기다리고 있었는데요, 바로 그때 폭죽이 터지는 것처럼 탁탁 터지는 작은 소리가 들렸어요'라고 했겠지."

"지붕 위로 올라갔어요."

"지붕 위의 저격수. 지붕 위로 올라가기 전에 일기를 썼대? 기억을 되살리기 위해 자기 목소리를 테이프에 녹음하거나, 영화관에 가거나, 다른 대량살인자에 관한 책을 읽었다고 하던?"

"테이프에 녹음을 했대요."

"녹음을 했다. 그걸 어떻게 했는데?"

"사랑하는 사람들한테 보냈대요. 용서를 구하면서요."

"'친구들, 어쩔 수가 없어' 하고 말이지. 희생자들은 생판 모르는 사람들인 거야? 아니면 원한에 의한 살인이었니? 직장에서 해고당했어? 계속 환청이 들렸대?"

"전혀 모르는 사람들이었대요."

"환청은 들렸대?"

"텔레비전에서요."

"자기한테만 말했대? 자기만 콕 집어서?"

"역사에 흔적을 남기라고 말했대요. 그 사람은 스물일곱 살이고 실직 상태에 이혼을 했고 차는 경매에 넘어갔대요. 그에게 기회가 다해가고 있었죠."

"환청이 집요하게 조여들었겠지. 언론은 어떻게 다루었대? 인터뷰도 많이 하고, 지방신문 기자에게 편지도 계속 쓰고, 책을 내보려고도 했대?"

"아이언시티에는 언론이라곤 없잖아요. 생각이 거기에 미쳤을 땐 이미 때가 늦었더래요. 처음부터 다시 해야 한다면 평범한 살인은 안할 거래요. 암살을 할 거래요."

"대상을 좀더 세심하게 골라서 유명인사 하나를 죽이면 주목을 받을 거고 잊히지 않겠지."

"이젠 자신이 역사에 흔적을 남기지 못할 거라는 것도 알고 있어요."

"그건 나도 마찬가지야."

"하지만 아빤 히틀러가 있잖아요."

"그래, 내겐 히틀러가 있지, 그렇구나."

"그렇지만 토미 로이 포스터한텐 뭐가 있죠?"

"그래, 그 사람이 편지로 이런 내용을 네게 다 말해준 모양이로구나. 너는 답장에 뭐라고 쓰고?"

"머리가 자꾸 빠진다고요."

나는 아이를 보았다. 아이는 운동복 차림에 목에는 수건을 감고 양 팔목에는 밴드를 끼고 있었다.

"우편으로 알게 된 사람과 이렇게 체스를 두는 걸 보면 네 엄마가 뭐라고 할지는 알겠지."

"아빠가 뭐라고 하실지는 알죠. 지금 말하고 계시잖아요."

"네 엄만 요새 어떻게 지내냐? 최근에 소식 좀 듣니?"

"이번 여름에 제가 아슈람으로 와주기를 바라세요."

"가고 싶어?"

"내가 뭘 하고 싶은지 어떻게 알겠어요? 누구라도 자기가 뭘 하고 싶은지 어떻게 알 수 있겠어요? 그런 걸 아빠 어떻게 확신할 수 있으세요? 그건 전적으로 두뇌의 화학작용이나 대뇌피질 속에서 주고받는 신호 혹은 전기에너지의 문제 아닌가요? 어떤 일이 정말로 하고 싶은 것인지, 아니면 두뇌 속 모종의 신경 자극일 뿐인지 어떻게 알아요? 내 두뇌 한쪽의 보잘것없는 곳 어딘가에서 아주 작고 사소한 어떤 활동이 일어나면 내가 갑자기 몬태나에 가고 싶어진다거나 몬태나에 가고 싶지 않게 되는 거죠. 내가 정말 가고 싶어하는지, 아니면 어떤 신경세포가 점화되거나 하는 그런 작용일 뿐인지 어떻게 알 수 있나요? 어쩌면 그냥 대뇌수질에서 뭔가 우연히 번쩍한 것뿐인데 내가 졸지에 몬태나에 가게 되어 애초에 여길 정말 오고 싶은 것은 아니었다는 것을 깨달을지도 모르죠. 내 두뇌 속에서 일어나는 일도 통제할 수 없는 마당에 내년 여름 몬태나는 고사하고 지금부터 십초 후에 내가 뭘 하고 싶을지 어떻게 확신할 수 있겠어요? 이건 모두 두뇌에서 일어나는 활동이라서, 한 사람으로서 우리가 무엇인지, 우연히 점화되거나 우연히 잘못 점화되는 신경세포들이 무엇인지 알 수는 없어요. 토미 로이가 그 사람들을 죽인 것도 그래서가 아닐까요?"

다음 날 아침, 나는 걸어서 은행에 갔다. 잔액을 확인해보려고 현금지급기에 다가갔다. 카드를 집어넣고 비밀번호를 입력한 뒤 원하는 항목을 눌렀다. 화면에 나타난 숫자는 내가 한참 동안 서류들을 뒤지고 골치 아프게 계산을 해서 힘겹게 도달한 독자적인 추정치와 거의 일치했다. 안도와 감사의 마음이 물결처럼 나를 뒤덮었다. 이 시스템이 내게 축복을 내린 것이다. 나는 시스템의 지지와 인정認定을 느꼈다. 이 시스템의 하드웨어는 저 먼 어느 도시의 문이 잠긴 방 안에 놓여 있을 것이다. 이 얼마나 기분 좋은 상호작용인가. 돈이 아니라, 전혀 그런 것이 아니라, 심오한 개인적 가치가 인증되고 확인받았다는 것을 나는 느꼈다. 정신질환자 한 사람이 두 무장경비원에게 이끌려 은행 밖으로 호송되고 있었다. 이 시스템은 눈에 보이지 않기에 더욱더 인상적이며 다루기가 더 혼란스럽다. 하지만 적어도 지금 우리는 서로 일치하고 있다. 네트워크와 회로와 흐름과 조화에서.

11

　가위에 눌려 땀에 젖은 채 잠에서 깼다. 조여드는 공포
감에 속수무책이었다. 내 존재의 중심에서 뭔가가 잠시 멈
취버렸다. 침대 밖으로 나와 벽과 계단난간을 잡고 어두
운 집 안을 더듬어 나아갈 의지도 육체적 힘도 없었다. 더
듬거리며 길을 찾거나 정신을 차려 몸을 추스르고 세상 속
으로 다시 들어갈 힘이 없었다. 옆구리 아래로 땀이 뚝뚝
떨어졌다. 시계 겸 라디오의 디지털 화면에는 3:51이라는
숫자가 찍혀 있었다. 이런 때에는 항상 홀수다. 이 수는 무
엇을 의미하는 걸까? 죽음은 홀수로 되어 있을까? 삶을 고
양하는 숫자가 있고, 위협으로 가득한 숫자가 따로 있는
걸까? 버벳이 잠꼬대하는 소리가 들려 다가가 아내의 열
기를 들이마셨다.

결국 다시 잠들었다가 토스트 타는 냄새에 깨어났다. 아마 스테피일 것이다. 이 아이는 자주, 시도 때도 없이 일부러 토스트를 태운다. 그 냄새를 좋아하고 거기 중독된 것이다. 그 냄새를 아이는 보물처럼 아낀다. 그것은 나무 태우는 연기나 꺼진 촛불, 혹은 4번가에서 폭죽을 터뜨릴 때 거리를 따라 부유하는 폭약 냄새와는 다른 방식으로 아이에게 만족감을 준다. 이 아이는 선호하는 냄새의 순서까지 궁리해놓았다. 탄 호밀빵, 탄 흰빵 등등.

나는 가운을 입고 아래층으로 내려갔다. 아이에게 진지한 이야기를 할 때면 나는 언제나 가운을 입고 아이에게로 향했다. 버벳이 아이와 함께 부엌에 있었다. 아내를 보고 깜짝 놀랐다. 아직 침대에 있는 줄 알았기 때문이다.

"토스트 좀 드릴까요?" 스테피가 물었다.

"다음 주면 쉰하나가 돼."

"그렇게 늙은 건 아니잖아요?"

"지난 25년 동안 항상 똑같은 느낌이었어."

"안됐네요. 우리 엄마는 몇살이죠?"

"아직 젊지. 우리가 첫 결혼을 했을 땐 스무살밖에 안됐으니까."

"바바보다 더 젊나요?"

"거의 비슷할 거야. 그렇다고 내가 계속 더 젊은 여자들이나 찾아다니는 그런 남자라고 생각하지는 마라."

내 대답이 스테피를 겨냥한 건지 버벳을 겨냥한 건지 확신이 서지 않았다. 머리의 어법으로 말하자면, 이런 일은 수많은 정보가 겹겹이 쌓인 부엌에서 일어난다.

"엄만 아직 중앙정보국CIA에서 일해요?" 스테피가 물었다.

"우린 그 얘기를 하지 않기로 되어 있어. 어쨌거나 네 엄마는 연락책일 뿐이야."

"그게 뭔데요?"

"사람들이 요새 부업 삼아 하는 일이지."

"그녀가 하는 일이 정확히 뭐야?" 버벳이 물었다.

"브라질에서 걸려오는 전화를 받아. 그러고는 활동을 개시하지."

"그다음엔 뭘 하는데?"

"여행가방에 돈을 넣고 라틴아메리카 방방곡곡을 돌아다니지."

"그게 다야? 그 일은 나도 할 수 있겠네."

"본부에서 검토해달라고 가끔 책을 보내기도 하지."

"내가 그녀를 만난 적이 있던가?" 버벳이 물었다.

"아니."

"내가 이름은 알고 있나?"

"데이나 브리드러브야."

내가 이름을 말하자 스테피는 소리내지 않고 입술로 따라 했다.

"너, 그걸 먹으려는 건 아니겠지?" 나는 아이에게 말했다.

"제가 구운 토스트는 꼭 먹는걸요."

전화벨이 울려 나는 수화기를 들었다. 아주 능숙하게 "여보세요" 하는 여자 목소리가 들려왔다. 그 목소리는 자기가 컴퓨터 합성음이며 현재의 소비자 욕구 수준을 파악하고자 하는 마케팅 조사의 일환이라고 말했다. 그리고 일련의 질문을 할 것인데 각각의 질문 후에는 내게 대답할 기회를 주기 위해 잠시 쫌을 두겠다고 했다.

나는 수화기를 스테피에게 넘겼다. 아이가 합성된 목소리에 몰두해 있는 것이 분명해졌을 때 버벳에게 낮은 소리로 말했다.

"그녀는 음모 꾸미기를 좋아했어."

"누구?"

"데이나 말야. 나를 사건에 끌어들이고 싶어했어."

"어떤 사건?"

"파당 만들기. 친구들 간에 이간질하기. 집안이나 교수들 사이의 음모."

"평범한 거네, 뭐."

"그녀는 나한테는 영어로 말하고, 전화기에 대고는 스페인어나 포르투갈어를 했어."

스테피는 몸을 틀고 수화기를 들지 않은 손으로 제 스웨터를 잡아당겨 옷에 붙은 라벨을 읽었다.

"천연 아크릴이에요." 아이는 전화에 대고 말했다.

버벳도 자기 옷의 라벨을 확인했다. 보슬비가 내리기 시작했다.

"쉰하나가 다 돼가는 느낌이 어때?" 버벳이 물었다.

"쉰살 때나 다름없어."

"하나는 짝수고 하나는 홀수인 것만 빼면 그렇지." 그녀가 지적했다.

그날 밤, 머리의 미색 방에서 화구 두개짜리 전기레인지로 조리한 개구리 모양의 콘월산 닭고기로 거창하게 식사를 마친 뒤, 우리는 커피를 마시기 위해 철제 접이의자에서 간이침대로 자리를 옮겼다.

"스포츠 기자 시절엔 계속 여행을 다녔어요. 비행기와 호텔 그리고 경기장 먼지 속에서 살다보니 내 아파트에 돌아와도 집처럼 느껴진 적이 없었죠. 이제야 집이 생긴 겁니다." 머리가 말했다.

"아주 멋지게 꾸며놓으셨네요." 버벳이 방 구석구석을 절박하게 둘러보며 말했다.

"작고 어둡고 평범한 방이죠." 머리가 자족하는 목소리로 말했다. "사색을 위한 컨테이너라고나 할까요."

나는 길 건너편 1~2만 제곱미터 정도 되는 대지 위에 서 있는 낡은 사층짜리 건물 쪽을 가리켰다. "정신병원에서 나는 소리가 들립니까?"

"구타와 비명 소리 말인가요? 사람들이 아직도 그곳을 정신병원이라고 부르다니 참 재미있어요. 눈에 띄는 건물인 것은 틀림없어요. 그 높고 가파른 지붕이며 높다란 굴뚝들이며 기둥들이며 여기저기 괴상하고 불길한 작은 장식들까지. 저도 어느 쪽인지 마음을 못 정하겠군요. 요양원이나 신경정신과 시설 같진 않네요. 정말 정신병원처럼 보이긴 해요."

그의 바지는 무릎이 닳아 번들거렸다.

"아이들을 데려오지 않아서 유감이에요. 저는 어린아이들과 친하게 지내고 싶거든요. 여긴 아이들 사회니까요. 전 학생들한테 사회를 형성하는 주도적 흐름이 되기에는 그들이 이미 너무 늙어버렸다고 말합니다. 시시각각 그들은 서로에게서 갈라서기 시작하니까요. 그들에게 이렇게 말해요. '우리가 여기 앉아 있는 이 순간에도 여러분은 핵심에서 바깥으로 밀려나고 있기 때문에, 하나의 집단으로서 인식되기가 힘들어지고 광고주들과 대중문화 생산자들의 목표가 되기도 힘들어집니다. 아이들이야말로 진정으로 보편적인 존재입니다. 하지만 여러분은 그 단계를 훌쩍 넘어버렸고, 이미 여러분이 소비하는 상품에서 소외되고 표류하는 느낌이 들기 시작하지요. 상품은 누구를 위해 기획되는 겁니까? 마케팅 전략에서 여러분의 위치는 어디입니까? 일단 졸업한 후에는 여러분이 집단 정체성을 상실해버린 소비자들의 엄청난 고독과 불만을 경험하게 되는 것은 시간문제일 뿐입니다.' 그런 다음 시간의 불길한 경과를 상기시키는 의미에서 연필로 교탁을 탁탁 두드리지요."

우리는 침대 위에 앉아 있었기 때문에 머리가 버벳에게 말을 하자면 몸을 앞으로 많이 기울이고 내 손에 들린 커피잔 너머로 보아야 했다.

"아이가 모두 몇인가요?"

버벳이 잠시 멈칫하는 듯했다.

"물론 와일더가 있고, 드니스도 있죠."

머리는 곁눈질로 그녀를 보면서 잔을 아랫입술에 대고 커피를 홀짝거렸다.

"유진도 있어요. 그앤 올해 웨스턴오스트레일리아에서 제 아빠랑 살고 있죠. 여덟살이랍니다. 걔 아빠는 오지 탐사를 하고 있어요. 그애 아빠가 와일더 아빠이기도 해요."

"그애는 텔레비전이 없는 곳에서 자라고 있어요." 내가 말했다. "그 때문에 대화를 나눠볼 만한 상대입니다. 머리. 일종의 야생아野生兒, 허허벌판에서 자라난 야만인으로서 지적이고 글을 읽고 쓸 줄 알지만 또래 아이들의 고유한 특징인 심오한 코드나 메시지가 없거든요."

"텔레비전은 보고 듣는 방법을 잊어버렸을 때만 문제가 되죠." 머리가 말했다. "학생들이랑 언제나 이 문제를 토론해요. 학생들은 이 매체에서 다른 데로 관심을 돌려야 한다고 느끼기 시작했어요. 마치 이전 세대가 부모와 조국으로부터 돌아섰던 것처럼요. 전 다시 아이들처럼 보는 법을 배워야 한다고 학생들에게 말합니다. 잭, 선생님 표현을 사용하자면, 내용은 뿌리째 뽑아내고 코드와 메시지를 찾아보라고 하지요."

"학생들 반응은 어떻습니까?"

"텔레비전은 광고 우편물의 다른 이름일 뿐이래요. 하지만 전 학생들에게 그 견해는 받아들일 수 없다고 말합니다. 내가 두달 이상 이 방에 앉아 유심히 듣고 메모하면서 새벽까지 텔레비전을 보고 있다고 일러줍니다. 멋지고도 겸허한 경험이라고나 할까요. 신비한 경험에 가깝지요."

"그래서 얻은 결론이 뭡니까?"

머리는 다리를 얌전히 꼰 채 무릎에 컵을 얹고 앉아서 똑바로 앞을 보며 미소지었다.

"파동과 방사지요." 그가 대답했다. "텔레비전이라는 매체가 미국 가정의 원동력임을 이해하게 되었어요. 밀폐되고, 시간을 초월하고, 자기완결적이고, 자기지시적인 매체. 마치 바로 우리집 거실에서 탄생하고 있는 신화 같고, 꿈결 같고 전의식前意識적인 방식으로 우리가 알고 있는 무엇 같기도 해요. 잭, 전 거기에 푹 빠져 있어요."

그는 여전히 은밀하게 미소지으며 나를 쳐다보았다.

"텔레비전 보는 법을 배우셔야 할 겁니다. 그 정보에 마음을 열어야 한다는 거죠. 텔레비전은 엄청난 양의 심리적 정보를 제공합니다. 세계 탄생에 관한 고대의 기억을 열어주고, 화상畵像을 형성하는 지지직대는 작은 점들의 그물망인 그리드 속으로 우리를 맞이해주지요. 거기엔 빛이 있고 소리가 있어요. 전 학생들에게 묻습니다. '이 이상 뭘 더 원하나?'라고요. 그리드 속에 숨겨진 풍부한 정보를 보세요. 화려한 포장 속에, 경쾌한 광고 노래에, 삶의 단면을 보여주는 광고에, 어둠속에서 분출하는 상품들에, 낭독 같고 독송 같은 기호화된 메시지와 끊임없는 반복 속에 숨겨진 것들을 보세요. '그건 바로 콜라, 콜라, 콜라야'처럼 말이죠. 우리가 순수하게 반응할 줄 알고 우리의 신경질, 피로, 염증을 넘어설 줄만 안다면 이 매체는 사실상 신성한 공식들로 넘쳐나고 있어요."

"하지만 당신 학생들은 동의하지 않는다면서요."

"광고 우편물보다 더 나쁘다는 거죠. 걔들 말에 따르자면, 텔레비전은 죽어가는 인간 의식의 마지막 몸부림이에요. 학생들은 텔레비전을 보며 지낸 자신들의 과거를 부끄러워합니다. 그보다는 영화에 대해 얘기하길 좋아하죠."

머리는 일어나서 우리 잔에 커피를 다시 채워주었다.

"어떻게 그런 걸 다 아세요?" 버벳이 물었다.

"전 뉴욕 출신이니까요."

"머리, 당신이 말을 하면 할수록 뭔가를 더 숨기려는 것처럼 보여요. 꼭 우리를 속이려는 것처럼 말이에요."

"최고의 이야기는 사람을 호리지요."

"결혼하신 적이 있나요?" 버벳이 물었다.

"한번 했었습니다. 잠시 동안요. 제츠, 메츠, 네츠 같은 프로팀*을 취재하고 다닐 때였어요. 지금 당신이 보기엔 제 모습이 괴상하겠죠. 텔레비전과 커버 씌운 만화책 수

* 각각 뉴욕의 미식축구팀과 야구팀 그리고 뉴저지(현재는 브루클린)의 농구팀.

십 더미 속에 처박혀 빈둥대는 외톨이 괴짜로 보이지요? 그렇다고 뾰족한 힐을 신고 슬릿 스커트에 강렬한 액세서리로 치장한 지적인 여자가 새벽 두세시쯤 불쑥 찾아오는 극적인 상황을 반기지 않을 사람이라고는 생각하지 마세요." 그가 버벳에게 말했다.

아내의 허리를 감싸고 걸어서 집으로 돌아올 무렵 비가 부슬부슬 내렸다. 거리는 텅 비어 있었다. 엘름가 상점들은 모두 캄캄했다. 은행 두곳에서만 희미한 불빛이 흘러나왔고 안경점 진열창의 화려한 네온사인만이 보도 위로 교묘한 빛을 비추었다.

데이크론, 올론, 라이크라 스판덱스.*

"내가 뭘 잘 잊어버리는 건 알았는데, 그렇게 심한 줄은 몰랐어." 버벳이 말했다.

"그렇지 않아."

"당신, 드니스가 한 말 들었지? 언제였지, 지난 주였나?"

"드니스는 영리하고 집요한 애야. 다른 애들은 아무도 모르잖아."

"난 숫자 버튼을 하나 눌러놓고는 누구한테 전화를 걸고 있는지 잊어버려. 가게에 가서는 뭘 사야 되는지 잊어버리고. 누가 뭐라고 하면 금방 잊어버리고, 그 사람이 다시 말해주면 또 잊어버려. 그러면 사람들은 난감한 듯이

* 합성섬유 상표명들.

웃으면서 또 말해줘."

"우린 다들 잊어버리잖아." 내가 말했다.

"난 이름, 얼굴, 전화번호, 주소, 약속, 설명서, 사용법 이런 것도 다 잊어."

"거의 누구한테나 일어나는 일이야."

"난 스테피가 스테퍼니라고 불리는 걸 싫어하는 것도 잊어버려. 가끔 걔를 드니스라고 부르기도 하고. 주차를 어디에다 해놓았는지 잊어버리고, 그러고는 내 차가 어떻게 생겼는지도 한참 동안이나 생각나지 않는단 말이야."

"건망증은 공기와 물 속에 이미 스며들어 있어. 먹이사슬 안에도 들어와 있고."

"어쩌면 내가 씹는 껌 때문일지도 몰라. 너무 엉뚱한 생각인가?"

"아니면 다른 무엇 때문일지도 모르지."

"무슨 말이야?"

"껌 말고 다른 걸 복용하고 있다며."

"누구한테 들었어?"

"스테피한테서 전해들었어."

"스테피는 누구한테 들었는데?"

"드니스한테서."

버벳은 잠시 말을 멈추고 드니스가 이 소문이나 견해의 진원지라면 그것이 사실일 가능성이 높다는 것을 시인했다.

"내가 뭘 복용하고 있는지도 드니스가 말해?"

"걔한테 물어보기 전에 당신한테 물어보고 싶었어."

"잭, 아무리 생각해봐도 기억력을 감퇴시킬 법한 약을 복용하고 있진 않아. 그렇지만 난 나이도 많지 않고 머리를 다친 적도 없고 자궁후굴증 외엔 다른 가족력도 없는걸."

"드니스 말이 맞을 수도 있다는 얘기네."

"그것도 배제할 수는 없지."

"당신은 지금 어쩌면 기억력을 손상하는 부작용이 있는 뭔가를 복용하고 있을지도 모른다고 말하는 거야."

"내가 뭔가를 복용하고 있으면서 기억을 못하거나, 아니면 뭔가를 복용하고 있지 않으면서 기억하지 못하거나, 둘 중 하나지. 내 삶은 양자택일이니까. 보통 껌을 씹거나 무가당 껌을 씹거나. 껌을 씹거나 담배를 피우거나. 담배를 피우거나 체중이 늘거나. 체중이 늘거나 운동장 계단을 뛰어오르거나."

"따분한 인생처럼 들리네."

"그래도 영원히 지속되었으면 좋겠어." 그녀가 말했다.

길은 곧 낙엽으로 뒤덮였다. 잎들은 비탈진 지붕 위를 스치며 굴러떨어지고 있었다. 하루에도 몇번씩 거센 바람이 불어와 나무들이 더 헐벗으면, 은퇴한 남자들이 갈퀴를 들고 뒷마당과 앞쪽의 좁은 잔디밭에 나타났다. 검은 봉지들이 연석 위에 비스듬히 줄지어 놓였다.

겁먹은 아이들이 핼러윈 캔디를 얻으러 우리집 문 앞에 줄줄이 나타났다.

12

나는 일주일에 두번, 늦은 오후에 독일어 수업을 받으
러 갔다. 방문이 거듭될수록 어둠은 더 일찍 몰려왔다. 수
업시간 내내 서로 마주 보고 앉아야 한다는 것이 하워드
던롭의 규칙이었다. 그는 자신이 자음과 이중모음과 장모
음 및 단모음 발음을 시범으로 보여줄 때 내가 그의 혀 위
치를 면밀히 살펴보기를 원했다. 또 반대로 내가 서투르게
발음하려 할 때는 내 입속을 자세히 들여다보곤 했다.

　그는 계란형 얼굴에 순하고 차분한 인상으로, 발음 연습
을 시작하기 전까지는 특이한 기색이라고는 풍기지 않았
다. 그런데 일단 입을 열면 뒤틀림이 시작되었다. 마치 통
제된 환경에서 발작 장면을 목격할 때처럼, 보기에는 섬뜩
하지만 창피하게 매력적인 데가 있었다. 그는 머리를 몸통

쪽으로 웅크리고 눈을 가늘게 떠서 휴머노이드처럼 찡그린 표정을 지었다. 내가 발음을 따라 할 차례가 되면 오로지 가르치는 사람의 기분을 맞춰주기 위해서 입을 비틀고 눈을 완전히 감으며 비슷하게 흉내를 냈는데, 과장된 발음은 너무나 억지스러워 돌이나 나무가 말을 하려고 용쓰듯 자연법칙이 돌연 굴절되는 것처럼 들릴 것이라는 생각이 들었다. 눈을 떠보면 그는 내 입속을 들여다보려고 몸을 앞으로 기울인 채 내 입에서 몇센티밖에 떨어져 있지 않았다. 나는 그가 그 속에서 뭘 보았는지 궁금했다.

매 수업이 시작되기 전후로 불편한 침묵이 흘렀다. 나는 그가 독일어를 가르치기 전에 어떤 생활을 했는지, 지압사 시절은 어땠는지 얘기를 시켜보고 잡담도 나누려고 해보았다. 그때마다 그는 멀리 허공을 바라보곤 했다. 화가 났거나 지루해하거나 회피하는 것이 아니었다. 그냥 사건들의 연관에서 놓여나 초연한 것뿐인 듯했다. 정작 다른 하숙생이나 하숙집 주인에 관해 이야기할 때면, 그의 목소리에는 짜증과 길게 늘어지는 불평의 어조가 배어 있었다. 항상 헛다리 짚는 사람들 틈바구니에서 평생을 살아왔다고 믿는 것이 그에겐 중요한 모양이었다.

"배우러 오는 사람들이 몇이나 됩니까?"

"독일어 말이오?"

"예."

"독일어 배우는 사람은 당신 하나뿐이지. 전엔 몇 있었지만. 독일어는 이제 시들해졌소. 다른 것과 마찬가지로 이런 일도 주기를 타는 법이오."

"다른 것도 가르치나요?"

"그리스어, 라틴어, 해양항해 따위요."

"해양항해를 배우러 여기 오는 사람들도 있나요?"

"이젠 별로 없소."

"요즘 들어 가르치는 사람들이 이렇게 많은 것도 놀라운 일이죠." 내가 말했다. "사람마다 선생이 하나씩은 붙어 있으니까요. 제가 아는 사람은 모두 선생 아니면 학생입니다. 그게 무슨 의미라고 생각하세요?"

그는 옷장 문 쪽으로 시선을 돌렸다.

"그밖에 다른 것도 가르치십니까?" 내가 물었다.

"기상학을 가르치오."

"기상학이요? 어떻게 그런 걸 다 가르치게 되었나요?"

"어머니의 죽음이 내겐 엄청난 충격이었소. 난 완전히 무너졌고 신에 대한 믿음도 잃어버렸소. 위로받을 길 없이 전적으로 나 자신 속으로 침잠해 들어갔소. 그러던 어느날 텔레비전에서 기상예보를 보았소. 반짝이는 지시봉을 든 기운 넘치는 젊은 남자가 나와서 알록달록한 위성사진 앞에 서서 닷새간의 날씨를 예보하더군. 나는 그의 자기확신과 노련함에 완전히 매료되어 그 자리에 앉아 있었소. 마치 메시지가 기상위성에서 그 젊은 남자를 통해 캔버스의자에 앉은 내게로 전송되고 있는 듯했소. 그때부터 위안거리 삼아 기상학에 관심을 가졌소. 기상도를 읽고, 날씨에 관한 책을 수집하고, 기상관측 기구氣球를 발사하는 행사에도 참석했소. 날씨야말로 내가 평생 추구해온 것임을 깨달았지. 그건 한번도 경험해보지 못한 평화와 안정감을 주었소. 이슬, 서리, 안개, 눈보라. 제트기류. 제트기류엔 웅대함이 있다고 믿고 있소. 난 내 껍데기 밖으로 나오기 시작했고 거리의 사람들에게 말을 걸었지. '날이 좋군요.' '비가 올 것 같네요.' '무척 덥죠?' 누구나 날씨는 신경 쓰니까. 일어나서 맨 먼저 하는 일이 창가로 가서 날씨를 살피는 것이잖소. 당신도 그렇고 나도 그렇고. 난 기상학에서 내가 이루고 싶은 목표의 목록을 만들었소. 통신강좌도 듣고 법적으로 수용인원이 백명 미만인 건물에서 기상학을 가르칠 수 있는 학위도 받았소. 교회 지하실, 트레일러 주차장, 밀실이나 거실에서 기상학을 가르쳤지. 사람들은 밀러스크리크, 럼버빌, 워터타운 등지에서 하는 내 강의를 들으러 왔소. 공장노동자, 주부, 상인, 경찰관과 소방대원 등이었소. 그들의 눈에서 난 뭔가를 보았소. 허기랄까, 제어할 수 없는 욕구 말이오."

그의 내복 소매에는 작은 구멍이 여러개 나 있었다. 우리는 방 한가운데에 서 있었다. 나는 그가 말을 이어가기를 기다렸다. 때는 일년 중에서도, 하루 중에서도, 작고 끈질긴 슬픔이 사물의 결 속으로 파고드는 시간이었다. 어스름, 침묵, 혹독한 한기. 뭔가 뼛속 깊이 외로운 것이 스며들었다.

집에 돌아와보니 밥 파디가 부엌에서 골프 스윙 연습을 하고 있었다. 밥은 드니스의 아버지다. 무슨 발표를 하러 글래스버러에 가는 길에 들렀다며 우리 모두에게 저녁을 사겠다고 했다.

그는 두 손을 꼭 그러잡고 왼쪽 어깨 위로 천천히 스윙을 한 뒤 팔을 유연하게 끝까지 돌렸다. 창가에 놓인 높다란 의자에 앉은 드니스는 제 아빠에게서 눈을 떼지 않았다. 그는 소맷자락이 소맷부리 위로 축 늘어지고 약간 보풀이 인 카디건을 입고 있었다.

"무슨 발표예요?" 아이가 물었다.

"아, 그런 거 있잖아. 도표랑 화살표랑. 벽에다 색깔 표시도 하고. 지원 사업을 위한 기본적인 수단이란다, 얘야."

"또 직업을 바꿨어요?"

"기금을 모으는 중이야. 엄청 바쁘기도 하지, 믿어도 돼."

"어떤 기금인데요?"

"모을 수 있는 거라면 뭐든지? 사람들은 내게 식량카드나 식권 따위를 주려고 하거든. 이야, 멋지잖아, 난 괜찮아."

그는 퍼팅하느라 몸을 숙였다. 버벳은 팔짱을 끼고 냉장고 문에 기대어 그를 지켜보고 있었다. 위층에서 영국 억양의 목소리가 들렸다. "어지럼이 동반되지 않는 현기증도 있습니다."

"무슨 기금이라고요?" 드니스가 물었다.

"'핵 사고 준비재단'이라는 게 있는데, 네가 들어볼 기회가 있었는지 모르겠다. 기본적으로 합법적인 산업 방위 기금이야. 만약의 일을 대비해서 만든 기금이지."

"무슨 일을 대비한다고요?"

"내가 배고파서 쓰러지는 그런 일. 갈비나 뜯으러 슬슬 가보실까? 다리든 가슴살이든 양껏 먹어보자. 버벳, 어떻게 할 거야? 난 내 살이라도 베어먹을 지경이야."

"도대체 몇번째 직업이에요?"

"좀 들볶지 마라, 드니스."

"신경 끄세요, 나도 신경 안 쓰니까, 하고 싶은 대로 하세요."

밥은 위의 세 아이를 데리고 왜건 휠 식당으로 갔다. 나는 버벳이 책을 읽어주곤 하는 트레드웰 씨의 강가 집까지 그녀를 태워주었다. 앞 못 보는 노인은 거기서 누이와 같이 살았다. 와일더는 우리 사이에 앉아서 트레드웰이 읽을 거리로 애호하는 슈퍼마켓용 타블로이드 신문으로 장난을 쳤다. 시각장애인들에게 책을 읽어주는 자원봉사를 하면서 버벳은 입에 담기 힘든 추잡한 것을 밝히는 이 늙은 이의 취향을 상당히 꺼림칙해했다. 장애인들은 도덕적으로 좀더 고상한 오락을 즐겨야 한다고 믿었기 때문이다. 그들에게 인간정신의 승리를 기대하지 못한다면 누구한테 기대할 수 있겠는가, 그런 생각이었다. 버벳이 그들에게 책을 읽어주고 용기를 북돋워주는 역할을 하는 것과 같이 그들에게도 보여야 할 모범이란 게 있었다. 하지만 그녀는 전문가답게 자기 의무에 충실해서 마치 아이에게 읽어주듯이 매우 진지하게 책을 읽어주었다. 자동응답기에 유언을 남기고 죽은 사람들에 관한 내용이었다.

와일더와 나는 차에서 기다렸다. 책 읽기가 끝나면 우리 셋은 왜건 휠 식당에 갔던 식구들을 딩키 도넛에서 만나, 그들은 디저트를 먹고 우리는 저녁을 먹을 계획이었다. 나는 그 짬에 읽으려고 『나의 투쟁』을 가져왔다.

트레드웰의 집은 베란다를 따라 허물어져가는 격자 울타리가 있는 낡은 목조건물이었다. 들어간 지 오분도 되지 않아 버벳이 밖으로 나오더니 석연찮은 기색으로 베란다 저 끝까지 걸어가 어둑한 마당을 둘러보았다. 그러더니 천천히 차 쪽으로 걸어왔다.

"문이 열려 있어. 들어가봤는데 아무도 없네. 둘러봐도 아무것도, 아무도 없어. 위층에도 가봤는데 인기척이 없어. 없어진 것도 없는 것 같은데."

"그 사람 누이에 대해 아는 건 없어?"

"트레드웰 씨보다 나이가 많고 동생처럼 눈이 멀지 않았다는 것만 제외하면 아마 건강은 더 나쁠 거야."

근처 두 집은 팔려고 내놓은 상태로 불이 꺼져 있었고, 인근의 다른 네 집에 사는 어느 누구도 지난 며칠간 트레드웰 남매의 행방에 대해 아는 바가 없었다. 우리는 주州 경찰 막사로 가서 컴퓨터 뒤에 앉아 있는 경찰에게 이야기했다. 그녀는 십일초마다 한건씩 실종사건이 일어난다면서 우리가 하는 말을 모두 녹음했다.

시내 외곽의 딩키 도넛에서 우리 식구들이 먹고 떠드는 동안 밥 파디는 아무 말 없이 앉아 있었다. 이 골프 애호가의 연분홍빛 얼굴은 이미 처지기 시작했다. 살이 전체적으로 축 늘어지다보니 살을 빼라는 엄명을 받은 사람처럼 눈치를 살피는 비굴한 표정이 비쳤다. 비싸게 주고 층을 내 자른 머리카락에 일정 양의 염색도 하고 일정 양의 기술도 부려보았지만 두상 자체가 좀더 역동적일 필요가 있어 보였다. 버벳이 그들이 부부로 지낸 곡절 많던 4년 세월의 의미를 가늠해보려는 듯 그를 유심히 살피고 있다는 것을 나는 눈치챘다. 가히 혼란의 도가니였다. 그는 술 마시고 도박하고 둑 밑으로 차를 처박고 해고당하고 직장을 그만두고 퇴직했으며, 출장 간다고 속이고 콜타운으로 가서 거기서 산 여자에게 섹스하는 동안 스웨덴말을 하도록 시키기도 했다. 버벳을 화나게 한 것은 여자에게 스웨덴말을 시킨 대목이었거나 아니면 그가 그 사실을 고백할 욕구를 느낀 대목이었는데, 그녀는 그를 손등으로, 팔꿈치와 손목으로 마구 때렸다. 옛 사랑들, 옛 두려움들. 이제 그녀는 그를 따뜻한 연민의 눈빛으로, 그가 지금 겪고 있는 비애를 감지하되 차단하는 그 모든 신비한 마법을 담을 수 있을 만큼 깊고 다정하고 관대해 보이는 회상의 눈빛으로 지켜보고 있었다. 물론 나는 책으로 눈길을 돌리면서 그것이 단지 지나가는 애정임을, 아무도 헤아리지 못할 그녀만의 따뜻함 중 하나임을 알고 있었지만 말이다.

이튿날 정오 무렵에 사람들은 강바닥을 뒤지고 있었다.

13

학생들은 캠퍼스 근처를 벗어나지 않는 경향이 있다. 블랙스미스 시내에는 그들이 할일이 전혀 없으므로 자연히 자주 들르는 곳이나 관심을 끌 만한 것도 없다. 그들에겐 자기들만의 음식, 영화, 음악, 극장, 스포츠, 대화, 그리고 섹스가 있다. 이 도시에는 세탁소와 안경점이 즐비하다. 웅장한 모습의 빅토리아 양식 저택 사진들이 부동산회사 창문을 장식하고 있다. 이 사진들은 수년간 바뀌지 않았다. 사진 속의 집들은 팔렸거나 사라졌거나 다른 주의 다른 도시에 서 있기도 한다. 이 도시는 쓰던 물건을 차고나 마당에 내놓고 파는 집들이 많다. 더이상 쓰지 않는 물건들이 진입로에 줄지어 펼쳐져 있고 아이들이 그것들을 지키고 있다.

버벳이 백주년 기념관에 있는 내 연구실로 전화를 했다. 하인리히가 위장 모자를 쓰고 인스터매틱 카메라를 들고는 강바닥에서 시체 찾는 광경을 구경하러 강가로 내려갔었으며, 그애가 거기 있는 동안 트레드웰 남매가 주간州間 고속도로변에 있는 거대한 쇼핑몰인 미드빌리지 몰의 버려진 과자창고 안에서 생존한 상태로 발견되었으나 제정신은 아니라는 소식이 전해졌다고 말했다. 그들은 필시 쇼핑몰에서 길을 잃어서 당황하고 겁먹은 상태로 이틀 동안 여기저기를 헤매다가 쓰레기로 어질러진 간이창고 안으로 피신한 것 같았다. 그렇게 창고에서 이틀을 더 지내다가 병약하고 쓰러질 듯한 누나 트레드웰이 용기를 내어 바깥으로 나가 만화 캐릭터가 그려진 회전뚜껑 쓰레기통을 뒤져 음식 부스러기를 찾았다. 그들이 쇼핑몰에 갇혀 있던 때에 마침 날이 푸근해서 천만다행이었다. 그들이 왜 도움을 요청하지 않았는지 아는 사람은 이때까지 아무도 없었다. 아득하고 위협적인 형체들로 가득 찬 곳에서 그들이 무력감과 망연자실함을 느낄 수밖에 없었던 것은, 십중팔구 그곳이 광대하고 낯설었으며 그들이 너무 연로했기 때문일 것이다. 트레드웰 남매는 자주 외출하는 편이 아니었다. 사실 그들이 어떻게 쇼핑몰까지 갈 수 있었는지도 이때까지 아무도 몰랐다. 아마 종손녀가 차로 그들을 데려다주고는 다시 태워오는 것을 잊어버린 모양이었다. 사실 확인을 위해 연락을 취해도 종손녀와 연락이 닿지 않는다고 버벳이 말했다.

트레드웰 남매가 다행스럽게도 발견되기 전날, 경찰은 이들의 행방과 운명을 알아내는 데 도움이 될까 하고 심령술사를 찾아갔었다. 지역신문에 이 이야기의 전말이 실렸다. 심령술사는 시내 외곽의 숲이 우거진 지역에 있는 이동식 주택에서 사는 여자였다. 그녀는 자신이 아델 T.라고만 알려지기를 바랐다. 기사에 따르면, 그녀는 경찰서장 홀리스 라이트와 이동식 주택 안에 앉아, 트레드웰 남매의 사진을 살펴보고 그들의 옷장에서 가져온 옷가지의 냄새를 맡았다는 것이다. 그런 다음 한시간 동안 혼자 있도록 서장에게 나가달라고 요청했다. 그러고는 운동을 하고 밥과 달*을 조금 먹은 다음 최면 상태에 들어갔다. 그 상태에서 자신이 찾고자 하는 원거리의 생체 시스템—이 경우엔 트레드웰 노인과 그의 누나—에 관한 정보 추적을 시도했다고 기사는 전했다. 라이트 서장이 다시 트레일러로 들어갔을 때, 아델 T.는 강은 잊어버리고 트레드웰의 집 주변 25킬로미터 반경 내에 있는 달 표면 모습의 건조지역을 집중 수색하라고 말했다. 경찰은 강을 따라 15킬로미터쯤 떨어진 석고채석장으로 당장 달려가 거기서 권총 한점과 순수 헤로인 2킬로그램이 담긴 항공사 가방을 찾아냈다.

경찰은 전에도 아델 T.에게 상담을 의뢰한 적이 많았는

* 삶은 콩에 향신료를 넣고 끓인 수프 요리.

데, 그녀의 도움으로 난타당한 시체 두구와 냉장고에 든 시리아인, 그리고 60만 달러에 달하는 불법 자금 추적용 지폐가 숨겨진 곳을 찾아냈지만 매번 경찰이 찾던 것이 아닌 엉뚱한 것이었다고 기사는 결론을 맺었다.

미국적 미스터리가 깊어지고 있다.

14

우리는 자그마한 스테피의 방 창문 앞에 옹기종기 모여서 일몰의 장관을 구경하고 있었다. 하인리히만 외따로 떨어져 있었는데, 건전한 공동체적 즐거움을 불신하거나 아니면 현대의 일몰에는 뭔가 불길한 게 있다고 믿기 때문이었다.

그후 나는 가운 차림으로 침대에 앉아 독일어 공부를 했다. 단어들을 속으로 중얼거리면서 이번 봄 학회에서 내가 독일어로 간단한 개회사만 할 수 있을지, 아니면 다른 참석자들이 국제학계에서 우리의 진지함과 독보성을 드러내는 한 표징으로서 강연에서나 식사 때나 잡담을 나눌 때를 비롯해 학회 내내 그 언어를 쓰기를 기대하지 않을지 생각해보았다.

텔레비전에서 이런 말이 들렸다. "그리고 또다른 경향들이 여러분의 이력서에 극적인 영향을 끼칠 수 있을 겁니다."

드니스가 들어와 침대 발치에 큰대자로 드러누웠는데, 팔을 접어 머리를 괴고 내게서 얼굴을 돌린 상태였다. 이 단순한 자세 안에 얼마나 많은 코드와 역ㅃ코드, 사회적 내력이 담겨 있을까? 그리고 있은 지 족히 일분은 흘렀다.

"엄마를 어떻게 해야 할까요?" 아이가 말했다.

"무슨 말이야?"

"아무것도 기억을 못해요."

"엄마가 자신이 약을 먹고 있는지 아닌지 너한테 물어보던?"

"아뇨."

"안 먹는다는 거야, 물어보지 않았다는 거야?"

"물어보지 않았다는 거예요."

"물어보기로 했는데." 내가 말했다.

"글쎄 그러지 않았어요."

"엄마가 뭔가를 복용하고 있다는 것을 어떻게 아니?"

"부엌 싱크대 밑 쓰레기통에 병이 버려져 있는 걸 봤거든요. 조제약이었어요. 병에 엄마 이름과 약 이름이 적혀 있었어요."

"약 이름이 뭔데?"

"다일라예요. 사흘마다 한알씩 복용하라고 되어 있는

걸 보면 위험하거나 습관성이 될 수 있거나 하는 약이라는 느낌이 들어요."

"네가 보는 의약품 참고서에는 다일라에 대해 뭐라고 적혀 있니?"

"거기 없어요. 몇시간이나 찾아봤어요. 색인이 네가지나 있는 책인데."

"최근에 시판된 약이겠지. 내가 다시 한번 확인해볼까?"

"제가 벌써 확인했어요. 확실히 봤다고요."

"우린 언제라도 엄마 주치의한테 전화해볼 수 있어. 하지만 일을 크게 벌이고 싶지는 않구나. 누구나 이런저런 약을 먹고 누구나 가끔은 잊어버리기도 해."

"우리 엄마처럼은 아니에요."

"나도 맨날 잊어버리는데."

"아빠 무슨 약을 드시는데요?"

"혈압약, 스트레스 완화제, 알레르기약, 안약, 아스피린. 흔한 약들이야."

"안방 욕실의 약장을 조사해봤어요."

"다일라는 없던?"

"새 병이 있을 거라고 생각했는데."

"의사가 내게 서른알을 처방해줬어. 맞아. 흔한 약들이지. 누구나 먹는 약은 있다니까."

"그래도 전 알아내고 싶어요." 아이가 말했다.

이야기를 하는 내내 아이는 내게서 시선을 돌리고 있었다. 이런 상황에는 음모가 개입될 가능성, 사람들이 교활한 계략이나 은밀한 계획을 꾸밀 가능성이 있었다. 하지만 이제 아이는 자세를 바꿔 팔꿈치로 상체를 받친 채 침대 발치에서 무언가를 가늠하는 표정으로 나를 주시했다.

"뭐 좀 물어봐도 돼요?"

"그럼." 내가 대답했다.

"화 안 내실 거죠?"

"넌 내 약장에 뭐가 들어 있는지도 알잖아. 무슨 비밀이 더 있겠어?"

"하인리히 이름을 왜 하인리히라고 지었는데요?"

"좋은 질문이구나."

"꼭 대답하실 필요는 없어요."

"좋은 질문이라니까. 물어보지 말란 법도 없지."

"그럼 왜 그렇게 하셨어요?"

"그게 강력한 이름, 힘센 이름이라고 생각했어. 권위 같은 게 있잖아."

"다른 사람 이름을 딴 거예요?"

"아니. 내가 학과를 개설한 직후 하인리히가 태어났는데, 내 행운을 스스로 인정하고 싶었던 게지. 독일적인 어떤 일을 해보고 싶었어. 일종의 제스처가 필요하다고 느꼈지."

"하인리히 게르하르트 글래드니 같은 거요?"

"그 이름이면 그애한테 권위를 부여해줄 것 같았어. 강력하고 인상적인 이름이라 생각했고 지금도 그렇게 생각해. 난 하인리히를 보호해주고 겁 없는 애로 키우고 싶었어. 그땐 애들 이름을 킴이니 켈리니 트레이시로 짓던 시절이었거든."

긴 침묵이 흘렀다. 아이는 계속 나를 지켜보았다. 아이의 이목구비는 얼굴 중앙에 다소 몰려 있어 뭔가에 몰두할 때면 퍼그처럼 약간 호전적인 느낌을 풍겼다.

"그게 오산이었다고 생각하니?"

"제가 대답할 문제는 아닌걸요."

"독일이름, 독일어, 독일적인 사물에는 뭔가가 있어. 그게 정확히 뭔지는 모르겠지만. 하여간 분명히 있어. 그 모든 것의 중심에는 물론 히틀러가 있지."

"어젯밤에도 텔레비전에 그가 나왔어요."

"항상 나오잖니. 그가 나오지 않는 텔레비전은 없을 거야."

"그들은 패전했잖아요." 아이가 말했다. "그런데 어떻게 위대할 수가 있죠?"

"타당한 지적이구나. 하지만 그건 위대함의 문제는 아니야. 선악의 문제도 아니고. 나도 그게 무슨 문제인지는 모르겠어. 이런 식으로 생각해보렴. 어떤 사람들은 항상 자기가 좋아하는 색깔의 옷만 입어. 어떤 사람들은 총을 갖고 다니지. 제복을 입으면 더 크고 더 강하고 더 안전하다고 느끼는 사람들도 있어. 나를 사로잡는 생각들은 언제나 이런 영역이야."

스테피가 드니스의 초록색 선캡을 쓰고 방으로 들어왔다. 이 행동이 무엇을 의미하는지 나는 이해하지 못했다. 아이가 침대로 올라오고 우리 셋은 내 독영사전을 훑어보면서 '방탕'orgy이나 '신발'shoe처럼 두 언어에서 거의 같은 소리가 나는 단어들을 찾아보았다.

하인리히가 복도를 따라 달려오더니 방으로 들이닥쳤다. "어서 와, 빨리, 비행기 추락 장면이야." 이 말을 하고 문밖으로 나가자 여자아이 둘도 침대 밖으로 튀어나가더니 셋이서 복도를 지나 텔레비전 쪽으로 달려갔다.

나는 약간 멍해서 침대에 앉아 있었다. 아이들이 별안간 뛰쳐나가며 생긴 소리 때문에 방 안의 분자들이 요동치는 상태가 되었다. 보이지 않는 물질의 잔해 속에서 중요한 질문은 '여기서 지금 무슨 일이 벌어지고 있는가?'인 듯했다. 내가 복도 끝방에 갔을 때는 화면 가장자리에 검은 연기 자락이 보일 뿐이었다. 그렇지만 추락 장면은 두번 더 방영되었다. 그중 한번은 분석가가 추락 원인을 설명하려 할 때 정지화면으로 재생되었다. 추락한 비행기는 뉴질랜드의 에어쇼에 나온 훈련용 제트기였다.

우리집 벽장 문 두개가 저절로 열렸다.

금요일인 그날 밤, 관습과 규칙에 따라 우리는 중국음식을 사가지고 와서 텔레비전 앞에 모여앉았다. 홍수, 지진, 산사태, 화산분출 장면들이 방영되었다. 우리가 금요일 가족모임이라는 의무에 이날만큼 집중한 적은 한번도 없었다. 하인리히는 뚱하지 않았고 나는 지루하지 않았다. 남편이 자기 아내와 말다툼하는 시트콤을 보다가 울음을 터뜨릴 뻔했던 스테피도 재난과 죽음을 다루는 다큐멘터리 장면들에 완전히 몰입한 것 같았다. 버벳은 여러 인종이 섞인 아이들 무리가 자기들만의 통신위성을 제작하는 코미디 시리즈물로 채널을 돌리려고 했다. 그러다 우리가 너무나 강하게 반대하는 바람에 깜짝 놀랐다. 그 일 말고는 우리는 입을 다물고 집들이 바닷속으로 쓸려들어가고 밀려드는 용암덩어리에 마을 전체가 탁탁 소리를 내며 불타는 장면들을 계속 시청했다. 재난 장면이 나올 때마다 우리는 더 많은 것을, 더 크고 더 장엄하고 더 압도적인 것을 원했다.

월요일에 연구실에 들어섰을 때 머리가 책상 옆 의자에서 마치 혈압계를 든 간호사가 오기를 기다리는 환자처럼 앉아 있었다. 그는 '미국적 환경'학과에서 엘비스 프레슬리로 권력 토대를 다지는 데 어려움을 겪고 있다고 말했다. 학과장 알폰스 스톰퍼나토가 디미트리어스 코차키스라는 130킬로그램에 달하는 거구에 로큰롤 밴드 경호원 출신 강사에게 우선권이 있다고 생각하는 모양이었다. 코차키스는 로큰롤의 '제왕'*이 죽었을 때 멤피스로 날아가 '제왕'의 측근 및 가족과 인터뷰를 했고, 그 자신이 '사건해설자'로서 지역방송 프로그램에 출연했다고 한다.

웬만한 얼치기는 아니라는 것을 머리도 인정했다. 나는 그의 다음 강의 때 비공식적으로 예고 없이 잠시 들러서 진행 중인 수업에 의미심장한 분위기를 부여하고, 내 직무, 내 전공, 내 신체에서 기인하는 영향력과 위신을 동원해 그에게 도움을 주면 어떻겠느냐고 제안했다. 그는 턱수염 끝을 만지작거리면서 천천히 고개를 끄덕였다.

그후 점심시간에 뉴욕 출신 교수들이 차지한 테이블에 빈 의자가 딱 하나 남은 게 눈에 띄었다. 알폰스는 테이블 상석에 앉아 교내식당에서도 위압적인 분위기를 풍겼다. 그는 덩치가 크고 냉소적이며 어두운 눈빛에다 이마에는 흉터가 있었고 얼굴 가장자리에는 성난 듯한 회색 턱수염이 나 있었다. 내 두번째 아내이자 하인리히의 엄마인 재닛 세이버리가 반대하지 않았더라면 1969년에 내가 길렀을 그런 수염이었다. "그 밋밋하고 널찍한 상판을 보여줘봐. 당신 생각보다 효과적일 거야"라고 재닛이 조그맣고 메마른 목소리로 말했었다.

알폰스는 자신이 하는 모든 일에 사뭇 절절한 목적의식을 부여했다. 네가지 언어를 알았고 칼 같은 기억력의 소유자였으며 복잡한 암산도 해냈다. 언젠가는 내게 뉴욕에서 출세하는 비결의 기본은 불만사항을 흥미롭게 표현하

* 엘비스 프레슬리의 별명.

122

는 방법을 배우는 것이라고 말한 적이 있다. 분노와 불평이 팽배한 곳이니까. 자신의 특정한 어려움으로 사람들을 즐겁게 해주는 방법을 알지 못하면 사람들은 그 어려움을 관대히 봐주지 않는다는 것이었다. 알폰스 자신은 상대를 박살내는 식으로 간간이 사람들을 즐겁게 했다. 그에게는 자신의 의견과 상충되는 모든 의견을 흡수하고 무너뜨릴 수 있는 태도가 있었다. 대중문화에 관한 이야기를 할 때면 자신의 믿음을 위해 사람도 죽이는 광신도들의 꽉 막힌 논리를 구사했다. 숨이 거칠고 불규칙해졌으며 이마는 잔뜩 일그러지곤 했다. 학과의 다른 뉴욕 출신 교수들은 그의 이런 도전과 도발 덕택에 자기들이 일할 수 있는 적절한 분위기가 조성된다고 생각하는 듯했다. 그들은 그의 직책을 이용해서 애들 장난 같은 작업들을 했다.

나는 그에게 말을 걸었다. "학과장님, 점잖고 선량하고 책임감 있는 사람들이 텔레비전에서 재난 장면을 보면 빠져드는 이유가 대체 뭘까요?"

나는 며칠 전 저녁시간에 아이들과 함께 용암과 토사와 홍수 장면을 너무나 흥미진진하게 봤던 이야기를 해주었다.

"우린 그런 장면들을 점점 더 많이 원했거든요."

"그건 당연하고 정상적인 거요." 지당하다는 듯 고개를 끄덕이며 그가 대답했다. "누구든지 다 그러니까."

"왜 그럴까요?"

"우리 정신이 흐려지고 있어서겠지. 끊임없이 쏟아지는 정보의 폭격을 끊어놓으려면 가끔씩 대재난이 필요한 거요."

"지당한 말씀입니다." 래셔가 거들었다. 팽팽한 얼굴에 머리를 매끈하게 뒤로 넘긴 자그마한 사내였다.

"정보의 흐름은 끊임없지." 알폰스가 말했다. "단어, 사진, 숫자, 사실, 그래픽, 통계치, 점, 파동, 미립자, 미진微塵. 대재난만이 우리의 주목을 끄는 법이오. 우린 그걸 원하고 필요로 하며 거기 의존하고 있소. 다른 곳에서 발생하기만 한다면 말이오. 캘리포니아가 중요한 것은 바로 이 지점이오. 산사태, 산불, 해안침식, 지진, 대량살해 등 온갖 일들이 일어나잖소. 우린 마음속으로 캘리포니아는 어떤 일을 당해도 싸지,라고 생각하기 때문에 느긋하게 이런 대재난을 즐길 수 있는 거요. 캘리포니아 사람들은 라이프스타일이란 개념을 만들어냈잖소. 그것만으로도 자신들이 파멸할 운명을 자초한 거지."

코차키스가 다이어트 펩시 깡통을 찌그러뜨려서 쓰레기통에 던졌다.

"재난 장면 찍는 덴 일본도 수준급이오." 알폰스가 말을 이었다. "인도는 거의 미개발 상태지. 인도는 기아, 몬순, 종교분쟁, 열차 충돌사고, 난파 등등 엄청난 잠재력이 있지. 하지만 그런 재난들을 기록하지 않고 지나가곤 해. 신문에 기사 세줄 나면 그만이야. 촬영도 위성중계도 전혀 하지 않지. 그래서 캘리포니아가 너무나 중요한 거라고. 우린 그들이 자신들의 느긋한 라이프스타일과 진보적인 사회사상 때문에 벌 받는 광경을 즐길 뿐 아니라 우리가 그중 어느 것 하나도 놓치지 않고 있다는 걸 알지. 카메라가 바로 현장에 있으니까. 카메라가 대기하고 있다가 아무리 끔찍한 일이 일어나도 낱낱이 찍어대는 거요."

"텔레비전 재난 장면에 매혹되는 건 얼마간 보편적인 현상이라는 말씀이군요."

"대개의 사람들에게 이 세상에는 두 장소밖에 없소. 자기가 사는 곳 그리고 텔레비전이 있는 곳이지. 텔레비전에서 일어나는 일이라면 그게 어떤 것이건 매혹적이라고 느낄 권리가 있다는 거야."

"제 경험이 널리 공유되고 있다는 걸 알게 돼서 기분이 좋은지 나쁜지 모르겠네요."

"기분이 나빠야지요." 그가 말했다.

"지당한 말씀입니다." 래셔가 거들었다. "우린 모두 기분이 나빠요. 하지만 그런 차원에서 즐길 수는 있죠."

머리가 말했다. "이런 현상은 잘못된 집중에서 일어나는 일입니다. 사람들의 정신이 흐려지고 있어요. 어린아이처럼 듣고 보는 법을 잊어버렸기 때문에 일어나는 일이죠. 정보를 수집하는 법을 잊어버렸어요. 심리적인 의미에서는, 텔레비전에 나오는 산불은 십초짜리 전자동 식기세척기 광고보다 낮은 지평에 있어요. 상업광고가 좀더 깊은 파동, 좀더 깊은 방사를 가진 거예요. 그러나 우리는 이런 것들의 상대적인 의미를 뒤집어놓았어요. 그렇기에 사람들의 눈, 귀, 두뇌, 신경계가 피폐해지는 거죠. 단순한 오용의 사례인 거예요."

그래파는 장난치듯 버터롤빵 반쪽을 래셔한테 던져 그의 어깨를 맞혔다. 그는 창백하고 어린애같이 통통한 사내인데, 래셔의 관심을 끌어보려고 롤빵을 던진 것이다.

그래파가 래셔에게 물었다. "손가락으로 이 닦아본 적 있어요?"

"처음으로 처갓집에서 밤을 보낸 날 손가락으로 이를 닦았어요. 결혼 전이었는데 아내의 부모님은 주말을 보내러 애즈버리파크에 가고 없었죠. 그 집은 아이패나 치약을 쓰더군요."

"칫솔을 깜박하는 건 내겐 하나의 징크스예요." 코차키스가 말했다. "난 우드스탁, 앨터몬트, 몬터레이*를 비롯한 여남은 곳의 중요한 행사 때마다 손가락으로 이를 닦았어요."

그래파가 머리를 쳐다보았다.

"난 자이르에서 알리와 포먼의 권투시합을 본 후에 손가락으로 이를 닦았어요." 머리가 말했다. "손가락으로 이

---

* 1969년 뉴욕주 베설에서 열린 우드스탁 음악축제, 1969년 샌프란시스코 부근 앨터몬트 자동차경주장에서 열린 무료 록 콘서트, 1967년 캘리포니아주 몬터레이에서 열린 국제 팝 페스티벌을 각각 일컫는다.

닦아본 곳 중에서 최남단이죠."

래셔가 그래파를 보았다.

"앉는 자리가 없는 변기*에서 똥 눈 적 있어요?"

그래파의 대답은 서정시에 가까웠다. "우리 아버지가 처음으로 시내 밖까지 차를 몰고 나간 날, 보스턴포스트 로드에 있는 낡은 소커니 모빌 주유소의 엄청 퀴퀴한 남자 화장실에서였죠. 비상하는 붉은 말 로고를 쓰는 주유소요. 어떤 차였는지 알고 싶어요? 자동차 세부의 자잘한 사양 까지 죄다 델 수 있어요."

"이런 건 사람들이 가르치지 않는 것들이죠." 래셔가 말 했다. "앉는 자리가 없는 변기. 세면대에 오줌 누기. 공중 화장실 문화. 그 모든 멋들어진 간이식당, 영화관, 주유소. 도로의 전체적인 분위기 같은 것 말이죠. 난 미 서부 전역 을 돌면서 세면대에다 오줌을 눠봤어요. 국경을 넘어가서 매니토바와 앨버타**에서도 세면대에 오줌을 눴죠. 이런 게 정수예요. 서부의 멋진 하늘. 베스트 웨스턴 모텔들. 간이 식당과 자동차극장 들. 그건 도로와 초원과 사막의 시예 요. 냄새나는 더러운 화장실들. 영하 30도였을 때 유타에 서 세면대에 눈 적도 있어요. 세면대에 오줌 눈 것 가운데 선 가장 추운 때였죠."

알폰스 스톰퍼나토는 래셔를 엄하게 바라보았다.

* 재래식 변소를 말한다.
** 각각 캐나다의 주 이름.

"제임스 딘이 죽었을 때 자넨 어디 있었나?" 위협적인 목소리로 그가 물었다.

"결혼 전 처가에서 구식 에머슨 탁상용 라디오로 「메이크 빌리브 볼룸」*을 듣고 있었죠. 반짝이는 숫자판이 달린 모토롤라 라디오는 이미 한물간 때였지요."

"자넨 처가에 자주 드나들었나보군. 섹스 하러 간 게지." 알폰스가 말했다.

"저흰 아직 어렸어요. 진짜 섹스를 하기엔 문화적인 기반이 아직 제대로 형성되지 않은 때였어요."

"그럼 뭘 했는데?"

"학과장님, 그녀는 제 아내예요. 이렇게 사람 많은 식탁에서 얘길 하라는 건가요?"

"제임스 딘은 죽고, 자넨 열두살짜리 애를 주물럭거리고 있었겠지."

알폰스는 디미트리어스 코차키스를 노려보았다.

"제임스 딘이 죽었을 때 자넨 어디 있었나?"

"퀸스의 애스토리아에 있는 삼촌이 경영하는 식당 뒤편에서 후버 진공청소기를 밀고 있었어요."

알폰스는 그래파를 쳐다보았다.

"젠장, 자넨 어디 있었어?" 그가 쏘아붙였다. 그 당시 그래파의 행방을 알아내지 못한다면 이 배우의 죽음이 완결

* 최초의 라디오 디스크자키인 앨 자비스(Al Jarvis), 마틴 블록(Martin Block)이 진행한 1930~50년대 음악방송 프로그램.

되지 못하리라는 생각이라도 떠오른 듯한 어투였다.

"어디 있었는지 정확히 알아요, 학과장님. 잠시만 생각해볼게요."

"이 자식이, 그때 어디 있었냐니까?"

"전 이런 일이라면 언제나 아무리 사소한 점이라도 다 기억해요. 하지만 그땐 몽롱한 사춘기였거든요. 제 인생에서 기억이 나지 않는 공백기가 있나봐요."

"너, 딸딸이 치느라고 정신없었지. 그런 말 아냐?"

"조앤 크로퍼드*에 관해 물어보세요."

"1955년 9월 30일, 제임스 딘이 죽어. 그때 니컬러스 그래파가 어디 있고 뭘 하고 있느냐 말이야."

"게이블에 대해 물어보세요, 먼로도 좋아요."

"은색 포르셰가 번개처럼 질주하며 교차로로 진입하고 있어. 포드 세단을 보고도 브레이크를 밟을 시간이 없어. 유리가 산산조각 나고 금속이 우그러지는 요란한 소리가 나지. 제임스 딘은 목이 부러지고 여기저기 뼈가 부러지고 살이 찢어진 채로 운전석에 앉아 있어. 태평양 표준시로 오후 5시 45분이야. 브롱크스의 딸딸이 대장인 너, 니컬러스 그래파는 대체 어디 있는 거야?"

"제프 챈들러**에 대해 물어봐주세요."

"니키, 넌 자기 유년기를 팔아먹는 중년 남자야. 뭔가 내

* Joan Crawford(1904~77). 미국 배우.
** Jeff Chandler(1918~61). 미국 배우.

놓을 의무가 있어."

"존 가필드*에 대해 물어보세요, 몬티 클리프트**도 좋아요."

코차키스는 두툼하고 퉁퉁한 통짜 몸매의 사내였다. 전에 리틀 리처드***의 개인 경호원과 록 콘서트의 안전 책임자로 일하다가 이 학과의 교수진으로 들어왔다.

엘리엇 래셔가 그에게 날당근 한조각을 던지고는 이렇게 물었다. "해변에서 며칠을 보낸 뒤에 여자가 선생의 그을린 등껍질을 벗겨준 적 있어요?"

"플로리다의 코코아 비치에서였죠." 코차키스가 말했다. "엄청 좋았어요. 내 생애에서 두세번째로 멋진 경험이었죠."

"여자는 옷을 벗고 있었어요?" 래셔가 물었다.

"허리까지 벗었죠." 코차키스가 대답했다.

"어디부터 허리까지 벗었다는 거예요?" 래셔가 물었다.

나는 그래파가 머리에게 크래커 한쪽을 던지는 것을 보았다. 머리는 그것을 프리스비 원반처럼 백핸드로 가볍게 받아냈다.

---

* John Garfield(1913~52). 미국 배우.
** Montgomery Clift(1920~66). 미국 배우. '몬티'는 몽고메리의 애칭.
*** Richard Penniman(1932~2020). 미국의 로큰롤 가수. '리틀 리처드'는 활동명.

15

나는 색안경을 쓰고 표정을 가다듬은 뒤 교실로 들어갔다. 거기에는 스물다섯에서 서른명 정도의 젊은 남녀가 있었는데, 대개가 가을색 옷을 입고 안락의자나 소파, 베이지색 융단 위에 앉아 있었다. 머리는 그 사이를 걸어다니면서 강의하는 중이었다. 그의 오른손이 일정한 방식으로 떨리고 있었다. 나를 발견하자 그는 살짝 미소를 지었다. 나는 검은 가운 안에서 팔짱을 낀 채 벽에 기대서서 무게를 잡았다.

머리는 한창 생각에 잠겨 독백을 하는 중이었다.

"엘비스의 어머니는 자기 아들이 요절할 줄 알았을까요? 그녀는 암살자들 이야기를 했어요. 그리고 삶에 대해서도 말했지요. 이런 유형의 압도적 존재감을 가진 스타의 삶 말입니다. 이런 삶이란 사람을 일찌감치 쓰러뜨리도록 생겨먹은 것이 아닐까요? 이게 바로 핵심 아닐까요? 규칙이랄까 지침 같은 것이 있어요. 품위 있고 멋지게 요절하지 않을 바엔 사라질 수밖에 없어요. 수치스럽고 죄스럽게 숨어 지낼 수밖에 없는 거죠. 그녀는 아들의 몽유병 증세 때문에 걱정했어요. 창문 밖으로 걸어나가버릴 수도 있다고 생각했던 거죠. 내겐 어머니들에 대한 감이 있습니다. 어머니들은 자식 뱃속까지 안다고 하잖아요. 옛말 그른 게 없어요."

"히틀러는 자기 어머니를 깊이 사랑했습니다." 내가 말을 꺼냈다.

정적과 내적인 긴장이 집중된 가운데에서만 감지되는 말없는 이목이 파도처럼 밀려왔다. 머리는 물론 계속 움직였는데, 약간 의도적으로 의자와 바닥에 앉은 사람들 사이를 비집고 걸어다녔다. 나는 팔짱을 낀 채 벽에 기대서 있었다.

"엘비스와 그의 어머니 글래디스는 뽀뽀하고 어루만지기를 좋아했어요." 머리가 말했다. "엘비스가 육체적으로 성숙하기 시작할 즈음까지 그들은 한 침대에서 잤지요. 언제나 서로 아기 같은 말투로 얘기를 나눴습니다."

"히틀러는 게으른 아이였습니다. 성적표에는 낙제점이 수두룩했고요. 그래도 그의 어머니 클라라는 아이를 애지중지하여 버릇을 버려놓았고, 아이의 아버지가 주지 못하는 관심까지 쏟아부었습니다. 그녀는 조용한 여자였어요. 얌전하고 신앙심이 깊은데다가 요리도 잘하고 집안일도 잘 꾸려나갔습니다."

"글래디스는 엘비스를 매일 학교까지 걸어서 데려다주고 데려오곤 했습니다. 길거리에서 사소한 다툼이라도 나면 아들 편을 들었고, 아들을 괴롭히려는 아이는 누구라도 혼을 냈어요."

"히틀러는 공상에 잠기곤 했습니다. 피아노 레슨을 받고 박물관과 별장을 스케치하기도 했어요. 집 주변에 오래도록 앉아 있었습니다. 클라라는 이런 행동을 다 받아주었습니다. 유아기를 넘기고 살아남은 첫 아이가 히틀러였으니까요. 그 전에 셋이 죽었어요."

"엘비스는 글래디스에게 속마음을 털어놓았어요. 여자 친구들을 데려와서 어머니한테 인사시키기도 했죠."

"히틀러는 자기 어머니에게 시 한편을 썼습니다. 어머니와 조카딸이 그의 마음을 가장 사로잡은 여자들이었습니다."

"엘비스가 입대하자 글래디스는 병이 나고 우울해졌지요. 그녀는 아들에 대해서 그랬던 만큼 자신에 대해서도 뭔가를 감지한 거죠. 그녀의 심리장치는 계속 오작동을 나타내는 신호를 보내고 있었던 거예요. 불길하고 우울한 예감이었죠."

"히틀러가 흔히 말하는 마마보이였던 것은 의문의 여지

가 없습니다."

필기하던 한 청년이 무심코 독일말로 "무터죈헨(마마보이)"이라고 중얼거렸다. 나는 경계하듯 그를 바라보았다. 그러고는 충동적으로 벽에서 등을 떼고 머리처럼 교실을 왔다 갔다 하다가 가끔 멈춰서 손짓도 하고 다른 사람의 말에 귀기울이기도 하고 창밖을 내다보거나 천장을 올려다보기도 했다.

"글래디스의 상태가 악화되었을 때 엘비스는 어머니가 눈앞에 없으면 못 견뎌했어요. 그는 병상을 꼬박 지켰지요."

"어머니 병세가 심각해지자, 히틀러는 어머니 가까이에 있으려고 부엌에 침대 하나를 갖다놓았습니다. 그는 요리를 하고 청소도 했어요."

"글래디스가 세상을 뜨자 엘비스는 슬픔으로 제정신이 아니었어요. 관 속에 누운 어머니를 껴안고 쓰다듬었지요. 어머니가 땅속에 묻힐 때까지 아기 어르듯 말을 건넸어요."

"클라라의 장례식엔 370크로네가 들었습니다. 히틀러는 무덤가에서 흐느꼈고 한동안 우울증과 자기연민에 빠져 있었어요. 극심한 외로움을 느꼈던 겁니다. 사랑하는 어머니뿐 아니라 따스한 가정의 느낌마저 잃어버렸던 거죠."

"글래디스의 죽음이 '제왕'이 가지고 있던 세계관의 핵심에 근본적인 변화를 일으킨 건 거의 확실합니다. 그녀는 그의 닻이자 안정감의 근원이었으니까요. 그는 현실세계에서 물러나 자기 자신의 죽음이라는 상태에 몰입하기 시작했어요."

"그후 일생 동안 히틀러는 크리스마스 장식 근처엔 얼씬도 하지 않았습니다. 어머니가 크리스마스트리 옆에서 돌아가셨기 때문이지요."

"엘비스는 죽어버리겠다고 으름장을 놓기도 했고, 그를 죽이겠다는 협박도 받았어요. 영안실을 돌아다니고 UFO에 관심을 가지게 되었지요. 그리고 흔히 『티베트 사자의 서』로 알려진 『바르도 퇴돌』을 읽기 시작했어요. 이 책은 죽음과 환생에 관한 안내서이지요."

"수년이 지난 후, 자신에 대한 신화와 극심한 고립에 사로잡힌 히틀러는 오버잘츠베르크에 있던 자신의 금욕적인 숙소에 어머니 초상을 걸어두었습니다. 왼쪽 귀에서 환청이 들리기 시작했습니다."

머리와 나는 교실 중앙에서 거의 부딪칠 정도로 가깝게 스쳐지나갔다. 흥분의 자기적磁氣的 파동이나 공기 중의 열광적 기운에 이끌려서인지 알폰스 스툼퍼나토가 들어왔고 학생 몇명도 따라 들어왔다. 그가 육중한 몸을 의자에 맞추는 동안 머리와 나는 서로의 주위를 한바퀴 돌고 시선을 피하면서 반대 방향으로 나아갔다.

"엘비스는 계약조건을 이행했어요. 무절제, 타락, 자기파괴, 괴상한 행동이 이어지면서 몸은 부어올랐고 연달아 뇌손상을 당했지요. 자기가 낸 상처였어요. 신화 속에서 그의 위치는 확고하지요. 그는 끔찍하게, 쓸데없이, 일찍 죽어버림으로써 회의론자들을 물 먹였어요. 이제 아무도 그를 부인할 수 없지요. 아마도 그의 어머니는 자신이 죽기 몇년 전 이미 19인치 화면으로 보듯이 이 모든 것을 다 보았을 겁니다."

머리는 흔쾌히 내게 경의를 표하고는 교실 구석자리로 가서 바닥에 앉았다. 나는 권력과 광기와 죽음이라는 내 직업상의 아우라를 보장받은 채 홀로 서성이면서 제스처를 취했다.

"히틀러는 자신을 '무無에서 나온 외로운 방랑자'라고 불렀습니다. 그는 목캔디를 빨아먹으며 자유연상을 하듯 사람들에게 끝없이 독백조로 말했습니다. 마치 언어란 이 세상 너머 어딘가 광대한 곳에서 오고, 그 자신은 계시의 매체일 뿐이라는 듯이 말입니다. 그가 불타는 도시 저 아래 총통 지하벙커에서, 자신이 권좌에 올랐던 초창기를 회상하지 않았을까 생각해보면 참 재미있습니다. 그가 어머니의 고향이자 자신이 달구지를 타고 연을 만들면서 사촌들과 같이 여름을 지냈던 그 조그만 마을을 방문하는 소규모 관광객들에 대해 생각해보았을까요? 그들은 클라라의 출생지인 그곳에 경의를 표하러 왔습니다. 농가에 들어가 머뭇거리며 여기저기를 건드려보기도 했어요. 사춘기 소년들은 지붕에도 올라갔지요. 시간이 흐르자 방문객 수는 더 증가했습니다. 그들은 사진을 찍고 자잘한 물건들을 주머니에 슬쩍 집어넣었습니다. 그런 다음엔 군중이 몰려왔어요. 사람들 무리가 안마당을 망쳐놓고, 애국적인 노래를 불러대고, 벽이나 농장가축 옆구리에다 나치 독일의 상징인 만卍자를 그려넣었어요. 군중은 산 위에 있는 그의 별장에도 왔습니다. 너무 많이 와서 그는 집 안에서 나올 수가 없었지요. 그들은 그가 거닐던 곳의 자갈을 주워서 집에 기념품으로 가져갔습니다. 군중은 그의 연설을 들으러 왔습니다. 성적으로 흥분한 군중, 그가 한때 자기의 유일한 신부라고 불렀던 그 대중들 말입니다. 연설할 때 그는 눈을 감고 주먹을 움켜쥐었으며 땀범벅이 된 몸을 비틀었고 자기 목소리를 전율의 무기로 개조했습니다. 어떤 이는 이런 연설들을 '섹스 살인'이라고 불렀지요. 군중은 그 목소리와 나치당 찬가, 횃불 퍼레이드에 의해 최면 상태에 빠지기 위해 찾아왔습니다."

나는 카펫을 내려다보면서 속으로 일곱까지 세었다.

"하지만 잠시만 기다려보십시오. 이 모든 것이 얼마나 친숙하고 얼마나 일상에 가깝습니까. 군중이 찾아오고, 흥분하고, 손으로 만지고 민다 — 황홀경에 빠지기를 갈망하는 사람들 말입니다. 이게 일상적인 건 아닐까요? 우리는 이 모든 걸 알고 있어요. 그러니 그때 그 군중에겐 뭔가 다른 면이 분명 있었을 겁니다. 그게 무엇이었을까요? 내가 그 끔찍한 단어를, 고대 영어, 고대 게르만어, 고대 스칸디나비아어에서 나온 말을 속삭여보겠습니다. 죽음death. 저 군중 다수는 죽음의 이름으로 모여든 겁니다. 그들은 죽은 자들에게 헌사를 바치러 거기 왔던 것입니다. 행진, 노래, 연설, 죽은 자들과의 대화, 죽은 자들의 이름 낭독 등이 이어졌지요. 그들은 시체 태우는 장작과 화염에 휩싸인 바퀴, 경례 자세로 내려진 수천의 깃발, 제복 차림을 한 수만의 문상객을 보러 갔던 것입니다. 거기엔 군대의 행렬과 포진, 정교한 배경막, 피 묻은 현수막, 검은 제복이 있었습니다. 군중은 그들 자신의 죽음을 피해 방패를 형성하려고 왔습니다. 군중이 된다는 건 죽음이 들어오지 못하도록 막는 것입니다. 군중에서 이탈한다는 것은 한 개인으로서 죽음을 무릅쓰고 죽어감을 홀로 맞이한다는 의미입니다. 군중은 다른 무엇보다 바로 이런 이유로 왔습니다. 그들은 군중이 되기 위해 거기 있었던 것입니다."

머리는 교실 저편에 앉아 있었다. 그의 눈에 깊은 감사의 빛이 떠올랐다. 나는 내가 가진 권력과 광기를 관대하게 베풀어 내가 개발한 주제를 미미하기 그지없는 저 인물, 레이지보이* 안락의자에 앉아 방송시간이 끝나도록 텔레비전을 보는 저 사람과 연관되도록 허용한 것이다. 이건 결코 사소한 일이 아니다. 우리 모두에게는 유지해야 할 아우라가 있는 법인데, 나는 내 아우라를 친구와 공유함으로써 자신을 신성한 존재로 만들어주는 바로 그것을 위험

---

* 가구회사.

에 빠뜨리는 모험을 감수한 것이다.

사람들이, 학생들과 교수들이 몰려들었고, 귓전을 스치는 말들과 맴도는 목소리들의 가벼운 소음 속에서 나는 우리 자신이 지금 하나의 군중임을 깨달았다. 지금 내 주위에 군중이 필요한 것은 아니었다. 지금은 전혀 그렇지 않았다. 엄밀히 말해서, 여기서 죽음이란 전공의 문제였다. 나는 죽음을 능숙히 다뤘으며 완전히 장악하고 있었다. 머리가 내 쪽으로 오더니 손을 흔들어 군중과 작별하면서 나를 호위하여 그 방에서 빠져나왔다.

16

이날 와일더가 오후 2시부터 울기 시작했다. 6시가 되어서도 부엌 바닥에 주저앉아 오븐 유리문을 보면서 울고 있어서, 우리는 레인지와 냉장고에 가기 위해 아이의 주위를 돌아가거나 아이를 넘으면서 저녁을 급하게 먹었다. 버벳은 밥을 먹으면서 아이를 지켜보았다. 그녀는 앉고 서고 걷는 법을 가르치는 강의를 하러 가야 했다. 강의는 한시간 반 뒤에 시작될 터였다. 그녀는 진이 빠지고 애원하는 눈빛으로 나를 쳐다보았다. 그녀는 이미 아이를 달래고 안아올리고 어루만지고 이가 아픈지 살펴보고 목욕을 시키고 검사도 해보고 간질이고 음식을 먹이고 놀이용 비닐터널에 들어가게도 해보았다. 그녀의 노인 학생들이 교회 지하실에서 기다리고 있을 터였다.

짧고 급박한 박자로 일정하게 이어지는 리드미컬한 울음이었다. 이따금씩 아이의 울음이 훌쩍거림으로, 짐승의 툴툴대는 불규칙하고 지친 소리로 잦아드는 듯도 했으나, 이 리듬은, 고조된 박자는, 눈물로 씻긴 아이 얼굴의 발그레한 슬픔은 계속되었다.

"아이를 의사한테 데려가야겠어." 내가 말했다. "그런 다음에 당신을 교회에 내려줄게."

"의사가 우는 애를 진료하려고 할까? 게다가 와일더 주치의는 진료시간도 지났는데."

"당신 주치의는 어떨까?"

"그는 진료할 시간이야. 하지만 우는 애라니, 잭. 의사한테 뭐라고 말하겠어? '우리 애가 울어요'?"

"우는 것보다 더 기본적인 증세가 뭐가 있겠어?"

이때까지는 아무런 위기의식도 들지 않았다. 그냥 짜증과 좌절감뿐이었다. 그렇지만 일단 의사한테 가기로 작정하고 나니 우리는 한층 다급해지고 안달이 나기 시작했다. 와일더의 재킷과 신을 챙기고, 지난 스물네시간 동안 아이가 뭘 먹었는지 기억을 더듬고, 의사가 할 질문을 예상하고 우리가 할 답변을 조심스레 맞춰보았다. 그게 맞는 답인지 확실치 않다 해도 일치된 답을 하는 것은 굉장히 중요한 듯했다. 의사들이란 서로 말이 맞지 않는 사람들에겐 관심을 잃어버린다. 의사들과 관계하면서 오래전부터 이런 두려움이 형성되었다. 즉 그들이 나에 대한 관심을 잃게 될 것이며, 나보다 다른 사람들의 이름을 먼저 부르라고 접수원에게 지시할 것이며, 나의 죽음을 당연한 일로 받아들이리라는 두려움 말이다.

버벳과 와일더가 엘름가 끄트머리에 있는 개인진료소 건물 안으로 들어간 사이 나는 차에서 기다렸다. 개인진료소에 가면 나는 병원에서보다 훨씬 더 주눅이 든다. 그 방이 주는 부정적인 예감 때문일 수도 있고, 가끔 좋은 결과를 듣고 나가는 환자들 때문일 수도 있다. 그들은 소독한 의사의 손을 잡아 악수하며 크게 웃고, 의사가 하는 말끝마다 웃음을 터뜨리고, 웃으며 진료실이 쩌렁쩌렁 울리도록 큰 소리로 떠들고, 대기실을 지나갈 때도 꼭 신경 거슬리는 웃음을 터뜨려서 다른 환자들을 무시하곤 한다. 이런 사람에게는 아픈 사람들의 존재란 이미 안중에도 없으며, 매주 찾아드는 그들의 우울함이나 불안하고 열등한 죽음이 자신과는 아무 상관도 없다는 식이 된다. 나는 차라리 응급실에 가는 편이 더 좋다. 그곳은 배에 총을 맞고 칼에 베이고 합성아편을 맞아 눈이 풀리고 팔뚝에 부러진 주사바늘을 꽂은 사람들이 들어오는 도시적 전율의 원천이다. 이런 사태들은 결국엔 찾아올 나 자신의 죽음, 즉 비폭력적이고 소도시적이며 사려 깊을 나의 죽음과 아무런 상관이 없다.

모자는 작고 환한 대기실에서 거리로 나왔다. 춥고 텅 빈 컴컴한 거리였다. 아이는 엄마 곁에서 손을 꼭 잡고 여전히 울면서 걸어나왔다. 그들의 모습이 슬픔과 불행을 너무나 서툴게 표현하고 있는 듯해서 나는 웃음을 터뜨릴 뻔했다. 그들의 슬픔 때문이 아니라 그들이 슬픔으로 인해 취하고 있는 모양새 때문에, 슬픔과 외관 사이의 불균형 때문에 웃음이 터지려 한 것이다. 따스한 연민의 감정은 잔뜩 껴입은 채로 보도를 건너는 그들의 모습을 보자 한층 훼손되었다. 아이는 줄기차게 울고 있고 헝클어진 머리의 엄마는 고개를 푹 숙인 채 걷고 있어서 영락없이 가엾고 애처로운 한쌍이었다. 그들의 모습은 말로 표현된 비애라든지 거대한 일념의 고통에는 부적절했다. 이런 연유로 곡哭을 대신 해주는 직업이 생긴 것일까? 대신 울어주는 사람들이 있어야 초상집 밤샘은 희극적인 슬픔으로 빠져버리지 않는 것이다.

"의사가 뭐라고 해?"

"아스피린 먹여서 재우래."

"드니스가 말한 것과 같잖아."

"나도 의사한테 그렇게 말했어. 그랬더니 '그럼, 왜 그렇게 하지 않았어요?' 그러잖아."

"우리가 왜 그렇게 하지 않았지?"

"걘 아이니까, 의사가 아니라. 그래서 그렇게 하지 않은 거지."

"의사한테 그 말도 했어?"

"뭐라고 했는지도 모르겠어. 의사가 나한테 하는 말은

물론이고 내가 의사한테 무슨 말을 하는지도 전혀 통제가
안돼. 공기 중에 정신을 흩뜨려놓는 뭔가가 있어." 버벳이
말했다.

"무슨 뜻인지 정확히 알겠어."

"꼭 우주에서 두툼한 우주복을 입고 허공에 둥둥 떠서
대화한 것 같아."

"모든 게 정처 없이 떠다니지."

"난 의사한테 계속 거짓말을 해."

"나도 그래."

"왜 그럴까?"

차를 출발시킬 무렵, 나는 아이 울음소리의 음조와 음색
이 어느샌가 달라졌다는 것을 깨달았다. 급박한 리듬 대신
고르고 흐릿하며 처량한 소리를 내고 있었다. 이제 아이는
흑흑거리며 울었다. 이 울음은 중동식中東式 통곡이자 너무
도 쉽게 전염되는 고통의 표현이라서 그것의 즉각적인 원
인이 무엇이건 순식간에 듣는 사람을 압도해버렸다. 이런
울음에는 영속적이고 영혼을 울리는 무언가가 있었다. 그
것은 타고난 황량함의 소리였다.

"이제 어떻게 할까?"

"뭘 할지 생각해봐." 버벳이 말했다.

"당신 수업이 시작하려면 아직 십오분 남았어. 아이를
병원 응급실로 데려가보자. 뭐라고 하는지 보게."

"아이가 운다고 응급실에 데려갈 순 없어. 위급하지 않

은 상황이란 바로 이런 거잖아."

"난 차에서 기다릴게." 내가 말했다.

"뭐라고 말하지? '우리 애가 울어요'? 응급병동이 있긴
한가?"

"기억 안 나? 지난여름에 스토버네 식구들을 여기 데려
왔었어."

"왜 그랬지?"

"그 사람들 차 수리하고 있었잖아."

"신경 쓸 것 없어."

"그들이 무슨 얼룩제거제 분무액을 들이마셨잖아."

"수업에 데려다줘." 버벳이 말했다.

자세. 내가 교회 앞에 차를 댔을 때 아내의 학생 몇몇이
지하실 입구로 들어가는 계단을 내려가고 있었다. 버벳은
아들을 바라보았다. 살피고 애원하는 간절한 표정이었다.
아이는 여섯시간째 울고 있었다. 아내는 인도를 따라 달려
가 건물 안으로 들어갔다.

나는 아이를 병원에 데려갈 생각이었다. 하지만 정교한
도금액자 그림이 벽에 걸린 아늑한 진료실에서 아이를 샅
샅이 진찰한 의사가 아무것도 잘못된 게 없다고 했다면,
가슴 위로 올라가 멈춰선 심장을 두들겨대는 훈련을 받은
응급요원들이 도대체 무엇을 할 수 있겠는가?

나는 아이를 들어올려 핸들에 기대놓고 내 허벅지 위에
세워 내 쪽을 보게 했다. 거대한 통곡이 굽이굽이 이어졌

다. 그 소리는 너무나 크고 순수해서 마치 콘서트홀이나 극장에서 마음의 준비를 하는 것처럼 귀담아들을 수 있고 의식적으로 이해할 수 있었다. 아이는 훌쩍거리지도 엉엉 거리지도 않았다. 그저 목 놓아 울면서 이름 모를 것들을 중얼거렸는데, 그 방식이 너무나 깊고 풍부해서 가슴이 뭉클해졌다. 그 소리는 결연한 단조로움 때문에 더욱 인상적인 고대 만가輓歌였다. 곡소리였다. 나는 아이의 겨드랑이 아래 손을 넣고 아이를 똑바로 일으켰다. 울음이 계속되자 내 사고에 묘한 변화가 일어나기 시작했다. 아이가 울음을 그치기를 꼭 바라지는 않는다는 사실을 발견한 것이다. 이 울음을 더 듣고 앉아 있어야만 하는 일이 그렇게 끔찍하지 않을 수도 있다는 생각이 들었다. 우리는 서로 쳐다보았다. 그 멍한 표정 이면에는 복잡한 지성이 작동했다. 나는 한 손으로 아이를 안고 다른 손으로 엄지장갑을 낀 아이의 손가락을 독일어로, 아주 큰 소리로 세었다. 위로할 길 없는 울음은 계속되었다. 나는 억수같이 쏟아지는 비를 맞듯 울음이 나를 덮치도록 내버려두었다. 어떤 의미에서 나는 그 안으로 들어간 것이다. 아이의 울음이 내 얼굴과 가슴 곳곳에 떨어지고 구르도록 내버려두었다. 아이는 이미 통곡 속으로 들어가 사라져버렸다는 생각이 들기 시작했고, 만일 사라지고 정지된 아이의 처소에 동행할 수 있다면 우리는 서로를 이해할 수 있는 무모하되 경이로운 일을 함께할 수 있으리라는 생각도 들었다. 울음이 내 몸에 부딪혀 부서지도록 내버려두었다. 시동을 걸고 히터를 켜 둔 채 여기 앉아서 네시간 더 저 한결같은 통곡소리를 들어야만 한다 해도 그렇게 끔찍한 일은 아닐 거라는 생각이 들었다. 기분이 좋아질 수도 있고, 이상하게 위안을 줄 수도 있을 것 같았다. 나는 울음 속으로 들어가 거기 빠져들었으며, 그 소리가 나를 감싸고 뒤덮게 내버려두었다. 아이는 눈을 감고도 울고 눈을 뜨고도 울었다. 손을 주머니에 넣은 채 울고 장갑을 끼고도 울고 벗고도 울었다. 나는 앉아서 사려 깊게 고개를 끄덕였다. 그러다 충동적으로 아이를 돌려 무릎 위에 앉히고 차를 출발시키면서 와일더가 핸들을 잡게 했다. 우리는 전에도 이렇게 한 적이 한번 있었다. 8월 어느 일요일 해거름 녘에 나른하고 짙은 그늘이 드리운 우리 거리에서 20미터 정도 차를 몰아보았다. 아이가 핸들을 돌릴 때, 우리가 모퉁이를 돌 때, 내가 회중교회로 차를 몰고 돌아와 정차할 때, 아이는 울면서도 그때처럼 반응을 보였다. 나는 아이를 왼쪽 무릎 위에 앉히고 한팔로 감싸안은 채 내 쪽으로 바싹 당겼다. 그러고는 내 정신이 잠 가까운 곳으로 흘러가도록 내버려두었다. 울음소리는 끊겼다 이어졌다 하면서 저 먼 곳으로 흘러들어갔다. 이따금 차가 한대씩 지나갔다. 나는 차문에 기대어 엄지에 닿는 아이의 숨을 희미하게 감지했다. 얼마 후 버벳이 차창을 똑똑 두드리자 와일더는 시트 위로 기어가 잠금쇠를 올려주었다. 차에 탄 버벳은 아이의 모자를 바로 씌워주고 바닥에 떨어진 구겨진 휴지를 주웠다.

울음소리가 그친 것은 우리가 집으로 가는 도중이었다. 음색과 강도가 조금도 변하지 않은 상태에서 울음은 갑자기 뚝 그쳤다. 버벳은 아무 말도 하지 않았고 나는 찻길만 바라보았다. 아이는 우리 사이에 앉아 라디오를 빤히 쳐다보았다. 나는 버벳이 아이 등 뒤나 머리 위로 안도와 행복감과 희망 섞인 긴장감을 나타내는 눈길을 보내주길 기다렸다. 스스로 어떻게 느껴야 할지 몰라서 그녀가 단서를 주기를 바랐던 것이다. 하지만 버벳은 소리, 움직임, 표정의 예민한 결이 조금만 변해도 다시 아이의 울음이 터질까 두려운 듯 똑바로 앞만 주시했다.

집에서도 아무도 말을 하지 않았다. 아이들 모두 조용히 이 방 저 방 다니며 대단하다는 표정으로 와일더를 멀찌감치서 가만히 지켜볼 뿐이었다. 아이가 우유를 달라고 하자 드니스는 맨발에 잠옷 바람으로 잽싸게 부엌으로 달려갔다. 움직임을 줄이고 걸음을 가볍게 함으로써 와일더가 집 안에 끌어들인 이 심각하고 극적인 분위기를 흩뜨리지 않을 수 있으리라고 느낀 듯이 말이다. 와일더는 옷도 그대로 다 입고 장갑은 핀으로 소매에 고정한 채로 우유를 벌컥벌컥 단숨에 마셨다.

아이들은 경외심 비슷한 감정으로 와일더를 바라보았다. 장장 일곱시간 연속으로 격렬하게 울어댔으니. 아이는 마치 머나먼 성지나 모래투성이 황무지, 눈 덮인 산중에서 한동안 방랑하다가 이제 막 돌아온 것 같았다. 사실들이 밝혀지고 광경들이 목격되고 머나먼 곳까지 도달하게 되는 그런 장소에 다녀온 것 같았다. 고된 일상을 살아가는 우리들로서는 가장 숭고하고 지난한 차원의 위업에 대해서 간직하는 그런 존경과 경이가 뒤섞인 감정으로만 대할 수 있는 장소 말이다.

17

어느날 밤 침대에서 버벳이 내게 말을 건넸다. "이 아이
들에게 둘러싸여 사니까 정말 멋지지 않아?"

"곧 하나 더 올 거야."

"누가?"

"이삼일 있으면 비가 온대."

"잘됐네. 걔 말고 누가 오겠어?"

이튿날 드니스는 제 엄마가 복용할 수도 있고 아닐 수도
있는 그 약에 대해 직접 대면해서 물어보기로 마음먹었다.
버벳이 사실을 고백하거나 인정할 수도 있고, 최소한 당황
하는 반응이라도 보이게 하려는 심산이었다. 이렇게 하자
고 아이와 내가 미리 의논한 것은 아니었지만 나는 때를
포착하는 아이의 대담함에 탄복하지 않을 수 없었다. 우리

식구 여섯 명 모두가 차에 빽빽이 탄 채 미드빌리지 몰로 가는 도중, 드니스는 대화가 자연스럽게 끊어지는 틈을 기다렸다가 버넷의 뒤통수에 대고 건조한 목소리로 질문을 던졌다.

"엄마, 다일라에 대해 알고 있는 거 있어요?"

"스토버네 머물고 있는 흑인 여자애 아냐?"

"갠 다카르예요." 스테피가 말했다.

"다카르는 그애 이름이 아니야, 고향이지. 아프리카 아이보리코스트에 있는 나라야." 드니스가 말했다.

"수도는 라고스지. 세계 곳곳을 돌아다니는 서핑 선수들을 다룬 영화에서 한번 본 적 있어서 알아."* 버넷이 말했다.

"「완벽한 파도」란 영화였죠. 텔레비전에서 봤어요." 하인리히가 말했다.

"그럼 그 여자애 이름은 뭐지?" 스테피가 물었다.

"몰라, 하지만 그 영화 제목이 '완벽한 파도'는 아니야. 주인공들이 찾아다니는 게 완벽한 파도였지." 버넷이 말했다.

"그들은 하와이로 가서 일본에서 해일이 밀려오기를 기다려. 그 파도 이름이 오리가미야."** 드니스가 스테피에게 말했다.

"그리고 영화 제목은 '길고 무더운 여름날'이야." 아이

* 다카르는 세네갈의 수도. 라고스는 나이지리아의 옛 수도.
** '오리가미'는 일본식 종이접기.

의 엄마가 말했다.

"'길고 무더운 여름날'이라면 테네시 윌리엄스의 희곡이기도 한데요."* 하인리히가 말했다.

"상관없어. 제목에는 저작권이 없으니까." 버벳이 말했다.

"걔가 아프리카 사람이면 낙타를 타봤는지 궁금한데." 스테피가 말했다.

"아우디 터보는 타봤을까?"

"토요타 수프라는 타봤을까?"

"낙타가 혹에 저장하는 게 뭐지? 음식일까 물일까? 그걸 정확히 모르겠단 말이야." 버벳이 말했다.

"단봉낙타도 있고 쌍봉낙타도 있어요. 그러니까 어떤 종류의 낙타를 말하는지에 따라 달라요." 하인리히가 버벳에게 말했다.

"쌍봉낙타는 혹 하나에는 음식을 저장하고 다른 하나에는 물을 저장한다는 말이니?"

"낙타에 관해서 중요한 건 말이죠, 낙타고기를 진미로 쳐준다는 거예요." 하인리히가 말했다.

"악어고기가 그런 줄 알았는데." 드니스가 말했다.

"미국에 낙타를 처음 들여온 사람이 누구였지? 유타주

* 영화 「길고 무더운 여름날」(The Long, Hot Summer 1958)은 떠돌이 청년이 미국 남부의 부유한 농장주 저택에 머물게 되며 벌어지는 이야기. 일부 모티브가 된 테네시 윌리엄스의 희곡 제목은 '뜨거운 양철지붕 위의 고양이'(Cat on a Hot Tin Roof)다.

오그던에서 합쳐지는 긴 철도를 건설하던 인부들에게 물품을 나르는 데 쓰라고 한동안 서부로 보냈다던데. 역사 시험에 나왔던 기억이 나." 버벳이 말했다.

"라마에 관한 이야기가 아닌 건 확실해요?" 하인리히가 물었다.

"라마는 페루에 사는 동물이야. 페루에는 라마와 비쿠냐 그리고 또 한 종류의 동물이 있어. 볼리비아에는 주석, 칠레에는 구리와 철이 나고." 드니스가 말했다.

"이 차 안의 누구라도 볼리비아 사람들을 어떻게 부르는지 말할 수 있으면 5달러 주지." 하인리히가 말했다.

"볼리비안이라고 하면 돼." 내 딸*이 말했다.

가족이란 이 세상의 온갖 잘못된 정보의 요람과 같다. 가족의 일상사에는 사실의 오류를 낳는 뭔가가 있는 게 분명하다. 지나치게 밀접한 관계, 존재의 소음과 열기 같은 것. 어쩌면 생존의 필요와 같은 좀더 심오한 뭔가가 원인인지 모른다. 우리는 적대적인 사실들로 가득 찬 세상에 둘러싸인 망가지기 쉬운 생물이라고 머리는 말한다. 사실들은 우리의 행복과 안전을 위협한다. 우리가 사물의 본성을 깊이 파고들면 들수록 우리의 구조는 더욱더 느슨해져 보일 것이다. 가족이 굴러가는 과정은 세상의 영향을 봉쇄하는 쪽으로 작동한다. 사소한 실수들이 불거져나오고 허

* 스테피를 가리킴.

구는 무성히 자라난다. 나는 머리에게 무지와 혼돈이 가족의 유대를 형성하는 원동력일 수는 없다고 말한다. 그렇게 황당하고 전복적인 발상이 어디 있느냐고. 그는 내게 그렇다면 가장 강력한 가족 단위가 가장 개발이 덜 된 사회에 존재하는 이유가 뭐냐고 묻는다. 무지는 생존의 무기라고 그가 말한다. 마법과 미신이 씨족의 강한 전통으로 확립되어 있다고. 가족은 객관현실이 잘못 해석될 공산이 가장 큰 곳에서 제일 강하다는 것이다. 무슨 이론이 그렇게 비정하냐고 나는 말한다. 하지만 머리는 그게 사실이라고 고집한다.

쇼핑몰의 대형 철물점에서 에릭 매싱게일을 만났다. 그는 전에 마이크로칩 판매기사였는데 여기 힐 대학 컴퓨터 센터의 교수진에 합류함으로써 인생역전을 한 사람이다. 에릭은 날씬하고 창백하며 음험한 미소를 짓는 사내다.

"색안경을 쓰지 않으셨네요, 잭."

"학교에서만 씁니다."

"그렇군요."

우리는 각자 흩어져서 가게 안쪽으로 깊숙이 들어갔다. 어떤 짐승의 멸종을 알리는 것 같은 커다란 메아리가 드넓은 공간을 꽉 채우고 있었다. 사람들은 7미터짜리 사다리와 여섯 종류의 사포와 나무를 쓰러뜨릴 수 있는 전기톱을 샀다. 길고 환한 통로에는 특대형 빗자루와 이탄과 거름이 든 묵직한 마대자루 그리고 커다란 러버메이드 쓰레기통이 가득 들어차 있었다. 보기 좋게 엮어놓은 굵고 튼튼한 갈색 로프가 열대과일처럼 늘어져 있었다. 로프 타래를 구경하고 만져보는 일은 얼마나 멋진가. 나는 마닐라삼 밧줄 15미터를 샀다. 그냥 주위에 두거나 아들*에게 보여주며 원산지와 제조법에 대해 이야기를 나눌 생각이었다. 가게에는 영어, 힌디어, 베트남어 그리고 그와 비슷한 말을 하는 사람들이 있었다.

계산대에서 매싱게일과 다시 마주쳤다.

"학교 밖에서는 한번도 뵌 적이 없죠, 잭. 안경도 안 쓰고 가운도 안 입으니까 아주 달라 보이시네요. 그 스웨터는 어디서 산 건가요? 터키 군대 스웨터인가요? 우편주문 하신 것 맞죠?"

그는 나를 슥 훑어보더니 내가 팔에 걸치고 있던 방수 재킷의 감을 만져보았다. 그러고는 뒤로 물러서서 각도를 바꾸고 고개를 약간 끄덕였다. 속으로 뭔가를 가늠하는 듯 그의 싱글거리는 웃음에 자기만족의 표정이 감돌았다.

"그 신발도 알 것 같네요." 그가 말했다.

이 신발을 알다니, 무슨 뜻이지?

"완전히 딴사람이로군요."

"어떻게 다르다는 거죠, 에릭?"

"기분 나빠하지 않으실 거죠?" 싱글거리던 얼굴이 음탕

* 하인리히를 가리킴.

해지고 비밀스러운 의미로 가득해졌다.

"물론이죠. 기분 나쁠 까닭이 있나요?"

"화내지 않는다고 약속해주세요."

"화 안 낼게요."

"아주 무해해 보이시네요, 잭. 덩치 크고 무해하게 나이 들어가는 평범한 사람으로 보여요."

"그 말이 기분 나쁠 이유가 뭐가 있겠어요?" 나는 로프 값을 지불하고 서둘러 문밖으로 빠져나왔다.

이 만남은 내게 쇼핑 욕구를 불러일으켰다. 다른 식구들을 찾아서 주차장 두 곳 건너에 있는 미드빌리지 몰 본관으로 걸어갔다. 그곳은 십층 건물로서 중앙에 인공폭포와 산책로와 정원을 꾸며놓았다. 버벳과 아이들은 내 뒤를 따라 엘리베이터를 타고 층마다 즐비한 상점들 안으로 들어와서는 큰 종합 매장과 개별 매장들을 훑고 다녔다. 내 소비 욕구 때문에 그들은 어리둥절한 한편 흥분한 상태였다. 내가 두 장의 셔츠 중에서 마음을 정하지 못하자 가족들은 둘 다 사라고 부추겼다. 내가 배고프다고 말하면 가족들은 내게 프레츨과 맥주와 수블라키*를 먹였다. 두 딸아이는 앞장서 둘러보다가 내가 원하거나 나한테 필요할 것 같다 싶은 물건을 찜해놓고는 나를 데리러 다시 달려와 내 팔을 잡고 따라오라고 졸랐다. 가족들은 나를 끝없는 행복으로

* 그리스식 꼬치구이.

이끄는 안내원들이었다. 명품 매장과 고급 식료품점에는 사람들이 넘쳐났다. 오르간 음악이 커다란 중앙마당에서 울려퍼졌다. 우리는 초콜릿, 팝콘, 향수 냄새를 맡았고, 러그와 모피, 공중에 매달린 살라미 소시지, 그리고 유독한 비닐 냄새도 맡았다. 우리 가족은 이 나들이를 한껏 즐겼다. 쇼핑을 통해 마침내 나도 가족의 일원이 되었다. 식구들은 내게 조언을 했고 나 대신 점원들과 흥정도 했다. 뜻밖에 나는 몇몇 반사면에 비친 내 모습을 계속 보게 되었다. 우리는 이 가게에서 저 가게로 옮겨다니면서, 이런저런 이유로 우리 입맛에 맞지 않는 특정 매장의 물건에, 매장 전체뿐 아니라 쇼핑몰 전체와 거대기업에 퇴짜를 놓았다. 아무리 그러고 다녀도 가게들은 또 나타났다. 삼층에, 팔층에, 치즈용 강판과 과일칼로 가득 찬 지하에. 나는 앞뒤 가리지 않고 흥청망청 물건을 사들였다. 당장 필요한 것들과 나중에 혹시 쓰일 법한 물건들도 샀다. 쇼핑 자체를 즐기려고 물건을 샀고, 살 마음이 전혀 없던 물건도 보고 만지고 살펴보고 난 뒤 구입했다. 원하는 디자인이 없으면 점원을 시켜 원단과 패턴 견본을 찾아보게 했다. 내값어치와 자존심은 점점 커지기 시작했다. 내 빈칸을 채워넣고, 새로운 면모들을 발견했으며, 존재하는지도 잊고 지냈던 한 인물을 포착해냈다. 밝은 빛이 내 주위에 깃들었다. 우리는 화장품 코너를 가로질러 가구 코너에서 남성복 코너로 걸어갔다. 우리의 이미지가 거울 붙은 기둥, 유리와 크롬 제품, 보안실의 CCTV 모니터에 비쳤다. 나는 돈과 물건을 교환했다. 돈은 쓰면 쓸수록 그 중요도는 덜해지는 것 같았다. 나는 쓴 돈의 총액보다 큰 존재였다. 내가 쓴 돈 전부가 쏟아지는 빗줄기처럼 내 피부에서 쓸려내려갔다. 사실 이 총액은 존재적 차원의 신용이라는 형태로 내게 되돌아왔다. 나는 마음이 넓어지는 것을 느꼈고 거리낄 것 없이 관대해져보고 싶어서 아이들에게 지금 여기서 크리스마스 선물을 고르라고 했다. 그러면서 아주 대범하게 느껴지는 제스처를 취했다. 아이들은 감동한 게 분명했다. 갑자기 아이들은 사적이고 호젓하며 은밀한 상태를 원하는 듯 각자 쇼핑몰 곳곳으로 흩어졌다. 일정한 시간 간격으로 한 아이씩 버벳에게 달려와 다른 애들이 알지 못하게 조심하면서 물건 이름을 불러주었다. 나 자신은 자질구레한 세부사항에 신경 쓰는 수고를 하지 않아도 되었다. 나는 시혜자이자 선물, 보너스, 뇌물, 팁을 주는 사람이었기 때문이다. 아이들은 그런 일의 성격상 내가 선물에 대한 기술적인 의논에까지 참여할 수는 없다는 것을 당연히 알고 있었다. 우리는 한끼를 더 먹었다. 밴드가 라이브로 뮤잭*을 연주했다. 정원과 산책로를 지나는 사람들의 목소리가 십층까지 들려와서, 거대한 회랑에 메아리치고 소용돌이치는 울림이 각 층에서 발생하는 소음—발 끄는 소

---

* 상점이나 공항 등에서 스피커로 나오는 배경음악.

리, 차임벨 소리, 윙 하며 움직이는 에스컬레이터 소리, 사람들이 음식 먹는 소리, 활기차고 흥겹게 거래하는 사람들의 분주한 소리와 뒤섞였다.

우리는 아무 말 없이 차를 타고 집으로 돌아왔다. 그러고 혼자 있고 싶어하며 각자의 방으로 들어갔다. 잠시 후 스테피가 텔레비전 앞에 앉아 있는 것을 보았다. 아이는 입술을 오물거리면서 텔레비전에서 나오는 말과 입을 맞춰보고 있었다.

18

대도시에 대한 불신은 소도시 주민들의 속성이자 즐거움이다. 아이디어와 문화적 에너지의 중심지에서 흘러나오는 온갖 지도적 원리들은 타락한 것으로, 이런저런 종류의 포르노그래피로 간주된다. 이것이 소도시가 돌아가는 방식이다.

하지만 블랙스미스 근처에는 대도시가 없다. 우리는 다른 소도시들처럼 위협받거나 침해당한다고 느끼지 않는다. 우리는 역사나 그 오염 사례의 행로에서 비켜나 있다. 만일 우리의 불만에 초점이 있다면, 그것은 외부의 고통이 잠복해 있으면서 공포와 은밀한 욕망을 불러일으키는 텔레비전일 수밖에 없을 것이다. 확실한 것은 파괴적인 영향의 표상으로서 칼리지온더힐 대학에 분노를 품는 경우는 거의 없거나 전혀 없다는 것이다. 언제나 평화롭기 그지없는 소도시 풍경의 한 자락을 차지하고 있는 이 대학은 약간 초연하고 경치도 좋고 정치적으로도 잠잠한 상태이다. 의심을 심화할 의도가 있는 곳은 어디에도 없다.

눈이 가볍게 내리는 가운데 나는 아이언시티 외곽의 공항으로 차를 몰았다. 혼란에 빠져 있는 도시 아이언시티는 도회적 타락이 충분히 무르익은 곳이라기보다는 방치된 건물과 부서진 유리로 가득한 중심지이다. 열두살짜리 내 딸 비가 비행기로 워싱턴에서 오기로 되어 있었다. 도중에 두번 기착하고 한번 갈아타는 항공편이었다. 하지만 개축 공사를 하다 만 작고 먼지 날리는 제3세계적 입국장에 모습을 나타낸 것은 다름 아닌 아이 엄마 트위디 브라우너였다. 잠시 나는 비가 죽어서 트위디가 직접 말해주러 온 것이라고 생각했다.

"비는 어디 있어?"

"오늘 늦게 도착할 거야. 그래서 내가 왔지. 아이랑 좀 같이 있으려고 말이야. 난 내일 보스턴으로 가야 해. 집안 일이 있거든."

"비는 어디 있냐고?"

"걔 아빠랑."

"그애 아빤 나야, 트위디."

"멍청하긴, 맬컴 헌트랑 있어. 내 남편 말이야."

"그는 당신 남편이지, 비의 아빠가 아냐."

"아직 날 사랑하는 거야, 턱?*"

트위디는 나를 턱이라고 불렀다. 그것은 그녀의 어머니
가 그녀의 아버지를 부르던 이름이다. 브라우너 집안 남자
들은 모두 턱이라고 불렸다. 가계가 허약해지기 시작하여
탐미주의자와 무능력자 들이 줄줄이 나오자 그들은 자기
집안에 장가든 모든 남자에게 당연하다는 듯 이 이름을 붙
였다. 나는 그런 남자들 중 첫번째 사례였는데, 그들이 이
이름으로 나를 부를 때면 그들의 목소리에 지나치게 세련
된 아이러니가 깃들기를 기대하곤 했다. 전통이 지나치게
유연해지면 목소리에 아이러니가 섞여드는 법이라고 생
각했다. 콧소리, 냉소, 자기풍자 등등이. 그들은 스스로를
비웃음으로써 나를 벌주려고 했다. 하지만 그들은 그런 태
도를 보이면서도 친절했고, 전적으로 진지했으며, 그렇게
하도록 허용해준 데 대해서 내게 감사하기까지 했다.

트위디는 셰틀랜드 스웨터와 트위드 스커트 차림에 무
릎까지 오는 스타킹과 싸구려 로퍼를 신고 있었다. 그녀에
게는 프로테스탄트적인 손상의 느낌과 무너져버린 아우
라가 풍겼는데, 그 속에서 그녀의 육신은 살아남으려 분투
하고 있었다. 희고 각진 얼굴에 눈은 약간 튀어나왔고, 입
과 눈 주위에는 긴장과 불만이 드러났으며, 관자놀이는 세
차게 뛰고, 손과 목에는 혈관이 도드라져 보였다. 축 늘어

---

* Tuck. 힘, 원기, 정력을 의미하는 구어.

진 스웨터 자락에 담뱃재가 달라붙어 있었다.

"세번째로 묻겠어. 애는 어디 있어?"

"인도네시아 부근에 있어. 맬컴은 신분을 위장한 채 활동하면서 공산주의 부활을 후원하고 있어. 카스트로*를 무너뜨리려고 기획된 정교한 계획의 일환이야. 애들이 구걸하러 몰려들기 전에 여기서 나가자, 턱."

"아이가 혼자 오는 거야?"

"그럼 안돼?"

"극동지역에서 아이언시티까지의 여행이 그렇게 간단한 문제야?"

"비는 대처할 때는 대처할 줄 아는 애야. 실제로 걘 여행작가가 되려고 한다니까. 말도 잘 타고."

트위디는 담배연기를 깊이 빨아들이더니 골초답게 입과 코로 빠르게 내뿜었다. 인접한 환경에 조바심을 나타내고 싶을 때 하는 습관이다. 공항에는 술집이나 레스토랑이 없었다. 얼굴에 어떤 종파 표지를 새긴 남자가 포장 샌드위치를 파는 매점 하나가 있을 뿐이었다. 우리는 트위디의 짐을 찾아 차로 가서 아이언시티 시내를 달렸다. 차는 인적이 드문 거리의 버려진 공장들을 지나쳤다. 자갈길이 드문드문 깔려 있고 창문에 크리스마스 화환을 걸어둔 멋지고 오래된 집들이 여기저기 흩어져 있는 언덕이 많은 도시

---

* Fidel Castro(1926~2016). 쿠바의 전 국가원수.

였다.

"턱, 난 행복하지 않아."

"왜?"

"솔직히 당신이 날 영원히 사랑할 거라 생각했어. 그 점에선 당신을 믿어. 맬컴은 너무 멀리 있어."

"우린 이혼했고 당신이 내 돈을 다 가져갔잖아. 게다가 당신은 돈 많고 집안 좋고 옷맵시 좋은 외교관과 재혼했어. 접근이 어렵고 민감한 지역들을 넘나들면서 비밀리에, 스파이들을 관리하는 사람과 말이야."

"맬컴은 언제나 밀림지역에 빠져 있어."

차는 철길 옆을 나란히 달리고 있었다. 잡초밭에는 기차 창문에서 던져졌거나 기차역에서 북쪽으로 바람에 날려온 스티로폼 컵들이 잔뜩 쌓여 있었다.

"재닛은 몬태나의 아슈람에 빠져 있었지." 내가 말했다.

"재닛 세이버리 말야? 세상에, 왜 그랬대?"

"지금은 머더 데비로 불려. 아슈람 사업을 운영하고 있거든. 투자, 부동산, 탈세 같은 일. 재닛이 항상 원하던 일이지. 이윤지향적인 상황에 마음의 평화까지 얻는 것 말이야."

"재닛은 정말 골격이 대단했어."

"뭘 몰래 하는 재주도 있었지."

"너무 신랄하게 말하네. 당신이 신랄한 사람인 줄 몰랐는데, 턱."

"멍청하긴 해도 신랄하진 않아."

"몰래 하기라니, 그건 또 무슨 소리야? 재닛도 맬컴처럼 은신 중인가?"

"재닛은 자기가 돈을 얼마나 벌었는지 내게 말하지 않으려고 했어. 내 우편물을 몰래 읽곤 했을 거야. 하인리히가 태어난 직후에 다국어 상용자 무리가 연루된 복잡한 투자계획에 나를 끌어들였지. 자기한테 정보가 있다면서 말이야."

"그런데 그 예측이 틀려서 거액을 잃었구나."

"우린 거액을 벌었어. 대신 난 함정에 빠져 옴짝달싹도 못했지. 재닛은 항상 계략을 꾸미곤 했어. 내 안전은 위협받았고 탈없이 장수하지도 못할 것 같았어. 재닛은 우리를 한데 엮고 싶어했으니까. 리히텐슈타인이니 헤브리디스 제도니 하는 데서 전화가 걸려오곤 했지. 가짜 주소야, 꾸며낸 설정이고."

"나랑 유쾌하게 삼십분을 같이 보낸 재닛 세이버리는 그런 사람이 아닌데. 튀어나온 광대뼈와 뒤틀린 목소리의 재닛은 그렇지 않았어."

"당신네들은 전부 광대뼈가 튀어나왔지. 모두 다 하나같이 말이야. 골격도 굉장했고. 버벳은 얼굴이 길고 통통해서 참 다행이야."

"어디 우아하게 식사할 만한 데 없어? 차가운 버터조각이 나오고 식탁보가 깔린 그런 곳 말이야. 맬컴과 난 카다피 대령*과 차를 마신 적이 있어. 매력적이면서도 무자비한 사람이었지. 우리가 만난 테러리스트들 가운데 대중선전의 이미지에 부합하는 몇 안되는 사람 중 하나였어." 트위디가 말했다.

눈은 어느새 그쳐 있었다. 우리는 황폐한 거리와 창고 구역을 지나 차를 몰았다. 회복될 길 없는 무언가에 대한 환영 같은 갈망처럼 마음속에 새겨진 황량하고도 이름 모를 장소였다. 쓸쓸한 카페들과 쭉 뻗은 철길이 또 나타났다. 철길 옆에는 화물차량들이 서 있었다. 트위디는 가장 긴 사이즈의 담배를 연거푸 피우며 사방에 짜증 섞인 연기를 뿜어댔다.

"이봐, 턱, 우리 같이 지낼 때 좋았지."

"뭐가 좋았는데?"

"에이, 바보같이. 이럴 땐 다정하고 애잔한 눈길로 우수에 찬 미소를 지으면서 나를 바라봐야 할 것 아니야."

"당신은 장갑을 끼고 잠자리에 들었어."

"요새도 그래."

"장갑에 눈가리개를 하고 양말까지 신었잖아."

"당신은 내 결점을 알아. 언제나 그랬어. 난 너무 많은 것들에 극도로 예민해."

"햇빛, 공기, 음식, 물, 섹스에 말이지."

"암을 유발하는 것들이야, 그것들 모두 그래."

---

* Muammar Qaddafi(1942~2011). 리비아의 전 국가원수.

"보스턴의 집안일이란 게 도대체 뭐야?"

"우리 엄마한테 맬컴이 죽지 않았다고 안심시켜드려야 해. 뭣 때문인지 엄마는 맬컴을 무척 좋아하거든."

"왜 그가 죽었다고 생각하시지?"

"일단 위장잠복에 들어가면 맬컴은 전혀 존재하지 않는 사람 같아. 그는 지금 여기서 사라질 뿐 아니라 과거의 모습까지 거슬러서 다 사라져버려. 그 남자의 흔적이란 하나도 남지 않아. 가끔 난 내가 결혼한 남자가 진짜 맬컴 헌트인지, 아니면 잠복작전을 수행 중인 영 딴사람인지 모르겠어. 솔직히 걱정스러워. 맬컴의 삶에서 어느 쪽 절반이 현실이고 어느 쪽 절반이 첩보활동인지 분간이 되질 않아. 비가 진실을 좀 밝혀줬으면 좋겠어."

전선에 걸린 신호등이 갑작스러운 바람에 흔들렸다. 여기가 이 도시의 중심가로 할인매장과 환전소와 도매 아웃렛 들이 늘어선 곳이다. 이슬람풍의 크고 낡은 극장은 지금은 사원으로 쓰이는 것이 분명했다. 터미널 빌딩, 패커 빌딩, 커머스 빌딩이라고 불리는 텅 빈 건물들도 있었다. 이곳은 가히 한 서린 한장의 걸작 사진이었다.

"아이언시티의 잿빛 하루로군. 공항으로 돌아가는 게 낫겠어." 내가 말했다.

"히틀러는 잘돼가?"

"좋아. 견고하고 믿을 만하지."

"당신 좋아 보이네, 턱."

"기분이 좋진 않아."

"전에도 기분 좋은 적은 없었어. 예전 모습 그대로야. 당신은 항상 우리 집안 남자 같았어. 우린 서로 사랑했어, 그지? 뭐든 다 털어놓고 지냈지. 예의범절과 재치를 갖추고는 서로의 관심사 내에선 뭐든 털어놓았지. 맬컴은 내게 아무것도 말하지 않아. 그가 누구지? 뭐 하는 사람이야?"

트위디는 가부좌를 하고 앉아서 나를 쳐다보며 고무깔개 위에 놓인 자기 구두 속에 담뱃재를 털었다.

"암수 말들이 뛰어다니고 푸른 재킷에 빳빳한 회색 플란넬 바지를 입은 아빠가 있는 집에서 크고 곧게 자란다는 건 정말 멋지지 않았겠어?"

"나한테 묻지 마."

"엄마는 꽃을 한아름 꺾어든 채 정원의 정자에 서 있곤 했지. 자기 모습 그대로 그냥 거기 서 있었어."

공항으로 돌아가서 우리는 시멘트 먼지가 날리고 전선이 노출된데다 부서진 돌들이 쌓인 곳에서 비를 기다렸다. 비가 도착하기 삼십분쯤 전, 다른 비행기의 승객들이 외풍이 들이치는 터널을 지나 입국장으로 줄지어 들어왔다. 그들은 우중충하고 찌들어 보였고, 지치고 충격을 받아 몸을 웅크린 채 여행가방을 질질 끌며 걸어오고 있었다. 스무명, 서른명, 마흔명의 사람들이 고개를 푹 숙이고 한마디 말도 표정도 없이 밖으로 나왔다. 다리를 절룩거리는 사람들도 있고 우는 사람들도 있었다. 더 많은 사람들이 터널

을 지나 밖으로 나왔다. 훌쩍거리는 아이들을 데리고 나오
는 어른들도 있고 몸을 덜덜 떠는 노인들도 있었다. 한 흑
인 목사는 옷깃은 비뚤어지고 구두 한짝을 잃어버린 채 걸
어나왔다. 트위디는 어린애 둘이 딸린 여자를 도와주었다.
나는 우체부 모자에 오리털 조끼를 입은 술배 나온 땅딸막
한 젊은이에게 다가갔다. 그는 내가 자신의 시공간 차원과
는 다른 곳에서 불법적으로 경계를 넘어 불시에 침입한 사
람인 듯 나를 쳐다보았다. 나는 그를 멈춰세우고 마주 보
면서 저 위에서 무슨 일이 있었느냐고 물었다. 사람들이
줄지어 계속 지나가자 그는 지친 한숨을 내쉬었다. 그러고
는 조용한 체념이 가득한 눈빛으로 내 눈을 지그시 바라보
며 고개를 끄덕였다.

비행기 엔진 세개 전부가 동력이 꺼져버려서 3만 4000피
트 상공에서 1만 2000피트로 급강하했다는 것이다. 대략
6.5킬로미터 정도의 거리였다. 급강하 활공이 시작되자,
사람들이 떠오르고 넘어지고 부딪치고 좌석에서 요동쳤
다. 그러자 찢어질 듯한 비명과 신음소리가 들리기 시작했
다. 거의 동시에 기내방송을 통해 조종실에서 누군가의 목
소리가 들렸다. "우리는 상공에서 추락 중입니다! 내려가
고 있어요! 우리는 은빛의 번쩍이는 죽음의 기계를 타고
있습니다!" 승객들에게 이 벽력같은 말은 권위와 능력과
지휘부의 존재가 거의 완전히 붕괴되었음을 의미하는 것
이어서, 절박한 울부짖음이 다시금 터져나왔다.

간이주방에서 물건들이 굴러떨어져 통로는 음료수잔과 주방기구, 겉옷과 담요 들로 가득 찼다. 급격한 하강각도 때문에 비행기 칸막이벽에 처박힌 승무원은 『재난 지침서』라는 소책자에서 해당 항목을 찾고 있었다. 잠시 후 조종실에서 두번째로 남자 목소리가 들려왔다. 이번에는 너무도 침착하고 정확한 목소리여서 승객들에게 어쨌거나 책임자가 있긴 있구나 하는 한줄기 희망을 주었다. "아메리칸 213편 항공기에서 조종실 음성기록장치에 남기는 말입니다. 지금 무슨 일이 일어나고 있는지 우리는 알고 있습니다. 상상했던 것보다 더 나쁜 상황입니다. 덴버에서 시행된 사망모의훈련에서 우리는 이런 사태에 대비하는 법은 훈련받지 못했습니다. 우리의 공포는 순수합니다. 집중을 방해하거나 스트레스를 주는 요소가 아주 완벽하게 제거되었기 때문에 이것은 일종의 초월적 명상이라 할 만합니다. 삼분 이내에 우리는 이른바 터치다운을 할 것입니다. 끔찍한 자세로 죽은 우리 시체는 연기 나는 어느 현장에 흩어진 채 발견될 것입니다. 당신을 사랑해, 랜스." 이번에는 승객들이 다시 무더기로 울부짖기 직전, 잠시 정적이 흘렀다. 랜스라니? 도대체 어떻게 생겨먹은 놈들이 이 항공기를 조종하고 있는 거야?* 울음은 비통하고 환멸 섞인 음조를 띠었다.

* 랜스(Lance)는 랜설랏(Lancelot)의 애칭으로 남자 이름이다. 조종사가 동성애자임을 암시한다.

오리털 조끼를 입은 사내가 이 이야기를 할 때, 터널에서 나온 승객들이 우리 주위로 몰려들기 시작했다. 아무도 말을 꺼내거나 끼어들거나 덧붙이려 하지 않았다.

떨어지고 있는 비행기의 한 여자 승무원이 사람들과 잔해들을 타넘고 통로를 기어가면서 각 줄의 승객들에게 신발을 벗고 주머니에서 뾰족한 물건들을 꺼내고 태아처럼 웅크린 자세를 취하라고 말했다. 비행기의 다른 한쪽에서는 어떤 사람이 구명대와 씨름하고 있었다. 승무원 중 몇몇은 몇초 후에 닥칠 이것이 '추락'crash이 아니라 '비상착륙'crash landing인 체하기로 마음을 먹었던 것이다. 어쨌거나 이 둘 사이의 차이는 단어 하나뿐이니까. 이 점이 두 형태의 비행종료가 맞교환이 가능함을 암시하는 게 아닐까? 단어 하나가 얼마나 중요할 수 있을까? 당신이 너무 오래 생각하지 않는다면, 그리고 당장에 생각할 시간이 없다면, 이는 그 상황하에서 고무적인 질문일 것이다. '추락'과 '비상착륙' 간의 기본적인 차이는 비상착륙에 대해서는 현명하게 대비할 수 있으리라는 점이며, 이것이 바로 그들이 시도하려는 바였다. 이 소식은 비행기 전체에 퍼져 각 줄의 사람들은 그 단어를 반복했다. "비상착륙이래, 비상착륙." 단어 하나를 추가함으로써 미래를 단단히 붙잡는 일이, 그리고 실제 사실은 아닐지언정 의식 속에서 그 가능성을 확장하는 일이 얼마나 쉬운지 그들은 이해했다. 승객들은 더듬거리며 볼펜을 찾아내고 태아처럼 자세를 취했다.

이 대목까지 이야기가 진행되었을 무렵, 많은 사람들이 우리 주위를 에워싸고 있었다. 터널에서 막 나온 사람들뿐 아니라 먼저 내린 사람들도 몰려들었다. 이야기를 들으려고 되돌아온 것이다. 그들은 뿔뿔이 흩어져 땅 위를 걷는 육신으로 되돌아갈 준비가 되어 있지 않았으며, 잠시 동안만이라도 그들의 공포 곁에 머물러 그 공포를 분리되고 온전한 상태로 간직하고 싶어했다. 더 많은 사람들이, 거의 비행기 한대의 정원에 육박하는 사람들이 우리 쪽으로 몰려들었다. 그들은 모자를 쓰고 조끼를 입은 이 남자가 자기들 대신 이야기하는 것에 흡족해했다. 그의 설명에 반박하거나 개별적인 증언을 덧붙이려는 사람은 하나도 없었다. 마치 자신이 직접 연루되지 않은 어떤 사건에 대해 듣고 있는 것 같았다. 그가 하는 말에 관심을 기울이고 호기심을 보이면서도 아주 초연한 태도를 취했다. 그들은 자신이 말하고 느꼈던 것들을 말할 권리를 그에게 위임했다.

일등석 승객들이 땅바닥에 일등으로 처박히지 않으려고 앞 다투어 몰려들어 커튼을 걷어치우고 일반석으로 말그대로 기어올라온 것은 바로 이 시점, '비상착륙'이라는 말이 두번째 단어에 또렷한 강세가 주어지면서 비행기 전체에 퍼지고 있던 바로 그 시점이었다. 일반석 승객 중에는 그들을 다시 제자리로 돌려보내야 한다고 느낀 이들도 있었다. 이런 생각은 말이나 행동으로 표현된 것이 아니라 끔찍하고 불명료한 소리로, 주로 가축의 울음소리, 억지로 먹이를 먹일 때 소들이 내지르는 급박한 울음소리로 표현되었다. 갑자기 엔진이 재가동되었다. 아무 일도 아니라는 듯이. 동력, 안정, 제어 모두 문제없었다. 충돌의 충격에 대비하던 승객들은 천천히 새로운 정보의 흐름에 적응하였다. 새로운 소리, 달라진 항로, 폴리우레탄 포장지가 아니라 견고한 배관에 둘러싸여 있다는 느낌이 다가왔다. 흡연 표시등이 켜져 담배를 든 손을 표현한 만국공통 신호가 나타났다. 승무원들이 향기나는 타월을 들고 와서 피와 토사물 따위를 닦아냈다. 사람들은 태아자세를 천천히 풀고 기진맥진한 상태로 좌석에 등을 기댔다. 6.5킬로미터에 걸친 황금시간대 공포물이었다. 무슨 말을 해야 할지 아무도 몰랐다. 살아 있다는 그 자체가 충만한 감흥이었다. 수십가지, 수백가지 것들이 떠올랐다. 수석승무원이 영혼 없고 유쾌한 공적인 미소를 띠고 가볍게 말을 건네면서 통로를 따라 걸어갔다. 그의 얼굴은 대형여객기를 맡은 이에게 익숙한 자신감 넘치는 홍조를 띠었다. 사람들은 그를 보고 자신이 왜 두려워했을까 의아해했다.

나는 이야기를 들으려고 몰려든 족히 백여명이 넘는 사람들 때문에 이야기하고 있던 사내로부터 멀리 밀려났다. 그들은 먼지 나는 바닥에 숄더백과 양복커버를 질질 끌고 왔다. 남자의 목소리가 들리지 않는 곳까지 밀려났다는 걸 깨달은 순간, 내 옆에 서 있는 비를 발견했다. 아이는 특이하게 헝클어진 머리카락에 매끄럽고 하얀 얼굴을 하고 있었다. 아이는 폴짝 뛰어올라 내 품에 안겼다. 여행에 지친 기색이 느껴졌다.

"언론사들은 어디 있어요?" 아이가 물었다.

"아이언시티엔 언론매체가 없는데."

"저 사람들이 겪은 생고생이 모두 허사가 되었다는 거예요?"

우리는 트위디를 찾아서 차가 있는 곳으로 향했다. 도시 외곽의 교통체증 때문에 버려진 주물공장 바깥의 도로에 정차해 있을 수밖에 없었다. 깨진 유리창과 가로등 천지인 곳에 어둠이 짙게 내리고 있었다. 비는 뒷좌석 중앙에 가부좌 자세로 앉아 있었다. 여러 시간대와 땅덩어리와 광대하고 아득한 대양을 지나고, 크고 작은 비행기 속에서 여러 밤낮과 여름과 겨울을 거쳐 수라바야*에서 아이언시티까지 오는 여행을 마치고도 아이는 너무나 편안해 보였다. 우리는 어둠속에 앉아서 사고 난 차가 견인되거나 도개교가 닫히기를 기다리는 중이었다. 비는 현대의 여행에 관한 이런 친숙한 아이러니 정도는 일말의 논평을 할 가치도 없다고 생각했다. 아이는 그냥 거기 가만히 앉아서, 아이들이 혼자서 그런 여행을 하는 것에 대해 부모가 걱정할 필요가 없다는 트위디의 연설을 듣고 있을 뿐이었다. 비행기와 터미널은 어린이와 노인에게 매우 안전한 장소다. 사람

* 인도네시아 자바섬 북동부의 항구도시.

들은 그들을 보살펴주고 미소짓고 그들의 재치와 용기에 감탄한다. 다정하게 질문을 하고 담요나 사탕을 권하기도 한다는 것이었다.

"아이들 모두 수천킬로미터 정도 혼자서 여행해봐야 돼." 트위디가 말했다. "자긍심이나 정신적 독립심을 키우려면 말이야. 자기가 직접 옷이랑 칫솔 등을 챙겨야지. 아이들을 비행기에 일찍 태우면 태울수록 더 좋아. 수영이나 스케이트 타기나 마찬가지지. 일찍 시켜야 돼. 내가 비를 잘 키웠다고 뿌듯하게 느끼는 건 바로 그 점이야. 아홉살 때 이스턴 항공편으로 보스턴에 보냈거든. 아이 외할머니한테 공항에 마중 나오지 말라고 했어. 공항 밖으로 나오는 것도 실제 비행만큼이나 중요하니까. 아이의 이러한 성장단계를 너무도 많은 부모들은 무시하고 있어. 비는 이제 완벽하게 대륙을 넘나들 수 있어. 열살 때 처음으로 점보기를 타서 오헤어에서 갈아타고 로스앤젤레스에선 놓칠 뻔한 적도 있어. 두주 후엔 콩코드를 타고 런던에 갔지. 맬컴이 샴페인 작은 병을 들고 기다리고 있었어."

저 앞쪽에서 미등의 불빛들이 넘실대고 있었다. 차들이 움직이기 시작한 것이다.

기계적 고장과 사나운 기상 상태 그리고 테러 행위만 없다면 음속으로 비행하는 항공기는 우아한 생활과 문명화된 예절이 보장되는, 인간에게 알려진 최후의 피난처일 거라고 트위디는 말했다.

19

비 때문에 우리는 가끔 신경이 쓰였다. 그것은 방문객
이 자족적인 가족에게 무심코 가하는 처벌인 셈이다. 아이
의 존재는 예리한 빛을 발하는 것 같았다. 우리는 계획 없
이 행동하고, 결정을 회피하고, 번갈아 바보 같은 짓을 하
거나 정서적으로 불안해하며, 아무 데나 젖은 수건을 놔두
고, 막내아이 하나 챙기지 못하는 집단임을 알게 되었다.
무슨 일을 하든 갑자기 설명이 필요한 일이 되어버렸다.
아내는 특히 당황스러워했다. 더 고상한 양심을 가지라고
잔소리를 해대는 드니스가 꼬마 인민위원이라면, 비는 우
리 삶의 의미 자체를 문제 삼는 말 없는 증인이었다. 나는
버벳이 얼이 나간 채 자신의 오므린 양손을 응시하는 모습
을 지켜보았다.

찍찍대는 저 소리는 바로 라디에이터에서 나는 소리였다.

비는 신랄한 말, 빈정대는 태도 그리고 가족 내에서 벌어지는 제반사를 소리 없이 경멸했다. 드니스보다 한살 많은 이 아이는 세속적으로나 초월적으로나 키도 더 크고 더 마르고 더 창백했다. 아이 엄마는 딸의 장래희망이 여행작가라고 했지만 마음속으로 비는 전혀 그런 존재가 아니라 오로지 순수한 형태의 여행가일 뿐이었다. 말하자면, 인상이나 정밀한 감정 분석을 수집하지만 그것을 구태여 기록하지는 않는 그런 인물이었다.

비는 침착하고 사려 깊어서 정글에서 가져온 수공예품을 우리에게 선물했다. 아이는 택시를 타고 학교와 무용 강좌에 다녔고 중국어도 조금 할 줄 알았으며 한번은 오갈 데 없는 친구에게 돈을 부치기도 했다. 나는 소원하고 어색한 방식으로나마 이 아이에게 감탄했지만, 꼭 내 자식이 아니라 세상물정에 눈뜬 자립심 강한 내 아이의 친구를 보는 것처럼 정체 모를 위협을 느꼈다. 머리의 말이 맞는 것일까? 우리는 결국 적대적 사실들로 둘러싸인 망가지기 쉬운 하나의 개체인 것일까? 세상으로부터 내 가족을 보호하려면 무지와 편견과 미신을 조장해야 하는 것인가?

크리스마스에 비는 우리가 잘 쓰지 않는 거실 벽난롯가에 앉아서 청록색 불꽃을 쳐다보고 있었다. 그애는 비싸 보이는 길고 헐렁한 카키색 겉옷을 입고 있었다. 나는 선물상자 서너개를 무릎에 얹은 채 팔걸이에 옷가지와 화장지가 걸려 있는 안락의자에 앉아 있었다. 책장 한 귀퉁이를 접어둔 내 책『나의 투쟁』이 의자 옆 마룻바닥에 놓여 있었다. 다른 식구 중 몇은 부엌에서 식사 준비를 하고, 또 몇은 위층에 올라가 은밀히 자기들 선물이 뭔지 조사하고 있었다. 텔레비전에서 이런 말이 나왔다. "이 동물은 이파리를 먹는 데 적응하느라 위의 구조가 복잡해졌습니다."

"난 엄마가 하는 이 일이 마음에 들지 않아요." 비가 차분하되 괴로운 목소리로 말을 꺼냈다. "엄만 언제나 극도로 긴장되어 있거든요. 뭔가를 걱정하면서도 그게 뭔지는 확실히 모르는 것같이 말이에요. 물론 그 걱정이란 다름 아닌 맬컴이죠. 아저씨에겐 자기 정글이 있어요. 엄마한텐 뭐가 있을까요? 그 지역의 별 셋짜리 레스토랑에나 있는 레인지와 후드를 갖춘 큰 주방이 있기는 해요. 엄만 그 주방에다가 자기 에너지 전부를 쏟아부었지만 그럴 이유가 뭐가 있겠어요? 문제는 주방이 전혀 아닌걸. 엄마의 인생, 엄마의 중년이 문제예요. 바바라면 그런 주방에서 즐겁게 지낼 거예요. 바바한텐 그냥 멋진 주방일 테니까요. 엄마한텐 그게 위기를 극복했다는 요상한 상징과도 같겠지만, 실제로 엄마는 위기를 다 극복한 게 아니에요."

"네 엄마는 남편이 정말로 어떤 사람인지 확신을 못하고 있더구나."

"그게 근본적인 문제는 아니에요. 근본적인 문제는 자기가 누군지 엄마 자신이 모른다는 거죠. 맬컴은 나무껍질이나 뱀을 먹으면서 산악지대에서 살고 있어요. 맬컴은 그런 사람이죠. 아저씨에겐 열기와 습기가 필요하니까요. 국제관계와 경제학 분야의 학위를 얼마나 많이 가지고 있든, 아저씨가 원하는 건 나무 밑에 웅크리고 앉아서 원주민들이 온몸에 진흙을 펴바르는 걸 지켜보는 게 다예요. 그 사람들을 지켜보는 게 재미거든요. 하지만 엄마의 재미는 대체 뭘까요?"

비는 눈을 제외한 이목구비가 모두 자그마했다. 그런 용모는 주제와 그것의 숨겨진 함의라는 두 형태의 삶을 담고 있는 것 같았다. 이 아이는 힘들이지 않고 집안일이나 아이들, 일상사의 흐름 등을 꾸려나가는 버벳의 솜씨에 대해 이야기했는데, 그건 내 생각과 비슷했다. 하지만 아이의 눈동자 깊은 곳에서는 바다생물과 같은 이차적 존재가 움직이고 있었다. 그것은 무엇을 의미하는 걸까, 아이가 정말로 말하고자 하는 바는 무엇일까, 아이는 왜 내가 자기와 같은 식으로 반응하기를 기대하는 걸까? 아이는 이런 이차적 방식으로, 안구의 유동체로 의사소통하기를 원했다. 마음만 먹는다면 비는 자신이 의심스러워하는 바를 확인할 수도, 나에 대해 알아낼 수도 있을 것이다. 하지만 아이가 어떤 의심을 품고 있으며 무엇을 알아내겠다는 것일까? 나는 걱정스러웠다. 중학교 1학년인 아이의 학교생활이 어떤지 이야기를 시켜보려 할 즈음 토스트 타는 냄새가 온 집 안에 진동했다.

"부엌에 불났어요?"

"스테피가 토스트 태우는 냄새야. 간혹가다 저래."

"내가 김치 비슷한 거라도 만들어줄걸."

"한국에 살 때 배운 거로구나."

"절인 배추에 붉은 고추랑 이것저것 다른 것들을 넣으면 돼요. 엄청 매워요. 하지만 재료가 뭔지는 잘 모르겠어요. 워싱턴에서는 구하기가 아주 어렵거든요."

"토스트 말고 다른 것도 먹을 수 있을 거야." 내가 말했다.

내가 가볍게 반박하자 아이는 기분이 좋아졌다. 내가 무미건조하거나 비웃는 투거나 신랄할 때 아이는 나를 제일 좋아했다. 그런 태도는 내 타고난 재능인데 아이들과 오래 지내다보니 없어져버렸다고 비는 믿고 있었다.

텔레비전에서 이런 말이 들려왔다. "이제 우리는 나비에게 작은 더듬이를 붙여줄 겁니다."

이틀 후 밤에 침대에 누워 있을 때 소란스러운 소리가 들려 무슨 일인가 알아보려고 가운을 걸치고 복도를 따라 걸어갔다. 드니스가 욕실 밖에 서 있었다.

"스테피가 또 목욕하고 있어요."

"시간이 늦었는데." 내가 말했다.

"땟국물 속에 마냥 들어앉아 있는 거예요."

"내 때야." 문 저편에서 스테피의 목소리가 들렸다.

"그래도 때는 때지."

"글쎄 내 때니까 상관없어."

"때라니까." 드니스가 말했다.

"내 때라고."

"더럽긴 마찬가지야."

"내 때는 괜찮아."

은색과 붉은색이 섞인 기모노를 입은 비가 복도 끝에 나타났다. 아득하고도 창백한 표정으로 그냥 거기 서 있었다. 쩨쩨하고 부끄러운 우리 삶의 현장이 손으로 만져질 만큼 커지고, 자기인식이 만화처럼 분명해지는 순간이었다. 드니스는 욕실 문틈으로 스테피에게 뭐라고 심하게 퍼붓고 가만히 자기 방으로 돌아갔다.

다음 날 아침 비를 태우고 공항으로 향했다. 공항으로 가는 길이면 나는 언제나 말이 없고 침울해진다. 우리는 라디오에서 뉴스 속보를 들었다. 전신수신용 테이프 기계가 돌아가는 소리를 배경으로 소방관들이 워터타운의 한 주거지에서 불붙은 소파를 꺼내는 중이라는 보도가 전해졌는데 묘하게 들떠 있었다. 비가 나를 주의 깊게, 소중하게 바라보고 있음을 알아챘다. 아이는 두 무릎을 세우고 팔로 꼭 껴안은 채 차문에 기대고 있었다. 진지하고 연민 어린 표정이었다. 그런 표정은 동정이나 사랑이나 슬픔과 거의 아무 상관도 없다고 믿기 때문에 나는 그런 표정을 딱히 신뢰하지는 않는다. 실제로 그 표정은 이런 감정들과는 완전히 다른 어떤 것임을 나는 깨달았다. 그것은 사춘기 여자아이 특유의, 더없이 다정한 형태의 우월감이었다.

공항에서 돌아오는 길에 강변 고속도로를 벗어나 숲가에 차를 세웠다. 나는 가파른 길을 따라 걸어올라갔다. 낡은 말뚝울타리에는 다음처럼 적힌 표지판이 있었다.

옛 묘지터
블랙스미스 마을

묘비들은 작고 기울어지고 우묵우묵하고 곰팡이나 이끼로 얼룩져 있어서 이름과 생몰년을 읽기 힘들 정도였다. 군데군데 언 땅은 딱딱했다. 묘비 사이를 걸으면서 장갑을 벗고 거칠거칠한 대리석 비석들을 만져보았다. 어느 묘비 앞에는 작은 성조기 세개가 꽂힌 좁다란 화병이 흙 속에 파묻혀 있었다. 금세기에 나보다 먼저 여기 온 사람이 있다는 것을 알리는 유일한 표지였다. 묘비에 적힌 이름 중 몇개는 알아볼 수 있었는데, 그것들은 위대하고 강인하며 소박한 이름들로서 도덕적이고 엄격한 느낌을 주었다. 나는 서서 귀를 기울였다.

차들이 내는 소음도, 강 건너 공장들이 간헐적으로 돌아가는 소리도 들리지 않았다. 그러므로 묘지를 여기에 써서 침묵이 굳건히 자리잡게 했다는 것, 적어도 이 점은 잘한 것 같았다. 바람은 에일 듯 매서웠다. 나는 숨을 깊이 들이쉬면서 한군데 머물러 서서 죽은 자들에게 내린다는 평화가 느껴지기를, 풍경화가의 탄식이 깃든 들판 저 위에 걸린 빛이 보이기를 기다렸다.

거기 서서 나는 귀기울여 들었다. 나뭇가지에 쌓인 눈이 바람에 날렸다. 거센 바람이 휘몰아쳐 숲에서 눈발이 날려왔다. 옷깃을 세우고 장갑을 다시 꼈다. 바람이 다시 잠잠해졌을 때 묘비 사이를 걸으면서 이름과 생몰년을 읽으려 애쓰기도 하고 깃발들이 자유롭게 펄럭이도록 바로 세우기도 했다. 그러고는 다시 멈춰서서 귀기울였다.

죽은 자들의 힘이란 그들이 변함없이 우리를 지켜보고 있다고 우리가 생각하는 데 있다. 죽은 자들은 존재를 지니고 있는 것이다. 죽은 자들로만 이루어진 에너지의 차원이 있는 것일까? 그들은 물론 땅속에 묻혀 잠들어 있고 부서져가고 있다. 어쩌면 우리는 그들이 꾸는 꿈일지도 모른다.

목적 없는 나날이 되기를. 계절이 그냥 흘러가기를. 계획에 따라 활동을 진척하지 말기를.

.

20

트레드웰 노인의 누이가 죽었다. 그녀의 이름은 글래디스다. 의사는 그녀가 남동생과 함께 미드빌리지 몰에서 길을 잃고 당황한 채 나흘 밤낮을 보낸 후유증으로 생긴 두려움이 사라지지 않아 사망했다고 말했다.

글래스버러에 사는 한 남자는 차 뒷바퀴가 차축에서 빠지는 바람에 죽었다. 그런 현상은 그 차종만의 특징이었다.

부주지사가 오랜 지병 끝에 발표되지는 않은 자연적인 원인으로 죽었다. 우리 모두 그것이 무슨 뜻인지 안다.

미캐닉스빌의 한 남자가 헬멧 쓴 만명의 학생들이 공항을 포위하고 있는 동안 도쿄 외곽에서 죽었다.

부고란을 읽을 때마다 나는 언제나 죽은 이의 나이를 확인한다. 그러면서 저절로 그 숫자를 내 나이와 연결짓

게 된다. 4년 남았구나,라고 나는 생각한다. 9년 더 남았네.
2년 있으면 난 죽는구나. 죽는 때를 헤아릴 때보다 숫자의
힘이 더 명백해지는 순간은 없다. 때때로 나는 자신과 흥
정하기도 한다. 예순다섯이라면, 칭기즈칸이 죽은 그 나이
라면 흔쾌히 받아들일 수 있겠지? 쉴레이만 대왕*은 일흔
여섯까지 살았지. 그러면 괜찮을 것 같아, 특히 지금 기분
같아선 그래, 하지만 일흔셋이 되었을 때는 어떤 기분이
들까?

　이런 사람들이 죽음을 앞두고 슬퍼했을 것이라고 상상
하기는 어렵다. 훈족의 아틸라 대왕**은 젊어서 죽었다. 그
때 그는 아직 사십대였다. 그가 자신을 불쌍히 여기고 자
기연민과 침울함에 빠진 채 죽어갔을까? 그는 훈족의 대
왕이자 유럽의 침략자요, 하느님의 진노로 불리던 이다.
나는 그가, 어느 국제 합작의 대작 영화에 나온 모습처럼,
천막에 누워서 짐승가죽에 둘러싸인 채 참모와 신하 들에
게 호방하고 무자비한 말을 퍼부었다고 믿고 싶다. 영혼이
나약해지는 일은 전혀 없었다고. 인간은 지상에서 가장 지
고한 존재지만 결국 죽어야만 한다는, 다른 생물들은 알
지 못하는 그 사실을 알기 때문에 형언할 수 없이 슬픈 존
재라는 인간실존의 아이러니 따위는 전혀 느끼지 않았다
고 믿고 싶다. 아틸라는 천막 자락 사이를 내다보면서, 모

---

* 16세기 오토만제국의 술탄.
** 재위기간 서기 434~53년.

닥불가에 서서 누가 고깃조각 하나 던져주지 않나 기다리
는 절름발이 개에게 손짓하지도 않았다. 그는 이렇게 말하
지도 않았다. "벼룩이 끓는 저 가련한 짐승이 인간의 가장
위대한 통치자보다 낫구나. 저것은 우리가 아는 것을 알지
못하고, 우리가 느끼는 것을 느끼지 못하고, 우리가 슬퍼
하듯 슬퍼할 수 없으니까."

나는 그가 두려워하지 않았다고 믿고 싶다. 그는 하느님
의 진노라고 알려진 자답게 죽음을 삶에서 자연스레 흘러
나오는 하나의 경험이자, 거칠게 말달리며 숲을 관통하는
여행으로 받아들였다. 그의 생애가 끝나는 장면은 이렇다.
시종들은 야만인이 하는 애도의 표시대로 자기 머리카락
을 잘라내고 얼굴에 칠을 한다. 이 장면에서 카메라는 천
막 밖으로 물러나 청명하고 오염되지 않은, 가물거리며 빛
나는 천체가 환하게 감싸고 있는 기원후 5세기의 밤하늘
을 주마등처럼 비춘다.

버벳은 계란과 해시브라운을 먹다가 고개를 들고 조용
하고도 강렬한 어조로 말했다. "삶이란 멋진 거야, 잭."

"왜 그런 말을 하지?"

"그냥 꼭 말해야 될 것 같아서."

"말하고 나니까 기분이 나아졌어?"

"자꾸 악몽을 꿔." 그녀가 중얼거렸다.

누가 먼저 죽을까? 버벳은 자기가 먼저 죽고 싶다고 한
다. 내가 없으면, 특히 아이들이 다 자라서 외지에 살게 된

다면, 참을 수 없이 외롭고 슬플 테니까. 이 점에 있어서 그녀는 철석같다. 나보다 먼저 가기를 진심으로 바란다. 이 주제를 다룰 때면 아주 논쟁적이고 힘이 넘쳐서 이 문제에 관해 우리에게 선택권이 있다고 생각하는 것이 분명하다. 그녀는 또한 부양할 아이들이 있는 한 우리에게 어떤 일도 일어나선 안된다고 생각한다. 아이들은 우리가 어느정도 장수할 수 있는 보증서다. 아이들이 곁에 있는 한 우리는 안전하다. 하지만 아이들이 장성해서 흩어지고 나면 자기가 먼저 죽고 싶다. 그녀의 말은 거의 간절하다. 그녀는 내가 예기치 않게, 몰래, 한밤중에 빠져나가듯 죽어버릴까 두려워한다. 그녀가 삶을 소중히 여기지 않아서 그런 것은 아니다. 그녀에게 두려운 것은 홀로 남겨진다는 것이다. 공허, 온 우주에 드리운 암흑이 두려운 것이다.

마스터카드, 비자, 아메리칸 익스프레스.

나는 내가 먼저 죽고 싶다고 말한다. 그녀에게 너무도 익숙해져서 가련할 만치 결핍감을 느낄 테니까. 우리는 동일한 한 사람의 두 모습이니까. 나는 그녀를 향해 말을 걸면서 여생을 보내게 될 것이다. 거기엔 아무도 없고, 시공간에 텅 빈 구멍이 하나 있을 뿐이다. 그녀는 자신의 죽음이 내 삶에 남길 구멍보다 내 죽음이 그녀의 삶에 남길 구멍이 더 클 거라고 주장한다. 이런 수준에서 우리 이야기는 흘러간다. 구멍과 심연과 간극의 상대적인 크기에 대해서. 우리는 이런 수준에서 심각하게 논쟁한다. 그녀는 자신의 죽음이 내 삶에 큰 구멍을 남길 거라면, 나의 죽음은 그녀의 삶에 심연을, 거대하게 입을 벌린 심연을 남길 것이라고 말한다. 나는 깊은 구렁 또는 공백을 거론하면서 반박한다. 그렇게 밤늦도록 논쟁은 이어진다. 이런 논쟁들이 그 당시에는 전혀 어리석은 것이라고 여겨지지 않는다. 우리의 주제가 너무도 강력하고 위엄 있는 것이기 때문이다.

아내는 길고 번쩍이는 패딩 코트—잘게 쪼개진 것 같고 동물의 외골격 같아 보이는 이 옷은 해저면에 맞게 디자인된 듯하다—를 입고 자세 강의를 하러 갔다. 스테피가 여기저기 흩어진 대바구니들을 정리하는 데 쓰는 작은 비닐봉지들을 들고 소리 없이 집안을 돌아다녔다. 아이는 생명을 구하고도 칭찬 같은 건 바라지 않는 사람처럼 조용하고도 성실한 태도로 일주일에 한두번씩 이 일을 했다. 머리가 두 여자아이와 와일더와 이야기를 나누려고 들렀다. 그는 자신이 '아이들 사회'라고 부르는 대상에 대한 조사의 일환으로 이따금씩 이렇게 들르곤 했다. 그는 미국 가족의 세속을 초월한 재잘댐에 대해 말했다. 그는 우리가 계시적 집단이고, 특수한 형태의 의식에 열려 있는 사람들이라고 생각하는 듯했다. 이 집 안에는 분석 대상이 될 만한 엄청난 양의 데이터가 흘러다니고 있다는 것이었다.

머리는 세 아이와 함께 텔레비전을 보러 위층으로 갔다. 하인리히가 부엌으로 들어와 식탁에 앉더니 양손에 포크를 하나씩 단단히 거머쥐었다. 냉장고는 둔중한 소리를 내며 돌아가고 있었다. 스위치를 켜자 싱크대 아래 어디에선가 분쇄기가 각종 껍질과 부스러기, 고기비계를 하수구로 흘려보낼 만큼 잘게 부수어댔는데, 모터 돌아가는 급작스러운 소리 때문에 나는 두걸음 정도 물러났다. 그러고는 아들의 손에서 포크를 빼앗아 식기세척기에 넣었다.

"너 아직 커피 마시니?"

"아뇨." 아이가 말했다.

"엄마가 강의 마치고 돌아오면 커피 한잔 마시고 싶어 하는데."

"커피 말고 차를 드리세요."

"엄만 차는 좋아하지 않아."

"배우면 되잖아요, 안 그래요?"

"커피와 차는 맛이 완전히 달라."

"습관은 습관일 뿐이에요."

"먼저 습관부터 들여야 하잖아."

"제 말이 그 말이에요. 차를 드리세요."

"엄마가 하는 강의는 보기보다 훨씬 힘들어. 커피가 긴장을 풀어주지."

"그래서 위험하다는 거예요." 아이가 말했다.

"위험하지 않아."

"긴장을 풀어주는 건 뭐든 위험해요. 아빠가 그걸 모르시면 내가 아무리 말해도 소용이 없어요."

"머리도 커피 마시고 싶을 거야." 내 목소리에 일말의 승리감이 배어 있음을 느끼면서 이렇게 말했다.

"아빠 방금 어떻게 하셨는지 아세요? 커피통을 조리대까지 갖고 오셨어요."

"그래서?"

"그럴 필요가 없었잖아요. 커피통은 방금 서 계셨던 레인지 옆에 놔두고 스푼을 가지러 조리대에 갔으면 되잖아요."

"쓸데없이 커피통을 들고 다녔다는 말이로구나."

"아빠 오른손에 커피통을 들고 조리대까지 가서 그걸 내려놓고 서랍을 열었죠. 왼손으로 열기는 싫어하시니까. 그러곤 오른손으로 스푼을 집고 그걸 왼손으로 옮겨든 다음 커피통을 오른손으로 집어들고 레인지 쪽으로 돌아가서 다시 거기다 내려놓으셨죠."

"다른 사람들도 그렇게 해."

"그건 동작 낭비예요. 사람들은 엄청난 양의 동작을 낭비하죠. 나중에 엄마가 샐러드 만드는 걸 한번 보셔야겠어요."

"사람들은 사소한 동작과 자세 하나하나까지 꼼꼼히 계산하진 않아. 조금 낭비한다고 어디가 덧나지도 않고."

"하지만 평생 그렇게 한다면 어떻겠어요?"

"낭비하지 않는다고 뭘 절약하는데?"

"평생 그렇게 하면요? 엄청난 양의 시간과 에너지를 절약하는 거죠." 아이가 말했다.

"그럼 그걸 갖고 뭘 할 건데?"

"더 오래 사는 데 쓰죠."

사실 나는 먼저 죽고 싶지 않다. 외로움과 죽음 가운데 하나를 선택하라면 결정하는 데 일초도 걸리지 않을 것이다. 하지만 나는 혼자 있고 싶지도 않다. 구멍과 간극에 대해 버벳에게 한 그 모든 말은 다 진심이다. 그녀가 죽으면 나는 지리멸렬한 신세가 되어 의자나 베개에다 대고 말을 걸겠지. 우리가 죽지 않게 해주세요, 신비한 나선형 빛으로 작열하는 5세기의 하늘에 대고 소리치고 싶다. 병들건 건강하건 간에, 정신이 희미해지고 비실거리고 이는 다 빠지고 얼굴에 저승꽃이 피고 눈이 침침하고 헛것이 보인다 해도, 우리 둘 다 영원히 살게 해주세요. 누가 이런 것을 결정하는가? 저곳에 무엇이 있는가? 도대체 당신은 누구인가?

나는 커피가 보글보글 끓어서 중앙의 관과 구멍 뚫린 용기를 지나 연한 빛의 조그맣고 동그란 유리 주전자로 떨어지는 모습을 지켜보았다. 너무도 놀랍고 서글픈 발명품이며, 너무도 완곡하고 정교하고 인간적인 물건이다. 그것은 마치 물과 금속과 갈색 커피콩 같은 세속적인 물건의 차원으로 화한 철학논쟁 같았다. 나는 전에 한번도 커피를 유심히 본 적이 없었던 것이다.

"합성수지로 된 가구가 불에 타면 사이안화칼륨 중독이

된대요." 포마이커 식탁을 똑똑 두드리면서 하인리히가
말했다.

아이는 겨울 복숭아를 먹었다. 나는 머리를 위해 커피
한잔을 따라서 아들과 함께 위층 드니스의 방으로 올라갔
다. 최근에 그 방에 텔레비전을 한대 놓았다. 텔레비전 소
리를 작게 틀어놓고, 여자아이들은 자기들을 보러 온 손님
과 대화에 푹 빠져 있었다. 머리는 아이들과 같이 있는 것
이 행복해 보였다. 그는 더플코트와 여행용 모자를 자기
옆 러그 위에 놓아둔 채, 바닥 한가운데 앉아서 메모를 하
고 있었다. 머리가 앉은 그 방에는 유년기에 관한 고고학
인 코드와 메시지가 풍성하게 쌓여 있었다. 만화 시계부터
늑대인간 포스터에 이르기까지 드니스가 세살 때부터 가
지고 다녔던 물건들이 널려 있었다. 이 아이는 자신의 어
린시절을 따뜻하게 감싸 지켜내야 한다고 느끼는 그런 아
이다. 추억의 대상으로서의 가치를 지키기 위해 물건들을
복원하고 보존하고 온전하게 간직하느라 갖은 애를 쓰는
것은, 모든 것이 제자리를 잃어버린 세상에서 아이가 살아
가는 전략의 일환이자 스스로를 삶에 단단히 매어두는 방
법이기도 하다.

분명히 밝혀두건대, 나는 이 아이들을 진지하게 대한다.
아이들에게서 아무리 많은 가능성을 봐도 지나치지 않고,
그들의 성격 연구에 평범한 재능을 아무리 투여해도 과도
하지 않다. 정체성과 존재의 충만한 파동이 모두 거기에,

최고의 강도로 존재하니까. 아이들의 세계에서 아마추어란 없는 법이니까.

하인리히는 특유의 비판적 관찰자의 자세를 취하면서 한 귀퉁이에 서 있었다. 나는 머리에게 커피를 건네주고 나오려다가 텔레비전 화면을 힐끗 쳐다보았다. 문간에 멈춰서서 화면을 더 자세히 보았다. 사실이었다. 정말 거기 있었다. 조용히 하라고 쉿 소리를 내자, 모두들 당황하고 성가시다는 표정으로 내 쪽으로 고개를 돌렸다. 그러고는 내 시선을 따라 침대 발치에 있는 튼튼하게 생긴 텔레비전으로 눈길을 돌렸다.

화면에 나온 것은 버벳의 얼굴이었다. 우리 입에서는 짐승의 으르렁거림처럼 깊고 경계하는 침묵이 흘러나왔다. 혼란과 공포, 당혹감이 우리 얼굴에 퍼져나갔다. 이게 무슨 일이지? 딱딱한 테두리 안의 흑백 속에서, 거기서 그녀가 무엇을 하고 있는 거지? 그녀가 죽거나 실종되거나 육체에서 분리되어버렸단 말인가? 이것이 그녀의 영혼, 혹은 그녀의 신비스러운 자아란 말인가? 테크놀로지의 힘으로 송출된 이차원의 복제 이미지가 자유롭게 풀려나 통신 주파대나 에너지준위準位를 통과하여 활공하다가 형광 스크린에 잠시 우리에게 작별인사를 하러 들른 것인가?

심리적 방향감각 상실 같은 낯선 느낌이 나를 꽉 사로잡았다. 얼굴, 머리카락, 빠르게 두어번씩 눈을 깜빡거리는 버릇, 어디를 봐도 버벳이 맞았다. 불과 한시간 전에 계란을 먹던 아내를 보았는데 화면 위 그녀의 모습은 과거 속의 아득한 인물이나, 전처들 중 하나나 부재한 어머니, 아니면 흐릿한 저승세계를 걸어가는 사람을 떠올리게 했다. 그녀가 죽은 게 아니라면, 내가 죽은 건가? 내 영혼 깊은 곳에서 '바-바'라는 두 음절의 아기울음 같은 외침이 흘러나왔다.

이 모든 일이 몇초 사이에 압축돼 일어났다. 시간이 차츰 흐르면서 모든 것이 정상을 되찾고 우리의 주위환경으로, 텔레비전이 놓인 이 방으로, 이 집으로, 이 현실로 되돌아오면서 그제서야 무슨 일이 일어나고 있는지 이해하게 되었다.

버벳이 교회 지하실에서 강의를 하고 있었고, 그 장면이 지역 유선방송을 통해 방영되고 있었던 것이다. 카메라가 돌아가고 있다는 것을 그녀가 몰랐거나 아니면 부끄러움이나 우리에 대한 사랑이나 미신 때문에, 혹은 자기 이미지를 아는 사람들에게 숨기고 싶어하는 어떤 다른 이유에서 우리한테 말하지 않기로 했는지도 모른다.

볼륨이 낮춰져 있었기 때문에 우리는 그녀가 하는 말은 들을 수 없었다. 하지만 아무도 볼륨을 조정하려고 하지 않았다. 중요한 것은 화면이었다. 흑백으로 방영되는 얼굴, 움직이기는 하지만 평평하고 아득하고 밀폐된, 시간을 벗어난 그 얼굴이었다. 그것은 그녀이면서도 그녀가 아니었다. 다시 한번 나는 머리가 뭔가를 알아차렸을지 모르겠다고 생각했다. 파동과 방사. 화면의 그물망에서 뭔가가 새어나왔다. 그녀는 우리에게 빛을 비추고 있었고, 전자 도트들이 무수히 몰려듦에 따라 그녀의 얼굴근육은 미소 짓거나 말하는 모습을 띠며 끊임없이 형성되고 재형성되면서 하나의 존재가 되어가고 있었다.

버벳과 함께 우리도 촬영되고 있었다. 그녀의 이미지는 우리 몸에 투사되고 우리 안으로 흘러들어와 우리를 뚫고 지나갔다. 전자와 광자光子로 이루어진 버벳, 우리가 그녀의 얼굴이라고 인식하는 저 회색빛을 생성하는 힘이 무엇이건 그 힘으로 이루어진 버벳이 우리를 뚫고 지나갔다.

아이들은 흥분하여 얼굴이 상기되었지만 나는 알 수 없는 불안을 느꼈다. 나는 그것이 무엇이건 어떻게 작동하건 간에 텔레비전에 불과하다고, 생사와 관련된 어떤 여정이거나 불가사의한 이별은 아니라고 스스로에게 타일렀다. 머리는 특유의 은밀한 미소를 띠고 나를 쳐다보았다.

오직 와일더만이 침착했다. 아이는 제 엄마를 유심히 보고, 자기 식의 조각 단어로, 의미는 담겨 있으나 대부분 자기가 만들어낸 파편적인 소리로 그녀에게 말을 건넸다. 버벳이 서기와 걷기의 기본동작을 시범으로 보여주는 장면을 잡기 위해 카메라가 뒤로 물러나자, 와일더는 텔레비전에 다가가서 엄마의 몸을 만져 먼지 묻은 화면 위에 손자국을 남겼다.

그러자 드니스가 텔레비전으로 기어가 볼륨을 올렸다.

아무 일도 일어나지 않았다. 음향도, 음성도, 아무것도 들리지 않았다. 아이가 고개를 돌려 나를 바라보았다. 다시금 혼란스러운 순간이 찾아들었다. 하인리히가 나서서 다이얼을 만져보고는 우묵하게 들어간 손잡이를 조정하기 위해 텔레비전 뒤로 손을 집어넣었다. 그렇게 다른 채널로 돌리자 갑자기 생경하고 탁한 소리가 터져나왔다. 하인리히가 다시 유선방송을 틀었지만 소리가 나게 하지는 못해서, 우리는 버벳이 수업을 마치는 장면을 보면서 이상하고 불안한 분위기에 휩싸였다. 그러나 그 프로그램이 끝나자마자, 딸아이 둘은 다시 신이 나서 문간에서 기다리다가 자기들이 본 것을 전해 엄마를 놀래주겠다며 아래층으로 내려갔다.

막내는 어두워진 텔레비전 화면 앞에 머무른 채 나지막이 몸을 들썩이고 부풀리며 작은 소리로 불안스레 울고 있었고, 머리는 뭔가 메모를 했다.

제2부

유독가스
공중유출 사건

21

간밤에 꿈결처럼 눈이 내린 후 공기는 맑고 고요해졌다. 1월의 빛에는 팽팽한 푸른 색조가, 단단함과 자신감 같은 것이 서려 있었다. 굳어진 눈에 닿는 장화 소리, 하늘 높이 청명하게 뻗어 있는 비행운. 처음에는 나도 몰랐지만 날씨 란 정말 핵심적인 것이었다.

나는 우리집이 있는 거리로 접어들어, 자기 집 앞 차도에서 입김을 내뿜으며 열심히 삽질하는 남자들 곁을 지나갔다. 다람쥐 한마리가 나뭇가지를 타고 물 흐르듯 움직였다. 그 동작이 하도 유연해서 우리가 배우고 믿어온 물리 법칙과는 다른 저만의 법칙에 따라 움직이는 듯했다. 거리 중간쯤 다다랐을 때, 하인리히가 우리집 다락 창밖의 좁은 턱에 웅크리고 앉아 있는 모습을 보았다. 아이는 위장용 재킷과 모자를 착용하고 있었는데, 그것은 열네살인 아이에게 복합적인 의미를 띤 복장이었다. 성장하려고 애쓰면서 동시에 남들 눈에 띄기는 싫어하는 점은 우리 모두 다 알고 있는 하인리히의 비밀이었다. 아이는 쌍안경으로 동쪽을 보고 있었다.

나는 집 뒤편으로 돌아서 부엌으로 갔다. 입구에 놓인 세탁기 겸 건조기가 잘 돌아가고 있었다. 버벳의 목소리를 들으니, 그녀가 통화하고 있는 사람이 장인이라는 걸 알 수 있었다. 죄책감과 염려가 섞인 안타까운 목소리였다. 나는 아내 뒤에서 차가운 손을 그녀의 두 뺨에 갖다댔다. 내가 좋아하는 사소한 행동 중 하나였다. 그녀는 전화를 끊었다.

"애가 왜 지붕에 올라가 있지?"

"하인리히 말이야? 열차 조차장에 무슨 일이 났대. 라디오에 나왔어." 그녀가 말했다.

"내려오게 해야 하지 않겠어?"

"왜?"

"떨어질 수도 있잖아."

"애한테 그런 말 하지 마."

"왜?"

"그앤 당신이 자길 과소평가한다고 생각하거든."

"애가 바깥 창턱 위에 올라가 있어. 내가 어떻게든 해야 되지 않겠어?" 내가 말했다.

"당신이 염려하는 모습을 보이면 보일수록 걘 가장자리로 더 가까이 갈걸."

"나도 알아. 그렇지만 내려오게 해야겠어."

"집 안으로 들어오게 달래봐. 세심하게 배려하면서. 그 애 자신에 대한 이야기를 시켜보든지. 갑작스럽게 행동하면 안돼."

다락으로 올라가보니 아이는 벌써 집 안으로 들어와 열린 창가에서 망원경으로 밖을 내다보고 있었다. 방치된 물건들이 사방에 흩어져 있어서 갑갑하고 골치가 아플 정도였는데, 그것들은 바깥으로 노출된 들보와 기둥, 유리섬유 단열재 사이에서 특이한 분위기를 자아냈다.

"무슨 일이 났어?"

"라디오에서 탱크차가 탈선했다고 했어요. 하지만 여기서 보기엔 탈선한 것 같진 않아요. 어딘가에 세게 부딪쳐서 탱크에 구멍이 난 것 같아요. 연기가 많이 나는데 모양새가 심상치 않아요."

"어떻게 보인다고?"

아이는 쌍안경을 내게 건네주고 옆으로 물러섰다. 창밖의 턱 위에 올라서지 않으면 조차장도 문제의 차량도 볼 수 없었다. 그러나 연기는 뚜렷이 보였다. 거대한 검은 덩어리가 강 저 너머 공중에 불분명한 형태로 떠 있었다.

"소방차는 보였니?"

"근방에 소방차들이 쫙 깔렸어요." 아이가 말했다. "그

런데 제가 보기엔 아주 가까이 다가가지는 못하는 것 같
아요. 유독물질이거나 폭발물, 아니면 둘 다인 게 틀림없
어요."

"이쪽으로 오진 않을 거야."

"어떻게 아세요?"

"그냥 그렇다는 거야. 중요한 건 네가 얼어서 미끄러운
바깥 창턱 위에 서 있으면 안된다는 거지. 바바가 걱정하
잖아."

"아빠는 엄마가 걱정할 거라고 말씀하시면 제가 죄의식
을 느껴서 그런 행동을 안할 거라고 생각하시죠. 하지만
아빠가 걱정한다고 하면 제가 계속 그런 행동을 할 거라고
생각하시죠."

"창문 닫아라." 나는 아이에게 말했다.

우리는 부엌으로 내려갔다. 스테피가 알록달록한 색깔
의 우편물을 뒤지며 쿠폰이나 복권, 이벤트 참가권 등을
찾고 있었다. 이날은 초등학교와 중고등학교 방학의 마지
막 날이었다. 한주 지나면 힐 대학의 강의도 다시 시작될
것이다. 하인리히에게 밖에 나가서 보도에 쌓인 눈을 치우
라고 시켰다. 나는 아이가 바깥에서 머리를 약간 돌린 채
신경을 곤두세운 자세로 가만히 서 있는 모습을 지켜보았
다. 잠시 후 그애가 강 건너에서 울려오는 사이렌 소리를
듣고 있다는 것을 알아차렸다.

한시간 뒤 하인리히는 라디오와 고속도로 지도를 갖고

다락으로 돌아왔다. 나는 좁은 계단을 올라가 망원경을 달라고 해서 다시 내다보았다. 연기는 좀더 크게 뭉쳐져서 아직 거기 있었는데, 실제로는 뭉게뭉게 솟아오르는 덩어리였고 이제는 더 시커메진 것 같았다.

"라디오에선 저걸 깃털구름이라고 불러요. 하지만 저건 깃털구름이 아니에요." 아이가 말했다.

"그럼 뭔데?"

"보기 흉하게 점점 커지고 있잖아요. 시커멓게 숨을 내뿜는 짙은 연기예요. 그런데 왜 저걸 깃털구름이라고 부를까요?"

"방송은 촌각을 다투니까 그렇겠지. 길게 갖다붙이며 설명할 여유가 없을 거야. 그런데 방송에서 어떤 화학물질인지 말했니?"

"나이어딘 파생물질, 줄여서 나이어딘 D래요. 학교에서 본 유독폐기물에 관한 영화에 나왔던 물질이에요. 쥐를 대상으로 찍은 비디오였어요."

"그 물질이 어떤 현상을 일으키는데?"

"영화에선 사람한테 끼치는 영향은 확실히 나오지 않았어요. 주로 쥐에게 위험한 혹이 자라는 증상을 보여줬거든요."

"그건 영화에 나온 거고, 라디오에선 뭐라고 했는데?"

"처음엔 피부 가려움증이나 손바닥에 땀나는 증세를 말하더니, 이젠 메스꺼움, 구토, 숨가쁨 증상이 나타난대요."

"사람들이 메스꺼워할 거란 말이지. 쥐가 아니고."

"쥐가 아니죠." 아이가 말했다.

나는 아이에게 쌍안경을 건네주었다.

"어쨌거나 이쪽으로 오진 않을 거야."

"어떻게 아세요?" 아이가 물었다.

"그냥 알아. 오늘은 날씨가 아주 고요하고 평온하잖아. 그리고 해마다 이맘때 부는 바람은 이쪽이 아니라 저쪽으로 불어."

"이쪽으로 불어오면 어떡하죠?"

"이쪽으로 불진 않을 거야."

"이번에 딱 한번 이쪽으로 분다면요?"

"안 분다니까. 왜 이쪽으로 불겠니?"

아이는 한 박자 쉰 다음 고저 없는 어조로 이렇게 말했다. "당국에서 방금 고속도로 일부 구간을 폐쇄했대요."

"당국에서야 물론 그렇게 하고 싶겠지."

"왜요?"

"그냥 그러고 싶을 거야. 현명한 예방조치인 거지. 지원 차량 같은 것도 쉽게 드나들게 하는 방법이니까. 바람이나 바람의 방향과는 전혀 상관없는 이유가 얼마든지 있어."

계단 꼭대기에서 버벳의 머리가 나타났다. 그녀는 탱크차에서 쏟아진 유출물이 13만 리터라고 하더라는 이웃사람의 말을 전했다. 그 구역에 사람들의 출입을 금지하고 있다는 것이다. 깃털구름이 그 지역 상공에 걸려 있다는 것도. 여자애들이 손바닥에 땀이 난다고 하소연한다는 말도 했다.

"정정보도가 있었어요. 구토를 할 거라고 애들한테 말해주세요." 하인리히가 버벳에게 말했다.

헬기 한대가 날아오르더니 사고현장 쪽으로 향했다. 라디오에서는 이런 목소리가 흘러나왔다. "단 옵션으로 메가바이트 하드디스크를 장착한 경우에만 제한된 기간 동안 이용 가능합니다."

버벳의 머리가 시야에서 사라졌다. 나는 하인리히가 두 기둥 사이에 테이프로 도로지도를 붙이는 것을 지켜보았다. 그러고는 납부할 청구서들을 챙기러 부엌으로 내려가는데, 내 오른편과 뒤편 어딘가에서 울긋불긋한 점들이 알알이 소용돌이치는 것이 느껴졌다.

스테피가 말했다. "다락 창문에서 깃털구름이 보이던가요?"

"그건 깃털구름이 아니야."

"대피해야 될까요?"

"물론 그럴 필요는 없어."

"어떻게 아세요?"

"그냥 알아."

"우리가 학교에 못 가게 된 일을 기억하세요?"

"거긴 실내야. 여긴 바깥이고."

경찰차 사이렌이 울리는 소리가 들렸다. 스테피가 입술

로 연달아 와우, 와우, 와우, 와우 하면서 사이렌 소리를 흉내내는 것을 지켜보았다. 내가 자기를 보고 있다는 걸 알았을 때, 아이는 방심한 상태로 뭔가를 즐기다가 살짝 놀라 정신을 차린 듯이 나를 향해 미소지었다.

청바지에 손을 비비면서 드니스가 들어왔다.

"사람들이 분사식 제설차로 유출물에 뭔가를 끼얹고 있어요."

"무슨 물질을?"

"뭔진 모르겠지만 유출물을 무해하게 만드는 물질이겠죠. 그런다고 해서 저 깃털구름에 대해 어떤 조치를 취하고 있는지 해명되는 건 아니지만."

"그게 점점 더 커지지 않게 막고 있겠지." 내가 말했다. "우리 밥 언제 먹어?"

"몰라요, 하지만 저게 조금이라도 더 커지면 바람이 불건 불지 않건 이리로 올 거예요."

"이리 오진 않을 거야." 내가 말했다.

"어떻게 아세요?"

"그야 안 올 테니까."

드니스는 손바닥을 들여다보더니 위층으로 올라갔다. 전화벨이 울렸다. 버벳이 부엌으로 들어와 전화를 받았다. 그녀는 상대방의 말을 들으면서 나를 보았다. 수표 두장을 쓰면서, 그녀가 아직도 나를 보고 있나 살피기 위해 이따금씩 아내를 올려다보았다. 그녀는 자신이 듣고 있는 메시지의 숨은 의미를 가늠할 양으로 내 얼굴을 자세히 뜯어보는 것 같았다. 나는 그녀가 싫어하는 줄 알면서도 입술을 둥글게 오므렸다.

"스토버네서 온 전화야." 버벳이 말했다. "글래스버러 외곽의 기상센터와 직접 통화했대. 이젠 저걸 깃털구름이라고 부르지 않는대."

"뭐라고 부르고 있는데?"

"검은 소용돌이구름이래."

"좀더 정확해졌네. 그렇다면 이제 사태를 장악해가고 있다는 뜻이야. 잘됐어."

"또 있어." 그녀가 말했다. "무슨 기단이 캐나다에서 내려올지도 모른대."

"캐나다에서 내려오는 기단은 언제나 있잖아."

"맞아." 그녀가 말했다. "그건 전혀 새로울 게 없지. 그리고 캐나다는 북쪽에 있으니까, 소용돌이구름이 정남향으로 날려간다면 충분한 간격을 두고 우리를 비켜갈 거야."

"우리 밥 언제 먹어?" 내가 물었다.

다시 사이렌 소리가 들렸다. 이번엔 종류도 다르고 소리도 더 컸다. 경찰차도 소방차도 구급차도 아니었다. 그것이 공습 사이렌이라는 걸 곧 알아챘는데, 북동쪽의 작은 마을인 소여스빌에서 울리는 것 같았다.

스테피가 부엌 싱크대에서 손을 씻고는 위층으로 올라갔다. 버벳은 냉장고에서 음식을 꺼내기 시작했다. 그녀가 식탁을 지나갈 때 나는 그녀의 허벅지 안쪽을 움켜쥐었다.
그녀는 냉동옥수수 상자를 든 채 기분 좋게 몸을 꼬았다.

"어쩌면 저 소용돌이구름에 대해 좀더 신경써야 할까
봐." 그녀가 말했다. "아무 일도 없을 거라고 계속 말하는
건 애들 때문이지. 애들을 놀라게 하고 싶진 않으니까."

"정말 아무 일 없을 거야."

"아무 일 없을 거라는 건 나도 알고 당신도 알아. 하지만
그래도 어느정도는 생각을 해야만 해. 만약의 경우를 대비
해서."

"이런 일은 노출된 지역에 사는 빈민들에게나 일어나는
거야. 이 사회는 가난하고 못 배운 사람들이 자연재해나
인재의 주된 타격을 받도록 생겨먹었으니까. 저지대 사람
들이 홍수 피해를 입고, 판자촌 사람들이 허리케인이나 토
네이도에 당한단 말이야. 난 대학교수야. 당신 텔레비전에
서 홍수 장면 보여줄 때, 대학교수가 자기 동네에서 보트
타고 노 젓는 거 본 적 있어? 우린 고상한 이름을 가진 대
학 근처의 말끔하고 쾌적한 마을에 살고 있어. 이런 일은
블랙스미스 같은 곳에선 일어나지 않아."

이제 아내는 내 무릎 위에 앉아 있었다. 식탁 위에는 수표
와 청구서, 이벤트 참가 신청서, 쿠폰 등이 흩어져 있었다.

"왜 이렇게 일찍 저녁을 달래?" 그녀가 섹시한 목소리
로 속삭였다.

"점심을 걸렀어."

"칠리 넣은 닭튀김 좀 해줄까?"

"최고지."

"와일더는 어디 있지?" 그녀의 가슴을 손으로 더듬으며 이로 블라우스 안쪽의 브래지어 훅을 풀려고 할 때, 그녀가 탁한 목소리로 물었다.

"몰라. 머리가 몰래 데려갔겠지."

"당신 가운 다려놨어." 그녀가 말했다.

"좋아, 좋아."

"전화요금은 냈어?"

"청구서를 못 찾겠어."

이제 우리 목소리는 둘 다 탁해졌다. 그녀의 팔이 내 팔 위에 교차되어 있어서 나는 그녀의 왼손에 들린 냉동옥수수 상자에 적힌 조리법을 읽을 수 있었다.

"소용돌이구름에 대해 생각 좀 해보자. 아주 조금이라도, 응? 위험할 수도 있잖아."

"탱크차에 실린 건 뭐든 다 위험한 거야. 그래도 그 영향은 대개 장기적이니까 그냥 그 근처에 가지만 않으면 돼."

"그래도 유념하고 있기는 해야 돼." 그녀는 일어나서 얼음틀을 싱크대 가장자리에 대고 여러번 쳐서 각얼음을 두세개씩 떼어내며 말했다.

나는 아내를 향해 입술을 오므렸다. 그러고는 다시 다락으로 올라갔다. 와일더가 하인리히와 함께 있었다. 내 쪽을 흘긋 쳐다보는 하인리히의 시선에는 습관적인 비난의 기색이 약간 담겨 있었다.

"이젠 저걸 깃털구름이라고 부르지 않아요." 내가 난처
해하는 모습을 굳이 보지는 않겠다는 듯 내 눈을 피하면서
하인리히가 말했다.

"이미 알고 있어."

"이젠 검은 소용돌이구름이라고 불러요."

"잘됐네."

"왜 잘됐다고 하시는데요?"

"그렇게 부른다는 건 당국이 사태를 대체로 직시하고
있다는 뜻이잖아. 상황을 장악하고 있는 거야."

이런 단호한 발언을 하는 것도 지겹다는 투로 나는 창
문을 열고 쌍안경을 들고 바깥쪽 창턱 위로 올라갔다. 두
툼한 스웨터 덕에 차가운 공기에도 아무 문제는 없었지만,
아들에게 손을 내밀어 내 허리띠를 꽉 움켜잡게 시켜서 건
물 쪽으로 무게중심이 실리도록 확실히 해두었다. 나는 이
사소한 사명에 대한 아들의 성원과 더불어 자신의 순수한
관찰에 내가 성숙하고 사려 깊은 판단이라는 균형 잡힌 무
게를 더해줄 수 있으리라는 아이의 희망 섞인 믿음까지도
느낄 수 있었다. 어쨌거나 이건 부모가 할 일이다.

나는 망원경을 눈에 갖다대고 짙어지는 어둠 너머를 살
펴보았다. 증발한 화학물질 구름 아래 급박하고 대대적인
혼돈의 광경이 펼쳐지고 있었다. 투광등이 조차장을 이리
저리 비추었다. 군 헬기가 여러 지점에 떠서 더 많은 조명

을 현장에 내리비추고 있었다. 경찰차 경광등이 발하는 색색의 불빛들이 폭이 더 큰 이 빛기둥들과 교차했다. 탱크차는 철로 위에 그대로 얹혀 있었는데, 한쪽 끝의 구멍처럼 보이는 부분에서 연기가 치솟았다. 2호차의 연결장치가 탱크차를 뚫은 것으로 보였다. 소방차가 멀찍이 배치되어 있고, 구급차와 경찰차는 더 멀리 떨어져 있었다. 사이렌, 휴대용 확성기를 통해 나오는 목소리 그리고 차디찬 대기 중에 자잘한 잡음을 일으키는 무전기 소리가 들렸다. 남자들이 이 차량에서 저 차량으로 뛰어다니면서 장비를 풀고 빈 들것을 날랐다. 밝은 노란색 마일렉스 방호복에 산소마스크를 착용한 또다른 남자들이 사망 측정도구를 들고 어렴풋한 빛 사이로 느릿느릿 움직였다. 제설차가 탱크차와 그 주변에 분홍색 물질을 분사했다. 이 짙은 분무는 애국적인 음악연주회에 놓인 대형 사탕장식처럼 아치 모양으로 허공을 가르며 치솟아올랐다. 제설차는 공항 활주로에서 사용되는 모델이고, 경찰 밴은 폭동 사상자 운송용으로 쓰이는 모델이었다. 연기가 붉은 빛기둥에서 어둠 속으로 부유하다가 다시 그림 같은 하얀 연기덩어리 속으로 날아올랐다. 마일렉스 방호복을 입은 남자들은 달 표면을 걷듯이 조심스럽게 움직이고 있었다. 한걸음 한걸음이 본능적으로 대처할 수 없는 어떤 불안한 사태를 대하는 동작이었다. 여기 내재하는 위험은 화재나 폭발이 아니었다. 이 죽음은 유전자를 관통해 그 속으로 스며들어 아직 태어나지 않은 몸에서 그 모습을 드러낼 것이다. 그들은 시간의 본성에 대한 생각에 사로잡힌 채, 달 표면의 습지를 가로지르듯이 뒤뚱거리면서 둔하게 움직였다.

나는 꽤나 어렵사리 안으로 기어들어왔다.

"어떨 것 같아요?" 하인리히가 말했다.

"그게 아직 거기 떠 있어. 사고현장에 뿌리내린 것 같아."

"그러면 이쪽으로 오지는 않을 거라고 생각하신다는 말씀이죠?"

"넌 내가 모르는 걸 알고 있다는 말투로구나."

"아빠 그게 이쪽으로 올 거라고 생각해요, 오지 않을 거라고 생각해요?"

"백만년이 지나도 이리로 오지 않을 거라고 대답하길 바라니? 그러면 넌 네 알량한 정보로 반박하겠지. 그러지 말고, 내가 나가 있을 동안 라디오에서 뭐라고 했는지 말해봐라."

"전에 방송한 것처럼 메스꺼움이나 구토, 숨가쁨을 유발하지는 않는대요."

"그럼 뭘 유발하는데?"

"가슴이 두근거리고 데자뷔 현상이 생긴대요."

"데자뷔라고?"

"그건 인간 기억의 부정확한 부분이나 대충 그런 곳에 영향을 끼쳐요. 또 있어요. 당국은 더이상 저걸 검은 소용돌이구름이라고 부르지 않아요."

"그럼 뭐라고 부르니?"

아이는 나를 유심히 바라보았다.

"유독가스 공중유출 사건이래요."

아이는 국가가 만든 이 용어에서 위협을 감지한 듯, 음절마다 또박또박 끊어서 불길하게 발음했다. 위험이 실제로 일어날 가능성에 대해 약간이라도 안심시켜줄 수 있는지 살피면서 내 얼굴을 계속 유심히 쳐다보았다. 내가 안심시켜주는 말을 하면 곧장 엉터리라고 반박하겠지만 말이다. 이것은 그애가 즐겨 쓰는 수법이다.

"이런 것들이 중요하진 않아. 중요한 건 위치지. 그건 저기 있고, 우린 여기 있잖아."

"거대한 기단이 캐나다에서 하강하는 중이에요." 평이한 어조로 아이가 말했다.

"이미 알고 있어."

"그렇다고 이 일이 중요하지 않다는 의미는 아니잖아요."

"어쩌면 그럴 수도 있고 아닐 수도 있어. 상황에 달린 거지."

"날씨가 바뀌려 하고 있어요." 아이는 거의 외치다시피 했는데, 그 목소리는 삶의 특별한 순간에 느끼는 애처로운 두근거림으로 가득 차 있었다.

"난 그냥 대학교수가 아냐. 학과장이라고. 유독가스 공중유출 사건으로 대피하는 내 모습은 상상할 수 없어. 그건 초라한 시골 마을의 이동식 주택에 사는 사람들에게나 일어날 법한 일이야. 물고기 부화장이 있는 그런 곳 말이야."

우리는 와일더가 다락 계단을 거꾸로 내려가는 것을 보았다. 그 계단은 집 안의 다른 계단들보다 더 높다. 저녁식사 동안 드니스는 여러차례 한 손으로 입을 막고 일어서서 뻣뻣하고 잰 걸음으로 복도와 화장실을 드나들었다. 우리는 음식을 씹거나 소금을 치다가 어정쩡하게 동작을 멈추고는 아이가 구역질하다 마는 소리를 들었다. 하인리히는 드니스에게 네가 보이는 증상은 낡은 것이라고 말했다. 드니스가 하인리히를 쩌려보았다. 지금은 평소 내가 소중히 여기는 감각 집합체의 일부인 오가는 표정과 시선, 상호작용이 왕성하게 이루어지는 때이다. 열, 소음, 빛, 표정, 단어, 제스처, 개성, 가전제품. 구어체의 함축성으로 말미암아 가족생활은 감각적 지식의 한 매개가 되는데, 그 속에는 경악할 일도 다반사이다.

나는 두 딸애가 저희끼리 몰래 표정으로 대화하는 모습을 보았다.

"오늘 저녁식사가 좀 이른 것 아녜요?" 드니스가 말했다.

"왜 이르다고 하는데?" 아이 엄마가 물었다.

드니스가 스테피를 쳐다보았다.

"얼른 먹어치우려고 그런 거 아녜요?" 드니스가 말했다.

"왜 얼른 먹어치우려 하겠니?"

"무슨 일이 일어날까봐 그런 거죠." 스테피가 말했다.

"무슨 일이 일어날 수 있겠니?" 버벳이 말했다.

딸아이들은 서로를 쳐다보면서 다시 엄숙하고도 주저하는 눈빛을 교환했는데, 그 시선은 어떤 불길한 의심이 사실로 확인되고 있음을 일러주었다. 공습 사이렌이 다시 울렸다. 이번에는 너무나 가까이에서 울리는 바람에 우리는 겉으로 내색하지 않은 채 뭔가 심상치 않은 일이 벌어지고 있다는 사실을 부인하려고 서로의 시선을 피할 정도로 동요되었다. 그 소리는 붉은 벽돌로 된 우리 마을 소방서에서 울린 것이었다. 그곳의 사이렌은 10년이 넘도록 시험도 해보지 않았던 것이다. 그 소리는 마치 중생대의 어느 동물이 자기 영역을 지키려고 꽥꽥거리는 소리 같았다. DC-9 여객기 날개 크기의 날개를 가진 육식 앵무새의 울음 같았다. 난폭하고 공격적이며 거슬리는 소리가 집 안을 가득 채워 벽이 찢겨나갈 것만 같았다. 우리 가까이에 바싹 다가와 우리를 덮치려는 게 분명했다. 이런 소리괴물이 수년간 근처에 숨어 있었다니 정말 놀랄 일이었다.

우리는 식사를 계속했다. 한입에 넣는 양을 줄이고 뭘 건네달라고 할 때도 정중히 부탁하면서 깔끔하고 조용하게 식사를 했다. 우리의 동작은 세심해지고 간결해졌으며 범위도 줄어들어 기술자들이 프레스코 벽화를 복구하듯 조심스레 빵에 버터를 발랐다. 그 끔찍한 울음소리는 아직도 계속되었다. 우리는 여전히 서로 눈을 마주치지 않으며 식기들이 부딪치지 않도록 조심했다. 이렇게 해야만 눈에 띄지 않을 수 있다는 소심한 희망이 우리 사이에 퍼져 있었다고 나는 믿는다. 사이렌 소리는 어떤 통제기구의 존재를, 우리가 언쟁을 벌이거나 음식물을 엎질러서 심기를 자극하지 않는 게 좋을 그런 존재를 알리는 것 같았다.

강력하게 울려대는 사이렌 소리 속에서 두번째 소음이 분명히 들리고 나서야 비로소 우리는 예의를 차리는 히스테리에서 비롯된 그 소심한 행동을 멈출 생각이 들었다. 하인리히가 현관으로 달려가 문을 열었다. 이날 밤의 복합적인 소리들이 새롭게 그리고 다시 긴급하게 집 안으로 밀려들었다. 수분 만에 서로를 바라보며 우리는 새로 들려오는 소리가 확성기에서 나오는 사람 목소리라는 것은 알았지만 그 내용은 확실히 듣지 못했다. 하인리히는 지나치게 의식적으로 자로 잰 듯이 걸어서 자리로 돌아왔는데 뭔가 숨기는 게 있었다. 이런 태도는 아이가 중대한 일 때문에 몹시 긴장하고 있음을 의미했다.

"당국에서 우리더러 대피하래요." 시선을 피하면서 아이가 말했다.

버벳이 말했다. "그냥 권한다는 인상을 받은 거야 아니면 강제성이 있는 거야, 어느 쪽이라고 생각하니?"

"확성기를 단 소방서장 차였는데, 아주 빨리 지나갔어요."

내가 말했다. "달리 말하면 미묘한 어감까지 알아차릴 여유는 없었다는 말이니?"

"고함을 질러댔어요."

"사이렌 때문이겠지." 버벳이 한마디 거들었다.

"'모든 주거지에서 대피하십시오. 치명적인 화학물질 구름입니다, 치명적인 화학물질 구름입니다'라고 말한 것 같아요."

우리는 스펀지케이크와 복숭아 통조림을 사이에 두고 앉아 있었다.

"시간은 충분할 거야." 버벳이 말했다. "그렇지 않다면 서두르라고 강조했을 거야. 그런데 기단이 얼마나 빨리 움직이는지 모르겠네."

스테피가 베이비 럭스 비누 쿠폰을 읽으면서 조용히 훌쩍거렸다. 그 모습을 보자 드니스는 활기를 되찾았다. 드니스는 우리 모두에게 필요한 몇가지 물건을 챙기려고 위층으로 올라갔다. 하인리히는 쌍안경과 고속도로 지도와 라디오를 가지러 다락으로 한번에 두계단씩 뛰어올라갔다. 버벳은 식품저장실로 가서 낯익은 강장식품 표시가 붙은 통조림과 병 들을 집어담았다.

스테피는 내가 식탁 치우는 것을 도와주었다.

이십분 후 우리는 차에 타고 있었다. 라디오에서 마을 서쪽에 사는 주민들은 버려진 보이스카우트 캠프 쪽으로 가야 하고, 거기 가면 적십자 자원봉사자들이 주스와 커피를 나눠줄 것이라는 음성이 흘러나왔다. 동쪽 주민들은 공원도로를 타고 네번째 휴게소로 진입하여 쿵푸 팰리스라는 식당으로 가게 되어 있었다. 그 식당은 여러갈래로 뻗은 건물로 주변에 탑과 수련이 핀 연못 그리고 살아 있는 사슴이 있는 곳이었다.

서쪽 주민들 중 나중에 나온 축인 우리는 마을을 빠져
나가는 간선도로로 향하는 차량들에 합류했다. 피난 행렬
은 중고차가게, 패스트푸드점, 할인 약국과 사방이 건물로
둘러싸인 영화관을 지나는 칙칙한 길 위에 늘어서 있었다.
사차선 도로로 들어설 차례를 기다리고 있을 때, 플라타너
스와 키 큰 산울타리가 있는 거리의 캄캄한 집들을 향해
확성기로 외치는 목소리가 우리 위쪽과 뒤쪽에서 들렸다.

"모든 거주지를 떠나시오. 지금 당장 떠나시오. 유독가
스 사건입니다, 화학물질 구름입니다."

차량이 마을도로 안으로 들어갔다 나왔다 할 때마다 목
소리는 점점 더 커지다가 희미해지다가 다시 커졌다. 유독
가스 사건, 화학물질 구름. 이런 단어들이 거의 들리지 않
게 되었을 때도 그 말의 운율 자체는 아득한 곳에서 반복
되는 일련의 음악처럼 계속 느껴졌다. 마치 위험한 상황이
공적인 목소리로 하여금 리듬을 따라고 책무를 맡긴 것 같
았다. 말도 안되는 광포한 사건이 우리 머리 주위로 곧 들
이닥친다고 해도, 운율 속에는 일관성이 있어 우리가 균형
을 잡는 데 사용할 수 있다는 것처럼 말이다.

도로에 들어섰을 무렵 눈이 내리기 시작했다. 우리는 서
로 할말이 거의 없었다. 아직은 심정적으로 실제 상황에,
대피라는 부조리한 사실에 적응하지 못했기 때문이다. 우
리는 주로 다른 차에 탄 사람들을 바라보면서 그들의 얼굴

에서 우리가 얼마나 두려워해야 할지를 가늠해보고자 했다. 차들은 서행하고 있었지만, 몇킬로미터 더 가 중앙분리대가 끊긴 지점에서부터는 서쪽으로 가는 우리 차량행렬이 사차선 모두를 이용할 수 있기 때문에 속력이 붙을 것이라고 생각했다. 반대편의 이차선 도로는 텅 비어 있었는데, 이는 경찰이 이쪽 방향으로 오는 차량들을 이미 막고 있다는 뜻이다. 고무적인 징조였다. 피난 가는 사람들이 당장에 가장 두려워하는 것은 책임질 위치에 있는 자들이 벌써 도망가버려서 혼란을 직접 감당할 수밖에 없는 상황에 놓이는 것이기 때문이다.

눈발이 더 굵어지고 차들은 가다 서다를 반복했다. 가구마트에서 집단장 세일을 하고 있었다. 밝은 조명을 받은 남녀들이 커다란 창문가에 서서 우리 쪽을 내다보며 의아한 표정을 지었다. 그 모습을 보니 우리가 마치 온갖 실수를 저지르고 다니는 관광객이나 바보처럼 느껴졌다. 우리는 눈보라치는 날씨에 느려터진 차 안에서 겁에 질려 앉아 있는데, 저들은 왜 느긋하게 가구나 고르고 있을까? 저들은 우리가 모르는 뭔가를 알고 있었다. 위기상황에서 다른 사람들이 옳다고 말하는 건 뭐든지 맞는 사실이 된다. 그 누구의 지식도 우리 자신의 지식보다는 확실해지는 법이다.

두어군데 마을에서 아직도 공습 사이렌이 울리고 있었다. 안전으로 향하는 다소나마 확실한 길이 우리 앞에 놓여 있는데, 저 쇼핑객들은 무얼 알기에 뒤에 남아 있단 말인가? 나는 라디오 버튼을 눌러댔다. 글래스버러의 한 주유소에 다다랐을 무렵 중요한 새 정보가 있다는 것을 알게 되었다. 아직 실내에 있는 사람들은 계속 실내에 머물라는 지시를 받고 있었던 것이다. 이것이 무슨 의미인지 우리는 추측해볼 수밖에 없었다. 도로가 포화 상태라서 꼼짝 못하게 되었단 말인가? 눈에 나이어딘 D가 함유됐단 말인가?

나는 배경정보를 일러주는 사람을 찾아내길 바라면서 연신 버튼을 눌러댔다. 소비자문제 잡지 편집장이라고 밝힌 한 여자가 공중에 유출된 유독가스와 직접 접촉했을 때 생기는 의학적 증세들에 대한 논의를 시작하는 참이었다. 버벳과 나는 조심스러운 눈빛으로 서로를 보았다. 아이들이 자기들에게 일어날 일이라고 상상할 수도 있는 내용을 알지 못하게 하려고 버벳은 딸애들에게 즉각 말을 걸었고 나는 라디오 볼륨을 낮추었다.

"경련, 의식불명, 유산 등의 증세가 나타납니다." 박식하고 활기찬 목소리였다.

우리는 삼층짜리 모텔을 지나쳤다. 객실에는 모두 불이 켜져 있었고, 창문마다 사람들이 붙어서서 우리를 내다보고 있었다. 우리는 화학물질 낙진의 영향뿐만이 아니라 타인들의 조롱 섞인 판단에도 무력하게 노출된 바보들의 행렬이었다. 저 사람들은 왜 여기 나와 있지 않지? 왜 소리 없이 날리는 눈발 속에 두꺼운 외투를 입고 차창 와이퍼 뒤에 앉아 있지 않는 거지? 우리는 보이스카우트 캠프

장에 도착해서 본관으로 몰려들어가 문을 꼭꼭 봉하고 주
스와 커피를 가지고 캠프용 침대에 되는대로 몸을 맡긴 채
상황이 끝나기를 기다리는 수밖에 없는 듯했다.

차들이 도로 가장자리의 풀이 돋은 경사면으로 올라가
기 시작하면서 기우뚱한 차량들로 이루어진 세번째 차선
이 만들어졌다. 우리 차는 조금 전만 해도 오른쪽 차선이
던 곳에 있었기 때문에, 이 차들이 동일한 지평면의 도로
에서 이탈하여 약간 더 높은 곳에서 재빨리 돌진하듯 우리
를 추월하는 것을 지켜볼 수밖에 없었다.

서서히 구름다리 가까이 다가가자, 그 위를 걸어가는 사
람들이 보였다. 그들은 상자와 여행가방 그리고 담요에 싼
물건들을 들고 걸었다. 몰아치는 눈 속을 헤치고 나아가는
사람들의 긴 행렬이었다. 반려동물과 어린애를 안고 있는
사람들, 잠옷 위에 담요를 뒤집어쓴 노인, 둥글게 만 러그
를 어깨에 둘러멘 두 여자. 자전거를 탄 사람들, 썰매와 수
레에 실려가는 아이들도 있었다. 슈퍼마켓 카트를 밀고 가
는 사람들, 갖가지 두꺼운 외투를 껴입은 채 후드 사이로
빠끔히 내다보는 사람들. 한장의 커다란 투명 폴리에틸렌
비닐을 함께 뒤집어쓴 가족도 있었다. 그들은 보호막 아래
에서 촘촘히 일렬로 걸었다. 남자와 여자가 각각 끝에 서
고 그 사이에 세 아이가 있었는데, 그들 모두 불빛에 어른
거리는 비옷으로 한겹 더 감싸여 있었다. 그 광경 전체에
서는 마치 뽐내려고 여러달 동안 준비라도 해온 듯, 잘 연

습되고 자족적인 분위기가 풍겼다. 사람들이 높다란 담벼락 뒤에서 계속 나타나 어깨에 눈이 쌓인 채 구름다리 위를 터벅터벅 걸었다. 수백명의 사람이 일종의 운명적인 각오로 이동하고 있었다. 다시 사이렌이 울리기 시작했다. 터벅터벅 걷던 이들은 발걸음을 재촉하지도 않았고, 우리쪽을 내려다보거나 바람에 휩쓸려온 구름에서 어떤 징조를 찾으려고 밤하늘을 올려다보지도 않았다. 그들은 그저 사나운 눈발이 날리는 불빛 속을 헤치면서 다리를 가로지를 뿐이었다. 저 한데서, 아이들을 데리고 자기들이 가져갈 수 있는 만큼만 가지고 가는 그들은 어떤 오래된 운명의 일부처럼 보였다. 황폐한 땅을 고난 속에 횡단해온 인류의 역사 전체와, 숙명과 파멸로 연결된 사람들 같았다. 그들의 면모에서 드러난 서사시적 특질로 인해 나는 우리가 겪는 이 곤경의 크기에 처음으로 경이로움을 느꼈다.

라디오에서 이런 말이 나왔다. "이 신용카드의 마케팅 비법은 무지개 홀로그램입니다."

천천히 구름다리 아래로 나아가자 소란스럽게 울려대는 자동차 경적소리와 차들 틈에 끼여 꼼짝 못하는 구급차의 간청하는 사이렌 소리가 들렸다. 50미터 앞에서 차선이 하나로 줄어 있었는데, 곧 그 이유를 알게 되었다. 차 한대가 경사면에서 미끄러져 우리 차선의 차와 전속력으로 충돌한 것이다. 우리 차선 여기저기서 경적소리가 꽥꽥 울렸다. 헬기 한대가 바로 우리 상공에서 부서진 금속 더미로

변한 사고차량에 한줄기 하얀 빛을 비추었다. 사람들 몇이 멍하니 잔디에 앉아, 수염 기른 구급대원 두명에게 치료를 받고 있었다. 두 사람은 피투성이였다. 박살난 창문에도 핏 자국이 있었다. 새로 내린 눈 위로 피가 스며나왔다. 황갈 색 핸드백에도 핏방울이 튀어 있었다. 강렬하고도 섬뜩한 불빛 속에 부상당한 사람들, 의료진, 연기를 내뿜는 쇳덩어 리, 이 모든 것이 한데 휩쓸린 광경은 공식적 문장의 호소 력 같은 것을 지니고 있었다. 겹겹이 쌓인 차들과 쓰러진 사람들로 말미암아 이상하게도 경건함을 느끼면서, 심지 어 고양되기까지 하면서 우리는 조용히 그 곁을 지나갔다.

사고현장이 점점 멀어져가자, 하인리히는 쌍안경을 집 어들고 뒤창을 통해 계속 지켜보았다. 그러면서 시체의 숫 자와 위치, 바큇자국, 차량의 손상 등을 자세히 묘사했다. 충돌현장이 더이상 보이지 않을 무렵, 아이는 저녁식사 때 공습 사이렌이 울린 이후 일어난 모든 일에 대해 이야기했 다. 예기치 못한 생생한 사건에 대한 감식안으로, 열성적 으로 이야기했다. 나는 우리 모두가 똑같이 주눅들고 걱정 스럽고 혼란스러운 심리 상태에 빠져 있을 거라고 생각했 었다. 우리 중 하나가 이 사건을 화끈한 자극으로 받아들 이리라고는 전혀 예상치 못했던 것이다. 나는 백미러로 아 이를 보았다. 벨크로로 여미는 위장용 재킷을 입고 웅크린 아이는 즐거운 마음으로 재난 속에 흠뻑 빠져 있었다. 아 이는 눈과 차량들 그리고 터벅터벅 걸어가던 사람들에 대해 이야기했다. 버려진 캠프장까지 얼마나 남았을지, 거기서 어떤 열악한 편의시설을 이용할 수 있을지 추측했다. 나는 아이가 뭔가에 대해 이렇게 생기 있고 즐겁게 재잘거리는 모습을 본 적이 없었다. 아이는 거의 들뜬 상태였다. 우리가 전부 죽을 수도 있음을 분명 알고 있었을 것이다. 그렇다면 이런 상태는 세상의 종말에 느끼는 고양된 기분 같은 것일까? 어떤 폭력적이고 압도적인 사건으로 자기 자신의 사소한 비참을 잠시 잊어보려는 것일까? 그 목소리에는 끔찍한 일에 대한 갈망이 묻어 있었다.

"이번 겨울이 따뜻한 거야, 아주 추운 거야?" 스테피가 물었다.

"뭐랑 비교해서 묻는 건데?" 드니스가 말했다.

"몰라."

나는 버벳이 입속에 뭔가를 슬쩍 집어넣는 것을 본 것 같았다. 잠시 도로에서 눈을 떼고 그녀를 유심히 지켜보았다. 그녀는 똑바로 앞을 보았다. 나는 도로 쪽으로 주의를 돌리는 체하다가 다시 한번 재빨리 고개를 돌려, 뭔지는 모르지만 그녀가 입안에 넣은 것을 삼키려는 순간을 기습적으로 포착했다.

"그게 뭐야?" 내가 물었다.

"운전이나 해, 잭."

"목구멍이 꿀꺽하는 걸 봤단 말이야. 뭔가 삼켰잖아."

"라이프세이버*야, 운전에나 신경 써."

"라이프세이버를 입에 넣고 빨지도 않고 삼켰단 말이야?"

"삼키긴 뭘 삼켜? 아직 입안에 있는데."

버벳은 얼굴을 내 쪽으로 들이밀고는 혀를 밀어 뺨을 볼록하게 만들었다. 서투르고 뻔한 속임수였다.

"하지만 뭔가 삼켰잖아. 봤단 말이야."

"침이야. 어떻게 해야 할지 몰라서 그냥 삼킨 거야. 운전이나 해, 응?"

나는 드니스가 이 문제에 관심을 보이고 있지만 파고들지는 않기로 결심했음을 감지했다. 지금은 자기 엄마에게 약물이니, 부작용이니 그런 질문을 하고 있을 때가 아니었던 것이다. 와일더는 버벳의 팔에 기대 잠들어 있었다. 차창의 와이퍼가 땀을 닦듯 호弧를 그렸다. 냄새로 나이어딘 D를 식별하는 훈련을 받은 개들이 뉴멕시코 오지의 화학물질 검출센터에서 이 지역으로 파견되는 중이라는 소식이 라디오에서 흘러나왔다.

드니스가 물었다. "개들이 냄새를 맡으려고 그 물질 가까이 가면 어떤 일이 일어날지 그들이 생각해봤을까요?"

"개한텐 아무 일도 일어나지 않아." 버벳이 대답했다.

"어떻게 아세요?"

"그게 사람하고 쥐한테만 영향을 주니까."

---

* 링 모양의 캔디.

"엄마 말 못 믿겠어요."

"아빠한테 물어보렴."

"하인리히한테 물어봐." 내가 말했다.

"엄마 말이 맞을 거야." 하인리히가 뻔히 보이는 거짓말을 했다. "사람도 걸릴 수 있는지 시험해보려고 쥐를 이용하잖아. 그러니까 그건 우리가 같은 병에 걸린다는 뜻이야, 쥐와 인간이. 게다가 개한테 해가 될 수도 있다고 생각했다면 개를 쓰지는 않았을 거야."

"왜 쓰지 않는데?"

"개는 포유류니까."

"쥐도 포유류야." 드니스가 말했다.

"쥐는 해로운 동물이야." 버벳이 말했다.

"일반적으로 말하자면 쥐라는 동물은 설치류지." 하인리히가 말했다.

"해로운 동물이기도 해."

"바퀴벌레가 해로운 동물이야." 스테피가 말했다.

"바퀴벌레는 곤충이야. 다리를 세어보면 알잖아."

"해로운 동물이기도 하다니까."

"바퀴벌레가 암에 걸려? 아니잖아." 드니스가 말했다. "설령 쥐와 바퀴벌레가 둘 다 해로운 동물이라고 해도 쥐가 바퀴벌레보다는 인간에 더 가까운 게 틀림없어. 쥐와 인간은 암에 걸릴 수 있지만 바퀴벌레는 안 걸리잖아."

"다르게 표현하자면, 포유류인 두 생물이 단지 해로운

동물인 두 생물보다 공통점이 더 많다는 주장을 하는 거네." 하인리히가 말했다.

"너희들 지금 쥐가 해로운 동물이자 설치류일 뿐 아니라 포유류이기도 하다는 거니?" 버벳이 말했다.

눈이 진눈깨비로, 진눈깨비는 다시 비로 바뀌었다.

우리는 콘크리트 가로대가, 연석 높이와 비슷하고 조경이 되어 있는 20미터 길이의 중앙분리대로 바뀌는 지점에 도착했다. 그러나 주 경찰관이 차량들을 여분의 두 차선으로 인도하기는커녕 마일렉스 복장의 한 남자가 진입로 쪽에서 다가오지 말라고 우리에게 손을 내젓는 모습이 보였다. 그 남자 바로 뒤쪽에는 위너베이고 캠핑카와 제설차의 파편이 무덤처럼 쌓여 있었다. 그 거대하고 고통스러운 충돌현장에서 한줄기 적황색 연기가 뿜어나왔다. 밝은 색깔의 플라스틱 식기들이 조금 떨어진 곳에까지 흩어져 있었다. 희생자나 갓 흘린 피의 흔적이 없어서, 우리는 캠핑카가 제설차를 덮친 그 순간 — 정황으로 볼 때 단순한 불운이었다고 쉽게 변호할 수 있을 법한 순간 — 으로부터 시간이 상당히 지났다고 생각했다. 눈 때문에 시야가 가려서 운전자가 맞은편의 물체를 보지 못하고 중앙분리대를 넘어갔음이 분명했다.

"전에 이 장면을 전부 봤어요." 스테피가 말했다.

"무슨 말을 하는 거니?" 내가 말했다.

"전에 한번 일어났던 일이에요. 이 장면하고 똑같았어

요. 노란 옷에 방독면 쓴 저 남자며, 눈더미에 놓인 저 커다란 잔해도요. 완전히, 정확히 이 장면과 똑같았어요. 우리 식구들도 모두 여기 차에 타고 있었어요. 쌓인 눈에 비가 와서 조그만 구멍들이 생겼죠. 전부 똑같아요."

화학폐기물에 노출된 사람이 데자뷔 현상을 경험하게 된다고 내게 말해준 건 하인리히였다. 그애가 그 말을 했을 때 스테피는 그 자리에 없었지만 부엌 라디오에서 이 내용을 들었을 수도 있다. 아마도 스테피와 드니스는 라디오에서 손바닥에 땀이 나고 구토하는 증상에 관해 듣고 나서 그런 증상을 보였을 것이다. 나는 스테피가 데자뷔가 어떤 것인지 모른다고 생각했지만 버벳이 말해줬을 수도 있다. 그렇지만 데자뷔 현상은 이미 나이어던 오염의 유효 증상이 아니었다. 의식불명, 경련, 유산이 데자뷔 현상을 대체했다. 만약 스테피가 라디오에서 데자뷔에 관해서 들었으되 나중에 이것이 더 치명적인 증세로 진전되었다는 정보를 놓쳤다면, 그것은 이 아이가 자기 자신의 암시기제에 속아넘어갈 법한 처지라는 뜻일 수도 있다. 스테피와 드니스는 저녁 내내 꾸물거렸었다. 이 아이들은 뒤늦게 손바닥에서 땀이 났고, 뒤늦게 메스꺼워하더니, 또다시 뒤늦게 데자뷔 현상을 호소했다. 이 모든 것이 무엇을 의미하는 걸까? 스테피는 전에 이 잔해를 봤다고 정말로 상상한 것일까, 아니면 그렇게 상상했다고 상상한 것뿐일까? 환상에 대해 잘못된 지각을 가질 수도 있는 것일까? 진짜 데자뷔와 가짜 데자뷔라는 게 있을까? 아이 손바닥에서 정말로 땀이 났는지, 아니면 그냥 축축하다는 느낌을 상상했을 따름인지 궁금했다. 그리고 이 아이가 암시를 너무 잘 받아들여서 방송되는 모든 증세를 다 나타낼 것인가도.

나는 우리 자신의 재난에서 맡게 된 이 기이한 역할과 사람들이 측은하다.

그러나 스테피가 라디오를 듣지 않았고 데자뷔가 뭔지도 몰랐다면 어떻게 할 것인가? 이 아이가 만일 자연스러운 경로에 의해 실제로 이런 증상을 보이고 있다면 어떻게 할 것인가? 과학자들이 더 심한 증상을 계속 발표하기 전, 애초에 발표했던 내용이 맞는 것이었는지도 모른다. 실제 상태와 스스로 꾸며낸 상태, 이 중 어느 것이 더 나쁜가? 그리고 그 분별이 중요할까? 나는 이런 물음과 또 이와 유관한 물음에 대해 생각해보았다. 운전을 하면서, 중세 몽상가들을 수세기에 걸쳐 즐겁게 사로잡았던 그런 종류의 쓸데없는 정밀한 논의에 기반하여, 나도 모르게 스스로 구두시험을 내고 풀고 있었다. 암시의 힘 때문에 아홉살짜리 아이가 유산을 할 수 있을까? 그렇다면 그애가 임신을 먼저 해야 하지 않나? 암시의 힘이란 게 유산에서 임신, 임신에서 월경, 월경에서 배란 식으로 소급작용을 일으킬 만큼 강력할 수 있을까? 어떤 게 먼저 일어나지, 월경인가 배란인가? 우리가 지금 하고 있는 이야기가 단지 증상에 관한 것인가, 아니면 깊이 잠복된 상태에 관한 것인가? 증상이란 하나의 징후인가 아니면 실체인가? 그 실체란 무엇이고, 어떻게 알아볼 수 있는가?

나는 라디오를 껐다. 생각하기 위해서가 아니라 그만 생각하고 싶어서였다. 차량들은 비틀거리며 미끄러지기도 했다. 누군가가 옆 차창으로 껌종이를 버리자, 버벳은 고속도로와 국도에 쓰레기를 버리는 몰지각한 사람들에 대해 분통을 터뜨렸다.

"전에도 일어났던 또다른 일을 말씀드릴게요. 기름이 떨어져가요." 하인리히가 말했다.

계측기 눈금이 E에서 흔들리고 있었다.

"언제나 여분이 있어." 버벳이 말했다.

"어떻게 언제나 여분이 있을 수 있어요?"

"연료탱크는 그렇게 제작되었어. 그러니까 바닥나지는 않아."

"언제나 여분이 있을 수는 없어요. 계속 달리면 기름은 바닥나요."

"영원히 계속 달리지는 않아."

"멈춰야 될 때를 어떻게 알아요?" 하인리히가 물었다.

"주유소 지나갈 때 알지." 내가 아이에게 대답했다. 마침 주유소가 나타났다. 줄지은 색색의 깃발들 아래로 위풍당당한 주유펌프가 서 있는, 비바람이 휩쓸고 지나가고 인적이 끊긴 서비스센터였다. 나는 안으로 차를 몰고 들어가 차에서 내린 다음, 세운 코트 깃 속으로 머리를 움츠린 채 주유펌프 쪽으로 돌아갔다. 펌프는 잠겨 있지 않았다. 주유소 직원들이 황급히 달아나서 이 물건들이 이렇게 흥미로운 상태로 방치되어 있다는 뜻이었다. 마치 어떤 푸에블로 문명*의 도구나 질그릇 같았다. 화덕에는 빵이 있고 식탁에는 세 사람 몫의 식기가 차려져 있어, 여러 세대 사람들이 두고두고 의아해할 미스터리 같은 모습이었다. 나는 무연휘발유 펌프의 호스를 거머쥐었다. 깃발들이 바람결에 나부꼈다.

몇분 후 다시 도로에 돌아왔을 때, 너무도 놀랍고 대단한 장면을 목격했다. 그것은 우리 앞쪽과 왼쪽 하늘에 나타나 우리로 하여금 즉시 좌석에서 몸을 낮추고, 좀더 잘 보려고 머리를 기울이고, 짧은 감탄사를 내뱉게 했다. 그것은 검은 소용돌이구름, 즉 유독가스 공중유출 사건이었고, 일곱대의 군용 헬기가 선명한 탐조등으로 밝히고 있었다. 광선들은 바람에 따라 움직이는 구름을 시야에서 놓치지 않고 추적했다. 차에 탄 사람들은 모두 고개를 돌렸고, 운전자들은 다른 차에 주의 경적을 울렸으며, 기이하고 불가사의한 광경을 보고 놀란 표정들이 옆 차창에 나타났다.

거대한 검은 덩어리가 나선형 날개 달린 갑옷을 입은 생물들의 호위를 받으며 밤하늘을 가로지르면서, 마치 북유럽 신화에 등장하는 죽음의 배처럼 움직였다. 우리는 어떻

---

* 선사시대부터 미국 서남부 지역에 거주했던 원주민인 푸에블로족의 사회.

게 반응해야 할지 자신이 없었다. 그것은 보기에 끔찍하고, 너무도 가깝고 너무도 낮게 깔려 있으며, 염화물과 벤진, 페놀, 탄화수소, 혹은 그밖의 무엇인지 정확히 알 수 없는 유독성분으로 뭉쳐 있었다. 그러나 그것은 또한 장관이었고 압도적 사건다운 웅장함을 지니고 있었으니, 조차장의 그 생생한 장면이나 가진 것을 박탈당한 비참한 무리로 아이들과 음식과 가재도구를 챙겨 눈 내리는 구름다리를 터덕터덕 건너던 사람들과 비슷했다. 우리는 공포와 더불어 종교적인 것에 근접하는 경외감을 느꼈다. 우리의 생명을 위협하는 그것에서 경외감을 느끼고, 그것을 우리 자신보다 훨씬 크고 강력하며 자연적이고 자의적인 리듬에 의해 생겨난 어떤 우주적 힘으로 보는 것은 확실히 가능한 일이다. 그것은 실험실에서 만들어진 죽음으로서 분명히 정의되고 측정될 수 있는 것이었지만, 당시 우리는 그것을 단순하고 원시적인 방식으로 받아들여서 홍수나 토네이도처럼 철마다 반복되는 지구의 변덕으로서 통제 불가능한 어떤 것이라고 생각했다. 우리는 너무도 무력했기 때문에 그것이 인재人災라는 생각을 떠올릴 수 없었다.

뒷좌석에서는 아이들이 쌍안경을 차지하려고 다투었다.

모든 일이 놀라웠다. 그들은 이것이 무슨 소리와 빛의 쇼나 되는 듯, 왕이 살해당한 높은 성채 곳곳에 분위기 조성용으로 피워놓은 안개라도 되는 것처럼 그 구름덩어리를 집중조명하고 있는 것 같았다. 그렇지만 우리가 지금 목격하는 것은 역사가 아니었다. 그것은 어떤 비밀이 곪아 터지는 광경이며, 꿈꾸는 사람이 잠에서 깨어날 때 따라오는 일종의 몽롱한 감정이었다. 헬기에서 가물거리며 발사된 조명탄이 적색과 백색의 불꽃으로 그림처럼 폭발했다. 운전자들은 경적을 울려댔고, 아이들은 고개를 기울인 채 차창마다 빼곡히 붙어서 분홍빛 손바닥을 창문에 밀착하고 있었다.

도로가 회선을 그리며 유독성 구름에서 벗어나자 차들은 한동안 좀더 자유롭게 달렸다. 보이스카우트 캠프 부근의 교차로에서 스쿨버스 두대가 주된 차량 대열에 합류했는데, 블랙스미스의 정신이상자들을 태우고 있었다. 우리는 두 차의 운전사들과 차창에 비친 친숙한 얼굴들 — 우리가 통상적으로 보았던, 정신병원의 듬성듬성한 산울타리 너머 야외용 의자에 앉아 있거나, 물레에 감긴 실처럼 계속 좁아지는 원 위를 점점 빠른 속도로 걷곤 하던 사람들 — 을 하나하나 알아보았다. 그들에게 묘한 애정을 느꼈고, 그들이 신속하고도 전문적인 보살핌을 받고 있다는 사실에 안도감이 들었다. 그것은 사회체계가 건재함을 의미하는 듯했다.

우리는 '미국에서 사진이 가장 많이 찍힌 헛간'이라는 표지판 옆을 지나갔다.

차들이 캠프로 들어가는 일차선 진입로를 통과하는 데 한 시간이 걸렸다. 마일렉스 복장의 남자들이 손전등을 흔들고 형광 콘을 설치해서 우리를 주차장과 운동장 및 기타 야외지역으로 인도했다. 사람들이 숲에서 나왔다. 일부는 머리에 헤드램프를 둘렀고, 일부는 쇼핑백을 들거나 아이나 반려동물을 안고 있었다. 우리는 바큇자국이 난 울퉁불퉁한 흙길을 덜컹거리며 따라갔다. 본관 근처에 클립보드와 무전기를 든 일단의 남녀들이 보였다. 그들은 마일렉스 방호복을 입지 않은 공무원들로 새로운 대피기술 전문가들이었다. 스테피는 와일더와 함께 깜빡 잠이 들었다. 빗줄기가 가늘어졌다. 사람들은 헤드라이트를 끄고 차 안에 막연히 앉아 있었다. 길고 이상한 여행이 끝난 것이다. 우리는 일종의 만족감이 다가오기를 기다렸다. 말없는 성취감 같은 분위기나, 고요하고 깊은 잠을 기약하는 힘겹게 얻어낸 피로와 같은 것을. 하지만 사람들은 어두운 차 안에 앉은 채 닫힌 차창으로 서로를 응시하고 있었다. 하인리히가 초코바를 먹었다. 우리는 아이의 이가 캐러멜과 포도당 덩이 속에 쩍쩍 달라붙는 소리에 귀를 기울였다. 마침내 닷선 맥시마*에서 다섯명의 가족이 밖으로 나왔다. 그들은 구명조끼를 입고 조명탄을 들고 있었다.

작은 무리들이 몇몇 남자들 주위로 모여들었다. 여기가 바로 정보와 소문의 진원지였다. 한 사람은 화학공장에서

* 일제 승용차.

근무하고, 또 한 사람은 우연히 발언을 엿들었으며, 또다른 사람은 국가기관 직원의 친척이라고 했다. 맞기도 하고 틀리기도 한 온갖 정보가 빽빽이 모인 이런 무리들로부터 공동숙소 전체로 퍼져나갔다.

이 소문에 따르면 우리는 아침이면 당장 집으로 돌아갈 수 있거나, 정부가 사건 은폐에 개입했거나, 헬기 한대가 유독가스 구름 속으로 들어갔다가 다시 나오지 못했거나, 뉴멕시코에서 데려온 개들을 낙하산에 태워 목초지로 대담하게 야간 공중투하했거나, 파밍턴시에서는 앞으로 40년간 사람이 거주할 수 없었다.

말들은 돌고 또 돌았다. 어떤 소문도 다른 소문들 못지않게 그럴듯했다. 사람들이 현실에서 급작스럽게 이탈하면서, 우리도 진실과 거짓을 구별할 필요에서 놓여났다.

차에서 자겠다고 자청한 가족도 몇 있었지만, 이곳의 일고여덟채의 건물에 더이상 공간이 없어서 어쩔 수 없이 차에서 자야 하는 사람들도 있었다. 우리는 캠프 내에 있는 세 막사 중 커다란 한 막사에 머물렀는데, 이제 발전기도 돌아가서 제법 지낼 만했다. 적십자에서 간이침대와 이동식 히터, 샌드위치와 커피 등을 나누어주었다. 기존에 설치된 천장등에 더해 석유램프도 켜져 있었다. 많은 사람들이 라디오, 다른 사람들과 나눠먹을 수 있을 만큼의 여분 음식, 담요, 해변용 의자, 여벌옷 등을 가지고 있었다. 사람들로 붐비고 무척 추웠지만 간호사들과 자원봉사자들의 모습을 보자 우리는 아이들이 안전하다고 느낄 수 있었다. 그리고 갓난아이가 딸린 젊은 여자와 병든 노인처럼 오도 가도 못하는 사람들의 존재로 인해 일종의 결연한 의지도 생겼다. 이타적인 성향이 공동체의 정체성으로 기능할 수 있을 만큼 또렷해진 것이다. 잿빛의 이 거대한 지역, 두어 시간 전만 해도 축축하고 황량하고 역사에서 잊혔던 이곳이 이제는 공동체의 열성과 목소리로 가득 차 기묘하게도 쾌활한 곳으로 변했다.

뉴스를 찾아다니는 사람들은 이 무리에서 저 무리로 옮겨다니다 좀더 큰 무리 주위에 머무르는 경향이 있었다. 나도 이런 식으로 막사들을 천천히 돌아다녔다. 이 막사와 쿵푸 팰리스를 포함해서 대피소가 아홉곳 있다는 것도 알게 되었다. 아이언시티는 아직 완전히 소개疏開되지 않았으며, 그 지역의 대다수 다른 마을들도 마찬가지였다. 주지사가 간부용 헬기 편으로 주도에서 오는 중이라는 소식도 있었다. 헬기는 사람들이 떠난 마을 외곽의 어느 콩밭에 착륙할 것이고, 야전점퍼 차림에 자신감 넘치고 단호한 표정의 주지사가 자신의 건재함을 과시하려고 십여초 동안 카메라 앵글 앞에 모습을 드러낼 것이다.

개중 가장 큰 무리의 바깥쪽에 선 사람들 사이를 천천히 비집고 들어가 그 한가운데서 바로 내 아들이 완전히 달라진 목소리에 열정적인 어조로 통제 불가능한 재난에 대해 연설하는 모습을 발견했을 때의 놀라움이란. 아이는 유독가스 공중유출 사건에 대해 전문가처럼 이야기하고 있었지만, 목소리는 예언을 폭로하는 노래를 부르듯 신이 나 있었다. 아이는 나이어던 파생물질이라는 명칭 자체를 상황에 맞지 않게 흥겹게 발음했는데, 그 소리 자체에서 병적인 희열을 느끼는 것 같았다. 사람들은 야전 점퍼와 모자에다 목에 쌍안경을 걸고 벨트에는 인스터매틱 카메라를 장착한 이 사춘기 소년의 말을 경청하고 있었다. 귀기울여 듣고 있던 사람들이 아이의 나이에 깊은 인상을 받은 것은 의심할 여지가 없었다. 이 아이는 특별한 이해관계에 봉사하지 않으므로 진실하고 진지할 것이고, 환경에 대한 인식도 있을 것이며, 갓 알려진 최신 화학 지식을 보유했을 것이라고 생각했을 법하다.

나는 아이가 이렇게 말하는 것을 들었다. "당국이 조차장에서 대규모 유출물에 분사한 물질은 아마 소다가루일 것입니다. 하지만 양도 너무 적고 너무 늦게 대처한 케이스였어요. 제 추측으로는 당국이 이른 새벽에 농약 살포용 비행기를 띄워서 유독가스 구름에 엄청난 양의 소다가루를 쏟아부을 겁니다. 그러면 그 구름이 산산이 쪼개져서 백만줄기의 무해한 연기로 흩어질 수 있겠지요. 소다가루는 탄산나트륨의 통상적인 명칭으로 유리, 도자기, 세제, 비누 등을 제조하는 데 사용됩니다. 또한 탄산수소나트륨을 만드는 데도 사용되는데, 필시 여러분 중 많은 분들이 시내에서 밤을 보내고 벌컥벌컥 들이켰을 음료가 바로 그

것입니다."

아이의 식견과 재치에 감탄한 사람들이 점점 더 가까이 다가들었다. 이렇게 많은 낯모르는 사람들 앞에서 너무도 편안하게 이야기하는 아이의 목소리를 들으니 무척 놀라웠다. 아이는 지금 자기 자신을 발견하고, 남들의 반응에서 자신의 가치를 가늠하는 법을 배우는 중일까? 이런 혼란스럽고 끔찍한 사건의 와중에 세상에서 자신의 입지를 세우는 법을 배운다는 게 과연 가능한 일일까?

"여러분이 아마 가장 궁금하게 생각하실 것은 우리가 계속 듣고 있는 나이어딘 D라는 물질이 정확히 무엇인가 하는 점일 겁니다. 좋은 질문입니다. 우리는 학교에서 이 물질에 관해 배웠고, 쥐가 경련을 일으키고 그밖의 다른 증세를 나타내는 영화도 보았습니다. 자, 좋아요, 이 물질은 기본적으로 아주 단순합니다. 나이어딘 D란 살충제를 제조할 때 생기는 온갖 부산물을 몽땅 합쳐놓은 덩어리이거든요. 원래 물질은 바퀴벌레를 죽이고, 부산물은 그 나머지 전부를 죽인다. 이게 우리 선생님이 하신 썰렁한 농담이죠."

아이는 손가락을 뚝뚝 소리나게 꺾으며 왼쪽 다리를 약간 떨었다.

"분말 형태로는 무색, 무취이고 아주 위험한 물질입니다. 다만 그것이 인간이나 그 후손에게 어떤 결과를 미칠지 정확히 아는 사람은 아무도 없는 것 같아요. 당국에선 수년간 연구했는데 확실히 알아내지 못했거나, 아니면 알고도 말하지 않고 있는 겁니다. 어떤 사실들은 너무 끔찍해서 공표하기 힘들거든요."

아이는 눈썹을 치키더니 우스꽝스럽게 씰룩거리며 입가로 혓바닥을 쏙 내밀었다. 사람들이 웃는 소리에 나는 깜짝 놀랐다.

"일단 그것이 토양 속으로 스며들면 40년 동안 없어지지 않습니다. 많은 사람의 남은 수명보다 더 길지요. 5년이 지나면 여러분은 옷과 음식뿐 아니라 일반 창문과 방풍창 틈에서도 여러 종류의 곰팡이가 자라는 것을 보시게 될 거예요. 10년이 지나면 방충망이 녹슬고 구멍 나고 삭을 겁니다. 판자벽은 뒤틀릴 테고요. 유리는 파손되고 반려동물들은 외상을 드러낼 겁니다. 20년이 지나면 여러분은 다락을 밀폐하고 그 안에 숨어서 그냥 지켜볼 수밖에 없을 거예요. 이 모든 것에서 배워야 할 교훈이 하나 있습니다. 여러분이 쓰는 화학물질에 대해 잘 알아야 된다는 거죠."

나는 아이가 나를 보지 않았으면 했다. 나를 본다면 자신을 의식하게 될 것이고, 우울하고 내성적인 아이였던 이전의 삶을 떠올리게 될 것이다. 불운하고 끔찍한 불의의 재난이라는 미명 아래서라도, 아이가 지금 피어나고 있다면 활짝 피어나도록 그냥 두자. 그래서 나는 살짝 빠져나와 스노우부츠에 비닐을 덧씌워 신은 남자 옆을 지나 야영 채비를 해둔 막사 제일 끄트머리 쪽으로 향했다.

우리 자리는 여호와의 증인 신도인 흑인 가족 옆이었다. 부부와 열두 살 난 아들이 하나 있었다. 아버지와 아들은 근처 사람들에게 팸플릿을 나눠주고 있었는데, 기꺼이 받아들거나 귀기울이는 사람들을 찾아내는 데 전혀 어려움이 없는 것 같았다.

여자가 버벳에게 말을 걸었다. "이것 참 대단한 일 아닌가요?"

"이젠 더 놀랄 일도 없네요." 버벳이 대답했다.

"그렇고말고요."

"놀랄 일이 전혀 없다면, 그게 날 놀라게 할 일이죠."

"맞는 말씀 같아요."

"혹은 사소하고 단편적인 사건들만 있다면 말이에요. 그것도 놀랄 일이에요. 이런 상황 대신에 말이죠."

"여호와 하나님은 이보다 훨씬 더 놀랄 만한 일을 예비하고 계신답니다." 여자가 말했다.

"여호와 하나님이라고요?"

"예, 바로 그분이요."

스테피와 와일더는 간이침대에서 같이 잠들어 있었다. 드니스는 한쪽 끝에 앉아서 『의사들의 상용 참고서』를 읽느라고 정신이 없었다. 에어매트리스 서너개가 벽 쪽에 쌓여 있었다. 비상전화 앞에는 긴 줄이 늘어섰다. 친지에게 전화를 하거나 이런저런 청취자 참여 라디오 프로그램에 연결하려는 사람들이었다. 여기 라디오들은 대부분 그런 프로그램으로 채널이 맞춰져 있었다. 버벳은 야외용 의자에 앉아서 과자와 다른 먹거리가 가득 든 천가방 속을 뒤졌다. 그중에는 냉장고나 찬장에서 여러달 묵은 유리병과 플라스틱 용기 들도 눈에 띄었다.

"살찌는 음식 줄이기에 좋은 때라고 생각했어." 버벳이 말했다.

"왜 하필 지금이야?"

"규율과 강한 정신력이 필요한 때니까. 우린 사실상 벼랑 끝에 서 있잖아."

"내 말은 당신이 자신과 가족 그리고 수천의 다른 사람들에게 재난이 될 수 있는 사건을 살찌는 음식을 줄일 기회로 여긴다는 게 재미있다는 거야."

"규율은 지킬 수 있을 때 지켜야지. 내가 지금 요거트를 먹지 않는다면 앞으론 영영 그걸 사지 않는 게 나을 거야. 그래도 맥아는 안 먹을 수 있을 것 같아." 그녀가 말했다.

맥아 상표를 보니 외제 같았다. 나는 맥아가 든 병을 집어들고 라벨을 살펴보았다.

"독일제네, 먹어봐." 나는 아내에게 말했다.

잠옷 차림에 슬리퍼를 신은 사람들도 있었다. 한 남자는 어깨에 소총을 둘러메고 있었다. 아이들은 슬리핑백 속으로 기어들어갔다. 버벳은 내게 더 가까이 기대라고 손짓했다.

"라디오는 꺼두는 게 좋겠어." 그녀가 속삭였다. "딸들

이 못 듣게. 걔들은 아직 데자뷔 단계에서 넘어가지 못했
거든. 그 정도로 묶어두는 게 좋겠어."

"그 증세가 진짜면 어떡하려고?"

"어떻게 진짜일 수가 있겠어?"

"그러지 말란 법도 없잖아."

"애들은 방송될 때만 그런 증세를 보여." 그녀가 속삭
였다.

"스테피가 라디오에서 데자뷔에 관해 들었어?"

"틀림없이 들었을 거야."

"어떻게 알아? 당신, 그 방송이 나올 때 걔랑 같이 있었
어?"

"잘 모르겠어."

"잘 생각해봐."

"기억이 안 나."

"당신이 애한테 데자뷔가 뭘 뜻하는지 말해준 기억은
있어?"

그녀는 숟가락으로 요거트를 떠먹다가 말고 골똘히 생
각하는 듯했다.

"전에도 이런 일이 있었어." 마침내 그녀가 입을 열었다.

"무슨 일이 있었다는 거야?"

"여기 앉아서 요거트 먹으면서 데자뷔에 관해 말하는
거 말이야."

"그런 말 듣고 싶지 않아."

"요거트가 숟가락에 담겨 있었어. 순식간에 그 모습이 떠올랐어. 지금 겪는 일 전부가. 저지방 천연 전유全乳 요거트."

숟가락에는 아직도 요거트가 담겨 있었다. 나는 그녀가 생각에 잠긴 채 숟가락을 입안에 넣는 것을 지켜보았다. 그 동작을 자신이 상상한 원체험과 맞춰보려는 것 같았다. 나는 쪼그리고 앉은 채로 아내에게 더 가까이 기대라고 손짓했다.

"하인리히가 자기 껍데기를 깨고 나오는 것 같아." 내가 속삭였다.

"지금 어디 있어? 한동안 보이지 않던데."

"저 사람들 무리 보여? 그 한복판에 있어. 지금 유독가스 사건에 대해 자기가 아는 걸 사람들에게 설명하는 중이야."

"걔가 뭘 아는데?"

"아주 많은 걸 알던데."

"왜 우리한텐 말하지 않았을까?" 그녀가 속삭였다.

"우리가 지겨웠겠지. 걘 식구들 앞에서 재미있고 멋지게 보일 가치는 없다고 생각하잖아. 아들 녀석들이란 워낙 그러니까. 녀석한테 우리는 실력을 발휘할 상대로서는 부적격인 거야."

"재미있고 멋지게 보인다고?"

"녀석이 그런 자질을 줄곧 갖고 있었나봐. 자기 재능을 발휘할 적기를 찾는 게 문제였어."

그녀가 더 가까이 다가와서 우리 머리가 거의 맞닿을 정
도였다.

"당신 거기 가봐야 되지 않아? 걔가 군중 속에서 당신을
볼 수 있게 해야지. 아버지가 자신의 중대한 순간에 그 자
리에 있다는 걸 보여줘."

"군중 속에 내가 있는 걸 보면 심란해지기만 할 거야."

"왜?"

"난 걔 아버지니까."

"그러니까, 당신이 가면 부자간의 껄끄러움 때문에 애
가 당황하고 스타일도 구겨서 일을 망칠 거란 말이지. 그
리고 당신이 가지 않으면, 걔는 자신의 중대한 순간에 아
버지가 자기를 보았다는 걸 결코 모를 테니까, 지금처럼
이렇게 새롭고 활기차고 자신 있게 행동하기는커녕 당신
앞에선 늘 하던 대로 좀 까다롭고 방어적으로 행동해야 된
다고 생각할 거고."

"진퇴양난이네."

"내가 가면 어떨까?" 그녀가 속삭였다.

"내가 당신을 보냈다고 생각할 거야."

"그게 그렇게 끔찍한 걸까?"

"걘 당신을 이용해서 내가 바라는 걸 저한테 시키려 한
다고 생각해."

"그 말도 일리가 있네, 잭. 그렇지만 친부모자식간의 사

소한 다툼을 푸는 데 도움이 되지 않는다면 의붓엄마는 무슨 소용이 있겠어?"

나는 더 가까이 다가갔고, 목소리도 더 낮추었다.

"그냥 라이프세이버라고 했겠다." 내가 말했다.

"뭐라고?"

"당신이 어떻게 해야 할지 몰라서 삼킨 침이라고 했지."

"그건 라이프세이버였어." 엄지와 검지로 O자를 만들어 보이며 그녀가 속삭였다.

"하나 줘봐."

"그게 마지막이었어."

"무슨 맛이었지? **빨리**."

"체리."

나는 입술을 오므리고 조그맣게 사탕 빠는 소리를 냈다. 팸플릿을 든 흑인 남자가 다가와 내 옆에 쪼그리고 앉았다. 우리는 진지하고도 길게 악수를 나누었다. 그는 화학물질 유출사건을 피하러 온 것이 아니라, 자기의 메시지를 이해해줄 단 한 사람을 찾기 위해 가족을 이끌고 멀고 고단한 여행을 감행한 인상을 풍기면서 나를 공공연히 뜯어보았다.

"이런 일은 어디서나 일어나고 있어요, 그렇죠?"

"그런 셈이죠." 내가 말했다.

"그런데 정부는 도대체 무얼 하고 있답니까?"

"아무것도."

"당신 입으로 말했어요, 제가 아니라. 지금 일어나고 있는 일을 묘사할 말은 단 하나뿐인데, 당신이 그걸 정확히 말했어요. 내겐 전혀 놀랍지 않습니다. 그렇지만 그 문제에 관해 생각해보면, 정부가 도대체 무슨 일을 할 수 있겠어요? 닥칠 일은 반드시 닥칠 텐데. 이 세상의 어떤 정부도 그걸 멈출 정도로 크진 않거든요. 당신 같은 분은 인도의 상비군이 몇명인지 아시겠죠?"

"백만명이죠."

"제가 아니라, 당신 입으로 말한 겁니다. 병력이 백만명이지만 그들도 그걸 막을 수 없어요. 현재 세상에서 가장 큰 상비군을 가진 나라가 어딘지 아세요?"

"중국 아니면 러시아겠죠. 베트남도 언급은 해야겠지만."

"대답해보세요, 베트남 사람들이 그걸 막을 수 있겠습니까?" 그가 물었다.

"못 막겠죠."

"그날이 온 거예요, 안 그래요? 사람들은 느끼고 있습니다. 우리는 뼛속 깊이 알고 있어요. 하나님의 왕국이 다가오고 있습니다."

남자는 길쭉한 팔다리에 머리숱은 적고 앞니 사이가 벌어졌다. 수월하게 쪼그려 앉은 모습이 유연하고 편안해 보였다. 양복과 넥타이 차림에 운동화를 신고 있다는 게 눈에 들어왔다.

"지금이 최후의 심판일일까요?" 그가 물었다.

나는 그의 얼굴을 뜯어보면서 정답이 될 만한 실마리를 찾아보았다.

"당신은 그날이 오고 있다고 느끼나요? 지금 오고 있는 중인가요? 그날이 오길 원하십니까?"

그는 발가락 끝에 무게를 싣고 몸을 흔들거리면서 말했다.

"전쟁, 기아, 지진, 화산폭발을 보세요. 이 모든 사태가 아우성치기 시작했어요. 당신 입으로 말한 것처럼, 이런 사태가 일단 탄력을 받는다면 어떻게 막을 수 있겠습니까?"

"못 막겠죠."

"당신 입으로 말했어요, 제가 아니라. 홍수, 토네이도, 이상한 신종 전염병을 보세요. 그게 바로 징후 아닌가요? 진리 아니겠습니까? 당신은 준비가 되어 있나요?"

"사람들이 정말로 뼛속 깊이 그렇게 느끼나요?" 내가 물었다.

"복음은 빨리 전파됩니다."

"사람들이 거기에 대해서 말들을 합니까? 당신이 집집마다 방문할 때, 그들이 새 세상을 원한다는 인상을 받았나요?"

"사람들이 원하느냐의 문제가 아닙니다. 그 세상에 동참하려면 어디로 가야 하느냐의 문제죠. 지금 당장 여기서 벗어나게 해달라는 문제고요. 사람들은 이렇게 물어요.

'하나님 왕국도 계절이 바뀌나요?'라든가, '다리통행료나 빈 병 반환금도 있나요?'라고요. 달리 말하면 사람들이 이 문제를 구체적으로 파고들고 있다는 겁니다."

"분위기가 고조되고 있다고 느끼시는군요."

"갑자기 모여들고 있어요. 정확히 말하자면요. 한번 척 보고 알았어요. 이 사람은 말을 알아듣는 사람이구나."

"지진은 통계상으로 증가 추세는 아닙니다."

그는 짐짓 겸손한 척 사람을 얕보는 미소를 지었다. 왜 그런지는 잘 모르겠지만 그가 그런 미소를 지을 자격이 충분하다는 느낌이 들었다. 강한 신념, 공포, 욕망에 직면하여 통계치나 인용하는 것이 어쩌면 지나치게 점잔 빼는 일인지도 모른다.

"부활의 시기를 어떻게 보내실 계획입니까?" 마치 다가오는 긴 주말 계획을 물어보듯 그가 질문했다.

"우리 모두가 부활을 맞이하는 겁니까?"

"우린 사악한 자들 아니면 구원받은 자들 가운데 속하게 됩니다. 사악한 자들이 거리에 나서면 썩어문드러지게 됩니다. 자기 눈알이 눈구멍에서 스르르 빠져나가는 걸 느낄 겁니다. 피부가 끈적하거나 신체 일부가 없는 걸로 사악한 자들이라는 것을 알 수 있어요. 그들 자신이 만들어낸 고름을 질질 흘리며 다니는 사람들이죠. 아마겟돈*의

---

* 계시록에 나오는 선과 악의 최후의 전쟁터.

그 모든 화려함은 썩어문드러지는 중입니다. 구원받은 자들은 말끔하고 손상되지 않은 모습으로 서로를 알아볼 수 있습니다. 허세를 부리지 않는 태도로도 구원받은 자를 알 수 있지요."

그는 진지한 사람이었고, 실무적이고 실제적이었다. 운동화를 신은 것을 봐도 그렇다. 그래서 나는 그의 섬뜩한 자기확신과 일체의 의심을 벗어난 태도가 의아했다. 지금 이 바로 아마겟돈의 순간이란 말인가? 모호함도 없고 의심도 없었다. 그는 당장이라도 내세來世로 뛰어들 태세였다. 그는 자신이 실재적이고 자명하고 합리적이며 임박하고 진실한 것으로 여기는 엄청난 사건인 내세를 강제로 내 의식 속으로 침투시키고 있었다. 나는 뼛속 깊이 아마겟돈이 느껴지지는 않았지만, 그렇게 느끼는 사람들 모두가, 그때를 대비하고 갈구하며 전화를 걸고 예금을 인출하는 모두가 걱정스러웠다. 충분히 많은 사람이 바란다면 그런 일이 일어날까? 얼마나 많아야 충분하다고 할 수 있을까? 우리는 왜 이렇게 원시적으로 쪼그리고 앉아서 이야기하고 있는 걸까?

그는 내게 『세상의 종말에 관한 20가지 흔한 착각』이라는 팸플릿을 건네주었다. 나는 쪼그린 자세를 풀고 겨우 일어났다. 어지럽고 허리도 아팠다. 홀 입구에서 한 여자가 유독물질 노출에 관해 뭐라고 말하고 있었다. 그녀의 작은 목소리는 막사 안의 뒤섞인 윙윙거림, 곧 밀폐된 큰

공간에서 사람들이 흔히 나지막하게 웅성대는 소음에 파
묻혀 거의 들리지 않았다. 드니스는 의학 참고서를 내려놓
고 엄한 눈초리로 나를 보고 있었다. 아이가 제 친아버지
를 볼 때나 그가 최근 실직했을 때 주로 보이던 그런 표정
이었다.

"뭐 잘못됐니?" 나는 아이에게 물었다.

"저 사람 말 못 들었어요?"

"노출이라는 말?"

"그래요." 아이는 날카롭게 대답했다.

"그게 우리하고 무슨 상관이 있는데?"

"우리가 아니라 아빠랑 상관있어요." 아이가 말했다.

"왜 나랑 상관있다는 거야?"

"주유하려고 차 밖으로 나갔던 게 아빠 아니에요?"

"내가 나갔을 때 유독가스 구름이 어디쯤 있었지?"

"바로 우리 앞에 있었잖아요. 기억 안 나세요? 아빠가
차 안으로 돌아오고 조금 더 가다보니까 휘황찬란한 조명
을 받으며 그게 나타났잖아요."

"네 말은, 내가 차 밖으로 나갔을 때 그 구름이 내 몸 전
체를 훑고 갈 만큼 가까이 있었을지 모른다는 거니?"

"아빠 잘못은 아니지만요." 아이가 조바심을 내며 말했
다. "그래도 아빤 사실상 이분 삼십초 정도 유독가스 한가
운데에 있었어요."

나는 앞쪽으로 나갔다. 사람들이 두줄로 서 있었다. 이

름 첫 글자가 A에서 M으로 시작되는 줄과, N에서 Z로 시작되는 줄이었다. 각 줄 끝에는 접이식 탁자가 하나씩 있고 그 위에는 소형 컴퓨터가 놓여 있었다. 옷깃에 배지를 달고 색으로 구분된 완장을 찬 남녀 기술자들이 주변을 돌아다녔다. 나는 구명조끼를 입은 가족 뒤에 섰다. 밝고 행복하며 훈련을 잘 받은 사람들로 보였다. 비록 우리가 있는 곳이 대체로 건조한 육지이고 해발고도가 한참 높으며 위협이 될 만한 물가에서 아주 멀기는 했지만, 그들이 입은 두툼한 주황색 조끼가 특별히 어색하지는 않았다. 엄청난 격변은 갑작스럽게 닥치는 속성 그 자체 때문에 온갖 종류의 기행을 불러일으키는 법이니까. 이곳은 처음부터 끝까지 온갖 특이한 색깔과 별난 습관의 장場이었다.

줄은 길지 않았다. A-M 줄 끝에 있는 탁자에 다다르자, 거기 앉아 있는 남자가 자판을 두드려 정보를 입력했다. 내 이름, 나이, 병력 등등. 수척한 그 젊은이는 명시되어 있지 않은 어떤 특정한 가이드라인을 벗어나는 대화를 수상쩍게 여기는 눈치였다. 카키색 상의의 왼 소매에 시뮤백 SIMUVAC이라고 적힌 초록색 완장을 차고 있었다.

나는 내가 노출되었다고 추정되는 상황을 설명했다.

"얼마 동안 바깥에 있었습니까?"

"이분 삼십초 동안이었습니다. 긴 겁니까, 짧은 겁니까?" 내가 말했다.

"실제 유출물질과 접촉했다면, 그게 어떤 종류든 상황

발생을 의미합니다."

"비바람이 저렇게 몰아치는데 저 구름덩어리는 왜 흩어지지 않는 겁니까?"

"이건 우리가 매일 보는 새털구름이 아닙니다. 고밀도 물질이에요. 고농축 부산물로 꽉 차 있단 말입니다. 저 위로 갈고리를 던져서 그걸 바다로 끌고 갈 수 있을 정도라니까요. 이해가 되시라고 과장해서 드리는 말씀이지만요."

"차 안에 있던 사람들은 괜찮을까요? 내리고 탈 때 차문을 열었는데요."

"알려진 노출지수가 있습니다. 그 사람들 상황은 최소치의 위험이라고 할 수 있겠군요. 제가 놀라서 움찔하는 것은 바로 그 속에서 이분 삼십초 동안 서 있었다는 점이에요. 실제로 피부 및 신체의 구멍과 접촉했다는 것이죠. 이건 나이어딘 D입니다. 전혀 새로운 단계의 독성폐기물. 최첨단 기술의 결집이라고 부르는 물질이에요. 1조 분의 1 단위만 있어도 쥐를 골로 가게 할 수 있어요."

그는 참전 용사처럼 엄격한 상급자 분위기를 풍기며 나를 바라보았다. 자족적이고 과잉보호받는 생활을 하느라 뇌사 상태의 쥐를 볼 기회 따위는 없었던 사람들을 대단찮게 여기고 있음이 분명했다. 나는 이 남자를 내 편으로 만들고 싶었다. 그는 데이터에 접근할 수 있었다. 그가 내 노출 정도와 생존 가능성에 대해 치명적인 발언을 대수롭지 않게 내뱉는 일을 막을 수만 있다면 그에게 굽실거리고 아양을 떨 의향도 있었다.

"거기 찬 완장이 참 멋지네요. 시뮤백은 무슨 뜻이죠? 중요한 말인 것 같은데."

"모의대피simulated evacuation의 약자입니다. 재원 확보를 위해 분투 중인 새로운 주정부 프로그램입니다."

"하지만 이번 대피는 모의가 아니잖습니까? 이건 실제 상황인데요."

"알고 있습니다. 하지만 이번 사건을 모델로 이용할 수 있을 거예요."

"일종의 훈련으로 말입니까? 모의훈련을 위해 실제 사건을 이용할 수 있다고 생각했다는 말씀인가요?"

"우린 곧바로 실전에 적용해봤어요."

"어떻게 되어가고 있습니까?" 내가 물었다.

"삽입곡선 그래프가 우리가 원하는 만큼 매끄럽지는 않습니다. 확률 오차가 있으니까요. 게다가 실제 모의훈련이라면 희생자들을 눕혀두었을 장소에 희생자들을 눕혀놓지도 못하고 있습니다. 달리 말하자면, 희생자들을 발견한 그 자리에 둘 수밖에 없다는 겁니다. 우린 급증하는 컴퓨터 트래픽을 감당하지 못했어요. 유독물질이 갑자기 유출되어 삼차원적으로 이 지역 전체에 흘러넘친 겁니다. 오늘 밤 목격하는 모든 일이 실제 상황이라는 사실을 고려하셔야만 합니다. 아직 해야 할 마무리 작업이 많이 남았어요. 하지만 그런 걸 하는 게 바로 이 훈련입니다."

"컴퓨터는 어떻습니까? 지금 시스템을 통해 운용하고 있는 것은 실제 데이터입니까, 아니면 훈련용 자료일 뿐입니까?"

"직접 보시죠." 그가 말했다.

그가 자판을 두드린 다음 데이터 화면의 암호화된 반응을 푸는 데 상당한 시간이 걸렸다. 그가 내 앞에 서 있던 사람들에게 할애한 것보다 훨씬 길게 느껴지는 시간이었다. 실제로 다른 사람들이 나를 주목하고 있다는 느낌이 들기 시작했다. 나는 철물점에서 계산대 직원이 강력 로프 가격을 금전등록기에 입력하는 동안 줄서서 기다리는 사람처럼 무표정하게 보이고 싶어서 팔짱을 끼고 서 있었다. 그것이야말로 사건의 심각성을 중화하고, 나의 생사를 기록한 전산화된 점들의 흐름에 대응할 수 있는 유일한 방법인 것 같았다. 아무도 쳐다보지 마라, 아무것도 드러내지 마라, 가만히 있어라. 원시적인 사고의 탁월성은 그것이 인간의 무력함을 고귀하고 아름답게 바꿀 수 있다는 데 있다.

"수치가 대단하군요." 화면을 들여다보면서 그가 말했다.

"이분 삼십초밖에 나가 있지 않았는데요. 그게 초로 하면 얼마죠?"

"몇초 동안 나가 있었느냐가 문제가 아닙니다. 데이터 프로파일 전체가 문제죠. 선생님 이력을 조회해봤습니다. 깜빡거리는 별표가 붙은 괄호 속 수치들이 나오고 있어요."

"그게 무슨 뜻이죠?"

"모르는 게 낫겠습니다."

특별히 병적으로 흥미로운 것이 화면에 뜨고 있는 듯 그는 조용히 하라는 동작을 취했다. 그가 내 이력을 조회해봤다는 게 무슨 뜻인지 궁금했다. 내 이력이 정확히 어디에 있다는 것일까? 주정부나 연방정부의 어떤 기관에? 어떤 보험회사나 신용회사, 아니면 의료정보센터에? 도대체 어떤 이력을 말하는 것일까? 나는 이미 그에게 몇가지 기본적인 사항을 알려주었다. 키, 몸무게, 어릴 적의 질병 같은 것이었다. 그밖에 그가 무엇을 더 알고 있다는 말인가? 내 아내들, 히틀러와의 연관, 내 꿈과 두려움에 대해서 알고 있다는 것인가?

남자는 해골 같은 머리통에 어울리는 빼빼 마른 목에다 귀는 물병 손잡이 같았다. 말하자면 전전戰前 시대 시골 출신 살인자의 무구한 외양이었다.

"제가 죽을까요?"

"꼭 그런 건 아닙니다." 그가 대답했다.

"무슨 뜻입니까?"

"그렇게 많은 낱말로 표현할 수 있는 게 아니에요."

"낱말이 몇개나 필요한데요?"

"이건 낱말의 문제가 아닙니다. 햇수의 문제예요. 15년이 지나면 우린 더 많은 걸 알게 될 겁니다. 그동안 우리는 분명 어떤 중대한 상황에 처해 있는 거죠."

"15년이 지나면 뭘 알게 되나요?"

"선생님이 그때까지 살아 계신다면, 우린 지금보다 더 많은 걸 알게 될 겁니다. 나이어딘 D의 수명은 30년이거든요. 그때가 되면 선생님은 그것의 반을 통과한 셈이 되겠네요."

"나이어딘 D의 수명이 40년인 줄 알았는데요."

"토양에서 40년이지요. 인체 내에서는 30년입니다."

"그러니까 이 물질보다 오래 살아남으려면, 이걸 팔십 대까지 가지고 가야겠군요. 그때 가서야 겨우 마음을 놓을 수 있고요."

"현재 알고 있는 지식으로는 그렇습니다."

"하지만 지금으로서는 어떤 것도 확신할 만큼 알지 못한다는 게 일반적인 합의 같은데요."

"그런 식으로 답변할 수 있겠네요. 제가 만일 쥐라면 유독가스 공중유출 사건 현장의 직경 300킬로미터 내에는 얼씬도 안할 생각입니다."

"인간이라면 어떻겠습니까?"

그는 주의 깊게 나를 보았다. 나는 팔짱을 낀 채 그의 머리 뒤편으로 막사의 정문 쪽을 바라보았다. 그를 쳐다본다면 내 나약함을 선포하는 꼴이 될 것이기 때문이다.

"저라면 내가 보지도 느끼지도 못하는 것 때문에 걱정하진 않을 겁니다. 앞으로 나아가 내 식대로 살 거예요. 결혼하고 정착해서 아이들도 낳을 거고요. 우리가 아는 것을 안다고 해서 이런 일들을 못할 이유는 없죠." 그가 말했다.

"하지만 우리가 어떤 중대한 상황에 처해 있다고 말하지 않았습니까?"

"제가 그렇게 말한 게 아니에요. 컴퓨터가 그랬지. 시스템 전체가 그렇게 알려주고 있어요. 그건 우리가 거대한 통합 데이터베이스라고 부르는 거예요. 컴퓨터에 J. A. K. 글래드니라는 이름과 해당 물질과 노출시간을 입력하고, 선생님의 이력을 조회합니다. 그러면 선생님의 유전적 특질, 개인 정보, 의료 기록, 정신과 기록, 경찰이나 병원 기록 등이 나와요. 그리고 깜빡거리는 별표가 다시 나타납니다. 그렇다고 선생님께 무슨 일이 그대로 일어난다는 말은 아닙니다. 적어도 오늘이나 내일 일어나지는 않아요. 그건 단지 선생님이 선생님의 데이터의 총합이라는 걸 의미합니다. 어느 누구도 그걸 벗어날 순 없어요."

"그리고 이 거대한 이른바 통합 데이터라는 건, 당신이 찬 그 완장에도 불구하고, 모의훈련이 아니겠네요. 그건 진짜라는 말이군요."

"그건 진짜입니다." 그가 대답했다.

나는 미동도 없이 가만히 서 있었다. 내가 벌써 죽었다고 생각한다면 그들이 날 혼자 내버려둘지도 모른다. 나는 의사가 내 주요 장기 가운데 한곳의 중심에 별 모양 구멍이 나타난 엑스레이 사진을 라이트박스에 걸어둘 때나 느낄 법한 느낌이 들었다. 죽음은 이미 들어와 있다. 그것은 우리 내부에 있다. 우리는 죽어가고 있다는 말을 듣고서도 죽어가고 있는 그 상태와 분리되어, 여유가 있을 때 그 것에 대해 생각에 잠기고, 엑스레이 사진이나 컴퓨터 화면 에서 그 모든 끔찍하고 이질적인 논리를 말 그대로 '볼' 수 있다. 우리가 우리의 상태와 우리 자신 사이의 섬뜩한 분 리를 감지하는 것은 죽음이 도표화되는 순간, 이를테면 화 면에 나타나는 그런 순간이다. 신에게서 강탈한 멋진 기술 전체인 상징기호의 망은 이미 도입되어 있다. 그것은 우리 의 죽음에서 우리 자신을 이방인처럼 느끼게 만든다.

나는 내 교수복을 입고 색안경을 쓰고 싶었다.

막사의 반대편 끝에 돌아왔을 때, 밑으로 세 아이는 잠 들어 있고, 하인리히는 도로 지도에 표시를 하고 있고, 버 벳은 트레드웰 노인과 앞 못 보는 다른 사람 몇몇과 같이 조금 떨어진 곳에 앉아 있었다. 슈퍼마켓용 타블로이드 신 문들이 있는 화려한 색의 작은 서가에서 신문을 골라 그들 에게 읽어주는 중이었다.

나는 기분을 바꾸고 싶었다. 야외용 의자를 찾아서 버벳 뒤편의 벽 근처에 놓았다. 거기에는 앞 못 보는 사람 네명 과 간호사 하나와 눈이 보이는 사람 세명이 반원형으로 신 문을 읽어주는 사람과 마주 보고 있었다. 간혹 멈춰서서 한 두 꼭지를 듣고는 다시 지나가는 사람들도 있었다. 버벳은 이야기를 들려줄 때 내는 목소리를 사용했다. 와일더에게 동화를 읽어줄 때나, 저 아래로 쏜살같이 달리는 차들의 소리가 들리는 놋쇠침대에서 남편에게 에로틱한 대목을 읽어줄 때와 똑같이 진지하고 경쾌한 바로 그 목소리였다.

버벳은 1면에 소개된 기사 제목을 읽어주었다. '보너스 쿠폰이 보장되는 죽음 후의 삶'이라는 제목이었다. 그러고는 그 기사가 실린 페이지로 넘어갔다.

"프린스턴에 있는 저명한 고등연구소의 과학자들이 죽음 이후의 삶을 입증하는 부인할 수 없는 절대적인 증거를 제시해서 전세계를 깜짝 놀라게 했다. 세계적으로 유명한 이 연구소의 한 연구원은 수백명에게 최면술을 써서 피라미드 건설자, 교환학생, 외계인이었던 그들의 전생을 체험하게 했다."

버벳이 목소리를 대화체로 바꾸었다.

"윤회 최면술사인 링 티 완은 이렇게 선언했대요. '작년 한해만 해도 저는 수백명의 사람들이 최면 상태에서 전생으로 되돌아가도록 도와주었습니다. 가장 놀라운 대상은 1만년 전인 중석기시대에 수렵과 채집을 하며 살았던 삶을 기억해낸 한 여성이었어요. 폴리에스테르 바지를 입은 이 조그만 할머니가 이탄지에 거주하면서 원시적인 활과 화살로 멧돼지를 사냥하는 무리를 거느린 거구의 남자 족장으로 살았던 체험을 묘사하는 걸 들으니 정말 대단했습니다. 그 할머니는 노련한 고고학자만 알 수 있는 그 시대의 특징들을 알아보았어요. 그리고 당시에 썼던 언어로 몇 마디를 하기도 했어요. 현대 독일어와 아주 흡사한 언어였습니다.'"

버벳의 목소리가 이야기를 읽어주는 어투로 돌아왔다.

"피트니스 지도자이자 고에너지 물리학자인 시브 채터지 박사는 최근 서로 일면식도 없는 두 여자가 같은 주에 자신을 찾아와서 전생 체험을 하다가, 그들이 5만년 전에 사라진 도시 아틀란티스에 살았던 쌍둥이 자매였음을 알게 된 사례를 풍부한 관련 자료와 함께 발표해서 텔레비전 생방송 시청자들을 깜짝 놀라게 했다. 두 여자는 신비하고도 파멸적으로 바닷속에 잠기기 전 이 도시는 밤낮 어느 때라도 안전하게 돌아다닐 수 있는 쾌적하고 시정市政이 잘 꾸려지던 곳이었다고 묘사했다. 지금 그들은 항공우주국NASA에서 푸드 스타일리스트로 일하고 있다.

더욱 놀라운 것은 패티 위버라는 다섯살짜리 소녀의 경우이다. 이 아이는 채터지 박사에게 자신이 하워드 휴스*, 마릴린 먼로, 엘비스 프레슬리 같은 유명인사들의 미제 살인사건을 저지른 KGB 비밀암살요원이었다는 전생 체험에 대해 믿을 만한 주장을 했다. 희생자인 명사들의 발바닥에 주입한 치명적이고 추적 불가능한 독 때문에 국제 스파이들 사이에서 '독사'로 알려졌던 이 암살자는, 귀여운 패티 위버가 아이오와주 파퓰러미캐닉스에서 태어나기 몇시간 전에 모스크바에서 헬기 추락사고로 죽었다. 소녀는 몸에 '독사'와 똑같은 곳에 흉터가 있었을 뿐만 아니라,

* Howard Hughes(1905~76). 할리우드 영화 제작자이자 TWA 항공 소유주. 각종 기행으로 유명세를 떨쳤다.

러시아어 단어와 어구를 배우는 데도 탁월한 재능이 있는 것 같았다.

'나는 이 연구 대상이 적어도 열번 이상 전생으로 돌아가게 해보았습니다'라고 채터지 박사는 말한다. '소녀의 진술을 모순되게 해보려고 고난도의 전문기법들을 이용했습니다. 하지만 그 아이의 이야기는 놀랄 만큼 일관성이 있었어요. 그것은 악으로부터 나올 수 있는 선에 관한 이야기입니다.' 어린 패티는 이렇게 말한다. '독사로 살다가 죽음을 맞는 그 순간, 밝게 빛나는 둥근 빛을 보았어요. 그 빛은 나를 반기며 손짓하는 것 같았어요. 따뜻하고 영적인 체험이었어요. 그 빛을 향해 그냥 똑바로 걸어갔어요. 슬픈 감정은 전혀 들지 않았어요.'"

버벳은 채터지 박사와 패티 위버의 목소리를 흉내냈다. 그녀가 내는 채터지 박사의 목소리는 발음을 간혹 생략하는 따뜻하고도 부드러운 인도식 강세의 영어였다. 패티의 목소리로는 최근 영화의 아역 주인공을 따라 했는데, 그 아이는 영화 속에서 신비하고 가슴 뛰는 현상들을 보고도 두려워하지 않는 유일한 사람이다.

"더 깊이 조사한 결과, 어린 패티에 의해 밝혀진 충격적인 사실은 세 슈퍼스타가 놀랍게도 동일한 이유 때문에 살해되었다는 것이다. 이들은 모두 살해 당시 성스러운 치유력이 있다고 이름난 토리노의 성의*를 비밀리에 소유하고 있었다. 연예인인 엘비스와 마릴린은 알코올과 마약의 희생자였고, 사우나에서 땀을 뺀 후 실제로 이 성의로 몸을 닦음으로써 자신들의 삶이 영적으로나 육체적으로나 안녕을 회복하기를 은밀히 희구했다. 다양한 면모의 억만장자 하워드 휴스는 눈 깜빡임 정지 증후군으로 고생했는데, 눈을 한번 깜빡한 후 여러시간 동안 다시 뜨지 못하는 기이한 상태였다. '독사'가 순식간에 치명적인 독을 주입해서 그의 삶에 개입하기 전까지 그가 성의의 놀라운 권능을 활용하려 했음은 분명하다. 패티 위버는 최면 상태에서 다음과 같은 사실도 밝혔다. KGB는 급격히 노쇠해지고 통증에 시달리던 소련공산당 중앙위원회 위원들을 위해 토리노의 성의를 손에 넣으려고 오랫동안 애썼다는 것이다. 성의를 노린 것이 바티칸에서 발생한 교황 요한 바오로 2세 암살 시도의 진짜 동기라는 말도 있다. 그 시도가 실패로 끝난 유일한 이유는 '독사'가 끔찍한 헬기 추락사고로 이미 죽어 아이오와에서 주근깨투성이 소녀로 환생했기 때문이다.

아래의 안심 보너스 쿠폰이 있으면 내생, 영생, 전생 체험, 외계에서의 사후 생애, 영혼 윤회, 의식의 흐름 컴퓨터 기법을 이용한 맞춤 부활 등 문서화된 사례 십여건에 접근할 수 있는 기회를 보장합니다."

나는 반원 모양으로 앉은 사람들의 얼굴을 살펴보았다.

* 십자가에 못 박힌 예수의 시신을 감싼 것으로 알려진 천.

이런 기사를 들어도 아무도 놀라는 것 같지 않았다. 트레드웰 노인은 담배에 불을 붙였는데, 손이 떨려서 조바심을 내다가 담뱃불에 데지 않으려고 이내 흔들어 꺼야만 했다. 토론에 관심을 보이는 사람도 전혀 없었다. 이 이야기는 수동적인 믿음의 어떤 으슥한 곳을 차지하고 있었다. 거기서 그것은 나름의 친숙하고도 위무하는 방식으로, 우리가 집 안에서 관찰할 수 있는 일상적인 사실만큼이나 현실감을 지닌 일련의 진술로 존재한다. 버벳의 음성에도 의심하거나 생색내는 티는 전혀 없었다. 확실히 나는 이 노인들, 앞을 못 보거나 볼 수 있는 이 사람들에게 우월감을 느낄 처지가 전혀 되지 못했다. 어린 패티가 따뜻하고도 환대하는 빛을 향해 걸어갔다는 대목을 들은 후, 나는 어딘지 모르게 약하고 수용적인 자세가 되어버렸다. 이 이야기에서 적어도 이 부분만은 믿고 싶었다.

버벳은 광고 하나를 읽었다. '스탠퍼드 직선형 가속기를 이용한 분자분쇄 3일 다이어트'라는 광고였다.

그녀는 타블로이드 신문 한부를 또 집어들었다. 표지 기사는 전국의 유명한 영매들과 그들이 내다보는 내년 전망에 관한 것이었다. 그녀는 천천히 예언 항목을 읽었다.

"UFO 일개 대대가 디즈니월드와 케이프 커내버럴*을 침략할 것이다. 놀랄 만한 급반전이 일어나, 이 공격은 어

---

* 미 공군 발사기지가 있는 플로리다주의 곳.

리석은 전쟁에 반대하는 시위라는 것이 드러날 것이고, 결과적으로 미국과 러시아 간의 핵실험 금지조약을 이끌어 낼 것이다.

동틀 무렵 자신의 음악이 깃들어 있는 저택 그레이스랜드 주변에서 엘비스 프레슬리의 유령이 외로이 산책하고 있는 모습이 목격될 것이다.

일본의 한 조합에서 에어포스 원*을 구입해 공중급유 시설과 공대지미사일 기능을 갖춘 호화 비행숙박시설로 개조할 것이다.

빅풋**이 험준하고 경관이 빼어난 퍼시픽 노스웨스트의 한 캠프장에 극적으로 모습을 드러낼 것이다. 진화의 잃어버린 고리라고 할 수 있는 250센티미터 키의 이 털북숭이 직립 반인반수는 관광객들을 자기 주위로 다정히 불러모은 후, 자신이 평화의 사도임을 밝힐 것이다.

UFO가 염력과 지구상의 물질 가운데서는 알려지지 않은 재질의 강력 케이블을 써서 카리브해에 수장된 사라진 도시 아틀란티스를 끌어올릴 것이다. 결과적으로 이곳은 돈과 여권이 완전히 부재한 '평화의 도시'가 될 것이다.

린던 B. 존슨***의 영혼이 최근 출간된 책들에 실린 자신을 향한 비난에 관해 스스로를 변호하기 위해서 텔레비전

* 미 대통령 전용기.
** 새스콰치라고도 불리는, 북미 북서부에 산다는 미지의 생명체.
*** Lyndon Baines Johnson(1908~73). 미국의 36대 대통령.

생방송 인터뷰를 마련하려고 CBS 방송의 간부들과 접촉할 것이다.

비틀스 멤버의 암살자인 마크 데이비드 채프먼이 합법적으로 자신의 이름을 존 레논으로 바꾸고, 살인자 수용 감방에서 록 음악 작사가로서 새 경력을 시작할 것이다.

비행기 충돌을 숭배하는 사이비 종교의 신도들이 엉클 밥이라고만 알려진 불가사의한 은둔 지도자에 대한 맹목적인 헌신의 징표로서 점보제트기를 납치해서 백악관으로 추락할 것이다. 측근들에 따르면, 대통령과 영부인은 몇군데 경미한 상처만 입고 기적적으로 살아날 것이다.

억만장자 고故 하워드 휴스가 신비스러운 모습으로 라스베이거스 상공에 나타날 것이다.

우주의 무중력상태 UFO 제약실험실에서 대량생산된 기적의 약품이 불안과 비만, 조울증 등을 치료하게 될 것이다.

무덤 저 너머에서, 죽었지만 살아 있는 전설이 된 존 웨인이 미국 외교정책의 틀을 짜는 일을 도와주려고 레이건 대통령과 텔레파시를 주고받을 것이다. 건장한 이 배우는 죽어서 너그러워진 덕분에 평화와 사랑이라는 희망찬 정책을 옹호할 것이다.

1960년대의 연쇄살인범 찰스 맨슨이 탈옥해서 수주 동안 캘리포니아 시골 지역을 공포의 도가니에 빠뜨리다가, 창조적 경영 국제협회 사무실에서 중계되는 텔레비전 생방송에서 항복 여부에 대해 협상을 벌일 것이다.

지구의 유일한 위성인 달이 7월의 어느 후덥지근한 밤에 폭발해서 조수潮水가 엉망이 되고 우리 행성의 상당 부분에 먼지와 찌꺼기가 쏟아질 것이다. 하지만 UFO 정화팀의 도움으로 전세계적인 재난을 피하고 평화와 화합의 시대를 예고할 것이다."

나는 듣고 있는 사람들을 유심히 살펴보았다. 팔짱을 끼고 고개를 약간 기울인 모습들이었다. 이런 예언들이 그들에게 마냥 터무니없는 것은 아닌 듯했다. 텔레비전 광고 시간에 잠시 쉬면서 잡담하듯이, 그들은 만족스럽게 짧고도 무관한 말들을 나누었다. 묵시록적인 사건들을 희망적으로 전환하는 타블로이드 신문들이 다루는 미래란 우리 자신이 지금 당장 겪고 있는 경험과 그렇게 다른 것이 아닐지도 모른다. 지금 우리 모습을 봐, 나는 생각했다. 집에서 쫓겨나 매서운 밤공기 속으로 무리지어 내몰리고, 유독가스 구름에 쫓기고, 꾹꾹 욱여넣어지듯 임시숙소에 수용되고, 죽음의 선고를 받았을지도 모를 우리 모습을. 우리는 이미 대중매체에서 다루어지는 재난이라는 공적인 사건의 일부가 되어버렸다. 눈먼 노인들로 이루어진 이 작은 청중은 영매들의 예언이 너무나 가까운 시기에 일어날 사건들이라서 우리의 필요와 소망에 맞게 미리 형상을 부여해야 한다고 인식했다. 대규모 파괴가 일어나리라는 끈질긴 느낌 때문에 우리는 계속 희망을 급조해내고 있었다.

버벳은 다이어트용 선글라스 광고를 읽어주었다. 노인들은 관심 있게 들었다. 나는 우리 구역으로 돌아왔다. 가까이에서 아이들이 자는 모습을 보고 싶었다. 아이들이 자는 모습을 바라보면 마음이 경건해지고 영적 체계의 일부가 되는 것 같다. 내가 신에게 가장 가까이 다가가는 순간이다. 대리석 기둥과 커다란 첨탑이 있고 신비로운 불빛이 두 단짜리 고딕 창문 사이로 비쳐드는 성당 안에 서 있는 경험의 세속적 등가물이 있다면, 자기들의 작은 침실에서 곤히 잠든 아이들을 바라보는 일일 것이다. 딸아이들을 보는 일이 특히 더 그렇다.

이제 전등은 거의 다 꺼졌다. 막사 안의 시끄러운 소리도 잦아들었다. 사람들이 잠자리에 들고 있었다. 하인리히는 아직 깨어 있었다. 옷을 다 입고 바닥에 앉아 벽에 기댄 채 적십자에서 낸 응급처치 책자를 읽고 있었다. 어떤 경우에라도 이 애는 반짝이며 잠든 모습으로 내게 평안을 가져다주는 그런 아이는 아니었다. 불안하게 이를 갈며 불규칙하게 잠자리에 드는 이 아이는 가끔 침대에서 떨어져 동틀 녘 딱딱한 마룻바닥에서 웅크린 채 덜덜 떨고 있는 모습으로 발견되곤 했다.

"이제 사태를 통제하고 있는 것 같구나." 내가 말했다.

"누가요?"

"누가 됐든 책임자가 말이다."

"책임자가 누군데요?"

"그런 건 신경 쓰지 마라."

"갑자기 까마득한 과거로 내던져진 것 같아요." 아이가 말했다. "우리가 지금 석기시대에 와 있다고 생각해보세요. 수세기에 걸친 진보의 결과 온갖 훌륭한 물건을 알고 있지만, 석기시대 사람들의 생활을 더 편하게 해주기 위해 우리가 할 수 있는 게 뭐가 있나요? 냉장고를 만들 수 있나요? 냉장고 작동법이라도 설명할 수 있나요? 전기가 뭐죠? 빛은 뭔가요? 우리는 일상에서 매일같이 이런 물건들을 쓰지만, 만일 우리가 갑자기 과거로 돌아갔을 때 생활을 향상해줄 어떤 물건을 실제로 만들 수 있기는커녕 그것의 기본적인 원리조차 말해줄 수 없다면 무슨 소용이 있겠어요. 아빠가 만들 수 있는 게 있으면 하나만 꼽아보세요. 돌에 부딪으면 불꽃이 생기는 간단한 성냥개비 하나 만드실 수 있나요? 우린 스스로 매우 위대하고 현대적이라고 생각하죠. 달에도 착륙하고 인공심장도 만드니까요. 하지만 시간을 거슬러올라가 고대 그리스 사람들과 대면한다면 어떨까요? 그리스인들은 삼각법을 발명했어요. 검시와 해부도 했어요. 고대 그리스인이 '별것 아니네'라고 대꾸하지 못할 어떤 걸 말해줄 수 있느냐고요. 그리스인에게 원자에 대해 설명해주실 수 있어요? 원자^{atom}는 그리스 단어예요. 그리스인들은 우주의 주요 사건들을 인간의 눈으로는 볼 수 없다는 걸 알았어요. 그건 파동이고 광선이며 입자라는 걸요."

"우린 지금 잘해나가고 있어."

"우린 지금 커다랗고 퀴퀴한 이 막사에 앉아 있어요. 시간을 거슬러 내던져진 것 같다고요."

"난방도 되고, 전기도 들어와."

"그런 것들도 석기시대 물건이에요. 그들도 따뜻하게 덥히고 환하게 밝힐 줄은 알았어요. 그들에겐 불이 있었어요. 부싯돌을 맞비벼서 불꽃을 만들었어요. 아빠 부싯돌을 맞비빌 줄 아세요? 부싯돌을 보면 부싯돌인 줄 아시겠어요? 만약에 어떤 석기시대 사람이 뉴클레오티드*가 뭐냐고 물으면 설명하실 수 있겠어요? 먹지는 어떻게 만드는 거지요? 유리는 또 뭔가요? 만일 내일 잠에서 깨어났을 때 아빠가 중세에 와 있고 그곳에 전염병이 창궐하고 있다면 그걸 막기 위해 할 수 있는 일이 뭐가 있나요? 의학과 질병에 관한 수많은 최신 지식이 있다 한들 말이에요. 여기는 거의 21세기이고, 아빠는 과학과 의학에 관한 수백권의 책과 잡지를 읽고 텔레비전 프로그램도 엄청나게 보셨잖아요. 150만의 목숨을 살릴 수 있는 사소하지만 핵심적인 한 가지를 그 사람들에게 말해주실 수 있나요?"

"'물은 끓여서 먹으시오' 그렇게 말해주겠어."

"좋아요. '귀 뒤를 잘 씻으시오' 하는 건 어떨까요? 그것도 괜찮을 것 같은데."

* 유전자를 이루는 핵산의 기본단위.

"그래도 난 우리가 꽤 잘해나가고 있다고 생각해. 아무런 경고도 없었잖아. 식량도 있고 라디오도 있어."

"라디오가 뭐죠? 라디오의 원리가 뭔가요? 자, 한번 설명해보세요. 아빠가 한 무리의 사람들에게 둘러싸여 앉아 있어요. 그들은 돌 도구를 사용하고요. 곤충의 유충을 먹고요. 자, 라디오가 뭔지 설명해보세요."

"신기할 게 하나도 없지. 강력한 송신기가 신호를 보낸다. 신호는 공기를 가로질러 날아가 수신기에 포착된다."

"공기를 가로질러 날아간다. 그게 뭐죠, 새처럼 말인가요? 그들에게 마술이라고 말하지 그러세요? 마술 파동을 타고 공기를 가로질러 날아간다고 하세요. 뉴클레오티드는 뭐죠? 아빠 모르시죠? 하지만 이런 것들이 삶을 구성하는 단위들이에요. 지식이 허공에 떠돌아다니기만 한다면 무슨 소용이 있겠어요? 지식은 컴퓨터에서 컴퓨터로 이동해요. 매일 매순간 변하고 자라요. 하지만 어떤 것에 대해 실제로 아는 사람은 아무도 없어요."

"넌 뭔가 알잖아. 나이어딘 D에 대해서 알고 있잖아. 네가 사람들과 같이 있는 걸 봤다."

"그건 그냥 한번 장난쳐본 거예요." 아이가 내게 말했다.

아이는 다시 책읽기에 몰두했다. 나는 바람을 좀 쐬기로 마음먹었다. 밖에는 200리터짜리 드럼통에 피운 모닥불 주위에 서너 무리의 사람들이 모여 있었다. 한 남자가 옆쪽을 개폐할 수 있게 만든 차에서 음료와 샌드위치를 팔왔다. 근처에는 스쿨버스와 오토바이 그리고 앰뷸렛이라고 불리는 환자 이송용 작은 밴 들이 주차되어 있었다. 나는 잠시 주위를 걸어다녔다. 차 안에서 자는 사람들도 있고 텐트를 치는 사람들도 있었다. 출렁이는 몇줄기 빛이 숲 사이를 천천히 비추면서 사물의 소리와 나지막한 목소리를 좇았다. 나는 아이언시티에서 온 매춘부들이 가득 탄 차 옆을 지나갔다. 실내등이 켜진 차 안에서 사람들이 창밖을 내다보고 있었다. 그 얼굴들은 금발에 늘어진 턱, 세상사에 체념한 표정을 한 슈퍼마켓 계산대의 여자들과 비슷했다. 한 남자가 운전석 쪽 문에 기대어 조금 열린 창문 틈으로 하얀 입김을 내뿜으며 이야기를 나누고 있었다. 라디오에서 이런 말이 나왔다. "증권시장의 약세와 더불어 달러 선물시장이 동반 하락세를 보이고 있습니다."

나는 매춘부들에게 말을 걸고 있는 남자가 머리 제이 시스킨드라는 것을 알아차렸다. 그리로 걸어가서 그가 하던 말을 다 끝내기를 기다렸다가 말을 걸었다. 머리는 오른쪽 장갑을 벗고 악수를 청했다. 차창이 올라갔다.

"방학 동안 뉴욕에 계신 줄 알았는데요."

"자동차 충돌에 관한 영화를 보려고 일찍 돌아왔습니다. 제가 맡은 세미나 준비에 도움이 되라고, 학과장님이 한주 동안 작품 상영을 하도록 주선해주었거든요. 사이렌이 울리기 시작할 때, 전 아이언시티에서 이리로 향하는 공항버스에 타고 있었습니다. 운전기사는 별 선택의 여지

없이 이쪽으로 오는 차량들을 따라올 수밖에 없었어요."

"어디서 주무실 겁니까?"

"버스에 탄 사람들은 모두 별관 한곳에 머물도록 배정을 받았습니다. 전 화장한 여자들이 있다는 소문을 듣고 알아보려고 이리로 온 거고요. 한 여자는 코트 속에 호피 무늬 란제리를 입었어요. 제게 보여주더군요. 또다른 한 여자는 꽉 조이는 가랑이를 가졌다는군요. 그게 도대체 무슨 뜻일까요? 모르긴 해도 라이프스타일 때문에 각종 병이 생기는 건 좀 걱정스럽네요. 저는 늘 특수강화 콘돔을 가지고 다닙니다. 프리 사이즈예요. 하지만 이런 것도 현대 바이러스의 지능과 적응력을 썩 잘 막아줄 것 같진 않아요."

"저 여자들은 바쁜 것 같진 않네요." 내가 말했다.

"이번 사태는 성적인 방종을 낳는 그런 유의 재난은 아닌 것 같아요. 나중에 한두명 정도 슬그머니 다가올지는 모르겠지만, 떼거리로 몰려와서 흥청망청 재미를 보는 그런 식은 아닐 거예요. 적어도 오늘밤엔요."

"사람들이 이런저런 단계를 겪으려면 시간이 필요할 겁니다."

"맞아요." 그가 말했다.

나는 유독구름에 이분 삼십초 동안 노출되었던 일을 머리에게 말해주었다. 그리고 시뮤백 직원과 가진 면담 내용도 간단히 알려주었다.

"그렇게 조금 들이마셨는데도 나이어딘이 내 몸속에 죽음을 심어놓았어요. 컴퓨터에 따르면 그건 이제 공식적인 사항이랍니다. 내 안에 죽음이 들어 있어요. 내가 그것보다 오래 살아남느냐, 그러지 못하느냐의 문제일 뿐이죠. 그 물질은 나름의 수명이 있거든요. 30년이라네요. 그것이 직접적인 원인이 돼서 죽지 않더라도 그건 내 몸속에서 나보다 더 오래 살아남을 겁니다. 내가 비행기 추락사고로 죽는다 해도 나이어딘 D는 내 유해가 안장된 곳에서 번성하고 있을 거예요."

"그게 바로 현대적 죽음의 속성이지요." 머리가 말했다. "현대의 죽음은 우리와 독립된 별도의 생명이 있습니다. 아주 거창하고 폭넓게 자라고 있죠. 전에 없이 활발하게 퍼지고 있고요. 우리는 그것을 객관적으로 연구합니다. 그것의 등장을 예견하고 몸속에서 움직이는 경로를 추적할 수 있습니다. 그것의 횡단면도를 찍고 박동과 파동을 영상으로 기록할 수도 있어요. 우리가 그것에 이렇게 가까이 간 적도 없거니와, 그 습성과 태도에 이렇게 친숙한 적도 없습니다. 우리는 그것을 아주 친밀하게 알고 있어요. 하지만 그것은 계속 자라서 폭과 넓이를 획득하고, 새로운 출구와 새로운 통로와 수단을 얻고 있어요. 우리가 그것에 대해서 더 많이 알게 될수록 그것은 점점 더 크게 자랍니다. 이건 어떤 물리법칙 같은 걸까요? 지식과 기술이 진일보할 때마다 그에 걸맞게 새로운 종류의 죽음이, 새로운 변종이 나타나는 식이죠. 바이러스 매개체처럼 죽음도 적응을 해나갑니다. 이것이 자연법칙일까요? 아니면 저만의 사적인 미신일까요? 죽은 자들이 그 어느 때보다 우리 가까이 있다는 게 느껴져요. 죽은 자들과 같은 공기를 마시며 살고 있다는 게 말입니다. 노자老子의 말을 기억하세요. '산 자와 죽은 자 사이에 차이란 없다. 그들은 생명력의 한 통로다.' 노자는 예수가 태어나기 600년 전에 이렇게 말했어요. 이 말은 다시 생각해봐도 맞는 말입니다. 어쩌면 그 어느 때보다 더 맞는 말이죠."

머리는 내 어깨에 두 손을 얹고 서글픈 눈빛으로 내 얼굴을 들여다보았다. 나한테 일어난 일 때문에 얼마나 안타까운지 아주 간단한 말로 표현했다. 컴퓨터 오류 가능성도 언급했다. 컴퓨터는 늘 실수를 하잖아요, 그는 이렇게 말했다. 카펫 정전기 때문에 오류가 생길 수도 있어요. 보풀이나 머리카락이 회로에 끼어도 그럴 수 있고요. 말은 이렇게 했지만 그도 믿지 않았고 나도 믿지 않았다. 하지만 그의 말에는 확신이 있었고, 눈에는 마음에서 우러난 진심이, 넓고 깊은 감정이 가득 차 있었다. 이상하게도 나는 보답을 받은 기분이었다. 그의 동정에는 감동적인 연민과 비탄이 담겨 있어서 이 경우에 썩 잘 어울렸다. 나쁜 소식이 거의 가치 있게 느껴졌다.

"이십대 이후로 내겐 공포와 두려움이 자리 잡았습니다. 이제 그게 현실이 되었네요. 덫에 걸린 것 같고, 깊이 휘말려든 느낌이 들어요. 이걸 두고 유독가스 공중유출 사건이라고 부르는 것도 전혀 이상하지 않네요. 정말 사건이니까요. 아무 사건도 일어나지 않는 것들에 종지부를 찍었죠. 이건 단지 시작에 불과하지만요. 어떻게 될지 지켜봅시다."

라디오 토크쇼 진행자가 이렇게 말했다. "여러분은 지금 방송에 나오고 있습니다." 석유 드럼통에서 불꽃이 피어오르고 있었다. 샌드위치 행상은 밴의 문을 닫았다.

"식구들 중에 데자뷔를 겪는 분은 없나요?"

"아내와 딸이 겪고 있습니다." 내가 대답했다.

"데자뷔에 관한 이론이 하나 있는데요."

"듣고 싶지가 않군요."

"왜 이런 일들이 전에 일어났다고 생각할까요? 간단합니다. 우리 마음속에서 정말 일어났으니까요. 미래에 대한 비전으로 말입니다. 이런 것들은 사전에 인지된 것들이기 때문에 그 재료를 현재의 형태대로 우리의 의식체계에 맞출 수가 없는 거죠. 이건 기본적으로 초자연적인 일입니다. 우리는 지금 미래를 들여다보는 중이지만, 그 경험을 처리하는 방법은 모르고 있어요. 그래서 그것은 사전에 인지된 것들이 실제로 일어날 때까지, 우리가 그 사건과 대면하게 될 때까지 숨어 있는 거죠. 이제 우리는 마음껏 그걸 기억하고, 친숙한 재료로 경험해도 됩니다."

"요샌 왜 이렇게 많은 사람이 이런 일을 겪는 걸까요?"

"죽음이 대기 속에 떠돌고 있기 때문이죠." 그가 부드럽게 말했다. "죽음이 억압된 재료를 풀어놓고 있어요. 그것은 우리를 우리 자신에 관해 알지 못하는 것들 가까이로 점점 끌어당기고 있습니다. 우리 대부분은 아마도 자신의 죽음을 이미 보았겠지만, 그 재료를 표면화하는 방법은 모르고 있습니다. 어쩌면 우리가 죽을 때 처음 하게 될 말이 '나 이런 느낌 알아. 전에도 여기 와봤어'일지도 모르죠."

그는 내 어깨 뒤로 두 손을 얹더니, 새삼스레 슬픔이 복받치는 눈으로 나를 들여다보았다. 매춘부들이 어떤 사람을 부르는 소리가 들렸다.

"난 나 자신에 대한 관심을 잃었으면 좋겠어요. 그렇게 될 가능성이 조금이라도 있을까요?" 나는 머리에게 물었다.

"전혀 없죠. 더 위대한 사람들도 다 실패한 시도예요."

"당신 말이 맞는 것 같네요."

"그건 분명하죠."

"내가 할 수 있는 일이 뭔가 있으면 좋겠어요. 이 문제에 대한 생각에서 벗어나고 싶어요."

"히틀러 연구를 더 열심히 하세요." 그가 말했다.

나는 머리를 보았다. 그는 얼마나 많이 알고 있을까?

끽 소리를 내며 차창이 열렸다. 여자들 중 하나가 머리에게 말했다. "좋아요, 25달러에 해줄게요."

"당신 대리인하고 얘기 끝난 거예요?" 그가 물었다.

여자는 창문을 내리고 그를 뚫어지게 쳐다보았다. 토사

에 집이 파묻혀 저녁 뉴스에 나왔던, 머리를 만 여자처럼 낯빛이 칙칙했다.

"무슨 말인지 알잖아요." 머리가 말했다. "당신 벌이의 100퍼센트를 가져가는 대신, 당신이 감정적으로 힘들 때 돌봐주는 사람요. 당신 행실이 나쁠 때면 당신이 때려달라고 부탁하는 그 작자."

"바비 말이에요? 그이는 아이언시티에 있어요. 유독가스 구름을 피해 거기 남았어요. 그이는 꼭 필요한 일이 아니면 자기 모습을 드러내는 걸 싫어하거든요."

여자들이 깔깔 웃었다. 머리 여섯개가 까닥거렸다. 약간 과장된 내부자들끼리의 웃음, 그들 이외의 사람들은 쉽게 알아볼 수 없는 방식으로 서로간의 결속을 확인하려는 웃음이었다.

두번째 창문이 1센티 정도 열리더니 번쩍거리는 입술이 나타났다. "모범적인 포주 바비로 말할 것 같으면 말이죠, 머리 쓰는 건 좋아해요."

웃음소리가 다시 한번 울려퍼졌다. 바비 때문인지, 우리 때문인지, 혹은 그들 때문인지 확실치 않았다. 창문들이 올라갔다.

"내가 상관할 바는 아니지만, 저 여자가 25달러를 받고 당신에게 기꺼이 해주겠다는 게 뭔가요?" 내가 물었다.

"하임리히법*이요."

나는 여행용 모자와 수염 사이로 드러난 머리의 얼굴을

들여다보았다. 그는 생각에 잠긴 채 차를 응시하고 있었다. 차창이 부옇게 흐려지며 여자들의 머리 위로 담배연기가 솟아올랐다.

"물론 서서 할 수 있는 공간을 찾긴 해야겠지요." 머리가 멍하니 대답했다.

"저 여자가 정말로 자기 기도에 음식 덩어리를 넣기를 기대하는 건 아니죠?"

그는 약간 놀라서 나를 쳐다보았다. "뭐라고요? 아닙니다, 아니에요. 그럴 필요는 없어요. 구역질하는 소리와 숨막히는 소리만 내면 돼요. 내가 골반을 압박할 때 숨을 깊이 내쉬기만 하면 되고요. 생명을 구조하는 내 품 안으로 힘없이 뒤로 쓰러져주기만 하면 됩니다."

머리는 장갑을 벗고 나와 악수했다. 그러고는 문제의 여자와 세부사항을 의논하려고 다시 차로 다가갔다. 나는 그가 뒷문에 노크하는 것을 지켜보았다. 잠시 후 문이 열리고 그가 뒷좌석으로 비집고 들어갔다. 나는 드럼통 가운데 하나로 다가갔다. 남자 셋과 여자 하나가 불가에 둘러서서 이런저런 소문을 주고받고 있었다.

쿵푸 팰리스의 사슴 세마리가 죽었다. 헬기가 쇼핑몰에 불시착해 주지사는 죽었고, 조종사와 부조종사는 심한 부상을 당했다. 조차장의 남자 둘이 죽었는데, 그들이 착용

---

* 이물질로 기도가 막힌 사람을 도와주는 응급처치의 일종. 뒤에서 환자를 안고 복부를 압박한다.

한 마일렉스 방호복에는 산酸에 부식된 조그만 흔적들이 있었다. 나이어딘 냄새를 맡을 수 있는 독일셰퍼드 무리를 낙하산으로 투하해 감염된 지역에 풀어놓는 중이라고 했다. 그 지역에서 UFO 목격 신고가 빗발쳤다. 비닐을 뒤집어쓴 남자들에 의해 약탈이 광범위하게 퍼졌다. 약탈자 둘이 죽었다. 주州 방위군 여섯이 죽었는데, 인종분쟁 후 발생한 총격전 중에 살해되었다. 유산이나 조산에 대한 보고들도 있었다. 소용돌이구름이 여러군데서 추가로 목격되었다.

이런 뜬소문들을 전달하는 사람들은 특유의 공손하고 두려운 빛을 띠고, 추위 속에서 발을 동동 구르며 팔짱을 낀 채 이런 말들을 했다. 그들은 이 이야기들이 사실일까봐 겁먹었지만, 동시에 사태의 극적인 성격에 강한 인상을 받기도 했다. 유독가스 유출 사건이 상상력의 기운을 풀어놓은 것이다. 사람들은 이야기를 지어냈고, 다른 사람들은 넋이 나간 채 귀를 기울였다. 생생한 소문과 가장 으스스한 이야기에 대한 관심이 점점 커져갔다. 우리가 주어진 어떤 이야기를 믿거나 믿지 않는 것은 이전과 마찬가지였다. 하지만 이제는 감식안이 더 발달되어 있었다. 우리는 경외심을 제조해내는 스스로의 능력에 감탄하기 시작했다.

독일셰퍼드들. 그것은 내 마음속에 들어와 기운을 북돋워주는 뉴스였다. 탄탄한 몸뚱이, 촘촘하고 짙은 외피, 사나운 머리통, 길게 늘어진 혓바닥. 나는 그것들이 의젓한

걸음걸이로 민첩하게 텅 빈 거리를 어슬렁거리는 모습을 그려보았다. 우리가 듣지 못하는 소리를 들을 수 있고, 정보의 흐름 속에서 변화를 감지할 수 있는 그 모습을. 녀석들이 우리집에서 커다란 귀를 뾰족이 세운 채, 열기와 털과 축적된 힘의 냄새를 풍기며 주둥이로 벽장 속을 쿵쿵대는 장면을 그려보았다.

막사에 있는 거의 모든 사람이 자고 있었다. 나는 흐릿한 벽을 따라 걸어갔다. 무리지은 몸들이 축 늘어져 누워 있었는데, 코로 한줄기 숨을 내뿜는 것처럼 보였다. 형체들이 꿈틀거렸다. 눈이 큰 아시아계 아이 하나가 슬리핑백 여남은개가 몰려 있는 곳 사이를 걸어가는 내 모습을 지켜보았다. 내 오른쪽 귀 뒤로 울긋불긋한 점들이 휙휙 지나갔다. 화장실 물 내리는 소리가 들렸다.

버벳은 자기 코트를 덮고 에어매트리스 위에 오그리고 누워 있었다. 내 아들 하인리히는 머리를 가슴에 처박고 폭음한 통근자처럼 의자에 앉은 채 잠들어 있었다. 나는 어린 아이들이 있는 간이침대 쪽으로 야외용 의자를 가져갔다. 그리고 거기 앉아 앞으로 몸을 숙여 아이들이 자는 모습을 지켜보았다.

아이들은 이따금 머리를 뒤척였고, 팔다리가 침대 아래로 처지기도 했다. 보드랍고 따스한 저 얼굴들에는 너무나 절대적이고 순수한 신뢰가 깃들어 있어서 나는 그것이 잘못된 것일 수도 있다고 생각하고 싶지 않았다. 이러한 반짝이는 신뢰와 암묵적인 믿음을 정당화할 수 있을 만한 크고 위대하고 의심의 여지 없는 뭔가가 어디엔가 반드시 있어야만 한다. 절박한 신심信心이 나를 휩쓸고 지나갔다. 그것은 그 본성이 열망과 갈구로 가득한 우주적인 감정이었다. 그것은 까마득히 먼 거리와, 엄청나지만 섬세한 힘들에 대해 말해주었다. 잠자는 이 아이들은 책장 어느 페이지로부터 강력한 한줄기 빛을 끌어당기는 장미십자회* 광고 속 인물들 같았다. 스테피가 약간 돌아눕더니 뭐라고 잠꼬대를 했다. 그게 무슨 말인지 꼭 알아내야 할 것 같았다. 지금의 나는 나이어던 구름에 의한 죽음의 낙인을 품은 상태이므로, 뜻밖의 위안을 줄 수 있는 표정이나 기미나 암시를 찾아 어디라도 뒤질 준비가 되어 있었다. 의자를 더 바싹 당겼다. 웅크리고 잠든 아이의 얼굴은 오로지 눈만을 보호하기 위해 만들어진 구조물 같았다. 상황에 따라 색이 달라지고 그지없이 예민하며 타인의 고통을 감지하는, 크고 감정이 풍부하며 염려가 깃든 저 눈. 나는 거기 앉아 아이를 바라보았다. 잠시 후 아이는 다시 잠꼬대를 했다. 이번에는 잠결에 중얼거리는 소리가 아니라 또렷한 음절들이었지만 이 세상의 언어는 전혀 아니었다. 나는 알아들으려고 애썼다. 아이가 확실한 의미를 가진 단위를 짜맞춰 어떤 말을 하고 있다는 확신이 들었다. 아이 얼굴을

* 17~18세기 유럽에서 성행한 신비주의 비밀결사.

보면서 기다렸다. 십분이 흘렀다. 아이의 입에서 분명히 알아들을 수 있는 두 단어가 튀어나왔다. 친숙하면서도 손에 잡히지 않는, 말로 하는 주문이나 황홀경에 읊는 독경의 일부처럼 의식적儀式的인 의미를 지닌 그런 단어였다.

토요타 셀리카.

한참이 지나서야 이것이 자동차 이름이라는 것을 깨달았다. 이 사실은 나를 더욱 놀라게 했을 뿐이다. 그 말은 아름답고 신비했으며 아련한 경이로움으로 반짝거렸다. 쐐기꼴글자로 명패에 새겨 하늘에 띄운 고대 권력자의 이름 같았다. 그 이름은 상공에 뭔가가 맴돌고 있다고 느끼게 했다. 하지만 어떻게 이럴 수가 있지? 단순한 상표명에 평범한 승용차인 그것이. 뒤척이는 잠결에 아이가 중얼거린 별 의미 없는 단어가 어떻게 의미를, 하나의 존재를 감지하게 만들 수 있지? 아이는 그저 텔레비전에 나오는 어떤 목소리를 따라 하고 있었던 것이다. 토요타 코롤라, 토요타 셀리카, 토요타 크레시다. 컴퓨터로 합성된, 대개 보편적으로 발음될 수 있는 초국가적인 이름들. 모든 아이의 두뇌 소음의 일부는, 잠음 저 아래편의 지역은 너무나 깊어 탐사할 수 없다. 어디서 나왔든지 간에 이 말은 눈부신 초월의 순간에 겪는 충격으로 나를 덮쳤다.

나는 내 아이들에게서 그런 것을 얻는다.

한참을 더 앉아서 드니스를 지켜보고 와일더를 지켜보면서, 나 자신이 사라지고 영혼이 확장되는 것을 느꼈다.

바닥에는 빈 에어매트리스가 하나 있었지만, 나는 버벳의 매트리스에 기어들어 꿈꾸고 있는 작은 언덕 같은 그녀의 몸 옆에 편안히 몸을 누이고 싶었다. 그녀의 손과 발 그리고 얼굴은 코트 아래 파묻혀 있었다. 삐죽이 나온 머리카락만 보였다. 나는 금방 바다 밑 망각 속으로, 심해에 사는 게의 의식으로, 고요하고 꿈도 꾸지 않는 상태로 빠져들었다.

얼마 지나지 않은 것 같은데 나는 소음과 소동에 둘러싸였다. 눈을 떠보니 드니스가 내 팔과 어깨를 두드리고 있었다. 내가 깬 걸 보고 아이는 제 엄마를 두드리기 시작했다. 주위의 사람들은 모두 옷을 입고 짐을 싸고 있었다. 소음은 주로 바깥 앰뷸렛의 사이렌에서 나는 것이었다. 확성기를 통해 어떤 목소리가 지시를 내리고 있었다. 멀리서 쨍그랑거리는 종소리가 들리더니 자동차 경적이 연달아 울렸다. 모든 크기와 종류의 차량들이 가능한 한 가장 빠른 시간 내에 공원도로에 다다르려고 하면서 내는, 온 사방에 퍼지는 양떼의 울음소리, 겁먹은 무리의 울부짖음이 될 소음의 첫 신호였다.

나는 겨우 일어나 앉았다. 두 딸아이는 버벳을 일으키려고 애쓰는 중이었다. 사람들이 빠져나가 막사는 점점 비워지고 있었다. 하인리히가 얼굴에 수수께끼 같은 웃음을 띠고 나를 내려다보고 있는 것이 보였다. 확성기의 목소리는 이렇게 말했다. "풍향이 바뀝니다, 풍향이 바뀝니다. 구름이 방향을 바꾸었습니다. 유독가스, 유독가스가 이쪽을 향하고 있습니다."

버벳은 기분 좋게 한숨을 내쉬며 매트리스 위에서 돌아누웠다. "오분만 더 잘래." 그녀가 말했다. 딸들은 그녀의 머리와 팔을 연신 두들겨댔다.

나는 일어나서 남자화장실을 찾아 둘러보았다. 와일더는 벌써 옷을 입고 쿠키를 먹으면서 기다리고 있었다. 다시 한번 목소리가 들렸다. 방향제를 뿌린 계산대와 차임벨 사이로 백화점 안내방송에서 나올 법한, 운율 있는 호객 멘트 같은 목소리였다. "유독가스, 유독가스입니다. 여러분의 차량 쪽으로 진행 중입니다, 여러분의 차량 쪽으로 진행 중입니다."

제 엄마의 팔목을 그러잡고 있던 드니스가 팔 전체를 매트리스 위로 홱 뿌리쳤다. "저 사람은 왜 다 두번씩 말하는 거야? 한번 말하면 다 알아듣는데. 자기 목소리를 들으라고 저러는 거잖아."

아이들은 버벳의 사지를 잡고 일으켰다. 나는 서둘러 화장실로 갔다. 내 치약은 있었지만 칫솔을 찾을 수 없었다. 집게손가락에 치약을 조금 짜서 손가락으로 이를 문질렀다. 내가 돌아왔을 때, 식구들은 옷을 입고 나갈 준비가 되어 있었다. 완장을 찬 여자가 문간에서 마스크를 나눠주었다. 코와 입을 덮는 희고 얇은 외과용 마스크였다. 우리는 여섯개를 받아들고 밖으로 나갔다.

날은 아직 어두웠다. 폭우가 쏟아졌다. 우리 앞에는 파노라마처럼 무질서한 광경이 펼쳐지고 있었다. 진흙탕에 갇힌 차들, 오도 가도 못하는 차들, 일차선 대피로를 따라 기어가는 차들, 숲으로 난 지름길로 가는 차들, 나무와 바위와 다른 차들에 둘러싸여 갇힌 차들 천지였다. 사이렌이 울렸다 사그라지고, 경적이 절박한 항의조로 울려퍼졌다. 달려가는 남자들도 있었고, 바람에 숲으로 날아간 텐트도 있었고, 차를 버리고 공원도로를 향해 걸어가는 일가족도 있었다. 숲 깊은 곳에서 오토바이가 속도를 높이는 소리와 두서없이 울부짖는 사람들의 목소리가 들렸다. 마치 식민지 수도가 작심한 반란 세력의 손에 넘어가는 것 같았다. 굴욕과 죄책감이 섞인, 거대하게 밀어닥치는 한편의 드라마였다.

우리는 마스크를 쓰고 쏟아지는 폭우를 뚫고 우리 차가 있는 쪽으로 달렸다. 10미터가 채 안되는 거리에서 한 무리의 남자들이 랜드로버를 향해 침착하게 나아가고 있었다. 호리호리한 몸에 두상이 길고 각진 그들의 모습은 정글에서 전투를 가르치는 교관과 비슷했다. 그들은 질퍽한 도로뿐만 아니라 지름길로 가로지르려는 다른 차들에서도 떨어져 빽빽한 관목숲 속으로 곧바로 달렸다. 그들의 범퍼에 붙은 스티커에는 **총기를 규제하는 것은 정신을 규제하는 것이다**라는 문구가 적혀 있었다. 이런 상황이 닥치면 사람들은 우익 과격단체 사람들에게 들러붙고 싶어한다. 그들은 죽지 않고 살아남는 방법을 연습해왔으니까. 나는 어렵사리 그 뒤를 따라갔다. 우리의 조그만 왜건은 잡목덩굴 사이를 덜컹거리며 비탈을 오르고 땅에 묻힌 돌들을 넘으며 달렸다. 오분도 지나지 않아 랜드로버는 시야에서 사라졌다.

비가 진눈깨비로 바뀌었고, 진눈깨비는 눈으로 바뀌었다.

오른쪽 저 멀리에 한줄기 헤드라이트 불빛이 보여 그 방향으로 작은 도랑을 따라 50미터 정도 차를 몰았다. 차는 눈썰매처럼 기우뚱하게 굴러갔다. 아무리 가도 헤드라이트에 가까워지는 것 같지가 않았다. 버벳이 라디오를 켜자 보이스카우트 캠프장에 대피했던 사람들은 아이언시티 쪽으로 가게 되어 있고, 거기 가면 음식과 숙소를 제공받을 것이라는 방송이 나왔다. 경적소리를 들으면서 그것이 라디오 안내방송에 대한 반응이라고 생각했지만, 급박하고도 위급한 운율을 띠고 계속되는 그 소리는 폭풍우 치는 밤을 뚫고 동물적 공포와 경고의 느낌을 실어날랐다.

그러고 나서 회전자 소리가 들렸다. 헐벗은 나무들 사이로 우리는 바로 그것을, 열여덟대의 헬기로부터 조명을 받고 있는 거대한 유독가스 구름을 보았다. 이야기와 소문으로 듣던 수준을 훨씬 넘어서 파악할 수 없을 만치 거대한 그것은 소용돌이치며 팽창하는 민달팽이 모양의 덩어리였다. 마치 그 내부 자체에서 폭풍우를 생성해내고 있는 것 같았다. 그 속에서 타닥거리고 펑펑 터지는 소리가 들려왔고 번쩍거리는 빛과 화학물질로 된 화염의 길고 둥그런 띠들이 보였다. 자동차 경적이 구슬프게 울려퍼졌다. 헬기는 거대한 가전제품처럼 덜덜 떨고 있었다. 우리는 눈내리는 숲속의 차 안에서 아무 말 없이 앉아 있었다. 요동치는 중심의 저 위쪽, 그 거대한 구름의 가장자리는 조명을 받아 은빛을 띠었다. 그것은 밤을 가로지르며 민달팽이 모양으로 소름 끼치게 움직였고, 헬기들은 주변을 무력하게 떠다니고 있었다. 가공할 만한 크기와, 검고 턱없이 큰 위협과, 그것을 호위하는 헬기들을 보면, 이 구름은 라디오 광고와 인쇄물과 광고판과 텔레비전의 집중조명을 받는 수백만달러짜리 죽음의 캠페인이자 국가에서 지원하는 죽음의 홍보행사 같았다. 생생한 빛이 고압으로 방출되었다. 경적소리는 커져만 갔다.

나는 내가 전문적인 의미에서는 죽은 사람이라는 것을 충격에 떨며 상기해냈다. 시뮤백 기술자와 가진 면담이 그 끔찍한 세부까지 생생히 되살아났다. 여러 차원에서 멀미가 났다.

가족을 안전한 곳으로 데려가는 것만이 유일한 과제였다. 헤드라이트가 비치는 곳으로, 경적이 울리는 곳으로 계속 밀고 나갔다. 와일더는 평평한 공간을 차지하고 잠들어 있었다. 나는 액셀을 세게 밟거나 핸들을 홱 꺾으며, 용을 쓰면서 차를 몰아 흰소나무숲을 통과했다.

마스크 너머로 하인리히가 말했다. "넌 네 눈을 한번이라도 제대로 본 적이 있니?"

"무슨 말이야?" 금방 흥미를 나타내며 드니스가 되물었다. 우리집 베란다에서 한여름 대낮을 한가로이 즐기고 있는 것처럼.

"네 눈 말이야. 어디가 어딘지 알아?"

"홍채나 동공 같은 것 말이야?"

"그런 건 널리 알려진 기관들이잖아. 유리체는 어때? 렌즈*는 알아? 렌즈는 잘 속아넘어가는 부분이야. 우리 몸에 렌즈가 있다는 걸 아는 사람이 몇이나 될까? '렌즈'라고 하면 사람들은 '카메라'를 생각해."

"귀는 어때?" 숨죽인 목소리로 드니스가 말했다.

"눈이 불가사의라면, 귀는 아예 생각도 하지 마. 어떤 사람한테 '달팽이관'이라는 말만 해봐, '이건 웬 이상한 놈이야?' 하는 눈으로 쳐다볼걸. 우리 자신의 몸 내부엔 이런 세계가 고스란히 존재해."

"누가 그런 데 신경이나 쓰겠어." 드니스가 말했다.

"사람들은 자기 신체기관 명칭도 모르고 어떻게 평생을 살 수 있을까?"

"선脾은 어때?" 드니스가 말했다.

"동물의 선은 먹을 수 있어. 아랍인들은 선을 먹어."

"프랑스 사람들도 선을 먹어." 얇은 마스크 너머로 버벳

* '수정체'를 뜻한다.

이 말했다. "눈에 관해서 말하자면, 아랍인들은 눈도 먹어."

"어느 부위 말이에요?" 드니스가 물었다.

"눈 전체를 다 먹어. 양의 눈."

"속눈썹은 안 먹어요." 하인리히가 대꾸했다.

"양이 속눈썹이 있어?" 스테피가 물었다.

"아빠한테 물어보렴." 버벳이 말했다.

차는 개울을 건넜는데, 개울에 닿기 전까지는 개울이 있는지도 몰랐다. 겨우 건너편 땅 위로 올라갔다. 전조등 불빛 사이로 굵은 눈발이 날렸다. 숨죽인 대화는 계속 이어졌다. 현재 우리가 처한 곤경이 우리 중 어떤 이들에게는 그냥 지나가는 흥밋거리일 수도 있겠구나, 하는 생각이 들었다. 나는 식구들이 유독가스 사건에 주의를 기울여주었으면 했다. 식구들을 공원도로로 데려가려는 내 노력이 인정받기를 바랐다. 식구들에게 컴퓨터 기록에 대해서, 내 염색체와 혈액 속에 지니고 있는, 정해진 시간이 지나면 찾아올 죽음에 대해서 말할까 생각해보았다. 자기연민이 내 영혼을 뚫고 비어져나왔다. 나는 느긋하게 그것을 즐기려고 노력했다.

"이 차 안의 누구라도 정답을 맞히면 5달러 줄게." 하인리히가 보호 마스크 너머로 말했다. "이집트의 피라미드와 중국의 만리장성 중에서 어느 것을 세울 때 사람이 더 많이 죽었게? 오차 범위 오십명 내에서 두곳에서 죽은 사람 숫자도 말해야 돼."

훤히 트인 들판을 가로지르는 설상차 세대를 따라갔다. 그 차들은 기발하고 재미난 분위기를 풍겼다. 유독가스 구름이 아직도 시야에 들어왔는데, 그 안쪽에서 화학추적자* 가 완만한 호를 그리며 분출되고 있었다. 우리는 걸어가는 가족들 옆을 지나치며, 어둠속을 구불거리며 나아가는 한쌍의 붉은 빛을 보았다. 숲 가장자리로 나오자 다른 차에 탄 사람들이 졸린 표정으로 우리를 바라보았다. 공원도로까지 가는 데 구십분이 걸렸고, 아이언시티 쪽으로 갈라지는 입체교차로까지 삼십분이 더 걸렸다. 쿵푸 팰리스에서 오는 무리와 만난 것은 바로 이 지점이었다. 빵빵 하고 경적이 울리고 아이들은 손을 흔들었다. 샌타페이 철로**로 집결하는 화물열차들 같았다. 백미러로 보니 유독가스 구름은 아직 거기 걸려 있었다.

크라일론, 러스트올리엄, 레드데블.***

우리는 새벽녘에 아이언시티에 도착했다. 도로 출구마다 검문소가 있었다. 주 경찰관들과 적십자 직원들이 등사한 대피소 안내문을 나눠주었다. 삼십분 후 우리는 다른 가족 마흔세대와 함께 큰길가 사층 건물의 꼭대기 층에 있는 버려진 가라테 도장에 있었다. 침대도 의자도 아무것도 없었다. 스테피는 마스크를 벗지 않으려 했다.

---

* 물질의 행방과 변화를 추적하는 데 쓰이는 방사성 동위원소.
** 시카고와 로스앤젤레스를 잇는 대륙횡단철도.
*** 각각 도료, 녹 방지제, 집수리 용품 제품명.

아침 9시가 되었을 때 에어매트리스와 약간의 음식과 커피를 지급받았다. 먼지 낀 창문을 통해 이 지역 시크교*공동체의 일원인 터번을 두른 한 무리의 초등학생들이 아이언시티는 이곳으로 대피해온 사람들을 환영합니다라고 손으로 쓴 팻말을 들고 길거리에 서 있는 것이 보였다. 이 건물 밖으로 나가는 것은 금지되었다.

도장 벽에는 포스터 크기로 사람 손의 여섯가지 놀랄 만한 표면을 그린 삽화가 걸려 있었다.

정오께 소문 하나가 온 도시를 휩쓸었다. 유독가스 구름의 중심에 미생물을 심어넣으려고 기술자들이 군 헬기를 타고 줄지어 내려오는 중이라는 것이었다. 유전자 재조합으로 탄생한 이 미생물들은 나이어딘 D의 특정 유독물질에 대한 식욕이 내장되었다고 했다. 그것이 소용돌이구름을 말 그대로 섭취하고 먹어치우고 부수고 분해할 것이라고 했다.

이 놀라운 발명품은 『내셔널 인콰이어러』나 『스타』 따위의 타블로이드 신문에서 마주칠 수 있는 것들과 성격상 너무도 비슷해서, 싸구려 음식을 실컷 먹고 난 후처럼 실속 없이 배부르고 약간은 지겨운 느낌이 들었다. 나는 보이스카우트 막사에서 그랬던 것처럼, 얘기를 나누고 있는 이 무리 저 무리를 기웃거리면서 도장 안을 돌아다녔다.

* 개혁 성향의 힌두교의 한 교파로 우상숭배와 카스트제도를 부정한다.

어떻게 일단의 미생물들이 저렇게 **빽빽**하고 엄청난 구름을 하늘에서 제거할 만큼 유독물질을 먹어치울 수 있을지 아는 사람은 아무도 없었다. 먹힌 다음에 유독폐기물은 어떻게 될지, 혹은 그것을 다 먹어치운 미생물들은 또 어떻게 될지 아는 사람도 없었다.

사방에서 아이들은 가라테 자세를 흉내내고 있었다. 우리 구역으로 돌아오니 버벳이 스카프를 두르고 니트 모자를 쓴 채 혼자 앉아 있었다.

"난 최근 소문이 마음에 안 들어." 그녀가 말했다.

"너무 근거가 없어서? 한다발의 미생물이 유독가스 구름을 뚫고 들어가며 그걸 먹어치울 가능성은 전혀 없다고 생각하나봐."

"세상엔 온갖 가능성이 다 있어. 그 사람들이 그 작은 생물들을 플라스틱 투명 기포와 함께 상자 속에 포장해서 가져올 수 있다는 걸 한순간도 의심하진 않아. 볼펜심처럼. 내가 걱정되는 건 바로 그 점이야."

"주문생산된 미생물의 존재 자체가 걱정된다는 거네."

"그런 아이디어 자체가, 그런 존재 자체가, 경탄스러운 그 교묘함이 걱정스러운 거지. 한편으론 확실히 감탄스럽기도 해. 그런 것들을 고안해낼 수 있는 사람들이 저렇게 존재한다는 걸 생각해봐. 구름을 먹어치우는 미생물이나 뭐 그런 것들. 놀랄 일은 끝도 없어. 앞으로 이 세상에서 더 놀랄 일들은 전부 극미세한 것들일 거야. 하지만 그건 문제가 아니야. 날 겁먹게 하는 건 저 사람들이 그것을 철저히 따져봤을까 하는 거야."

"막연히 불길한 예감이 드나보네." 내가 말했다.

"그들이 내 본성의 미신적인 부분에 영향을 미치고 있는 것 같아. 한 단계 진보가 이루어질 때마다 그 진보는 날 더 겁먹게 만들기 때문에 이전의 진보보다 더 나빠."

"뭣 때문에 겁먹는 거야?"

"하늘이나 땅 때문에. 하여간 나도 모르겠어."

"과학의 진보가 위대할수록 공포는 더욱 원초적이 된다는 거네."

"왜 그럴까?" 그녀가 물었다.

오후 3시가 되어서도 스테피는 보호 마스크를 쓰고 있었다. 아이는 연녹색 눈으로 민첩하고도 은밀하게 이곳저곳을 살피면서 벽을 따라 걸었다. 아이는 자기가 주시하고 있다는 것을 사람들이 보지 못하는 듯, 마치 마스크를 쓰면 눈이 드러나지 않고 가려지기라도 하는 듯 사람들을 쳐다보았다. 사람들은 이 애가 장난을 하고 있다고 생각했다. 그들은 아이에게 윙크를 하고 "안녕" 하고 인사도 건넸다. 적어도 하루는 더 지나야 아이가 안전하다고 느끼고 보호장비를 벗을 것이 분명했다. 아이는 경고를 엄숙하게 받아들였고, 위험이란 세부사항과 정확성이 너무나 부족해서 특정한 시공간에 한정될 수 없는 상태라고 해석했다. 나는 아이가 확성기의 목소리와 사이렌과 숲을 가로질러 달린 그 밤을 잊기만을 기다려야 할 뿐임을 알고 있었다. 그때까지, 이 마스크는 아이의 눈을 두드러지게 만들면서, 아이가 힘겹고 불안한 일들에 얼마나 민감한지를 극적으로 보여줄 것이다. 그것은 아이를 세상의 실제적 관심사에 더 가까이 데려가고, 세상풍파 속에서 버리는 것 같았다.

오후 7시에 조그만 텔레비전을 든 남자가 도장 안을 천천히 걸어가면서 연설 비슷한 것을 했다. 중년이거나 그보다 조금 더 돼 보이는 남자는 눈빛이 선명하고 자세가 꼿꼿했으며, 귀 덮개가 아래로 내려오고 가장자리에 털이 달린 모자를 쓰고 있었다. 그는 텔레비전을 자기 몸에서 멀찍이 띄워 공중으로 높이 들어올린 다음, 연설을 하는 동안 도장 안에 있는 우리 모두에게 텅 빈 화면을 보여주기 위해 걸어가면서 여러번 빙 돌았다.

"방송엔 아무것도 나오지 않았습니다." 그가 우리에게 말했다. "말 한마디도, 영상 하나도 나오지 않았어요. 글래스버러 채널에서 우리 사건은 실제로 세어보았을 때 쉰두 단어는 쓸 만한 사건입니다. 그런데 화면 하나, 생방송 기사 하나 없었습니다. 이런 종류의 일이 너무 자주 일어나서 이젠 아무도 관심을 갖지 않는 걸까요? 그 사람들은 우리가 어떤 일을 겪고 있는지 알기나 하는 걸까요? 우리는 놀라서 죽을 지경이었습니다. 지금도 그렇고요. 우리는 집을 떠났고, 눈보라 속에서 차를 몰았고, 유독가스 구름을 목격했어요. 우리 위쪽 바로 거기에 있었던 그것은 치명적인 유령 같았습니다. 아무도 그런 것에 대해 내실 있는 취재를 하지 않는다는 게 말이나 됩니까? 삼십초도, 이십초도 안됩니까? 그들은 이 일이 중요하지 않다고, 사소한 일이라고 우리에게 말하는 걸까요? 그들이 그렇게도 무감각한 사람들입니까? 유출물과 오염물질과 폐기물을 질리도록 봤다는 말입니까? 그들은 이게 단지 텔레비전일 뿐이라고 생각하는 걸까요? '텔레비전 방영은 이미 너무 많이 했어, 더 보여줘봐야 뭐 하겠어?' 이런 식으로? 그들은 이게 실제상황이라는 걸 알지 못하는 걸까요? 거리마다 카메라맨과 음향기사와 기자 들로 득실거려야 하는 것 아닙니까? 우리가 창문 밖으로 그들에게 '우릴 좀 내버려둬요, 겪을 만큼 겪었어요. 우리 사생활을 침해하는 그 고약한 장비들을 챙겨서 여기서 썩 꺼져요!'라고 소리치고 있어야 하지 않나요? 이백명이 죽고 희귀한 재난 장면이 벌어져야만 그들은 헬기와 중계차를 타고 현장에 몰려오는 걸까요? 정확히 어떤 일이 일어나야 우리 얼굴에 마이크를 들이밀고 집 현관 계단까지 쫓아오고 앞마당에 캠프를 치고 그 흔한 언론 곡예를 벌이게 될까요? 우리에게 그들의 천치 같은 질문을 경멸할 권리가 있는 것 아닌가요? 이곳에 있는 우리 모습을 한번 보세요. 우리는 격리수용되어 있습니다. 중세의 나병 환자들처럼요. 그들은 우리를 바깥으로 나가지 못하게 합니다. 계단 발치에 먹을 것을 두고 자기네들은 안전한 곳으로 살금살금 도망가버립니다. 지금은 우리 삶에서 가장 두려운 순간입니다. 우리가 사랑하는 것과 목표로 삼아온 것이 심각한 위협을 받고 있어요. 하지만 주위를 둘러봐도 공식적인 언론기관의 반응은 전무합니다. 유독가스 공중유출 사건은 소름 끼치는 일입니다. 우리의 공포는 어마어마합니다. 인명 손실은 크게 없었다 해도 우리의 고통에 대해서, 우리의 인간적 염려와 공포에 대해서 마땅히 조금이라도 관심을 보여야 하지 않습니까? 두려움은 뉴스거리가 안된다는 건가요?"

환호가 터져나왔다. 함성과 박수소리가 계속 터져나왔다. 연설을 끝낸 남자는 청중에게 작은 텔레비전을 보여주면서 다시 한번 천천히 돌았다. 그가 한바퀴를 완전히 돌았을 때, 30센티도 안되는 거리를 두고 나와 얼굴을 맞대게 되었다. 풍상에 찌든 그의 얼굴이 어떤 변화를 보이기 시작했다. 어떤 사소한 사실이 새로 밝혀져서 충격을 받은 듯 약간 어리둥절한 표정이었다.

"전에 이걸 봤어요." 그가 마침내 내게 말했다.

"전에 뭘 봤단 말입니까?"

"당신이 거기 서 있고 나는 여기 서 있었어요. 사차원으로 도약한 것 같아요. 당신 모습은 믿기지 않을 정도로 선명하고 또렷해요. 밝은 머리색, 기운 없는 눈, 불그레한 코, 별 특징 없는 입과 턱, 땀을 잘 흘릴 것 같은 피부, 보통의 턱살, 구부정한 어깨, 커다란 손발. 이 모두가 전에 있었던 일이에요. 파이프에서 증기가 쉭쉭거렸어요. 당신 모공에

는 조그만 털들이 삐죽 나 있었어요. 당신 얼굴의 그 표정
도 똑같아요."

"어떤 표정 말입니까?" 내가 물었다.

"어디 홀린 듯 창백하고 넋이 나간 표정이죠."

아흐레를 더 보내고서야 우리는 집으로 돌아가도 좋다
는 지시를 받았다.

다일라라마

22

슈퍼마켓은 휘황찬란한 진열대 사이에서 길을 잃은 것처럼 보이는 노인들로 가득하다. 어떤 이들은 키가 작아서 위쪽 선반까지 손이 닿지 않고, 어떤 이들은 카트로 통로를 막고 있으며, 어떤 이들은 굼떠서 반응이 느리고, 어떤 이들은 깜빡깜빡 잊어버리거나 정신이 없으며, 또 어떤 이들은 정신병원 복도를 걷는 사람들처럼 경계하는 표정으로 뭔가를 중얼거리며 돌아다닌다.

나는 통로를 따라 카트를 밀었다. 와일더는 카트 안의 접이식 선반에 앉아서, 자신의 감각분석 체계를 흥분시키는 모양과 광채의 물건들을 낚아채려고 했다. 슈퍼마켓에는 두 코너 ─ 정육과 제과 ─ 가 새로 생겼는데, 싱싱한 송아지고기 조각을 두드리는 사내의 피가 튄 모습과 더불어 오븐에서 풍겨나오는 빵과 케이크 굽는 냄새는 우리 모두를 상당히 흥분시켰다.

"감기엔 드리스탠 울트라. 감기엔 드리스탠 울트라."

사람들을 흥분시키는 다른 하나는 눈이었다. 오후 늦게나 밤중에 폭설이 내릴 것이라는 예보가 있었다. 그래서 도로가 곧 막혀버릴까봐 걱정스러운 사람들, 빙판길에서 안전하게 걷기가 어려운 노인들, 눈보라가 치면 여러날이나 여러주 동안 집 안에 갇혀 있게 될 거라고 생각하는 사람들이 모두 쏟아져나왔다. 텔레비전에서 근엄한 표정의 남자들이 디지털 레이더 지도나 순간순간 바뀌는 지구 위성사진 앞에서 임박한 재난을 예보할 때면, 특히 노인들이 민감하게 받아들였다. 그들은 정신없이 서두르며 악천후가 닥치기 전에 물건을 사재려고 슈퍼마켓으로 몰려들었다. 대설주의보입니다, 기상예보관들이 말했다. 혹은 대설경보라거나, 제설장비를 준비하라거나, 진눈깨비와 얼음비를 동반할 거라고도 했다. 서부는 벌써 눈이 내리고 있었다. 눈은 이미 동부 쪽으로 이동 중이었다. 그들은 마치 생전 처음 보는 물건을 대하듯 이 뉴스에 집중했다. 소낙눈. 눈보라. 대설경보. 폭설. 날린눈. 심설과 땅날림눈. 적설량. 피해. 노인들은 공포에 질린 채 쇼핑을 했다. 텔레비전은 그들을 분노로 가득 차게 하지 않을 때면, 죽을 만큼 겁에 질리게 만들었다. 그들은 계산대에 줄을 서서 서로 속삭였다. 여행자 기상통보니, 시계視界 제로니 하는 말들이었다. 언제 들이닥칠까요? 몇센티나? 며칠이나 올까요? 그들은 비밀스럽고 잘 둘러댔으며, 가장 나쁜 최근 뉴스는 남들 몰래 숨기는 듯했고, 약삭빠른 면과 허둥대는 태도가 뒤섞인 듯했으며, 그들이 뭘 샀는지 누가 물어보기 전에 서둘러 빠져나가려 했다. 전쟁통에 물건을 사재는 사람들 같았다. 탐욕과 죄책감이 묻어나는 모습들.

브랜드 없는 식품 코너에서 테플론 프라이팬을 들고 있는 머리를 보았다. 나는 잠시 멈춰서서 그가 무엇을 하는지 지켜보았다. 그는 네다섯 사람과 말을 하다가 가끔 스프링노트에 뭔가를 갈겨쓰기도 했다. 프라이팬을 겨드랑이에 어색하게 낀 채 겨우 글씨를 써내려갔다.

와일더가 찢어지는 목소리로 머리를 불러서 나는 그쪽으로 카트를 밀고 갔다.

"멋진 사모님께선 안녕하신가요?"

"그럼요." 내가 말했다.

"이 아드님은 이제 말을 하나요?"

"가끔 합니다. 얘는 끌리는 물건을 집기 좋아해요."

"선생님께서 도와주셨던 그 일 기억하시죠? 엘비스 프레슬리 과목을 두고 벌인 권력투쟁 말입니다."

"물론입니다. 제가 들어가서 강의도 했잖아요."

"일이 비극적으로 풀렸어요. 어쨌거나 제가 이긴 꼴이 되긴 했지만."

"어떻게 되었는데요?"

"제 라이벌인 코차키스는 더이상 이 세상 사람이 아닙니다."

"그게 무슨 말입니까?"

"그가 죽었다는 말이에요."

"죽었다고요?"

"말리부에서 파도에 휩쓸려 실종되었답니다. 방학 때요. 한시간 전에 들었습니다. 그리고 곧장 이리로 왔어요."

문득 나는 밀집된 주변 분위기를 인식했다. 자동문이 열렸다 닫히면서 급박하게 공기를 내뿜었다. 색깔과 냄새는 더 선명해진 것 같았다. 미끄러지듯 지나가는 발소리는 십여가지 다른 소음 속에서, 건물 유지관리 시스템이 있는 지하의 윙윙거리는 소리 속에서, 쇼핑객들이 계산대 옆 타블로이드 매대에서 자기 별자리 운세를 찾느라 신문을 뒤적거리는 소리 속에서, 얼굴에 허옇게 파우더를 바른 할머니들이 속살거리는 말소리 속에서, 출입구 바로 바깥의 느슨한 맨홀 뚜껑이 자동차가 지나갈 때마다 덜컹거리는 소리 속에서도 선명하게 들려왔다. 미끄러지듯 지나가는 발들. 통로마다 가득 찬, 슬프고도 무감각하게 질질 끄는 발소리를 나는 뚜렷이 들었다.

"따님들은 어떻게 지내나요?" 머리가 물었다.

"잘 있습니다."

"다시 학교에 가나요?"

"예."

"모두를 놀라게 한 그 일도 끝났으니까 그렇겠군요."

"예. 스테피도 이젠 보호 마스크를 안 씁니다."

"저는 뉴욕식 스테이크 부위를 좀 사고 싶어요." 정육 코너를 가리키면서 그가 말했다.

그 표현은 들어본 것 같았지만, 도대체 무슨 뜻일까?

"비포장육, 갓 구운 빵." 그는 계속 말을 이었다. "외국산 과일, 희귀한 치즈. 20개국에서 들여온 상품들. 이건 마치 페르시아의 시장이나 티그리스강변의 신흥도시 같은 고대세계의 어떤 교차로에 와 있는 것 같다니까요. 잘 지내고 계시죠, 선생님?"

잘 지내고 있느냐는 건 또 무슨 뜻일까?

"불쌍한 코차키스, 파도에 휩쓸려 실종되다니." 내가 말했다. "그렇게 거구인 사람이."

"바로 그 사람이죠."

"무슨 말을 해야 할지 모르겠어요."

"그 사람 정말 거구였죠."

"정말 컸지요."

"저도 할말이 없네요. 제가 아니라 다행이라는 말밖에는요."

"분명히 135킬로는 나갔을 겁니다."

"오, 그럼요."

"어떻게 생각하세요, 130이었을까요, 135였을까요?"

"135는 족히 나갔을걸요."

"죽었군요. 그렇게 거구인 사람이 말예요."

"우리가 무슨 말을 할 수 있겠어요?"

"나도 거구 축에 속한다고 생각했는데."

"그 사람은 차원이 달랐죠. 선생님도 나름대로는 큰 편이고요."

"내가 그 사람을 알아서 이러는 건 아닙니다. 전혀 몰랐어요."

"사람들이 죽으면 그들을 모르고 지낸 게 더 낫습니다. 우리가 아니라 다행이죠."

"그렇게 거구인 사람이, 그렇게 죽다니."

"흔적도 없이 사라졌어요. 파도에 휩쓸려가버린 거죠."

"그 사람 모습이 선명하게 그려지네요."

"우리가 죽은 사람의 모습을 그려볼 수 있다는 게 어떻게 생각하면 참 신기하죠." 그가 말했다.

나는 와일더를 데리고 과일 코너로 갔다. 과일은 빛나고 촉촉했으며 지나치게 생생했다. 거기엔 뭔가 자의식적인 면이 있었다. 마치 사진 입문서에 나오는 4색 컬러 과일처럼 세심하게 관찰해 담아낸 듯했다. 우리는 페트병에 담긴 생수가 있는 오른쪽으로 돈 다음 계산대를 향했다. 나는 와일더와 같이 있는 게 좋았다. 그럴 때면 세상은 온통 쏜살같이 지나가는 만족스러운 물건들 천지가 된다. 아이는 잡을 수 있는 건 모두 다 잡았다가 맘에 드는 다른 게 연달아 나타나면 그 물건은 금방 잊어버린다. 이렇게 잊어버린다는 것이 부럽고 감탄스럽다.

계산대의 여자가 아이에게 이것저것 물어보더니 아기 목소리로 자기가 대답을 했다.

시내의 집 몇채는 관리를 소홀히 한 흔적이 보였다. 공원 벤치도 수리를 해야 했고, 파손된 도로도 다시 포장해야 할 것 같았다. 세월의 증표이다. 그렇지만 슈퍼마켓은 변하지 않았다. 더 나아졌을 뿐이다. 물건을 멋지게 쌓아두었고 음악이 흐르고 조명도 환했다. 이것이 바로 핵심이라고 우리는 생각했다. 슈퍼마켓이 쇠퇴하지 않는 한 만사형통이요, 앞으로도 그럴 것이며 결국엔 더 융성할 것이다.

그날 저녁 일찍이 나는 버벳을 자세 수업을 하는 곳까지 태워다주었다. 우리는 공원도로 구름다리에 차를 세우고 밖으로 나와 일몰을 지켜보았다. 유독물질 공중유출 사건 이후, 일몰은 더할 나위 없이 아름다워졌다. 그 둘 사이에 어떤 측정 가능한 연관이 있다는 말은 아니다. 만일 나이어딘 파생물질의 특수성분이 (일상적으로 떠도는 유해 방출물, 공해물질, 오염물질, 환각물질에 더해) 원래 눈부셨던 석양을 공포의 빛이 살짝 가미된, 위로 넓게 치솟으며 붉게 물드는 환상적인 풍경으로, 이렇게 미적으로 비약시켰다고 해도 그것을 입증할 수 있는 사람은 아무도 없었다.

"그것 말고 믿을 만한 게 뭐가 있겠어?" 버벳이 말했다. "그게 아니라면 어떻게 설명할 수 있겠어?"

"나도 모르겠어."

"우린 지금 바닷가나 사막에 있는 게 아니야. 좀 흐릿한 겨울 석양을 보고 있어야 하는 거잖아. 하지만 붉게 타오르는 저 하늘 좀 봐. 너무나 아름답고 극적이야. 전엔 한 오 분 정도 지속되었는데, 지금은 한 시간이나 걸려 있어."

"왜 그럴까?"

"왜 그럴까?" 그녀가 되물었다.

구름다리의 이 지점에서는 서쪽 전망을 넓게 볼 수 있었다. 새로운 석양이 나타난 첫날 이래, 사람들은 계속 여기 와서 주차를 해놓고 매서운 바람을 맞으면서도 둘러서서 초조한 표정으로 잡담을 나누며 일몰을 구경하곤 했다. 이미 차 네 대가 와 있었고, 앞으로 더 올 것이 확실했다. 구름다리가 전망대가 된 것이다. 경찰도 주차위반 단속을 꺼렸다. 그것은 마치 온갖 제약들을 쩨쩨해 보이게 만드는 장애인올림픽대회 같은 상황 가운데 하나였기 때문이다.

나중에 아내를 태우러 다시 회중교회로 갔다. 드니스와 와일더도 함께 갔다. 청바지 위에 레그워머를 신은 버벳은 멋지고 활달해 보였다. 레그워머는 준準군사조직원의 균형 잡힌 자세 혹은 고대 전사의 기풍 같은 분위기를 더한다. 여기에 눈을 치울 때면 털 헤어밴드도 착용했다. 그 모습을 보면 5세기 무렵이 떠올랐다. 모닥불 둘레에 선 남자들이 나직한 목소리로 터키어나 몽골어로 이야기하는 장면. 청명한 밤하늘. 그리고 훈족 아틸라 왕의 두려움 없는 모범적인 죽음이 생각났다.

"수업은 어땠어요?" 드니스가 물었다.

"아주 잘되고 있어. 학생들이 한 강좌 더 가르쳐달래."

"무슨 강좌요?"

"자긴 믿지 못할 거야."

"무슨 강좌길래?" 내가 물었다.

"먹고 마시기. 강좌명은 '먹고 마시기의 기본기'야. 그 명칭이 실제 내용보다 약간 더 바보 같다는 건 나도 인정해."

"뭘 가르칠 수 있어요?" 드니스가 물었다.

"말 그대로야. 거의 무궁무진하지. 더운 날씨엔 가벼운 음식을 먹어라. 물을 많이 마셔라."

"하지만 그런 건 누구나 다 알잖아요."

"지식은 매일 바뀌는 법이야. 사람들은 자기 믿음을 더 강화하길 원해. 밥을 많이 먹고 나서 드러눕지 마라. 빈속에 술 마시지 마라. 식사 후 적어도 한시간이 지난 후에 수영을 해라. 어른이 되면 아이일 적보다 세상이 훨씬 복잡해지거든. 우린 자라면서 이런 변하는 온갖 사실과 처신을 배우지 못했어. 어느날 그런 것들이 갑자기 나타나기 시작했지. 그래서 사람들은 권위 있는 위치에 있는 사람이 어떤 일을 하는 특정한 방식이 옳은지 그른지 확신시켜주길 원해, 당분간만이라도. 그들이 찾을 수 있는 사람 중엔 내가 가장 적합한 인물이라는 거야. 그게 전부야."

정전기가 인 보푸라기가 텔레비전 화면에 들러붙어 있었다.

침대에 우리는 조용히 누워 있었다. 나는 무자비하게 날아드는 강펀치를 피하려는 사람처럼 아내의 가슴 사이에 머리를 파묻었다. 컴퓨터의 판결에 대해 그녀에게 말하지 않기로 결심했다. 내가 거의 확실히 먼저 죽을 거라는 사실을 알면, 그녀가 극도로 충격을 받으리라는 걸 알기 때문이었다. 그녀의 몸은 내 결심과 내 침묵의 보루가 되었다. 밤이면 그녀의 가슴으로 다가가 수리 독에 정박된 부서진 잠수함처럼 정해진 그곳에 얼굴을 비벼댔다. 나는 그녀의 가슴에서, 따뜻한 입에서, 쓰다듬는 손길에서, 내 등을 스치는 손끝에서 용기를 얻었다. 그 감촉이 가벼울수록 그녀에게 알리지 않겠다는 내 결심은 더 굳건해졌다. 그녀 자신의 절망만이 내 의지를 깨뜨릴 수 있을 테니까.

한번은 사랑을 나누기 전에 그녀에게 레그워머를 신어달라고 부탁할 뻔했다. 일탈된 성욕보다는 애절함에 좀더 깊이 뿌리박힌 요청이었지만, 만일 그렇게 말했다면 그녀로 하여금 뭔가 잘못되었다고 의심하게 만들었을 수도 있겠다는 생각이 들었다.

23

나는 독일어 선생에게 수업시간을 삼십분 연장해달라고 부탁했다. 독일어를 배울 필요성은 그 어느 때보다 더 절실해 보였다. 그의 방은 추웠다. 그는 방한복을 착용하고 있었으며 창가에는 점점 더 많은 가구가 쌓이는 것 같았다.

우리는 어두침침한 가운데 서로 마주 보고 앉았다. 나는 어휘와 문법규칙을 놀랄 만큼 잘했다. 필기시험이라면 쉽게 합격했을 것이고 최고점수를 받을 수도 있었을 것이다. 하지만 단어 발음은 아직도 문제가 많았다. 던롭 선생은 개의치 않는 것 같았다. 그는 내 얼굴에 마른침을 튀겨가며 반복해서 발음을 교정해주었다.

우리는 한주에 수업을 두번에서 세번으로 늘렸다. 그는

산만하던 태도를 버리고 약간 더 집중하는 것 같았다. 가구, 신문, 종이박스, 폴리에틸렌 비닐—계곡에 버려진 물건 중에서 주워온 것들—등이 벽과 창문가에 계속 쌓여갔다. 내가 발음 연습을 할 때면 그는 내 입속을 들여다보았다. 한번은 내 혀를 바로잡는다고 입안에 오른손을 들이민 적도 있었다. 이상하고 끔찍한 순간이었고, 기억에서 떨쳐지지 않는 친밀한 행동이었다. 이때까지 어느 누구도 내 혀를 만진 적은 없었다.

독일셰퍼드들은 마일렉스 복장의 남자들과 함께 아직도 우리 도시를 순찰하고 다녔다. 우리는 개들을 반갑게 맞이했고 이젠 익숙해져서 먹이도 주고 쓰다듬기도 했다. 하지만 누비장화에 호스 달린 마스크를 쓴 방호복 차림의 사내들을 보는 데는 좀처럼 적응이 되지 않았다. 우리는 이 복장을 우리의 곤경과 공포의 근원과 관련지었다.

저녁식사 때 드니스가 말했다. "저 사람들은 왜 평상복을 입으면 안되지?"

"지금 입는 옷이 근무복이니까 그래." 버벳이 말했다. "그렇다고 우리가 지금 위험한 상태라는 뜻은 아니야. 개들이 냄새를 맡아서 우리 도시 변두리에서 유독물질 흔적 두어군데밖에 찾아내지 못했잖아."

"그렇게 믿어줬으면 하는 거죠." 하인리히가 말했다. "그들이 발견한 것을 사실대로 발표한다면, 소송만 해도 수십억 달러가 들걸요. 시위나 공황, 폭력, 사회불안은 말할 것도 없고요."

이렇게 전망하면서 아이는 즐거워하는 것 같았다. 버벳이 말했다. "그건 좀 극단적이지 않니?"

"뭐가 극단적이라는 거죠? 제가 한 말이요, 아니면 일어날 일이요?"

"둘 다 그래. 결과가 공표된 것과 다르다고 생각할 이유가 전혀 없잖아."

"그걸 진짜 믿으세요?" 아이가 물었다.

"믿지 말란 법이 어디 있니?"

"이런 조사결과가 하나라도 사실대로 공표되면 산업은 폭삭 무너질 거예요."

"어떤 조사 말이니?"

"지금 전국에서 진행되고 있는 조사들요."

"바로 그거야." 버벳이 말했다. "뉴스를 보면 매일같이 유독물질 유출 사건이 터지고 있어. 저장탱크에서 발암 용액이 쏟아지고, 공장 굴뚝에서 비소가 솟아오르고, 발전소에서 방사능 오염수가 흘러나와. 그런 일이 일상적으로 일어난다면, 그게 어떻게 심각한 일일 수가 있겠니? 일상적으로 일어나는 일이 아니라는 게 심각한 사건의 정의 아냐?"

두 딸아이가 예리하고 재치 있는 대꾸를 기대하면서 하인리히를 쳐다보았다.

"유출 사건 따윈 잊어버리세요." 하인리히가 말했다.

"이런 유출 따윈 아무것도 아니니까요."

우리 중 어느 누구도 하인리히가 이런 방향으로 얘기를 끌고 가리라고는 예상하지 못했다. 버벳은 주의 깊게 아이를 바라보았다. 아이는 자기 샐러드 접시에 담긴 상춧잎을 반으로 똑같이 잘랐다.

"그게 아무것도 아닌 거라고 할 수는 없어." 버벳이 조심스레 말했다. "그건 작고 일상적인 유출이야. 통제 가능하단 말이지. 하지만 아무것도 아닌 건 아니야. 우리가 감시해야만 해."

"이런 유출 사건들을 빨리 잊을수록 진짜 중요한 문제와 직면할 수 있다는 말이에요."

"진짜 중요한 문제란 게 뭔데?" 내가 물었다.

아이는 상추와 오이를 한입 가득 넣은 채 말했다.

"진짜 문제는 우리를 일상적으로 둘러싸고 있는 그런 유의 방사물질이에요. 우리가 쓰는 라디오, 텔레비전, 전자레인지, 바로 문밖에 있는 전선들, 고속도로의 레이더 속도위반 적발장치, 이런 것들 말이죠. 수십년 동안 우리는 이렇게 적은 양의 방사물질은 위험하지 않다는 말을 들어왔어요."

"그래서 지금은 어떤데?" 버벳이 물었다.

우리는 하인리히가 숟가락으로 접시 위의 으깬 감자를 화산 모양으로 만드는 것을 지켜보았다. 아이는 감자 윗부분의 옴폭한 부분에 아주 조심스럽게 그레이비소스를 부었다. 그러고는 스테이크에서 비계와 힘줄과 여타 문제 있는 부분을 잘라내는 일에 착수했다. 대부분의 사람들이 획득한 유일한 형태의 전문기술은 바로 먹는 일이라는 생각이 문득 들었다.

"이건 중대하고도 새로운 걱정거리예요." 아이가 말했다. "유출이건 낙진이건 누출이건 잊어버리세요. 조만간 우리를 망치게 될 건 말이죠, 우리집에서 우리를 둘러싸고 있는 바로 그것들이에요. 바로 전기장과 자기장이죠. 고압선 가까이 사는 사람들이 가장 높은 자살률을 기록한다고 말하면, 여기 있는 누가 내 말을 믿겠어요? 그 사람들이 왜 그렇게 슬프고 우울할까요? 추한 전선과 전신주를 그냥 보기만 한다고 그렇게 될까요? 아니면 방사선에 지속적으로 노출된 결과 그들의 뇌세포에 무슨 일이 생긴 걸까요?"

아이는 스테이크 한조각을 화산의 분화구에 담긴 그레이비소스에 찍은 다음 입에 넣었다. 하지만 아래쪽 사면의 감자를 떠서 입안에 넣고 나서야 씹기 시작했다. 감자가 무너지기 전에 아이가 소스를 다 먹을 수 있을까 하는 의문과 더불어 긴장감이 돌기 시작했다.

"두통과 피로 따위는 논외로 치고요." 음식을 씹으면서 아이가 말을 이었다. "신경증이나 가정에서 일어나는 이상하고 폭력적인 행동들은 왜 발생할까요? 과학적으로 발견된 사실들이 있잖아요. 그 많은 기형아들은 전부 어디서 생겼다고 생각하세요? 라디오와 텔레비전, 그게 바로 진원지예요."

딸애들은 감탄하는 눈빛으로 하인리히를 보았다. 나는 그애의 말에 반박하고 싶었다. 왜 그런 과학적 발견들은 믿어야 하고, 나이어딘 오염으로부터 우리가 안전하다는 걸 알려주는 결과는 믿지 않아야 하는지 묻고 싶었다. 그 러나 내 처지를 생각할 때 무슨 말을 할 수 있을까? 네가 인용하고 있는 그런 종류의 통계학적 증거는 본래 결론도 없고 왜곡된 것일 수 있다고 말해주고 싶었다. 너도 성숙 해지면서 이 모든 파국적 발견들을 침착하게 바라보는 법 을 배우게 될 것이라고 말해주고 싶었다. 곧이곧대로 믿는 협소함에서 벗어나고, 박식하면서도 회의적인 탐구심을 발휘하고, 지혜와 원만한 판단력을 기르고, 늙고 쇠퇴하고 죽는 과정을 거치면서 말이다.

그렇지만 이렇게만 말했다. "지금은 가공할 데이터 그 자체가 하나의 산업을 이루고 있어. 다양한 회사들이 얼마 나 치명적으로 우리를 놀라게 할 수 있을지 경쟁하고 있단 말이야."

"모두에게 전해줄 뉴스가 있어요." 아이가 말했다. "흰 쥐를 무선주파수 전자기파에 노출시키면 뇌에서 칼슘이 온이 분비된대요. 그게 무슨 뜻인지 여기 식탁에 있는 사 람들 중에 아는 사람?"

드니스가 제 엄마를 쳐다보았다.

"요새 너희들 학교에서 그런 것도 배우니?" 버벳이 말했다. "사회시간엔 뭘 배우니? 어떤 과정을 거쳐서 법안이 법률로 제정되는가? 직각삼각형 빗변의 제곱은 나머지 두 변의 제곱의 합과 같다. 나는 아직 이 공식을 외울 수 있어. 벙커힐 전투는 실제로는 브리드힐에서 일어난 거야. 또 있어. 라트비아, 에스토니아, 리투아니아.*"

"침몰한 배가 모니터호였나, 메리맥호**였나?" 내가 말했다.

"몰라, 아무튼 '티피카누와 함께 타일러도'***도 있었지."

"그게 뭐예요?" 스테피가 물었다.

"대선에 출마한 인디언****이었다는 걸 말하고 싶어. 또 생각나. 자동수확기 발명한 사람이 누구였지? 그뒤로 미국 농업이 어떻게 바뀌었더라?"

"난 지금 세 종류의 암석 이름을 기억해내는 중이야." 내가 말했다. "화성암, 퇴적암, 그리고 하나 더 있어."

"로그는 어때? 1930년대 대공황을 낳은 경제적 불안요인은 뭐였지? 또 있어. 링컨과 더글러스 논쟁*****에서 누가 이겼더라? 조심해. 보기보다 어려울걸."

* 소련에서 독립한 발트해 연안의 세 공화국.
** 남북전쟁 중 각각 북군과 남군의 전함 이름.
*** 북아메리카원주민과 벌인 티피카누 전투에서 영웅이 된 미국 제9대 대통령 윌리엄 헨리 해리슨과 부통령 존 타일러의 1840년 대통령 선거전 슬로건.
**** '티피카누'라는 별명 때문에 해리슨을 원주민으로 오인함.
***** 1858년 일리노이 상원의원 선거에서 노예제 존속을 놓고 링컨과 스티븐 A. 더글러스가 벌인 토론.

"무연탄과 역청, 이등변삼각형과 부등변삼각형." 내가 말했다.

교실의 혼란스러운 이미지들이 한꺼번에 스쳐가면서 이런 불가사의한 말들이 다시 떠올랐다.

"또 있어. 앵글족, 색슨족, 주트족.*"

데자뷔는 아직 이 지역에서 골칫거리였다. 무료 상담전화가 이미 개설된 상태였다. 반복해서 떠오르는 사건들 때문에 고통받는 사람들을 돕기 위해 전문 상담원들이 이십사시간 대기 중이었다. 어쩌면 데자뷔나 몸과 마음에 생기는 또다른 탈들은 이번 유독가스 공중유출 사건의 지속적인 산물인지도 몰랐다. 하지만 오랜 시간을 두고 보면, 이런 것들은 우리가 느끼기 시작한 뿌리 깊은 고립감의 증표라고 해석하는 일도 가능해졌다. 이 근방에는 위로가 될 만한 어떤 지평에서 우리 자신의 딜레마를 조망할 수 있게 해주는, 더욱 거대한 괴로움을 겪는 대도시라고는 전혀 없다. 우리가 희생당했다는 느낌에 대해 비난을 퍼부을 대도시가 없다. 미워하고 두려워할 대도시가 없다. 우리의 불행을 흡수해버리고, 우리의 사그라지지 않는 시간감각 — 우리의 특수한 파멸, 우리의 염색체 파괴, 발작적으로 증식하는 세포조직의 대리자로서의 시간에 대한 의식 — 을 분산해줄, 숨가쁘게 돌아가는 거대도시가 없다.

* 잉글랜드를 구성하는 종족들.

"바바." 그날 밤 침대에서 나는 아내의 가슴에 얼굴을 묻고 속삭였다.

우리는 시샘할 일이라곤 없는 소도시가 좋긴 하지만, 방향을 지시하는 북극성 같은 거대도시가 없어서 사적인 순간들이면 조금은 외롭기도 하다.

24

다일라를 발견한 것은 다음 날 밤이었다. 호박색의 가벼운 플라스틱 병이었다. 욕실 라디에이터 뚜껑 밑에 테이프로 붙어 있었다. 라디에이터가 덜컹거리기 시작하길래 근래에 느끼던 무력감을 감춰볼 요량으로 진지하고도 조직적으로 밸브를 살펴보겠노라고 뚜껑을 들어냈을 때 그것을 발견했다.

당장 드니스를 찾으러 갔다. 아이는 침대에 누워 텔레비전을 보고 있었다. 내가 찾아낸 것을 말한 후, 우리는 말없이 욕실로 가서 같이 그 병을 확인했다. 투명테이프 아래로 다일라라는 글자가 선명하게 보였다. 우리 둘은 아무것도 건드리지 않았다. 약병이 이런 식으로 감춰져 있는 걸 발견하고 너무도 놀랐기 때문이다. 우리는 심각하게 염려하며 조그만 알약들을 바라보았다. 그러고는 의미심장한 표정을 교환했다.

우리는 한마디 말도 하지 않고 약병을 그대로 둔 채 라디에이터 뚜껑을 다시 덮고는 드니스의 방으로 돌아왔다. 침대 발치에 놓인 텔레비전에서 이런 목소리가 들려왔다. "한편 여기 어떤 해산물과도 잘 어울리는 간편하고 식욕을 돋우는 레몬 고명이 있습니다."

드니스는 침대 위에 걸터앉았다. 아이의 시선은 나를 비켜가고, 텔레비전을 비켜가고, 방 안의 포스터와 기념품도 모두 비켜갔다. 눈을 가늘게 뜨고 생각에 잠겨 찌푸린 얼굴이었다.

"엄마한테는 아무 말도 하지 말아요."

"그래." 내가 말했다.

"엄만 자기가 그걸 왜 거기 뒀는지 기억나지 않는다고만 할 거예요."

"다일라가 뭐지? 궁금한 건 그것뿐이구나. 이 인근에서 약을 처방받을 만한 곳은 서너군데밖에 없잖아. 약사한테 물어보면 이게 도대체 무슨 약인지 말해줄 거야. 내일 아침에 당장 차를 타고 가서 물어봐야겠다."

"제가 벌써 물어봤어요." 아이가 말했다.

"언제?"

"크리스마스 무렵에요. 약국 세군데를 들러서 뒤쪽 계산대 뒤에 앉은 인도 사람들한테 물었죠."

"파키스탄 사람들 같던데."

"어쨌거나요."

"그들이 다일라에 대해 뭐라고 했니?"

"전혀 들어본 적 없대요."

"자세히 알아봐달라고 부탁했어? 최신 약품목록을 갖고 있을 텐데. 증보판이나 개정판 같은 거 말이야."

"찾아봐줬어요. 어떤 목록에도 없었어요."

"목록에 없었다고." 내가 말했다.

"엄마 주치의에게 전화해야겠어요."

"지금 당장 해야 한다. 집으로 전화해야겠어."

"의사를 놀라게 하세요." 아이가 인정사정 보지 않고 말했다.

"집으로 전화를 걸면 응답기나 안내원이나 간호사를 거칠 필요가 없겠지. 같은 건물을 쓰는 싹싹한 젊은 의사는 물론이고. 그 사람은 고명한 의사가 할 거절을 대신 하는 게 주된 임무지. 일단 늙은 의사한테 못 가고 젊은 의사한테 떠넘겨지면 그건 환자나 환자의 병이 이류라는 뜻이야."

"집으로 전화하세요." 아이가 말했다. "전화해서 깨우세요. 교묘히 속여서 우리가 알아내야 하는 걸 말하게 만들어야만 돼요."

집 안의 유일한 전화는 부엌에 있었다. 나는 복도를 천천히 걸어가면서 버벳이 아직 침실에 있는지 확인하기 위해 그쪽을 흘깃거렸다. 그녀는 블라우스를 다리면서 청취자 참여 라디오 프로를 듣고 있었다. 그녀가 최근에 빠져든 오락거리였다. 나는 부엌으로 내려가 전화번호부에서 의사 이름을 찾아서 그의 집 번호를 눌렀다.

의사의 이름은 훅스트래튼이다. 독일 이름 같았다. 전에 그를 한번 만난 적이 있었다. 목소리는 저음이고 턱살이 늘어진 얼굴에 구부정한 사람이었다. 드니스는 그를 교묘히 속여보라고 했지만 유일한 방법은 정직하고 진실하게 나가는 것뿐이었다. 내가 낯모르는 사람인 체하면서 다일라에 대한 정보를 묻는다면 그는 전화를 끊어버리거나 진료실로 찾아오라고 말할 것이다.

벨이 네댓번 울리자 그가 전화를 받았다. 나는 신분을 밝히고 버벳 때문에 몹시 걱정스럽다고 말했다. 집으로 전화를 걸 만큼 걱정스럽다고. 염치없는 행동인 건 알지만 양해해주시리라 믿는다고. 나는 그 약이 그녀의 증상을 유발하는 것을 치료하려고 그가 처방해준 게 분명할 거라고 말했다.

"어디가 아프다고요?"

"기억력이 감퇴되었어요."

"기억력 감퇴에 대해 늘어놓으려고 의사 집으로 전화를 해요? 기억력이 감퇴되는 사람들이 전부 다 의사 집으로 전화를 하면 우린 도대체 어떻게 살란 말이오? 그 여파는 엄청날 거요."

나는 그런 증상이 잦다고 말했다.

"잦다고요? 당신 부인 알지. 어느날 밤에 우는 애를 데리고 찾아온 게 댁의 부인 아니오. '우리 애가 울어요'라면서. 개업의한테 와서 애 울음 그치게 치료해달라던 그 여자 말이오. 이번엔 전화를 받으니 그 남편이로구먼. 밤 10시가 넘어서 의사 집으로 전화를 걸어서는 '기억력 감퇴' 운운하다니. 차라리 마누라가 방귀를 뀌었다고 하지 그래요? 방귀 때문에 집으로 전화했다고?"

"선생님, 잊어버리는 일이 잦고 지속적입니다. 그 약 때문인 게 분명합니다."

"무슨 약 말이오?"

"다일라 말이에요."

"그런 약은 들어본 적도 없소."

"작고 흰 알약인데요. 호박색 병에 들어 있어요."

"당신, 알약이 작고 희다고 설명하고는 의사더러 알아맞히라는 거요? 그것도 밤 10시가 지나 집으로 전화를 걸어서? 둥글다는 말도 하지 그래요? 이런 사례에선 그게 핵심적이지."

"목록에는 없는 약품입니다."

"난 그런 건 본 적도 없어. 당신 부인한테 처방해준 적이 없다는 건 확실하단 말이오. 나도 여느 사람과 다름없이 인간적인 실수도 할 수 있겠지만, 내 진단 능력 내에서 볼 때 당신 부인은 아주 건강한 여자요."

그의 말은 마치 오진에 대한 책임을 지지 않겠다는 선

언처럼 들렸다. 형사가 피의자에게 헌법상의 권리를 알려 주듯이, 그도 어쩌면 어떤 문건을 보고 읽는 중이었는지도 모른다. 나는 고맙다는 인사를 하고 전화를 끊은 다음 내 주치의 집으로 전화를 걸었다. 그는 벨이 일곱번째 울리자 전화를 받았는데, 다일라는 서구세계의 생존에 결정적인 원유 기지 중 하나인 페르시아만의 섬 이름 같다고 말했다. 수화기 저 너머에서 기상예보를 하는 여자 목소리가 들렸다.

나는 위층으로 올라가서 드니스에게 걱정하지 말라고 말했다. 약병에서 알약 하나를 꺼내서 대학 화학과의 누군가에게 분석해달라고 하겠다고 했다. 나는 아이가 그것도 벌써 해보았노라고 말하기를 기다렸다. 하지만 아이는 굳은 표정으로 고개만 끄덕였다. 나는 복도로 나와 잘 자라는 말을 하려고 하인리히의 방에 들렀다. 아이는 벽장 문간에 달아둔 봉을 이용해서 턱걸이를 하고 있었다.

"그건 어디서 났니?"

"머케이터 거예요."

"걔가 누군데?"

"요새 저랑 같이 다니는 형이에요. 열아홉살이 다 돼가는데 아직 고등학생이에요. 아빠한테 정보를 드리려고 하는 말이지만요."

"무슨 정보 말이니?"

"형이 얼마나 큰가 하는 거죠. 이렇게 엄청나게 무거운 역기도 누워서 들어올린다니까요."

"넌 왜 턱걸이를 하려고 하니? 턱걸이로 뭘 얻으려고?"

"뭘 한들 얻을 게 있겠어요? 그저 다른 것들을 벌충하려고 근력이라도 키우고 싶은 것뿐이에요."

"다른 것들이란 게 뭐야?"

"하나만 대자면, 제 머리카락 상태가 더 나빠지고 있다는 거죠."

"나빠지고 있지 않아. 내 말 못 믿겠으면 바바에게 물어봐. 바바는 그런 걸 예리하게 보잖니."

"우리 엄마가 피부과에 가보라고 했어요."

"지금 이 단계에서 그럴 필요는 없어."

"벌써 가봤어요."

"그가 뭐라고 했는데?"

"그가 아니라 그녀예요. 우리 엄마가 여자 의사한테 가라고 했거든요."

"그녀가 뭐라고 했니?"

"모발 공여 부위에 숱이 많다고요."

"그게 무슨 말이야?"

"제 머리의 다른 부위에서 머리카락을 가져다가 필요한 부분에 심는 수술을 할 수 있대요. 그렇다고 상황이 달라지는 건 아니지만요. 곧 머리가 벗어질 거예요. 머리가 완전히 벗어진 내 모습도 쉽게 상상이 가요. 내 또래 아이들 중에 암에 걸린 애들도 있고요. 그애들은 화학치료를 받아 머리카락이 뭉텅뭉텅 빠진대요. 저라고 다를 게 있겠어요?"

아이는 벽장 안에 서서 나를 빤히 바라보았다. 나는 화제를 바꾸려고 마음먹었다.

"턱걸이가 정말로 도움이 된다고 생각한다면, 벽장 밖으로 나와서 안을 보면서 할 수도 있잖아? 왜 그렇게 컴컴하고 퀴퀴한 곳에 서 있는 거니?"

"이렇게 하는 게 이상하다고 생각하시면요, 머케이터가 뭘 하는지 보셔야 해요."

"걔가 뭘 하는데?"

"그 형은요, 독사가 가득 든 우리에 가장 오래 앉아 있기 부문의 기네스북 기록을 깨려고 훈련 중이에요. 그리고 그런 외국산 반려동물 가게가 있는 글래스버러에 일주일에 세번씩 들러요. 가게 주인이 머케이터더러 맘바랑 퍼프애더 같은 아프리카 독사한테 먹이를 주게 해준대요. 익숙해지게 하려고요. 북미산 방울뱀 따위와는 완전히 다른 거예요. 퍼프애더는 세상에서 가장 독성이 강한 뱀이거든요."

"뱀이 우글거리는 우리 안에 사주째 앉아 있는 사람 이야기가 텔레비전에 나오면, 나도 모르게 그 사람이 물려버렸으면 좋겠다는 생각이 들던데."

"저도 그래요." 하인리히가 말했다.

"왜 그럴까?"

"그 형은 물리기를 자청하고 있거든요."

"맞아. 대다수 사람들은 평생 위험을 피하려고 애쓰지. 그런데 이런 사람들은 자신을 어떻게 생각할까?"

"그들은 자청하고 있는 거예요. 그러니까 그냥 내버려 둬야죠."

나는 모처럼 우리 둘이 마음이 맞는 순간을 즐기면서 잠시 말을 멈추었다.

"그것 말고 네 친구가 훈련하는 건 또 뭐가 있는데?"

"오줌을 참고 한자리에 오래 앉아 있기도 해요. 하루 두 끼 먹을 때까지 앉아 있어요. 앉은 채로 잠도 자는데요, 한 번에 두시간씩 자요. 단계적으로 깨는 법도 훈련하고 싶대요, 갑자기 움직이면 안되니까. 그러면 맘바가 놀랄 수도 있으니까요."

"참 희한한 야심도 다 있구나."

"맘바는 아주 예민하거든요."

"하기야 그렇게 해서 개가 행복하다면야."

"그 형은 자기가 행복하다고 생각하지만, 과대하게 자극되거나 과소하게 자극되는 건 형의 뇌 속 신경세포일 뿐이에요."

한밤중에 나는 침대에서 빠져나와 복도 끝에 있는 작은 방으로 가서 스테피와 와일더가 잠든 모습을 지켜보았다. 움직이지 않고 거의 한시간 동안 아이들을 지켜보면서, 형언할 수 없이 상쾌하고 마음이 넓어지는 느낌이 들었다.

우리 침실로 돌아갔을 때, 칠흑 같은 밤거리를 내다보며

창가에 서 있는 버벳을 발견하고는 깜짝 놀랐다. 그녀는
내가 침대 밖으로 나갔었다는 것도 알아차리지 못한 듯했
고, 다시 침대 위로 올라가서 이불 속으로 파고드는 소리
도 듣지 못하는 듯했다.

25

닛산 센트라를 모는 중년의 이란 남자가 우리집에 신문
배달을 한다. 그 차 때문에 나는 약간 불안하다 ─ 새벽에
그가 현관 계단까지 신문을 갖다놓을 동안, 차는 헤드라이
트를 켠 채 대기한다. 이제 나도 근거 없는 위협을 느낄 그
런 나이가 되었다고 속으로 중얼거린다. 세상은 채택되지
않은 의미들로 가득하다. 평범하기 그지없는 일에서 나는
예기치 못한 주제들과 충격적인 사건들을 발견한다.

나는 연구실 책상 앞에 앉아서 하얀 알약을 내려다보고
있었다. 비행접시 비슷한 모양으로 한쪽 끝에 미세한 구멍
이 난 유선형 알약이었다. 한참이나 집중해서 들여다본 후
에야 구멍을 알아볼 수 있었다.

이 알약은 아스피린처럼 파슬파슬하지도 않고 캡슐처

럼 미끈거리지도 않았다. 손으로 만지면 이상한 느낌이 들었는데, 별나게 예민한 촉감을 주는 동시에 물에 녹지 않는 정교하게 제조된 합성물질이라는 인상도 주었다.

나는 '관측소'로 알려진 돔 지붕의 작은 건물로 건너가서 위니 리처즈에게 그 알약을 건네주었다. 그녀는 신경화학을 연구하는 젊은 학자로서 연구업적이 아주 뛰어나다는 평을 받고 있었다. 키가 껑충하고 수줍음을 타는 비밀스러운 여자로, 누가 재미있는 말을 하면 얼굴을 붉혔다. 뉴욕 출신의 교수 몇몇은 그녀의 작은 연구실에 들러서 단지 얼굴이 빨개지는 걸 볼 양으로 속사포같이 재담을 늘어놓기를 좋아했다.

나는 그녀가 한 이삼분 동안 너저분한 책상 앞에 앉아서 엄지와 검지 사이에 알약을 들고 천천히 돌리는 모습을 지켜보았다. 그녀는 약을 핥아보더니 어깨를 으쓱했다.

"별맛이 없는 건 확실하네요."

"성분 분석하는 데 얼마나 걸릴까요?"

"아직 처리하지 못한 돌고래 뇌가 있긴 하지만, 사십팔 시간 후에 와보세요."

위니는 남의 눈에 띄지 않고 여기저기 잘 다니는 걸로 힐 대학에서 유명했다. 그녀가 어떻게 그렇게 하는지, 혹은 왜 꼭 그래야 하는지 아는 사람은 아무도 없었다. 어쩌면 자신의 어색한 골격과 목을 길게 빼고 쳐다보는 표정과 성큼성큼 내딛는 특이한 걸음걸이를 의식하는지도 모르고, 트인 공간을 겁내는 공포증이 있는지도 모른다. 대학 내의 공간이라고 해봐야 거의 다 아늑하고 예스러운 곳이었지만 말이다. 어쩌면 이 세상의 사람들과 사물들이 그녀에겐 너무도 충격적일뿐더러 거칠고 벌거벗은 육체의 완력으로 다가와서 — 그녀의 얼굴을 정말 붉히게 만들어서 — 차라리 자주 접하지 않는 편이 더 쉽다는 것을 깨달았을지도 모르고, 뛰어나다는 말을 듣는 게 지겨웠는지도 모른다. 어떤 경우이건 간에, 그주 나머지 날 동안 그녀가 어디 있는지 찾느라 정말 힘들었다. 잔디밭이나 보도에서도 보이지 않았고, 내가 들를 때마다 연구실에도 없었다.

드니스는 집에서는 다일라 얘기를 꺼내지 않는 것을 원칙으로 했다. 이 아이는 내게 스트레스를 주고 싶지 않아서 심지어 눈도 맞추지 않으려 했다. 의미심장한 표정으로 서로 바라보면 우리가 은밀히 알고 있는 게 들통이라도 날 것처럼 말이다. 버벳으로 말할 것 같으면, 그녀에게선 의미심장하지 않은 표정은 찾으려야 찾을 수 없었다. 한창 대화하다가도 그녀는 고개를 돌려 조각상처럼 아득한 표정으로 내리는 눈발이나 석양이나 주차된 차들을 응시하곤 했다. 이렇게 생각에 잠긴 모습을 보자 슬슬 염려가 되었다. 버벳은 구체적인 것에 대한 팽팽한 감각과 분명하고 현실적인 것에 대한 신뢰를 지닌, 한결같이 외향적으로 보이던 여자이기 때문이다. 이런 은밀한 응시는 그녀가 옆에 있는 우리뿐만 아니라, 자신이 그토록 하염없이 바라보는 사물들 자체로부터도 동떨어졌음을 의미했다.

큰애들이 나간 다음, 우리는 아침 식탁 앞에 앉아 있었다.

"당신 스토버네 새 강아지 봤어?"

"아니." 내가 대답했다.

"그 집에선 그 개가 외계에서 왔다고 생각해. 농담하는 게 아니더라고. 어제 그 집에 갔었거든. 그 개 **진짜** 이상해."

"당신, 무슨 고민 있어?"

"아니, 괜찮아." 그녀가 말했다.

"나한테 말해주면 좋겠어. 우린 뭐든지 다 털어놓고 지냈잖아. 언제나 말이야."

"잭, 내가 무슨 고민이 있겠어?"

"당신, 창밖을 내다보잖아. 어딘지 모르게 달라 보여. 당신이 사물을 보고 반응하는 게 완전히 달라졌어."

"그 집 개가 바로 그러더라니까. 개가 창밖을 내다봐. 그것도 아무 창문으로나 보는 것도 아니야. 위층 다락까지 올라가서 앞발로 창턱을 짚고 제일 꼭대기 창문으로 내다봐. 그 집 사람들은 개가 외계인의 명령을 기다린다고 생각하고."

"이 말을 하려는 걸 드니스가 알면 날 죽이려고 할 거야."

"무슨 말인데?"

"다일라를 찾아냈어."

"다일라?"

"라디에이터 뚜껑에 테이프로 붙여놨더라."

"내가 왜 라디에이터 뚜껑에 뭘 붙여놓겠어?"

"당신이 바로 그렇게 대답할 거라고 드니스가 예측했어."

"걔는 대개 잘 맞히지."

"당신 주치의 훅스트래튼에게도 말했어."

"난 더할 나위 없이 건강해, 정말이야."

"의사도 그렇게 말했어."

"이렇게 춥고 을씨년스러운 날이면 내가 뭘 하고 싶은지 당신 알아?"

"뭔데?"

"잘생긴 남자랑 침대 속으로 기어들어가는 거. 와일더는 장난감 터널 속에 넣어둘게. 당신은 가서 면도하고 이 닦아. 십분 후에 침실에서 만나."

그날 오후, 위니 리처즈가 관측소 옆문을 살짝 빠져나와 신관을 향해 작은 잔디밭을 성큼성큼 걸어가는 것을 보았다. 나는 서둘러 연구실에서 나와 그녀를 쫓아갔다. 그녀는 계속 벽 가까이에 붙어서 큰 보폭으로 움직였다. 나는 위험에 처한 짐승이나, 예티 혹은 새스콰치* 같은 경이로운 비인간 존재를 목격하는 귀한 기회를 잡았다는 느낌이 들었다. 날씨는 춥고 아직도 을씨년스러웠다. 빠르게 걷지

---

* 각각 히말라야산맥과 북아메리카 숲속에 산다고 전해지는 설인과 원인(猿人).

않으면 그녀를 따라잡지 못할 것 같았다. 그녀가 교수회관 뒤편으로 급히 돌자, 나는 놓칠세라 걸음을 재촉했다. 뛰고 있다는 느낌은 참 야릇했다. 수년간 뛰어본 적이 없어서 이렇게 새로운 형태로 내 몸을 인식하지도, 표면이 딱딱하고 급격히 바뀌는 발아래 세상을 느껴보지도 못했다. 나는 모퉁이를 돌아 큰 덩치가 흔들거리는 것을 의식하면서 속력을 냈다. 위로, 아래로, 삶으로, 죽음으로. 교수복이 몸 뒤편으로 날렸다.

방부처리액 냄새가 나는 일층 건물의 텅 빈 복도에서 그녀를 따라잡았다. 연녹색 상의에 테니스화 차림의 그녀는 벽에 기대어 섰다. 나는 너무 숨이 찬 나머지 말도 나오지 않아 잠시 숨 좀 돌리자는 뜻으로 오른팔을 들어올렸다. 위니는 뇌가 든 병이 줄줄이 놓인 작은 방의 테이블로 나를 데려갔다. 싱크대가 딸린 테이블은 메모장과 실험기구들로 뒤덮여 있었다. 그녀는 종이컵에 물을 받아 건네주었다. 나는 수돗물 맛을 뇌가 즐비한 모습 그리고 방부제와 소독약 냄새로부터 떼어내려고 애썼다.

"저를 피하시는 겁니까?" 내가 말했다. "메모도 남기고 전화 메시지도 남겼는데요."

"선생님을 피한 건 아니고요, 특별히 누굴 피하는 것도 아니에요."

"그러면 왜 이렇게 찾기가 어렵습니까?"

"20세기란 원래 그렇게 생겨먹은 것 아닌가요?"

"네?"

"아무도 자기를 찾고 있지 않아도 사람들은 숨으려고 하죠."

"정말 그렇게 생각하십니까?"

"물론이에요." 그녀가 말했다.

"그 알약은 어떤 것이던가요?"

"기술이 낳은 흥미로운 물건이더라고요. 이름이 뭐였죠?"

"다일라라고 합니다."

"한번도 들어본 적이 없네요." 그녀가 말했다.

"약에 대해서 어떤 얘기를 해줄 수 있습니까? 너무 재기넘치게 설명하지는 마시고요. 전 아직 점심도 못 먹었습니다."

나는 그녀가 얼굴을 붉히는 것을 보았다.

"그건 옛날식의 알약이 아니에요." 그녀가 말했다. "일종의 약물전달체계지요. 즉시 용해되지도 않고 성분이 즉시 배출되지도 않아요. 다일라 속에 든 약물은 중합체重合體 막에 싸여 있어요. 사람들의 소화관에서 나오는 액체가 세심하게 통제된 비율로 그 막을 뚫고 스며들게 되죠."

"그 액체가 하는 일은 뭔가요?"

"막에 싸여 있는 약물을 용해합니다. 천천히, 서서히, 정확히 녹이죠. 그러면 그 약물은 한개의 작은 구멍을 통해 중합체 알약 바깥으로 빠져나옵니다. 다시 한번 약물의 비율이 세심하게 통제되는 거죠."

"그 구멍을 알아보는 데 한참 걸렸습니다."

"레이저로 뚫었기 때문이죠. 크기가 미세할 뿐 아니라 넓이도 놀랄 만큼 정확합니다."

"레이저에, 중합체라."

"전 이 분야의 전문가는 전혀 아니지만, 선생님, 이 약이 작지만 아주 대단한 체계를 갖추었다고 말씀드릴 수 있어요."

"도대체 이렇게 정확하게 만든 이유가 뭡니까?"

"투약량 조절은 정제나 캡슐의 주먹구구식 효과를 제거하는 게 목적입니다. 이 약은 상당 기간 동안 명시된 비율로 전달돼요. 용량 미달과 초과를 반복하는 예전 방식을 피할 수 있는 거죠. 약물이 똑똑 떨어지다가 왈칵 쏟아지는 일은 없단 말씀이에요. 위장장애나 구역질, 구토, 근육경련 등등의 부작용도 없습니다. 이 체계는 아주 효과적이에요."

"대단하네요. 어지러울 정도예요. 하지만 약물이 전부 빠져나오고 나면 중합체 알약은 어떻게 되는 겁니까?"

"저절로 파괴되죠. 자체의 거대한 중력으로 미세하게 내파됩니다. 이제 우린 물리학의 영역으로 넘어온 셈이네요. 플라스틱 막이 일단 극미세 입자로 바뀌고 나면, 그것은 유구한 방식대로 무해하게 체외로 배출됩니다."

"멋지네요. 그럼 이제 이 약이 도대체 어떤 효용이 있는지 말해주세요. 다일라가 뭐란 말입니까? 어떤 화학성분으로 되어 있나요?"

"몰라요." 그녀가 말했다.

"선생님은 분명 알고 있어요. 뛰어난 분이니까. 모두들 그렇게 말하던데요."

"그렇게 말하지 않으면 뭐라고 하겠어요? 제 전공은 신경화학이에요. 그게 뭔지 아는 사람은 하나도 없어요."

"과학자들은 좀 알겠지요. 분명 그럴 겁니다. 그리고 그들이 선생님이 뛰어난 사람이라고 하더군요."

"우린 모두 다 뛰어나요. 그게 이곳의 암묵적 합의가 아닌가요? 선생님은 제가 뛰어나다고 하고, 저는 선생님이 뛰어나다고 하죠. 그건 일종의 공동체적 자아예요."

"나더러 뛰어나다는 사람은 없습니다. 약삭빠르다고 하죠. 사람들은 내가 뭔가 대단한 걸 손아귀에 넣었다고 말합니다. 아무도 존재하는지 몰랐던 빈자리를 채웠다고요."

"뛰어나다는 이유로 빈자리를 채우는 경우도 있어요. 그게 제 차례고, 그게 전부입니다. 게다가 전 체격도 괴상하고 걸음걸이도 괴상해요. 사람들이 나를 보고 뛰어나다고 하지 않으면, 나에 대해 심한 말을 할 수밖에 없을 거예요. 그러면 모두에게 너무나 끔찍한 일이 되겠죠."

그녀는 파일을 가슴에 꽉 그러안았다.

"선생님, 제가 확실히 말씀드릴 수 있는 건 다일라에 함유된 물질이 일종의 향정신제라는 사실이에요. 아마 인간

대뇌피질의 바깥 부분과 상호작용하도록 고안된 것 같아요. 주위를 한번 둘러보세요. 사방에 뇌가 있어요. 상어, 고래, 돌고래, 유인원의 뇌예요. 하지만 그 어느 것도 인간 두뇌의 복잡성에는 조금도 따라오지 못합니다. 인간의 뇌는 제 전문분야가 아니에요. 인간의 뇌에 대해서는 제대로 된 지식이 거의 없지만, 미국인이란 게 자랑스러울 만큼은 압니다. 우리 뇌에는 1조개의 신경세포가 있고, 각 신경세포는 1만개의 작은 수상돌기로 되어 있어요. 그것들 간의 상호교환체계는 경이롭기 그지없습니다. 우리 손안에 쥘 수 있는 은하계와 같은 거죠. 그보다 더 복잡하고 더 신비할 뿐이에요."

"왜 이런 것 때문에 미국인인 게 자랑스러운가요?"

"영아의 두뇌는 자극에 반응하면서 계발되거든요. 자극이라는 측면에서 우리는 아직 세계를 주도하고 있고요."

나는 물을 홀짝였다.

"저도 더 알았으면 좋겠어요." 그녀가 말했다. "하지만 이 약품의 정확한 특징을 파악할 수가 없네요. 한 가지는 말씀드릴 수 있어요. 시판되는 약은 아니에요."

"하지만 이 약은 일반 처방약 병에 들어 있었습니다."

"어디에 들어 있었는지는 제가 알 바가 아니에요. 기존의 뇌 수용체 약품이라면 그 성분을 확실히 알아냈을 거예요. 이건 알려지지 않은 약품입니다."

그녀는 문 쪽을 흘깃거리기 시작했다. 그녀의 눈이 반짝이며 두려운 빛을 띠었다. 나는 복도에서 소음이 들린다는 것을 알아챘다. 사람들 목소리, 발 끄는 소리. 나는 위니가 뒷문을 향해 뒷걸음치는 모습을 지켜보았다. 그녀가 다시 한번 더 얼굴을 붉히는 걸 보고 싶었다. 그녀는 팔을 뒤로 뻗어 문고리를 돌리더니 재빨리 돌아서서 잿빛 오후 속으로 쏜살같이 달려가버렸다. 나는 뭔가 재미난 말을 떠올리려 골몰했다.

26

나는 독일어 문법을 적은 메모지를 들고 침대에 앉아 있었다. 버넷은 모로 누워 시계 달린 라디오를 응시하면서 청취자 참여 프로그램을 듣고 있었다. 라디오에서 여자 목소리가 들렸다. "1977년에 저는 거울을 보고 변해가는 내 모습을 발견했습니다. 침대 밖으로 나올 수도 없었고 나오고 싶지도 않았어요. 마치 종종걸음을 치듯이, 형체들이 내 시야의 가장자리에서 움직였습니다. 퍼싱 미사일기지에서 걸려온 전화를 받고 있을 때였죠. 이런 경험을 공유하는 다른 사람들과 이야기를 나눌 필요가 있었습니다. 등록할 수 있는 지원 프로그램이 필요했습니다."

나는 아내의 몸 위로 기대서 라디오를 껐다. 그녀는 계속 그쪽을 응시했다. 나는 아내의 머리에 가볍게 입을 맞추었다.

"머리가 당신 머리카락이 정말 멋지대."

버벳은 미소를 지었다. 창백하고도 기운 없는 미소였다. 나는 메모지를 내려놓고, 내가 말할 때 그녀가 나를 똑바로 올려다볼 수 있도록 그녀의 몸을 약간 돌려놓았다.

"중요한 얘기를 나눌 시간이야. 당신도 알고 나도 아는 거야. 다일라에 대해 나한테 다 털어놓아야겠어. 날 위해서 그렇게 못하겠으면, 당신의 어린 딸을 봐서라도 말해줘. 애가 걱정을 많이 했어 — 병이 날 정도야. 게다가 당신은 이제 발뺌할 여지도 없잖아. 우리가 당신을 궁지로 몰아넣었으니까. 드니스와 내가 말이야. 난 숨겨둔 약병을 찾아내서 알약 하나를 꺼내 전문가한테 분석도 시켰어. 그 조그만 흰 약들이 대단하게 제조된 거더라. 레이저 기술에다가 첨단 합성물질이라. 다일라는 소용돌이구름을 먹어치운 미생물만큼이나 정교한 물건이었어. 약물을 안전하고 효과적으로 전달하려고 인간의 몸 안에서 압력펌프처럼 작용하고, 또 자동으로 파괴되기까지 하는 조그만 흰 알약의 존재를 도대체 누가 믿을 수 있겠어? 나는 그 아름다움에 충격을 받았다고. 우린 그밖의 다른 것도 알아냈어. 당신의 변명에 치명적인 사실. 다일라는 시중에서 구입할 수 없는 약이란 거. 이 사실 하나만으로도 우리가 해명을 요구하는 게 당연하겠지. 당신이 말할 건 정말 거의 남아 있지도 않아. 어떤 약인지만 말해줘. 당신도 알다시

피, 난 사람들 뒤를 캐는 성정은 아니야. 하지만 드니스는 달라. 걔를 말리느라고 할 수 있는 건 뭐든 다 하고 있어. 당신이 만약 내가 알고자 하는 걸 말해주지 않으면, 당신의 어린 딸을 더이상 말리지 않을 거야. 걔는 제가 가진 모든 걸 걸고 당신한테 덤빌 거야. 개는 당신이 죄책감 느낄 틈도 안 줄 거야. 드니스는 정면공격이 원칙이라고 믿어. 당신을 망치로 꽝 쳐서 땅바닥에 쓰러뜨릴 거야. 내 말이 맞는다는 걸 알지, 버벳?"

오분 정도 흘렀다. 그녀는 그 자리에 누운 채 천장을 응시하고 있었다.

"그냥 내 방식대로 말하게 해줘." 작은 목소리로 그녀가 말했다.

"술 한잔 줄까?"

"아니, 괜찮아."

"천천히 해도 돼." 내가 말했다. "밤새 시간이 있으니까. 당신이 원하거나 필요한 게 있으면 말만 해. 해달라고만 하면 돼. 언제까지라도 기다릴 수 있어."

시간이 또 지나갔다.

"언제부터 시작되었는지 정확히는 모르겠어. 한 일년 반쯤 전이었을 거야. 난 어떤 단계를 통과하는 중이라고 생각했어. 내 삶의 어떤 분기표 같은 시기를 지나고 있다고."

"이정표겠지, 아니면 분기점이거나." 내가 말했다.

"생활이 자리잡혀가다보니 그러려니 생각했어. 중년의

위기나 뭐 그런 거 말이야. 그런 상태는 사라질 거고 다 잊히겠거니 했지. 하지만 사라지지 않았어. 절대 사라지지 않을 것 같은 생각이 들기 시작했어."

"어떤 상태를 말하는 거야?"

"지금 그건 신경 쓰지 마."

"당신 근래에 침울했어. 그런 모습을 본 적이 없었는데. 버벳의 특징은 바로 이런 거잖아. 그녀는 쾌활한 사람이다. 그녀는 우울이나 자기연민에 빠지지 않는다."

"나도 말 좀 할게, 잭."

"좋아."

"내가 어떤 사람인지 당신 잘 알지. 난 모든 것이 교정될 수 있다고 생각해. 올바른 태도와 적절한 노력만 주어진다면, 유해한 상황을 가장 단순한 부분들로 환원함으로써 꿀 수 있다고. 목록을 작성하고 범주를 개발하고 차트와 그래프를 고안할 수 있지. 이게 바로 내가 학생들에게 서고 앉고 걷는 법을 가르칠 수 있는 방법이야. 이런 주제들이 너무 뻔하고 막연하고 또 일반적이어서 구성요소들로 분리될 수 없다고 당신이 생각하는 것도 알지만. 난 그다지 영리한 사람은 아니지만 대상을 분석하는 법, 분리하고 분류하는 법은 알아. 우리는 자세를 분석할 수 있고, 먹기, 마시기, 심지어 숨쉬기조차 분석할 수 있어. 이 방식이 아니고서는 도저히 세상을 이해할 수 없다는 것이 내가 세상을 보는 방식이야."

"나 여기 있어." 내가 말했다. "당신이 원하거나 필요한 게 있으면 말만 해."

"이 상태가 사라지지 않으리란 걸 깨달았을 때, 난 그것을 부분들로 나누어서 더 잘 이해해보려고 했어. 먼저 난 이런 상태에도 부분들이란 게 있는지 알아내야만 했어. 도서관과 서점에도 여러군데 가보고, 잡지와 전문학술지도 많이 읽고, 케이블방송도 보고, 목록과 도표도 만들고, 다색 차트도 만들고, 전문가와 과학자에게 전화도 걸고, 아이언시티에 사는 시크교 성직자와 대화도 나누고, 심지어 주술까지 공부했어. 당신과 드니스가 알아채고 무슨 일인가 궁금해할까봐 책들은 다락에 숨겨두고서."

"그 모든 걸 나 모르게 했단 말이지. 버벳의 특징이라면, 그녀는 내게 말한다, 그녀는 다 드러내고 속을 털어놓는다, 그런 것 아니었나."

"내가 아무 말 안해서 당신이 얼마나 실망했는지, 지금 그런 얘길 하자는 게 아니잖아. 이 이야기의 핵심은 내가 겪은 고통과 내가 그걸 어떻게 끝내려 했느냐는 거야."

"코코아 타다 줄게. 마실래?"

"그냥 있어. 이 대목이 핵심적인 부분이니까. 이렇게 애써 조사하고 공부하고 숨기고 다 해봤지만, 아무 소용이 없었어. 그 상태가 도저히 사라지지 않았어. 그건 내 삶 위에 드리워 안식을 앗아갔어. 그러던 어느날 트레드웰 씨에게 『내셔널 이그재미너』에서 기사를 읽어주던 중이었어.

광고 하나가 눈을 사로잡았어. 뭐라고 적혀 있었는지는 신경 쓰지 마. 비밀 연구에 참여할 지원자를 모집한댔어. 당신이 알아야 할 건 이게 전부야."

"상습적으로 속이는 건 내 전처들이나 하던 짓이라고 생각했는데. 상냥한 사기꾼들. 늘 긴장하고 숨을 쌕쌕거리고 광대뼈가 튀어나오고 두 언어를 쓰는 여자들이었어."

"그 광고를 보고 연락해서 정신생물학 연구를 하는 작은 회사와 인터뷰를 했어. 정신생물학이 뭔지 알아?"

"아니."

"당신, 인간의 뇌가 얼마나 복잡한지 알아?"

"조금은 알지."

"아니, 당신은 몰라. 그 회사를 그레이 리서치라고 부를게. 실명은 아니지만. 내 담당자는 미스터 그레이라고 부를게. 미스터 그레이는 여러 사람을 합성한 인물이야. 나중엔 그 회사의 서넛 혹은 그 이상의 사람들과 연락을 주고받게 되었으니까."

"전기철책에 키 작은 관목들로 둘러싸인 길고 나지막한 옅은 색 벽돌 건물들 중 하나겠네."

"그들의 본사는 한번도 보지 못했어. 왜 못 봤는지는 신경 쓰지 마. 중요한 건 내가 계속 검사를 받았다는 점이야. 정서적 반응, 심리적 반응, 운동 반응, 두뇌 활동, 이런 검사들이었어. 미스터 그레이는 최종선발 인원이 셋이고 내가 그중 하나라고 했어."

"최종선발되면 뭘 하는 거야?"

"우리는 고도로 실험적인 극비 약품인 코드명 다일라 개발에 임상실험 대상으로 뽑힌 거야. 미스터 그레이가 수년간 연구해온 약품이지. 그는 인간 두뇌에서 다일라를 받아들이는 수용기를 발견했고, 이 알약 개발을 마무리하는 단계였어. 하지만 사람을 대상으로 테스트를 하면 위험이 따를 수 있다는 말도 했어. 죽을 수도 있다고. 목숨이 붙어 있어도 뇌는 죽을 수 있다고. 좌뇌는 죽고 우뇌만 살아 있을 수도 있고. 이 말은 내 몸의 왼쪽은 살아 있어도 오른쪽은 죽을 수 있다는 뜻이야. 그밖에도 암울한 경고가 많았어. 앞으로 걷지 못하고 옆으로 걷게 될 수도 있다고 했어. 말과 실제를 분간하지 못하게 될 수도 있어서 누가 '총알이 날아온다'고 말하면 바닥에 엎드려 몸을 숨길지도 모른다고도. 미스터 그레이는 이런 위험이 있다는 걸 내가 알기를 바랐어. 여러 증서와 서류에 서명을 해야 했어. 그 회사엔 변호사들도 있고 목사들도 있었어."

"그들이 시킨 거네, 실험용 동물 인간이 되라고 말이야."

"아냐, 그들이 시킨 게 아니야. 그들은 이 일이 너무 위험하다고 했어, 법적으로나 윤리적으로나 여러모로. 그들은 컴퓨터 분자와 컴퓨터 두뇌를 설계하는 작업을 진행했어. 난 이걸 받아들이길 거부했고. 난 너무 멀리까지 갔고, 너무 가까이 갔던 거야. 그다음에 어떤 일이 일어났는지는 당신이 이해해주었으면 좋겠어. 내가 이 이야기를 조금이라도 하려면 이 대목을 꼭 포함해야 해. 인간의 가슴속 구질구질하고 초라한 이 부분을. 당신, 버벳은 뭐든 드러내고 털어놓는다고 했지."

"버벳은 바로 그런 사람이지."

"좋아. 다 드러내고 털어놓을게. 미스터 그레이와 난 개인적으로 합의했어. 목사니, 변호사니, 정신생물학자니 그런 건 잊어버리자고. 우린 우리만의 실험을 수행하기로 한 거야. 난 내 상태에서 회복되고, 그는 놀라운 의학적 개가를 올려 인정받게 될 거라고 기대했어."

"그게 뭐가 그렇게 구질구질한데?"

"분별없는 짓을 한 거야. 미스터 그레이한테서 그 약을 얻으려면 그 길밖에 없었어. 그건 내 마지막 수단이자 마지막 희망이었어. 처음엔 그에게 내 마음을 주었어. 그러고 나서 몸을 주었어."

뭔가 뜨뜻한 감각이 내 등 위로 기어올라 어깨를 가로질러 방출되는 느낌이 들었다. 버벳은 똑바로 위를 바라보고 있었다. 나는 팔을 괸 채 그녀 쪽으로 돌아 그녀의 모습을 뜯어보았다. 마침내 내가 말을 꺼냈을 때, 합리적이고 뭔가를 알아내려는 목소리가 나왔다. 인간의 영원한 수수께끼를 순수한 마음으로 이해하려는 한 남자의 목소리였다.

"어떻게 셋이나 그 이상을 합성한 인물에게 당신 몸을 줄 수가 있어? 합성 인물이잖아. 이 사람의 눈썹, 저 사람의 코를 조합한 경찰의 몽타주 같은 거. 성기에 초점을 맞춰보자고. 도대체 몇쌍의 성기에 대해 우리가 이야기하고 있는 거야?"

"딱 한 사람 거야, 잭. 주요 인물인 프로젝트 책임자."

"그럼 이제 합성 인물인 미스터 그레이에 대해선 언급할 필요가 없겠네."

"그는 이제 한 사람이야. 우린 구질구질하고 초라한 모텔방에 갔어. 그게 어딘지, 언제인지 신경 쓰지 마. 천장 가까이에 텔레비전이 매달려 있었어. 기억나는 건 그게 전부야. 구질구질하고 싸구려 같았어. 난 슬펐어. 하지만 너무도, 너무도 절박했어."

"당신이 이런 일을 분별없는 짓이라고 부르다니. 꼭 우리가 혁명적으로 솔직하고 대담한 언어를 쓰지 않았던 것처럼 말이야. 있는 그대로 불러. 정직하게 묘사하고 합당한 평가를 내리라고. 당신은 모텔방에 들어갔고, 그곳의 몰개성과 기능에 치중한 조악한 취향의 비품들을 보고 흥분했겠지. 당신은 방화 재질의 카펫 위를 맨발로 걸었어. 미스터 그레이는 여기저기 문을 열어보면서 전신거울이 어디 있나 찾았지. 그는 당신이 옷을 벗는 모습을 지켜보았어. 당신들은 침대에 누워 포옹했어. 그러곤 그가 당신한테 들어왔어."

"그런 말 쓰지 마. 그런 말에 내 기분이 어떤지 당신 알잖아."

"그는 소위 입구라는 곳으로 밀고 들어왔어. 다르게 말하자면 자신을 삽입한 거야. 조금 전만 해도 그는 옷을 다 입고 있었고 렌터카 열쇠를 서랍장 위에 두었지. 그런데 순식간에 당신 안에 들어갔어."

"그 누구도 어떤 사람 안에 들어가지 않았어. 그건 바보 같은 표현이야. 난 어쩔 수 없었어. 막막했어. 나 자신과는 상관없이 돌아가고 있었어. 그건 자본주의식 거래였어. 당신은 자기한테 모두 다 털어놓는 아내를 좋아하잖아. 난 그런 사람이 되려고 최선을 다하고 있어."

"좋아, 나도 이해하려고 애쓰는 중이야. 그 모텔엔 몇번 이나 갔어?"

"몇달 동안 거의 계속 갔어. 그렇게 합의했거든."

내 목 뒤로 열기가 치밀어오르는 게 느껴졌다. 나는 그녀를 주의 깊게 바라보았다. 그녀의 눈에 슬픔이 어렸다. 나는 누워서 천장을 올려다보았다. 라디오가 켜졌다. 아내는 소리 없이 울기 시작했다.

"바나나를 썰어 넣은 푸딩이 있어. 스테피가 만들었어." 내가 말했다.

"착한 애야."

"금방 갖다줄 수 있어."

"아니, 괜찮아."

"라디오가 왜 켜졌지?"

"자동 타이머가 고장났어. 내일 수리점에 갖고 갈 거야."

"내가 갖고 갈게."

"괜찮아." 그녀가 말했다. "별일도 아닌데. 내가 갈 거야."

"그 사람하고 섹스하니까 좋았어?"

"천장 가까이 달린 텔레비전밖에 기억나지 않아. 우리 쪽을 향해 있었어."

"그 남자는 유머감각이 있었어? 여자들은 섹스에 대해 농담할 줄 아는 남자를 좋아하잖아. 불행히도 난 그런 재주가 없지. 그리고 이 일 뒤에 그런 걸 배울 수 있을 것 같지도 않고."

"당신은 그 사람을 미스터 그레이라고 알고 있는 게 더 나아. 그게 다니까. 그는 크지도 작지도 젊지도 늙지도 않아. 웃거나 울지도 않고. 그렇게 알고 있는 게 당신한테 좋아."

"질문이 있어. 그레이 연구소에서 왜 동물실험을 안했지? 여러 측면에서 동물이 컴퓨터보다는 훨씬 낫잖아."

"그게 바로 핵심이야. 동물은 이런 상태를 전혀 겪지 않아. 이건 인간만이 느끼는 상태야. 동물들도 많은 것을 두려워한다고 미스터 그레이가 말했지. 하지만 동물의 뇌는 이런 특정한 마음 상태를 가질 정도로 복잡미묘하진 않대."

처음으로 나는 그녀가 지금껏 무슨 이야기를 한 것인지 감을 잡기 시작했다. 내 몸이 싸늘해졌다. 속은 텅 빈 것처럼 느껴졌다. 나는 반듯이 누운 자세에서 몸을 일으켜 다시 팔을 괴고 아내를 내려다보았다. 그녀는 또 울기 시작했다.

"버벳, 당신은 내게 말해야만 돼. 당신 때문에 여기까지

왔고, 이런 일까지 겪었어. 그러니까 알아야겠어. 그 상태
가 어떤 거야?"

그녀가 오래 울면 울수록, 그녀가 무슨 말을 할지 내가
알고 있다는 게 더 분명해졌다. 나는 옷을 입고 자리를 박
차고 나가 이 모든 것이 다 사라져버릴 때까지 어디에다
방이라도 잡고 싶은 충동을 느꼈다. 버벳은 슬프고도 창백
한 얼굴을 들어 내 쪽을 보았다. 그녀의 눈동자에는 어찌
할 수 없는 외로움이 묻어났다. 우리는 고전적 아카데미에
서 느긋하게 누운 철학자들의 조각상처럼 팔을 괴고 서로
를 마주 보았다. 라디오는 저절로 꺼졌다.

"죽는 게 두려워." 그녀가 말했다. "계속 그 생각뿐이야.
사라지지가 않아."

"그런 말 하지 마. 끔찍하단 말이야."

"어쩔 수가 없어. 내가 어쩔 수 있겠어?"

"알고 싶지 않아. 우리가 늙을 때까지 그 문젠 그냥 내버
려둬. 당신은 아직 젊고 운동도 많이 하잖아. 이런 두려움
은 합리적인 것이 못돼."

"그 생각이 늘 떠나지 않아, 잭. 내 마음에서 떨쳐버릴
수가 없단 말이야. 내가 그런 두려움을 이렇게 의식적이고
지속적으로 겪어야 할 처지가 아니란 건 알아. 내가 뭘 할
수 있겠어? 그게 사라지지 않고 그냥 있는데. 그래서 큰 소
리로 읽어주던 타블로이드 신문에 난 미스터 그레이의 광
고가 그렇게 빨리 눈에 띄었던 거야. 헤드라인이 급소를

찔렀어. **죽음의 공포**라고 적혀 있었어. 난 계속 그 생각을 하고 있어. 당신 실망했지. 분명 그랬겠지."

"실망했냐고?"

"그 상태가 좀더 구체적인 것일 거라고 생각했잖아. 나도 그랬으면 좋겠어. 하지만 어떤 일상적이고 사소한 병을 해결하려고 몇달씩 방법을 찾아헤매는 사람은 없어."

나는 그녀가 더이상 그런 생각을 하지 못하게 설득하고 싶었다.

"당신이 두려워하는 게 죽음이란 걸 어떻게 확신해? 죽음은 너무 막연해. 그게 무엇인지, 어떤 느낌이고 어떻게 생겼는지 아무도 몰라. 어쩌면 어떤 개인적인 문제가 있는 것뿐인데, 그게 거대하고 보편적인 형태로 드러나고 있는 걸 거야."

"어떤 문제?"

"당신 스스로에게도 숨기고 있는 어떤 것 말이야. 당신 몸무게일 수도 있고."

"나, 체중은 줄었어. 차라리 키가 문제라고 하지 그래?"

"당신 몸무게 준 건 나도 알아. 내가 말하려는 게 바로 그거야. 실제로 당신 건강은 완벽해. 건강미를 발산하고 있잖아. 당신 주치의인 훅스트래튼도 그렇게 말했어. 분명 뭔가 다른 문제가 있어. 잠재된 어떤 문제가 있을 거야."

"도대체 죽음보다 더 깊이 잠재되어 있는 게 뭐가 있겠어?"

나는 이 문제가 그녀가 생각하는 것만큼 심각한 게 아니라고 설득해보려 노력했다.

"바바, 누구나 죽음을 두려워해. 당신이라고 뭐가 다르겠어? 그건 인간만이 겪는 상태라고 당신이 조금 전에 말했잖아. 일곱살 정도만 돼도 죽는 것에 대해 걱정하게 돼. 누구나 다 그래."

"누구나 어느정도는 죽음을 두려워해. 그런데 난 바로 정면으로 그 공포를 느껴. 왜, 어떻게 그런지는 모르겠어. 하지만 그런 사람이 나 하나만은 아닐 거야. 그렇지 않으면 그레이 리서치에서 알약 개발에 수백만 달러를 쓸 이유가 있겠어?"

"내 말이 바로 그거야. 당신이 유일한 사람은 아니라고. 수십만명이 있어. 그걸 알면 좀 안심이 되지 않아? 당신은 아까 라디오방송에서 미사일기지로부터 걸려온 전화를 받았다던 그 여자 같아. 그 여자는 자기와 같은 정신병력을 가진 사람들을 찾아서 자신이 덜 소외되었다고 느끼고 싶어했어."

"하지만 미스터 그레이는 내가 죽음의 공포에 극도로 민감하다고 했어. 종합검사도 받게 했어. 그가 날 절실하게 이용하고 싶어한 것도 바로 그 때문이야."

"내가 이상하게 생각하는 건 바로 그 점이야. 당신은 그렇게 오랫동안 당신의 공포를 숨겼어. 만일 그런 문제를 남편이나 애들에게 숨길 수 있다면, 그건 아마 심각하지 않다는 뜻일 거야."

"이건 뭘 숨기고 자시고 하는 아내의 이야기가 아니야. 본론에서 벗어나지 마, 잭. 이건 너무 중요한 문제란 말이야."

나는 목소리를 침착하게 낮추었다. 나는 비스듬히 누운 그 철학자 중 한명이 아카데미의 젊은 회원에게, 장래가 유망하고 재능이 넘치지만 선배들의 학문적 업적에 지나치게 의존하고 있는 한 젊은 회원에게 말을 건네듯 그녀에게 말했다.

"바바, 이 집안에서 죽음에 사로잡혀 있는 사람은 바로 나야. 이제껏 계속 그랬어."

"당신 그런 말 한 적 없잖아."

"당신 걱정시키지 않으려고 그랬지. 당신을 생기 있고 활기차고 행복하게 해주려고. 당신은 행복한 사람이고 난 불운한 멍청이라고 생각했어. 그래서 지금 당신 모습을 용서할 수가 없는 거야. 내가 믿어온 그 모습이 당신의 진짜 모습이 아니라고 말하다니. 난 상처 받았어. 너무도 곤혹스러워."

"당신은 죽음에 대한 사색에 잠길 수 있는 사람이라고 난 늘 생각했어. 당신은 산책을 하면서 생각에 잠길 수 있지. 하지만 누가 먼저 죽을지 얘기할 적마다 당신은 두렵다는 말을 한번도 한 적이 없어."

"당신도 마찬가지야. '아이들만 다 크면 죽어도 괜찮

아.' 그렇게 말할 땐 마치 스페인으로 여행을 떠나는 일처럼 들렸어."

"정말 당신보다 먼저 죽고 싶어." 그녀가 말했다. "하지만 그렇다고 두렵지 않다는 뜻은 아니야. 끔찍하게 두려워. 항상 두려웠어."

"난 내 반평생 넘게 계속 두려웠어."

"내가 무슨 말을 하길 바라? 당신의 두려움이 내 두려움보다 더 오래됐고 더 현명하다는 말이 듣고 싶은 거야?"

"난 땀을 흘리면서 잠에서 깨곤 해. 가위에 눌려서 갑자기 잠에서 깨."

"난 목구멍이 죄어들어서 껌을 씹어."

"내게 몸은 없어. 나는 한낱 정신이나 자아일 뿐이야. 이 광활한 우주에 홀로 있어."

"뭘 하다가 덜컥 멈추게 돼." 그녀가 말했다.

"너무 약해져서 움직일 수가 없어. 결정하고 결단하는 모든 감각이 부족해."

"엄마가 돌아가시는 생각을 한 적이 있어. 그러고 나서 엄마가 돌아가셨어."

"난 모든 사람이 죽는 생각을 해. 나뿐만이 아니고. 끔찍한 상상에 빠지곤 해."

"죄책감에 많이 시달렸어. 엄마가 돌아가신 게 내가 그 생각을 한 것과 상관있다는 생각이 들어서. 나 자신의 죽음에 대해서도 같은 느낌이 들어. 내가 생각을 하면 할수록, 그 일이 더 빨리 일어날 거라는."

"참 이상한 일이야. 우린 자신과 사랑하는 사람들에 대해 이렇게 깊고 끔찍한 두려움을 안고 살아간다는 게. 그래도 우린 돌아다니고 사람들에게 말을 걸고 먹고 마시지. 그럭저럭 제 구실들은 하고 산단 말이야. 그 감정은 너무나 깊고 생생해. 그럼 그 감정이 우릴 마비시켜야 되는 것 아냐? 어떻게 우리가 그걸 이기고 잠시라도 살아남을 수 있어? 차를 몰고, 강의를 하면서 말이야. 어젯밤에, 그리고 오늘 아침에, 우리가 얼마나 두려움에 떨고 있는지 본 사람이 어떻게 아무도 없을까? 그건 우리 모두가 상호묵인 하에 서로에게 숨기고 있는 그런 것일까? 아니면 우리도 모르게 똑같은 비밀을 공유하고 있는 건가? 똑같은 가면을 쓰고."

"죽음이 단지 소리일 뿐이면 어쩌지?"

"전기 소음이지."

"그 소리가 끝없이 들려. 사방에서 들려와. 아, 끔찍해."

"균일한 화이트 노이즈."

"때로는 날 압도해." 그녀가 말했다. "때로는 조금씩 조금씩 내 마음속으로 스며들어. 난 이렇게 말을 걸어보려고 하지. '죽음아, 지금은 안돼.'"

"난 어둠속에 누워 시계를 봐. 언제나 홀수야. 오전 1시 37분. 오전 3시 59분."

"죽음은 홀수래. 아이언시티에 사는 시크교 성직자가

그랬어."

"당신은 내 힘이고, 내 삶의 원동력이야. 내가 어떻게 이건 말도 안되는 실수라고 당신을 설득할 수 있겠어? 당신이 와일더를 목욕시키고 내 가운을 다리는 모습을 죽 지켜봐왔어. 이제 이런 깊고도 단순한 기쁨들은 사라져버렸어. 당신이 얼마나 엄청난 짓을 했는지 모르겠어?"

"때로 그 생각이 날 후려쳐." 그녀가 말했다. "그러면 정말 몸이 휘청거리는 것 같아."

"이러려고 내가 버벳과 결혼한 거야? 내게 진실을 숨기고 물건들을 감추고 나 몰래 성적인 음모에 빠지라고? 모든 음모는 한 방향으로 움직여." 나는 그녀에게 음울하게 말했다.

우리는 오랫동안 서로 꼭 그러안고 있었다. 우리 몸은 사랑, 슬픔, 다정함, 섹스 그리고 몸부림의 요소가 다 녹아든 포옹을 나누며 단단히 얽혀 있었다. 우리는 너무도 미묘하게 이 감정에서 저 감정으로 옮겨갔고, 조그마한 변화들을 발견했으며, 팔과 허리의 최소한의 움직임과 너무나 여리게 들이쉬는 숨까지 이용해서 우리의 공포에 대한 합의에 도달하려고, 우리의 경쟁을 진전시키려고, 영혼 속의 혼돈에 맞서 우리의 뿌리 깊은 욕망을 내세우려고 애썼다.

유연, 무연, 슈퍼무연 휘발유.

사랑을 나눈 후 우리는 옷을 벗은 채 누워 있었다. 몸은 젖고 번들거렸다. 나는 이불을 당겨서 덮었다. 우리는 잠시 졸면서 속삭였다. 라디오가 켜졌다.

"나 바로 여기 있어." 내가 말했다. "당신이 원하거나 필요한 게 있으면, 아무리 어려운 것이라도 말만 해. 내가 해줄게."

"물 마시고 싶어."

"좋아."

"같이 갈래." 그녀가 말했다.

"여기서 쉬고 있어."

"혼자 있기 싫어."

우리는 가운을 걸치고 물을 마시러 욕실로 갔다. 그녀는 물을 마시고 나는 오줌을 누었다. 침실로 돌아오면서 아내를 감싸안았고, 우리는 해변을 걷는 사춘기 아이들처럼 상대를 향해 쓰러질 듯한 자세로 걸었다. 나는 아내가 침대보를 말끔히 정리하고 베개를 제자리에 놓는 동안 침대 곁에서 기다렸다. 그녀는 몸을 웅크리고 금방 잠들 것 같았지만, 나는 아직도 알고 싶은 것들이 있었고 해야 할 말이 있었다.

"그레이 리서치의 사람들이 하는 일이 정확히 뭐야?"

"뇌에서 죽음에 대한 공포를 느끼는 부분을 분리해. 다일라는 그 부분의 고통을 급속히 제거해줘."

"놀랍네."

"그건 그냥 강력한 진정제 정도가 아니야. 이 약은 죽음의 공포와 연관된 뇌의 신경전달물질과 구체적으로 상호작용하게 되어 있어. 모든 감정과 감각에는 고유한 신경전달물질이 있어. 미스터 그레이는 죽음의 공포 부분을 발견한 후, 뇌에서 그것을 억제하는 물질을 분비하도록 유도하는 화학물질을 찾는 작업에 착수했어."

"놀랍고 두려운 일이네."

"삶 전체에서 일어나는 모든 일은 뇌 어딘가에서 힘차게 움직이는 분자활동의 결과야."

"하인리히가 주장하는 두뇌이론이네. 그건 모두 사실이야. 우리 존재는 화학적 충동의 총합이라고. 나한테 그런 말 하지 마. 생각만 해도 못 견디겠어."

"그들은 당신이 말하고 행동하고 느끼는 모든 것을 추적해서 특정 부위의 분자수까지 알아낼 수 있어."

"이 체계에서 선악의 문제는 어떻게 되는 거야? 열정이나 질투, 증오 따위는 또 어떻게 되는 거지? 그건 그냥 신경세포다발이 되는 건가? 유구히 내려오는 인간적 결점들은 이제 끝이 나서 비겁함, 사디즘, 추행, 이런 건 의미 없는 용어가 된다는 말이야? 이제 이런 것들을 아련하게 바라봐야만 한다는 거야? 살의를 느끼는 건 어떻게 되지? 살인자는 엄청난 정도의 살의를 느꼈을 테고, 그의 죄도 크잖아. 그걸 세포와 분자로 환원해보면 어떻게 될까? 내 아들 하인리히는 살인자와 체스를 둬. 걔가 이런 얘길 다 해줬어. 난 듣고 싶지 않았어."

"이제 자도 돼?"

"잠깐만 있어봐. 다일라가 고통을 급감시켜준다면, 요 며칠 새 당신 왜 그렇게 슬퍼 보였어? 허공만 바라봤잖아?"

"간단해. 약발이 듣질 않아."

이렇게 말하는 아내의 목소리는 갈라져 있었다. 그녀는 머리 위로 이불을 끌어당겼다. 나는 그저 이불이 위로 두두룩하게 솟아오른 부분을 지켜볼 따름이었다. 라디오 대담에 나온 남자가 이렇게 말했다. "저는 제 성욕에 대해서 뒤섞인 메시지를 받고 있었어요." 나는 누비이불 위로 아내의 머리와 몸을 어루만졌다.

"좀 자세히 말해줄 수 있어, 바바? 나 바로 여기 있어. 도와주고 싶어."

"미스터 그레이가 병 두개에 든 알약 예순개를 줬어. 그거면 충분할 거라면서. 칠십이시간마다 한알씩 먹는 거였어. 약물은 아주 천천히 그리고 정확하게 배출되기 때문에 한알이 다음 약과 겹치는 일은 절대 없어. 지난 11월 말인지 12월 초에 첫번째 병에 든 약을 다 먹었어."

"드니스가 그걸 찾아냈어."

"정말?"

"그후로 걘 당신 뒤를 캐고 있어."

"내가 그걸 어디에 뒀더라?"

"부엌 쓰레기통 속에."

"왜 그랬을까? 너무 부주의한 행동이었네."

"두번째 병은 어떻게 된 거야?" 내가 물었다.

"그건 당신이 찾아냈잖아."

"알아. 지금까지 몇알이나 먹었는지 묻고 있는 거야."

"그 병에서는 스물다섯알 먹었어. 다 해서 쉰다섯알이야. 이제 다섯알 남았어."

"네알 남았어. 한알은 분석하러 보냈거든."

"당신 나한테 그 얘기 했어?"

"했지. 그래, 약 먹으니까 당신 상태가 조금이라도 달라졌어?"

그녀는 정수리 부분을 이불 밖으로 조금 내놓았다.

"처음엔 그렇다고 생각했어. 제일 처음 시작할 때가 가장 희망적인 시기였거든. 그 이후론 나아진 게 전혀 없어. 점점 더 우울해졌어. 잭, 나 이제 잘게."

"어느날 밤 머리 집에서 식사했던 것 기억나? 집에 오는 길에 당신 기억력 감퇴에 대해 얘기했었지. 당신은 약을 복용하고 있는지 아닌지 확실히 모르겠다고 했어. 기억하지 못할 수도 있다고 말이야. 물론 그건 거짓말이었어, 그렇지?"

"그랬을 거야." 그녀가 말했다.

"하지만 당신이 전반적인 기억력 감퇴에 대해 거짓말했던 건 아니야. 드니스와 난 당신의 건망증이 당신이 복용하고 있을 그 약의 부작용이라고 생각했어."

이제 머리 전체가 밖으로 나왔다.

"아냐, 완전히 틀린 얘기야." 그녀가 말했다. "그건 그

약의 부작용이 아니었어. 내 상태가 빚은 부작용이었지. 미스터 그레이는 내가 기억을 상실하는 건 죽음의 공포에 저항하려는 처절한 시도라고 했어. 신경세포들이 싸우는 전쟁처럼. 난 많은 것을 잊을 수 있지만, 죽음의 문제에 관해선 잊는 데 실패했어. 그리고 이제 미스터 그레이도 잊지 못한대."

"그자가 이 사실을 알고 있어?"

"그 사람 자동응답기에 메시지를 남겼어."

"그자가 다시 전화해서 뭐라고 했는데?"

"우편으로 녹음테이프를 보냈길래 스토버네 가져가서 틀어봤어. 그게 무슨 뜻이든 간에, 정말 미안하다고 하더라. 내가 전혀 적합한 대상이 아니었다고도 했어. 그는 이약이 언젠가, 곧, 어딘가에서, 누군가에게는 효과가 있을 거라고 확신하고 있어. 나한텐 실수한 거라고 그러더라. 대상을 너무 무작위로 골랐다고. 자기가 너무 열의가 넘쳤었다고."

한밤중이었다. 우리는 둘 다 지쳐 있었다. 그렇지만 우린 이미 너무 멀리 왔고 너무나 많은 것을 말해버렸다. 그래서 여기서 그만둘 수는 없다는 걸 나는 알고 있었다. 깊이 숨을 들이쉬었다. 그러고는 반듯이 누워 천장을 바라보았다. 버벳은 내 몸 위로 기대 스탠드를 껐다. 그러고 나서 라디오 버튼을 눌러 소리가 들리지 않게 했다. 수많은 다른 밤들도 오늘밤과 크게 다르지 않게 끝났었다. 아내가 침대 속으로 가라앉는 것같이 느껴졌다.

"당신한테 말하지 않기로 맹세한 게 있어."

"내일 아침에 말하면 안돼?" 그녀가 말했다.

"난 죽을 날이 잠정적으로 정해졌어. 내일이나 모레는 아니겠지만, 지금도 진행되는 중이야."

나는 나이어던 D에 노출된 경위를 일상적이고 건조하게, 짧은 선언문을 발표하듯이 그녀에게 말했다. 그 컴퓨터 기술자에 대해서도 이야기했고, 그가 내 이력을 조회했더니 얼마나 비관적이고 심각한 기록이 나왔는지도 말해주었다. 우리는 우리 데이터의 총합이야, 우리가 우리 화학적 충동의 총합인 것과 마찬가지로 말이야, 이렇게 그녀에게 말했다. 나는 이 일을 그녀에게 숨기려고 얼마나 분투했는지 설명하려 애썼다. 하지만 그녀 자신의 비밀이 다 드러난 지금, 이런 것은 지키고 있는 게 잘못인 그런 비밀인 것 같다고도.

"이제 우린 두려움이나 여기저기 떠도는 공포에 대해 이야기하지 않겠지." 내가 말했다. "이건 냉혹하고 엄중한 것이니까. 사실 자체란 그런 거니까."

그녀는 천천히 이불 아래에서 몸을 드러냈다. 그러고는 흐느끼면서 내 위로 올라왔다. 그녀가 손가락으로 내 어깨와 목을 할퀴는 게 느껴졌다. 따뜻한 눈물방울이 내 입술 위로 떨어졌다. 그녀는 내 가슴을 치고 왼손을 꽉 잡고는 엄지와 검지 사이의 살을 물었다. 흐느낌이 꺽꺽대는 소리로 바뀌었고, 처절하고도 절박한 빛이 역력했다. 그녀는 부드럽지만 격렬하게 내 머리를 움켜잡고 베개 위에서 앞뒤로 흔들어댔다. 그것은 그녀가 여태껏 한 어떤 행위와도, 어떤 상태와도 연관지을 수 없는 그런 행동이었다.

잠시 후, 그녀가 내 몸에서 떨어져나가 선잠에 빠진 뒤에도 나는 계속 어둠을 응시하고 있었다. 라디오가 켜졌다. 이불을 걷어버리고 욕실로 들어갔다. 문 옆의 먼지 쌓인 선반 위에는 풍경이 그려진 드니스의 서진書鎭이 놓여 있었다. 손과 손목 위로 물을 틀었다. 얼굴에도 찬물을 끼얹었다. 옆에 있는 수건이라곤 오목 게임 무늬가 그려진 작은 분홍색 손수건뿐이었다. 나는 천천히, 조심스럽게 손과 얼굴을 닦았다. 그러고는 벽에 붙은 라디에이터 뚜껑을 들고 그 아래로 손을 넣어보았다. 다일라 병은 사라지고 없었다.

27

유독가스 사건 이후 두번째로 건강검진을 받았다. 출력된 검진 결과지에 놀랄 만한 수치는 없었다. 이 죽음은 아직 너무 깊이 잠복하고 있어서 눈에 띄지 않았다. 주치의 순다 차크라바티는 왜 이렇게 갑작스레 건강검진을 받느냐고 물었다. 예전에 나는 결과를 아는 걸 항상 두려워했기 때문이다.

나는 아직도 두렵다고 말했다. 그는 재치 있는 대답을 기다리며 활짝 미소지었다. 그와 악수를 하고 문을 나섰다.

집으로 오는 길에 슈퍼마켓에 잠시 들를 생각으로 엘름가 쪽으로 차를 몰았다. 길에는 응급차량들이 가득했다. 저 너머로 여기저기 흩어진 몸들이 보였다. 완장을 찬 남자 하나가 나를 보며 호루라기를 불더니 차 앞으로 다가

왔다. 마일렉스 방호복을 입은 다른 남자들도 보였다. 들 것을 든 사람들이 길을 가로질러 달려갔다. 호루라기를 분 남자가 더 가까이 다가왔을 때, 그의 완장에서 시뮤백이라는 글자를 알아볼 수 있었다.

"차 빼요." 그가 말했다. "도로는 봉쇄되었소."

"당신네들 모의훈련 할 준비가 된 건 확실합니까? 대형 유출 사고가 한번 더 일어나길 기다리는 건지도 모르지. 천천히들 해요."

"뒤로 물러나시오. 차 빼라고. 당신 지금 노출 지역에 들어와 있는 거야."

"그게 무슨 말입니까?"

"빼지 않으면 죽는다는 뜻이지." 남자가 내게 말했다.

나는 엘름가를 벗어나 차를 댔다. 그러고는 이 지역 주민인 체하면서 천천히 걸어서 엘름가로 돌아갔다. 기술자와 소방대원 그리고 제복 입은 직원 들과 뒤섞인 채 상점 앞쪽을 서성거렸다. 버스와 경찰차, 구급차도 있었다. 전자장비를 갖춘 사람들이 방사선이나 유독가스 낙진을 탐지하고 있는 것 같았다. 잠시 후 나는 희생자 역을 맡은 자원봉사자들 쪽으로 다가갔다. 스무명가량의 자원봉사자가 있었는데, 그들은 엎드리거나 반듯이 누워 있거나 멍한 표정으로 연석에 걸터앉아 있기도 했다.

그들 사이에서 딸아이를 발견하고는 소스라치게 놀랐다. 아이는 한쪽 팔을 뻗치고 머리는 다른 방향으로 돌린 채 도로 한가운데 누워 있었다. 차마 바라볼 수가 없었다. 이런 것이 아홉살 난 아이가 자신에 대해 생각하는 모습이라고? 벌써 희생자가 되어 그 역할을 연마하려는 이런 것이? 아이가 얼마나 자연스러워 보이는지, 모든 걸 휩쓸어버리는 재난이라는 관념에 얼마나 깊숙이 물들어 있는지 놀라울 따름이었다. 이것이 바로 이 아이가 내다보는 미래란 말인가?

나는 그쪽으로 걸어가서 쭈그리고 앉았다.

"스테피? 너 맞지?"

아이가 눈을 떴다.

"희생자가 아닌 사람은 여기 오면 안돼요." 아이가 말했다.

"네가 괜찮은지 확인하려는 것뿐이야."

"저 사람들이 아빠를 보면 제가 곤란해져요."

"날씨가 추워. 감기 들지도 몰라. 너 여기 있는 줄 바바가 아니?"

"한시간 전에 학교에서 서명하고 참가한 거예요."

"담요라도 나눠줬어야지." 내가 말했다.

아이는 눈을 감았다. 나는 조금 더 말을 붙여보았지만 아이는 대답하려 하지 않았다. 침묵을 지키는 아이에게 짜증이나 거부하는 기색은 전혀 없었다. 그냥 자기 임무에 충실할 뿐이었다. 아이는 전에도 이렇게 희생자 역에 충실했던 이력이 있다.

나는 보도로 돌아갔다. 슈퍼마켓 안 어딘가에서 마이크에 대고 말하는 남자 목소리가 바깥에까지 울려퍼졌다.

"모의대피훈련을 구상하고 실행하는 사설 자문회사인 '선진재난관리'를 대표해서 여러분 모두를 환영하는 바입니다. 우리는 현재 이 선진재난훈련을 수행하는 데 있어서, 스물두곳 주정부 기관과 제휴를 맺고 있습니다. 다수의 업체 가운데 최고일 거라고 자부합니다. 우리가 재난에 대비해 예행연습을 많이 할수록 실제 상황에서 더욱 안전해질 것입니다. 삶이란 그런 식으로 굴러가지 않습니까? 열이레 동안 내리 우산을 가지고 출근할 때는 비 한방울 오지 않다가 우산을 가져가지 않은 첫날 기록적인 폭우가 쏟아지는 식이죠. 틀림없습니다, 그렇죠? 여러가지 중에서 이것이 바로 우리가 선택하려는 방식입니다. 좋─습니다. 본론으로 들어가죠. 사이렌이 세번 길게 울리면 선정된 수천명의 대피훈련 참가자들은 집과 직장을 떠나서 각자의 차량을 타고 설비가 잘된 비상대피소로 향하게 됩니다. 교통 지도指導 요원들은 각자의 컴퓨터 시설이 갖춰진 지국으로 달려갑니다. 시뮤백 방송 시스템에서 최신 안내방송이 나가게 됩니다. 공기 표본검사 요원들이 유해구름 노출 지역에 배치되고요. 낙농식품 조사 요원들은 다음 사흘 동안 음식물 섭취 구역에서 우유와 무작위 추출 식품들을 검사합니다. 오늘 우리는 특정 유출물에 대한 훈련을 하고 있는 게 아닙니다. 이것은 어떤 종류의 유출이나 누출에도 대응할 수 있는 만능훈련입니다. 방사선 증기일 수도, 화학물질 구름일 수도, 정체불명의 연무일 수도 있는 겁니다. 중요한 것은 바로 이동이에요. 사람들을 그 구역에서 대피시키는 겁니다. 우리는 유독가스 누출 사건이 있던 날 밤 많은 것을 배웠습니다. 하지만 계획된 모의훈련을 대신할 수 있는 건 아무것도 없습니다. 만일 현실이 자동차 충돌이나 들것에서 굴러떨어진 희생자라는 모습으로 방해해 온다고 해도, 부러진 뼈를 붙이고 실제 일어난 화재를 끄기 위해 우리가 여기 있는 건 아니라는 사실을 기억하는 일이 중요합니다. 우리는 모의훈련을 하려고 여기에 온 것입니다. 방해요인들은 실제 비상사태에서 수많은 인명손실을 낼 수 있습니다. 지금 이런 방해요인들을 다루는 법을 배운다면, 나중에 정말 중요한 시점에도 그것들을 다룰 수 있을 것입니다. 네, 좋─습니다. 사이렌이 침울하게 두번 울리면, 거리 조장들은 어쩌다 처진 사람들이 있는지 가가호호 조사를 합니다. 새나 금붕어, 노인, 장애인, 병약자, 이동을 못하는 사람 들을 찾아서 말이죠. 희생자 여러분, 오분간입니다. 그리고 구조요원 여러분, 이 훈련이 폭발사고 훈련이 아니란 걸 기억하세요. 여러분의 희생자들은 그저 충격을 받은 것이지 외상을 입은 건 아닙니다. 다정하게 보살펴주는 행위는 6월에 있을 핵폭발 훈련 때를 대비해 아껴두세요. 이제 카운트하기까지 사분 남았습니다. 희생자 여러분, 늘어져 계세요 그리고 비명을 지르거나 뒹굴어서는 안된다는 걸 기억하세요. 우리는 오버하는 희생자들은 좋아하지 않습니다. 여긴 뉴욕이나 로스앤젤레스가 아니에요. 조용조용 신음만 내도 충분합니다."

나는 지켜볼 마음이 없다는 쪽으로 생각을 굳혔다. 차로 돌아가 집으로 향했다. 집 앞에 차를 댈 무렵, 세번 울리는 첫 사이렌 소리가 들렸다. 하인리히는 반사 조끼를 입고 위장 모자를 쓴 채 현관 계단에 앉아 있었다. 저보다 나이가 더 들어 보이는 소년과 함께였다. 그 아이는 무슨 색인지 확실치 않은 피부색에 힘 좋고 탄탄한 몸을 가졌다. 우리 동네에서는 아무도 대피하지 않는 것 같았다. 하인리히는 클립보드를 들여다보았다.

"뭐 하고 있니?"

"전 거리 조장이에요." 아이가 말했다.

"스테피가 희생자라는 걸 알고 있었니?"

"희생자 역을 할지도 모른다고 말했어요."

"왜 아빠한테 그 말을 하지 않았지?"

"그들이 스테피를 뽑아서 구급차에 실었어요. 그런데 뭐가 문제죠?"

"뭐가 문제지는 나도 모르겠어."

"걔가 그걸 하고 싶어하면 해야 하는 거잖아요."

"그 역할에 적응을 아주 잘한 것 같더구나."

"그래서 언젠가 자기 목숨을 구할 수도 있을 거예요." 아이가 말했다.

"다치거나 죽은 체한다고 어떻게 사람 목숨을 구할 수 있다는 거니?"

"걔가 지금 그걸 하면 나중에는 안해도 될지 모르잖아요. 어떤 일을 연습하면 할수록 실제로 일어날 가능성은 줄어드니까요."

"자문가가 그렇게 말했나보구나."

"그건 영업 수법이긴 하지만 효과는 있어요."

"앤 누구니?"

"오리스트 머케이터예요. 잔류 인원 조사하는 걸 도와주려고 왔어요."

"네가 바로 독사가 가득 든 우리에 앉아 있으려는 그애로구나. 왜 그런 일을 하는지 말해주겠니?"

"기록에 도전하려고요." 오리스트가 말했다.

"기록에 도전하다가 죽으려는 이유가 뭔데?"

"누가 죽는대요? 죽기는 누가 죽는다고 그러세요?"

"넌 아주 희귀하고 치명적인 파충류에 둘러싸이게 될 거잖아."

"뱀은 자기가 하는 일은 아주 능숙하게 해요. 저도 제가 하는 일에서 최고가 되고 싶은 거고요."

"네가 하는 일이 뭔데?"

"67일간 우리에 앉아 있는 거죠. 그래야 기록을 깰 수가 있거든요."

"보급판 책에 고작 두어줄 실리려고 죽음을 불사하겠다

는 걸 알고 있는 거니?"

아이는 하인리히를 빤히 쳐다보았다. 이런 바보 같은 질문에 대한 책임이 분명 제 친구에게 있다는 식이었다.

"뱀이 널 물 거야." 나는 계속 말했다.

"물지 않을 거예요."

"어떻게 아니?"

"그냥 알아요."

"그건 진짜 뱀이야, 오리스트. 한번 물리면 끝장이라고."

"녀석들은 물면 딱 한번 물어요. 하지만 물지 않을 거예요."

"진짜 뱀이라니까. 너도 진짜 사람이고. 사람들은 언제나 물리게 돼 있어. 그 독은 치명적이야."

"사람들은 물리죠. 하지만 전 아니에요."

나는 자신도 모르게 이런 말을 하고 있었다. "넌 물릴 거야, 물릴 거라고. 네가 죽음이란 상상할 수도 없다고 생각하는 걸 그 뱀들은 몰라. 녀석들은 네가 젊고, 튼튼하고, 또 죽음이 널 제외한 다른 모든 이들에게만 해당된다고 생각하는 줄 모른단 말이야. 뱀들이 널 물 거고 넌 죽을 거야."

나는 말을 멈추었다. 너무 흥분해서 따지듯 말한 것이 부끄러웠다. 아이가 약간의 관심과 썩 내키진 않지만 존경의 눈빛으로 나를 보고 있어서 깜짝 놀랐다. 어쩌면 내가 어울리지 않게 격한 반응을 보임으로써 이 아이가 자기 과제의 엄중함을 절실히 느꼈거나, 아니면 어떤 벅찬 운명의 암시를 강렬히 받았는지도 모른다.

"그놈들이 물고 싶으면 무는 거죠." 아이가 말했다. "최소한 즉사할 수는 있어요. 이 뱀들은 최고예요. 가장 빠른 놈들이라고요. 퍼프애더가 물면 몇초 만에 죽어요."

"그렇게 서두를 필요가 뭐가 있어? 넌 열아홉살이야. 뱀한테 물려 죽는 것보다 나은 방법이 수백가지는 있을 거야."

오리스트란 도대체 어떤 이름일까? 나는 아이의 생김새를 뜯어보았다. 중남미계일 수도 있고, 중동 사람이거나 중앙아시아인이거나 짙은 피부색의 동유럽계이거나 혹은 피부색이 연한 흑인일 수도 있다. 아이의 말씨에 특이한 강세가 있었나? 그건 확실치 않았다. 이 애는 사모아인인가, 북미 원주민인가, 아니면 스페인계 유대인인가? 사람들의 어떤 면이 확실한지 아닌지 간파하기가 점점 더 어려워졌다.

아이가 내게 말했다. "벤치프레스로 몇킬로나 드실 수 있어요?"

"글쎄, 많이 못 드는데."

"다른 사람 얼굴에 펀치를 날려본 적 있어요?"

"딱 한번 있지, 빗나갔지만. 그것도 아주 옛날 일이야."

"전 누군가의 얼굴에 펀치 날릴 기회를 찾고 있어요. 맨주먹으로 있는 힘껏요. 기분이 어떨지 알고 싶어요."

하인리히가 영화에 나오는 끄나풀 같은 표정을 지으며 웃었다. 사이렌 소리가 들리기 시작했다. 두번의 음울한 경적이었다. 두 아이가 클립보드에 적힌 번지수를 확인하는 걸 보고 나는 집 안으로 들어왔다. 버벳은 부엌에서 와일더에게 점심을 차려주고 있었다.

"하인리히가 반사 조끼를 입고 있던걸." 내가 말했다.

"안개가 낄까봐 입는대. 쏜살같이 달리는 차량에 치지 않으려고."

"구태여 쏜살같이 달릴 사람이 있을 것 같진 않아. 당신은 기분이 어때?"

"나아졌어." 그녀가 말했다.

"나도."

"와일더랑 같이 있어서 기분이 좋아지는 것 같아."

"당신 말 무슨 뜻인지 알아. 와일더랑 같이 있으면 나도 언제나 기분이 좋으니까. 애가 재미에 집착하지 않아서 그런 걸까? 와일더는 자기중심적이지만 장악하려 들진 않아. 완전히 무한정으로 그리고 자연스럽게 자기중심적이야. 개가 어떤 것 하나를 손에서 떨어뜨리고 다른 걸 움켜잡는 방식에는 뭔가 멋진 면이 있어. 난 다른 아이들이 특별한 순간이나 기회를 충분히 누리지 못하는 게 짜증스럽거든. 그애들은 간직하고 음미해야 할 것들을 그냥 흘려버린단 말이야. 그런데 와일더가 하는 양을 보면 창작에 몰두하는 천재의 정신이 느껴져."

"그것도 맞는 말이지만, 내가 기분이 좋아지는 데는 와일더의 다른 면도 영향을 미치는 것 같아. 뭔가 더 크고 더 웅장해서 감히 손대지 못할 어떤 것이랄까."

"나중에 머리에게 물어보라고 말해줘." 내가 말했다.

아내는 수프를 떠서 아이 입에 넣어주고, 아이가 흉내내도록 얼굴 표정을 짓더니 "그래, 그래, 그래, 그래, 그래"라며 얼러댔다.

"물어볼 게 하나 더 있어. 다일라는 어디 있지?"

"제발 그만둬, 잭. 빛 좋은 개살구인지 뭔지 아무튼 그런 가짜일 뿐이야."

"잔인한 환상이란 말이지. 나도 알아. 그래도 그 알약을 안전한 곳에 두고 싶어. 다일라가 존재한다는 걸 입증할 물증으로라도 말이야. 만약 당신 왼쪽 뇌가 기능을 상실하기 시작하면 누군가를 고소할 수 있어야 되잖아. 알약 네 개가 남아 있어. 어디 있는 거야?"

"라디에이터 뚜껑 뒤에 없다는 거야?"

"없어."

"난 정말 치우지 않았어."

"당신이 화가 나거나 우울할 때 버렸을 수도 있잖아? 난 그저 역사적 정확성을 위해서 그 약을 찾으려는 것뿐이야. 백악관의 녹음테이프처럼. 나중에 문서저장고에 보관되는 테이프 있잖아."

"당신은 사전검사도 받지 않았잖아." 그녀가 말했다. "한알만 먹어도 위험할 수 있단 말이야."

"먹으려는 게 아냐."

"아냐, 당신은 먹으려고 찾는 거야."

"우리를 그 약품 복용 대상에서 빼려고 수작하고 있는 거야. 미스터 그레이는 어디 있지? 본때를 보여주기 위해 그자를 고소할 수도 있어."

"우린 계약을 맺었어. 그 사람과 난 약속을 했다고."

"매주 화요일과 금요일에 말이지. 그레이뷰 모텔에서 만나기로."

"그런 말이 아니야. 그의 정체를 아무에게도 누설하지 않기로 약속했어. 지금 당신이 캐고 있는 걸 생각하면, 그 약속은 두배로 중요해져. 그 사람보다 당신을 위해서 꼭 지켜야겠다고. 난 말하지 않을 거야, 잭. 그냥 우리 삶을 다시 시작하자. 우리가 할 수 있는 최선을 다하겠다고 약속하자. 그래, 그래, 그래, 그래, 그러자."

나는 초등학교까지 차를 몰고 가서 중앙 입구 앞 거리에 주차했다. 이십분이 지나자 아이들이 몰려나왔다. 삼백명쯤 되는 아이들이 쾌활하게 법석을 떨고 재잘거렸다. 아이들은 대담한 욕도 하고 널리 알려진 음담패설도 주고받았으며, 책가방과 비니로 치고받기도 했다. 나는 운전석에 앉아 무더기로 몰려오는 얼굴들을 주시하면서, 내가 꼭 마약상이나 변태 같다고 생각했다.

드니스를 발견해서 경적을 울리자 아이가 다가왔다. 학교 앞에서 드니스를 기다린 것은 이번이 처음이어서, 차 앞을 지나칠 때 아이는 긴장된 경계의 눈빛으로 나를 쳐다보았다. 별거나 이혼 소식을 들을 기분이 전혀 아니라고 말하는 표정이었다. 나는 강변로를 따라서 집으로 향했다. 아이는 내 옆얼굴을 깐깐히 뜯어보았다.

"다일라 말인데," 내가 말했다. "그 약은 엄마의 기억력 감퇴와 아무 상관이 없어. 사실은 정반대야. 엄마는 기억력을 높이려고 다일라를 먹는 거야."

"아빠 말은 못 믿겠어요."

"왜?"

"고작 그 말 하려고 학교까지 와서 날 기다리지는 않을 테니까요. 그 약은 처방전 받아서 구할 수 있는 약이 아니란 걸 우린 이미 알아냈잖아요. 엄마 주치의한테 물어보니까 이런 약은 전혀 들어보지도 못했대요."

"의사 집으로 전화했니?"

"진료실로 전화했어요."

"다일라는 전문의약품이라서 일반처방약품 목록에 없는 거야."

"엄마가 약물중독인가요?"

"그런 걸 물을 정도로 바보는 아닐 텐데?" 내가 말했다.

"아뇨, 전 그렇게 똑똑하지 않아요."

"엄마와 난 네가 그 약을 어떻게 했는지 알고 싶어. 몇알 남아 있었잖아."

"제가 가져갔는지 어떻게 아세요?"

"그건 나도 알고 너도 알고 있어."

"다일라가 정말 어떤 약인지 누군가가 제게 말해준다면, 아마 우린 뭔가를 알아낼 거예요."

"네가 모르는 게 있어." 내가 말했다. "네 엄만 이제 그 약을 복용하지 않아. 약병을 내놓지 않는 이유가 뭔지 모르겠지만 이젠 소용없는 짓이야."

서쪽으로 돌아왔기 때문에 차는 대학의 교정을 통과하고 있었다. 나는 무의식적으로 상의 속에서 색안경을 꺼내 썼다.

"그렇다면 버릴 거예요." 아이가 말했다.

다음 며칠 동안 나는 거의 숨 막힐 정도로 미묘하고 복잡한 갖가지 논리를 동원해서 아이를 설득했다. 심지어 버벳까지 끌어들여 이 약이 어른들 손을 벗어나면 안된다고 설득해보았다. 하지만 드니스의 의지는 극도로 완강했다. 한명의 법적 실체로서 이 아이의 삶은 흥정하고 옥신각신하는 타인들의 행동에 의해 형성되어왔기 때문에, 아이는 너무도 엄격하게 규칙을 따르기로 마음을 다잡고 있어서 타협이나 합의를 허용하지 않았다. 결국 약의 비밀을 털어놓지 않으면 숨겨둔 물건을 내놓지 않을 태세였다.

어쩌면 그렇게 하는 편이 더 나았다. 무엇보다 그 약은 위험할 수 있으니까. 그리고 내가 손쉬운 해결책을, 무언가를 삼켜서 내 영혼의 오랜 두려움이 사라질 거라고 믿는 사람도 아니니까. 하지만 접시 모양의 그 알약 생각이 떠나지 않았다. 정말 약효가 있을까? 어떤 사람에게는 효과가 있고 다른 사람에게는 없을 수도 있을까? 그 약은 나이 어딘이 가져온 위협의 자비로운 이면이다. 내 혀 안쪽에서 위장으로 넘어가는 약. 약의 중심부가 녹아 자애로운 화학 물질이 내 혈관 속으로 퍼지고, 뇌에서 죽음의 공포를 느끼는 부분으로 밀려든다면. 약 자체가 내부에서 미미하게 터져 소리 없이 사라진다면. 이 중합체의 내파는 신중하고 정밀하며 사려 깊다.

　　인간의 얼굴을 한 테크놀로지.

28

와일더는 레인지 앞의 높다란 의자에 앉아 조그만 에나멜 주전자에서 물이 끓는 모습을 보고 있었다. 아이는 그 모습에 흠뻑 빠져 있는 것 같았다. 나는 아이가 서로 분리되었다고 항상 생각해온 사물들 사이에 존재하는 어떤 황홀한 연관을 발견했는지 궁금했다. 이런 순간이면 부엌은 아이가 느끼는 만큼이나 내게도 풍요로운 일상의 장소가 된다.

스테피가 이렇게 말하면서 다가왔다. "내가 아는 사람 중에 수요일을 좋아하는 사람은 나밖에 없어요." 와일더가 집중하는 모습이 스테피의 흥미를 끈 모양이었다. 아이는 다가와 와일더 곁에 서서 무엇 때문에 꼬맹이가 보글거리는 물에 관심을 보이는지 알아내려 했다. 그리고 주전자

쪽으로 몸을 숙여 계란이 있나 들여다보았다.

문득 레이밴 웨이페어러 선글라스의 광고음악이 머리를 스치고 지나갔다.

"대피훈련은 어떻게 됐니?"

"많은 사람들이 나타나지도 않았어요. 우리는 신음소리를 내며 기다렸고요."

"그 사람들은 진짜 희생자가 생겨야 나타나는 거야." 내가 말했다.

"그땐 너무 늦는 거예요."

불빛이 밝고 차가워서 사물들이 빛났다. 스테피는 등교하려고 외출복 차림을 하고 있었지만, 레인지 앞을 떠나지 않고 와일더와 주전자를 번갈아 보면서 꼬맹이의 호기심과 경이의 시선을 차단해보려고 했다.

"바바가 그러던데 너한테 편지 왔다면서?"

"부활절에 들렀으면 좋겠다는 우리 엄마 편지예요."

"그래? 가고 싶니? 당연히 그렇겠지. 넌 엄마를 좋아하잖아. 네 엄만 지금 멕시코시티에 살고 있지?"

"누가 날 데려다줄 건데요?"

"공항까지 내가 태워줄게. 도착하면 네 엄마가 마중 나올 거야. 문제없어. 비는 항상 그렇게 해. 넌 비 좋아하잖아."

혼자서 티타늄과 강철로 된 원통형 용기에 타고 10킬로미터 상공을 거의 초음속으로 날아서 외국까지 가는 사명이 너무 엄청나서 스테피는 잠시 말을 잃었다. 우리는 물

끓는 모습을 지켜보았다.

"다시 희생자 역할을 하기로 서명했어요. 부활절 직전이에요. 그래서 여기 있어야 할 것 같아요."

"또 대피훈련을 한다고? 이번엔 어떤 훈련인데?"

"이상한 냄새에 대비한 거래요."

"강 건너 공장에서 나오는 화학물질을 말하는 거니?"

"그럴 거예요."

"냄새 맡은 희생자 역은 어떻게 하는 건데?"

"아직 지시받지 못했어요."

"이번 딱 한번만 널 빼줘도 문제없을 거야. 내가 쪽지를 써줄게." 내가 말했다.

내 첫 결혼과 네번째 결혼의 상대는 스테피의 엄마인 데이나 브리드러브였다. 첫번째 결혼이 꽤 잘 굴러갔었기 때문에 우리는 서로 편의에 따라 재결합하기로 했던 것이다. 재닛 세이버리와 트위디 브라우너와의 우울한 결혼생활을 겪은 후 그녀와 재결합했을 때, 사태는 엉망이 되었다. 하지만 바베이도스*에서 별이 빛나는 밤에 스테퍼니 로즈**를 임신할 때까지는 그렇게 나쁘지 않았다. 데이나는 어떤 관리에게 뇌물을 먹이려고 거기 갔던 것이다.

그녀는 자신의 첩보활동에 대해서 거의 말하지 않았다. 나는 그녀가 CIA를 위해 소설을 검토해주는 것을 알고 있

* 서인도제도 남동쪽의 섬나라.
** 스테피를 가리킴.

었다. 주로 암호화된 구문이 담긴 길고 진지한 장편소설들이었다. 이 일을 끝내고 나면 그녀는 지치고 신경질적이되어서 음식이건 섹스건 대화건 그 무엇도 즐기지 못했다. 그녀는 스페인어로 누군가와 통화를 했고, 정신없이 분주하게 엄마 노릇도 했으며, 섬뜩한 섬광 같은 강렬한 눈빛을 내뿜기도 했다. 긴 소설들이 우편으로 속속 도착했다.

내가 어쩌다가 첩보활동을 하는 일련의 사람들과 계속맺어지게 되었는지 참 기이한 일이었다. 데이나는 부업으로 스파이 일을 했다. 트위디는 스파이 활동과 스파이 방지 활동을 해온 오랜 전통을 지닌 명문가 출신이었고, 지금은 정글에서 활동하는 고급 요원과 결혼했다. 은둔하기전 재닛은 논란이 인 어떤 두뇌집단과 연관된 은밀한 고급 이론가 그룹을 위해 조사를 해주는 외환분석가였다. 그녀가 말해준 것은 그들이 같은 장소에서 결코 두번 만나지않는다는 것이 고작이었다.

내가 버벳에게 반한 이유는 마음을 푹 놓을 수 있는 사람이라는 점 때문인 것이 분명했다. 그녀는 비밀을 지니고사는 사람이 아니었다. 적어도 죽음의 공포 때문에 미친듯 비밀스러운 조사와 성적 기만에 빠져들기 전까지는 그랬다. 나는 미스터 그레이와 그에게 종속된 실험 대상자에대해 생각했다. 그 이미지는 모호하고 미완이었다. 사내는이름 그대로 잿빛이었고 시각적 소음을 뿜어냈다.

물이 부글부글 끓기 시작했다. 스테피는 동생이 의자에

서 내려오는 것을 도와주었다. 나는 현관문으로 가다가 버 벳과 마주쳤다. 우리는 다일라에 관한 고백을 한 그 밤 이 후 하루에도 두세번씩 서로에게 건네는, 간단지만 아주 진지한 그 질문을 교환했다. "기분이 어때?" 그렇게 묻거나 그 물음을 들으면 우리는 둘 다 기분이 나아졌다. 나는 안 경을 찾으러 위층으로 뛰어올라갔다.

텔레비전에서는 전국 암 퀴즈 프로가 방영되고 있었다.

백주년 기념관 식당에서 머리가 식기에 코를 대고 냄새 를 맡는 모습을 보았다. 뉴욕 출신 교수들의 얼굴에는 독 특하게 창백한 기운이 감돌았다. 특히 래셔와 그래파가 그 랬다. 그들은 좁은 공간에 갇혔을 때 생기는 강력한 욕구 와 강박관념에서 비롯된 파리한 빛을 띠었다. 엘리엇 래셔 의 얼굴은 필름누아르에 나오는 얼굴이라고 머리가 말했 다. 그의 얼굴 윤곽은 아주 날카롭고, 머리에는 무슨 오일 이 함유된 향수를 뿌렸다. 나는 이 사내들이 흑백 시대에 대한 향수를 품고 있고, 그들의 갈망이란 무채색의 가치나 전후戰後의 도회적 잿빛이 상징하는 극단적 개인성에 지배 되고 있다는 생각이 들었다.

알폰스 스톰퍼나토는 공격적이고 위협적인 분위기를 풍기면서 자리에 앉아 있었다. 그는 한 학과장이 다른 학 과장의 아우라를 파악하려고 나를 주시하는 듯했다. 그의 가운 앞섶에는 브루클린 다저스*의 상징이 수놓여 있었다.

래셔는 종이냅킨을 뭉쳐서 두 테이블 건너에 있는 어떤

사람에게 던졌다. 그러고는 그래파 쪽을 바라보았다.

"당신 인생에 가장 큰 영향을 끼친 사람이 누구죠?" 적대적인 어조로 래셔가 물었다.

"「죽음의 키스」에 나오는 리처드 위드마크요. 리처드 위드마크가 휠체어에 탄 노파를 계단 저 아래로 밀쳐버렸을 때, 나 개인에겐 어떤 돌파구 같았어요. 덕분에 많은 문제들을 해결했지요. 리처드 위드마크의 가학적인 웃음을 흉내내서 10년간 써먹었죠. 그래서 감정적으로 힘든 몇몇 순간을 헤치고 나갈 수 있었고요. 헨리 해서웨이 감독의 「죽음의 키스」에서 토미 우도 역으로 나온 리처드 위드마크 말이에요. 그 스멀거리는 웃음 기억해요? 하이에나 같은 얼굴이었어요. 악귀처럼 킥킥거렸고요. 그 웃음은 내 생애의 많은 것을 명확하게 해주었어요. 내가 한 개인으로 서게 도와주었지요."

"다른 애들과 나눠먹지 않으려고 음료수병에 침 뱉어본 적 있나요?"

"그거야 반사적인 행동이었죠. 어떤 애들은 샌드위치에도 침을 뱉은걸요. 벽에다 동전 던지기 놀이를 한 다음 먹고 마실 거리를 사오곤 했는데 말이죠. 그땐 언제나 벼락같이 달려들어 침을 뱉었어요. 아이스바나 커스터드 케이크에 침 뱉는 애들도 있었어요."

---

* 1883년에 뉴욕 브루클린에서 창단한 프로야구팀. 1958년 LA로 연고지를 옮겼다.

"아버지가 멍청이란 걸 처음 안 건 몇살 때였나요?"

"열두살 반 되었을 때였죠." 그래파가 말했다. "로스 페어몬트 극장 발코니에서 바버라 스탠윅이 메이 도일로 나오고, 폴 더글러스가 제리 다마토로, 위대한 로버트 라이언이 얼 파이퍼로 나오는 프리츠 랑 감독의 「한밤의 충돌」을 보고 있을 때였죠. J. 캐럴 내시, 키스 앤디즈, 그리고 초년시절의 매릴린 먼로도 출연했어요. 32일 만에 찍었죠. 흑백영화고요."

"스케일링할 때 치위생사 몸이 당신 팔에 계속 닿아서 발기된 적이 있나요?"

"셀 수 없이 많죠."

"엄지손가락의 굳은살을 물어뜯고 나서 삼키나요, 뱉나요?"

"잠시 씹은 다음 혀끝으로 재빨리 뱉어내지요."

"고속도로에서 운전하면서 눈 감아본 적은 있나요?" 래셔가 물었다.

"95번 고속도로를 타고 북쪽으로 가다가 팔초간 눈 감고 달린 적이 있어요. 팔초가 내 개인 최고기록이죠. 구불구불한 시골길에서 육초까지 눈을 감은 적도 있지만, 그땐 시속 50킬로나 55킬로 정도로밖에 달리지 않았어요. 차선이 많은 고속도로에선 대개 시속 110킬로 가까이 달리다가 눈을 감아요. 직선주로에서 그렇게 하죠. 다른 사람들을 태우고 운전하면서 직선주로에서 오초까지 눈을 감은 적도 있어요. 사람들이 졸 때를 기다렸다가 하는 게 요령이에요."

그래파는 둥글고 축축하며 수심에 찬 얼굴을 하고 있었다. 거기엔 배신당한 다정한 소년의 모습이 어른거렸다. 나는 그가 담뱃불을 붙이고 성냥을 흔들어 끈 다음 그것을 머리의 샐러드 속으로 던지는 것을 보았다.

"어릴 적에 자기가 죽은 걸 상상하면서 얼마나 즐거워했나요?" 래셔가 물었다.

"아이 때만 그랬겠어요?" 그래파가 대답했다. "지금도 항상 그런 상상을 하는걸요. 무언가 화나는 일이 생길 때마다 친구들과 친척들, 동료들이 모두 내 관 옆에 모인 장면을 상상하거든요. 그들은 살아 있을 동안 내게 더 잘해주지 못한 것에 대해 너무너무 미안해하죠. 자기연민은 내가 아주 어렵사리 지켜온 것이에요. 어른이 되었다고 그걸 저버릴 이유가 있나요? 자기연민이란 애들이 아주 잘하는 것이잖아요. 그 말은 그것이 자연스럽고 중요하다는 의미지요. 자기의 죽은 모습을 상상하는 것은 가장 값싸고 얄팍하고 확실한 형태의 유아적 자기연민이에요. 당신의 커다란 청동관 옆에 모인 그 모든 사람이 얼마나 상심하고 후회하고 죄책감을 느낄지 상상하는 것 말입니다. 그들은 이 점잖고 온정 많은 사람의 죽음이 자신들 모두가 관여한 어떤 음모의 결과임을 알고 있기 때문에 서로 마주 보지도 못하죠. 관 주위로 화환들이 쌓이고, 가장자리에는 언어나

복숭아 빛깔의 벨벳 천이 둘리겠죠. 휴가를 즐기고 돌아온 사장님처럼 느긋하고 탄탄하며 햇볕에 그을린 모습으로 검은 양복에 넥타이를 매고 관 속에 누워 있는 자신을 상상해보는 것은 우리가 누릴 수 있는, 자기연민과 자부심이 묘하게 교차하는 너무도 멋진 일이 아니겠어요. 그렇지만 자기연민보다 한층 더 유아적이고 만족스러운 어떤 것이, 내가 왜 정기적으로 죽은 내 모습 — 훌쩍거리는 문상객들에 둘러싸인 멋진 녀석 — 을 상상하는지 설명해주는 어떤 것이 있어요. 그건 바로 내 삶보다 자기네 삶이 더 중요하다고 생각한 것에 대해 내가 사람들을 벌주는 방식이랍니다."

래서는 머리에게 이렇게 말했다. "우리에게도 공식적인 '망자의 날'이 있어야 해요. 멕시코 사람들처럼요."

"우리에게도 있어요. '슈퍼볼 주간'*이 바로 그때죠."

나는 이런 말을 듣고 싶지 않았다. 내게는 이런 환상들과 동떨어진 숙고해야 할 나만의 죽음이 있었다. 그래파의 발언이 근거 없는 것이라고 생각했기 때문은 아니다. 음모에 관한 그의 감각이 내 안에 어떤 특수한 파장을 일으킨 것은 사실이었다. 매정함이나 탐욕이 아니라 바로 이것 때문에 우리는 죽음의 침상에서 사람들을 용서하는 것이다. 우리는 그들이 멀찌감치 거리를 두고, 말없이 우리에게 등

* 북아메리카 프로미식축구리그의 결승전이 열리는 2월 둘째 주.

을 돌린 채 계략을 꾸며 효과적으로 우리를 망가뜨리는 능력 때문에 그들을 용서한다.

나는 알폰스가 어깨를 둥글게 돌리면서 곰 같은 자신의 존재를 과시하는 모습을 주시했다. 나는 이 모습을 그가 말을 꺼내려고 준비 중이라는 신호로 받아들였다. 갑자기 자리를 박차고 달아나버리고 싶었다.

"뉴욕에선 말이지," 그가 나를 정면으로 쳐다보며 말했다. "당신 괜찮은 내과의 알고 있냐고 묻지. 진짜 권력이 있는 곳이 거기니까. 체내 장기들. 간, 신장, 위, 소장, 대장, 췌장 이런 것들 말이오. 내복약은 마법으로 주조된 술 같은 거지. 사람들은 훌륭한 내과의가 제공하는 치료와는 완전히 별개로 그에게서 힘과 카리스마를 획득하지. 사람들은 조세 전문 변호사나 자산운용가 그리고 마약상에 대해 물어. 하지만 진짜 중요한 건 바로 내과의요. "당신 내과의는 누굽니까?" 어떤 사람이 도전적인 어투로 물을 거요. 그 질문은 당신의 내과의 이름이 생소하다면 당신은 췌장에 버섯 모양의 종양이 생겨 죽을 가능성이 아주 높다는 것을 의미하지. 단지 당신 장기에서 피가 뚝뚝 흐를지도 몰라서뿐만이 아니라 그 문제에 대해 의뢰할 사람을 알지 못해서, 어떻게 연락해야 할지, 어떻게 처신해야 할지 몰라서 당신은 열등하고 죽을 운명에 처해 있다고 느껴야만 한다는 거요. 군산軍産복합체 따위는 신경 끄시오. 진짜 권력이 일상적으로 휘둘러지는 것은 바로 우리 같은 사람들이 이렇게 사소하게 시비를 걸고 겁박할 때니까."

나는 디저트를 급히 씹어삼키고 식탁에서 살짝 빠져나왔다. 바깥에 나와 머리를 기다렸다. 그가 나타나자 나는 그의 팔꿈치 바로 위를 잡고는 한쌍의 유럽 노인들처럼 고개를 숙이고 대화를 나누면서 교정을 가로질러 걸어갔다.

"그 이야기 어떻게 들었습니까?" 내가 물었다. "죽음과 병에 관한 이야기 말입니다. 저 사람들은 늘 저런 식으로 말하나요?"

"스포츠 기자 시절에, 여행하면서 다른 기자들을 만나곤 했죠. 호텔방이나 비행기, 택시, 식당 같은 곳에서요. 그땐 대화 소재가 딱 하나였어요. 섹스와 죽음."

"소재가 두개인데요."

"그렇네요, 잭."

"그 둘이 불가분하게 연결되어 있다고 믿기는 정말 싫어요."

"길 위에선 모든 것이 연결되어 있죠. 정확히 말하자면, 모든 것이 연결되어 있지만 아무것도 연결되어 있지 않아요."

우리는 작은 눈더미가 녹고 있는 부근을 지나쳤다.

"자동차 충돌 세미나는 잘되고 있나요?"

"충돌 장면을 수백개나 봤답니다. 승용차와 승용차. 승용차와 트럭. 트럭과 버스. 오토바이와 승용차. 승용차와 헬기. 트럭과 트럭 등등이요. 학생들은 이런 영화들이 예언적이라고 생각해요. 그들은 테크놀로지에 내재한 자살 원망願望을 발견해내죠. 자살을 향한 충동과 자살을 향한 돌진을 말이에요."

"학생들에게 뭐라고 대답합니까?"

"이 영화들은 대개 B급 영화거나 텔레비전 영화, 아니면 시골의 자동차극장용 영화예요. 그런 장소에서는 파멸을 찾지 말라고 말하죠. 전 이 자동차 충돌이 미국 낙관주의의 오랜 전통의 일부라고 파악합니다. 그건 아주 긍정적인 이벤트예요. 구시대의 '할 수 있어' 정신으로 충만하단 말이죠. 모든 자동차 충돌은 그 직전의 것보다 더 잘 만들려고 의도된 겁니다. 도구와 기교는 계속 향상되고 연이은 도전이 이루어져요. 감독은 이렇게 말하죠. '이 평상형 트럭이 두바퀴 공중제비를 해서 직경 11미터의 오렌지색 화염을 내면 좋겠어. 그러면 촬영기사가 배경조명으로 그 화염을 이용할 거야.' 저는 학생들에게 만약 이 문제에 테크놀로지를 끌어들이고 싶다면 이 점을 명심해야 한다고 말해요. 과장된 행위나 꿈을 추구하는 이런 경향을."

"꿈이라고요? 학생들 반응은 어떤가요?"

"선생님이 방금 보인 반응과 똑같아요. '꿈이라고요?' 온통 핏자국과 유리조각에, 찢어지는 소리를 내는 고무바퀴 천지니까요. 순수한 폐기물은 어떻게 봐야 할까요? 붕괴 단계에 처한 문명에 대한 느낌은 어떻습니까?"

"그건 무슨 말인가요?" 내가 물었다.

"전 학생들에게 그들이 보고 있는 것은 붕괴가 아니라 순수라고 말해줍니다. 영화는 복잡한 인간의 열정에서 멀리 떨어져나와 뭔가 원초적인 것, 불길이 솟고 강렬한 것을 정면으로 보여주니까요. 그것은 보수적인 원망 충족이자 무구無垢에 대한 열망입니다. 우린 다시 한번 꾸밈없는 상태가 되고 싶은 거죠. 경험의 흐름을, 세속사와 그 속의 수많은 책임의 흐름을 거스르고 싶은 겁니다. 학생들은 이렇게 말합니다, '저 뭉개진 시체들을 보세요. 잘려나간 팔다리를요. 이게 무슨 순수란 말입니까?'"

"그러면 뭐라고 답변합니까?"

"전 학생들에게 영화 속의 자동차 충돌을 폭력 행위로 생각할 순 없다고 말합니다. 그건 하나의 축하의식이라고요. 전통적인 가치와 믿음을 재확인하는 거지요. 전 자동차 충돌을 추수감사절이나 독립기념일 같은 기념일과 연관짓습니다. 우리는 죽은 이들을 애도하거나 기적적인 행위에 환호하지 않아요. 이런 날은 세속적인 낙관주의의 날, 자축의 날이니까요. 우리는 향상하고 번성하고 완벽해질 것이다, 이런 거죠. 미국영화에 나오는 어떤 자동차 충돌 장면이라도 한번 봐보세요. 그건 옛날식 공중곡예나 비행기 날개 위에서 걷는 묘기처럼 아주 신나는 순간입니다. 이런 충돌 장면을 연출하는 사람들은 외국영화의 자동차 충돌 장면은 절대로 따라 할 수 없는 경쾌하고 부담 없는 즐거움을 포착할 줄 압니다."

"폭력 이상의 것을 보라는 거네요."

"바로 그거예요. 폭력 이상의 것을 보세요, 잭. 거긴 순수와 재미로 가득한 놀랍고도 충만한 신명이 있으니까요."

29

버벳과 나는 번쩍이는 쇼핑카트를 하나씩 밀면서 넓은 통로를 따라 움직였다. 우리는 수화를 하면서 쇼핑하고 있는 한 가족의 곁을 지나쳤다. 울긋불긋한 점들이 계속 어른거렸다.

"기분이 어때?" 버벳이 물었다.

"좋아. 난 괜찮아. 당신은?"

"검진을 한번 받아보지 그래? 아무 문제가 없다는 걸 알면 기분이 한결 나아지지 않겠어?"

"두번이나 받아봤어. 문제없대."

"차크라바티 박사는 뭐라고 해?"

"그 사람이 뭐라고 하겠어?"

"그 사람 영어 아주 멋지게 하잖아. 난 그 사람 말하는 거 듣기 좋던데."

"그 사람이 말하기 좋아하는 만큼은 아니겠지."

"그 사람이 말하기를 좋아한다니, 그게 무슨 뜻이야? 그 사람이 기회만 닿으면 말한다는 거야? 그는 의사야. 말을 안 할 수 없잖아. 사실 당신은 그 사람이 말하는 데에 돈을 지불하는 거야. 그가 멋진 영어를 한다고 뽐내기라도 한다는 뜻이야? 낯간지럽게 말해?"

"유리 세정제 사야 해."

"나 혼자 두고 가지 마." 아내가 말했다.

"5번 통로로 가는 것뿐이야."

"혼자 있고 싶지 않아, 잭. 내가 그런 줄 당신도 알잖아."

"우린 이 문제를 잘 헤쳐나갈 거야." 내가 말했다. "어쩌면 그 어느 때보다 더 튼튼해질 거야. 우린 건강해지기로 마음먹었으니까. 버벳은 신경쇠약에 걸린 사람이 아니야. 그녀는 강하고, 건강하고, 외향적이고, 긍정적이야. 어떤 일이건 '예'라고 말해. 그게 버벳의 특징이지."

우리는 여러 통로를 돌아 계산대까지 함께 갔다. 버벳은 다음번 수업에서 트레드웰 노인에게 읽어줄 타블로이드 신문 세 종류를 샀다. 줄서서 기다리는 동안 우리는 그것을 읽었다. 그러고 나서 같이 차로 가 물건들을 싣고, 내가 집까지 운전하는 동안에도 아주 가까이 붙어앉아 있었다.

"눈 말고는 괜찮대." 내가 말했다.

"무슨 말이야?"

"차크라바티가 안과에 가보래."

"또 그 울긋불긋한 점들이 어른거려?"

"응."

"색안경 쓰지 마."

"그걸 안 쓰면 히틀러 수업을 못해."

"왜 못해?"

"내겐 그 안경이 필요해. 그뿐이야."

"멍청해 보여. 아무 도움도 안돼."

"난 여태 경력을 쌓아왔어." 내가 말했다. "거기 관련된 모든 요소를 다 이해하지 못할 수도 있지만, 이건 함부로 바꿀 문제가 아닌 건 확실해."

데자뷔 위기센터는 문을 닫았다. 상담전화도 소리소문 없이 끊겼다. 사람들은 이제 막 잊어버리려는 참인 것 같았다. 내가 어떤 의미에서 버림받고 홀로 고통을 떠안은 채 남겨졌다고 느낀다 해도 그 사람들을 비난할 수는 없었다.

나는 꾸준히 독일어 수업을 받으러 갔다. 독일어 선생과 아직 여러주 남은 히틀러학회에서 참가자들을 대상으로 할 환영사 연습을 시작했다. 창문은 가구와 너절한 물건들로 완전히 가려져 있었다. 하워드 던롭은 방 한가운데 앉아 있었는데, 그의 계란형 얼굴은 60와트짜리 먼지 낀 전등 불빛 아래서 둥둥 떠다니는 것 같았다. 혹시 내가 그의 유일한 대화 상대가 아닐까 하는 의심이 들었다. 내게 그가 필요한 것 이상으로 그에게 내가 필요한 게 아닐까 하는 의심도 들었다. 당혹스럽고 끔찍한 생각이었다.

문 옆의 부서진 탁자 위에 독일어 책 한권이 놓여 있었다. 제목은 두껍고 육중하며 불길한 검은색 글씨체로 쓰여 있었다. '다스 에큅티슈 토텐부흐'.

"무슨 책입니까?"

"『이집트 사자의 서』요." 그가 속삭이듯 말했다. "독일에선 베스트셀러라오."

드니스가 집에 없을 때마다 나는 아이의 방을 뒤졌다. 물건들을 들었다 놓기도 하고, 커튼 뒤를 살피거나 열린 서랍 안을 들여다보고, 침대 밑으로 발을 집어넣어 뭐가 없나 찾아보기도 했다. 멍한 상태로 여기저기 쑤시고 다녔다.

버벳은 라디오 대담에 귀를 기울였다.

나는 물건들을 버리기 시작했다. 벽장 꼭대기와 바닥에 있는 물건들, 지하실과 다락의 상자에 든 물건들이었다. 편지와 오래된 문고판 책과 나중에 읽으려고 둔 잡지와 뭉뚝해진 연필 들을 버렸다. 테니스화, 운동용 양말, 손가락 부분이 해진 장갑, 낡은 벨트와 넥타이 등속도 버렸다. 한다발의 학생 성적표와 감독용 의자에 쓰이는 부러진 막대기들도 찾아냈다. 이것들도 버렸다. 마개가 달아난 온갖 스프레이 깡통도 모두 내다버렸다.

가스계량기에서 특이한 소리가 났다.

그날 밤 텔레비전에서 경찰들이 베이커스빌에 있는 어떤 사람의 뒤뜰에서 시체가 든 가방을 실어내는 뉴스를 보았다. 기자는 지금까지 시체 두구가 발견되었고, 더 많은 시체가 이 뒤뜰에 묻혀 있을 거라고 보도했다. 어쩌면 상당히 많을 수도 있다고 했다. 스무구, 서른구가 될 수도 있으며, 확실히 아는 사람은 아무도 없다고도 했다. 기자는 그 구역을 팔로 휘 가리켜 보였다. 아주 넓은 뒤뜰이었다.

기자는 중년 남자로서 말씨가 또렷하고 힘찼지만 친근한 느낌도 주었다. 시청자들과 자주 접하면서 관심사도 나누고 상호신뢰 관계를 이루고 있다는 느낌이 전해졌다. 발굴 작업은 밤새 계속될 것이고, 확실한 진전이 보이면 즉시 현장중계를 재개하겠다고 말했다. 그는 이 말을 마치 연인의 약속처럼 전했다.

사흘 밤 후 나는 이리저리 떠돌다가 하인리히의 방으로 들어갔다. 텔레비전이 잠시 이 방으로 옮겨져 있었다. 아이는 모자 달린 운동복을 입고 바닥에 앉아서 바로 그 장면을 생중계로 보고 있었다. 투광등이 비춰진 뒤뜰에서 곡괭이와 삽을 든 남자들이 흙더미 사이에서 작업하고 있었다. 전면에서 가벼운 눈발이 날리는 날씨에 양피 코트를 입고 머리엔 아무것도 쓰지 않은 그 기자가 최근 소식을 전하고 있었다. 경찰은 확실한 정보가 있다고 말했고, 인부들은 조직적이고도 노련했으며, 작업은 이미 칠십이시간 이상 진행되었다고 했다. 하지만 시체는 더이상 나오지 않았다.

기대가 무너졌다는 느낌이 압도적이었다. 슬픔과 공허감이 현장에 드리웠다. 실의와 애석한 침울함이 가득했다. 말없이 이 장면을 지켜보던 아들과 나도 그런 감정을 느꼈다. 그 느낌은 전파를 통해 공기 속으로 스며들어 방안에 퍼졌다. 기자는 처음에는 그냥 사과하는 투였다. 하지만 다수의 시체가 없다는 사실을 계속 언급하면서 점점 절망적인 빛을 띠더니, 인부들 쪽을 가리키며 고개를 내저을 때는 동정과 양해를 간청할 것 같은 태세였다.

나는 실망하지 않으려고 애썼다.

30

어둠속에서 마음은, 온 우주 가운데 유일하게 깨어 있는 그것은, 게걸스러운 기계처럼 계속 달린다. 나는 벽을, 구석에 놓인 서랍장을 분간해내려고 애썼다. 그것은 막을 수 없는 오래된 감정이었다. 작고 나약하고 죽음을 향해 홀로 있는 이 느낌. 패닉, 숲과 황무지의 신이자 반은 염소인 그 신.* 나는 시계 달린 라디오가 놓인 쪽을 기억하면서 오른쪽으로 고개를 돌렸다. 숫자가 바뀌는 것을 지켜보았다. 분을 나타내는 디지털 숫자가 홀수에서 짝수로 넘어갔다. 어둠속에서 숫자는 푸른빛을 발했다.

잠시 후 버벳을 깨웠다. 그녀가 내 쪽으로 돌아눕자 그

---

* 그리스신화에 나오는 신 판(Pan)은 공황을 뜻하는 패닉(panic)의 어원이다.

녀의 몸에서 따스한 기운이 끼쳐왔다. 느긋한 분위기. 망각과 잠이 뒤섞인 안온한 기운이었다. 여기가 어디야, 넌 누구지, 내가 지금 무슨 꿈을 꾸고 있는 거야?

"우리 얘기 좀 해." 내가 말했다.

그녀는 뭐라고 중얼거리며 자기 주위를 맴도는 어떤 존재를 떼어내려는 것 같았다. 내가 스탠드를 향해 손을 뻗자 아내는 손등으로 내 팔을 쳤다. 불이 켜졌다. 아내는 얼굴을 가리고 신음하면서 라디오 쪽으로 돌아누웠다.

"당신, 그래봐야 소용없어. 꼭 이야기해야 할 게 있으니까. 난 미스터 그레이를 만나고 싶어. 그레이 리서치의 실명을 알고 싶단 말이야."

그녀는 신음처럼 "안돼"라고 말할 뿐이었다.

"이 문제에 관해서 난 합리적이야. 균형감각이 있다고. 거창한 희망이나 기대는 없어. 그냥 한번 시험해보려는 것뿐이야. 신비의 명약 같은 건 믿지 않아. 이 말만 하겠어. '그냥 한번 시험해보겠습니다. 한번 보기만 할게요.' 몸이 거의 마비된 상태로 몇시간 동안 여기 누워 있었어. 땀에 흠뻑 젖었어. 내 가슴 좀 만져봐, 버벳."

"오분만. 자야겠어."

"만져봐. 손 좀 줘. 얼마나 젖었는지 봐."

"땀 안 흘리는 사람이 어디 있어." 그녀가 말했다. "땀이 뭐라고."

"여기가 시냇물처럼 흥건해."

"당신 약 먹고 싶은 거지. 그럼 안돼, 잭."

"내가 바라는 건 미스터 그레이와 몇분간 단둘이 있는 것뿐이야. 내가 적합한 대상인지 그것만 알아보면 돼."

"그 사람은 당신이 자길 죽이려 한다고 생각할 거야."

"하지만 그건 미친 짓이야. 미쳐야 그렇게 하지. 내가 어떻게 그 사람을 죽일 수 있겠어?"

"그는 내가 당신한테 모텔에 관해 말했다는 걸 알아챌 거야."

"모텔 일은 끝났어. 내가 모텔 일을 바꿀 순 없어. 내 고통을 없애줄 순 있는 유일한 사람을 죽이겠어? 믿지 못하겠으면 내 겨드랑이를 만져봐."

"그는 당신을 원한 품은 남편이라고 생각할 거야."

"모텔 일은 솔직히 좀 유감스러워. 하지만 그를 죽인다고 내 기분이 나아지겠어? 그는 내가 누군지 알 필요도 없어. 다른 사람이라고 꾸미고 적당히 둘러대면 돼. 도와줘, 제발."

"땀 흘린다는 말 하지 마. 땀이 뭐라고. 난 그 사람과 약속했단 말이야."

다음 날 아침 우리는 부엌 식탁에 앉아 있었다. 입구에 놓인 건조기가 돌아가고 있었다. 나는 단추와 지퍼가 통 표면에 부딪치며 탁탁거리는 소리에 귀를 기울였다.

"그 사람한테 무슨 말을 할지도 벌써 다 생각해뒀어. 임상적으로 설명을 잘할 거야. 무슨 철학이나 신학 같은 건 절대 들이대지 않을게. 그 사람의 실용주의적인 면에 호소할 거야. 그는 실제로 내 목숨이 시한부라는 사실에 강한 인상을 받을 거야. 솔직히 이건 당신이 생각하는 것보다 훨씬 힘들어. 그 약이 너무도 절실하게 필요해. 난 그가 반응을 보일 거라고 믿어. 게다가 그는 살아 있는 실험대상을 다룰 또 한번의 기회를 원할 거야. 이런 사람들은 원래 그렇잖아."

"당신이 그를 죽이지 않을 거라는 걸 어떻게 믿어?"

"당신은 내 아내니까. 내가 살인자야?"

"당신은 남자야, 잭. 남자들과 그들의 비정상적인 분노가 어떤 건지 모르는 사람이 어디 있어. 이건 남자들 전문이잖아. 광기와 폭력적인 질투. 살인을 불러일으키는 분노. 사람들이 어떤 일에 정통하면, 그걸 실행할 기회를 찾는 건 너무도 당연해. 내가 만약 그런 걸 아주 잘한다면 나도 그렇게 할 거야. 단지 그런 일에 능숙하지 못할 뿐이라고. 그래서 살인적 분노로 치닫는 대신 앞 못 보는 사람들에게 책을 읽어주고 있지. 달리 말하면 내 한계를 안다는 거야. 차선책이지만 기꺼이 받아들이고 있어."

"내가 어쨌다고 이런 말을 하는 거야? 이건 당신답지 않아. 빈정거리며 냉소적으로 말하지 마."

"그냥 내버려둬." 그녀가 말했다. "다일라 일은 내 실수였어. 당신도 그런 실수를 저지르게 놔두진 않을 거야."

단추와 지퍼가 탁탁 부딪치고 긁히는 소리가 들렸다. 학교로 출근할 시간이었다. 위층에서 이런 목소리가 들려왔다. "캘리포니아의 한 종합연구소에서는 3차대전이 소금 때문에 일어날 가능성이 있다고 발표했습니다."

오후 내내 연구실 창가에 서서 관측소를 지켜보았다. 위니 리처즈가 옆문에서 모습을 드러낸 후 길 양쪽을 살피더니 경사진 잔디밭을 따라 경중거리며 걸어가는 모습을 목격한 것은 어두워지기 시작할 무렵이었다. 나는 급히 연구실을 빠져나와 계단을 내려갔다. 몇초 후 나는 자갈 깔린 인도까지 나와 달리고 있었다. 거의 즉각적으로 기이한 흥분 상태를 경험했다. 사라져버린 쾌락이 회복되었음을 나타내는 그런 짜릿한 전율이 느껴졌다. 그녀가 모퉁이를 날렵하게 쌩하고 돌더니 시설관리 건물 뒤편으로 사라지는 것을 보았다. 나는 온힘을 다해 달렸다. 고삐가 풀린 듯, 바람을 가르며 머리를 곤추세우고 가슴은 내민 채 팔을 힘껏 휘저었다. 도서관 근처에서 그녀의 모습이 다시 나타났다. 아치형 창문 아래를 민첩하고도 은밀하게 움직이는 형상이 땅거미 속으로 거의 사라졌다. 그녀는 계단 근처에 다다르자 갑자기 속력을 높이더니, 흡사 달리기경주의 서서 출발하는 자세에서 전속력을 내듯이 질주했다. 이런 행동은 비록 내 입장에서는 불리한 것이었지만, 그 진가는 알아볼 수 있는 능란하고도 멋진 동작이었다. 나는 도서관 뒤편으로 가로질러 화학실험실로 들어가는 길고 곧은 통로에서 그녀를 따라잡기로 작정했다. 연습을 마치고 운동

장 밖으로 힘차게 달려나오는 라크로스 선수들과 잠시 나
란히 달렸다. 우리는 보조를 맞춰 달렸는데, 선수들은 일
정한 양식으로 스틱을 휘두르며 알아들을 수 없는 구호를
외쳤다. 넓은 인도에 다다랐을 때, 나는 숨이 차서 헐떡거
렸다. 사방을 둘러봐도 위니의 모습은 보이지 않았다. 교
수 전용 주차장을 가로질러 눈에 띄게 현대적인 예배당을
지나 본관 건물을 돌아서 뛰었다. 잎이 진 높다란 나뭇가
지를 흔드는 세찬 바람소리가 들렸다. 나는 동쪽으로 달
리다 마음을 바꾸고 멈춰서서 주위를 둘러보다가, 자세히
살펴보기 위해 안경을 벗었다. 달리고 싶었다. 기꺼이 달
릴 작정이었다. 달릴 수 있는 한 달릴 것이고, 밤새 달릴 것
이고, 왜 달리고 있는지 잊어버릴 때까지 달릴 것이다. 잠
시 후 캠퍼스 가장자리에 있는 언덕 위로 성큼성큼 내달리
는 형체 하나를 발견했다. 위니가 틀림없었다. 나는 그녀
가 내게서 너무 멀리 떨어져 있는데다 언덕마루 너머로 사
라지면 수주 동안 모습을 드러내지 않을 걸 알았기 때문에
다시 달리기 시작했다. 내가 가진 모든 것을 마지막 질주
에 쏟아부으면서 콘크리트와 풀밭과 자갈밭을 지나 돌진
했다. 가슴안에서 허파가 불타는 것 같았고, 축축 처지는
무거운 다리는 지구의 중력 그 자체, 지구의 가장 기본적
이고도 중요한 판결인 낙하체의 법칙인 듯했다.

언덕 꼭대기에 거의 다다랐을 때 이미 멈춰서 있는 위
니를 보고 소스라치게 놀랐다. 솜을 넣어 두툼한 고어텍스

재킷을 입은 그녀는 서쪽을 바라보고 있었다. 나는 천천히 그녀 곁으로 걸어갔다. 죽 늘어선 개인주택들을 지날 무렵, 그녀가 왜 멈추었는지 알 수 있었다. 검게 물든 지평선이 아련히 떨리고 있었다. 그 위로, 불타는 바다 위에 떠 있는 한척의 배처럼 태양이 지고 있었다. 낭만적인 이미지로 충만한 포스트모던 일몰을 또다시 목격하게 된 것이다. 그걸 꼭 묘사할 필요가 있을까? 우리 시야에 있는 모든 것이 이 놀라운 일에 쓰일 빛을 모으기 위해 존재하는 것 같다고 말하기만 하면 족할 것이다. 이번이 좀더 강렬한 일몰이라서 그런 생각이 든 것도 아니었다. 더 역동적인 색채와 더 깊은 서사적 폭을 담은 일몰도 있었다.

"안녕하세요, 선생님. 여기까지 올라오실 줄 몰랐네요."

"난 주로 고속도로 구름다리에 가서 일몰을 봅니다."

"정말 대단하죠?"

"진짜 아름답네요."

"생각에 잠기게 해요. 정말 그래요."

"무슨 생각을 하는데요?"

"이런 종류의 아름다움 앞에서 무슨 생각을 할 수 있겠어요? 겁이 날 뿐이죠."

"이보다 더 무시무시한 일몰도 있었는데요."

"전 겁이 나요. 와, 저것 좀 보세요."

"지난 화요일에 보셨습니까? 강렬하고 황홀한 일몰이었어요. 지금 이건 평균 정도로 매길 수 있겠네요. 어쩌면 일몰도 규모가 점점 작아지나봅니다."

"안 그랬으면 좋겠어요." 그녀가 말했다. "이런 일몰이 보고 싶을 거예요."

"대기 중의 유독잔류물이 줄어들고 있는 걸 수도 있죠."

"이런 일몰의 원인이 유독구름에서 나온 잔류물 때문이 아니라고 주장하는 학자들도 있어요. 그 구름을 먹어치운 미생물의 잔류물 때문이라는 거죠."

우리는 거기 서서 컬러텔레비전의 다큐멘터리에서 보여주는 심장박동처럼 붉게 쏟아지는 빛의 파도를 지켜보았다.

"접시 모양의 알약 기억납니까?"

"그럼요." 그녀가 말했다. "공학이 낳은 대단한 물건이었죠."

"그 약 용도를 알아냈어요. 고대부터 내려오는 문제를 해결하려고 고안되었더군요. 죽음에 대한 공포 말입니다. 뇌에서 죽음의 공포를 억제하는 물질을 분비하게 한답니다."

"그래도 우린 죽어요."

"누구나 다 죽죠, 그래요."

"우리가 그냥 두려워하지 않게 된다고요." 그녀가 말했다.

"맞습니다."

"흥미롭네요."

"다일라는 비밀 연구팀에 의해 기획되었어요. 그들 중 몇명은 분명 정신생물학자일 거예요. 혹시 죽음의 공포를 비밀리에 연구하는 집단에 관한 소문을 들어보셨나요?"

"그런 소문은 저한테까지 절대 오지 않죠. 아무도 날 찾아내지 못하니까요. 사람들이 날 찾아낼 땐, 진짜 중요한 뭔가를 말해주려는 거고요."

"이보다 더 중요한 게 뭐가 있겠어요?"

"선생님은 지금 소문이나 풍문에 대해 말씀하고 계세요. 이 일은 근거가 희박해요. 그 사람들이 누구고, 그들의 본부는 어디 있나요?"

"바로 그것 때문에 선생님 뒤를 쫓아온 겁니다. 선생님은 그들에 대해 뭔가 알고 있을 거라 생각했으니까요. 난 정신생물학자가 뭔지도 모르거든요."

"그건 아주 포괄적인 학문이에요. 학제 간 협력도 필요하고요. 진짜 작업은 보이지 않는 곳에서 이루어지죠."

"뭐라도 내게 알려줄 수 있는 게 없을까요?"

내 목소리의 무언가가 그녀로 하여금 나를 돌아보게 만들었다. 위니는 아직 삼십대에 접어들지 않았지만, 삶을 구성하는 반쯤 가려진 재난들을 식별할 줄 아는 분별 있고 숙련된 눈을 가지고 있었다. 좁은 얼굴은 가는 갈색 곱슬머리에 약간 가려져 있고, 눈은 빛나고 열정적이었다. 그녀에게는 걸어서 강을 건너는 커다란 짐승의 부리 같기도 하고 속이 빈 뼈 같기도 한 모습이 있었다. 입은 작고 새침했다. 그녀의 미소는 유머의 유혹에 넘어가지 말라는 어떤 내적인 규제와 계속해서 갈등을 일으켰다. 머리는 자기가 위니에게 반했으며 그녀의 어색한 신체적 특징은 지능이 너무 급속도로 발달된 증거라고 말한 적이 있는데, 나도 그의 말이 무슨 뜻인지 알 것 같았다. 그녀는 주위의 세상을 쿡쿡 찔러보거나 잡아채보기도 했고, 때로는 압도하기도 했다.

"선생님이 개인적으로 이 물질과 어떤 관련이 있는지는 모르겠어요." 그녀가 말했다. "하지만 죽음에 대한 감각을 잃어버리는 건 잘못된 거예요. 그게 죽음에 대한 공포라고 하더라도 마찬가지예요. 죽음이란 우리에게 필요한 경계선이 아닌가요? 죽음이 삶에 소중한 결을 부여하고 사물에 대한 정의를 내리게 해주지 않던가요? 우리가 늘 짊어지고 다니는 최후의 선, 경계 혹은 한계를 알지 못한다면 이생에서 행하는 그 어떤 것이 아름답고 의미가 있을지 자문해봐야 될 거예요."

나는 높은 곳에 있는 구름의 둥그스름한 꼭대기 쪽으로 빛이 솟구쳐들어가는 것을 보았다. 클로리츠, 벨라민츠, 프리던트.*

"사람들은 내가 묘연하다고 생각해요." 그녀가 말했다. "인간의 공포에 대한 내 이론도 묘연한 건 확실하고요. 선생님 모습을 상상해보세요, 너무도 가정적이고 늘 앉아서 지내는 선생님이 어쩌다 깊은 숲속을 걷고 있는 모습을요.

* 껌 상표명.

그러다 문득 뭔가가 눈에 들어와요. 그게 뭔지 다른 건 알지 못하는 상태에서, 그게 아주 커다랗고 참조할 일상적인 틀에는 없는 것이란 걸 알게 돼요. 세계관에 오점 하나가 나타난 거예요. 그것이 여기 없거나 선생님이 없어야 하는 거죠. 이제 그것의 전모가 드러나요. 그건 바로 회색곰이에요. 엄청나게 크고 빛나는 갈색의 곰이 어슬렁거리면서 다가와요. 훤히 드러난 송곳니에선 진액이 뚝뚝 듣고 있어요. 선생님은 야생에서 이렇게 큰 동물을 본 적이 없어요. 이 회색곰과의 만남은 너무도 충격적이고 기이해서 자신에 대한 새로운 감각을, 자아에 대한 신선한 인식을 부여합니다. 특이하고도 무시무시한 상황에 처한 자아에 관해서 말이죠. 새롭고도 강렬하게 자신을 보게 돼요. 스스로를 재발견하는 겁니다. 선생님은 자신이 곧 갈가리 찢기게 될 상황을 맞닥뜨려 신경을 곤두세우고 있어요. 뒷발로 선 그 짐승 때문에 난생처음으로 친숙한 환경 바깥에서, 홀로, 뚜렷이, 온전하게 자신이 누구인지 알 수 있게 되는 거죠. 우리가 이 복잡한 과정에 붙인 이름이 바로 공포예요."

"공포란 더 높은 단계까지 오른 자기인식이라 이거군요."

"그래요, 선생님."

"그럼 죽음은요?" 내가 물었다.

"자아, 자아 그 자체죠. 만약 죽음을 그렇게 이상하거나 그렇게 근거 없지 않은 것으로 볼 수 있다면, 죽음과 관련된 자아에 관한 감각도 줄어들 거예요. 선생님의 공포도

사그라질 거고요."

"죽음을 그렇게 이상하지 않은 것으로 만들려면 어떻게 해야 하나요? 어떻게 해야 한단 말입니까?"

"저도 몰라요."

"죽을 각오를 하고 커브길에서 과속운전을 해볼까요? 주말에 암벽등반이라도 해야 하는 겁니까?"

"몰라요." 그녀가 말했다. "저도 알았으면 좋겠어요."

"고리 달린 벨트를 차고 구십층 건물의 깎아지른 정면을 올라가볼까요? 위니, 어떻게 할까요? 아들 친구 녀석처럼 아프리카산 뱀이 가득 든 우리 안에 앉아 있을까요? 사람들이 요즘엔 이런 식으로 하더군요."

"제 생각에 선생님이 하셔야 할 일은 말이에요, 그 약에 대해 잊어버리는 거예요. 그런 약은 없어요. 분명해요."

위니가 옳았다. 그들은 모두 옳았다. 내 생활을 그대로 꾸려가고, 아이들을 기르고, 학생들을 가르쳐라. 어쭙잖은 손길로 내 아내를 건드린 그레이뷰 모텔의 그 지지직거리는 사내 생각도 접어버려라.

"아직도 슬프네요, 위니. 그래도 당신 덕분에 전과는 달리 내 슬픔에 풍요와 깊이가 생긴 것 같아요."

그녀는 얼굴을 붉히며 고개를 돌렸다.

내가 말했다. "당신은 호시절 친구 이상입니다. 진실한 적이에요."

그녀의 낯빛이 정말로 새빨개졌다.

나는 말했다. "뛰어난 사람들은 뛰어나기 때문에 자기가 박살내버리는 삶에 대해 전혀 생각하지 않아요."

나는 그녀가 얼굴을 붉히는 모습을 지켜보았다. 그녀는 양손을 다 사용해서 니트 모자를 귀 위로 푹 눌러썼다. 우리는 마지막으로 하늘을 한번 쳐다보고 언덕을 걸어내려 왔다.

31

 귀하께서 기억하실 사항들: 1)웨이브폼 다이내믹스로 수표를 발행할 것 2)수표에 귀하의 계좌번호를 적을 것 3)수표에 서명할 것 4)부분결제는 불가능하므로 전액을 결제할 것 5)사본이 아니라 원본 지급증명서를 동봉할 것 6)증명서의 주소가 봉투 창을 통해 보이도록 동봉할 것 7)증명서의 녹색 부분을 점선을 따라 떼어내어 기록용으로 보관할 것 8)귀하의 정확한 주소와 우편번호를 적을 것 9)이사하기 적어도 삼주 전에 우리 측에 통지할 것 10)봉투를 단단히 봉할 것 11)우체국에서 우표 없는 우편물은 배송하지 않으므로 봉투에 우표를 붙일 것 12)청색 칸에 적힌 날짜에서 적어도 삼일 전에 봉투를 부칠 것.
 건강 유선방송, 날씨 유선방송, 뉴스 유선방송, 자연다큐 유선방송.

그날 밤에는 아무도 식사 준비를 하고 싶어하지 않았
다. 우리는 모두 차를 타고 시내 경계를 벗어나 비주거지
역인 상업구역으로 갔다. 네온사인이 끝없이 이어졌다. 치
킨과 브라우니를 전문으로 하는 식당에 차를 댔다. 우리는
차 안에서 먹기로 했다. 차는 우리가 필요한 만큼 충분히
넓었다. 우리는 다른 사람들을 둘러보지 않으며 먹고 싶었
다. 배를 채우기를 바랄 뿐이었다. 조명도 공간도 필요치
않았다. 식사를 하면서 식탁 너머로 서로를 마주 보며 섬
세하고도 복잡한 신호와 코드의 망을 형성할 필요가 전혀
없었다. 우리는 우리 손에서 몇센티 앞만 보며 모두 같은
방향으로 앉아 먹는 데 만족했다. 이렇게 하는 데도 일종
의 격식이 있었다. 드니스가 음식을 차로 나르고 종이냅킨
을 나눠주었다. 우리는 자리를 잡고 앉아서 먹었다. 옷을
다 입은 채 모자와 두꺼운 코트 차림으로, 아무 말 없이 손
과 이로 치킨을 뜯어먹었다. 차 안에 극도로 집중된 분위
기가 감돌며 가족들의 마음은 강렬한 하나의 생각으로 수
렴되고 있었다. 나는 내가 얼마나 엄청나게 배가 고팠는지
깨닫고는 깜짝 놀랐다. 내 손 몇센티 앞만 바라보면서 음
식을 씹고 삼켰다. 배고픔은 이런 식으로 세상을 작아지게
한다. 이것이 음식이라는 관측 가능한 우주의 가장자리다.
스테피는 바삭거리는 가슴살 껍질을 떼어 하인리히에게

주었다. 이 아이는 껍질은 절대 먹지 않는다. 버벳은 뼈를 빨아먹었다. 하인리히는 드니스와 닭날개를 바꿔 먹었는데 큰 것을 작은 것과 바꾸는 식이었다. 하인리히는 작은 날개가 더 맛있다고 생각했다. 모두들 자기가 먹던 뼈를 버벳에게 발라먹으라고 주었다. 나는 모텔 침대에서 벌거벗은 채 빈둥대는 미스터 그레이의 이미지를 떨쳐버리려고 애썼다. 가장자리가 찌부러진 완결되지 않은 상이었다. 우리는 음식을 더 사오게 드니스를 다시 보내고 말없이 아이를 기다렸다. 그리고 나서 우리가 느끼는 기쁨의 크기에 다소 압도된 채 다시 먹기 시작했다.

스테피가 조용히 말했다. "우주비행사는 어떻게 떠다닐까?"

영원한 시간 속에 사라지는 찰나와 같이 모두들 동작을 멈췄다.

드니스가 먹던 걸 멈추고 말했다. "그들은 공기보다 가볍잖아."

우리는 모두 먹던 동작을 멈추었다. 난처한 침묵이 잇따랐다.

"우주엔 공기가 없어." 마침내 하인리히가 대화를 이었다. "존재하지 않는 것보다 가벼울 수는 없어. 우주엔 무거운 분자 외엔 모두 진공상태야."

"난 우주가 차가운 줄 알았는데." 버벳이 말했다. "만약 공기가 없다면 어떻게 차가울 수 있어? 따뜻하고 차가운

걸 만드는 게 뭐야? 공기잖아. 내 생각엔 그래. 공기가 없으면 추위도 없는 거야. 이도 저도 아닌 그런 날처럼 말이야."

"어떻게 아무것도 없을 수가 있어?" 드니스가 말했다. "뭔가는 있어야 하잖아."

"있다니까." 하인리히가 짜증스럽게 말했다. "무거운 분자는 있어."

"'스웨터 입어야겠네' 하는 그런 날처럼 말이지." 버벳이 말했다.

다시 침묵이 깃들었다. 우리는 대화가 끝났는지 확인하기 위해 기다렸다. 그리고 다시 먹기 시작했다. 아무 말 없이 원치 않는 부위를 서로 바꿔 먹으며 주름진 감자튀김 박스에 손을 집어넣었다. 와일더는 바싹 튀기지 않은 부드러운 흰 감자튀김을 좋아해서 그런 것들을 골라 아이에게 주었다. 드니스는 작은 파우치에 든 케첩을 나눠주었다. 차 안에는 기름 냄새와 핥아먹은 살코기 냄새가 났다. 우리는 서로 부위를 바꿔가며 뜯어먹었다.

스테피가 작은 목소리로 말했다. "우주는 얼마나 추울까?"

우리 모두 다시 한번 기다렸다. 이윽고 하인리히가 말했다. "그건 얼마나 높이 올라가는가에 달렸어. 높이 올라갈수록 추워지는 거야."

"잠깐만." 버벳이 말했다. "높이 올라가면 올라갈수록 태양에 더 가까워지잖아. 그러니까 더 따뜻해지지."

"태양이 왜 높은 데 있다고 생각하세요?"

"그럼 태양이 낮은 데 있니? 해를 보려면 올려다봐야 하잖아."

"밤엔 어때요?" 하인리히가 말했다.

"그땐 지구 반대쪽에 있잖아. 그래도 사람들은 올려다봐야 돼."

"알베르트 아인슈타인 경의 이론의 핵심은요," 아이가 말했다. "우리가 만약 태양 표면에 서 있다면 어떻게 태양이 위에 있을 수 있냐는 거예요."

"태양은 녹아흐르는 커다란 구체야." 버벳이 말했다. "태양 표면에 선다는 건 불가능해."

"그는 단지 '만약'이라는 상황을 가정한 거예요. 기본적으로 우주엔 위나 아래, 더위나 추위, 낮이나 밤이 없어요."

"그럼 뭐가 있는데?"

"무거운 분자들이 있죠. 우주 활동의 핵심은 이 분자들이 거성 표면에서 떨어져나온 후에 식을 기회를 제공하는 거고요."

"뜨겁거나 차가운 게 없다면 분자가 어떻게 식을 수가 있어?"

"뜨겁고 차갑고 하는 건 그냥 말일 뿐이에요. 그냥 말이라고만 생각하세요. 말을 사용하지 않을 수는 없으니까요. 의미 없이 소리만 낼 순 없잖아요."

"그건 태양의 코롤라*라는 거야." 자기들끼리 따로 대화를 나누면서 드니스가 스테피에게 말했다. "며칠 전 밤에 날씨 채널에서 봤잖아."

"난 코롤라가 자동차 이름인 줄 알았는데." 스테피가 말했다.

"요즘 세상에 자동차 이름 아닌 게 어디 있어." 하인리히가 끼어들었다. "거성에 대해서 꼭 알아야 할 건 말이야, 그 항성의 중핵 깊은 곳에서 실제로 핵폭발이 일어난다는 거야. 사람들이 끝내줄 거라고 생각하는 러시아제 IBM** 따위는 완전히 잊어버려. 우린 지금 그보다 수억배 더 큰 폭발에 대해 이야기하고 있는 거니까."

오랜 침묵이 흘렀다. 아무도 말하지 않았다. 우리는 다시 먹는 일로 돌아가 한입에 들어갈 만큼 음식을 뜯어서 씹었다.

"이 미친 날씨는 러시아 심령술사들 때문이래." 버벳이 말했다.

"미친 날씨라니 무슨 소리야?" 내가 물었다.

"우리나라에 심령술사가 있으면 그 나라에도 있겠죠. 그들은 날씨에 영향을 끼쳐서 우리 작물을 망치고 싶어해요." 하인리히가 말했다.

---

* 태양 대기의 바깥층인 코로나(corona)를 꽃부리를 뜻하는 코롤라(corolla)로 잘못 말한 것.
** 대륙간 탄도 미사일의 약자인 ICBM(Inter-Continental Ballistic Missile)을 잘못 말한 것.

"요새 날씨는 정상이야."

"한해 중 이맘때 날씨죠." 드니스가 영리하게 끼어들었다.

이번 주에 어떤 경찰관이 UFO에서 시체가 투기되는 장면을 목격했다. 이 일은 그가 글래스버러 외곽을 순찰하던 중에 일어났다. 그날 밤 늦게 비에 푹 젖은 신원 미상의 남자 시체가 옷을 다 입은 상태로 발견되었다. 검시 결과 사인은 다수의 골절과 극심한 쇼크의 결과로 추정되는 심장마비임이 밝혀졌다. 최면 상태에서 경찰관 제리 티 워커는, 들판 위 25미터 상공을 선회하던 거대한 팽이 모양을 한 형광빛 물체의 불가사의한 모습을 자세히 되살려냈다. 베트남전 참전용사인 워커 경관은 이 기이한 광경을 보고, 헬기 승무원들이 베트콩으로 의심되는 자들을 헬기 밖으로 내던졌던 일이 기억났다고 진술했다. 믿기지 않게도, 비행선 문이 열리고 시체가 땅 위로 급강하하는 것을 보았을 때, 워커는 섬뜩한 메시지가 심령을 통해 자신의 뇌로 전송되는 것을 감지했다. 경찰의 최면 담당관은 메시지의 내용을 밝히기 위해 최면시간을 늘릴 계획을 하고 있다.

그 지역 전체에서 목격자들이 나타났다. 활기 띤 정신적 기류와 음험한 번득임이 이 도시에서 저 도시로 번져가는 것 같았다. 문제는 이런 것들을 믿느냐 믿지 않느냐 하는 것이 아니었다. 그것은 일종의 흥분이자 파동이요 전율이었다. 어떤 목소리 혹은 소음이 하늘을 찢을 듯 가로지르고, 우리는 죽음 바깥으로 들어올려질지도 모를 일이었다. 사람들은 위험을 무릅쓰고 도시 외곽까지 차를 몰고 갔다. 거기서 일부는 돌아올 것이고, 또다른 일부는 지난 며칠간 집단최면 혹은 신성한 기대감에 빠져, 존재하는 것으로 믿는 저 머나먼 곳을 향해 과감히 떠날 결심을 할 것이다. 대기는 부드럽고 온화해졌다. 이웃집 개가 밤새 짖어댔다.

패스트푸드점 주차장에서 우리는 브라우니를 먹었다. 부스러기가 손바닥에 들러붙었다. 우리는 부스러기를 들이마시듯 핥아먹고 손가락을 빨았다. 이 일을 거의 다 마쳐갈 즈음, 우리 인식의 물리적 범위가 확장되기 시작했다. 음식의 경계가 더 넓은 세계에 자리를 내준 것이다. 우리는 우리 손 너머 더 앞쪽을 보았다. 창문을 통해 다른 차들과 불빛을 보았다. 남자, 여자, 아이 들이 음식 박스를 들고 식당에서 나와 맞바람을 뚫고 걸어가는 모습을 지켜보았다. 뒷좌석의 세 아이들 몸에서 조급한 기운이 흘러나오기 시작했다. 아이들은 이곳이 아니라 집에 있기를 원했다. 아이들은 눈 깜빡하는 사이에, 여기 바람 찬 콘크리트 벌판의 불편한 차 안에 앉아 있지 않고, 각자의 물건들이 있는 자기 방에 가 있고 싶어했다. 집으로 가는 길은 언제나 일종의 시험이었다. 나는 아이들의 집단적 동요가 위협의 기운을 띠는 것은 찰나의 문제임을 알았기에 즉시 시동을 걸었다. 버벳과 나, 우리 둘은 이런 기운이 다가오는 것을 느낄 수 있었다. 뚱한 위협이 뒷좌석 쪽에서 부글부글 끓어올랐다. 아이들은 자기들끼리 다투는 고전적인 책략을 이용해서 우리를 공격해올 것이다. 하지만 무엇 때문에 우리를 공격한단 말인가? 집에 더 빨리 데려다주지 않는다고? 자기들보다 더 늙고 더 크고 기분 변화가 다소 더디다는 이유로? 아이들은 보호자—그것도 조만간 도움이 안 될 보호자—라는 우리의 위치 때문에 공격하는 걸까? 아니면 그들이 공격하는 것은 단순히 있는 그대로의 우리자신, 우리의 목소리, 모습, 동작, 걷고 웃는 방식, 우리의 눈 색깔, 머리색, 피부색, 우리의 염색체와 세포일까?

아이들을 막으려는 듯이, 아이들의 위협이 의미하는 바를 참을 수 없다는 듯이, 버벳이 쾌활한 목소리로 말했다. "왜 이 UFO들은 거의 다 주 북부에서 목격되는 거지? 최상의 목격 장소는 주 북부야. 사람들을 납치해서 비행선으로 데려가고. 농부들은 비행접시가 착륙했던 곳에서 불에 탄 흔적을 발견하고. 여자들은 UFO에서 임신한 아이를 낳았다고 말하고. 이런 일들은 언제나 주 북부에서 일어나."

"거긴 산이 많잖아요." 드니스가 말했다. "비행선이 레이더 같은 것들을 피할 수도 있고요."

"산이 왜 주 북부에 있어?" 스테피가 말했다.

"산은 언제나 주 북부에 있어." 드니스가 스테피에게 말했다. "이런 식으로 봄에 때가 돼서 눈이 녹으면 아래로 흘러가서 도시 근처 저수지로 모이는 거지. 바로 이런 이유 때문에 저수지는 주의 낮은 지대에 만드는 거야."

나는 순간적으로 드니스의 말이 맞을 수도 있다고 생각했다. 그것은 희한하게도 말이 되었다. 아니 정말 말이 되는 건가? 혹은 완전히 얼토당토않은 말인가? 어떤 주들의 북부에는 분명 대도시들이 있을 것이다. 아니면 그 대도시들은 단지 북쪽에 있는 주들의 남부 주 경계선의 북쪽에 있는 것뿐인가? 아이가 말한 것이 옳지 않을 수도 있지만, 순간적으로 그 말이 틀렸다고 논박하기는 어려웠다. 아이의 말을 반박할 수 있는 도시나 산 이름을 댈 수 없었다. 어떤 주의 남부에도 산은 당연히 있을 것이다. 아니면 산들이 대체로 주 경계선 아래에, 남쪽에 있는 주들의 북부에 있는 걸까? 나는 주의 수도와 주지사 들의 이름을 떠올려보았다. 어떻게 남쪽 밑에 북쪽이 있을 수 있지? 이것 때문에 내가 헷갈리는 건가? 이것이 드니스의 오류의 핵심이었나? 아니면 아이 말이 괴상하긴 해도 어쨌거나 맞는 건가?

라디오에서 이런 말이 흘러나왔다. "염분, 인, 마그네슘과다."

그날 밤 늦게 버벳과 마주 앉아서 코코아를 마셨다. 부엌 식탁 위에는 쿠폰 나부랭이와 기다란 슈퍼마켓 영수증 그리고 우편주문 카탈로그 들 사이로 내 큰딸 메리 앨리스가 보낸 엽서가 놓여 있었다. 이 아이는 스파이인 데이나 브리드러브와의 첫 결혼에서 태어난 소중한 산물이며, 그 사이에 10년 세월과 두번의 결혼 경력이 끼어들긴 하지만,

스테피와는 친자매지간이다. 이제 열아홉살인 메리 앨리스는 하와이에 살면서 고래 돌보는 일을 하고 있다.

버벳은 누가 식탁에 두고 간 타블로이드 신문을 집어들었다.

"쥐 울음소리는 초당 4만 헤르츠인 것으로 측정되었다. 외과의들은 쥐 울음소리를 녹음한 고주파 테이프를 이용해서 인체 내의 종양을 파괴하는 데 이용한다. 잭, 이 말이 믿겨?"

"응."

"나도 그래."

아내는 신문을 내려놓았다. 잠시 후 그녀는 절박하게 말했다. "기분이 어때, 잭?"

"좋아. 기분 좋아. 정말이야. 당신은 어때?"

"내 상태에 대해 당신한테 말하지 말 걸 그랬어. 그런 생각이 들어."

"왜?"

"그 말 안했으면 당신이 먼저 죽을 거란 말도 하지 않았을 거 아니야. 세상에서 가장 간절히 바라는 두가지가 있어. 잭, 당신이 먼저 죽지 않는 것. 그리고 와일더가 영원히 지금 이대로 머물러 있는 것."

32

머리와 나는 늘 그랬듯이 유럽 사람들처럼 캠퍼스를 가로질러 걸었다. 차분하고 사색적인 걸음걸이로, 고개를 숙이고 대화를 나누며 걷는 식으로. 가끔 한 사람이 다른 사람의 팔꿈치께를 꽉 그러잡곤 하는데, 그것은 친밀함을 나타내는 동시에 몸을 받쳐주는 동작이었다. 그외에는 서로 약간 떨어져서 걸었다. 머리는 뒷짐을 지고 나는 수도사처럼 복부에 손을 포개고 걸었는데, 약간 수심 어린 모습이었다.

"독일어는 잘돼갑니까?"

"아직 말하는 게 형편없어요. 단어 때문에 아주 힘들어요. 하워드와 난 학회 개회사를 연습하는 중입니다."

"그를 하워드라고 부르세요?"

"직접 그렇게 부르진 않아요. 면전에선 어떤 이름으로도 부르지 않고 그도 마찬가지예요. 그런 식의 관계죠. 그 사람 얼굴이라도 가끔 봅니까? 어쨌거나 한 지붕 아래 살잖아요."

"스치며 힐끗 보는 정도죠. 다른 하숙생들은 그런 게 더 좋은가봐요. 그는 거의 없는 거나 마찬가지예요, 우린 그렇게 느끼죠."

"그 사람 뭔가 특이한 데가 있어요. 그게 정확히 뭔지는 모르겠지만."

"살빛이 붉죠." 머리가 말했다.

"맞아요. 하지만 그것 때문에 불편한 건 아니에요."

"손이 부드럽죠."

"그래요?"

"남자가 손이 부드러우면 전 멈칫하게 돼요. 부드러운 피부는 다 그래요. 애기 같은 피부 말이에요. 그 사람은 면도도 하지 않는 것 같아요."

"또 뭐가 있나요?" 내가 물었다.

"입가에 마른 침 자국이 있죠."

"맞아요." 나는 흥분하며 말했다. "마른 침 자국이 있어요. 발음을 정확히 하려고 그가 몸을 앞으로 기울일 때면 침이 내 얼굴에 튀어요. 또 뭐가 있을까요?"

"사람 어깨 너머로 넘겨다보는 것도 있죠."

"지나치면서 힐끗 보고도 이런 걸 다 안다고요. 대단해요. 또 어떤 게 있나요?" 나는 다그치듯 물었다.

"몸동작은 꼿꼿한데 발을 질질 끌며 걷는 건 영 안 어울리죠."

"그렇죠, 팔도 안 움직이며 걷더라고요. 또 뭐가 있을까요, 어떤 게 있죠?"

"그밖에, 이런 모든 걸 넘어서, 그 이상의 뭔가 섬뜩하고 끔찍한 점이 있죠."

"바로 그거요. 그런데 그게 뭘까요? 나로선 정확히 감이 잡히지 않는 뭔가가 있어요."

"그에겐 이상한 기운이랄까, 어떤 분위기나 감각, 존재, 발산하는 무언가가 있죠."

"하지만 그게 뭘까요?" 나는 아주 깊고도 개인적인 감정을 실어서 묻는 내 모습에 놀라면서 말했다. 시야의 가장자리에서 울긋불긋한 점들이 요동쳤다.

삼십보쯤 걸었을 때 머리는 고개를 끄덕이기 시작했다. 걸으면서 나는 그의 얼굴을 주시했다. 그는 길을 건너는 동안에도 고개를 끄덕였고, 음악도서관을 지나면서도 계속 고개를 끄덕였다. 나는 그의 팔꿈치를 꽉 그러잡고 얼굴을 주시한 채, 그가 말해주기만을 기다리면서 한걸음 한걸음 내디뎠다. 그가 내가 가야 하는 방향에서 완전히 벗어나는 길로 접어들었다는 사실에는 전혀 관심을 두지 않았다. 캠퍼스 가장자리에 있는, 19세기 건물을 복원한 윌멋 그레인지의 입구에 다가갔을 때도 그는 여전히 고개를 끄덕이고 있었다.

"그게 뭐죠? 뭘까요?" 내가 물었다.

머리가 집으로 전화한 것은 나흘이 지나서, 그것도 새벽 한시가 되어서였다. 그는 도움을 주듯 내 귀에다 속삭였다. "그는 시체를 보고 에로틱하다고 느끼는 사람 같아요."

나는 마지막 수업을 받으러 갔다. 이제 방 한가운데까지 침범한 수북이 쌓인 물건들에 가려 벽과 창문이 어디 있는지 분간이 되지 않았다. 밋밋한 얼굴의 이 남자는 내 앞에 서서 눈을 감고 관광객이 써먹을 수 있는 유용한 구절들을 읊어댔다. "여기가 어딥니까?" "좀 도와주시겠어요?" "밤인데 길을 잃었습니다." 나는 도저히 거기 앉아 있을 수가 없었다. 머리의 말 때문에 그가 정말로 그럴 것 같은 인물로 영원히 굳어져버린 것이다. 하워드 던롭에게서 풍기는 모호한 뭔가가 이제 확실히 포착된 것이다. 이상하고 다소 소름 끼치게 느껴지던 그 무엇이 이제는 병적인 것이 되었다. 음산하고도 음탕한 기운이 그의 몸에서 번져나와 장애물로 둘러싸인 방 전체를 휘감는 것 같았다.

사실 이 교습시간이 그리워질 것이다. 개들도 그리워질 테지, 독일셰퍼드들. 개들은 어느날 갑자기 사라졌다. 다른 곳에서 필요했거나 개들의 기량을 연마시키기 위해 사막으로 되돌려보냈을 수도 있다. 하지만 마일렉스 방호복을 입은 남자들은 아직 남아 있었다. 그들은 기구를 들고 다니며 이것저것 측정하고 조사했는데, 여섯 내지 여덟명씩 팀을 이루어 레고 장난감같이 생긴 투박한 나사 모양의 차량에 타고 온 시내를 돌아다녔다.

나는 와일더의 침대 곁에 서서 아이가 자는 모습을 지켜보았다. 옆방에서 이런 목소리가 들렸다. "40만 달러가 걸린 나비스코 다이나 쇼어 챔피언십*에서는……"

그날 밤 정신병원에 불이 났다. 하인리히와 나는 차를 타고 그 광경을 보러 갔다. 다른 남자들도 사춘기 아들들을 데리고 화재현장에 왔다. 이런 일들이 벌어질 때 부자 지간의 우의는 확실히 돈독해지는 법이다. 불이 나면 그들은 서로 더 가까이 다가갈 수 있고 공통의 화제도 생긴다. 장비의 성능을 평가하고 소방관들의 실력을 논하고 비판할 수도 있다. 화재 진압의 남자다움 ─ 어떤 이들은 불 자체에서 사내다운 에너지를 느낄 수도 있고 ─ 은 아버지와 아들이 어색해하거나 민망해하지 않고도 과묵하게 나눌 수 있는 그런 대화에 적합하다.

"오래된 건물에 나는 이런 화재는 대부분 전선에서 시작해요." 하인리히가 말했다. "배선에 문제가 있는 거죠. 이 표현도 얼마 안 있어 듣게 될 거예요."

"사람들이 불에 타서 죽는 건 아냐." 내가 말했다. "연기를 마셔서 죽지."

"그것도 상투적인 표현 중 하나죠." 아이가 말했다.

* 미국 여자프로골프투어의 대회.

화염이 지붕창 위로 치솟았다. 우리는 도로 건너편에 서서 지붕 일부가 무너지고 커다란 굴뚝이 천천히 꺾이더니 내려앉는 모습을 지켜보았다. 다른 도시에서 소방차가 속속 도착했고, 고무장화와 구식 소방모를 착용한 남자들이 둔한 동작으로 차에서 내렸다. 호스가 준비되자 한 남자가 사다리를 움켜잡고 불타는 지붕 위로 올라갔다. 현관지붕이 무너지고 뒤편 기둥이 기우는 모습도 보았다. 잠옷에 불이 붙은 여자가 잔디밭을 가로질러 걸어갔다. 우리는 거의 감탄하듯이 숨을 헉 하고 들이쉬었다. 머리카락이 희고 몸매가 날씬한 그 여자는 화기에 둘러싸여 있었다. 우리가 보기에도 미친 여자라는 걸 알 수 있었다. 극도의 몽환과 분노에 사로잡혀 머리에 붙은 불조차 대수롭지 않은 것으로 보일 지경이었다. 아무도 입을 열지 않았다. 뜨거운 열기와 목재가 폭발하는 소리 가운데서도 여자는 침묵에 빠졌다. 광기란 그 얼마나 강하고 생생한가. 얼마나 깊은 것인가. 소방서장이 그녀 쪽으로 달려가더니 당혹한 듯 살짝 돌아 물러섰다. 마치 여자가 이곳에서 자신이 만나기로 한 사람이 아니라는 듯이. 여자는 찻잔이 깨지는 것처럼 하얗게 파열하듯 넘어졌다. 그러자 소방관 넷이 여자를 둘러싸고 헬멧과 모자를 휘둘러 불을 껐다.

불길을 잡는 대대적인 작업은 계속 진행되었다. 그 일은 대성당 건축만큼이나 오래되고 끝이 막막한 노역이었고, 남자들은 숭고한 공동체적 작업 정신으로 맹렬히 덤벼들었다. 달마티안 강아지 한마리가 고가사다리차 운전석에 앉아 있었다.

"이런 걸 보고 또 보고 할 수 있다는 게 정말 재미있네요." 하인리히가 말했다. "꼭 벽난로 속 불을 보는 것처럼요."

"그 두 종류의 불이 똑같이 매혹적이라는 말이니?"

"질리지 않고 계속 볼 수 있다는 게 신기하다는 것뿐이에요."

"'사람들은 언제나 불에 매혹되어왔다.' 뭐, 이런 말을 하고 싶은 거니?"

"건물 불구경은 이번이 처음이에요. 그냥 한번 보게 해주세요." 아들이 말했다.

아버지들과 아들들은 인도로 몰려와서 반쯤 무너진 건물 여기저기를 가리키고 있었다. 여기서 몇미터 떨어지지 않은 곳에서 하숙하는 머리가 우리에게 다가와 말없이 악수를 했다. 창유리가 터졌다. 다른 쪽 굴뚝이 지붕 속으로 무너져내리며 빠져나온 벽돌 몇개가 잔디 위로 굴러떨어지는 것을 보았다. 머리는 다시 악수를 청하더니 사라졌다.

곧 매캐한 냄새가 났다. 파이프와 전선을 감싸는 폴리스티렌 같은 절연물에서 나는 냄새일 수도 있고, 아니면 십여가지 다른 물질 중 하나 또는 둘 이상에서 나는 냄새일 수도 있었다. 톡 쏘는 듯한 고약한 악취가 대기를 가득 채워서, 연기나 검게 그을린 돌 따위는 무색하게 만들어버렸다. 이렇게 되자 인도에 있던 사람들의 분위기가 일변했다. 손수건으로 얼굴을 가리는 사람들도 있고 역겨워서 금방 자리를 뜨는 사람들도 있었다. 냄새의 원인이 무엇이든 간에 나는 그것이 사람들에게 배신감을 안겨주었음을 감지했다. 고대부터 내려오는 광대하고 비극적인 드라마가 뭔가 부자연스러운 것에 의해, 사소하고 조악한 어떤 침입에 의해 망가지는 중이었다. 눈이 따가워지기 시작했다. 무리는 흩어졌다. 그 냄새는 마치 우리에게 또다른 종류의 죽음의 존재를 인식하도록 강요하는 것 같았다. 하나는 진짜 죽음이고 또다른 하나는 합성된 죽음이었다. 냄새 때문에 우리는 멀리 물러났지만, 그 냄새 저변에 더욱 불길하게 존재하는 것은 죽음이 두가지 방식으로, 때로는 한꺼번에 들이닥치는 감각이었다. 그리고 우리 입과 코로 들어온 죽음이, 죽음의 냄새가 우리 영혼을 얼마간 바꿔놓을 수 있다는 깨달음이었다.

우리 모두는 차를 향해 서둘러 가면서 노숙자와 정신병자와 죽은 자 들뿐만 아니라 이제 우리 자신에 대해서도 생각했다. 그 인화물질에서 나는 냄새가 한 일은 바로 이것이었다. 그것은 우리의 슬픔을 복합적인 것으로 만들고, 우리를 자신의 궁극적인 종말의 비밀에 한층 가까이 다가가게 해주었다.

집에 와서 우리 둘이 마실 따뜻한 우유를 준비했다. 하인리히가 우유를 마시는 걸 보고 난 깜짝 놀랐다. 아이는 양손으로 머그잔을 꼭 그러잡은 채, 램제트 엔진*이 점화할 때 나는 소리와 비슷한 대화재의 소음과 공기를 머금은 불길이 터지던 그 강력한 힘에 대해 이야기했다. 아이가 이렇게 멋진 불구경을 시켜줘서 고맙다고 내게 인사하기를 기대할 정도였다. 우리는 거기 앉아서 우유를 마셨다. 잠시 후 아이는 턱걸이를 하러 자기 벽장 안으로 들어갔다.

나는 늦게까지 자지 않고 미스터 그레이 생각을 했다. 잿빛 몸에 지지직거리는 미완의 모습을. 그 이미지는 비틀거리며 흔들렸고, 그의 몸은 불규칙하게 일그러진 채 너울거렸다. 최근에 나는 나도 모르게 그에 관한 생각에 빠져들곤 했다. 때로 미스터 그레이는 합성된 인물로 떠올랐다. 어떤 첨단의 작업에 참여한 넷 혹은 그 이상의 잿빛 형체들. 과학자들이거나 예언가들이었다. 그들의 동요하는 몸들은 서로 겹쳐져 지나가고 뒤섞이고 혼합되고 엉켰다. 외계인들 같기도 했다. 우리 대다수보다 더 똑똑하고 개성도 없으며 성별도 없는 것 같은 이들은 우리를 공포가 제거된 존재로 개조하기로 결심했다. 하지만 이 몸뚱이들이 합해지고 나면 단 하나의 인물인 프로젝트 책임자만 남았고, 그는 모텔방을 이리저리 헤매는 흐릿한 잿빛 유혹자의 모습으로 다가왔다. 침대를 향해, 음모를 향해 다가가는 모

* 초음속비행에 사용되는 제트엔진.

습. 풍만한 곡선의, 한없이 다소곳하게 벌거벗은 채 옆으로 누운 내 아내가 보였다. 그가 그녀를 볼 때 나도 그녀를 보았다. 의존적이고 순종하고 감정적으로 포획된 그녀를. 나는 그가 통제하고 제어하고 있다는 것을 느꼈다. 그가 우위를 취한 체위였다. 한번도 본 적이 없는 이 남자, 완결되지 않은 이 이미지, 머릿속에 떠오르는 흐릿한 빛, 바로 이 남자가 내 정신을 점거하고 있었다. 그의 황폐한 손이 장밋빛 순결한 가슴을 감쌌다. 젖꼭지 주변에 적갈색 점들이 있는 그 가슴은 얼마나 생기롭고 생생한지, 얼마나 충만한 촉감을 선사하는지 말로 다 할 수 없다. 나는 청각적인 고문도 겪었다. 그들이 헐떡이며 전희를 하는 소리, 사랑을 나누는 말들, 살이 맞닿는 소리를 들었다. 습기가 가득 차서 철퍽거리는 소리, 젖은 입술 비비는 소리, 침대 스프링이 내려앉는 소리를 들었다. 잠시 중얼거리면서 매무새를 정돈하는 시간이 끼어든다. 그러고 나면 어둠이 회색 시트가 깔린 침대 주위로 스며들고 원이 천천히 닫힌다.

파나소닉.*

---

* 일본 전자회사 이름. '모든 소리'를 다 들을 수 있다는 원래의 의미에 덧붙여, 여기서는 '공포(panic)의 소리'라는 의미도 함축하고 있다.

33

누군가 혹은 무엇인가가 곁에 있다고 느끼고 눈을 떴을 때가 몇시였을까? 홀수로 된 시각이었을까? 방 안은 아련하고 윤곽이 흐릿해 보였다. 나는 다리를 뻗치고 눈을 깜빡인 후 낯설지 않은 그 물체에 천천히 초점을 맞췄다. 침대에서 50센티미터 떨어진 곳에 서서 내 얼굴을 들여다보고 있던 것은 바로 와일더였다. 우리는 한참 동안 서로를 바라보았다. 크고 둥그런 아이의 머리는 짧은 사지와 웅크린 몸에 붙어 있어서, 기원이 모호하고 특이한 어떤 가신 上家神像이나 원시적인 진흙 조각상을 연상시켰다. 아이가 뭔가 보여주려 한다는 느낌이 들었다. 내가 가만히 침대에서 빠져나오자, 아이는 누비신발을 신은 채 방 밖으로 걸어나갔다. 나는 아이를 따라 복도로 나가 뒷마당이 내다보이는 창문 쪽을 향했다. 맨발에다가 가운을 걸치지 않아서 냉기가 홍콩산 폴리에스테르 잠옷 속으로 파고들었다. 와일더는 창밖을 내다보며 서 있었다. 아이의 턱이 창틀 위로 2센티 정도 올라왔다. 나는 평생토록 단추를 잘못 끼워 앞섶이 비뚤게 늘어진 잠옷을 입고 살아온 것 같았다. 벌써 새벽인가? 나무에서 꽥꽥거리는 저 새는 까마귀인가?

누군가가 뒷마당에 앉아 있었다. 백발의 남자가 낡은 고리버들 의자에 똑바로 앉아 있었다. 섬뜩할 정도로 고요하고 침착한 모습이었다. 처음에는 놀라기도 하고 잠에서 덜 깨어 내가 본 것이 무엇인지 몰랐다. 당장 떠오르는 생각보다 더 신중한 해석이 필요한 것 같았다. 그 남자가 뭔가 목적이 있어서 거기 끼어들어와 있다는 것, 그것 하나는 생각할 수 있었다. 그러자 손에 잡힐 듯 압도하는 공포가 개입하기 시작했다. 주먹을 연신 꽉 움켜쥐고 가슴께로 가져갔다. 저자는 누구일까, 여기서 지금 무슨 일이 일어나고 있는 걸까? 와일더가 내 곁에서 사라졌다는 걸 깨달았다. 아이 방 입구에 다다른 바로 그때 베개를 베고 있는 아이의 머리가 보였다. 침대에 다가가보니 아이는 곤히 잠들어 있었다. 어떻게 해야 할지 알 수가 없었다. 춥고 창백해졌다. 나는 스스로에게 현실 속 사물들의 속성과 존재를 상기시키려는 듯 문손잡이와 난간을 꽉 그러잡으면서 겨우 창문 있는 데로 돌아왔다. 그 남자는 산울타리를 바라보며 아직 거기 있었다. 나는 희미한 불빛 속에서 꼼짝 않고 뭔가 아는 듯 앉아 있는 그의 옆모습을 보았다. 내가 처음 생각한 만큼 늙은 사람일까, 아니면 저 백발은 순전히 상징적인 것이고 그의 은유적 힘의 일부를 나타내는 것일까? 바로 그거였다, 분명했다. 그는 죽음의 신이거나, 죽음의 사자이거나, 정신병자와 나병환자가 창궐하고 전쟁이 끝없이 이어지던 흑사병의 시대, 종교재판의 시대에서 온 퀭한 눈빛의 하수인일 것이다. 그는 최후의 것들을 경구로 표현하는 자로서, 죽음을 향한 내 여정에 대해 솜씨 좋고 우아한 몇마디를 던지면서 내게 눈길 ─ 세련되고 냉소적인 ─ 도 주지 않을 것이다. 한참 동안 지켜보면서 그가 손을 움직이기를 기다렸다. 그의 고요함은 놀라울 정도였다. 나는 매순간 내가 더욱더 창백해지고 있음을 느꼈다. 창백해진다는 건 무슨 뜻일까? 나를 거두어가려고 온, 육신을 갖춘 죽음의 신을 본다는 건 어떤 느낌인가? 나는 공포로 뼛속까지 오그라들었다. 추우면서도 더웠고, 바싹 마르면서도 젖었고, 나 자신이면서 또다른 사람이었다. 주먹을 꽉 쥐고 가슴께에 모았다. 층계로 가서 계단 꼭대기에 앉아 손바닥을 들여다보았다. 너무도 많은 것이 남아 있었다. 눈부신 구슬공예 작품 같은 그 모든 말과 사물. 손금이 그물망과 나선 모양으로 풍부하게 얽히고설켜 있는 나의 이 범상한 손은 하나의 삶의 영역으로서, 한 사람이 수년 동안 연구하고 경탄할 대상 그 자체가 될 수도 있을 것이다. 공허에 대항하는 우주론으로서.

나는 일어나서 창가로 돌아갔다. 그 남자는 아직 거기 있었다. 나는 욕실로 들어가 숨었다. 변기 뚜껑을 닫고 그 위에 한동안 앉아서 다음에 어떤 행동을 취해야 할지 생각했다. 그자를 집 안에 들이고 싶지 않았다.

나는 잠시 서성거렸다. 손과 손목 위로 찬물을 틀고 얼굴에도 끼얹었다. 가벼우면서도 무겁고, 혼란스럽고도 또렷한 느낌이었다. 문 옆 선반에서 풍경사진이 든 서진을 꺼냈다. 플라스틱으로 된 이 둥근 물건 속에는 그랜드캐니언을 찍은 삼차원 사진이 둥둥 떠다녔는데, 빛에 비춰 돌리면 다채로운 색깔의 사진이 가까이 다가왔다가 뒤로 물러났다. 동요하는 차원들. 나는 이 말이 마음에 들었다. 그것은 존재의 음악 그 자체 같았다. 사람들이 죽음을 잠시 머무는 또하나의 거처로서 볼 수만 있다면 얼마나 좋을까. 그것을 우주적 이성의 또하나의 단면으로 볼 수만 있다면. 급강하하는 브라이트 에인절 트레일*.

나는 바로 주위의 사물들로 눈을 돌렸다. 그자를 집 안에 들이고 싶지 않다면 밖으로 나가는 수밖에 없었다. 먼저 아이들이 잘 자는지 돌아봐야 할 것 같았다. 맨발로 가만히 이 방 저 방을 다녔다. 다시 덮어줄 담요는 없는지, 포근히 그러쥔 아이의 손에서 빼어 치워둘 장난감은 없는지 살펴보면서, 텔레비전 속 한순간으로 걸어들어가는 느낌

* 그랜드캐니언에 있는 작은 길.

이 들었다. 모든 것이 고요하고 평온했다. 아이들은 부모의 죽음을 또다른 형태의 이혼 정도로만 받아들일까?

하인리히를 들여다보았다. 아이는 손대면 불쑥 튀어나오는 속임수 장난감처럼 몸을 단단히 오그린 채 침대 좌측 상단을 차지하고 있었다. 나는 문간에 서서 고개를 끄덕였다.

버벳도 들여다보았다. 아내는 여러 단계를 내려와서 다시 소녀가 되어 꿈속을 내달리는 사람 같았다. 그녀의 머리에 입맞추고 잠잘 때 뿜어져나오는 따뜻하고 쿰쿰한 냄새를 맡았다. 책과 학술지 더미에서 『나의 투쟁』을 찾았다. 라디오에 불이 들어왔다. 나는 서둘러 방을 나왔다. 방송국에 전화를 건 어떤 목소리가, 낯모르는 사람의 영혼의 탄식이 내가 이승에서 듣는 마지막 말이 될까 두려워하면서.

나는 부엌으로 내려갔다. 창밖을 내다보았다. 그자는 젖은 잔디 위 고리버들 팔걸이의자에 앉아 있었다. 나는 안쪽 문을 열고 방풍문도 열었다. 『나의 투쟁』을 가슴에 꼭 그러안고 밖으로 나갔다. 방풍문이 큰 소리를 내며 닫히자 남자는 고개를 돌리며 꼬았던 다리를 풀었다. 그러고는 일어서서 내 쪽으로 돌아섰다. 섬뜩하고 꿈쩍도 않던 정적이 씻은 듯 사라지고, 뭔가 아는 듯한 분위기와 그자에게서 풍기던 태곳적의 끔찍한 비밀이 담긴 느낌도 사라졌다. 첫번째 인물의 신비스러운 잔해로부터 두번째 인물이

나타나 현실적인 형상을 띠기 시작했다. 깜짝 놀라 지켜보
자니, 그 형상은 상쾌한 빛 속에서 일련의 동작, 선과 윤곽,
체형 그리고 더욱더 친숙하게 느껴지는 뚜렷한 신체적 특
징을 가진 살아 있는 한 인물로 모습을 드러냈다.

거기 내 앞에 서 있는 것은 죽음의 신이 아니라, 그저 내
장인 버넌 디키였다.

"내가 잠들었던가?" 그가 말했다.

"여기 바깥에서 뭘 하고 계세요?"

"자네들을 깨우고 싶지 않았어."

"오신다고 연락하셨던가요?"

"나도 어제 오후까지는 여기 올 줄 몰랐네. 차로 그냥 내
처 달려왔지. 열네시간이나."

"장인어른 오신 걸 알면 버벳이 좋아하겠네요."

"물론이지."

우리는 안으로 들어갔다. 나는 커피주전자를 레인지에
올렸다. 버넌은 낡은 데님 재킷 차림으로 식탁에 앉아 오
래된 지포라이터 뚜껑을 만지작거렸다. 경력은 급격히 쇠
락해버렸지만, 여자들에게 꽤나 인기를 누리던 사내의 표
정을 짓고 있었다. 그의 은빛 머리카락도 바랜 기운이 돌
고 누렇게 변색되기 시작했다. 양 옆머리를 뒤로 빗어넘긴
헤어스타일에 수염은 한 나흘은 깎지 않은 것 같았다. 만
성적으로 터뜨려대는 기침소리에는 뭔가 귀에 거슬리고
무책임한 티가 묻어났다. 버벳은 아버지의 건강 상태보다,

그가 이런 괴로운 기침소리에 뭔가 운명적인 매력이라도 있는 양 발작적인 마른기침을 이렇게 냉소적으로 즐긴다는 사실을 더 걱정했다. 그는 아직도 긴 뿔소 장식이 달린 군용 벨트를 매고 다녔다.

"문제될 게 있나. 여기 도착했으면 됐지. 아주 잘된 일이야."

"요즘 어떻게 지내십니까?"

"여기저기 지붕도 고치고 녹 방지 작업도 하고 그렇게 살지. 일거리가 떨어지지 않는 한 부업을 하지. 세상엔 일거리 천지 아닌가."

나는 장인의 손을 보았다. 상처나고 찢어지고 금 가고 기름때가 영구적으로 밴 손이었다. 그는 고치거나 갈아야 할 것이 없나 실내를 둘러보았다. 그런 결함이 주된 화젯거리가 되었다. 그런 화제에서 장인은 유리한 고지를 점하고 패킹이나 세탁기, 또는 줄눈 작업이니 누수 방지니 미장이니에 대해 이야기를 풀어놓았다. 래칫 드릴이나 줄톱 같은 전문용어로 나를 다그친 적도 있었다. 그는 내가 이런 방면에 부실하다는 것을 어떤 내면적 결함이나 우둔함의 표시로 보았다. 이런 것들이 바로 세상을 만든 것이라는 식이었다. 그런 것들을 알지도 못하고 알려고도 하지 않는다는 건 근본적 원칙을 저버리는 행위요, 남성이라는 종의 원칙을 배신하는 행위와 다를 바 없었다. 고장난 수도꼭지 하나 고치지 못하는 사내보다 더 못난 놈이 어디 있겠는가—이보다 더 쓸모없고, 역사와 자신의 유전자가 전하는 메시지에 둔감한 작자가 어디에 있단 말인가? 이런 항변에 대해 내가 동의하지 않는지도 잘 모르겠다.

"일전에 버벳에게 이렇게 말했다네. '네 아비한테 어울리지 않는 게 딱 하나 있다면 말이다, 그건 바로 홀아비야'라고 말일세."

"버벳이 뭐라고 하던가요?"

"갠 나 자신이 내 위험요소라고 생각하지. '아버지는 담배 피우다 잠드실 거예요. 곁에 누운 실종된 여자와 함께 불난 침대에서 죽을 거라고요. 정식으로 실종신고 된 여자하고요. 가난하고 길 잃고 신원 미상에다가 이혼 전력이 많은 그런 여자일 거예요' 그러더라니까."

장인은 딸의 통찰력에 대해 생각하다가 기침을 터뜨렸다. 폐에서부터 올라온 가쁜 기침이 이어졌다. 그의 가슴에서 끈끈한 점액이 오르내리는 소리가 들릴 정도였다. 나는 커피를 따라놓고 기침이 잦아들기를 기다렸다.

"내 형편이 어떤지 한번 들어보게, 잭. 나한테 시집오려는 여자가 하나 있거든. 이동주택에 살고 교회 다니는 여자야. 버벳한텐 말하지 말게."

"저야 절대 말 안하죠."

"갠 진짜로 걱정할 테니까. 할인시간대에 전화해 잔소리부터 하겠지."

"버벳은 장인어른이 결혼생활을 하기엔 너무 절제력이

없다고 생각하던데요."

"오늘날 결혼의 핵심은 말이지, 이런저런 자잘한 재미를 보려고 집 밖으로 나갈 필요가 없다는 거야. 미국 가정이라는 은밀한 곳에서는 원하는 건 뭐든지 얻을 수 있어. 좋든 싫든 이런 게 바로 우리가 몸담고 사는 시대야. 마누라들은 여러가지 일을 할 거야. 그러길 원하기도 해. 자넨 이리저리 둘러보는 자잘한 재미를 포기할 필요가 없어. 예전에 미국 가정에서 얻을 수 있는 거라곤 기본적이고 본능적인 행위뿐이었지. 지금 자네들이야 선택사양도 누리잖아. 내 말하지만, 아주 진한 것도 하지 않느냐, 이 말일세. 집 안에서 누릴 선택사양이 많아지면 많아질수록 거리에 창녀들이 더 많아지는 건 이 시대의 참 놀라운 점이지. 이걸 어떻게 설명하겠나, 잭? 자넨 대학교수잖아. 이 현상이 뭘 의미하는가?"

"모르겠는데요."

"마누라들은 식용 팬티를 입지. 그들은 그 용어도 알고 용도도 알지. 그러는 동안 창녀들은 추우나 더우나 밤낮없이 길바닥에 서 있어. 걔네들이 누굴 기다리는지 아나? 관광객? 사업가? 아니면 살덩이에 탐닉하는 사내들? 추문이 백일하에 드러나버린 것 같아. 내가 어디선가 일본인들이 싱가포르로 간다는 걸 읽지 않았겠나? 비행기 한가득 사내들이 탔대. 대단한 종족이지."

"결혼하시려고 진지하게 생각하시는 건가요?"

"이동주택에 사는 예수쟁이 여자랑 결혼하려면 제정신으론 안되겠지."

장인에겐 기민한 데가 있었다. 예리하고 신랄한 지성이 풍기는 특유의 무표정과, 모양새 좋은 때를 기다리는 영민함이 있었다. 이런 점이 버벳의 신경을 날카롭게 만들었다. 아내는 장인이 공공장소에서 여자들에게 슬며시 다가가 아무 표정 없이 능청스럽게 어떤 깊숙한 질문을 던지는 것을 본 적이 있었다. 그녀는 아버지가 오래된 심야 라디오방송에서 흘러나오는 목소리로 여자 종업원들에게 되는대로 지껄이거나, 야한 말을 하거나, 갈고닦은 작업 기술로 한마디 거들고 평을 할까봐 겁이 나서 함께 식당에 가지 않으려고 했다. 그가 식당의 인조가죽 좌석에서 버벳을 안절부절못하게 만들거나, 한동안 화나고 당황스럽게 만든 적이 많았던 것이다.

마침내 버벳이 부엌으로 들어왔다. 이른 아침 운동장 계단을 오르내릴 채비를 하고 운동복을 입은 상태였다. 식탁에 앉아 있는 아버지의 모습을 보고 그녀의 몸은 움직일 힘을 잃어버린 것 같았다. 아내는 무릎을 꿇고 주저앉았다. 입을 떡 벌릴 힘 말고는 아무것도 남아 있지 않았다. 마치 입을 떡 벌린 사람 흉내를 내고 있는 것 같았다. 떡 벌어진 입의 화신이자 전형인 듯했다. 그녀는 마당에 죽은 듯 가만히 앉아 있던 장인을 보았을 때 내가 놀랐던 만큼이나 혼란스럽고 놀란 것 같았다. 나는 그녀의 얼굴이 의

아심으로 완전히 굳어지는 것을 지켜보았다.

"아빠, 오신다고 말씀하셨던가요?" 그녀가 말했다. "왜 전화 안했어요? 전화 안하셨잖아요."

"내가 왔잖아. 그럼 됐지. 환영나팔이나 불어라."

버벳은 무릎을 꿇은 상태 그대로 그의 생경한 존재를, 뻣뻣한 몸과 찡그린 표정을 받아들이려 애썼다. 그녀의 부엌에 이런 모습으로 나타난 그는, 그녀에겐 너무도 유장한 서사적 힘으로 다가왔음에 틀림없다. 자신에게 주어진 쇠털같이 많은 날을 살아온 부모는, 연상聯想과 관계 들의 조밀한 역사 전부가 담긴 혈육인 아버지는, 아내에게 그녀가 누구인지 상기시키고, 가면을 벗기고, 아무 경고도 없이 잠시 동안 그녀의 종작없는 삶의 급소를 치려고 온 것 같았다.

"준비는 다 해놓은 거나 다름없어요. 몰골이 엉망이에요. 어디서 주무실래요?"

"저번에 어디서 잤더라?"

두 사람 모두 나를 쳐다보면서, 버넌이 어디서 잤는지 기억해내려 했다.

우리가 자리를 정리하고 아침을 먹었을 때, 아이들이 내려와 버넌에게 조심스레 다가가 입 맞추고 그가 머리를 쓰다듬었을 때, 시간이 지나 버벳이 기운 청바지를 입고 어슬렁거리는 인물을 보는 데 익숙해졌을 때, 나는 아내가 장인 근처를 서성이거나 그를 위해 자잘한 일을 하거나 곁에서 이야기 듣는 걸 즐기고 있다는 것을 눈치채기 시작했다. 일상적인 동작과 습관적인 리듬에 감춰진 즐거움이었다. 때로 그녀는 버넌에게 그가 가장 좋아하는 음식이 무엇인지, 그것을 어떻게 요리하고 간했는지, 어떤 농담을 가장 잘했는지, 옛시절 사람들 중에서 누가 가장 멍청했고 누가 가장 웃겼는지 상기시켜야만 했다. 다른 사람의 삶에서 주워들은 것들이 그녀의 입에서 쏟아져나왔다. 말하는 억양도 바뀌어서 시골 분위기를 풍겼다. 사용하는 어휘나 참조하는 어구도 달라졌다. 이런 그녀의 모습은, 참나무 고목을 사포질해 다듬거나 마룻바닥에서 라디에이터를 들어올리는 아빠를 돕던 어린 여자애의 모습이었다. 그의 목수 시절이나 오토바이를 타고 달리던 때, 이두박근에 새긴 문신 따위가 이야깃거리가 되었다.

"아빠, 그린빈만 드시고 있잖아요. 감자도 다 드세요. 감자는 레인지에 더 있어요."

그러면 버넌은 내게 이렇게 말했다. "재 엄마는 자네가 상상할 수 있는 최악의 감자튀김을 만들었다네. 꼭 주립공원에서 파는 감자튀김 같았다니까." 그러고는 다시 딸을 보면서 이렇게 말했다. "잭은 내가 주립공원에 대해 어떤 불만이 있는지 잘 알아. 도무지 감동을 주지 못하는 곳이지."

우리는 하인리히를 소파로 내려보내고, 버넌에게 그 방을 쓰게 했다. 아침 7시나 6시, 혹은 버벳이나 내가 커피를 끓이러 부엌으로 내려가는 어스름한 시간 어느 때라도 그가 거기 있는 것을 발견하면 기겁을 할 노릇이었다. 그는 자신이 우리보다 한수 높다는 것을 일깨우고, 우리의 죄책 감을 불러일으키고, 우리가 아무리 조금 자더라도 자신은 더 적게 잔다는 것을 보여주려고 애쓴다는 인상을 주었다.

"내 한마디 하겠네, 잭. 자네도 나이가 드니까 뭔가 준비 가 되어 있다는 걸 알겠지. 그게 뭔지는 모를 테지만 말일 세. 자넨 항상 준비태세를 갖추고 있지. 창가에 서서 밖을 내다보면서 머리를 빗고 있잖은가. 난 어떤 성가신 녀석이 항상 주변을 맴도는 느낌이 들어. 그래서 급히 차에 올라 타고 이리로 곧장 내달려온 거야."

"그런 상태에서 벗어나려고 오신 거군요." 내가 말했다. "일상적인 것들에서 벗어나려고요. 일상적인 것들이 극단 으로 치달으면 치명적일 수 있으니까요. 안 그래요, 장인 어른? 사람들이 휴가를 가는 건 바로 그것 때문이라고 말 하는 친구가 있어요. 긴장을 푼다거나 재미난 일을 찾는다 거나 새로운 곳을 구경하기 위해 휴가를 가는 게 아니라는 거죠. 일상적인 것들 속에 존재하는 죽음에서 도피하기 위 해 휴가를 가는 거라고요."

"그 친구 뭐야, 유대인?"

"그게 무슨 상관이 있나요?"

"지붕 물받이가 처졌더군. 자네, 고칠 줄 알겠지?" 그가 말했다.

버넌은 집 밖을 어슬렁거리면서 청소부나 전화수리공,

우편배달원, 석간신문 배달소년 들을 기다리기를 좋아했다. 그들은 세세한 기술과 절차를 논할 이야기 상대이기 때문이었다. 특수한 여러 방법, 경로, 지속시간, 장비 등에 대해서 말이다. 자기 분야 밖의 영역에서 일이 이루어지는 방식을 배우는 것은 사물에 대한 그의 장악력을 탄탄하게 했다.

그는 자기 나름의 무뚝뚝한 방식으로 애들한테 지분대기를 좋아했다. 아이들은 농담 비슷한 그의 발언에 마지못해 대답했다. 아이들은 친척이라면 누구나 미심쩍어했다. 친척이란 예민한 문제이고, 음침하고 복잡한 과거의 일부이며, 삶의 분열상들이고, 말 한마디 이름 하나면 다시 표면으로 떠오를 수 있는 기억들이었다.

그는 자신의 낡은 해치백 자동차에 앉아서 담배 피우기를 좋아했다.

버벳은 창문으로 그 모습을 지켜보곤 했는데, 그녀의 표정에는 사랑과 염려, 분노와 실망, 희망과 음울함이 거의 동시에 나타났다. 버논이 몸을 조금만 움직여도 그녀에게 극단적인 감정들이 연달아 일어나게 만들 수 있었다.

그는 쇼핑몰의 사람들 무리 속에 섞이기를 좋아했다.

"잭, 자네가 대답해줄 거라고 믿네."

"뭔데요?"

"이런 질문에 답해줄 만큼 유식한 사람은 내가 아는 중엔 자네밖에 없거든."

"무슨 질문인데요?"

"텔레비전이 나오기 전에도 사람들이 이렇게 멍청했었나?"

어느날 밤 어떤 목소리가 들려오기에 나는 장인이 잠결에 신음하는 줄 알았다. 가운을 걸치고 복도로 나가보니, 그것은 드니스의 방에 있는 텔레비전에서 나는 소리였다. 나는 안으로 들어가 텔레비전을 껐다. 드니스는 담요와 책, 그리고 옷가지가 이리저리 널린 가운데 잠들어 있었다. 충동적으로 나는 문이 열린 벽장으로 조용히 가서 스위치를 당겨 불을 켜고 안을 들여다보면서 다일라가 있나 찾아보았다. 문이 반은 벽장 안으로, 반은 벽장 밖으로 열려 있었다. 몸으로 밀쳐서 벽장 문을 닫았다. 그득히 쌓인 옷더미, 신발, 인형, 장난감 등속이 보였다. 여기저기 헤집으면서 어린 시절의 향기를 느껴보려 했다. 찰흙, 운동화, 연필깎이 같은 것도 있었다. 약병은 안 신는 신발 한쪽이나 구석에 쑤셔박아둔 낡은 셔츠 주머니 속에 있을지도 모른다. 아이가 뒤척이는 소리가 들렸다. 나는 숨을 죽이고 가만히 있었다.

"뭐하고 계세요?" 아이가 물었다.

"걱정 마, 아빠야."

"누군지는 알고 있어요."

나는 줄곧 벽장 틈으로 내다보면서 말했다. 이렇게 하면 죄책감이 덜 느껴질 거라고 생각했다.

"뭘 찾고 계시는지도 알아요."

"드니스, 아빠가 최근에 아주 무서운 일이 있었거든. 뭔가 끔찍한 일이 일어날 것 같았어. 다행히 잘못 생각했다는 게 드러났지만 말이야. 그래도 그 여파는 계속 남더구나. 난 다일라가 필요해. 그 약이 있으면 문제를 해결하는 데 도움이 될 거야."

나는 벽장 안을 계속 뒤적거렸다.

"문제가 뭔데요?"

"문제가 있다는 정도만 알면 충분하지 않니? 문제가 없으면 내가 왜 여기 있겠어. 넌 내 친구가 되고 싶지 않은 거야?"

"전 아빠 친구 맞아요. 다만 속고 싶지 않을 뿐이에요."

"속이거나 하는 일은 전혀 없어. 그저 그 약을 먹어보려는 것뿐이야. 네알이 남아 있었잖아. 내가 그 약을 먹으면 그걸로 끝인 거야."

목소리를 아무렇지 않게 낼수록 아이를 설득할 가능성은 높아지리라.

"아빠가 먹으려는 게 아니잖아요. 우리 엄마한테 주려는 거죠."

"한가지만 분명히 하자." 나는 정부 고위 관리처럼 말했다. "네 엄만 약물중독이 아니야. 다일라는 그런 종류의 약물이 아니라고."

"그럼 도대체 어떤 약이에요? 그냥 그게 어떤 건지 말해주세요."

아이 목소리의 어떤 점 때문에, 혹은 내 마음속이나 이 황당한 순간의 어떤 요소 때문에 나는 아이의 질문에 대답해도 되지 않을까 고민하게 되었다. 정면으로 돌파하는 거야. 그냥 말해버리면 되잖아. 드니스는 신뢰할 수 있고, 심각한 일들의 숨은 의미를 판단할 수 있는 아이니까. 이 아이한테 진실을 줄곧 숨겨왔다니, 버벳과 내가 참 어리석었다는 생각이 들었다. 이 아이는 진실을 받아들이고, 우리를 더 잘 이해하고, 우리의 약점과 두려움 때문에 우리를 더 깊이 사랑할 텐데.

나는 다가가 아이 침대 발치에 앉았다. 아이는 신중하게 나를 쳐다보았다. 나는 아이에게 기본적인 이야기만 들려주었다. 우리가 흘린 눈물, 격정, 두려움, 공포, 내가 나이 어딘 D에 노출된 사실, 버벳이 미스터 그레이와 맺은 성적인 합의, 우리 중 누가 더 죽음을 두려워하는가에 대한 말씨름 같은 것은 빼고서 말이다. 약 자체에만 집중해서 그것이 위장과 뇌에서 작용하는 방식에 대해 내가 아는 모든 것을 말해주었다.

아이가 맨 먼저 언급한 것은 약의 부작용이었다. 모든 약에는 부작용이 있다면서. 죽음의 공포를 제거할 수 있는 약이라면 엄청난 부작용이 있을 수 있고, 특히 시험단계의 약물이라면 더욱 그럴 것이라고 했다. 물론 아이의 말이 옳았다. 버벳은 즉사나 뇌사, 좌측뇌사, 부분마비, 혹은 여타 비참하고 기이한 심신 상태에 대해 말해준 바 있었다.

나는 드니스에게 암시의 힘이 부작용보다 훨씬 중요할 수 있다고 말했다.

"너 라디오에서 소용돌이구름 때문에 손바닥에 땀이 날 수 있다는 이야기 들었던 것 기억하니? 너희들 손바닥에 땀이 났었잖아, 안 그래? 암시력 때문에 어떤 사람들은 아플 수도 있고 또다른 사람들은 건강해질 수도 있는 거야. 다일라가 얼마나 강력한지 약한지는 중요하지 않아. 그 약이 내게 도움이 될 거라고 생각한다면 도움이 되는 거야."

"어떤 지점까지는 그렇겠죠."

"우린 지금 죽음에 대해 이야기하고 있는 거야." 속삭이며 내가 말했다. "아주 현실적인 의미에서 그 알약 속에 뭐가 들었는지는 중요하지 않아. 설탕일 수도 있고 양념일 수도 있어. 난 뭔가에 위무받고 속아넘어가기를 간절히 바라고 있는 거야."

"그건 좀 어리석은 것 아닌가요?"

"절박한 사람에겐 말이야, 드니스, 이런 일이 일어나는 법이란다."

잠시 침묵이 흘렀다. 나는 아이가 이런 절박함이 불가피한 것인지, 자기도 언젠가 이와 똑같은 두려움을 겪고 똑같은 시련을 당하게 될 것인지 물어오길 기다렸다.

대신 아이는 이렇게 말했다. "그 약이 강력하건 약하건 상관없어요. 약병을 버렸으니까요."

"아냐, 안 그랬을 거야. 어디에 버렸다는 거니?"

"쓰레기 압축기에 버렸어요."

"못 믿겠어. 언제 버렸는데?"

"일주일쯤 됐어요. 엄마가 내 방에 몰래 들어와서 약을 찾아낼 거라고 생각했어요. 그래서 그 약은 내 손으로 처리해야겠다고 결심했어요. 그게 어떤 약인지 아무도 말해주지 않았잖아요, 안 그래요? 그래서 깡통이랑 병이랑 다른 쓰레기들과 같이 버렸단 말이에요. 버리고 압축까지 했어요."

"폐차처럼 말이구나."

"아무도 저한테 말해주려 하지 않았잖아요. 말해주기만 하면 됐는데. 전 언제나 바로 이 자리에 있었어요."

"됐다. 걱정 마라. 내 부탁을 들어준 셈이니까."

"한 여덟 단어만 말해줬으면 됐을 텐데."

"그 약이 없어도 훨씬 나아졌어."

"절 속인 게 이번이 처음은 아니겠죠."

"그래도 넌 여전히 내 친구야." 내가 말했다.

나는 아이 머리에 입을 맞추고 문을 나섰다. 엄청나게 배가 고팠다. 아래층으로 내려가서 먹을 것을 찾아보았다. 부엌 전등이 켜져 있었다. 버넌이 옷을 다 입은 채로 식탁에 앉아서 담배를 피우며 기침을 해대고 있었다. 털지 않은 담뱃재가 2센티 정도 되자 처지기 시작했다. 담뱃재를 털지 않고 그냥 매달리게 두는 것은 그의 습관이었다. 버벳은 그가 다른 사람에게 긴장과 불안을 조장하려고 그런다고 생각했다. 그것은 이것저것 개의치 않는 그의 행동양태의 일부였다.

"만나고 싶던 사람이 딱 나타나는구먼."

"장인어른, 한밤중인데요. 잠도 없으십니까?"

"밖에 나가서 차로 가보세." 그가 말했다.

"진심이세요?"

"현재 우린 말일세, 은밀히 행동해야 하는 상황을 맞은 거야. 이 집 안엔 여자들이 버글거리잖는가. 내 말이 틀렸나?"

"여긴 우리뿐이에요. 무슨 말씀을 하시려는 건데요?"

"여자들은 자면서도 다 듣는다네." 그가 말했다.

우리는 하인리히를 깨우지 않으려고 뒷문으로 나갔다. 그를 따라 집 옆의 통로를 지나 계단 아래 진입로로 내려갔다. 어둠속에 그의 자그마한 차가 서 있었다. 그는 운전석에 앉았고 나는 조수석에 슬며시 앉았다. 협소한 공간에 갇힌 느낌이 들어서 가운을 여몄다. 차에는 자동차 정비소 깊숙한 곳에서 맡을 수 있는 위험한 증기 냄새 같은 것이 배어 있었다. 마모된 금속, 가연성 넝마조각, 불에 그을린 고무가 한데 뒤섞인 그런 냄새였다. 시트도 찢어져 있었다. 가로등 불빛이 차를 비춰 계기반과 천장에 전선들이 매달려 있는 것이 보였다.

"잭, 자네한테 이걸 주고 싶네."

"그게 뭔데요?"

"난 수십년 동안 이걸 지니고 있었네. 이제 자네한테 주고 싶어. 내가 자네 식구들을 다시 볼 수 있을지 없을지 누가 알겠나? 젠장, 누가 신경 쓰겠냐고. 별일도 아니잖나."

"이 차를 주시겠다고요? 싫습니다. 완전 똥차잖아요."

"오늘날 이 세상에서 사나이로 평생을 살아오면서 자네 총기를 소지해본 적이 있는가?"

"아뇨." 내가 말했다.

"내 그럴 줄 알았네. 미국 전체에서 자기 방어수단을 소유하지 않은 최후의 사내가 여기 있을 거라고 생각했지."

그는 뒷좌석에 난 구멍에 손을 넣더니 작고 검은 물체를 꺼냈다. 그러고는 오른쪽 손바닥으로 그것을 잡았다.

"이걸 가지게, 잭."

"이게 뭔데요?"

"한번 들어보게나. 감을 느껴보라고. 장전돼 있으니까."

그는 그것을 내게 건넸다. 나는 바보같이 "이게 뭐예요?" 하고 다시 물었다. 총을 잡아보는 경험에는 뭔가 비현실적인 느낌이 있었다. 나는 총에서 눈을 떼지 못한 채 장인이 이걸 주는 이유가 무엇일까 생각해보았다. 어쨌거나 그는 죽음의 검은 사자였단 말인가? 장전된 무기라니. 그것이 얼마나 빨리 내 안에 변화를 일으키는지 너무나 놀라웠다. 그것의 이름을 부르고 싶지 않아서 앉은 채 바라보기만 하는데도 손이 곱아들었다. 버넌은 내게 무슨 생각을 자극하거나, 내 삶에 새로운 계획이나 음모 혹은 균형을 부여할 작정이었을까? 나는 그것을 돌려주고 싶었다.

"변변찮기는 하네만 진짜 총알이 나간다네. 자네 같은 지위의 남자한텐 이 정도 총이면 충분할걸세. 걱정 말게, 잭. 추적되진 않을 거니까."

"누가 뭣 때문에 추적하려고 하겠어요?"

"누군가에게 장전된 총을 주고 싶을 땐, 세부사항을 말해줘야만 하지. 여기 이건 25구경 춤발트 자동권총일세. 독일제지. 중화기 같은 제어력은 없지만, 자네가 뭐 나가서 코뿔소를 겨눌 일이야 없을 테고, 안 그런가?"

"바로 그거예요. 제가 나가서 뭘 겨누겠습니까? 이 물건이 필요할 일이 뭐가 있겠어요?"

"물건이라고 부르지 말게. 존중심을 가져, 잭. 이건 아주 잘 만들어진 무기니까. 실용적이고 경량인데다가 숨기기도 쉬워. 자신의 총에 대해 잘 알아야만 해. 자네가 그걸 사용하고 싶어지는 건 시간문제일 뿐이야."

"제가 언제 그걸 쓰고 싶어지겠어요?"

"우리가 지금 같은 세상에 사는 것 맞는가? 이게 도대체 몇 세기야? 내가 자네 뒷마당에 얼마나 손쉽게 들어왔는지 보게. 창문만 비틀어 열면 바로 집 안에 들어가는 거란 말이야. 전문 절도범일 수도 있고 탈옥한 사기꾼이나 삐죽삐죽한 수염의 부랑자일 수도 있어. 발길 닿는 대로 흘러다니는 살인자일 수도 있고. 주말이면 연쇄살인을 저지르는 사무원일 수도 있어. 골라보게나."

"장인어른 사시는 곳에는 총이 필요할지도 모르죠. 가져가세요. 저흰 필요 없어요."

"난 침대 옆에 컴뱃 매그넘 총을 놔두고 있어. 까딱 잘못하면 그게 사람 얼굴을 어떻게 망칠 수 있는지는 말하고 싶지 않네만."

그는 빈틈없는 표정으로 나를 쳐다보았다. 나는 다시 총을 향해 시선을 돌렸다. 이게 바로 세상에서 사람들의 능력을 결정하는 최종적인 도구라는 생각이 얼핏 스쳤다. 손바닥 위에 올려놓고 쇠로 된 총구의 냄새를 맡아보았다. 자신의 능력과 건강과 개인적 가치를 넘어서, 치명적인 무기를 소지하고 잘 다루고 또 기꺼이 사용할 태세를 갖추고 있다는 건 한 사람에게 무엇을 의미하는 걸까? 숨겨둔 치명적 무기. 그것은 비밀이었고, 그것은 제2의 삶이자 제2의 자아, 꿈, 마력, 음모, 황홀경이었다.

독일제 총.

"딸애한텐 말하지 말게. 자네가 총기를 숨기고 있다는 걸 알면 정말 화낼 테니까."

"장인어른, 전 이거 갖고 싶지 않아요. 도로 가져가세요."

"그거, 아무 데나 두면 절대 안되네. 아이들 손에 들어가기라도 하면 즉각 비상사태 돌입이야. 똑똑하게 굴어야 돼. 어디에다 둘지 잘 생각했다가, 상황이 닥치면 바로 거기 있어야 되는 거야. 사정거리를 미리 계산해두라고. 침

입자가 들이닥치는 상황이라면, 그자가 어디로 들어올지, 어떻게 귀중품 쪽으로 접근할지 생각해보란 말일세. 만일 정신병자가 들어온다면 어디서 자네 쪽으로 다가올 것 같은가? 정신병자들은 예측 불가능이야. 자기들도 무얼 하고 있는지 모르니까. 그자들은 나뭇가지건 어디서건 갑자기 다가오지. 창턱에 유리조각을 심는 것도 고려해보게. 바닥으로 재빨리 낙하하는 법도 배우고 말이야."

"이 작은 도시에서 우린 총을 원하지 않아요."

"평생 단 한번이라도 똑똑하게 굴어봐." 어두운 차 안에서 그가 내게 말했다. "자네가 원하고 말고가 문제가 아니란 말일세."

다음 날 일찍 도로정비를 하러 인부들이 왔다. 버넌은 즉시 밖으로 나가서 그들이 아스팔트를 뚫고 들어올리는 것을 지켜보았고, 연기나는 역청을 평평하게 다듬을 때도 아주 가까이에 있었다. 인부들이 떠나자, 그의 방문 일정도 끝나가고 그 동력도 시들하게 가라앉는 것 같았다. 버넌이 서 있었던 곳에서 텅 빈 공간이 보이기 시작했다. 그는 우리가 은밀한 원한을 품은 낯모르는 사람들인 것처럼, 거리를 두고 신중하게 바라보았다. 말을 걸어보려는 우리의 노력에도 형언할 수 없는 피로감이 몰려들었다.

집 밖 인도에서 버벳이 그를 안고 울고 있었다. 그는 출발하기 전에 면도와 세차를 하고 목에 청색 스카프도 둘렀다. 아내는 아무리 울어도 시원치 않은 것 같았다. 그의 얼굴을 들여다보면서도 울고, 껴안고도 울었다. 그녀는 그에게 샌드위치와 치킨, 커피가 가득 든 스티로폼 바구니를 건네주었는데, 그가 구멍 난 시트 위에 그것을 내려놓자 또 울었다.

"참 착한 딸이지." 엄한 표정으로 그가 내게 말했다.

운전석에 앉자 그는 길게 뒤로 빗어넘긴 양 옆머리를 손가락으로 다시 한번 빗어넘기고 백미러에 모습을 비춰보았다. 그러고는 한동안 기침을 해대서 우리에게 한바탕 침 세례를 다시 한번 선사했다. 버벳이 다시 울기 시작했다. 우리는 조수석 창 쪽으로 몸을 숙인 채, 그가 왼팔을 창문 밖으로 내놓고 문과 좌석 사이에 편안히 자리잡아 운전 자세를 취하는 모습을 지켜보았다.

"내 걱정은 하지 말게나." 그가 말했다. "다리 조금 저는 것쯤은 아무것도 아니야. 내 나이엔 누구나 저니까. 나이가 들면 저는 건 당연한 일이라고. 기침하는 것도 신경 쓰지 마. 기침은 건강에 좋은 거야. 속에 든 것이 이리저리 움직이게 해주잖아. 그게 한곳에 자리 잡고 몇년이나 그 자리에 가만있지만 않으면 아무 해가 없는 법이야. 그러니까 기침도 괜찮아. 불면증도 그렇지. 불면증은 아무 문제 없어. 내가 잠을 자서 얻는 게 뭐가 있겠어? 자네들도 일분 더 자면 쓸모있는 일을 할 시간이 일분 줄어드는 그런 나이가 곧 될 거야. 기침하고 다리 절고 할 시간이 줄어든단 말이지. 여자 문제도 신경 꺼. 여자들은 괜찮아. 우리는 카세트를 빌려서 섹스도 좀 하고 그렇게 지내. 섹스는 피를 심장으로 펌프질해주지. 담배 피운다고 걱정할 필요도 없어. 그럭저럭 잘 넘어가고 있다고 자신하고 있으니까. 모르몬교도들이나 담배 끊으라고 해. 그치들도 담배만큼 해로운 것 때문에 결국 죽을 거야. 돈은 아무 문제가 안돼. 수입 면에선 완전히 고정적이니까. 연금 제로, 저축 제로, 주식과 채권도 제로야. 그러니 걱정할 필요가 없지. 저절로 굴러갈 거야. 치아 때문에 신경쓸 것도 없어. 이는 괜찮아. 이가 헐렁해질수록 혀로 흔들어줄 수 있어. 그러면 혀도 할일이 생기는 거야. 손 떠는 것도 걱정하지 마. 누구든지 가끔은 떠는 법이야. 그리고 왼손만 떨잖아. 손 떠는 걸 즐기는 방법은 말이야, 그게 다른 사람 손이라고 생각하는 거지. 체중이 원인도 모르게 갑자기 줄어도 걱정할 필요 없어. 눈도 시원찮은데 먹어봤자 무슨 소용이 있겠어. 눈 걱정도 하지 마. 눈이야 지금보다 더 나빠질 수가 없지. 정신이 온전할까 하는 걱정은 깡그리 잊어버려. 정신이 몸보다 먼저 가는 법이야. 그렇게 돌아가는 거지. 그러니까 정신이 어떨까 걱정하지 마. 정신은 온전해. 차에 대해선 걱정을 해야만 해. 핸들이 좀 휘어졌거든. 브레이크도 세번이나 리콜된 거고. 푹 파인 곳을 지나가면 후드가 치솟는단 말이야."

완전히 무표정한 얼굴이었다. 버벳은 마지막 대목이 재미있다고 생각했다. 차에 관한 대목 말이다. 나는 망연자실 거기 서서, 버벳이 다리에 힘이 빠져 조금 비틀거리면서도 흥겹게 작은 원을 그리며 걷는 모습을 지켜보았다. 그리고 그녀의 모든 두려움과 변명이, 아버지의 목소리가 전한 장난스러운 이력 속에서 정처 없이 떠도는 모습도 보았다.

34

거미가 설치는 철이 돌아왔다. 방의 천장 모서리에서 거미들이 발견된다. 거미줄에 쌓인 고치도 있다. 빛의 순수한 장난처럼 하늘거리는 은빛 거미줄, 금방 잊히는 뉴스나 반짝했다 사라지는 생각처럼 가벼운. 위층에서 이런 소리가 들려왔다. "자, 이제 여기를 보세요. 조니가 무사도 발차기로 랠프의 슬개골을 가격하려고 합니다. 가격합니다, 랠프가 쓰러집니다, 조니가 달려갑니다."

젖멍울이 생겼는지 확인하려고 스테피가 툭하면 자기 가슴을 만져본다고 드니스가 버벳에게 일러주었다. 버벳은 내게 말해줬다.

머리와 나는 사색에 잠긴 채 걷는 우리의 산보 범위를 넓혔다. 어느날 시내에서 그는 사선斜線 주차가 주는 사소하고도 어색한 기쁨에 빠져들었다. 비스듬히 세워진 차량들을 보노라면 어떤 매력과 토착적인 감각을 느낄 수 있다. 이런 주차 형태는, 주차된 차들이 외제인 경우라도, 미국 도시경관의 어김없는 일부가 되었다. 이런 식의 주차는 실용적일 뿐 아니라, 복잡한 도심 거리에서 앞뒤로 주차했을 때 생기는 마찰이나 성폭력의 계기를 피할 수도 있다.

머리는 우리가 현재 살고 있는 곳에 대해서도 향수를 느끼는 일이 가능하다고 말한다.

평범한 대로변에 이층짜리 세계가 서 있다. 소박하고 합리적이며, 전쟁 이전 방식으로 느긋하게 물건을 파는 상업 구역이다. 위층, 구리로 된 처마 돌림띠와 납으로 틀을 짠 장식창, 잡화점 입구 위 암포라 토기 장식에는 전쟁 이전 건축양식의 흔적이 남아 있다.

그 모습을 보니 '폐허의 법칙'이 생각났다.

나는 알베르트 슈페어*가 로마 유적처럼 장엄하고 인상적으로 허물어질 수 있는 구조물을 짓고 싶어했다고 머리에게 말했다. 녹슬고 덩치 큰 건물도 아니고, 울퉁불퉁한 철근으로 지은 슬럼가도 아닌 구조물을 짓고 싶어했다고. 그는 히틀러가 후세 사람들을 깜짝 놀라게 할 일이라면 무엇이든 지지하리라는 것을 알고 있었다. 허물어질 때 낭만

* Albert Speer(1905~81). 히틀러의 심복으로 제3제국의 건축물을 다수 설계한 건축가이자 군수부 장관을 역임한 정치가.

적으로 보일 수 있는 특수 자재로 건축될 제3제국* 구조물의 설계도를 그렸다. 무너진 벽과 등나무 줄기가 휘감긴 기둥이 있는 도면이었다. 이 폐허는 힘의 원리 이면에 있는 어떤 향수나 미래 세대의 동경을 조직할 수 있는 성향을 보여줄 창작품으로 지어질 예정이었다고 나는 말했다.

머리는 이렇게 대답했다. "전 제가 체험하지 않은 그 누구의 향수도 신뢰하지 않아요. 향수란 불만과 분노의 산물이죠. 그건 현재와 과거 사이의 불만을 해결하는 방식이에요. 향수가 강렬하면 강렬할수록 폭력에 더 근접하게 되죠. 남자들이 자기 조국에 대해 뭔가 좋은 말을 하기가 아주 궁색해질 때 향수는 전쟁이라는 형태로 나타나죠."

습한 날씨였다. 냉장고 문을 열고 냉동칸을 들여다보았다. 먹다 남긴 것들을 밀봉해둔 비닐랩, 간과 갈비를 넣어둔 지퍼락 봉투가 뿌연 유리처럼 어슴푸레 빛나고, 거기서 바삭거리는 이상한 소리가 났다. 차갑고 메마른 것이 지글거리는 소리 같았다. 어떤 원소가 분해되어 프레온가스로 기화되는 소리 같기도 했다. 이것은 집요하지만 의식의 영역 아래에 묻혀 있는 기이한 잡음이라서, 겨울잠 자는 영혼들, 이제 막 인식의 영역으로 다가서는 동면 중인 어떤 생명체를 떠올리게 했다.

주위에는 아무도 없었다. 나는 부엌을 가로질러 걸어가

* 1933~45년까지 지속된 나치독일을 지칭한다.

압축기를 열고 쓰레기봉투 속을 들여다보았다. 입방체 속에서 반쯤 찌부러진 깡통, 옷걸이, 동물 뼈와 기타 찌꺼기들이 곤죽이 되어 있었다. 유리병은 깨지고 종이상자는 납작해졌다. 상품들의 색깔은 명도나 채도 면에서 조금도 바래지 않았다. 기름찌꺼기, 주스, 진득한 침전물이 눌린 채소 사이로 켜켜이 비어져나왔다. 나는 도구 파편들과 갖가지 동굴 쓰레기가 발견된 유적지를 뒤지는 고고학자가 된 기분이었다. 드니스가 다일라를 압축기에 넣은 지 열흘 정도 되는 날이었다. 그때 나온 쓰레기는 분명 밖에 내놓아서 이미 수거해갔을 것이다. 설사 그렇지 않다 해도 그 알약들은 압축봉에 으스러졌을 것이 확실했다.

이러한 사실은 내가 그저 헛수고하고 있을 뿐이며, 태연한 체 쓰레기나 뒤지며 시간을 보내고 있다고 믿으려는 내 노력에는 도움이 되었다.

나는 쓰레기봉투의 여민 부분을 풀고 고리를 벗긴 다음 압축기에서 봉투를 집어올렸다. 엄청난 악취가 풍겨나왔다. 이게 우리 쓰레기인가? 우리 것인가? 우리가 이걸 만들었단 말인가? 봉투를 차고로 들고 가서 내용물을 모두 비웠다. 압축된 쓰레기 더미는 거대하게 웅크리고 앉아 뭔가를 비웃는 냉소적인 현대 조각처럼 거기 놓여 있었다. 나는 갈퀴의 자루 끝으로 쓰레기를 쿡쿡 찔러본 다음 콘크리트 바닥 위에 펼쳐놓았다. 물건을 하나하나, 그리고 형체가 사라진 덩어리를 차례로 집어들면서, 왜 남의 사생활이나 캐는 사람처럼 은밀하고 어쩌면 수치스러운 비밀을 들추어낸다는 죄책감을 느끼는지 의아했다. 식구들이 쓰레기통에 버리기로 결정한 물건들을 보면서 딴생각을 하지 않기는 어려웠다. 하지만 내가 집 안에 숨어든 스파이처럼 느껴지는 이유는 뭘까? 쓰레기란 너무도 사적인 것이라서? 그것은 개인의 열기, 그 사람의 가장 깊은 본성의 표징, 은밀한 동경의 실마리, 수치스러운 결함을 그 핵심에 간직한 채 번득이는 것일까? 어떤 습관과 맹목적인 열광, 중독, 성향을 보여주는 걸까? 어떤 고독한 행위와 행동 반경을? 커다란 젖가슴에 남자 성기가 달린 사람을 크레용으로 그린 그림을 발견했다. 여러개의 매듭과 고리가 달린 긴 노끈도 있었다. 얼핏 보기에는 대충 얽어 만든 것 같았다. 하지만 더 자세히 보면서 다양한 크기의 고리들과, (한겹 혹은 두겹으로 된) 매듭의 정도와, 고리 달린 매듭과 고리 없는 매듭 사이의 간격 간에 복잡한 관계가 있다는 것을 알아냈다. 일종의 초자연적인 기하학 같기도 하고 강박관념을 나타내는 상징적인 장식줄 같기도 했다. 탐폰을 속에 넣고 돌돌 만 바나나껍질도 찾아냈다. 이것이 바로 소비자의식의 어두운 이면일까? 지저분하게 엉킨 머리카락 뭉치, 비누, 면봉, 으스러진 바퀴벌레, 병뚜껑, 고름과 베이컨 기름으로 얼룩진 살균거즈, 치실, 볼펜심 조각, 음식조각이 여전히 끼여 있는 이쑤시개 등도 발견했다. 립스틱 자국이 묻은 팬티가 갈가리 찢긴 채 들어 있었다. 아마 그레이뷰 모텔 사건의 기념물이겠지.

하지만 그 어디에도 부서진 적갈색 약병이나 접시 모양 알약의 흔적은 없었다. 하지만 상관없다. 난 화학약품의 도움 없이도 내가 맞닥뜨려야 할 건 맞닥뜨릴 테니까. 버벳은 다일라가 빛 좋은 개살구라고 말했었지. 그녀 말이 맞아. 위니 리처즈도 맞고, 드니스도 맞아. 그들은 모두 내 친구이고 그들의 말은 다 옳아.

나는 한번 더 검진을 받기로 마음먹었다. 결과가 나와서, 병원 건물의 작은 진료실로 가 닥터 차크라바티를 만났다. 부은 얼굴에 그늘진 눈을 한 사내가 기다란 손으로 책상을 짚고 머리를 조금씩 흔들면서 출력된 자료를 읽고 있었다.

"다시 오셨군요, 글래드니 씨. 요즘 자주 만나게 되는군요. 자기 위치를 진지하게 받아들이는 환자를 만나다니 참 반갑네요."

"어떤 위치를 말하시는 겁니까?"

"환자로서의 위치 말이죠. 사람들은 자기가 환자란 걸 곧잘 잊어버리거든요. 진료실이나 병원 문만 나서면 깡그리 잊어버리죠. 하지만 당신들 모두는 언제나 환자예요. 싫든 좋든. 난 의사고, 당신은 환자죠. 일과가 끝난다고 의사가 의사가 아니게 되나요? 환자도 매한가지죠. 사람들은 의사가 최상의 진지함과 기술과 경험을 갖추고 임하기를 기대하죠. 하지만 환자들은 어떻습니까? 환자는 얼마나 전문적인 자세를 갖추고 있죠?"

그는 이렇게 쫀쫀하게 재재거리면서도 출력된 자료에서 눈을 떼지 않았다.

"선생님 칼륨 수치가 영 맘에 안 드네요." 그는 계속 말을 이어갔다. "여길 한번 보세요. 전산화된 별표가 있는 여기 괄호 속 숫자요."

"그게 무슨 뜻입니까?"

"이 단계에서 글래드니 씨가 아는 건 별 의미가 없어요."

"지난번 제 칼륨 수치는 얼마였나요?"

"평균치에 가까웠죠. 그런데 이건 아마 일시적인 상승일 거예요. 우린 체내 혈액 전체를 다루죠. 그리고 겔 장벽 문제도 있고 하니까. 무슨 말인지 아시겠어요?"

"아뇨."

"설명할 시간은 없어요. 칼륨 수치가 실제로 상승하는 경우와 일시적으로 상승하는 경우가 있어요. 그것만 알면 됩니다."

"제 칼륨 수치가 정확히 얼마나 상승했는데요?"

"천정부지로 치솟은 건 분명하죠."

"그게 무슨 징후인가요?"

"아무것도 아닐 수도 있고, 엄청나게 중요한 것일 수도 있어요."

"얼마나 중요한데요?"

"이제 단어의 의미론으로 들어가시는군요."

"제가 알고 싶은 건 이 칼륨 수치가 이제 막 드러나기 시작하는 어떤 상태의 징후인가 하는 겁니다. 어떤 음식물을 섭취했거나 어디에 노출되었거나 자신도 모르는 사이에 공기 중이나 빗속의 어떤 유출물을 흡입해서 생긴 그런 상태는 아닌가 그 말입니다."

"실제로 그런 물질에 접촉한 적이 있나요?"

"아뇨." 내가 말했다.

"확실해요?"

"물론입니다. 왜 물으시죠? 수치를 보니 혹시 노출되었을 가능성이라도 있는 건가요?"

"선생님이 노출되지 않았다면 그런 징후는 당연히 안 나타나겠죠, 안 그런가요?"

"그럼 됐네요." 내가 말했다.

"이 물음에 대답해보세요, 글래드니 씨, 아주 정직하게 말이에요. 몸 상태가 어떻습니까?"

"제가 아는 한 아주 좋습니다. 최상이에요. 상대적으로 보자면 지난 몇년간보다 더 좋습니다."

"상대적으로 본다니, 그게 무슨 말입니까?"

"나이를 더 먹었다는 걸 고려한다는 거지요."

그는 나를 유심히 바라보았다. 눈싸움을 해서 이기려는 것 같았다. 그러고는 내 기록차트에 뭔가 메모를 했다. 연달아 무단결석을 한 아이가 교장과 대면하고 있는 꼴이었다.

내가 말을 꺼냈다. "수치 상승이 진짜인지, 아니면 일시적인 것인지 어떻게 압니까?"

"선생님을 글래스버러에 보내서 심층검사를 받게 해
주겠어요. 그렇게 하겠습니까? 거기 가면 '오텀 하비스트
팜'*이라는 이름의 최신시설이 있어요. 번쩍번쩍한 최신장
비도 있고요. 실망하지는 않을 거예요. 한번 두고 봅시다.
진짜 번쩍번쩍해요."

"좋습니다. 그런데 주시해야 할 게 칼륨 수치뿐입니까?"

"아는 게 적으면 적을수록 더 좋습니다. 글래스버러에
가보세요. 가서 그 사람들한테 철저히 조사해보라고 해요.
하나도 남김없이 조사하라고. 결과는 밀봉해서 나한테 보
내라고 하고. 그러면 내가 세세한 부분까지 모조리 분석
할 테니까. 완전히 물고 늘어질 거예요. 오텀 하비스트 팜
엔 노하우가 있고 초정밀 도구들도 있으니까, 믿어보세요.
제3세계 출신 최고의 기술자들과 최신식 일처리방식을 만
나게 될 겁니다."

그의 환한 미소가 나무에 열린 복숭아처럼 걸려 있었다.

"의사와 환자로서 힘을 합하면, 우린 개별적으론 할 수
없는 그런 일들을 할 수 있어요. 예방이 중요하다는 건 지
당한 말씀이니까. 거 유비 어쩌고 하는 속담도 있잖아요?
그게 속담인가요, 격언인가요? 교수님이니 확실히 아시
겠죠."

* '가을걷이 농장'이라는 뜻.

"좀 두고 생각해볼 시간이 필요합니다."

"어떤 경우에라도 예방이 최고예요, 안 그렇습니까? 방금 『미국 장의사』 최신호를 읽었는데, 아주 충격적이더군요. 장례 산업은 수많은 죽은 사람을 수용하기엔 적합하지 않은 것 같더라고요."

버넷의 말이 옳았다. 그의 영어는 아주 유창했다. 나는 집으로 돌아가 물건들을 버리기 시작했다. 낚시 미끼, 바람 빠진 테니스공, 찢어진 여행가방을 버렸다. 다락을 샅샅이 뒤져서 낡은 가구와 버려진 전등갓, 뒤틀린 방충망, 굽은 커튼봉을 찾아냈다. 액자, 구둣골, 우산꽂이, 벽선반, 높은 의자와 아기침대, 접이식 간이탁자, 빈백 의자, 망가진 턴테이블도 버렸다. 처박아둔 서류, 낡은 문구, 내가 쓴 논문 원고, 동일한 논문의 교정쇄, 그 논문이 수록된 학술지 등도 내다버렸다. 버리면 버릴수록 더 많은 물건들이 나왔다. 집 안은 넌더리난 낡은 물건들로 꽉 찬 요지경 속이었다. 엄청나게 많은 물건이 있었고, 거기에는 압도해오는 무게, 관계, 죽음이 깃들어 있었다. 나는 이 방 저 방 다니면서 물건들을 박스에 던져넣었다. 플라스틱 선풍기, 타버린 토스터, 「스타트렉」의 장면을 수놓은 캔버스. 이 모든 것을 인도로 내려놓는 데만도 한시간 이상 걸렸다. 아무도 도와주지 않았다. 누구의 도움도 동반도 인간적인 이해도 나는 원하지 않았다. 그저 이 물건들을 집 밖으로 내놓고 싶을 따름이었다. 혼자 현관 계단에 앉아서, 편안

하고 평화로운 느낌이 내 주위에 고요히 내려앉기를 기다
렸다.

한 여자가 길을 지나가면서 이렇게 말했다. "충혈제거
제, 항히스타민제, 진해제, 진통제."

35

버벳은 라디오 토크쇼를 아무리 들어도 질리지 않는 모양이었다.

"전 제 얼굴이 싫어요." 여자 목소리가 흘러나왔다. "이게 바로 수년 동안 계속된 제 걱정거리랍니다. 여러분이 상상할 수 있는 모든 얼굴 중에서 이 얼굴이 분명 최악일 거예요. 그렇다고 어떻게 보지 않을 수가 있겠어요? 거울을 다 치워버린다고 해도 어떻게든 얼굴을 비춰볼 방법은 있으니까요. 한편으론 어떡하면 제 얼굴을 보지 않을 수 있을까 생각하죠. 하지만 다른 한편으론 그것도 너무 싫어요. 무슨 말인가 하면 여전히 얼굴을 본다는 거예요. 이게 누구 얼굴이냐, 그게 문제죠. 어떻게 하라고요? 얼굴에 대해서 관심을 끄고 다른 사람 얼굴이거니 살라고요? 제가 전화를 건 이유는 말이죠, 멜, 자기 얼굴을 받아들이는 데 문제가 있는 다른 사람들을 찾는 거랍니다. 그분들과 대화할 때 맨 처음 물어볼 질문이 있어요. 당신은 태어나기 전에는 어떻게 생겼었느냐, 인종이나 피부색과는 상관없이 사후에는 어떻게 생길 것 같으냐, 뭐 그런 질문들이에요."

버벳은 거의 언제나 운동복을 입고 지냈다. 평범한 회색의 헐렁하고 늘어진 옷이었다. 요리할 때, 아이들을 학교까지 태워줄 때, 철물점이나 문구점에 갈 때도 그 옷을 입었다. 나는 이 사실에 대해 한동안 생각해본 후, 이게 엄청나게 이상한 일은 전혀 아니라고 결론을 내렸다. 걱정할 거리도 아니고, 그녀가 무감각과 절망에 빠졌다고 믿을 이유도 전혀 되지 않는다고.

"기분이 어때?" 내가 물었다. "진실을 말해봐."

"진실이란 게 뭔데? 요새 와일더랑 같이 지내는 시간이 많아졌어. 와일더랑 있으면 지낼 만하거든."

"당신이 건강하고 활발한 예전의 버벳이 될 거라고 믿어. 그렇게 되길 당신만큼이나 간절히 바란다고. 당신보다 더 간절하진 않을지 몰라도."

"바란다는 건 또 뭐야? 우린 모두 바라는 것들이 있잖아. 그게 뭐 특이한가?"

"기본적으로 예전과 똑같이 느껴져?"

"죽을 만큼 아픈가, 그 말이야? 공포는 사라지지 않았어, 잭."

"그래도 우린 활동적으로 생활해야 해."

"활동적인 것도 좋겠지만, 와일더가 훨씬 더 도움이 돼."

"그냥 내 생각인지 몰라도 와일더가 전보다 말이 더 없어지지 않았어?" 내가 물었다.

"말은 충분히 해. 말이란 게 뭔데? 난 걔가 말하길 원치 않아. 적게 할수록 더 좋아."

"드니스는 당신 걱정을 해."

"누구?"

"드니스 말이야."

"말은 라디오가 잘하지." 그녀가 말했다.

드니스는 제 엄마가 선크림을 겹겹이 바르겠다고 약속하지 않으면 달리기하러 못 가게 했다. 아이는 집 밖까지 따라가서 버벳의 목덜미에 마지막 한방울까지 선크림을 바르고, 발끝으로 서서 잘 스며들도록 두드리곤 했다. 피부가 노출된 부분이면 어디라도 다 바르려고 했다. 눈썹이나 속눈썹까지 바르려고 들었다. 모녀는 이렇게 할 필요가 있는지를 두고 격렬하게 말다툼을 벌였다. 드니스는 햇빛이 피부가 흰 사람에겐 아주 위험하다고 말했다. 아이의 엄마는 이런 소동은 모두 병을 떠벌려서 돈을 벌려는 선전 탓이라고 주장했다.

"게다가 난 달리기하는 사람이야." 그녀가 말했다. "달리는 사람은 서 있거나 걷는 사람보다 해로운 광선을 적게 받아."

드니스는 내 쪽으로 돌아서서 양팔을 쭉 뻗고, 이 아줌마의 잘못된 정보를 좀 바로잡아달라고 비는 시늉을 했다.

"직접 내리쬐는 광선이 제일 나쁜 거야." 버벳이 말했다. "그건 빨리 움직이면 움직일수록 부분적으로 비추는 빛, 비스듬한 광선, 굴절된 빛만 받을 가능성이 많다는 말이야."

드니스는 입을 헤벌린 채 무릎을 꿇고 앉았다. 사실 나도 아이 엄마 말이 틀렸는지 확신할 수 없었다.

버벳이 요약해서 말했다. "이건 모두 기업들이 짜고 하는 짓이야. 선크림을 만들어, 마케팅을 해, 사람들은 공포에 질려, 병이 나. 서로서로 뗄 수 없는 관계란 말이야."

나는 하인리히와 뱀을 다루는 아이의 단짝 오리스트 머케이터를 데리고 상업구역으로 가서 이른 저녁을 먹었다. 오후 4시였는데 오리스트의 훈련 일정에 따르면 제대로 된 식사를 해야 하는 시간이었다. 우리는 오리스트가 청하는 대로 빈센트 까사 마리오라는 식당에 갔다. 그곳은 해안경비체계의 일부처럼 보이는 길고 좁은 창을 낸 작은 요새형 목조건물이었다.

나는 나도 모르게 오리스트와 그 아이의 뱀들에 대한 생각에 잠겨 아이와 더욱 깊이 이야기할 기회를 원했다.

우리는 피처럼 붉게 칠한 칸막이 좌석에 앉았다. 오리스트는 짧고 두툼한 손으로 술이 달린 메뉴판을 집어들었다.

어깨가 전보다 더 넓어 보였고, 심각해 보이는 머리가 그 사이로 약간 내려앉은 것 같았다.

"훈련은 잘돼가니?" 내가 물었다.

"속도를 조금 줄이고 있어요. 너무 빨리 정상에 도달하고 싶진 않으니까요. 몸 관리를 어떻게 하는지도 잘 알고 있고요."

"하인리히가 그러던데, 뱀 우리에 들어갈 때를 대비해서 앉아서 잔다면서?"

"그건 다 마스터했어요. 지금은 다른 걸 훈련하고 있고요."

"어떤 건데?"

"탄수화물 섭취량을 조금씩 올리는 거예요."

"그것 때문에 여기 온 거예요." 하인리히가 말했다.

"매일 조금씩 섭취량을 늘리고 있어요."

"우리 안에서 맘바가 접근하거나 할 때 정신을 바짝 차리려면 엄청난 에너지가 소모될 테니까요."

우리는 파스타와 물을 주문했다.

"오리스트, 털어놓고 말해봐. 우리에 들어갈 때가 점점 다가올수록 불안해지기 시작하지 않니?"

"불안하긴 뭐가 불안하겠어요? 우리 안에 들어가고 싶은 마음뿐인데요. 빠를수록 더 좋아요. 저 오리스트 머케이터는 원래 그렇게 생겨먹은 놈이거든요."

"긴장되지 않는단 말이니? 무슨 일이 일어날지 생각해

보지도 않아?"

"형은 긍정적인 걸 좋아해요." 하인리히가 말했다. "요즘 운동선수들의 정신은 바로 이런 거죠. 부정적인 건 깊이 생각하지 마라."

"그렇다면 말이다. 부정적이란 게 뭐니? 부정적인 것이 생각나면 무슨 생각을 하니?"

"바로 이런 생각을 하죠. 뱀이 없으면 난 꽝이다. 그게 유일하게 부정적인 거예요. 이 일이 성사되지 않는다든지, 내가 우리에 들어가는 걸 인간사회가 막는다든지, 그런 게 부정적인 거죠. 이 일을 못하게 한다면 어떻게 제가 하는 일에서 최고가 될 수 있겠어요?"

나는 오리스트가 먹는 모습을 지켜보는 게 좋았다. 아이는 공기역학 원리에 의거해서 음식물을 섭취했다. 압력 차이, 섭취 속도 같은 것을 지켰다. 조용히 그리고 용의주도하게 음식 앞으로 다가가서 자신에게 집중한 채 조금씩 먹었는데, 탄수화물 덩어리가 한입씩 혓바닥 위로 미끄러져들어갈 때마다 아이의 자부심은 점점 더 커지는 것 같았다.

"물릴 수 있다는 건 너도 알잖아. 지난번에 우리 얘기했었지. 독니에 손목이 물리면 어떻게 되는지 생각해보니? 죽는 것에 대해서 생각해보냐고. 난 바로 그 점을 알고 싶어. 죽음이 두렵지 않아? 그 생각이 널 계속 따라다니지 않니? 솔직히 까놓고 얘기할게, 오리스트. 죽는 게 무섭지 않아? 공포를 느껴본 적은 없어? 두려워서 떨거나 땀을 흠뻑 흘려본 적은 없어? 우리, 뱀, 독니 같은 걸 생각하면 어두운 그림자가 네 방에 드리우는 것 같지 않니?"

"바로 며칠 전에 제가 뭘 읽었는지 아세요? 오늘 이전의 세계역사를 통틀어 죽은 사람을 합친 수보다 오늘 죽어 있는 사람이 더 많대요. 하나쯤 더 죽는다고 어디가 덧나나요? 오리스트 머케이터라는 이름을 기네스북에 올리면 죽어도 여한이 없을 거예요."

나는 아들을 쳐다보았다. 그러고는 말했다. "지금까지 인간역사가 계속되는 동안 죽은 사람보다 직전 스물네시간 동안 죽어간 사람 숫자가 더 많다는 뜻이니?"

"형 말은 오늘 이 순간 죽어 있는 사람이 이전에 죽은 사람들을 다 합친 것보다 많다는 거죠."

"어떻게 죽어 있다는 말이야? 죽어 있는 사람이 뭔지 정의를 해봐."

"형은 지금 죽어 있는 사람을 말하는 거죠."

"지금 죽어 있다는 게 무슨 뜻이야? 죽은 사람은 누구나 지금 죽어 있는 건데."

"무덤에 묻혀 있는 사람들을 말하는 거죠. 누군지 알 수 있고 셀 수 있는 사람들이요."

나는 이 아이들이 무슨 말을 하는지 이해해보려고 아주 집중해서 듣고 있었다. 오리스트가 먹을 두번째 음식이 나왔다.

"하지만 가끔은 수백년씩 무덤에 묻혀 있는 사람들도 있어. 다른 어떤 곳에서 죽어 있는 사람보다 무덤에 묻혀 있는 사람이 더 많다는 말이니?"

"그거야 다른 어떤 곳이 무슨 뜻이냐에 달렸겠죠."

"나도 정확히 무슨 뜻인지는 몰라. 물에 빠져 죽은 사람들, 산산조각이 나 죽은 사람들이겠지."

"죽어 있는 사람 숫자가 그 어느 때보다 지금이 더 많다는 거죠. 형이 말하려고 하는 건 그게 다예요."

나는 하인리히를 한참 더 바라보았다. 그러고는 오리스트 쪽을 보면서 말했다.

"넌 일부러 죽음과 맞대면하고 있는 거야. 사람들이 평생토록 피하려고 하는 바로 그 일을 시도하려는 거라고. 죽는 것 말이지. 왜 그러는지 그 이유가 궁금해."

"절 훈련하는 선생님은 이렇게 말씀하세요. '호흡을 해, 생각은 하지 마.' 또 이런 말씀도 하시죠. '뱀이 돼봐, 그러면 뱀의 정적을 알게 될 거야.'"

"형은 이제 선생님도 있어요." 하인리히가 말했다.

"그분은 이슬람 수니파* 교도예요." 오리스트가 말했다.

"아이언시티 공항 근처에 수니파 교도들이 좀 있어요."

"수니파 교도들은 대부분 한국인이에요. 우리 선생님만 아랍인일걸요."

---

* 이슬람교도의 대부분을 차지하는 정통파.

"무니파* 교도들이 거의 다 한국인이란 말 아니니?" 내가 물었다.

"우리 선생님은 수니파예요." 오리스트가 말했다.

"하지만 대다수 신도가 한국인인 건 무니파야. 물론 그렇지 않은 경우도 있지만. 지도부는 확실히 한국인들이지."

두 소년은 이 말을 듣고 생각에 잠겼다. 나는 오리스트가 먹는 모습을 지켜보았다. 스파게티를 목구멍으로 꾸역꾸역 집어넣는 것을 지켜보았다. 기계적으로 포크로 떠넣은 음식이 들어가는 입구인, 그의 심각해 보이는 머리는 미동도 하지 않았다. 이 아이는 자기가 품은 목표를, 정해진 행동 과정을 절대적으로 추구하는 것이었다. 만일 우리들 각자가 자기 존재의 중심이라면, 오리스트는 그 중심을 확장하는 일에 전념하고 그것을 자신의 전부로 만드는 것 같았다. 더욱 충만하게 자아에 전념하는 것, 운동선수가 하는 일이 바로 이런 것일까? 스포츠와는 별 상관이 없는 이런 용맹 때문에 우리가 그들을 부러워하는 것은 있을 법한 일이다. 위험한 일을 추진하면서 그들은 좀더 깊은 의미에서 그것을 비켜가고, 천상의 영역에 거하고, 나날의 죽음으로부터 벗어나 도약할 수 있는 것이다. 하지만 오리스트가 운동선수인가? 가만히 앉아 있기만 할 텐데—사람들이 보는 앞에서 뱀에게 물리기를 기다리면서 유리로 된 우

* 통일교도를 가리키는 모욕적 표현.

리 안에서 육십칠일 동안 앉아 있기만 할 텐데 말이다.

"넌 자기방어를 못할 거야." 내가 말했다. "그뿐 아니라 세상에서 가장 미끈거리고 징그럽고 혐오스러운 동물과 같이 우리 안에 있어야 해. 뱀 말이야. 사람들은 뱀에 대한 악몽을 꾸지. 스르르 미끄러지듯 기어다니는 냉혈의 난생 척추동물에 대해서 말이야. 그것 때문에 사람들은 정신과를 찾아. 뱀은 우리의 집단무의식 속 특별하게 미끈거리는 곳에 자리잡고 있어. 그런데 넌 세상에서 독성이 가장 강한 뱀 삼사십마리가 든 밀폐된 공간 속에 자발적으로 들어가려는 거야."

"미끈거린다고요? 뱀은 미끈거리지 않아요."

"흔히 말하는 미끈거린다는 그 특징도 다 신화예요." 하인리히가 말했다. "오리스트 형은 5센티짜리 독니를 가진 가분살모사가 우글거리는 우리에 들어갈 거예요. 맘바도 한 열마리는 있을 거고요. 맘바는 육지에 사는 뱀 중에서 가장 빠른 놈들이죠. 미끈거린다는 건 핵심에서 벗어난 얘기 아닌가요?"

"그게 바로 내가 말하려는 바야. 독니나 뱀한테 물리는 것 말이야. 1년에 오만명이 뱀한테 물려서 죽어. 어젯밤 텔레비전에 그렇게 나왔어."

"어젯밤 텔레비전에 나오지 않은 게 뭐가 있나요." 오리스트가 대꾸했다.

난 그 대꾸가 아주 마음에 들었다. 오리스트도 썩 마음에 들었다. 아이는 타블로이드 신문의 열망으로부터 당당한 자아를 창출해내는 중이었다. 아이는 가차 없이 훈련에 임하고 자신을 삼인칭으로 부르고 탄수화물 섭취량을 늘릴 것이다. 훈련을 돕는 선생이 항상 아이의 곁을 지키고, 친구들은 영감을 불러일으키는 이 위험의 분위기에 매혹되고 있다. 그때가 다가올수록 삶을 장악하는 아이의 힘은 점점 더 커질 것이다.

"형의 선생님은 옛날식으로 숨쉬는 법을 가르치고 있어요. 이슬람교 수니파들이 하던 식으로요. 뱀은 그중 하나예요. 사람은 수천가지 다른 것이 될 수 있대요."

"뱀이 되어라." 오리스트가 말했다.

"사람들이 점점 더 관심을 보이고 있어요." 하인리히가 말했다. "이 일이 성사되기 시작하는 것 같아요. 형이 진짜 이 일을 해낼 것 같아요. 사람들이 이제 형을 믿는 것 같고 말이죠. 이건 모두 서로 연결된 일이에요."

자아가 죽음이라면, 자아가 어떻게 죽음보다 더 강할 수 있을까?

나는 계산서를 달라고 했다. 뜬금없이 미스터 그레이가 뇌리를 스쳤다. 회색 반바지에 양말을 신은 흐릿한 이미지였다. 지갑에서 지폐 몇장을 꺼내 돈이 서로 붙어 있지 않은가 확인하려고 손가락으로 세게 비볐다. 모텔의 거울에는 아내의 전신이 비쳤다. 하얀 몸, 풍만한 가슴, 분홍빛 다리, 뭉툭한 발가락, 민트색 레그워머만 신은 모습. 파티에서 흥청망청 즐기는 대학생 치어리더 같았다.

집으로 돌아오니 아내는 침실에서 다림질을 하고 있었다.

"뭐 하고 있어?" 내가 물었다.

"라디오 듣고 있었어. 그런데 방금 꺼졌어."

"우리가 미스터 그레이와 완전히 끝났다고 당신이 생각한다면, 당신에게 최근 정보를 알려줘야 할 때인 것 같아."

"합성 인물인 미스터 그레이 말이야, 아니면 미스터 그레이라는 개인 말이야? 그건 하늘과 땅 차이야."

"물론 그렇지. 드니스가 약을 압축기에 넣어버렸어."

"그렇다면 합성 인물인 미스터 그레이와는 완전히 끝났다는 뜻이지?"

"나는 그게 무슨 말인지 모르겠는데."

"그렇다면 남자로서 당신의 관심이 모텔에 사는 미스터 그레이 개인을 향하게 되었다는 뜻이야?"

"그런 말 하지 않았어."

"그런 말 할 필요도 없어. 당신은 남자니까. 남자란 살인적 분노의 경로를 따라가는 법이야. 그게 생물학적 경로니까. 어리석고 맹목적인 남성생물학의 뻔한 경로란 말이야."

"손수건이나 다리면서 잘난 체도 하시네."

"잭, 당신이 죽으면 난 그냥 바닥에 쓰러져서 가만히 있을 거야. 나중에, 어쩌면 긴긴 시간이 지난 후에 사람들이 와서 어둠속에 웅크리고 있는 날 발견하겠지. 말도 없고 움직이지도 않는 한 여자를. 하지만 그때까진 당신이 그 남자나 그 약을 찾는 걸 결코 도울 수 없어."

"다림질하고 바느질하는 족속의 영원한 지혜의 말씀이로군."

"당신이 더 원하는 게 뭔지 자문해봐. 당신의 오래된 두려움을 덜어보려는 거야, 아니면 그 유치하고 멍청한, 상처 받은 남자의 자존심 때문에 복수하려는 거야?"

나는 복도를 따라가서 스테피가 짐을 꾸리는 것을 도와주었다. 스포츠 아나운서가 말했다. "지금 관중들은 우— 우— 하며 야유하는 게 아닙니다. '브루스, 브루스'라고 외치는 거죠." 드니스와 와일더가 스테피와 같이 거기 있었다. 아이들의 은밀한 분위기로 미루어 드니스가 멀리 있는 부모를 방문하는 문제에 대해 내밀한 충고를 했다는 것을 눈치챘다. 스테피가 탈 비행기는 보스턴을 출발하여 아이언시티와 멕시코시티에서 두번 기착할 예정이었지만, 비행기를 갈아탈 필요는 없기 때문에 그런대로 아이 혼자 갈 만한 상황이었다.

"어떻게 우리 엄마를 알아보죠?"

"작년에 만났잖아. 너, 엄마 좋아했잖아." 내가 말했다.

"날 돌려보내지 않으면 어떡하죠?"

"그런 생각을 하다니 드니스한테 감사해야겠다, 안 그래? 고맙구나, 드니스. 하지만 걱정 마라. 엄만 널 보내줄 거야."

"보내주지 않으면 어떡할 건데요?" 드니스가 물었다. "그런 일이 종종 있대요, 아시잖아요?"

"이건 그런 경우가 아냐."

"만약 그런 일이 생기면 아빠가 유괴라도 해서 데려와야 해요."

"그럴 필요 없어."

"그런 일이 생기면 어쩔 건데요?" 스테피가 따졌다.

"그렇게 하실 거죠?" 드니스가 거들었다.

"그런 일은 절대로 일어나지 않아."

"그런 일은 늘 일어나요." 드니스가 말했다. "한쪽 부모가 아이를 붙잡아두면, 다른 쪽 부모가 유괴범을 고용해서 애를 찾아오는 거죠."

"엄마가 날 잡아두면 어떡하죠?" 스테피가 보챘다. "아빤 어떻게 하실 거예요?"

"멕시코로 사람을 보내야 해. 아빠가 할 수 있는 일은 그것뿐이야."

"그런데 아빠가 그렇게 할까?" 스테피가 말했다.

"네 엄만 널 잡아둘 수 없다는 걸 잘 알고 있어. 계속 옮겨다니는 사람이잖아. 불가능한 일이야." 내가 말했다.

"걱정 마." 드니스가 스테피에게 말했다. "아빠가 지금 뭐라고 해도, 그런 일이 닥치면 널 데려올 테니까."

스테피는 깊은 관심과 호기심 어린 시선으로 나를 바라보았다. 나는 직접 멕시코까지 가서 너를 데려올 수 있는 일이라면 무엇이건 하겠다고 말했다. 그러자 아이는 드니스 쪽을 보았다.

"사람을 고용하는 편이 나을 거예요." 언니가 조언을 건넸다. "그래야 전에 그 일을 해본 사람을 쓸 수 있어요."

버벳이 들어와서 와일더를 안아올렸다.

"여기 있었구나." 버벳이 말했다. "우린 스테피 데리고 공항에 갈 거야. 그래, 자, 가자."

"브루스, 브루스."

다음 날, 유독한 냄새에 대비한 대피훈련이 있었다. 가는 데마다 시뮤백사의 차량이 보였다. 마일렉스 방호복을 입은 남자들이 거리를 순찰하고 있었는데, 그중 많은 이들이 유해물질 측정기구를 들고 다녔다. 대피훈련을 계획한 이 자문회사는 컴퓨터로 선발된 소그룹의 자원봉사자들을 슈퍼마켓 주차장에 있는 경찰 밴으로 불러모았다. 사람들은 삼십분 동안 억지로 구역질을 하고 토하는 시늉을 했다. 이 장면은 비디오로 녹화된 후 분석용으로 모처로 보내졌다.

사흘 뒤 강을 따라 실제로 유독한 냄새가 떠다녔다. 일순 도시 전역에 정적이 감돌더니 조심스럽고 사려 깊은 태도들이 자리잡았다. 차량들은 더 천천히 움직이고 운전자들은 극도로 예절 바르게 행동했다. 공식적인 조처가 취해지는 기미는 전혀 없고, 원색이 칠해진 소형 합승버스나 구급차도 보이지 않았다. 사람들은 눈길을 마주치는 일을 피했다. 콧구멍에 톡 쏘는 자극이 느껴지고, 혀에서 구리 씹는 맛이 느껴졌다. 시간이 점점 지나면서, 아무것도 하지 않으려는 사람들의 의지가 깊어져 확고하게 자리잡는 것 같았다. 무슨 냄새를 맡았다는 사실 자체를 완전히 부정하는 사람들도 있었다. 냄새에 관해선 늘 있는 일이었다. 자신들의 무반응이 얼마나 역설적인지를 아예 인정하지 않겠다고 공언하는 사람들도 있었다. 전에 시뮤백 훈련에 참여했던 이들이었지만, 지금은 대피하기를 꺼려했다. 냄새의 원인이 무엇인지 궁금해하는 사람들도 있었고, 걱정스러워 보이는 사람들, 기술자들이 오지 않는 걸로 봐서 걱정할 게 없다고 말하는 사람들도 있었다. 눈에서 눈물이 나기 시작했다.

처음 그 냄새를 맡은 지 세시간쯤 뒤에 강을 덮었던 증기가 갑자기 사라져서 우리는 공식적인 토의를 멈출 수 있었다.

36

이따금 침실에 숨겨둔 춤발트 자동권총 생각이 났다.

대롱대롱 매달리는 곤충들이 들끓는 철이 다가왔다. 처마에 유충들이 매달려 있는 하얀 집들. 집 앞 진입로에 깔린 하얀 자갈들. 밤중에 거리 한복판을 걸어가노라면 여자들이 통화하는 소리를 들을 수 있다. 날씨가 따뜻해지니 어두운 데서 목소리들이 들려오는 것이다. 그들은 사춘기 아들들에 대해 얘기하는 중이다. 얼마나 크고, 얼마나 빠른지. 아들 녀석들이 겁날 정도로 커버렸다니까. 얼마나 먹어대는지. 현관으로 쓱 들어서는 모습을 보면 깜짝 놀라. 요즘은 벌레들이 꾀는 때다. 풀밭에 있는 놈들, 건물 외벽에 붙어 있거나 공중에 매달려 있는 놈들, 나무와 처마에 대롱거리며 매달려 있거나 방충망에 붙어 있는 놈들도 있다. 여자들은 한창 자라는 아들의 조부모에게 장거리전화를 걸어서 이야기한다. 고정소득이 있고 손뜨개 스웨터를 입은 환한 얼굴의 노부부가 트림라인 전화기로 같이 통화하고 있다.

광고가 끝나면 그들은 어떻게 될까?

어느날 밤 나도 전화를 한통 받았다. 교환원이 말했다. "머더 데비 씨가 잭 글래드니 씨에게 수신자부담전화를 신청하셨습니다. 받으시겠습니까?"

"여보세요, 재닛, 웬일이야?"

"그냥 안부전화 했어. 어떻게 지내는지 궁금해서. 오랫동안 얘기를 못했잖아."

"얘기?"

"우리 아들이 올여름에 여기 아슈람에 올 수 있을지 스와미*가 궁금해하거든."

"우리 아들?"

"당신 아들이자 내 아들이고 그 사람 아들이기도 해. 스와미는 추종자들의 아이들을 자기 아이라고 생각하거든."

"지난주에 딸애 하나를 멕시코로 보냈어. 걔가 돌아와야 아들 얘기를 할 기분이 들겠는걸."

"스와미가 그러는데 몬태나에서 지내면 그애한테 좋을 거래. 마음도 몸도 쑥 자랄 거야. 요새 하인리히는 다루기

---

* 힌두교 종교지도자나 요가수행자를 가리킨다.

힘든 나이잖아."

"왜 전화했어? 진지하게."

"잭, 그냥 인사나 하려고 했지. 여기선 서로 인사하면서 지내거든."

"그 사람 말이야, 새하얀 수염을 기른 변덕스러운 요가 선생이야? 웃기게 생긴 그런 사람?"

"여기 사람들은 모두 진지한 사람들이야. 역사의 순환에는 네 시대밖에 없어. 우린 그중 마지막 시대에 속해 있는 거야. 변덕 부릴 시간이 거의 없는 거지."

그녀의 아주 작고 낭랑한 목소리가 지구 정지궤도상의 텅 빈 공에서 내게로 굴러떨어지는 것 같았다.

"하인리히가 이번 여름에 당신한테 가고 싶다고 하면 나도 괜찮아. 말도 타고 송어 낚시도 하면 좋겠지. 하지만 애가 사적이고 강렬한 무언가에 연루되는 건 싫어. 종교 같은 데 말이야. 여기 아이들 사이에선 유괴니 뭐니 하는 말들이 벌써 오갔어. 모두들 예민한 상태야."

"마지막 시대는 '암흑시대'야."

"좋아. 당신이 원하는 걸 말해봐."

"없어. 난 다 가졌으니까. 마음의 평화, 목적의식, 진정한 친교, 모두 가졌어. 당신한테 인사나 하려는 거야. 인사할게, 잭. 보고 싶어. 당신 목소리도 듣고 싶고. 잠시 얘기나누면서 다정하게 지난날을 회상하고 싶을 뿐이야."

전화를 끊고 나와 잠시 산책을 했다. 여자들은 볼 켜진 집 안에서 통화를 하고 있었다. 스와미는 눈빛이 반짝거리는 사람일까? 그는 내가 대답하지 못한 아들의 질문에 대답할 수 있을까? 내가 말다툼이나 논쟁을 일으킨 지점에서 그는 아들에게 확신을 줄 수 있을까? 암흑시대란 건 얼마나 최종적인 것일까? 존재를 완벽히 집어삼켜서 나만의 고독한 죽음이 치유될 수 있는 그런 밤을, 최고의 파멸을 의미하는 걸까? 나는 여자들이 통화하는 소리에 귀기울였다. 들리느니 소리요, 영혼들이었다.

집에 돌아왔을 때 버벳은 운동복을 입은 채 침실 창가에서 어두운 밤을 응시하고 있었다.

히틀러학회의 참가자들이 도착하기 시작했다. 약 아흔 명의 히틀러학자들이 학회가 열리는 사흘 동안 강연과 토론에 참석하고 영화를 보면서 지낼 예정이었다. 그들은 옷깃에 고딕체로 인쇄된 이름표를 달고 교정을 거닐 것이다. 히틀러에 대한 소문을 주고받고, 지하 벙커에서 지낸 히틀러 최후의 날들에 관한 선정적인 풍설을 퍼뜨릴 것이다.

국적이나 지역적 배경이 아주 다양함에도 불구하고, 이 사람들이 서로 얼마나 비슷한지 관찰하는 일은 참 재미있었다. 그들은 쾌활하고 열정적이며, 웃을 때 침을 튀기고, 유행이 지난 옷과 소박한 분위기와 정확한 시간 약속을 선호했다. 단것을 좋아하는 취향도 같았다.

삭막한 현대식 예배당에서 그들을 맞이했다. 나는 메모

를 보면서 오분 동안 독일어로 개회사를 했다. 주로 히틀러의 어머니와 형과 개에 대해서 말했다. 개의 이름은 볼프였다. 이 단어는 독일어와 영어에서 동일하다.* 내가 연설할 때 사용한 대부분의 단어가 이 두 언어에서 동일하거나 거의 같은 것들이었다. 나는 여러날 동안 사전을 붙들고 이런 단어들의 목록을 만들었다. 내 발언은 필경 아귀가 맞지 않고 어색했을 것이다. 나는 볼프에 대해 많이 언급했고, 어머니와 형에 대해서는 더 많이 언급했으며, 구두와 양말, 재즈와 맥주와 야구에 대해 몇마디 덧붙였다. 물론 히틀러에 대해서도 언급했다. 나는 이 이름을 자주 불렀는데, 그렇게 함으로써 나의 불안정한 문장구조가 그 이름에 눌려서 눈에 띄지 않기를 바랐다.

나머지 날들 동안은 그룹에서 독일인들을 만나는 일을 최대한 피했다. 검은 가운에 색안경을 쓰고 가슴에는 나치식 활자체로 인쇄된 이름표를 달고서도 그들이 있는 곳에서는 나약해졌고, 그들이 목구멍에서 내는 소리나 묵직한 단어를 발음하는 것을 들으면 죽을 맛이었다. 그들은 히틀러에 관한 농담을 나누고 피너클 카드놀이를 했다. 내가 할 수 있는 건 어쩌다 한마디 중얼거리거나 의미 없는 웃음을 내뱉는 게 고작이었다. 나는 학회가 열리는 시간에 대부분 연구실에서 숨어지냈다.

* 'wolf'는 독일어와 영어에서 늑대를 뜻하는 말로 발음은 다르지만 철자가 같다.

권총 생각이 날 때마다 속옷 더미 속에서 스멀거리는 열대곤충처럼 작지만 매우 강렬한 감각이 스치고 지나가는 걸 느꼈다. 쾌감인지 두려움인지 확실치는 않았다. 그것은 어린 시절 비밀을 간직했을 때 느꼈던 가슴속 깊은 설렘 같았다.

권총이란 얼마나 은밀한 도구인가. 특히 이렇게 작은 것은 더 그렇다. 친밀하고 교활한 물건, 그것을 소유한 사람에게 은밀한 역사가 되는 것. 나는 며칠 전 다일라를 찾을 때 느낀 감정을 돌이켜보았다. 식구들이 버린 쓰레기를 염탐하는 스파이 같았지. 나는 조금씩 비밀스러운 삶 속으로 스며들고 있었던 걸까? 이것이 강제적이거나 비강제적인 힘에 의해, 그런 것들을 결정짓는 원칙이나 힘이나 혼란에 의해 아무렇지도 않은 듯 내게 닥쳐오는 파멸에 대항하는 내 마지막 방어책이었던가? 나는 전처들과, 그들과 정보 기관의 관계를 이해할 수 있을 것 같았다.

히틀러학자들은 모여서 돌아다니고 게걸스레 먹고 커다란 이를 드러내며 웃어젖혔다. 나는 비밀에 대해 생각하면서 캄캄한 내 연구실 책상 앞에 앉아 있었다. 비밀이란 우리가 사건들을 통제하는 환상세계로 가는 터널일까?

저녁에 딸아이를 마중하려고 급히 공항으로 갔다. 멕시코 전통복장을 한 아이는 흥분되고 행복해 보였다. 아이는 제 엄마에게 책을 보내서 검토를 의뢰하는 사람들이 엄마를 가만 내버려두지 않는다고 말했다. 데이나는 매일같이 크고 두꺼운 소설책을 받고 검토보고서를 쓴 후 마이크로 필름에 담아서 비밀서고로 보냈다. 그녀는 신경이 너무 날카로워져서 때때로 심한 정신적 피로감에 빠진다고 하소연했다. 이제는 음지에서 양지로 들어올 생각을 하고 있다고 스테피에게 말했다고 한다.

다음 날 아침 주치의가 충고한 대로 오텀 하비스트 팜에서 정밀검사를 받기 위해 글래스버러로 서둘러 갔다. 이런 사안의 엄중함은 분석용으로 채취하도록 요구받는 신체 분비물의 개수와 직접적으로 비례한다. 나는 검사용 병 몇 개를 가지고 갔는데, 각각의 병에는 우울하게 보이는 배설물이나 분비물이 담겨 있었다. 자동차 앞좌석의 사물함 안에 불길하게 보이는 플라스틱 갑 하나를 실었다. 내가 세 장의 비닐백을 겹쳐 그 안에 넣은 뒤 각각의 비닐백을 비틀어 묶어 경건하게 봉한 물건이었다. 이 안에는 가장 엄숙한 배설물이 들어 있었는데, 담당 기술자들은 우리가 이국적인 종교와 연관짓게 되는 그런 공경심과 외경과 두려움이 뒤섞인 심정으로 검사에 임할 것이 분명했다.

하지만 무엇보다 먼저 그곳이 어딘지 찾아야만 했다. 가보니 그곳은 콘크리트 바닥에 밝은 조명을 단 기능적인 일층짜리 옅은 색 벽돌 건물이었다. 이런 곳이 왜 '오텀 하비스트 팜'이라고 불릴까? 휘황찬란한 정밀장비가 풍기는 비인간적인 면을 상쇄하려는 시도였을까? 이런 특이한 이름을 붙여서 우리가 암이 없던 시대에 살고 있다고 생각하도록 속이려는 것일까? '오텀 하비스트 팜'이라고 불리는 시설에서 어떤 종류의 상태를 진단 가능하리라 기대할 수 있을까? 백일해나 후두염? 독감 기운? 자리에 누워 푹 쉬거나 진정 효과가 있는 멘톨 연고로 가슴을 마사지해줘야 하는, 예전 농가에서 앓던 친숙한 병들. 혹시 누군가가 『데이비드 코퍼필드』*의 한 대목을 읽어주지 않을까?

나는 불안했다. 그들은 나를 컴퓨터 데스크 앞에 앉혀놓고는 내 샘플들을 가져가버렸다. 컴퓨터 화면에 나오는 질문에 대한 응답으로 내 삶과 죽음의 내력을 자판에 두들기자, 각각의 응답은 가차없이 이어지는 여러 항목과 하위 항목에 속한 질문들을 계속해서 이끌어냈다. 나는 세번 거짓으로 대답했다. 그들은 내게 헐렁한 가운과 이름이 적힌 손목밴드를 주었다. 그리고 나를 좁은 복도로 보내 신장과 체중을 재고 혈액을 채취하고 뇌파를 검사하고 심전도를 기록했다. 복도를 따라 방마다 찾아다니며 정밀검사와 검진을 받았는데, 칸막이로 나뉜 각각의 방은 지나온 방보다 약간 더 작아 보였고 조명은 더욱 거슬렸으며 인간적인 가구는 더 없는 것 같았다. 가는 데마다 새 기사가 있었다. 미로 같은 통로마다 똑같은 가운을 입은 정체불명의 환자들이 이 방에서 저 방으로 이동하고 있었다. 아무도 인사를 건네지 않았다. 그들은 나를 시소 모양의 장비에 붙잡아매

* 찰스 디킨스의 자전적 장편소설.

고 육십초간 거꾸로 매달아놓았다. 근처에 있는 장비에서 결과가 출력되었다. 이번에는 러닝머신에 올라가게 하고는 자꾸 뛰라고 했다. 기구들을 허벅지에 부착하고 가슴에는 전극을 붙였다. 다음에는 컴퓨터화된 스캐너의 일종인 영상진단 구역 안으로 들어가게 했다. 어떤 사람이 컴퓨터 데스크 앞에 앉아 내 몸을 투명하게 만드는 그 기계로 메시지를 전송했다. 자기磁氣 바람소리가 들리며 번득이는 북극광이 보였다. 오줌이 담긴 희끄무레한 비커를 치켜든 사람들이 방황하는 영혼들처럼 복도를 걸어갔다. 나는 벽장만 한 방 안에 서 있었다. 그들은 손가락 하나를 왼쪽 눈앞에 가까이 대라고 했다. 네모난 판이 철컥 닫히고 흰 빛이 번쩍했다. 그들은 나를 도와주려고, 나를 구원하려고 애쓰는 중이었다.

마침내 옷을 입은 나는 책상을 사이에 두고 하얀 작업복 차림의 과민해 보이는 젊은이 앞에 앉게 되었다. 그는 내 파일을 들여다보더니 거기 나타난 새로운 사실들에 관해 뭔가 중얼거렸다. 이 사실을 듣고도 내가 전혀 동요하지 않는다는 게 무척 놀라웠다. 안도감까지 느껴지는 것 같았다.

"결과가 나오려면 얼마나 걸릴까요?"

"결과는 이미 나왔습니다." 그가 말했다.

"전체적인 문제를 논의하려고 우리가 이 자리에 있다는 생각이 드는데요. 인간적인 부분이요. 기계로는 진단하지 못하는 것이 있으니까요. 한 이삼일 지나면 실제 수치들이

나오겠지요."

"수치는 나와 있습니다."

"제가 마음의 준비가 돼 있는지 잘 모르겠군요. 휘황찬란한 장비들 때문에 좀 불안하거든요. 이런 검사를 받고 나면 흠잡을 데 없이 건강한 사람도 대번에 병이 날 것 같아서요."

"병이 날 리가 있겠습니까? 이것들은 어느 곳에도 없는 가장 정확한 검사장비예요. 데이터를 분석하는 초정밀 컴퓨터도 있단 말입니다. 이 장비들은 생명을 구합니다. 제 말을 믿으세요, 그런 일을 목격했으니까요. 우리는 최신 엑스레이 기계나 CAT 스캐너보다 성능이 더 좋은 장비를 갖추고 있어요. 우린 더 깊이, 더 정확히 볼 수 있습니다."

그는 점점 더 자신감을 얻고 있는 듯했다. 파리한 안색에 온순한 눈매를 한 이 친구는 슈퍼마켓 계산대 끝에 서서 물건을 봉투에 담아주는 소년을 연상시켰다.

"여기서는 대개 이런 식으로 일을 시작합니다." 그가 말했다. "제가 출력된 자료에 근거해서 질문을 하면 선생님께서 최선을 다해 대답하시는 겁니다. 다 끝나면 제가 출력물을 밀봉해서 선생님께 드리고 선생님은 주치의와의 면담 때 그걸 전달하면 됩니다."

"좋습니다."

"좋습니다. 기분이 어떠냐고 묻는 게 대개 첫 질문입니다."

"출력된 자료에 근거해서 말입니까?"

"그냥 기분이 어떤지 말해보십시오." 온순한 목소리로 그가 말했다.

"실제로 마음속으로는 비교적 양호하다고 느끼고 있어요. 그걸 확인받고 싶은 거죠."

"다음 질문은 대개 피로 항목으로 이어집니다. 최근에 피곤하다고 느끼신 적이 있습니까?"

"사람들이 대개 뭐라고 대답하나요?"

"'조금 피로하다'는 게 흔한 대답입니다."

"저도 정확히 그렇게 대답할 수 있겠네요. 그게 타당하고 정확한 진술일 거라고 확신합니다."

그는 내 답변에 만족한 듯, 자기 앞에 놓인 출력물에 뭔가 과감하게 적어넣었다.

"식욕은 어떻습니까?" 그가 물었다.

"그 점에 관해선 좋다고도 나쁘다고도 할 수 있겠군요."

"출력된 자료에 근거하면 그 답변이 제가 예상한 것과 유사합니다."

"달리 표현하자면 제가 때로는 식욕이 상승하고 때로는 그렇지 않다는 말씀이군요."

"그냥 말씀하시는 겁니까, 아니면 제게 질문하시는 겁니까?"

"그거야 수치가 나타내는 게 뭔가에 달렸겠죠."

"그렇다면 우리 의견이 일치되는군요."

"좋아요."

"좋습니다." 그가 말했다. "그럼 수면에 관해 물어볼까요? 우리는 카페인을 뺀 커피나 차를 권하기 전에 대개 수면에 관해 질문합니다. 설탕은 제공하지 않습니다만."

"자는 데 문제가 있는 사람들이 많은가요?"

"마지막 단계에서만 그렇죠."

"수면의 마지막 단계요? 새벽 일찍 깨서 다시 잠들지 못한다는 말씀입니까?"

"삶의 마지막 단계를 말하는 겁니다."

"저도 바로 그렇게 생각했습니다. 좋아요. 움직임에 잠이 잘 깬다는 것 말고 특별한 건 없습니다."

"좋습니다."

"조금 꿈지럭거리기도 하고요. 안 그런 사람이 있겠습니까?"

"이리저리 몸을 뒤척이십니까?"

"약간 그렇죠."

"좋습니다."

"좋아요."

그는 약간의 메모를 했다. 다 잘 풀리고 있는 것 같았다. 잘 돌아가는 것을 보니 마음이 가벼워졌다. 그가 차를 마시겠냐고 권했을 때 나는 거절했고, 그 대답에 그는 만족한 듯했다. 우리는 곧장 문답을 이어갔다.

"이제 흡연에 대해 질문할 순서입니다."

"그건 문제없어요. 대답은 '아니요'입니다. 5년이나 10년 전에 끊었느냐 하면, 그것도 아닙니다. 전 담배를 피워본 적도 없으니까요. 십대 때도 말이죠. 피워볼 생각도 하지 않았고 그럴 필요도 못 느꼈어요."

"그 점은 어느 모로 보나 플러스 요인이군요."

이 대답에 나는 엄청나게 자신감이 붙어 고마운 마음이 들었다.

"또 계속 진행해야죠?"

"어떤 사람들은 질질 끌기를 좋아하죠." 그가 말했다. "그들은 자신의 상태에 대해 관심을 갖거든요. 그런 관심이 일종의 취미가 되어버린 겁니다."

"니코틴이 필요한 이유가 뭐가 있겠어요? 게다가 전 커피도 거의 마시지 않고 카페인이 든 건 전혀 마시지 않습니다. 사람들이 왜 이런 인위적인 자극을 필요로 하는지 모르겠어요. 전 숲을 산책하기만 해도 기분이 고양되거든요."

"카페인을 섭취하지 않는 것은 언제나 플러스 요인이죠."

맞아, 나는 생각했다. 내가 가진 미덕에 대해 보상해줘. 이제 살 수 있다고 말해줘.

"그리고 우유도 그래요." 내가 말했다. "사람들은 카페인이나 설탕에 만족하지 않아요. 우유도 마시고 싶어하죠. 지방산이 든 음료를 말이에요. 어릴 적 이후로 우유는 손도 대지 않았습니다. 진한 크림도 먹지 않았고요. 음식은 싱겁게 먹었습니다. 독주도 거의 마시지 않았습니다. 모두들 왜 그리 난리법석인지 모르겠더라고요. 물이 바로 제 음료입니다. 한잔의 물은 믿을 수 있죠."

그의 입에서 내가 몇년 더 살 수 있다는 말이 나오길 기다렸다.

"물 말인데요, 혹시 오염된 공업물질에 노출된 적이 있습니까?" 그가 물었다.

"네?"

"공기나 물 속에 있는 유독물질 말입니다."

"담배 다음에 흔히 묻는 질문이 이건가요?"

"이건 예상 질문이 아닙니다."

"제가 석면 같은 물질을 다루는 일을 하느냐는 말씀입니까? 전혀 아닙니다. 전 교수입니다. 가르치는 게 제 생활이에요. 대학 교정에서 평생을 보냈어요. 석면이 스며들 데가 어디 있겠습니까?"

"나이어딘 파생물질이라고 들어보셨습니까?"

"제가 들어봤어야 할 물질인가요, 출력된 자료에 근거하면?"

"선생님의 혈관 속에 흔적이 있으니까요."

"그런 건 들어본 적도 없는데 어떻게 그럴 수가 있겠습니까?"

"자기스캐너 검사에서 그렇게 나왔습니다. 제가 지금 보고 있는 괄호 속에 든 수치 말입니다, 조그만 별표가 붙어 있는."

"최소한의 유출물 허용치에 노출되어 생긴, 거의 지각할 수 없는 상태의, 최초의 모호한 증세가 출력된 자료에 나타난다는 말씀인가요?"

내가 왜 이렇게 딱딱하게 말하고 있는 거지?

"자기스캐너 검사는 아주 분명합니다." 그가 말했다.

시간 낭비나 논쟁적 탐색 없이 이 프로그램을 신속하게 진행하려던 우리의 암묵적인 동의는 어떻게 되어버렸단 말인가?

"혈액 속에 이 물질의 흔적이 있으면 어떻게 되는 건가요?"

"흐릿한 덩어리가 생깁니다." 그가 말했다.

"하지만 나이어딘 D가 인체에 미치는 영향은 확실히 밝혀지지 않은 걸로 아는데요. 쥐에 대해서는 알려져 있지만."

"이 물질에 대해 전혀 들은 바 없다고 금방 말씀하셨잖아요. 그런데 이게 어떤 영향을 주거나 주지 않는지 어떻게 아십니까?"

이 지점에서 나는 그에게 꼼짝없이 잡혔다. 그가 나를 속이고 데리고 놀았으며 우롱했다는 느낌이 들었다.

"지식이란 매일 변하는 법이죠." 그가 말했다. "이 물질에 노출되면 분명히 덩어리가 생긴다고 알려주는 몇가지 상충되는 데이터를 갖고 있습니다."

그의 자신감은 하늘 높이 치솟았다.

"좋습니다. 다음 주제로 넘어가죠. 바쁜 일이 있거든요."

"이제 밀봉한 봉투를 건네드릴 시점이군요."

"다음 항목은 운동인가요? 답은 '전혀 하지 않는다'예요. 정말 하기 싫고 할 생각도 없어요."

"좋습니다. 이제 봉투를 건네드리겠습니다."

"순전히 호기심에서 묻는 건데요, 흐릿한 덩어리란 게 도대체 뭡니까?"

"몸속에 있는 종양일 수도 있어요."

"그걸 명확하게 찍지 못해서 '흐릿하다'고 하는 거로군요."

"우리는 아주 뚜렷하게 찍습니다. 영상진단 구역에서는 인간의 능력으로 가능한 한 가장 명확한 촬영을 합니다. 그걸 '흐릿한 덩어리'라고 부르는 것은 어떤 뚜렷한 모양이나 형태, 혹은 경계가 없기 때문이에요."

"최악의 경우를 가정한다면 그게 어떤 작용을 합니까?"

"사망을 초래합니다."

"제발 우리말로 말해주세요. 이런 현대식 은어는 정말 싫단 말입니다."

그는 무례한 말도 거뜬히 받아넘겼다. 내가 화를 낼수록 그는 더 좋아했다. 그에게서 정력과 건강이 뿜어져나왔다.

"이제 바깥 사무실에서 요금을 지불하시라고 말할 순서군요."

"칼륨은 어떻게 됐습니까? 애초에 이곳에 온 이유가 내

칼륨 수치가 정상치를 한참 초과했기 때문인데요."

"우린 칼륨 검사는 하지 않습니다."

"알겠습니다."

"좋아요. 끝으로 드릴 말씀은 이 봉투를 선생님 주치의에게 갖다주시라는 겁니다. 선생님 주치의는 여기 적힌 기호들을 알 겁니다."

"그럼 됐군요. 좋습니다."

"좋아요." 그가 말했다.

나도 모르게 그와 따뜻하게 악수를 나누었다. 그리고 몇 분 후 나는 거리에 나와 있었다. 남자아이 하나가 팔자걸음으로 잔디밭을 가로지르며 축구공을 몰고 갔다. 또 한 아이는 풀밭에 앉아서 뒤꿈치 부분을 잡고 양말을 확 잡아당겨 벗었다. 이 얼마나 문학적인 장면이란 말인가, 나는 짜증을 삼키며 생각했다. 이 주인공이 자기 죽음의 마지막 단계를 숙고하고 있을 때, 거리에는 솟아오르는 생명력이 만들어내는 소소한 장면들이 넘쳐나다니. 지는 석양 쪽으로 바람이 잦아들고 구름이 조금 긴 날이었다.

그날 밤 나는 블랙스미스의 길거리를 걸어다녔다. 텔레비전들이 푸른 빛을 발했다. 버튼식 전화기로 통화하는 목소리들이 들렸다. 아득히 먼 곳에서 조부모는 의자에 웅크리고 앉아, 전화의 반송파가 가청신호로 변환할 동안 간절한 마음으로 각각 수화기를 맞잡고 있다. 손자의 목소리다. 전화기 근처에 놓아둔 스냅사진에 얼굴이 보이는, 한창 자랄 나이의 그 소년이다. 기쁜 빛이 그들의 얼굴에 밀려오지만 곧 슬프고도 복잡한 사실을 듣고는 흐려지고 만다. 소년이 이들에게 뭐라고 말하고 있는 걸까? 자신의 비참한 상태 때문에 불행해하는 걸까? 학교를 중퇴하고 대형 슈퍼마켓에서 식료품을 봉투에 담아주는 일을 전업으로 하고 싶다고? 아이는 식료품 담아주는 일이 진짜 좋다고 말한다. 그것이 자기 삶에 만족을 주는 바로 그런 일이라고. 대형 페트병을 먼저 담아야 해요. 여섯개들이 캔은 반듯하게, 그리고 무거운 물건은 봉투 두개를 겹쳐서 담아야 해요. 그는 이 일을 잘하고 요령도 있다. 물건을 하나도 건드리지 않고도 봉투 속에 정리된 물건들이 눈앞에 선하게 떠오른다. 할아버지, 그건 마치 참선參禪 같아요. 봉투 두장을 확 잡아당겨서 한장을 다른 봉투 안에 넣거든요. 과일은 흠나지 않게, 계란은 조심해서 다루고, 아이스크림은 냉동봉투에 담아야 해요. 매일 수많은 사람들이 곁을 지나가지만 어느 누구도 절 눈여겨보지 않아요. 할머니, 전 그게 좋거든요. 위협이라곤 조금도 없고요, 전 평생 이렇게 살고 싶어요. 그리고 조부모는 슬픈 마음으로 손자의 말에 귀기울이며 아이가 더욱더 사랑스럽게 느껴져서 매끄러운 트림라인 전화기──침실에 있는 하얀 프린세스 전화기와 칸막이한 할아버지의 지하실 아지트에 놓인 평범한 갈색 로터리 전화기*──에 얼굴을 묻는다. 노신사 할아버지는 백발을 손으로 훑어올리고, 할머니는 접이안경을 쓴

다. 구름이 서쪽으로 기우는 달을 지나 흘러가고, 계절은 음울한 장면들로 바뀌면서 겨울의 정적 속으로, 적막과 빙설의 풍경 속으로 더욱더 깊어만 간다.

선생님 주치의는 여기 적힌 기호들을 알 겁니다.

* 모두 미국 전신전화회사(AT & T)에서 출시한 전화기 명칭.

37

긴 산책은 정오에 시작되었다. 그렇게 길어질 줄은 나도 몰랐다. 머리와 잭이 삼십분 정도 캠퍼스를 거닐며 이런저런 생각에 잠기는 그런 산책이 될 거라고 생각했다. 하지만 산책은 오후시간을 거의 다 차지했고, 느릿느릿 걸으며 진지한 대화를 나누는 소크라테스식의 이 산책은 실제적인 결과도 있었다.

우리는 자동차 충돌을 주제로 다루는 머리의 수업이 끝난 후 만나서 캠퍼스 외곽을 따라 걸었다. 익숙한 수세적인 자태로 숲속에 자리잡은, 삼나무로 지붕널을 얹은 맨션들도 지나쳤다. 이 주거단지는 자연환경 속에 너무도 잘 섞여 있어서 새들이 계속 판유리 창문으로 날아들 정도였다.

"파이프를 피우네요." 내가 말했다.

머리의 입가에 은밀한 미소가 떠올랐다.

"좋아 보여서요. 마음에 들어요. 효과가 있더라고요."

그는 웃으면서 눈을 내리깔았다. 파이프 대는 길고 좁으며 부리는 네모나다. 연갈색 파이프는 뼈대 있는 집안의 물건 같았다. 어쩌면 아미시나 셰이커* 교도들의 골동품일 것이다. 자신의 다소 엄숙한 턱수염과 잘 어울리라고 이 파이프를 선택하지 않았을까 하는 생각이 들었다. 엄격한 미덕을 지키는 어떤 전통이 그의 동작과 표정에 묻어나는 것 같았다.

"우린 왜 죽음에 관해서 지적인 태도를 갖지 못할까요?" 내가 물었다.

"그야 뻔하지요."

"그런가요?"

"이반 일리치**는 사흘간 비명을 질렀어요. 그 정도가 우리가 도달하는 지적인 태도의 한계입니다. 똘스또이 자신도 죽음을 이해해보려고 무진장 애썼어요. 그는 죽음을 극도로 두려워했죠."

"우리의 공포가 죽음을 불러온다고나 할까요. 만약 우리가 두려워하지 않을 수 있다면, 영원히 살 수 있을 거예요."

"그렇게 믿고 싶어하는 거죠. 그런 뜻으로 하신 말씀인

* 검소하고 자립적인 생활을 중시하는 기독교 분파들.
** 똘스또이의 소설 『이반 일리치의 죽음』의 주인공.

가요?"

"무슨 뜻인지는 나도 모르겠어요. 내가 아는 건 요새 나라는 놈이 겨우 살아 있는 시늉만 낼 뿐이라는 겁니다. 전문가의 관점에서 보자면 죽은 몸이죠. 몸속에 흐릿한 덩어리가 자라고 있대요. 전문가들이 위성처럼 추적해냈거든요. 이 모든 것이 살충제의 부산물이 낳은 결과랍니다. 내 죽음엔 뭔가 인위적인 게 있어요. 천박하고 불만스러운 죽음이죠. 난 땅이나 하늘에 속한 사람이 못됩니다. 그자들은 내 묘비에 에어로졸 깡통을 새겨넣어야 할 거예요."

"멋진 말입니다."

멋진 말이라니, 무슨 뜻으로 하는 말일까? 나는 그가 내 말에 반박하고 내 죽음을 좀더 고상한 수준으로 높여줌으로써 기분을 맞춰주기를 바랐던 것이다.

"그게 부당하다고 생각하세요?" 그가 물었다.

"물론 그렇죠. 너무 진부한 대답인가요?"

그는 어깨를 으쓱했다.

"내가 어떻게 살아왔는지 한번 보세요. 미친 듯 쾌락을 좇으며 살았나요? 불법약물을 상용하고 과속으로 차를 몰고 코가 비뚤어지게 술을 먹고 무모하고 자기파괴적으로 살던가요? 교수 파티에서 셰리주 조금 마신 것밖에 없어요. 음식도 싱겁게 먹는단 말이에요."

"그렇죠. 맞아요."

그가 심각한 표정으로 파이프를 빨아들이자 볼이 우묵

해졌다. 우리는 한동안 말없이 걸었다.

"선생님은 자신의 죽음이 때 이르다고 생각하시나요?"
그가 물었다.

"모든 죽음이 다 때 이르죠. 우리가 한 백오십살까지 살
지 못할 과학적 이유란 없어요. 슈퍼마켓에서 본 타블로이
드 헤드라인을 보니까 그런 사람들도 있다는데 말이에요."

"그렇게 깊이 낙담하시는 건 뭔가 미완으로 남았다는
느낌 때문인가요? 아직도 성취하고 싶은 것들이 남아 있
어서요. 수행할 과제가 있다든가, 지적인 도전에 직면하고
싶다든가."

"내가 깊이 낙담하는 이유는 바로 죽음 때문입니다. 직
면해야 할 유일한 과제도 죽음뿐이고요. 내가 생각하는
건 이것뿐이에요. 관심사가 하나밖에 없어요. 난 살고 싶
어요."

"로버트 와이즈 감독의 「나는 살고 싶다」란 영화가 있
지요. 수전 헤이워드가 유죄선고를 받은 살인범 바버라 그
레이엄으로 나오죠. 조니 맨들이 과감한 재즈를 배경음악
으로 깔았었죠."

나는 머리를 쳐다보았다.

"그렇다면 잭, 선생님의 인생과 일에서 성취하고 싶은
모든 걸 다 이루었다 해도 죽음이 여전히 위협적일 거란
말씀인가요?"

"지금 제정신으로 하는 말입니까? 당연히 위협적이죠.

선생 생각은 엘리트적 발상이에요. 식료품을 봉투에 담아 주는 사람에게 이렇게 물어보세요. 죽음 그 자체가 아니라 봉투에 담고 싶은 흥미로운 식료품이 아직 남아 있기 때문에 죽음이 두려운가요,라고 말이에요."

"멋진 말입니다."

"이건 죽음이에요. 죽음이 잠시 머뭇거려서 그동안 전공논문을 한편 쓸 수 있기를 바라는 게 아니에요. 70년이나 80년 정도 아주 멀리 가버렸으면 하는 거라고요."

"죽음을 앞둔 사람이라는 선생님의 위상 때문에, 하시는 말씀에서 어떤 특권과 권위가 느껴지네요. 그 점이 맘에 들어요. 때가 다가올수록 사람들은 선생님이 하는 말을 들으려고 열광할 것 같아요. 그들은 선생님이 있는 곳을 찾아낼 거예요."

"내 주위에 친구들을 끌어모을 절호의 기회란 말입니까?"

"선생님께서 자기연민이나 절망에 빠져서 산 자들을 실망시켜서는 안된다는 거지요. 사람들은 선생님 말에 의지해서 용감해질 테니까요. 사람들이 죽어가는 친구에게서 구하는 것은 쉰 목소리를 내면서도 지켜가는 불굴의 고귀함이나 포기하지 않는 정신, 꺾이지 않는 유머의 순간들이죠. 지금 우리가 이야기하는 동안에도 선생님의 권위는 커지고 있어요. 몸에서는 희미한 빛이 뿜어져나오고 있고요. 그 점도 좋아해야겠네요."

우리는 가파르고 구불구불한 길 한가운데를 걸어내려 왔다. 주위에는 아무도 없었다. 부분적으로 훼손된 좁은 석조계단 위에 세워진 근처 주택들은 낡고 어렴풋하게 보였다.

"사랑이 죽음보다 강하다고 믿으십니까?"

"억겁이 지난다 해도 그렇지 않죠."

"좋아요." 그가 말했다. "죽음보다 강한 건 아무것도 없죠. 죽음을 두려워하는 사람들만이 삶을 겁내는 사람들이라고 믿으십니까?"

"말도 안되는 소리. 완전히 바보 같은 말이지."

"맞아요. 우리는 모두 어느정도 죽음을 두려워해요. 그렇지 않다고 주장하는 사람들은 자신을 기만하는 거죠. 천박한 자들이에요."

"자동차 번호판에 자기 별명을 새겨넣는 사람들이죠."

"아주 멋져요, 잭. 죽음이 없다면 삶이 다소 불완전하다고 믿으시나요?"

"그게 어떻게 불완전할 수 있겠어요? 죽음이야말로 삶을 불완전하게 만드는 것인데."

"우리가 죽음을 인식하기 때문에 삶이 더 소중해지는 건 아닐까요?"

"두려움이나 불안에 근거한 소중함이란 게 무슨 소용이 있겠어요? 불안해서 덜덜 떠는 것뿐이죠."

"맞아요. 더없이 소중한 것은 우리가 든든하게 느끼는

사람들이죠. 아내나 아이요. 죽음의 유령 때문에 아이가 더 소중해지나요?"

"아뇨."

"맞아요. 덧없이 흘러간다고 해서 삶이 더 소중하다고 믿을 이유는 전혀 없는 거죠. 이런 말이 있어요. 어떤 사람은 곧 죽을 거란 말을 듣고 나서야 자기 삶을 온전히 시작할 수 있다. 맞습니까, 틀립니까?"

"틀리죠. 일단 자신의 죽음이 확정되고 나면 만족스러운 삶을 산다는 건 불가능하니까."

"선생님은 죽을 날짜와 시간을 정확히 알고 싶으세요?"

"전혀 알고 싶지 않아요. 미지의 것을 두려워하는 일만으로도 벅차니까. 미지의 것에 직면해서 그게 거기 존재하지 않는 척 가장할 수는 있어요. 정확한 날짜를 알면 많은 사람들이 자살할걸요, 그 상황 자체를 무너뜨리기 위해서라도 말이죠."

우리는 낡은 도로교를 건넜다. 양쪽으로 방음벽이 설치되고 차에서 버린 우울하고도 퇴색된 물건들이 널린 곳이었다. 도랑 옆으로 난 샛길을 따라서 고등학교 운동장 가로 다가갔다. 여자들이 멀리뛰기용 모래밭에서 놀게 하려고 어린아이들을 이곳에 데려왔다.

"어떡하면 이걸 극복할 수 있을까요?" 내가 물었다.

"테크놀로지에 대한 신뢰를 고수할 수도 있겠죠. 그것 때문에 이렇게 됐으니까 그것을 통해 빠져나갈 수도 있지 않겠어요? 이런 게 바로 테크놀로지의 진상이지요. 한편으로는 불멸에 대한 욕망을 창출하고, 다른 한편으로는 인류 전체의 생존을 위협하는 것. 테크놀로지는 자연에서 유리된 욕망인 겁니다."

"그런가요?"

"그건 쇠락하는 우리 몸이라는 끔찍한 비밀을 은폐하려고 고안된 거죠. 하지만 그건 생명이기도 하잖아요? 생명을 연장해주고 낡아가는 장기를 새것으로 바꿔주죠. 매일 새로운 장치와 기술이 쏟아져나오잖아요. 레이저, 분자증폭기, 초음파 같은 것 말이에요. 거기 한번 몰두해보세요, 잭. 믿어보시라고요. 그들이 선생님을 번쩍거리는 튜브에 집어넣고 우주의 기본 물질로 선생님 몸을 빛나게 할 거라고 말이에요. 빛, 에너지, 꿈, 이런 것들로요. 감지덕지할 일이죠."

"당분간 의사라면 꼴도 보기 싫어요, 머리. 하여간 고마워요."

"그렇다면 내세에 집중함으로써 죽음을 극복할 수도 있어요."

"그건 어떻게 하는 겁니까?"

"그야 뻔하죠. 환생이나 윤회, 초공간, 죽은 자들의 부활 등등에 대해 샅샅이 읽어보세요. 이런 믿음에서 발전해나온 아주 매력적인 체계가 몇 있답니다. 그런 걸 공부해보세요."

"그중에서 믿는 게 있나요?"

"수백만의 사람들이 수천년 동안 믿어왔어요. 그들과 함께 빠져들어보세요. 제2의 탄생, 제2의 생에 대한 믿음은 실제로 아주 보편적이니까요. 분명 뭔가 있을 겁니다."

"하지만 이 매력적인 체계들은 모두 다 너무 다르잖습니까?"

"맘에 드는 걸 하나 고르세요."

"하지만 선생님 말을 들으면 그게 다 편리한 환상이나 형편없는 미망이 아닐까 싶네요."

머리는 다시 어깨를 으쓱했다. "사후의 생에 대한 열망에서 우러나오는 훌륭한 시와 음악, 춤에 대해 생각해보세요. 어쩌면 이런 것들은 우리의 희망과 꿈에 대한 충분한 정당화가 될 거예요. 죽어가는 사람에게 할 말은 아니지만요."

그는 팔꿈치로 나를 툭 쳤다. 우리는 시내의 상업구역 쪽으로 걸어갔다. 머리는 멈춰서더니 한 발을 뒤로 뻗어서 파이프에서 떨어지는 재를 찼다. 그러고는 부리를 아래로 가게 해서 그 물건을 노련하게 코듀로이 재킷 주머니에 집어넣었다.

"진지하게 말씀드리는데요, 내세라는 관념이 선생님께 장기적으로 큰 위안을 줄 수 있을 거예요."

"하지만 그걸 꼭 믿을 필요는 없겠죠? 이승이 아닌 저 너머 어둠속에 어렴풋한 뭔가가 있다는 걸 마음속 깊이 느낄 필요야 없겠죠?"

"내세라는 게 뭐라고 생각하세요? 우리가 밝혀내기만을 기다리는 한무더기의 사실들일까요? 미 공군이 내세에 대한 데이터를 은밀히 수집하고는 우리가 그런 발견을 수용할 만큼 성숙하지 못했다는 이유로 꼭꼭 숨겨둔답니까? 그 발견들이 극도의 공포를 불러일으킨다고요? 아니에요. 내세가 뭔지 제가 말씀드리지요. 그건 달콤하고도 너무나 감동적인 관념이에요. 선생님은 그걸 받아들일 수도 있고 거부할 수도 있어요. 그러는 동안에 꼭 하실 일은 암살 기도를 벗어나 살아남는 거죠. 그게 즉각적인 강장제 역할을 해줄 거예요. 선생님은 특혜를 받고 있으며 카리스마가 커지는 걸 느끼실 거예요."

"아까는 죽음 때문에 내 카리스마가 커진다고 했잖아요. 게다가 누가 날 죽이고 싶어하겠어요?"

그는 다시 한번 어깨를 으쓱했다. "백명의 사망자가 난 열차충돌 사고에서 살아남아보세요. 이륙 직후 폭우로 송전선을 들이박고 골프 코스에 추락한 세스너 단발 경비행기에서 무사히 빠져나와보세요. 꼭 암살일 필요는 없으니까. 중요한 건 남들이 무력하게 몸을 뒤틀며 빠져나오지 못할 때, 선생님은 연기가 피어오르는 사고현장의 가장자리에 서 있는 거지요. 이건 흐릿한 덩어리가 아무리 많더라도 그 고통을 상쇄할 수 있어요, 최소한 당분간은 말이죠."

우리는 잠시 상점 진열창을 구경하다가 구두 가게로 들어갔다. 머리는 위전, 월러비, 허시퍼피 같은 상표의 구두를 둘러보았다. 우리는 이리저리 거닐다가 다시 햇빛 비치는 밖으로 나왔다. 유아차를 탄 아이들이 참 이상한 사람들이라는 듯 눈을 가늘게 뜨고 우리를 쳐다보았다.

"선생님 독일어는 도움이 되었나요?"

"그런 것 같지 않아요."

"전혀 도움이 되지 않았나요?"

"아니, 모르겠어요. 누가 알겠어요?"

"그럼 최근 몇년 동안 뭘 배우려고 하신 겁니까?"

"뭔가에 넋이 빠져 있으려고 했겠지요."

"맞아요. 부끄러워하실 것 하나도 없어요, 잭. 오직 선생님의 두려움 때문에 이렇게 행동하시는 거예요."

"오직 두려움 때문이라고요? 오직 내 죽음 때문이라고요?"

"선생님이 성공하지 못한 것에 대해 우리는 놀라선 안되죠. 독일인들이 얼마나 막강했습니까? 그러나 결국 그들은 전쟁에 패배하고 말았어요."

"드니스가 한 말과 똑같네요."

"아이들과 이런 문제를 토론한단 말씀인가요?"

"깊이 파고들진 않아요."

"무력하고 겁 많은 사람들은, 남을 울릉대고 음험하게 도사리는 마법적인 인물들, 신화적인 인물들, 영웅적인 인물들에게 끌리는 법이죠."

"히틀러를 두고 하는 말이죠, 인정합니다."

"어떤 사람들은 삶보다 더 크죠. 히틀러는 죽음보다 더 크고요. 그가 선생님을 보호하리라고 생각하셨겠죠. 충분히 공감합니다."

"정말요? 나도 그랬으면 좋겠네요."

"그건 전적으로 명백한 일이죠. 선생님은 그에게 도움을 받고 보호받기를 원했습니다. 그 압도적인 공포가 선생님 자신의 죽음을 돌아볼 여유를 전혀 주지 않기를 말이죠. '나를 삼켜버려.' 선생님은 이렇게 말하죠. '내 공포를 가져가버려'라고요. 어떤 한 차원에서 선생님은 히틀러와 그의 저작들 속에 숨어버리고 싶어했어요. 다른 한 차원에서 보자면 그를 이용해서 더 중요해지고 강해지길 원했던 거고요. 방법상의 혼란은 느껴져요. 비판하는 뜻으로 드리는 말씀은 아니지만요. 아주 과감한 일을 하신 겁니다. 과감하고 공격적인 시도였죠. 히틀러를 이용하다니. 그게 얼마나 바보 같은 시도인지 알면서도 탄복할 정도예요. 부적을 지니고 다니거나 주문을 외는 것만큼 바보짓이긴 해도 말이죠. 6억의 힌두교도들은 그날 아침 점괘가 좋지 않으면 출근을 하지 않는대요. 그러니까 콕 집어 선생님만 갖고 뭐라고 하는 건 아니에요."

"광대하고 끔찍한 심연이에요."

"물론이죠." 그가 말했다.

"아무리 파고들어도 끝이 없어요."

"그럴 겁니다."

"완전하고 거대한, 형언할 수 없는 것이에요."

"그렇죠, 당연하죠."

"엄청난 암흑이에요."

"맞아요, 맞습니다."

"완전하고 끔찍하고 끝없는 거대함이에요."

"무슨 말씀인지 정확히 알겠어요."

머리는 사선으로 주차된 차의 펜더를 톡톡 두드리더니 살짝 미소지었다.

"그런데 왜 실패했나요, 잭?"

"방법상의 혼란 때문이겠죠."

"맞아요. 죽음을 극복할 방법은 수없이 많아요. 그런데 선생님께선 그중 두가지를 동시에 채택했단 말이죠. 한편으로는 버티고, 다른 한편으로는 숨으려 했으니까. 이런 시도에 어떤 이름을 부여할 수 있을까요?"

"바보짓."

나는 머리를 따라 슈퍼마켓으로 들어갔다. 현란한 색채에 바다의 소리가 층을 이룬 곳이었다. 우리는 어떤 불치병 치료 모금을 위해 발행한 복권의 당첨을 알리는 화려한 깃발 아래로 걸어갔다. 깃발에 적힌 문구를 보니 마치 당첨자가 그 병에 걸릴 것이라는 뜻 같았다. 머리는 그 깃발을 티베트의 만장輓章에 비유했다.

"난 죽음에 대한 두려움을 왜 이렇게 오래, 이렇게 지속적으로 품어왔을까요?"

"그거야 뻔하죠. 억압하는 법을 모르시니까요. 우린 모두 죽음을 피할 수 없다는 걸 알고 있어요. 그렇다면 이 참담한 사실을 어떻게 처리하겠어요? 억압하고 위장하고 숨기고 배제하죠. 다른 사람들보다 이 일을 더 잘하는 사람들이 있어요. 그게 다예요."

"어떡하면 나아질까요?"

"선생님은 불가능해요. 필수적인 위장작전을 수행하는 무의식적 기제가 없는 사람들도 있거든요."

"그 기제가 무의식적이고 우리가 억압하고 있는 그것이 너무도 교묘하게 위장되었다면, 억압이 존재한다는 걸 어떻게 알 수 있죠?"

"프로이트도 그런 말을 했어요. 음험하게 도사리는 인물들에 대해 말하면서 그랬죠."

머리는 비닐랩 상자 하나를 집어들더니 거기 인쇄된 광고용 활자를 읽고 색깔도 살펴보았다. 건조수프도 한묶음 들고 냄새를 맡았다. 오늘은 수집할 정보가 아주 많은 날이다.

"내가 억압할 줄 모르기 때문에 어느정도 더 건강하다고 생각합니까? 어쩌면 지속적인 공포가 사람의 자연스러운 상태인데, 내가 공포를 끼고 살기 때문에 실제로 뭔가 영웅적인 일을 하고 있는 걸 수도 있나요, 머리?"

"스스로 영웅적이라고 느끼시나요?"

"아뇨."

"그렇다면 영웅적인 건 아니겠네요."

"하지만 억압이란 부자연스러운 것 아닙니까?"

"공포가 부자연스럽죠. 번개와 천둥이 부자연스럽고요. 통증, 죽음, 현실, 이런 것들은 모두 부자연스러워요. 이런 것들의 있는 그대로의 모습을 우리는 견딜 수 없어요. 우린 너무 많이 알고 있어요. 그래서 억압, 타협, 위장에 의지하죠. 이것이 우리가 이 우주에서 살아남는 방식이에요. 이건 우리 종種의 자연스러운 언어예요."

나는 그를 유심히 쳐다보았다.

"난 운동을 해요. 내 몸을 잘 돌본단 말입니다."

"아니에요, 그렇지 않아요." 그가 말했다.

머리는 어떤 노인이 건포도빵에 적힌 유통기한을 읽는 걸 도와주었다. 아이들이 은색 쇼핑카트를 타고 질주하듯 지나쳤다.

"테그린, 데노렉스, 셀선 블루."*

머리는 작은 책에다 뭔가 적어넣었다. 바닥에 떨어져 노른자가 상자 밖으로 스며나오는 계란 한다스를 피해 솜씨 좋게 발걸음을 내딛는 그의 모습을 지켜보았다.

"와일더랑 같이 있으면 왜 그렇게 기분이 좋을까요? 다른 애들이랑 있는 것과는 다르거든요." 내가 말했다.

"그 아이의 총체적 자아를 감지하시는 거죠. 어떤 한계

---

* 모두 샴푸 상표명.

도 벗어난 자유를 말이죠."

"어떤 의미로 와일더가 한계를 벗어났다는 겁니까?"

"그 아이는 자기가 죽을 거라는 걸 몰라요. 죽음에 대해 전혀 모르죠. 그애가 가진 이런 무구한 축복을, 어떤 해악에서도 면제된 이런 면을 소중히 여기시는 거예요. 선생님은 가까이 가서 아이를 만져보고 바라보고 아이의 숨결을 들이마시길 원하시죠. 얼마나 행복한 아이입니까. 지식 이전의 존재요, 전능한 아이니까요. 아이는 모든 것이요, 어른은 아무것도 아닙니다. 생각해보세요. 사람의 한평생은 이 모순을 풀어가는 과정이잖아요. 우리가 당혹해하고 휘청거리고 고통스러워하는 것도 당연합니다."

"비약이 너무 심한 것 아닌가요?"

"전 뉴욕 출신이잖아요."

"우리는 아름답고 영구적인 것들을 만들어내고, 광활한 문명세계를 건설합니다."

"끝내주게 빠지시네요. 제 말을 회피하는 방식이 아주 멋져요." 그가 말했다.

슈퍼마켓 출입문이 광전자 방식으로 열렸다. 우리는 밖으로 나와 세탁소, 미용실, 안경점을 지나쳤다. 머리는 다시 파이프에 불을 붙여 멋들어지게 빨았다.

"이제껏 죽음을 극복하는 방법에 대해 이야기했죠." 그가 말했다. "선생님이 이미 시도하신 두가지, 서로 상충되는 두 방법에 대해서도 의논했고요. 테크놀로지와 열차충돌 사고, 내세에 관한 믿음에 대해서도 언급했어요. 그밖에 다른 방법들도 있어요. 그중 한가지 접근법에 대해 말씀드리고 싶군요."

우리는 도로를 건넜다.

"잭, 제 생각에 이 세상엔 두 부류의 사람들이 있어요. 죽이는 자와 죽는 자. 우리들 대부분은 죽는 자죠. 죽이는 자가 되는 데 필요한 분노라든가 뭐 그런 성향이 없거든요. 그냥 죽는 거죠. 누워서 죽기를 기다릴 따름이에요. 하지만 죽이는 자가 되면 어떨까 한번 생각해보세요. 상대를 대면해서 직접 죽인다면, 이론상 하는 말인데요, 얼마나 신나는 일일지 상상해보세요. 상대가 죽는다면 당신은 죽을 수가 없어요. 누군가를 죽인다는 건 삶의 신용점수를 얻는 거죠. 더 많은 사람을 죽일수록 점수를 더 많이 쌓는 거예요. 이렇게 보면 그 많은 대학살, 전쟁, 처형이 모두 설명이 되죠."

"선생님 말은 역사적으로 사람들이 남들을 죽여서 죽음에서 벗어나려 했단 건가요?"

"그럼요."

"그리고 이런 걸 신나는 일이라고 하고요?"

"저는 이론에 대해 말하는 거예요. 이론상으로 볼 때 폭력은 일종의 재생이에요. 죽는 자는 수동적으로 스러지죠. 죽이는 자는 계속 살아가고요. 얼마나 신기한 등식입니까. 비적匪賊들이 엄청나게 많은 시체를 긁어모을 때, 그들의 힘은 커져요. 힘이 신의 은총처럼 쌓이고 또 쌓이는 거죠."

"그게 나와 무슨 상관이란 말입니까?"

"이건 이론이에요. 우린 그저 산책 중인 두 교수잖아요. 하지만 선생님의 적이 땅바닥에 누워 피 흘리는 걸 본다면 얼마나 짜릿할까 상상해보세요."

"그렇게 되면 한 사람의 신용점수가 마치 은행거래처럼 누적된다고 여기는군요."

"무無가 선생님 얼굴을 응시하고 있어요. 완벽하고도 영원한 망각이죠. 선생님은 존재하기를 그칠 테니까요. 존재하기 말입니다, 잭. 죽는 자는 이걸 받아들이고 죽죠. 이론적으로, 죽이는 자는 다른 사람들을 죽임으로써 자기 자신의 죽음을 물리치려고 해요. 그는 시간을 사들입니다, 삶을 산다고요. 다른 사람들이 몸부림치는 걸 지켜보고, 땅바닥에 피가 뚝뚝 듣는 것을 보면서 말이죠."

나는 놀란 표정으로 그를 보았다. 그가 바람 빠지는 소리를 내면서 만족스럽게 파이프를 빨아들였다.

"그건 죽음을 통제하는 하나의 방법입니다. 궁극적인 우위를 얻는 방법이죠. 역할을 바꿔 죽이는 자가 돼보세요. 다른 사람이 죽는 자가 되게 하세요. 이론상 그 사람이 선생님 역할을 대신하게 하세요. 그 사람이 죽으면 선생님은 죽을 수 없죠. 그 사람은 죽고 선생님은 사는 거예요. 얼마나 멋지고 간단한지 보세요."

"사람들이 수세기 동안 이런 일을 해왔다는 말이죠."

"지금도 그렇게 하고 있어요. 소규모로 사사롭게도 하고, 집단적으로, 무리를 지어, 혹은 대량으로도 하죠. 살기 위해 죽이는 거죠."

"아주 끔찍하네요."

그는 어깨를 으쓱하는 것 같았다. "대량학살은 결코 우연히 일어나는 게 아니에요. 더 많은 사람을 죽이면 죽일수록 죽음에 대한 자신의 장악력은 더 커지게 되는 거죠. 가장 야만적이고 무차별적인 살육에는 은밀한 정확성이 작동하고 있어요. 이런 말을 한다고 해서 살인을 하라고 선동하는 건 아니고요. 우리 둘은 그저 지적인 환경 속에 살고 있는 대학교수일 뿐이니까요. 사고의 흐름을 조사하고 인간행위의 의미를 파헤치는 게 우리 의무죠. 하지만 생사를 건 싸움에서 승자가 드러나고 상대방이 피 흘리는 모습을 지켜보는 게 얼마나 흥분되는 일인지 생각해보세요."

"살인 음모를 꾸며라, 이 말이네요. 그렇지만 모든 음모는 사실상 살인입니다. 음모를 꾸미는 건 죽는 거예요, 의식하든 못하든 말입니다."

"음모를 꾸미는 건 사는 거예요." 머리가 말했다.

나는 그를 쳐다보았다. 그리고 그의 얼굴과 손을 뜯어보았다.

"우리는 옹알이를 하면서 혼란 속에서 생을 시작하죠. 세상 속으로 흘러들어가면서 형태를 만들고 계획을 세워보려고 하고요. 이런 행위에는 위엄이 있어요. 우리의 인생 전체가 음모요, 계략이요, 도표예요. 실패한 계략이라 해도 그게 중요한 건 아니죠. 음모를 꾸미는 건 삶을 긍정하는 것이고 형태와 통제를 추구하는 것이니까요. 사후에도, 특히 사후에 가장, 그 추구는 계속됩니다. 매장의식은 이 계략을 의식의 형태로 완성하려는 시도예요. 국장國葬 같은 걸 한번 상상해보세요, 잭. 정확하고 세밀하고 질서정연하게 이루어지잖아요. 국가 전체가 숨죽이고 지켜보고요. 거대하고 강력한 정부가 혼란의 흔적을 깡그리 떨쳐버릴 예식을 치르기 위해 노력을 기울여요. 모든 일이 잘 풀리면, 그들이 이 일을 잘 해내면, 완벽한 어떤 자연법이 준수되는 거죠. 국가는 불안에서 놓여나고 죽은 자의 생명은 구원받고 삶 자체가 강화되고 다시금 긍정하게 되는 겁니다."

"확실한가요?" 내가 물었다.

"음모를 꾸미고 뭔가를 이루려고 노력하고 시공간을 구상하는 것. 이것이야말로 우리가 인간 의식을 진전시키는 방식이죠."

우리는 넓은 호를 그리며 방향을 틀어 학교 쪽으로 향했다. 깊고 고요한 그늘이 깔린 도로에는 수거하라고 내놓은 쓰레기봉투들이 있었다. 석양 무렵의 구름다리를 건너다가 잠시 멈춰서서 달리는 차들을 바라보았다. 자동차 유리와 크롬 도금한 표면 위로 햇빛이 반사되었다.

"선생님은 죽이는 자인가요, 죽는 자인가요?" 머리가

물었다.

"그 물음에 대한 답이 뭔지 알지 않나요. 평생 난 죽는 자였어요."

"그 점에 대해 어떻게 하실 수 있겠습니까?"

"죽는 자가 할 수 있는 게 뭐가 있겠어요? 죽는 자는 기질적으로 죽이는 자로 바뀔 수 없다는 건 분명하잖아요?"

"생각을 좀 해봐야겠네요. 예를 들어 짐승의 본성에 대해 생각해보죠. 수컷 말이에요. 수컷의 심리에는 잠재적인 폭력이 축적된 늪이나 저수지 같은 게 있지 않을까요?"

"이론적으로 볼 땐 있는 것 같네요."

"우린 지금 이론에 대해 이야기하고 있어요. 그게 바로 우리가 이야기하고 있는 것이죠. 가로수 그늘진 거리에서 두 친구가 이야기하고 있는 게 이론이 아니면 뭐겠습니까? 만약 어떤 사건이 일어난다면, 혹은 일어났을 때, 우리가 끌어다 댈 수 있는 깊숙한 매장지나 원유저장소 같은 게 있지 않겠어요? 수컷의 분노가 가득 담긴 커다랗고 어둑한 호수 같은 곳이 말입니다."

"버벳도 그렇게 말했어요. 살인을 부르는 분노라고. 꼭 아내가 한 말 같네요."

"사모님은 정말 대단한 분입니다. 사모님의 말이 맞을까요, 틀릴까요?"

"이론적으로요? 아마 맞겠죠."

"우리가 차라리 몰랐으면 싶은 어떤 질퍽한 지대가 있

지 않겠어요? 공룡이 지상을 어슬렁거리고 인간이 돌도끼를 들고 싸우던 선사시대의 자취가 있지 않겠어요? 죽이는 게 곧 사는 게 되던 그런 때가?"

"버벳은 남성생물학을 말하는 겁니다. 그런데 그건 생물학인가요, 지질학인가요?"

"그게 뭐 중요한가요, 잭? 그저 그런 본성이 인간의 가장 신중하고도 다소곳한 영혼 속에 잠복한 채 존재하는지 그걸 알고 싶을 뿐이죠."

"그런 게 있을 것 같네요. 그럴 수 있죠. 상황에 따라서요."

"있다는 겁니까, 없다는 겁니까?"

"있어요, 머리. 그래서 어쨌다는 거죠?"

"그렇게 말씀하시는 걸 듣고 싶은 것뿐이에요. 그게 전부예요. 선생님께서 이미 체화하신 진실을, 어떤 기본적인 차원에서 한결같이 알고 계신 진실을 끄집어내고 싶은 것뿐이에요."

"죽는 자가 죽이는 자가 될 수 있다는 말인가요?"

"전 객원교수일 뿐이에요. 이론을 만들고 산책하고 나무와 집 들을 감상하죠. 제겐 학생들이 있고 임대한 방과 텔레비전이 있어요. 여기서 단어 하나를 선택하고, 저기서 이미지 하나를 뽑아내죠. 잔디와 베란다를 보고 감탄하고요. 베란다란 얼마나 멋진 곳인지 모르겠어요. 걸터앉아 쉴 베란다가 없었다면 지금껏 제가 어떻게 살아왔겠어요?

전 사색하고 숙고하고 끊임없이 메모를 하죠. 생각하고 관찰하기 위해 여기 있는 겁니다. 미리 말씀드리는데요, 잭. 앞으로도 이런 일을 그만두지 않을 거예요."

우리는 우리집이 있는 거리를 지나서 학교로 가는 언덕을 올라갔다.

"선생님 주치의가 누구죠?"

"차크라바티예요." 내가 대답했다.

"훌륭한 의산가요?"

"내가 어떻게 알겠어요?"

"어깨가 자꾸 빠져요. 예전에 섹스하다 입은 부상이죠."

"의사 만나는 게 겁이 나요. 내 죽음이 기록된 출력물을 서랍장 맨 아래 칸에 넣어두었어요."

"어떤 기분일지 알겠어요. 하지만 힘든 부분은 아직 남았어요. 선생님은 모든 사람에게 작별인사를 해왔지만, 자신에겐 아직 하지 않았죠. 사람이 어떻게 자신에게 작별인사를 할 수 있을까? 그것 참 흥미로운 실존적 딜레마네요."

"정말 그렇네요."

우리는 본관을 지나쳤다.

"이런 말을 하고 싶지는 않은데요, 잭, 하지만 꼭 해야 할 말이 있어요."

"뭡니까?"

"제가 아니라 다행입니다."

나는 진지한 표정으로 고개를 끄덕였다. "그 말을 왜 꼭 해야 합니까?"

"친구란 서로에게 잔인할 정도로 정직해야 하니까요. 제가 생각하고 있던 것을 말씀드리지 않으면 정말 괴로울 거예요. 특히 이런 때에는요."

"고맙네요, 머리. 참 고마워요."

"뿐만 아니라 그건 죽음이라는 보편적인 경험의 일부예요. 선생님께서 의식하든 않든 간에 어떤 차원에선 이미 알고 계실 거예요. 사람들이 선생님 곁을 지나가면서 '내가 아니라 다행이다'라고 혼잣말하는 걸 말이에요. 정말 당연한 거예요. 그 사람들을 비난하거나 잘못되길 빌어선 안돼요."

"모두 다 그렇게 생각해도 내 아내는 아니에요. 아내는 나보다 먼저 죽기를 바라요."

"너무 확신하지는 마세요." 그가 말했다.

도서관 앞에서 우리는 악수를 나눴다. 정직하게 말해준 데 대해서 그에게 감사를 표했다.

"결국엔 다 이렇게 되는 법이죠." 그가 말했다. "사람은 타인들에게 작별인사를 하며 평생을 보내죠. 그런데 자기 자신에겐 어떻게 작별인사를 할까요?"

나는 액자를 거는 철사, 금속 북엔드, 코르크 컵받침, 플라스틱 열쇠고리, 먼지 쌓인 머큐로크롬 소독약 병과 바셀린 통, 굳어버린 그림붓, 덩어리진 구둣솔, 응고된 수정액 따위를 버렸다. 양초 토막, 코팅된 식탁용 깔개, 낡아빠진 냄비장갑도 버렸다. 그다음엔 패드를 덧댄 옷걸이와 자석 메모판을 버렸다. 나는 뭔가에 앙심을 품은 듯 거의 광포한 상태였다. 이 물건들에 대해 개인적인 원한을 품고 있었다. 어떻게 보면 이것들이 나를 이런 궁지로 몰아넣었으니까. 이것들이 나를 끌어내리고 어디로도 도망가지 못하게 했으니까. 두 딸아이가 얌전히 침묵을 지키며 나를 따라다녔다. 나는 쭈그러진 카키색 수통과 우스꽝스럽게 생긴 긴 장화를 버렸다. 졸업장, 자격증, 상장, 감사장을 버렸다. 욕실로 가서 사용한 비누, 젖은 수건, 줄무늬 라벨에 뚜껑이 달아난 샴푸통을 버리려 할 때, 딸아이들이 나를 말렸다.

주의사항: 며칠 내에 귀하의 자동화된 새 은행카드가 우송될 것입니다. 은색 줄무늬가 있는 빨간색 카드를 받으시면, 귀하의 비밀번호는 현재와 동일할 것입니다. 회색 줄무늬가 있는 녹색 카드를 받으시면, 카드를 가지고 은행지점에 직접 나오셔서 새로운 비밀번호를 만들어야 합니다. 흔히 생일과 관련된 비밀번호를 선호합니다. 경고: 비밀번호를 적어두지 마시오. 비밀번호를 지니고 다니지 마시오. 기억할 사항: 비밀번호를 제대로 입력하지 않으면 예금 계좌에 접근할 수 없습니다. 비밀번호를 꼭 기억하십시오. 비밀번호는 누구에게도 알리지 마십시오. 비밀번호를 알아야만 본 시스템에 접근할 수 있습니다.

38

　

아내의 가슴 사이에 머리를 파묻고 있었다. 요사이 자주 이러면서 지냈던 것 같다. 그녀는 내 어깨를 토닥거렸다.

"우리가 자신의 공포를 억압하지 않는 게 문제라고 머리가 그러더라."

"억압하라고?"

"그런 재능이 있는 사람이 있고, 없는 사람이 있대."

"재능이라고? 억압하는 건 시대에 뒤떨어진 거라고 난 생각했는데. 우리의 공포와 욕망을 억압하지 말라는 말을 오랫동안 들어왔잖아. 억압이 긴장과 불안, 불행, 수백가지 질병과 증상을 낳는다고. 우리가 절대 하지 말아야 할 것이 뭔가를 억압하는 거라고 생각했지. 늘 우리가 가진 공포에 대해 이야기하라고, 우리의 감정과 접촉하면서 살라고 들어왔어."

"죽음과 접촉하면서 사는 걸 염두에 두고 한 말은 아니
지. 죽음은 너무도 강력해서 억눌러야 해. 그럴 줄 아는 사
람들은 말이야."

"하지만 억압은 완전히 인위적이고 기계적인 거야. 그
건 누구나 아는 사실이야. 우리 본성을 부인해선 안돼."

"머리 말에 따르면 우리 본성을 부인하는 게 당연하대.
그게 인간이 동물과 다른 핵심 지점이라는 거야."

"하지만 그건 미친 짓이야."

"살아남으려면 그 길밖에 없어." 나는 아내의 가슴 사이
에서 이렇게 말했다.

그녀는 이 문제를 생각하면서 내 어깨를 토닥거렸다.
2인용 침대 곁에 선 지지직거리는 사내의 모습이 잿빛으
로 번득였다. 그의 몸은 뒤틀리고 물결처럼 울렁거리며 온
전치 못했다. 그와 같이 모텔에 있는 사람은 상상할 필요
가 없었다. 그녀와 나, 우리의 몸은 하나의 표면을 이루고
있었지만 감촉의 쾌락은 미스터 그레이에게 선점당했다.
내가 경험한 것은 바로 그의 쾌락이고, 버벳에게 미치는
그의 장악력이며, 천박하고 누추한 그의 힘이었다. 복도
저편에서 열성적인 목소리가 들려왔다. "실타래를 계속
엉뚱한 곳에 두신다면, 바니 바구니에 넣고 정리용 집게를
부엌 코르크 게시판에 부착한 뒤 바구니를 집게에 걸어두
시면 됩니다. 간단하죠!"

다음 날부터 춤발트 자동권총을 학교에 가지고 다니기 시작했다. 강의를 할 때면 재킷 바깥 주머니에 넣어두고, 연구실에 누가 찾아올 때면 책상 맨 위 서랍에 넣어두었다. 총은 내가 거할 수 있는 또하나의 현실을 만들어주었다. 희망적인 공기가 내 머리 주위를 빙빙 돌았다. 알 수 없는 감정들이 두근거리며 가슴을 압박해왔다. 그것은 내가 통제할 수 있고 은밀히 지배할 수 있는 그런 현실이었다.

무장도 하지 않고 내 연구실로 들어오다니, 이 사람들 참 어리석군.

어느날 오후 늦게 책상에서 총을 꺼내 자세히 살펴보았다. 탄창에는 단지 세발의 총알이 남아 있었다. 장인이 탄약―무기를 잘 아는 사람들이 총알을 어떻게 부르는지 모르겠지만―을 어디다 썼는지 궁금했다. 네알의 다일라 알약, 세발의 춤발트 총알. 총알이 이렇게 어김없이 총알 모양인 걸 발견하고 왜 깜짝 놀랐을까? 사물과 그것의 기능을 처음으로 안 이후 수십년 동안 거의 모든 것에 새 이름과 모양이 부여되었다고 생각했기 때문일 것이다. 이 무기는 권총 모양이었고, 끝이 뾰족한 조그만 발사체들은 틀림없이 총알 모양이었다. 그것들은 마치 40년이 지난 뒤에야 우연히 발견해서 그 기발함을 처음으로 알게 된 어린 시절의 장난감 같았다.

그날 저녁 하인리히가 제 방에서 우울한 목소리로 「러레이도의 거리들」*을 부르는 소리를 들었다. 아이 방에 들어가 오리스트가 뱀 우리에 들어갔는지 물어보았다.

"사람들이 그건 인간적이지 못하다고 했어요. 공식적으로 허락해주는 장소를 찾지 못한 거죠. 그래서 지하로 들어갈 수밖에 없었어요."

"지하가 어딘데?"

"워터타운이에요. 오리스트 형이랑 훈련 선생님이 그리로 갔어요. 거기서 공증인 하나를 찾아냈는데, 오리스트 머케이터가 몇날 며칠을 이 독사들과 같이 갇혀 있었고 기타 이러이러했다고 적힌 문서를 공증해주겠다고 했대요."

"워터타운 어디에서 유리로 된 커다란 우리를 구했지?"

"구하지 못했어요."

"그럼 뭘 구했는데?"

"그 도시에 하나밖에 없는 호텔에 방 하나를 구했어요. 게다가 뱀도 세마리밖에 없었어요. 그리고 형은 사분 만에 물렸고요."

"호텔 측에서 독사를 객실에 들이게 했단 말이니?"

"호텔 사람들은 몰랐죠. 뱀을 구해온 남자가 항공사 가방 안에 넣어왔거든요. 약속한 스물일곱마리 대신 세마리만 가지고 나타난 것만 빼면 대단한 속임수였어요."

"그러니까 그 사람이 뱀 스물일곱마리를 구할 수 있다고 그들에게 말한 거구나."

---

* 죽어가는 카우보이의 사연을 가사에 담은 유명 포크송.

"독사로요. 그런데 알고 보니 독사도 아니었어요. 그러니까 형은 괜히 뱀에 물리기만 한 거예요. 그냥 얼간이가 된 거죠."

"졸지에 얼간이가 돼버렸구나."

"해독제란 해독제는 다 구비했는데 한번 써보지도 못했어요. 시작한 지 사분 만에 물렸거든요."

"오리스트 기분이 어땠을까?"

"아빠라면 얼간이가 된 기분이 어떻겠어요?"

"살아서 기쁘겠지." 내가 말했다.

"그 형은 그렇지 않았어요. 사라져버렸어요. 어디엔가 완전히 틀어박혀버렸다고요. 그 일이 있은 후로 아무도 형을 보지 못했어요. 집에 가도 없고 전화도 받지 않고 학교에도 나오지 않아요. 완벽하게 사라진 거죠."

나는 연구실로 슬슬 걸어가서 기말 시험지나 훑어보기로 했다. 대부분의 학생들은 언제나 그랬듯이 팔다리 걷어붙이고 신나게 또 한번의 여름을 즐길 양으로 이미 학교를 떠나고 없었다. 교정은 어둡고 텅 비어 있었다. 안개가 아련히 떨렸다. 가로수를 지나칠 때, 누군가가 한 30미터쯤 떨어진 곳에서 내 뒤를 따라오고 있다는 느낌이 들었다. 돌아보면 길에는 아무도 없었다. 이렇게 신경이 예민해진 건 권총 때문일까? 총이 스스로 폭력을 불러들이고, 다른 총들을 자기 주위의 힘의 자장으로 끌어들이는 걸까? 나는 빠른 걸음으로 백주년 기념관 쪽을 향했다. 자갈길 위로 발걸음 소리가 들렸다. 특이하게 내딛는 걸음이었다. 안개 낀 숲속의 주차구역 부근에 누가 있었다. 내게 총이 있는데 겁먹을 이유가 뭐란 말인가? 만일 겁먹었다면 나는 왜 달아나지 않는 걸까? 다섯걸음을 세고 재빨리 왼편을 보았다. 짙은 그림자를 드리웠다 사라지면서 길과 나란히 움직이는 형상 하나를 보았다. 나는 주머니 속의 자동권총을 그러잡고 총총걸음으로 내달렸다. 다시 보았을 때 그자는 거기에 없었다. 조심스럽게 속도를 늦추고 널찍한 잔디밭을 가로지르면서, 달리는 소리와 튀어오르는 듯한 발걸음 소리를 들었다. 이번에 그자는 오른쪽에서 전속력으로 바싹 다가오고 있었다. 누가 내 뒤에서 총을 쏜다면 조준하기 어려운 과녁이 되기를 바라면서 나는 지그재그로 달리기 시작했다. 이렇게 달려본 적은 한번도 없었다. 나는 머리를 숙이고 재빠르게 예상치 못할 방향으로 내달렸다. 이렇게 달리니 참 재미있었다. 달릴 수 있는 가능성의 범위와, 좌우로 방향을 틀면서도 여러가지로 변형할 수 있는 조합의 수가 많다는 사실이 놀라웠다. 바싹 좁혀서 왼편으로 가고 각도를 넓히기도 하고 쏜살같이 오른편으로 방향을 바꾸고 왼편으로 가는 체해보고 왼편으로 갔다가 오른편으로 넓게 뛰어갔다. 공터 끝에서 약 20미터 떨어진 곳에서 지그재그 달리기를 그만두고 적참나무 쪽을 향해 곧바로 전력질주했다. 나는 왼팔을 쑥 내밀고 곤두박질치듯 달려들면서 나무 주위를 돌았고, 동시에 오른손을 써서 재킷 주머니에 든 춤발트 권총을 꺼내들었다. 이제 나무둥치에 몸을 숨기고 총도 준비되었으니 내 뒤를 쫓아오는 그 사람과 대면할 때가 된 것이다.

이것은 내가 해본 일 가운데 가장 능숙한 일이라 할 수 있었다. 짙은 안개 속을 응시하고 있는데, 나를 공격하려는 자가 가볍게 끌리는 발걸음 소리를 내며 다가왔다. 곧 특이하게 성큼성큼 걷는 걸음이 친숙한 것임을 알아보고는 총을 주머니 속에 도로 집어넣었다. 그 사람은 물론 위니 리처즈였다.

"안녕하세요, 선생님. 처음엔 누군지 몰라서 제가 도망갈 때 흔히 쓰는 수법으로 달렸어요. 선생님인 줄 알고는 제가 만나려던 바로 그분이구나 생각했죠."

"웬일입니까?"

"저번에 비밀 연구 집단에 대해 물었던 것 기억하시죠? 죽음의 공포에 대해 연구한다는? 어떤 약품을 개발한다고 했죠?"

"예, 맞습니다. 다일라예요."

"어제 연구실에 『미국 정신생물학자』라는 잡지가 놓여 있더라고요. 거기 흥미로운 기사가 실려 있었어요. 그런 집단이 확실히 있더라고요. 다국적 거대기업의 지원을 받고요. 아이언시티 외곽의 눈에 띄지 않는 건물에서 극비리에 활동 중이래요."

"뭣 때문에 극비리에 활동한답니까?"

"그거야 뻔하죠. 경쟁기업의 첩보활동을 방지하려는 거죠. 중요한 건 말이에요, 그들이 목표 달성에 거의 임박했다는 거예요."

"무슨 일이 있었는데요?"

"아주 많은 일이 있었어요. 전체 프로젝트를 움직이는 세력 중 하나인 천재적인 상임연구원이 있는데 윌리 밍크라는 자래요. 그는 의심스러운 인물로 드러났어요. 아주, 대단히 의심스러운 일을 하고 있어요."

"그가 맨 처음 무슨 일을 하는지 확실히 알아요. 타블로이드 신문에 위험한 임상실험의 대상자를 모집하는 광고를 싣습니다. **죽음의 공포**라는 광고예요."

"맞아요, 선생님. 싸구려 신문에다 조그맣게 광고를 내죠. 그는 모텔방에서 신청자들과 면담을 하고, 각 사람의 죽음에 대한 소견을 알아보기 위해 정서적으로 온전한지 검사하고, 그밖에 십여가지 검사를 해요. 모텔에서 인터뷰를 하는 거죠. 과학자들이나 변호사들이 이런 사실을 알아내면 본사에선 불같이 화를 내면서 밍크를 질책하고, 그들의 자료 전부를 컴퓨터 실험파일 속에 저장해요. 화를 내면서 대응하는 공식적인 반응이죠."

"하지만 그걸로 끝은 아니잖아요."

"어쩜 그렇게 잘 아세요. 밍크가 지금은 요주의 인물임에도 불구하고, 실험 대상자들 가운데 하나가 감시의 장벽을 뚫고 들어가 감독도 받지 않고 인간실험 프로그램을 시작했어요. 전혀 알려진 바 없고 테스트도 되지 않고 인증도 받지 않은 약품을 썼는데, 그 부작용은 고래를 해변으로 끌어올릴 만한 거라네요. 신원을 알 수 없는 신체 건강한 사람이래요."

"여자지요." 내가 말했다.

"딱 맞혔어요. 그녀는 밍크가 처음 인터뷰했던 바로 그 모텔로 정기적으로 찾아와서 보고했어요. 택시로 올 때도 있었고 낡고 침울한 버스 터미널에서 걸어올 때도 있었어요. 그녀가 뭘 착용하고 있었는지 아세요, 선생님?"

"아뇨."

"스키 마스크였어요. 그래서 스키 마스크 쓴 여자로 불리죠. 밍크가 최근에 저지른 이 일이 밝혀졌을 때, 한동안 논란과 적의와 소송과 망신살이 뻗쳤어요. 거대 제약회사들도 선생님이나 저처럼 그들 나름의 윤리 규범은 있으니까요. 그래서 프로젝트 책임자는 쫓겨났고 프로젝트는 그 사람 없이 진행되고 있어요."

"그가 어떻게 됐는지 기사에 실렸던가요?"

"기자가 그를 추적했어요. 지금 그는 이 모든 논란이 일어난 바로 그 모텔에 살고 있대요."

"그 모텔이 어디 있습니까?"

"저먼타운에요."

"거기가 어딥니까?" 내가 물었다.

"아이언시티에 있어요. 옛날에 독일인들이 살던 구역이

에요. 주물공장 뒤편이요."

"아이언시티에 저먼타운이란 구역이 있는지는 몰랐네
요."

"물론 지금은 독일인들이 없죠."

나는 곧장 집으로 갔다. 드니스가 보급판『수신자부담
전화번호부』를 보면서 체크 표시를 하고 있었다. 버벳은
와일더의 침대 곁에 앉아서 이야기책을 읽어주고 있었다.

"운동복 자체가 싫다는 건 아냐." 내가 말했다. "운동복
이 때론 입기에 아주 실용적인 옷이지. 하지만 와일더 머
리맡에서 동화를 읽어줄 때나 스테피 머리 땋아줄 때는 입
지 않았으면 좋겠어. 그런 순간은 어떤 감동적인 게 있는
데 운동복 때문에 망칠 수도 있단 말이야."

"운동복을 입고 있는 이유는 한가지뿐이야."

"그게 뭔데?"

"곧 달리기하러 갈 거니까." 그녀가 말했다.

"그게 좋은 생각 같아? 한밤중인데?"

"밤이 뭔데? 일주일에 일곱번은 밤인데. 그게 어딜 봐서
특이한 데가 있어?"

"어두워, 비도 오고."

"우리가 눈부신 사막에 살고 있나? 비는 또 뭐야? 비는
늘 내려."

"버벳은 이런 식으로 말하지 않아."

"우리가 속한 지구의 반이 깜깜하다고 삶을 멈춰야 하

는 거야? 밤이 됐다고 달리기를 할 수 없는 신체적인 이유가 있어? 난 숨차게 헐떡거리며 뛰어야겠어. 어둠이 뭔데? 빛의 다른 이름일 뿐이잖아."

"누가 뭐래도 난, 내가 버벳이라고 알고 있는 사람이 밤 10시에 운동장 계단을 뛰어올라가고 싶어하는 걸 납득할 수 없어."

"하고 싶은 게 아니야, 하지 않을 수 없는 거지. 내 삶은 이제 더이상 하고 싶은 것들로 이루어져 있지 않아. 꼭 해야 할 일을 하는 거지. 숨차게 헐떡거리는 거. 달리는 사람이라면 누구나 왜 그러는지 이해해."

"왜 계단을 뛰어올라가야 해? 약해진 무릎을 강화해야 되는 프로선수도 아니잖아. 그냥 보통 땅 위에서 뛰라고. 이런 일에 대단하게 몰두하지 마. 요샌 뭐든지 대단하게 몰두하는 일투성이니까."

"이건 내 삶이야. 난 거기 몰두하려는 거고."

"이건 당신 삶이 아냐. 운동일 뿐이지."

"달리는 사람이 그럴 필요가 있다는데도 그러시네." 그녀가 말했다.

"나도 필요한 게 있어. 오늘밤엔 차가 필요해. 기다리지 마. 언제 돌아올지 몰라."

도대체 어떤 미심쩍은 일을 하기에 비가 흩뿌리는 밤중에 차를 몰고 나가며 귀가시간도 모르느냐고 그녀가 물어주길 기다렸다.

그녀가 말했다. "운동장까지 걸어가서 계단을 대여섯번 뛰어올랐다가 집까지 다시 걸어오기 힘들어. 당신이 날 거기까지 태워다주고 기다렸다가 다시 집에 데려다줘. 그러고 나서 차는 당신이 써."

"아냐. 뭐 하러 그래? 차가 필요하면 당신이 써. 길이 미끄러워. 무슨 말인지 알겠지?"

"무슨 말인데?"

"안전벨트를 매라는 거지. 날씨도 좀 쌀쌀해. 그게 무슨 말인지도 알 거야."

"무슨 말인데?"

"스키 마스크를 써." 나는 그녀에게 이렇게 말했다.

온도조절장치가 소리를 내며 돌아가기 시작했다.

나는 재킷을 입고 밖으로 나왔다. 유독가스 공중유출 사건 이후 우리 옆집에 사는 스토버네는 차를 차고에 넣지 않고 진입로에 세워두었다. 도로를 향하게 주차하고 열쇠도 꽂아두었다. 나는 진입로를 따라 걸어가서 그 차에 탔다. 계기반과 좌석 뒷면에 쓰레기봉지들이 부착되어 있었다. 껌종이와 한쪽을 뜯어낸 티켓, 립스틱 자국이 묻은 휴지, 찌그러진 사이다 캔, 구겨진 광고전단과 영수증, 담뱃재, 아이스캔디 막대기와 먹다 버린 감자튀김, 구겨진 쿠폰과 종이냅킨, 이 빠진 휴대용 빗 따위가 가득 든 비닐봉지였다. 이렇게 주위를 익힌 다음, 시동을 걸고 라이트를 켜고 출발했다.

미들브룩가를 지날 때 빨간불인데도 그냥 달렸다. 고속도로 진입로 끝에서도 양보하지 않았다. 아이언시티까지 가는 동안 줄곧 몽롱함, 해방감, 비현실적인 느낌이 들었다. 톨게이트에서 속도를 늦추긴 했지만 바구니 속에 요금 1쿼터를 던져넣는 수고 따위는 하지 않았다. 경보가 울렸지만 따라오는 사람은 없었다. 수십억 달러 부채를 짊어진 주 정부가 1쿼터를 더 손해 본들 무슨 대수겠는가? 지금 9000달러짜리 도난 차량이 문제인 판에 25센트가 무슨 상관이겠는가? 사람들은 이런 식으로 지구의 인력을, 팔랑대는 나뭇잎처럼 우리를 시시각각 죽음으로 가까이 가게 하는 중력을 벗어나는 것이 틀림없다. 그냥 복종하지 말아라. 사지 말고 훔쳐라. 말로 하지 말고 총으로 쏴버려라. 아이언시티로 가는 비 내리는 도로에서 신호를 두번 더 무시하고 그냥 달렸다. 어시장, 농산물시장, 낡은 목재 지붕이 덮인 육류처리장이 있는 기다랗고 나지막한 외진 건물들이 늘어서 있었다. 시내로 들어와서 라디오를 켰다. 호젓한 고속도로가 아니라, 공허가 몸에 들러붙는 나트륨등 켜진 여기 포장도로에서는 벗이 필요한 법이니까. 도시에는 저마다의 구역들이 있다. 폐차 구역과 방치된 쓰레기 구역, 총질 구역, 연기가 피어오르는 소파와 깨진 유리 구역을 지나 달렸다. 타이어 아래로 깨진 유리조각들이 부스러졌다. 주물공장 쪽을 향했다.

임의접근기억장치RAM, 후천면역결핍증AIDS, 상호확증파괴MAD*.

　나는 여전히 엄청나게 가벼운 느낌이 들었다. 공기보다 가볍고 색깔도 냄새도 없고 눈에 보이지도 않았다. 하지만 이 가벼움과 몽롱한 느낌 주위로 뭔가 다른 것이, 어떤 다른 질서를 가진 감정이 형성되고 있었다. 뭔가 울컥 솟구치고 어떤 의지가, 흥분된 격정이 느껴졌다. 주머니 속에 손을 넣어 손마디로 스테인리스스틸로 된 우툴두툴한 춤발트 총열을 문질렀다. 라디오에서 남자 목소리가 들렸다. "금지된 곳에 방뇨하시오."

* 1960년대 이후 미국과 소련이 구사한 핵 억제 전략의 중추적 개념.

39

차를 타고 예전에 독일인들이 살던 흔적을 찾아 주물공
장 주위를 두번 돌았다. 연립주택도 지나쳤다. 전면이 좁
다란 목조 주택들은 가파른 언덕에 지어져서 경사진 지붕
들이 점점 솟아오르는 모양을 하고 있었다. 세찬 비를 뚫
고 버스 터미널을 지나 차를 몰았다. 모텔을 찾는 데 한참
걸렸다. 오르막 차도의 콘크리트 교각 옆에 세워진 일층짜
리 건물이었다. 로드웨이 모텔이라는 곳이었다.

순간적인 쾌락, 근본적인 대책.

이 구역은 버려진 곳으로, 여기저기 스프레이로 칠해놓
은 창고와 경공업 공장 지대였다. 모텔에는 아홉개나 열개
의 객실이 있었는데 모두 불이 꺼져 있었고, 정면에 세워
둔 차는 한대도 없었다. 나는 현장을 자세히 살피면서 세

번 지나간 후 반 블록 떨어진, 차도 아래 자갈 깔린 곳에 주차했다. 그러고 걸어서 모텔로 돌아왔다. 그것이 내 계획의 첫 세 단계였다.

내 계획은 다음과 같다. 차를 타고 현장을 여러번 지나간다, 현장에서 좀 떨어진 곳에 주차한다, 걸어서 돌아간다, 미스터 그레이가 실명이나 가명으로 투숙했는지 확인한다, 고통을 극대화하기 위해 총으로 창자 쪽을 세번 쏜다, 무기에 묻은 지문을 지운다, 희생자의 축 늘어진 손에 무기를 들려준다, 크레용이나 립스틱을 찾아서 자살한다는 내용의 알아보기 힘든 유언을 전신거울에 휘갈겨쓴다, 희생자가 가지고 있는 다일라 알약을 빼앗는다, 살그머니 차 있는 곳으로 돌아온다, 고속도로 입구로 간다, 블랙스미스가 있는 동쪽을 향한다, 옛 강변도로에서 내린다, 트레드웰 노인의 차고에 스토버네 차를 주차한다, 차고 문을 닫는다, 비와 안개를 틈타 집까지 걸어온다.

아주 멋져. 날아갈 듯 가벼운 기분이 되살아났다. 나는 생생한 의식 상태로 앞으로 나아가고 있었다. 한걸음씩 발을 뗄 때는 나 자신의 모습을 주시했다. 한걸음씩 발을 떼면서 모든 과정과 요소와 다른 사물들과 연관된 사물을 인식했다. 빗물이 방울져 떨어졌다. 사물들이 새로운 모습으로 눈에 들어왔다.

모텔 사무실 문 위로 알루미늄 차양이 드리워 있었다. 문에는 문구를 뚜렷이 나타내기 위해 플라스틱으로 된 작은 글자가 슬롯에 끼워져 있었다. 이런 문구였다. NU MISH BOOT ZUP KO.*

영문 모를 말이지만 수준 높은 영문 모를 말이었다. 나는 창문을 들여다보면서 벽을 따라 앞으로 나아갔다. 내 계획은 이랬다. 벽에 등을 붙이고 창가에 선다, 고개를 돌려 곁눈질해서 방 안을 들여다본다. 블라인드나 먼지 낀 커튼이 드리운 창문도 있었고 아무것도 없는 창문도 있었다. 어두운 방 안의 의자나 침대의 윤곽을 대강 알아볼 수 있었다. 머리 위로 덜컹거리며 트럭이 지나가는 소리가 들렸다. 맨 끝 바로 옆방에서 희미하게 깜빡이는 빛이 보였다. 창가에 서서 귀를 기울였다. 고개를 돌려 오른쪽으로 곁눈질하며 방 안을 들여다보았다. 나지막한 팔걸이의자에 앉은 형체 하나가 깜빡이는 불빛을 쳐다보고 있었다. 나 자신이 건물과 통신망의 일부분이 된 것처럼 느껴졌다. 사건의 정확한 성격도 인식했다. 나는 폭력과 같은 극도의 강렬함에 다가갈 때처럼, 실제 상태 그대로의 사물들로 점점 더 가까이 움직이고 있었다. 빗물이 방울져 떨어졌고 표면은 번들거렸다.

노크할 필요가 없다는 생각이 얼핏 스쳤다. 문은 열릴 것이다. 나는 손잡이를 잡고 가만히 문을 연 다음 살며시 방 안으로 들어갔다. 아무도 몰래 살짝. 아무 문제 없었다.

* 각 알파벳을 재조합해 새로운 단어를 만드는 암호문의 일종으로 보인다.

앞으로 벌어질 일도 모두 다 잘될 거야. 나는 방 안에 들어서서 물건들과 방의 분위기를 감지하고 공기가 탁한 것도 알아차렸다. 여러가지 정보가 내게로 밀려들었다. 점점 더 많은 정보가 서서히 인식되었다. 그 형체는 물론 남자였고 나지막한 의자에 퍼질러앉아 있었다. 하와이풍 셔츠에 버드와이저 상표가 붙은 반바지를 입고 있었다. 발끝에는 플라스틱 샌들이 매달려 있었다. 볼품없는 의자, 후줄근한 침대, 공업용 카펫, 낡아빠진 서랍장, 충충한 녹색 벽과 천장의 갈라진 틈이 눈에 들어왔다. 금속 받침대로 공중에 매달아놓은 텔레비전 불빛이 사내를 향해 내리비치고 있었다.

그가 먼저 말을 꺼냈다. 깜빡거리는 화면에서 눈도 떼지 않은 상태였다.

"마음이 아픈 거야, 아니면 영혼이 아픈 거야?"

나는 문에 기대섰다.

"당신이 바로 밍크로군." 내가 말했다.

잠시 후 그가 나를 보았다. 그의 눈에 구부정한 어깨와 평범한 얼굴에 덩치 크고 친절하게 생긴 사람의 모습이 들어왔다.

"월리 밍크라니, 도대체 무슨 이름이 그래?" 내가 말했다.

"이름이고 성이지. 다들 그렇게 쓰잖아."

그의 말에 강세가 있었던가? 그는 얼굴이 이상했다. 이마는 오목하고 턱은 튀어나왔다. 그는 음소거로 텔레비전을 보고 있었다.

"다리가 튼튼한 이 큰뿔야생양들한테 라디오 송신기를 달아놓았다는군." 그가 말했다.

사태가 긴박하고 팽팽하게 돌아가는 게 느껴졌다. 너무나 엄청난 일이 벌어지고 있었다. 내 머릿속의 분자들이 신경회로를 타고 활발하게 움직이는 것을 느꼈다.

"당신도 다일라를 구하러 왔겠지."

"물론이지. 그밖에 뭐가 있겠어."

"그밖에 뭐냐고? 공포를 제거하라."

"공포를 제거하라. 뇌신경을 청소하라."

"뇌신경을 청소하라. 사람들이 내게 오는 이유는 바로 그거지."

내 계획은 이랬다. 아무것도 알리지 않고 방에 들어간다, 그의 신뢰를 얻는다, 무방비 상태가 되기를 기다린다, 춤발트 권총을 꺼낸다, 최대한 천천히 고통을 당하도록 복부에 세 발을 쏜다, 권총을 그의 손에 쥐여주어 고독한 사내가 자살했다는 암시를 준다, 거울에 알아보기 힘든 말을 갈겨쓴다, 트레드웰 노인의 차고에 스토버네 차를 주차한다.

"여기 들어왔으니 특정한 행동규칙에 동의한 거야." 밍크가 말했다.

"어떤 행동?"

"방에서 지킬 행동이지. 방에 관해서 가장 중요한 건 그게 실내라는 거야. 이걸 이해하지 못하면 그 누구도 방 안에 들어와선 안돼. 사람들이 방 안에서 하는 행동과 길거리나 공원 혹은 공항에서 하는 행동은 다르거든. 방에 들어간다는 건 특정한 행동에 동의한다는 걸 의미해. 당연히 이건 방 안에서 일어나는 그런 종류의 행동이 되겠지. 이건 주차장이나 해변과는 반대되는 기준이야. 그게 바로 방의 중요한 점이지. 이걸 모르고는 그 누구도 방에 들어와선 안돼. 방에 들어오는 사람과 자기 방에 사람을 들이는 사람 사이에는 무언의 합의가 있어. 야외극장이나 야외풀장과 반대되는 것이 있어. 방이 쓰이는 목적은 방의 특수한 성격에서 나오는 거야. 방은 실내야. 이건 잔디밭이나 목장, 들판, 과수원과 구별되는 것이고 방 안에 있는 사람들이라면 반드시 동의해야 할 사실이야."

나는 전적으로 동의했다. 완벽하게 말이 되었다. 뭔가 식별해서 조준하고 총을 겨냥하지 않을 거라면 여기 올 이유가 뭐가 있었겠는가? 내 귀에 희미하고 단조로운 화이트 노이즈가 들려왔다.

"당신의 스웨터 프로젝트를 시작하려면, 먼저 어떤 형태의 소매를 원하는지 생각해야겠지." 그가 말했다.

그는 코가 납작하고 피부는 땅콩 색깔이었다. 도대체 어디 출신이기에 얼굴이 이렇게 우묵하게 생겼을까? 멜라네시아, 폴리네시아, 인도네시아, 네팔, 수리남, 네덜란드계 중국인? 그는 합성 인물인가? 다일라를 구하러 얼마나 많

은 사람들이 여기 왔을까? 수리남은 어디 있는 나라지? 내
계획은 어떻게 진행되어가는 거지?

그의 헐렁한 셔츠 가득히 프린트된 야자수 그림과 반바
지의 반복되는 버드와이저 상표 패턴을 자세히 보았다. 반
바지는 너무 컸다. 그의 눈은 반쯤 감겨 있었고, 머리카락
은 길고 삐죽삐죽했다. 그는 와자지껄한 공항에서 기다리
다 지친, 발이 묶인 여행객의 자세로 퍼질러앉아 있었다.
버벳이 불쌍하다는 생각이 들었다. 이런 자가, 이렇게 기
운 빠진 사내가, 삐죽삐죽한 머리에 칙칙한 모텔에서 미쳐
가고 지금은 약물이나 밀매하는 하잘것없는 이런 인간이
그녀가 위안과 평정을 구한 최후의 희망이었다니.

청각의 찌꺼기, 누더기, 소용돌이치는 점들. 극대화된
현실. 투명함이기도 한 짙음. 표면이 번들거렸다. 빗물이
둥근 덩어리를 이루며 한방울씩 지붕 위로 뚝뚝 떨어졌다.
폭력에 더 가까이, 죽음에 더 가까이.

"스트레스 받는 반려동물에게는 식단을 처방해야 해."
그가 말했다.

물론 그가 항상 이런 상태는 아니었을 것이다. 한때는
활력과 추진력이 넘치는 프로젝트 책임자였으니까. 지금
도 그의 얼굴과 눈에는 진취적인 영민함과 지력의 흔적이
희미하게나마 남아 있었다. 그는 주머니에 손을 넣어 흰
알약을 한움큼 꺼내 자기 입 쪽으로 던져넣었다. 일부는
입으로 들어가고, 일부는 날아가버렸다. 접시 모양의 알약

이었다. 공포를 종결하는 약.

"당신 원래 어디 출신이야? 윌리라고 불러도 되겠어?"

그는 회상하는 듯 생각에 잠겼다. 나는 그의 긴장을 풀어서 자신과 다일라에 관해 말을 시켜보고 싶었다. 그것역시 내 계획의 일부였다. 내 계획은 이랬다. 고개를 돌려방 안을 들여다본다, 그를 안심시킨다, 무방비 상태가 되기를 기다린다, 고통을 극대화하기 위해 복부에 세발을 쏜다, 다일라를 빼앗는다, 강변도로에서 내린다, 차고 문을닫는다, 비와 안개를 틈타 집으로 걸어온다.

"나도 전엔 지금 당신이 보고 있는 그런 사람은 아니었어."

"지금 바로 그 생각을 하고 있었어."

"중요한 일을 맡았었지. 나 자신이 부러웠다고. 말 그대로 뜬 거야. 두려움 없는 죽음은 필수품이지. 그것만 있으면 살 수 있어. 난 미국 텔레비전을 보면서 영어를 배웠어.텍사스의 이동식 화장실에서 처음으로 미국식 섹스를 했었지. 그들이 말한 건 전부 사실이었어. 무슨 말이었는지기억나면 좋겠지만."

"두려움이라는 요소가 없으면 우리가 아는 그런 죽음이란 없다는 거로군. 사람들이 거기 적응하고 불가피한 것으로 받아들이겠지."

"유감스럽지만 다일라는 실패했어. 하지만 반드시 성공할 거야. 지금 성공하거나, 아니면 영영 성공하지 못할지도 몰라. 당신 손의 열기 때문에 유산지에 금박이 묻어날 거야."

"결국 효능 있는 약이 개발될 거라는 얘기로군. 공포를 치료하는 약 말이야."

"더 위대한 죽음이 뒤따르겠지. 더 효율적이고 상품화된 죽음이 말이야. 이건 올라이트 세탁세제로 작업복을 문질러 빠는 과학자들은 이해하지 못하는 거야. 내가 우리의 메트로폴리탄 카운티 스타디움 꼭대기만큼 유리한 고지에 서서, 죽음에 대해 뭐 개인적으로 억하심정이 있어서 하는 말은 아니야."

"죽음이 적응해나간다는 말이야? 우리가 뭐라고 설득하든 간에 죽음은 빠져나가버린다는 거야?"

이건 언젠가 머리가 한 말과 비슷했다. 머리도 이렇게 말했었다. "선생님의 적이 땅바닥에 누워 피 흘리는 걸 본다면 얼마나 짜릿할까 상상해보세요. 그 사람은 죽고 선생님은 사는 거예요."

죽음이 가까워지면, 금속 탄환이 살에 팍 박히는 그 순간이 가까워지면 짜릿한 흥분이 몰려오겠지. 나는 밍크가 깜빡이는 화면에 시선을 고정한 채 다시 약을 한움큼 자기 얼굴로 던져 사탕처럼 빨아먹는 것을 지켜보았다. 파동, 광선, 일관된 전파. 새로워진 사물들이 눈에 들어왔다.

"우리끼리 하는 말인데, 난 이걸 사탕같이 먹어." 그가 말했다.

"나도 방금 그렇게 생각했어."

"얼마나 사려고?"

"얼마나 필요할 것 같아?"

"쉰살쯤 먹은 건장한 백인 남자라. 이렇게 표현하면 당신의 고통이 묘사되나? 회색 상의에 연갈색 바지를 입은 모습이 보이는군. 내가 잘 맞혔지. 화씨를 섭씨로 바꾸기, 이게 당신이 할일이야."

침묵이 흘렀다. 사물들이 빛을 띠기 시작했다. 볼품없는 의자, 낡아빠진 서랍장, 후줄근한 침대. 침대에는 바퀴가 달려 있었다. 나는 생각했다. 이자가 바로 나를 고통에 빠트린 회색 인물이라니, 내 아내를 취한 바로 그 남자라니. 이자가 침대에 앉아 알약을 먹을 때 그녀는 침대를 밀며 방을 돌았을까? 두 사람이 각각 침대 양쪽에 납작 엎드려 노를 젓듯이 한 팔로 밀었을까? 정사를 할 때 침대가 빙빙 돌아가게 하고, 회전하는 작은 바퀴 위로 베개와 시트를 흩뜨려놓았을까? 하지만 지금 그의 모습을 보라. 어둠 속에서 빛을 받으며 노망난 것처럼 싱글거리는 모습을.

"내가 쫓겨나기 전에 이 방에서 있었던 일을 잊을 수가 없어." 그가 말했다. "스키 마스크를 쓴 여자가 있었지. 그걸 보는 순간 그 여자 이름은 내 기억에서 사라져버리더군. 말하자면 미국식 섹스였지. 내가 배운 영어대로 말하자면 그거야."

방 안 공기는 초감각적인 물질로 가득했다. 죽음에 더,

두번째 장면에 더 가까워졌다. 극도의 강렬함이 뒤따랐다. 나는 방 한복판으로 두걸음 나아갔다. 내 계획은 아주 멋진 것이었다. 앞으로 걸어간다, 그를 안심시킨다, 춤발트 권총을 꺼낸다, 최대한의 고통을 주기 위해 그의 복부에 세발의 총알을 쏜다, 무기의 지문을 지운다, 거울과 벽에 모호한 유언을 휘갈긴다, 그가 갖고 있는 다일라를 빼앗는다, 살그머니 차로 돌아온다, 고속도로 입구로 차를 몬다, 블랙스미스를 향해 동쪽으로 달린다, 트레드웰 노인의 차고에 스토버네 차를 주차한다, 비와 안개를 틈타 집으로 걸어온다.

그는 다시 알약 한줌을 게걸스레 삼켰다. 일부는 버드와이저 반바지 앞자락에 떨어졌다. 나는 한걸음 더 나아갔다. 방화 카펫 위 여기저기에 다일라가 부스러져 있었다. 밟히고 짓눌린 채. 그는 알약 몇개를 텔레비전 화면 쪽으로 집어던졌다. 텔레비전은 은색 몸체와 호두나무 베니어판으로 되어 있었다. 화면 상태가 거칠었다.

"지금 난 금색 물감을 집어들고 있어." 그가 말했다. "내 팔레트나이프와 냄새 안 나는 테레빈유를 써서 팔레트 위에 물감을 두껍게 갤 거야."

이 약물의 부작용에 관해 버벳이 한 말이 떠올랐다. 나는 시험 삼아 "추락하는 비행기"라고 말해보았다.

그는 의자 팔걸이를 잡은 채 나를 바라보았다. 그의 눈에 공황의 첫 징후가 나타났다.

"항공기가 추락하고 있다." 나는 이 단어들을 또렷하고 권위적으로 발음했다.

그는 샌들을 벗어던지고 머리를 앞으로 숙이고 손은 무릎 뒤로 깍지 낀 채 비행기 추락 시에 권장되는 자세를 취했다. 어린아이나 어릿광대처럼 관절을 이중으로 꺾을 수 있는 재주를 부리듯 몸을 내던져 이 동작을 자동적으로 취했다. 흥미로웠다. 이 약물은 복용자로 하여금 말과 말이 지칭하는 사물을 혼동하게 만들 뿐 아니라, 다소 규격화된 방식으로 행동하게 만들었다. 그가 벌벌 떨면서 그 자리에 웅크리고 있는 모습을 지켜보았다. 내 계획은 이랬다. 곁눈질로 방 안을 들여다본다, 소리 없이 안으로 들어간다, 그를 벌벌 떨게 만든다, 고통을 극대화하기 위해 배에 세 발의 총을 쏜다, 강변도로에서 내린다, 차고 문을 닫는다.

방 한가운데로 한걸음 더 내딛었다. 텔레비전 화면이 튀고 떨리고 엉켰기 때문에 밍크의 모습이 더욱더 다채롭게 빛났다. 사건의 정확한 성격. 실제 상태 그대로의 사물. 마침내 그는 웅크린 몸을 풀고 일어나 탁한 공기 속에 윤곽을 뚜렷이 드러냈다. 화이트 노이즈가 사방에 흘러넘쳤다.

"철, 니아신, 리보플래빈을 함유하고 있어. 난 비행기에서 영어를 배웠지. 영어는 국제 항공언어거든. 거기 흰둥이, 여기 왜 온 거야?"

"약 사러 왔지."

"당신은 아주 하얘, 그거 알아?"

"죽어가고 있기 때문이야."

"이 약이 고쳐줄 거야."

"그래도 죽을 거야."

"그게 중요한 건 아냐, 어차피 죽을 테니까. 장난기 많은 이 돌고래들한테 라디오 송신기를 달아놨대. 얘들이 아주 먼 곳까지 떠돌아다니면서 우리에게 많은 걸 알려줄 거야."

나는 또렷한 의식 상태로 앞으로 계속 나아갔다. 사물들이 번득였고 거기서 은밀한 생기가 솟아났다. 빗물이 기다란 타원을 그리며 지붕 위로 뚝뚝 떨어졌다. 나는 처음으로 비가 정말 무엇인지 알았다. 습기가 무엇인지 알았다. 나는 내 뇌의 신경화학을 이해했고, (예감이 남긴 폐기물인) 꿈의 의미를 이해했다. 사방에 존재하는 어떤 거대한 것이 방 안을 휘저으며 달렸다, 천천히 달렸다. 풍부하고 조밀한 어떤 것. 나는 모든 것을 믿었다. 나는 불교 신자요, 자이나교 신자요, 덕 리버 침례교 신자였다. 내 유일한 슬픔은 국자처럼 우묵한 얼굴에 키스할 수밖에 없었던 버벳뿐이었다.

"그 여자는 내 얼굴에 키스하지 않으려고 스키 마스크를 썼어. 키스하는 건 미국적이지 않다고 말했지. 난 그녀에게 방은 실내라고 말해줬다. 이 점에 동의하지 않으면 방에 들어오지 말라고. 이곳은 돌출된 해안선이나 대륙판과는 정반대되는 원칙이 있다고. 아니면 천연곡물이나 채

소, 계란은 먹고 생선이나 과일은 먹지 못할 수 있지. 혹은 과일, 채소, 동물성 단백질은 먹고 곡물이나 우유는 먹지 못할 수도 있어. 혹은 비타민 B-12를 섭취하려고 두유를 많이 먹고 인슐린 분비를 조절하려고 채소를 많이 먹는 대신 육류나 생선이나 과일은 먹지 못할 수도 있어. 혹은 흰고기는 괜찮지만 붉은 고기는 안돼. 비타민 B-12는 되지만 계란은 안되는 경우도 있어. 계란은 되지만 곡물은 안될 때도 있고. 이렇게 조합하다보면 끝도 없어."

이제 그를 죽일 준비가 되었다. 하지만 계획을 수정하고 싶지는 않았다. 계획은 아주 정교했다. 차를 타고 현장을 여러번 지나간다, 걸어서 모텔로 간다, 고개를 돌려 곁눈질로 방안을 들여다본다, 미스터 그레이가 실명으로 투숙해 있는지 확인한다, 소리 없이 방 안으로 들어간다, 그를 안심시킨다, 점점 다가간다, 그를 벌벌 떨게 만든다, 무방비 상태를 기다린다, 25구경 춤발트 자동권총을 꺼낸다, 최대한 느리고 심한 고통을 주기 위해 복부에 세발의 총알을 발사한다, 권총에 묻은 지문을 닦는다, 모텔 은둔자의 자살이라는 시시하고도 뻔한 사건임을 암시하기 위해 희생자의 손에 무기를 들려준다, 희생자가 최후의 발광을 한 증거로 벽에 그의 피로 몇마디 유치한 말을 휘갈긴다, 다일라를 빼앗는다, 살그머니 차로 돌아간다, 고속도로를 타고 블랙스미스로 간다, 트레드웰 노인의 차고에 스토버네 차를 넣어둔다, 차고 문을 닫는다, 비와 안개를 틈타 집으로 걸어온다.

나는 어둑한 곳에서 빛이 깜빡이는 쪽으로 나아가면서 서서히 모습을 드러냈다. 손을 주머니에 넣고 권총을 움켜 잡았다. 밍크는 화면을 보고 있었다. 나는 그에게 부드럽게 말했다. "총알 세례를 받아라." 손은 여전히 주머니 속에 넣은 상태였다.

그는 바닥에 넘어져 어린애처럼 어깨 너머로 돌아보면서 욕실로 기어가기 시작했다. 과장된 행동 양상을 보였지만, 현란하고도 비굴한 진짜 공포에 빠진 게 분명했다. 되새김질하는 동물의 새끼처럼 그의 꽁무니를 따라다녔을 부스스한 머리의 버벳과 함께 둘의 모습을 분명 비춰보았을 전신거울을 지나, 그를 따라 욕실로 들어갔다.

"일제사격!" 내가 속삭였다.

그는 다리를 붙이고 양팔은 머리 위로 얹은 채 변기 뒤로 기어들어가려 했다. 나는 문간에 어렴풋이 모습을 드러냈다. 밍크의 관점에서 내 모습이 크고 위협적으로 보이도록 의도한 것이었다. 이제 내가 누구인지 말해줄 때가 왔다. 이것도 내 계획의 일부이다. 내 계획은 이랬다. 그에게 내가 누군지 말해준다, 왜 그가 느리고 고통스럽게 죽어가야 하는지 이유를 알려준다. 나는 이름을 밝히고 스키 마스크 쓴 여자와 어떤 관계인지 설명했다.

그는 양손으로 가랑이를 감싸고 변기 수조 아래로 들어가려고 했다. 방 안의 강렬한 소음은 주파수가 모두 똑같았다. 사방에 온통 소음이었다. 춤발트 권총을 꺼냈다. 거대하고 뭐라 표현할 수 없는 감정이 내 가슴에 서늘하게 부닥쳐왔다. 나는 의미망 속에서 내 정체를 알았다. 빗물이 방울져 대지로 떨어져서 표면을 번들거리게 했다. 새로워진 사물들이 내 눈에 들어왔다.

밍크는 가랑이를 잡은 한 손을 떼더니 주머니 속에서 더 많은 알약을 움켜잡고 자신의 벌어진 입 쪽으로 던져넣었다. 화이트 노이즈가 붕붕거리는 하얀 욕실 저 끝 둥그런 공간의 안쪽에서 그의 얼굴이 나타났다. 그는 똑바로 앉더니 약을 더 찾아내려고 셔츠 주머니를 찢었다. 그의 공포는 아름다웠다. 그가 내게 말했다, "서른두개의 치아 중에서 왜 이 네개가 유독 골치를 썩이는지 생각해봤어? 금방 돌아와서 답을 알려줄게."

나는 무기, 피스톨, 화기, 자동권총이라고도 불리는 총을 발사했다. 하얀 방 안에서 울리는 총소리는 눈덩이처럼 커져 반사된 파동에 스며들었다. 나는 희생자의 복부에서 뿜어져나오는 피를 주시했다. 섬세한 호를 긋고 있었다. 그 풍부한 색감에 감탄하고 무핵소세포의 색채 유발 활동을 감지했다. 피는 조금씩 흘러내려 타일바닥을 뒤덮었다. 나는 말을 잊은 채 그 광경을 지켜보았다. 빨간색이 어떤 것인지 알았다. 압도적인 파장과 명도, 순도의 측면에서 그 색을 보았다. 밍크의 고통은 아름답고도 강렬했다.

두번째로 방아쇠를 당겼다. 그저 쏘기 위해, 아까의 경험을 되살리기 위해, 이 방 가득 켜켜이 쌓인 소리의 파동을 듣기 위해, 철컥하는 감각이 팔을 타고 전해지는 것을 느끼기 위해 총을 쏘았다. 총알은 그의 오른쪽 엉덩이뼈 바로 안쪽에 박혔다. 반바지와 셔츠에 붉은 핏자국이 번졌다. 나는 멈춰서 그의 모습을 주시했다. 그는 샌들 한쪽을 잃어버리고 눈을 허옇게 뒤집은 채 변기와 벽 사이에 끼여 있었다. 나는 밍크의 관점에서 본 내 모습을 떠올려보았다. 어렴풋하고 압도적이며 생명력을 얻고 삶의 신용점수를 쌓고 있는 내 모습을. 하지만 그는 거의 정신을 잃은 상태여서 어떤 관점도 가질 수 없었다.

모든 게 다 잘 풀리고 있었다. 일이 잘 풀리는 걸 보니 흡족했다. 머리 위로 트럭이 덜컹거리며 지나갔다. 샤워커튼에서는 곰팡내 섞인 비닐 냄새가 풍겼다. 농밀하고 극도로 강렬한 분위기. 나는 피를 밟지 않고 지문도 남기지 않도록 조심하면서 앉아 있는 그에게 다가갔다. 손수건을 꺼내 총을 깨끗이 닦고, 그것을 밍크의 손에 쥐어준 후 조심스럽게 손수건을 빼서 그의 앙상한 손가락 하나하나를 감싸 개머리판을 잡게 하고, 검지를 정교하게 움직여 방아쇠울 사이로 집어넣었다. 그는 입가에 조금씩 게거품을 물기 시작했다. 나는 뒤로 물러나 이 파괴적인 순간의 잔해와 사회의 어둑한 변두리에서 일어나는 비루한 폭력과 외로운 죽음의 현장을 점검해보았다. 내 계획은 이랬다. 뒤로 물러난다, 누추한 광경을 본다, 모든 것이 제자리에 있는지 확인한다.

밍크의 눈은 거의 눈구멍에서 튀어나와 있었다. 순간 그것이 번득였다. 그는 손을 들고 방아쇠를 당겨 내 팔목을 쏘았다.

세상이 안으로 무너져내렸다. 그 모든 생생한 결과 연관이 평범한 사물 더미 속에 파묻혀버렸다. 실망스러웠다. 다치고 나니 정신도 아득하고 허망했다. 내 계획을 수행하던 고상한 수준의 에너지는 어떻게 되었단 말인가? 고통 때문에 몸이 굳어왔다. 팔과 팔목 그리고 손이 온통 피로 뒤덮였다. 나는 신음을 흘리면서 비틀비틀 뒤로 물러나 손가락 끝에서 피가 듣는 것을 보았다. 고통스럽고 혼란스러웠다. 시야 가장자리로 울긋불긋한 점들이 다시 나타났다. 늘 나타나는 춤추듯 요동치는 작은 점들이었다. 특별한 차원과 초현실적 인식이 시야에 나타나는 혼란상으로 쭈그러들어버렸다. 아무 의미 없이 빙빙 도는 잡동사니들로.

"그리고 이건 온난기단의 선단을 나타낼 수도 있어." 밍크가 말했다.

나는 그를 보았다. 살아 있었다. 무릎에는 피가 가득 고여 있었다. 물질과 감각이 정상적인 질서를 되찾고 보니, 처음으로 그가 한 인간으로 보였다. 이전에 갖고 있던 인간적 혼돈과 변덕이 다시 작동하기 시작했다. 동정심, 회한, 자비심 같은 것들이. 하지만 밍크를 도우려면 그전에 나부터 기본적인 치료를 해야만 했다. 손수건을 다시 꺼내서 오른손과 이로 왼쪽 팔목에 난 총알구멍 바로 위, 즉 상처와 심장 사이를 꽉 묶었다. 그러고 나서 이유도 모르면서 잠시 상처를 빤 후 입에 고인 피와 살점을 뱉었다. 총알은 팔목을 얕게 관통한 후 빗나갔다. 나는 성한 팔로 신발이 벗겨진 밍크의 발을 잡은 뒤 피로 얼룩진 타일 위로 그의 몸을 질질 끌고 갔다. 총은 여전히 그의 손아귀에 쥐여 있었다. 여기엔 뭔가 속죄의 성질이 있었다. 그의 발을 잡아끌면서 타일을 지나고 약품처리한 카펫을 가로지르고 문을 통과해 어두운 밤거리로 나왔다. 뭔가 크고 웅장하고 멋진 느낌이 들었다. 어디를 봐도 무덤덤한 그런 삶을 살기보다는 죄를 저지르고 나서 이렇게 고양된 행위로 그것을 상쇄하려고 애쓰는 편이 더 낫지 않을까? 중상을 입은 사내를 끌고 어둡고 텅 빈 거리를 가면서 나는 스스로 선하다고, 피투성이지만 당당하다고 느꼈다.

비는 이미 그쳤다. 나는 모텔방을 나오면서 피가 엄청나게 많이 고여 있는 것을 보고 충격을 받았다. 대부분 밍크의 피였다. 보도에는 줄무늬가 나 있었다. 이곳의 문화가 퇴적된 흥미로운 광경이었다. 그는 간신히 몸을 일으키더니 더 많은 양의 다일라를 목구멍 속으로 털어넣었다. 총을 든 손이 질질 끌려왔다.

우리는 차 있는 곳까지 왔다. 밍크는 자기도 모르게 바닥에 픽 쓰러지더니 물고기처럼 몸을 퍼덕거리며 버둥거렸다. 산소가 부족한 듯 힘없이 헐떡거리는 소리를 냈다.

나는 인공호흡을 하기로 마음먹었다. 그에게 몸을 기울이고 엄지와 검지로 코를 꽉 잡은 다음 내 얼굴을 그의 얼굴 가까이 가져갔다. 어색하고 징그러울 만큼 친밀한 이 동작이 이런 상황에서는 비할 데 없이 엄숙하게 느껴졌다. 더욱 크고, 더욱 관대하게 느껴졌다. 폐 속에 강하게 공기를 불어넣으려고 그의 입 가까이로 점점 다가갔다. 입술을 오므리고 공기를 불어넣을 태세를 다 갖추었다. 그의 눈길이 내 동작을 따라 움직였다. 어쩌면 그는 내가 자기한테 입맞춤하려 한다고 생각했는지도 모른다. 나는 이 상황의 아이러니를 즐겼다.

그의 입가에는 토한 다일라 거품 —— 씹다 만 알약들과 자잘한 얼룩들 —— 이 잔뜩 묻어 있었다. 나는 분노를 넘어 너그럽고 무심해졌다. 이것이 바로 무심의 경지로 가는 관문이었다. 고가 아래 쓰레기가 흩날리는 도로에서 부상당한 남자 위로 무릎을 꿇고 앉아 리듬에 맞춰 숨을 불어넣으면서, 이것이 바로 그런 경지일지도 모른다고 생각했다. 혐오감을 넘어서라. 부정한 육신을 용서하라. 그것을 온전히 껴안으라. 잠시 이러고 있으려니 그가 정신을 차리고 숨을 고르게 쉰다는 걸 알 수 있었다. 나는 계속 그의 바로 위에서 떠나지 않고 있었다. 우리 입은 거의 닿을 정도의 거리에 있었다.

"누가 날 쏜 거야?" 그가 물었다.

"당신이 쐈어."

"누가 당신을 쐈지?"

"당신이 쐈지. 당신 손에 총이 들려 있잖아."

"내가 왜 그런 짓을 했지?"

"제정신이 아니었잖아. 당신 책임은 아니니까 용서할 게."

"당신은 진짜 누구야?"

"지나가던 사람이지, 친구라고나 할까. 그런 건 중요하지 않아."

"눈 있는 노래기도 있고, 눈 없는 노래기도 있어."

천신만고 끝에 그를 겨우 차 뒷자리에 태웠다. 그는 신음을 흘리면서 그 자리에 큰대자로 뻗었다. 내 손과 옷에 묻은 피가 내 피인지 그의 피인지 더이상 분간할 수 없는 지경이었다. 자비심이 용솟음쳤다. 차에 시동을 걸었다. 팔의 통증도 이젠 덜해져서 욱신거리는 정도였다. 텅 빈 거리를 지나 한 손으로 운전하면서 병원을 찾았다. 아이언 시티 산부인과. 성모. 동정과 신뢰. 이런 글자들이 보였다. 어떤 곳이라도 좋다, 이 도시 최악의 응급병동이라도 보이기만 하면 들어갈 것이다. 수많은 자상과 찌르고 뺄 때 생긴 상처, 무딘 무기가 낸 상처, 외상, 약물과용, 격심한 착란상태, 이런 것들이 결국 우리의 것이니까. 거리에 다니는 차라고는 우유배달차 한대, 제과점 차 한대, 트럭 몇대가 전부였다. 하늘이 부옇게 밝아오기 시작했다. 우리는 입구 위에 네온 십자가가 달린 건물에 도착했다. 그곳은 이전에 오순절교회나 보육원, 혹은 어떤 청소년운동의 세계본부였을 수도 있는 삼층 건물이었다.

거기에는 휠체어 통로가 있었다. 그것은 밍크의 머리가 콘크리트 계단에 부딪치는 일 없이 그를 현관문까지 데려갈 수 있음을 뜻했다. 그를 차에서 내리게 한 다음 미끈거리는 발을 꽉 잡고 경사진 통로로 올라갔다. 그는 흐르는 피를 막기 위해 한 손으로 자기 복부를 누르고 있었다. 총을 쥔 다른 한 손은 덜렁거리며 질질 끌려왔다. 새벽녘이었다. 이 순간에는 드넓은 정신이, 서사적인 자비와 동정심이 깃들어 있었다. 그에게 총을 쐈으면서도, 그리고 그가 자기 자신을 쐈다고 믿게 만들었는데도, 나는 그를 육체적으로 안전한 곳으로 데려오고 또 우리의 운명을 융합함으로써 우리에게, 우리 둘 모두에게 좋은 일을 했다고 느꼈다. 나는 그의 무게를 지탱하며 천천히 큰 걸음을 내디뎠다. 한 사람이 자신의 죄를 속죄하려고 시도할 때도 그가 보상하려는 그 범죄를 저질렀을 때 느꼈던 고양된 감정을 계속 느낄 수 있으리라고 나는 한번도 생각해본 적이 없었다.

벨을 눌렀다. 잠시 후, 누군가가 문간에 나왔다. 검은 의복에 검은 베일을 쓰고 지팡이를 짚은 늙은 수녀였다.

"저희가 총에 맞았어요." 손목을 쳐들고 내가 말했다.

"여기선 흔한 일이에요." 그녀는 특이한 강세가 있는 목소리로 별일 아니라는 듯 대답하고는 돌아서 안으로 들어갔다.

나는 밍크를 끌고 입구로 들어갔다. 그곳은 진료소처럼 보였다. 대기실, 칸막이한 작은 방, 엑스레이나 시력검사라고 쓰인 문 들이 보였다. 우리는 늙은 수녀를 따라 외상치료실로 들어갔다. 당직 직원 둘이 모습을 나타냈는데, 스모선수같이 크고 떡 벌어진 체격의 남자들이었다. 그들은 밍크를 처치대 위에 올려놓더니 깔끔하고 숙련된 솜씨로 그의 옷을 찢었다.

"부풀려진 실질소득." 밍크가 중얼거렸다.

수녀들 몇이 고풍스럽게 옷자락을 바스락거리며 독일어로 이야기를 나누면서 들어왔다. 그들은 수혈 장비를 가져오고 번쩍거리는 기구들이 담긴 카트도 밀고 왔다. 처음 우리를 맞이했던 수녀가 다가가 밍크의 손에서 권총을 빼냈다. 나는 그녀가 권총 십여자루와 대여섯자루의 칼이 든 책상 서랍에 그것을 던져넣는 모습을 지켜보았다. 벽에는 케네디 대통령이 교황 요한 23세*와 천국에서 손을 맞잡고 있는 그림이 걸려 있었다. 천국에는 구름이 조금 끼어 있었다.

의사가 왔다. 낡은 양복을 입은 늙수그레한 남자였다. 그는 간호사들과 독일어로 말하면서 밍크의 몸을 살펴보았다. 그의 몸의 일부는 이제 시트로 감싸여 있었다.

"바닷새들이 왜 산미겔로 오는지 아무도 몰라." 밍크가

---

* 1958년부터 1963년까지 재임.

말했다.

나는 그에게 점점 호감이 생겼다. 우리를 맞이한 수녀가 나를 데리고 칸막이방으로 가서 상처를 치료해주었다. 총질이 벌어진 경위를 설명하기 시작했지만 그녀는 전혀 관심을 보이지 않았다. 그 총은 낡았고 총알도 약하다고 말했다.

"정말 폭력적인 나라예요." 그녀가 말했다.

"저먼타운에 오래 사셨나요?" 내가 물었다.

"우리는 여기 온 독일인들의 마지막 후손이죠."

"요새는 대개 어떤 분들이 여기 사나요?"

"주민이 별로 없어요." 그녀가 말했다.

더 많은 수녀들이 곁을 지나갔다. 벨트에 달린 묵직한 묵주가 흔들렸다. 그들은 무척 유쾌한 사람들로 보였는데, 공항에서 사람들을 미소짓게 하는 부류와 동질적인 존재들이었다.

나는 치료해주는 수녀에게 이름을 물었다. 헤르만 마리 수녀라고 했다. 그녀의 호감을 살 양으로 독일어를 조금 안다고 말했다. 난 언제나 병원 의료진이라면 누구에게라도 호감을 사고 싶어했는데, 유리한 입장에 처하면 얻을 수도 있는 희망을 공포와 불신감이 깡그리 압도하기 전, 적어도 초기 단계에는 늘 그랬다.

"구트, 베서, 베스트."* 내가 말했다.

그녀의 주름진 얼굴에 미소가 번졌다. 그녀더러 들으라

고 숫자를 세고 물체를 가리키면서 이름을 말해보았다. 그녀는 흐뭇하게 고개를 끄덕이며 상처를 닦아내고 멸균붕대로 팔목을 감아주었다. 수혈할 필요는 없고 의사가 항생제를 살 수 있는 처방전을 써줄 것이라고 했다. 우리는 열까지 같이 세었다.

몹시 여윈 수녀 두명이 더 왔다. 나를 치료해준 수녀가 그들에게 뭐라고 말한 후, 우리 넷은 곧 즐겁게 애들처럼 대화를 나누기 시작했다. 우리는 색깔과 옷 종류, 신체 부위 명칭 등을 말했다. 히틀러학자들과 같이 있을 때보다 독일어를 사용하는 이들과 같이 있으니 훨씬 편안했다. 이름을 읊는 일에는 하느님 보시기에 흡족한 뭔가 순진무구한 점이 있는 것일까?

헤르만 마리 수녀가 총알자국이 난 상처에 마무리 처치를 해주었다. 내가 앉은 의자에서는 케네디와 교황이 천국에서 만난 그림이 선명하게 보였다. 슬그머니 그 그림에 감탄하는 마음이 생겼다. 그림을 보니 기분이 좋고 감상적으로 신선한 느낌도 들었다. 대통령은 죽은 후에도 여전히 원기왕성했다. 교황의 소박함에는 일종의 광휘가 비쳤다. 이 그림이 사실이 아니라는 법이 있나? 시간이 한참 지나 뭉게구름 쌓인 어느 곳에서 그들이 만나 두 손을 맞잡지 말라는 법이 있나? 별의별 신들과 평범한 사람들이 저 높

* 독일어 'gut'(좋은)의 비교급 변화.

은 곳에서 멋진 모습으로 빛을 발하며 만나는 서사시처럼, 우리 모두 만나지 말라는 법이라도 있나?

나는 나를 치료해준 수녀에게 물었다. "요샌 교회에서 천국에 대해 뭐라고 말합니까? 저 그림에서처럼 여전히 하늘에 있는 옛 천국인가요?"

그녀는 고개를 돌려 그림을 쳐다보았다.

"우리가 바보인 줄 아세요?" 그녀가 말했다.

그녀의 대답이 너무 확고해서 나는 깜짝 놀랐다.

"만약 하느님과 천사와 구원받은 영혼들의 거처가 아니라면, 그럼 교회에서는 천국을 뭐라고 하나요?"

"구원이라고요? 구원받는 게 뭔데요? 여기 와서 천사에 대해 말하다니 이런 멍청한 사람을 봤나. 내게 천사를 보여줘봐요. 한번 보고 싶구면."

"하지만 수녀님이시잖아요. 수녀님들은 이런 것들을 믿는 법이고요. 우리가 수녀님을 볼 때면, 아직도 천사나 성인이나 그 모든 전통적인 것을 믿는 사람들이 있구나, 떠올리면서 기분이 좋아지죠. 근사해 보이고 유쾌해져요."

"그런 걸 믿다니 머리가 어떻게 된 거 아니에요?"

"제가 믿는 게 중요한 건 아니죠. 수녀님께서 믿는 게 진짜 중요한 거예요."

"믿지 않는 사람들에게 믿는 사람들이 필요하다는 건 맞는 말이지." 그녀가 말했다. "그들은 누군가가 믿음을 가지길 절실히 바라니까. 하지만 성인을 내게 보여줘봐요.

어디 성인 흔적이라도 있거든 보여달라고요."

그녀는 내 쪽으로 몸을 기울였다. 그러자 그녀의 딱딱하게 굳은 얼굴이 검은 베일 속에서 사각형으로 두드러졌다. 나는 걱정스러운 마음이 들기 시작했다.

"우린 병자와 부상자를 돌보려고 여기 있는 거예요. 그것뿐이죠. 천국에 대해 말하고 싶으면 딴 데 가서 알아보세요."

"다른 수녀님들도 수녀복을 입고 있어요." 나는 조리 있게 말했다. "여기선 아직 예전의 수녀복을 입고 있어요. 의복과 베일에다가 투박한 구두까지 말이에요. 여러분은 전통을 신봉하는 게 틀림없어요. 예전 방식의 천국과 지옥, 가톨릭 미사 같은 것 말이죠. 교황은 절대무류絶對無謬라든가, 하느님이 엿새 만에 세상을 창조했다든가, 날개 달린 악마가 사는 지옥은 불타는 연못이라든가, 하는 위대한 옛 믿음들 있잖아요."

"피 흘리면서 길거리에서 들어와놓고 엿새 만에 우주를 만들었다는 말을 늘어놓는 건가요?"

"제7일에 하느님은 쉬셨죠."

"천사에 대해 말할 작정인가요? 여기서?"

"물론 여기서죠. 아니면 어디서 하겠어요?"

나는 기가 죽고 혼란스러워 거의 소리를 지를 지경이었다.

"세상의 종말에 하늘에서 군대들이 싸울 거란 얘긴 왜

하지 않나요?"

"물론 해야죠. 그럼 도대체 왜 수녀 노릇을 하시는 겁니까? 벽에다 왜 저 그림을 붙여놓으셨어요?"

그녀는 약간 물러섰는데, 눈에는 비웃으며 즐거워하는 기운이 가득했다.

"그건 다른 사람들을 위해서죠. 우리를 위한 게 아니에요."

"하지만 그것참 우습네요. 어떤 사람들을 위한 거란 말씀인가요?"

"모든 타자들이죠. 우리가 아직도 믿음이 있을 거라고 평생토록 믿는 그런 타자들 말이에요. 그 누구도 진지하게 받아들이지 않는 것들을 믿는 게 우리가 이 세상에서 할 일이에요. 그런 믿음을 완전히 버린다면 인류는 멸망할 테니까. 그래서 우리가 여기 있는 거죠. 한줌밖에 안되는 소수지요. 악마와 천사, 천국과 지옥 같은 옛것과 옛 믿음을 구현하면서요. 우리가 이런 것들을 믿는 체하지 않으면 세상은 무너질 거예요."

"믿는 체한다고요?"

"물론 믿는 체하는 거죠. 우리가 멍청이인 줄 아세요? 그렇다면 여기서 썩 나가요."

"천국을 믿지 않는단 말인가요? 수녀가요?"

"당신도 믿지 않는데 나라고 왜 믿겠어요?"

"수녀님이 믿는다면 저도 믿을 수 있죠."

"내가 믿는다면 당신은 믿을 필요가 없어요."

"신앙이니 종교니 영생이니 하는 이 모든 오랜 수수께끼를, 인간들이 속아온 이 위대하고 오랜 것들을 진지하게 받아들이지 않는다고 말씀하시는 겁니까?" 내가 물었다. "수녀님의 헌신은 겉치레란 말씀인가요?"

"우리의 겉치레가 헌신이죠. 누군가는 믿는 것처럼 보여야 하니까. 우리가 진실한 믿음과 진실한 신앙을 고백하는 것 못지않게 우리 삶은 진지해요. 믿음이 이 세상에서 사라질수록, 사람들은 누군가 믿는 사람이 있다는 사실을 그 어느 때보다 더 절실하게 필요로 해요. 토굴에 사는 눈빛 형형한 사람들. 검은 옷 입은 수녀들. 묵언수행하는 승려들을 말이죠. 우리는 믿는 일을 하도록 남겨졌어요. 바보나 아이들도 그래요. 믿음을 저버린 사람들은 여전히 우리의 존재를 믿어야만 해요. 그들은 자신들이 믿지 않는 게 옳다고 확신하지만, 믿음이 완전히 시들어버려서는 안 된다는 것을 알고 있죠. 믿는 사람이 아무도 없을 때가 바로 지옥이니까요. 믿음을 가진 사람은 언제나 있어야 해요. 바보들, 천치들, 환청을 듣는 사람들, 방언하는 사람들 말이에요. 우리는 당신네들의 미치광이예요. 당신네들의 불신을 가능하게 하려고 우리는 우리 삶을 포기하죠. 당신은 자신이 옳다고 확신하면서도, 누구나 당신처럼 생각하기를 바라지는 않아요. 바보들이 없다면 진실도 없어요. 새벽에 일어나 기도하고 촛불을 밝히고 성상 앞에서 건강과 장수를 비는 우리는 당신네들의 바보요, 당신네들의 미친 여자예요."

"장수는 하고 계시잖아요. 기도가 통하는 것 같네요."

그녀는 까르륵 웃음을 터뜨렸다. 너무 낡아서 치아가 거의 투명할 정도였다.

"통하지 않는 날이 곧 오겠죠. 그러면 당신은 믿음을 가진 사람을 잃게 되겠군요."

"이렇게 오랫동안 헛되이 기도해왔다는 건가요?"

"세상을 위해서 했다니까, 이 바보 같은 사람아."

"살아남는 건 아무것도 없나요? 죽음이 끝인가요?"

"내가 정말 믿는 걸 알고 싶은 거요, 아니면 믿는 체하는 걸 알고 싶은 거요?"

"그런 말은 듣고 싶지 않아요. 끔찍하네요."

"하지만 진실이지."

"수녀잖아요. 수녀답게 행동하세요."

"우린 서약을 해요. 청빈, 순결, 복종을 맹세해요. 엄숙히 서약하고 엄숙하게 살죠. 우리가 없으면 당신네들은 살아남지 못할 거예요."

"당신들 가운데는 믿는 체하는 게 아니라 정말로 믿는 사람들이 분명 있을 거예요. 그럴 거예요. 오랜 세월 내려온 신앙이 몇년 만에 그냥 소멸되지는 않아요. 이런 주제만 집중적으로 다루는 연구 분야도 있었어요. 천사론이라고. 천사만 다루는 신학의 한 분야죠. 천사학이라고도 해요. 위대한 사람들이 이런 문제에 대해 논쟁을 했어요. 오늘날에도 위대한 사람들이 있죠. 그들은 아직도 논쟁하고, 아직도 믿고 있어요."

"사람 하나 질질 끌고 길거리에서 들어와놓고 하늘에 사는 천사에 대해서 논해보시겠다고. 당장 꺼져버려요."

그녀는 독일어로 뭐라고 말했다. 나는 알아듣지 못했다. 그녀는 자기 얼굴을 내 얼굴에 바짝 대고 좀더 길게 다시 말했다. 목소리는 날카로워졌고 인후음이 많아졌으며 침이 튀겼다. 내가 알아듣지 못하자 그녀의 눈이 심술궂은 즐거움으로 빛났다. 그녀는 계속 독일어 세례를 퍼부었다. 단어들이 홍수처럼 쏟아져나왔다. 말을 하면 할수록 그녀는 더 생기를 띠었다. 목소리에 경쾌한 열정이 깃들었다. 그녀는 더 빨리, 더 열정적으로 말했다. 눈과 얼굴의 혈관이 벌겋게 타오르는 듯했다. 그녀의 말에서 운율과 일정한 박자가 감지되었다. 뭔가를 암송하고 있는 거야, 나는 그렇게 생각했다. 호칭기도나 찬양 혹은 교리문답 같은 것이겠지. 묵주기도일지도 몰라. 조롱기 어린 기도로 나를 놀리고 있는 거야.

그 소리가 아름답게 느껴지다니 참 이상한 일이다.

그녀의 목소리가 점차 약해질 즈음 나는 칸막이방을 나와 이리저리 다니다가 나이든 의사를 발견했다. "헤어 독토어." 독일어로 의사 선생님을 부르면서, 내 모습이 영화에 나오는 인물 같다고 느꼈다. 그는 보청기를 켰다. 처방전을 받고 윌리 밍크가 괜찮겠느냐고 물어보았다. 적어도 한참 동안 고생할 겁니다. 그래도 죽지는 않을 거요. 죽지는 않는다니, 그의 처지가 나보다 나았다.

집으로 돌아오는 길에는 별일이 없었다. 나는 스토버네 진입로에 차를 세워두었다. 뒷좌석은 피로 범벅이 되어 있었다. 핸들에도 피가 묻었고, 계기반과 문손잡이에는 더 많이 묻어 있었다. 인간의 문화적 행동과 발달에 대한 과학적 연구. 인류학.

나는 위층으로 가서 잠시 아이들을 살펴보았다. 모두들 잠들어 꿈속을 더듬고 있는지 감긴 눈꺼풀 아래에서 눈동자가 민첩하게 움직였다. 나는 신발만 벗고 옷은 다 입은 채 침대 속 버벳 곁으로 들어갔다. 왠지 그녀가 이상하다고 여기지 않을 거라는 생각이 들었다. 하지만 생각이 계속 줄달음질해서 잘 수가 없었다. 한참 후 부엌으로 내려가 커피 한잔을 앞에 두고 자리에 앉았다. 손목에 통증이 느껴지고 맥박은 더 빨라졌다.

다음 일몰 때까지 기다리는 수밖엔 없어, 하늘이 구릿빛으로 둥글게 물드는 그때를.

40

그날은 와일더가 플라스틱 세발자전거를 타고 우리 구역을 돌아 막다른 길 쪽으로 우회전해서 요란한 소리를 내며 페달을 밟았던 날이다. 아이는 세발자전거를 끌고 가드레일을 빙 돈 다음, 풀이 약간 웃자란 구역 옆으로 구불구불 이어지는 포장 인도를 따라 자전거를 타고 가서 콘크리트 계단 스무단이 있는 곳을 향했다. 플라스틱 바퀴가 덜커덕거리며 끽끽 소리를 냈다. 이즈음에서 이야기를 재구성하는 일은 숲속 높다란 집 이층 뒷베란다에서 이 장면을 목격하고 기겁한 나이 지긋한 두 여자의 목소리를 빌려야겠다. 아이는 충실하고도 차분한 솜씨로 자전거를 끌고 계단을 내려갔는데, 그 와중에 자전거가 이리저리 부딪히게 내버려두었다. 자전거는 아이의 이상하게 생긴 동생 같은 존재였지만, 애지중지하는 것 같지는 않았다. 아이는 다시 자전거에 올라타서 도로를 건너고 인도를 지나 고속도로가의 잔디경사로 쪽으로 나아갔다. 이 대목에서 여자들은 소리를 지르기 시작했다. 얘야, 얘야. 처음엔 약간 주저하면서 불렀다고 그들은 말했다. 자기들 앞에서 펼쳐지는 이일의 함의를 받아들일 준비가 되지 않았던 것이다. 아이는 자전거를 사선으로 몰고 경사로를 내려와서 똑똑하게도 내리막 경사를 줄였고, 경사로 바닥까지 와서는 잠시 멈추고 자기 세발자전거가 최단거리로 가로지를 수 있을 것 같은 반대편의 한 지점을 주시했다. 얘야, 아가야, 안돼. 여자들은 팔을 흔들면서 이 현장에 사지 멀쩡한 보행자가 나타나기를 간절히 찾았다. 그러는 동안 와일더는 그들이 외치는 소리를 무시했는지, 혹은 계속해서 휙휙 지나가는 해치백 승용차와 밴 소리 때문에 듣지 못했는지, 고속도로를 가로질러 페달을 밟기 시작했다. 알 수 없는 이유로 흥분된 모습이었다. 여자들은 그저 망연자실 쳐다볼 뿐이었다. 이 장면이 거꾸로 돌아가기를, 아침 텔레비전방송의 만화 주인공처럼 아이가 페달을 뒤로 밟아 색바랜 파랗고 노란 장난감이 있는 곳으로 돌아가주기를 기원하는 듯 둘 다 한쪽 팔을 높이 쳐든 상태였다. 운전자들은 도무지 이해가 되지 않았다. 안전벨트를 꽉 맨 운전자들은 이런 장면이 질주하는 고속도로 위의 의식세계에서, 넓은 띠 모양의 현대식 흐름을 이루는 이곳에서 도저히 일어날 수 없는 일임을 알고 있었다. 속도에는 감각이 있다. 표지판에는, 무늬에는, 찰나의 삶에는 감각이 있다. 그런데 빙빙 돌아가는 이 흐릿한 작은 얼룩은 도대체 무엇을 의미하는 것인가? 이 세상의 어떤 힘이 잘못된 방향으로 뒤틀려버린 것 같았다. 그들은 방향을 틀거나 브레이크를 밟으며 기나긴 오후 저 너머로 동물의 울음소리 같은 경적을 울렸다. 아이는 운전자들 쪽은 쳐다볼 생각조차 않고 좁다랗고 빛바랜, 잔디 깔린 중앙분리대를 향해 곧바로 페달을 밟았다. 아이는 가슴을 내밀고 팔을 아래위로 흔들었는데, 다리만큼이나 재빠르게 움직이는 것 같았다. 동그스름한 머리는 지능이 모자란 아이들이 흔히 그러듯 확고하고 장난스럽게 아래위로 계속 흔들어댔다. 약간 솟아오른 중앙분리대 위로 올라가기 위해 속도를 늦추고, 앞바퀴 끝을 넘기려고 몸을 일으켜야만 했다. 아이의 동작은 극히 정교해서 순번이 매겨진 일련의 계획대로 움직이는 것 같았다. 정신없이 지나간 차들은 뒤늦게 경적을 울렸고 운전자들의 눈은 백미러를 향했다. 아이는 세발자전거를 끌고 중앙분리대 잔디를 가로질렀다. 여자들은 아이가 흔들림 없는 자세로 자전거 안장에 다시 앉는 것을 지켜보았다. 거기 그대로 있어, 그들은 소리쳤다. 가지 마. 안돼, 안된다니까. 그들은 간단한 몇 마디밖에 모르는 외국인이 되어버린 것 같았다. 차들이 계속해서 달려와 직선주로를 쌩하니 전속력으로 질주했다. 아이는 남은 세 차선을 건너려고 출발했다. 튕기는 공처럼 앞바퀴, 뒷바퀴가 차례로 중앙분리대에서 폴짝 내려섰다. 그러고는 고개를 휘저으며 반대편을 향해 내닫기 시작했다. 차들은 비틀거리거나 옆으로 비키거나 연석 위로 올라갔고, 옆 창문에는 경악한 사람들의 얼굴이 모습을 드러냈다. 열광적으로 페달을 밟고 있는 이 아이는, 베란다의 잘 보이는 지점에서 내려다보는 여자들의 눈에 자신이 얼마나 느려 보이는지 알 리가 없었다. 이쯤 되자 여자들은 갑자기 지쳐버려 아무 말도 없었고 아무 상관도 하지 않는 듯했다. 아이가 얼마나 느리게 움직이는지, 그러면서도 자기가 쏜살같이 달린다고 생각하다니 얼마나 큰 착각인지. 그래서 여자들은 정말 지쳐버렸다. 경적이 계속 울려댔고 소리의 파장은 대기와 뒤섞이며 약간 낮아졌다가, 시야에서 사라진 차들이 책망하는 뜻에서 울리는 경적소리로 다시금 되돌아왔다. 아이는 맞은편에 도착해서 잠시 차량들과 나란히 달리더니 균형을 잃고 넘어져서 몇바퀴 굴러 둑 아래로 떨어졌다. 잠시 후 다시 모습을 나타냈을 때, 아이는 고속도로와 나란히 흐르는 간헐천의 지류인 작은 개울에 앉아 있었다. 깜짝 놀란 아이는 울려고 하는 것 같았다. 옆에 세발자전거가 있고 사방이 진흙탕인 곳에서 울음을 터뜨리는 데는 시간이 조금 걸렸다. 여자들은 다시 한번 소리치기 시작했다. 아이의 행동을 만류하기 위해 한쪽 팔을 치켜든 채로. 아이가 물속에 있어요, 그들이 말했다. 봐요, 살려주세요, 물에 빠질지도 몰라요. 개울 속에 자리잡고 앉아서 하염없이 울어젖히던 아이는 이제야 처음으로 그들의 소리를 들었는지 고속도로 저편에 있는 둔덕 위 숲 쪽을 쳐다보았다. 그 모습을 보고 여자들은 더욱 겁에 질렸다. 그들이 소리지르고 손을 흔들어대다가 공포를 억누르지 못할 지경에 돌입할 즈음, 지나가던 한 운전자 — 흔히 그렇게 부르듯이 — 가 민첩하게 차를 댄 다음 차에서 내려 둑 아래로 미끄러지듯 내려가 어둑한 시냇물 속에 앉은 아이를 안고는 소리치는 할머니들이 볼 수 있게 번쩍 들어올렸다.

버벳과 와일더와 나. 우리 셋은 항상 구름다리에 간다. 우리는 아이스티를 담은 보냉병을 들고 와서 주차를 한 후 일몰을 본다. 구름은 전혀 방해물이 되지 않는다. 구름은 빛을 가두고 모양을 빚어서 일몰의 드라마를 더욱 강렬하게 만든다. 두껍게 드리운 흐린 구름은 별 영향을 주지 않는다. 빛은 자기를 따라오는 둥근 모양의 연기를 뚫고 쏟아져내린다. 두꺼운 구름은 분위기를 고조시킨다. 우리는 말도 별로 하지 않는다. 더 많은 차들이 와서 주택단지까지 한줄로 뻗어내려가며 주차를 한다. 사람들은 과일이나 견과류, 차가운 음료 등을 가지고 비탈길을 지나 구름다리 위로 걸어온다. 거의 중년이나 노년층인데 그중 일부는 인도에 펼쳐놓으려고 고무받침이 달린 해변용 의자를 들고 오기도 하고, 젊은 커플들은 팔짱을 끼고 난간에 기대 서쪽을 바라본다. 하늘에는 만족과 감동이, 고양된 서사적 삶이 깃들어 있다. 현란한 색의 띠들은 너무도 높은 데까지 닿아서 때로는 그것을 이루는 각각의 구성요소로 분리되는 것처럼 보인다. 하늘이 작은 탑 모양으로 층이 질 때도 있고, 가벼운 폭풍이 지나가고 구름이 부드럽게 흘러갈 때도 있다. 이런 것을 보고 어떤 감정을 느껴야 할지 알기란 참 어렵다. 어떤 사람들은 일몰을 보고 겁먹기도 하고 또 어떤 사람들은 고양된 기분을 느껴보려 하지만, 우리들 대다수는 어떤 감정을 느껴야 할지 몰라서 양자 사이를 오간다. 비는 전혀 방해물이 되지 않는다. 비가 오면 다양한 형태들과 멋지게 퍼지는 색조가 생겨난다. 차들이 더 많이 오고 사람들은 비탈길을 터벅터벅 올라온다. 이런 따뜻한 저녁 무렵의 기운을 묘사하기란 참 어렵다. 대기 중엔 어떤 예감이 있지만, 그것은 웃통 벗은 사람들이 몰려와 공터에서 공놀이를 할 것 같은 한여름의 웅성거리는 잡음은 아니다. 거기에는 일관된 선례들이 있고 확실한 반응이 이어진 내력이 있으니까. 일몰을 기다리는 이 분위기는 내성적이고 균일하지 않으며 약간 퇴행적이고 수줍어서 침묵으로 흐르는 경향이 있다. 그밖에 또 어떤 감정이 있을까? 경외심을 느끼는 건 확실하다. 엄청난 경외심이다. 그것은 이전의 범주들을 넘어서는 경외심이지만, 우리는 그것을 경이롭게 보고 있는지, 혹은 두려운 마음으로 보고 있는지 알지 못한다. 또한 우리는 그것이 영원한 것인지, 우리가 점차 적응하게 될 ─ 우리의 불확실성을 결국 흡수해버릴 — 경험인지, 혹은 곧 지나가버릴 정서적인 기이함에 불과한지 알지 못한다. 접이의자를 펼치고 노인들이 그 위에 앉는다. 말할 것이 뭐가 있겠는가? 일몰은 잠시 머뭇거리고 우리 또한 그렇다. 하늘은 강력하고 층층이 펼쳐진 마법에 걸려 있다. 이따금 차 한대가 나타나서 다소곳하고도 느리게 구름다리를 가로지른다. 사람들은 계속해서 비탈길을 올라온다. 어떤 이는 병으로 몸이 마비되어 휠체어를 타고 오고, 그들을 돌보는 이들은 몸을 낮게 숙이고 비탈길 위로 휠체어를 민다. 따뜻한 밤이 되어 수많은 사람들이 구름다리 위로 올라오기 전에는 이 도시에 장애인과 노약자가 얼마나 많은지 알지 못했다. 우리는 서쪽으로부터, 솟아오르는 빛 속으로부터 나와 우리 아래로 쏜살같이 달리는 차들을 하나의 징표인 양 지켜본다. 차량들의 도색한 표면에 석양의 잔여물이, 거의 감지되지 않는 광채나 숨길 수 없는 먼지의 막이 묻어 있는 듯 지켜본다. 라디오를 켜는 사람도 없고 속삭이는 소리보다 더 크게 말하는 목소리도 없다. 금빛의 뭔가가 떨어지면서 아련함이 대기 속으로 전달된다. 개를 데리고 산책 나온 이들이나 자전거를 탄 아이들도 있고, 카메라와 망원렌즈를 들고 와서 멋진 순간을 기다리는 남자도 있다. 어둠이 내리고 더위 속에서 벌레들이 울어젖히는 시간이 지나고 난 후에야 우리는 수줍고 정중하게, 계속 이어지는 차량 행렬에 몸을 싣고, 우리의 분리되고 방어막이 쳐진 자아로 되돌아간다.

황색 호스 달린 마일렉스 복장의 사내들은 여전히 우리 구역에 상주하면서, 끔찍한 데이터를 수집하고 땅과 하늘에 적외선 장비를 들이댄다.

닥터 차크라바티는 나와 대화하고 싶어하지만 나는 계속 그를 피하며 지낸다. 그는 내 죽음이 어떻게 진행되고 있는지 몹시 궁금해한다. 그에겐 흥미로운 사례겠지. 그는 충전된 입자들이 충돌하고 고에너지의 기류가 흐르는 영상진단 구역에 나를 다시 한번 집어넣고 싶어한다. 그러나 나는 영상진단 구역이 무섭다. 그곳의 자기장과 컴퓨터화된 원자핵 진동이 무섭다. 그것이 나에 관해 아는 것이 무섭다.

나는 전화를 받지 않고 지낸다.

슈퍼마켓 진열대의 배치가 달라졌다. 예고도 없이 어느 날 갑자기 일어난 일이다. 코너마다 동요하고 허둥대는 일이 다반사이고, 나이든 고객들의 얼굴에는 당황하는 빛이 역력하다. 그들은 약간 정신이 없는 상태로 걷다가 멈추었다가 다시 가며, 옷을 잘 차려입은 한 무리의 사람들은 통로에 꼼짝없이 붙어서서 전체 조감을 이해하고 저변의 논리를 분간하며 예전에 자기들이 크림 어브 휘트 수프를 어디서 봤는지 기억해내려 애쓴다. 그들은 왜 이렇게 바뀌었는지 이유도 모르고 감도 잡지 못한다. 설거지용 수세미가 세숫비누와 같이 진열되어 있고 양념들은 흩어져 있다. 나이가 더 든 사람일수록 더 세심하고 단정하게 차려입었다.

남자들은 샌서벨트 바지와 밝은 니트 셔츠를 입었다. 얼굴에 파우더를 바르고 공들여 매만진 여자들은 자의식적인 분위기를 풍기며 뭔가 걱정스러운 사건이 일어날까 대비했다. 그들은 엉뚱한 코너로 들어서서 선반들을 기웃거리다가 때로는 갑자기 멈춰서서 다른 카트에 부딪히기도 한다. 하얀색 포장지에 수수하게 싸인 브랜드 없는 식품만 원래 자리에 있다. 남자들은 물목 적힌 곳을 들여다보지만 여자들은 그렇게 하지 않는다. 이제는 뭔가 정처 없이 홀려 방황하는 분위기가 감돌고, 유순한 사람들은 궁지에 몰린 느낌이 든다. 그들은 포장지에 작게 적힌 활자를 뜯어보면서 또다시 자신들의 기대에 어긋나는 일이 일어나지나 않을까 조심한다. 남자들은 스탬프로 찍힌 유통기한을 살펴보고 여자들은 성분을 살핀다. 많은 이들이 거기 적힌 말들을 이해하는 데 어려움을 겪는다. 활자가 지워지고 헛것이 보인다. 바뀐 선반들과 그 주위를 감도는 떠들썩함 속에서, 자신들이 쇠락해가고 있다는 평범하고도 비정한 사실 앞에서 그들은 혼란을 뚫고 나아가려 애쓴다. 하지만 마침내 그들이 무엇을 보는지는, 무엇을 본다고 생각하는지는 중요하지 않게 된다. 계산대에는 홀로그램 스캐너가 설치되어 각 상품에 든 이진수 암호를 오류 없이 해독한다. 이것은 파동과 방사의 언어이고, 죽은 자들이 산 자들에게 말하는 방식이다. 그리고 여기는 나이에 상관없이 카트 속에 알록달록한 물건들을 잔뜩 실은 채 우리 모두가 함께 기다리는 곳이다. 천천히 움직이는 줄은 진열대에 놓인 타블로이드 신문을 힐끗 훑어볼 시간을 주어 우리를 즐겁게 한다. 음식과 사랑 이외에 우리가 필요로 하는 모든 것이 여기 타블로이드 신문 진열대에 있다. 초자연적인 것들과 외계에 관한 이야기들이. 기적의 비타민, 암 치료제, 비만 치료약 같은 것들이. 유명인사와 죽은 자들에 대한 열광이.

테크놀로지 시대의 욕망 찾기/벗어나기

『화이트 노이즈』(*White Noise*)의 저자 돈 드릴로는 이탈리
아계 미국인으로, 1971년 첫 장편『아메리카나』(*Americana*)
를 발표한 이래 1985년『화이트 노이즈』, 1988년『리브라』
(*Libra*, 창비 2009), 1991년『마오 2』(*Mao II*, 창비 2011), 1997년
『지하세계』(*Underworld*), 2003년『코스모폴리스』(*Cosmopolis*)
등 십여편의 문제적 장편을 내놓은 현대 미국의 대표적 소
설가이다. 하지만『화이트 노이즈』가 대중적인 성공을 거
두고, 그해 전미도서상(National Book Award)을 수상하기 전
까지 그는 널리 알려진 작가는 아니었다. 1985년『화이트
노이즈』가 출간되자, 미국 독서시장과 평단은 뜨거운 반
응으로 환영했다. 학계와 평단은 1980년대에 이르러 본격
적으로 그 진상을 드러낸 새로운 삶의 양식들이 드릴로의

이 소설에서 전형적으로 포착되었다고 인식했다. 가령 지시대상 없는 기표가 실재를 대신했다고 보는 보드리야르 (J. Baudrillard)의 '시뮐라크르'(simulacre)나, 후기자본주의 문화논리의 작동방식을 분석한 제임슨(F. Jameson)의 이론들이 그 문학적 형상을 얻었다고 보았던 것이다. 그런 만큼 이후 미국 대학이 정전(正典) 논쟁으로 진입해 백인 남성 작가의 작품에 의심의 눈초리를 보내는 와중에도, 드릴로의 이 소설은 영문학과 문화연구 분야의 필독서로서 굳건한 위치를 지켜왔다.

한편, 독서대중의 반응은 조금 달랐다. 핀천(T. Pynchon) 등의 포스트모더니즘 소설이 난해함으로 인해 다수 독자에게 다가가기 어려웠던 것과 비견될 만큼, 현대 대중문화의 정보와 과학적 전문지식이 촘촘히 들어박힌『화이트 노이즈』역시 쉽게 읽히는 대중소설과는 처음부터 거리가 있었다. 그럼에도 불구하고 이 소설의 복잡한 구성과 내용은 드릴로 특유의 구어체적 언어와 유머로 소설적 재미를 확보하고 있을 뿐 아니라, 당대 현실의 구체적 면면의 내적 연관을 통찰한다는 점에서 독특한 호소력을 띠고 다가온 것이다. 텔레비전과 상업광고가 일상의 보이지 않는 목소리(화이트 노이즈)를 형성하고, 대형 쇼핑몰에서의 소비행위가 가족생활의 중심을 차지하는 현실은 1990년대 이후 우리에게도 이미 낯익은 모습으로 들어온 것이다. 이런 점에서『화이트 노이즈』는 테크놀로지와 소비자본주의가 상호강화하면서 각 개인의 생활과 그들의 존재 및 사유방식까지 압도하는 현대 미국사회—미국화된 세계—의 초상이라 할 만하다. 특기할 것은 '문화비평'적 외관을 지닌 이 소설이 죽음이라는 실존적 문제를 깊이 천착하고 있으며, 이 문제야말로 피할 수 없는 우리의 '현실'이라고 파악한 점이다. 『화이트 노이즈』가 좁은 의미의 '사회소설', 즉 현상에 대한 예리한 분석은 있으되 그 너머에 대한 탐색에는 닫혀 있는 일부 포스트모더니즘 작품들과 갈라지는 지점이 바로 여기에 있다.

물건들, 상품, 가상현실

전체 3부로 구성된 이 소설의 제1부인 '파동과 방사'는 일인칭 화자 잭 글래드니와 그의 가족이 블랙스미스라는 미국의 중소도시에서 살아가는 일상을 다룬다. 아내 버벳과 잭은 각기 여러번의 이혼을 겪은 후, 잭의 아들 하인리히(14세)와 딸 스테피(9세), 버벳의 딸 드니스(11세)와 아들 와일더(2~3세 정도)와 함께 중산층의 일견 평온한 생활을 누리며 살아가고 있다. 이 도시의 사립대학에서 '히틀러학과'를 신설하여 명성을 얻은 잭이 신학기를 맞아 기숙사로 돌아오는 학생들과 그들을 데려다주러 온 부모들의 모습을 묘사하는 것으로 소설은 시작된다. 스테이션왜건에 빼곡히 들어찬 온갖 물건들의 이름을 길게 나열하는 이 장면은 이들의 삶이 물질문명에 의해 조건지어지고 있음을 인상적으로 암시한다. 그런 점에서 잭이 유독물질인 나이어딘 D에 노출되어 죽음에 직면한 후, 집 안 곳곳에 쌓인 물건들을 내다버리면서 이 물건들이 자기를 망쳤다고 울부짖는 대목은 미국 소비문화의 위력과 닫힌 체계를 이해할 때 비로소 실감할 수 있게 된다.

『화이트 노이즈』에서 문맥에 상관없이 툭툭 튀어나오는 상표명과 아이들의 무의식에까지 침투해들어간 광고 문구, 집 안의 주인인 양 무시로 흘러나오는 텔레비전 소리—이 소리들은 소설의 저변에서 끊임없이 울리는 '화이트 노이즈'를 형성하고 있다—는 이들의 일상이 소비주의의 위력에 저항할 여지 없이 포획되었음을 알리는 효과적인 장치로 작동한다. 이런 의미에서 잭의 대학 동료인 머리는 슈퍼마켓(우리 식으로는 쇼핑몰과 유사한 곳)이 이 시대의 정신을 전형적으로 드러낸다고 파악한다. 현대 미국인들에게 슈퍼마켓은 단순히 상품을 구매하는 장소가 아니라, 그 행위가 (정신적) 죽음 이후 재생을 기다리는 중간지대를 의미한다는 점에서 티베트의 사원에 비견되며, 상품광고는 독송과 다르지 않다는 것이다. 텔레비전 역시 밀폐되고 자기지시적인 매체로서 인간적 소통의 적절한 수단이 되지 못한다. 정보를 제공하고 재난 현장을 적나라하게, 관음적으로 전달하는 이 현대 대중매체가 실생활에 필수적인 능력들을 배양하거나 타인의 고통에 대한 공감을 키워주는 역할과는 거리가 멀다는 것은 잭과 하인리히의 대화 장면들에서 여실히 드러난다. 더불어 상품과 광고를 분석하고 유명인사의 사생활을 기록하는 것을 '대중문화' 연구로 여기고 시시콜콜한 정보에 열광하는 '미국적 환경학과' 교수들의 태도는 물화된 현실을 떠받드는 '문화적' 보강에 다름 아님을 읽을 수 있다. 대형 쇼핑몰에서 길을 잃어 며칠간 갇혀 있는 노인들의 에피소드를 보면, 이런 현상을 중립적으로, 심지어 유쾌하게 분석하는 머리의 시각이 작가의 입장과는 거리가 있음을 짐작할 수 있다.

일부 평자는 크고 작은 여러 사건들이 일어나는 소설의 플롯이 파편적이고 산만하다고 평하기도 한다. 하지만 작가는 현대 미국에서 큰 비중을 차지하는 '핵가족 이후의 가족'(post-nuclear family)이라는 틀을 빌려 그 사회의 향방을 일관되게 조명한다. 전(前) 배우자들의 존재가 끊임없이 틈입해 들어오고 의붓 부모와 자녀들 그리고 아이들 상호간의 관계망이 서서히 드러나면서, 소설은 여러겹의 관계와 다양한 삶의 양식들을 만화경처럼 포착해나간다. 이처럼 복합적인 플롯을 전개하면서도 팽팽한 긴장감을 놓치지 않는다는 점에서 우리는 『화이트 노이즈』의 소설적 빼어남을 발견할 수 있는데, 그것은 소설의 문체적 특징과 긴밀하게 연관되어 있기도 하다. 특히 부엌이나 침대, 자동차 안이나 텔레비전 앞에서 이루어지는 부부와 아이들의 대화 장면은 일상어의 발랄함과 더불어 지적인 깊이를 자유자재로 구사하는 드릴로 언어의 묘미를 만끽하게 한다. 소설에서 지적인 담론이 이루어지는 방식은 흔히 작가의 목소리를 빌린 전지적 화자의 진술이나 독백을 통해 구사되지만, 이 소설처럼 대화를 통해, 그것도 유머와 파토스를 곁들이면서 파고드는 경우는 흔치 않다.

이렇게 그려진 『화이트 노이즈』의 현실은 더이상 갈 데 없이 가상화된 현실이기도 하다. 가령, 잭과 함께 '미국에서 사진이 가장 많이 찍힌 헛간'이라는 관광명소를 방문한 머리가 이곳에서 헛간을 실제로 보는 것은 불가능하며 단지 그 아우라를 유지할 수 있을 뿐이라고 말하는 대목이나, 제3부에서 죽음의 공포를 치료한다는 신약 다일라가 말과 실재를 분간하지 못하게 하는 부작용을 낳는 장면 등이 그 단적인 예이다. 더욱 극단적인 예는 유독가스 유출 사건에 대한 대처 과정에서 목격할 수 있다. 주민 개개인과 그 후손들에게 치명적인 해를 끼칠 이 사건을 담당한 가상대피(SIMUVAC, simulated evacuation의 약어) 프로젝트의 담당자들은 이 실제 사건을 자신들의 모의대피 계획의 자료로 이용하고 단지 그런 관점에서 의미를 부여할 뿐이다. 이들에게 개인의 목숨과 안위는 하나의 데이터로서, 혹은 모의대피 훈련 수행을 방해하는 부수적 피해 정도로 인식되는 것이다. 이렇듯 물화되고 가상화된 현실 속에서 인물들은 점차 죽음의 강박에 사로잡힌다. 소설은 섬세한 복선과 의미심장한 대화를 통해 죽음의 공포가 어떻게 인물들의 내면을 옥죄어가는지, 그 두려움의 원인은 무엇인지 기민하게 그려내고 있다.

테크놀로지의 두 얼굴

『화이트 노이즈』는 제2부 '유독가스 공중유출 사건'과, 뇌에서 죽음의 공포를 감지하는 부분을 차단하는 개발신약 '다일라'를 중심으로 펼쳐지는 제3부 '다일라라마'로 이어진다. 2부에서 드니스와 잭이 버벳이 정체불명의 약물을 복용하고 있다는 혐의를 두던 중, 유독물질을 실은 탱크차가 탈선하여 도시 전역에 거대한 검은 유독구름을 드리우는 사건이 벌어진다. 이 사건은 가상화된 현실이 억압해온 것들—자연과 죽음의 영역—이 인간에게 되돌려주는 복수에 다름 아니다. 눈보라 흩날리는 밤 교외시설로 대피하는 긴 차량행렬 속에서 헬기의 조명을 받는 유독가스 구름을 목격하면서 잭은 공포와 경외감에 압도당한다.

거대한 검은 덩어리가 나선형 날개 달린 갑옷을 입은 생물들의 호위를 받으며 밤하늘을 가로지르면서, 마치 북유럽 신화에 등장하는 죽음의 배처럼 움직였다. 우리는 어떻게 반

응해야 할지 자신이 없었다. 그것은 보기에 끔찍하고, 너무
도 가깝고 너무도 낮게 깔려 있으며, 염화물과 벤진, 페놀, 탄
화수소, 혹은 그밖의 무엇인지 정확히 알 수 없는 유독성분
으로 뭉쳐 있었다. 그러나 그것은 또한 장관이었고 압도적
사건다운 웅장함을 지니고 있었으니, 조차장의 그 생생한 장
면이나 가진 것을 박탈당한 비참한 무리로 아이들과 음식과
가재도구를 챙겨 눈 내리는 구름다리를 터덕터덕 건너던 사
람들과 비슷했다. 우리는 공포와 더불어 종교적인 것에 근접
하는 경외감을 느꼈다. 우리의 생명을 위협하는 그것에서 경
외감을 느끼고, 그것을 우리 자신보다 훨씬 크고 강력하며
자연적이고 자의적인 리듬에 의해 생겨난 어떤 우주적 힘으
로 보는 것은 확실히 가능한 일이다. 그것은 실험실에서 만
들어진 죽음으로서 분명히 정의되고 측정될 수 있는 것이었
지만, 당시 우리는 그것을 단순하고 원시적인 방식으로 받아
들여서 홍수나 토네이도처럼 철마다 반복되는 지구의 변덕
으로서 통제 불가능한 어떤 것이라고 생각했다. 우리는 너무
도 무력했기 때문에 그것이 인재(人災)라는 생각을 떠올릴
수 없었다.(231~32면)

이 재난은 그 규모나 충격의 면에서 『신곡』의 지옥편을
연상시키며 사람들이 대피하는 광경에는 엑서더스의 장
중함이 깃들어 있지만, 여기서 묘사된 현대의 재난을 목격
하는 독자는 이전의 서사적 비극과는 다른 섬뜩한 불길함

에 사로잡힌다. 인간 자신이 만든 재난 앞에서 어떤 반응을 보여야 할지 알 수 없다는 이 진술은 잭이 느끼는 공포와 경외감 모두 부자연스러운 것, 즉 "자연으로부터 유리된 욕망"으로서 테크놀로지의 산물임을 암시한다. 유독가스 잔여물이 섞여 현란하게 아름다워진 일몰을 보며 잭 일가는 위로받기도 하지만, 포스트모던 세계의 이 '숭고미'(the sublime)에 깃든 불길함을 떨치기에는 역부족이다.

유독가스 공중유출 사건의 원인도 그렇지만, 그것을 해결하는 방식에도 기술주의적인 발상은 동일하게 작용한다. 기술자들은 유독가스 구름의 중심부에 (유독물질에 대한 식욕을 주입한) 다량의 미생물을 심어넣어 먹어치우도록 한다는 계획을 세운다. 버벳은 이런 기발한 아이디어 자체에 감탄하면서도, 과학이 진보될수록 자신의 공포는 더욱 원초적이 된다고 말한다. 이 대목에서 잭이 연구대상으로 삼은 히틀러가 그에게는 죽음의 공포를 이겨내는, 혹은 숨기는 방식이라는 점도 눈여겨볼 만하다. 작품 곳곳에서 드러나듯이 잭은 그가 생각하는 '독일적인 것'에 집착하고, 이름과 외모까지 바꿔가며 스스로 "히틀러로 다시 자라기"를 시도한다. 하지만 히틀러학자로서 국제적 명성을 얻은 그가 기초적인 독일어조차 구사하지 못한다는 자의식적 일면은 그의 모습이 단지 히틀러라는 "이름을 따라다니는 위조된 인물"에 불과함을 암시한다. 히틀러에 열광한 당대 군중에 관해 강의하면서, 잭은 그들이 개인으로서 죽음을 직면할 용기가 없어 무리 속으로 도망친, 전체주의가 만든 '우중'(愚衆)임을 역설한다. 드릴로는 히틀러라는 이름의 역사적·상징적 함의를 십분 활용하여, 기술주의적인 현대 미국사회가 개인의 창조성을 부인하면서 점차 전체주의화되어가는 상황을 경고하고 있는 셈이다.

제3부 '다일라라마'의 제목은 버벳이 가족 몰래 복용하는 '다일라'라는 약물 이름에서 따온 것이다. 다일라는 죽음의 공포에 시달리는 인간의 뇌신경세포에 작용하도록 만들어진 최첨단 테크놀로지의 결정체이다. 아내 버벳이 약을 얻기 위해 신약개발 책임자에게 몸까지 허락했고, 그 약이 죽음에 대한 공포심을 조금도 줄여주지 못한다는 말을 들은 후에도 잭은 다일라에 대한 집착을 버리지 못한다. 그에게 다일라는 "나이어딘이 가져온 위협의 자비로운 이면"으로 다가온다. 즉 유독가스 구름이 인류 전체의 생존을 위협하는 테크놀로지의 악한 일면이라면, 다일라는 인간 불멸의 욕망을 가능케 하는 선한 얼굴일 수도 있다는 것이다.

뇌신경세포에 국소적으로 작용하는 중합체 약물을 상상한 드릴로의 발상은 이 소설이 출간된 1980년대 중반 당시로서는 다소 환상적인 것으로 받아들여졌을 수도 있을 테지만, 생명의 영역을 조작하는 가공할 만한 생명공학이 찬양되는 오늘의 시점에서는 더없이 시의적절한 감도 있

다. 테크놀로지를 보는 잭의 이러한 시각 ─기술 그 자체
는 가치중립적이며 단지 실용적 차원만이 문제가 된다는
시각 ─은 하이데거(M. Heidegger)로부터 이미 뼈아픈 성
찰의 대상이 되었고, 소설가 드릴로는 이런 태도가 잭과
버벳 같은 인물들을 움직이는 원리로 스며들어 있음을 예
리하게 간파한다. 외견상 긍정적이고 선의에 찬, 독자의
공감을 불러일으키기에 충분한 이 인물들이 기술주의적
세계관에 깊이 침윤된 모습은 오늘날 우리들의 자화상이
기도 하다. 사물을 세부로 나누어 분석함으로써 "모든 것
은 수정 가능하다"(Everything is correctible)고 믿는 버벳의
사고방식은 인간과 자연의 순환적 관계를 차단하고 자체
완결성을 추구한 서구 근대의 과학정신과 맞닿은 것이다.

   '화이트 노이즈'의 기계적 울림은 모든 인간적 목소리
를 지우고 심지어 죽음에 대한 진정한 사유마저 마비시킨
다. 죽음을 두려워하는 것은 개체인 우리 모두의 자연스러
운 감정이겠으나, 거기에 집착하고 기술적 조작으로 죽음
을 넘어설 수 있다고 보는 것은 "자연으로부터 유리된 욕
망"에 다름 아니기 때문이다. 그러므로 잭과 버벳이 빠져
든 이 뿌리 깊은 두려움은 소비주의와 과학기술의 시대가
낳은 산물이며, 죽음을 부인하려는 전도된 욕망으로 외화
된다. 드릴로는 탈근대를 살아가는 인물들이 이렇듯 왜곡
된 욕망에 붙들리는 현실적이고 심리적인 기제를 예리하
게 포착하고, 그 욕망을 벗어나는 것이야말로 이 문명이

선택해야 할 어렵지만 유일한 길이라고 보는 듯하다. 아내와 신약개발 담당자의 정사 장면을 가상적으로 구성하면서 괴로움을 겪던 잭은 마침내 상대 남자를 찾아내 복수하고 다일라도 손에 넣을 계획을 실행하지만, 결국 그에게 인간적 연민을 느끼고 병원으로 옮기게 된다. 자신을 치료해준 독일계 가톨릭 수녀와의 대화를 통해 잭은 이 시대에 '믿음'이란 어떤 모습으로 드러나며 왜 아직도 필수적인지 깨닫는다. 이 에피소드와 더불어 소설 속에 그려진 아이들의 모습은 때로 턱없이 조숙하고 암울하지만, 테크놀로지가 낳은 욕망에서 벗어나는 선택이 아주 불가능하지는 않음을 암시한다. 와일더가 세발자전거를 타고 고속도로를 무사히 가로지르는 마지막 장의 장면에는 '화이트 노이즈'로 가득 찬 이 허상의 세계를 극복하려는 작가의 바람이 은밀하게 깃들어 있다.

포스트모던 소설의 걸작으로 평가되는 『화이트 노이즈』를 번역하게 된 것은 옮긴이 개인으로서는 힘겹지만 아주 소중한 기회였다. 이 소설은 우리 시대를 구성하는 다양하고 복잡한 사태들과 언어에 귀기울이게 할 뿐 아니라, 과학기술의 시대에도 진지한 작가라면 외면할 수 없는 물음, 즉 '인간은 과연 어떤 존재인가'라는 주제를 깊숙이 탐구하고 있기 때문이다. 인간이 컴퓨터 데이터의 총합이거나 화학적 충동의 산물일 따름인지, 아니면 그러한 관념을 조장하는 시대에 의문을 품을 수 있는 존재인지 끈질기게 묻고 있는 것이다.

또한 이 소설은 당대의 문화적 현실에 대한 상당한 지적 수준을 요구하고 있어, 옮긴이의 얕은 지식으로는 힘에 부친 적도 많았다. 다행히 이런 부분들은 이번 개정판 출간을 빌려 상당 부분 바로잡았다. 다만 옮긴이의 문학적 이해가 부족하여 저자의 깐깐하면서도 정서적인 언어를 실감나게 옮기지 못한 대목에 대해서는 눈 밝은 독자 여러분의 지적을 당부드린다.

번역 작업이 여러 통로의 대화와 협동의 과정이기도 함을 확인한 것도 즐거운 경험이었다. 단어와 문장을 우리말로 옮기면서 드릴로라는 작가와 작품 속의 인물들을 만날 수 있었고, 고심할 때마다 도와주신 여러분의 고마움도 느낄 수 있었다. 번역을 독려하고 토론상대로 항시 곁을 지켜준 남편 한기욱 교수와, 일일이 원문을 대조해가며 문장을 다듬어주신 창비 편집부 양재화 팀장을 비롯하여 이 책을 만드는 데 수고하신 모든 분들께 깊이 감사드린다.

번역 저본으로는 *White Noise*(Penguin Books 1998)를 사용하였다. 제목인 '화이트 노이즈'는 가청주파수의 모든 소리가 동시에 나서 아무런 의미도 전달하지 못하는 전자음이라는 과학용어에서 빌려온 것이지만, 소설에서는 압도하는 정보와 상품들에 둘러싸여 살아가는 현대 미국의 상

황과 죽음의 미망에 사로잡힌 주인공들의 상태에 대한 은
유로서 그 의미를 확장하고 있다.

강미숙

화이트 노이즈

초판 1쇄 발행 / 2005년 9월 5일
개정판 1쇄 발행 / 2022년 11월 10일

지은이 / 돈 드릴로
옮긴이 / 강미숙
펴낸이 / 강일우
책임편집 / 양재화
조판 / 한향림
펴낸곳 / (주)창비
등록 / 1986년 8월 5일 제85호
주소 / 10881 경기도 파주시 회동길 184
전화 / 031-955-3333
팩시밀리 / 영업 031-955-3399 편집 031-955-3400
홈페이지 / www.changbi.com
전자우편 / lit@changbi.com

한국어판 ⓒ (주)창비 2005, 2022
ISBN 978-89-364-7917-6 03840